LE BATEAU SUR LA MONTAGNE

KOSTAN ZARIAN

LE BATEAU SUR LA MONTAGNE

roman

TRADUIT DE L'ARMÉNIEN
PAR PIERRE TER-SARKISSIAN

ÉDITIONS DU SEUIL
27, rue Jacob, Paris VIe

Titre original : *Nave leran vera*
Éditeur original : Hairenik Association inc.

ISBN 2-02-009081-3

Avant-propos

Les actions violentes et souvent aberrantes de la dernière décennie ont pu donner aux observateurs mal avertis une image fausse, en tout cas bien incomplète, de la réalité arménienne, et les informations dont ces événements ont pu susciter l'apparition dans les médias restent insuffisantes. A cet égard, *le Bateau sur la montagne,* dans sa forme romanesque, permet une approche infiniment plus facile, directe et éloquente qu'un hypothétique exposé historique s'appliquant à un monde lointain, bien complexe pour le lecteur occidental, et même pour les Arméniens qui n'ont vécu que dans la diaspora.

Ce roman n'a pas du tout pour cadre le génocide commencé en 1915. Il permet néanmoins de saisir dans toute sa vérité intérieure et vivante l'aventure du peuple arménien, au moment le plus tragique et le plus décisif de son histoire.

Batoum à l'automne de 1918, dans un Caucase provisoirement libéré de la domination russe à la suite de la révolution d'Octobre, mais en proie à toutes sortes d'incendies. Erevan pendant l'hiver 1920-1921, qui verra la soviétisation du pays. C'est entre ces lieux et ces deux périodes que s'inscrit l'action du *Bateau.* Elle illustre les espérances, les épreuves et les combats de ceux qui, ayant survécu à la guerre et aux massacres, aspirent à avoir enfin une chance de vivre indépendants et en paix sur la partie de leur territoire que leur héroïsme a permis de maintenir à l'abri des ravages turcs.

Le personnage central, Ara Hérian, exprime en fait l'attitude de la majorité des Arméniens devant leur drame national et devant le système soviétique. Il poursuit avec acharnement un projet qui prend valeur de symbole collectif. Il n'est d'ailleurs pas seul : bien d'autres, autour de lui, partagent, sous des formes et à des degrés divers, la même passion essentielle. Mais Hérian est loin d'être un personnage monolithique; à mesure que les événements déroulent leur cours dramatique, on verra la vie et le destin du pays l'amener à nuancer ses réactions et son comportement à travers toutes sortes d'aventures. Nettement hostile aux bolcheviks quand ceux-ci commencent à investir le Caucase, il se dirigera progressivement vers la résignation : pour ce qui reste du peuple arménien, le système soviétique est inévitable et il n'y a plus qu'à s'en accommoder.

Le Bateau sur la montagne a été écrit avant la Seconde Guerre mondiale par un homme qui tenait probablement plus qu'il ne le croyait lui-même au Caucase du XIXe siècle. Quand on a connu des gens de la même origine et de la même génération que lui, on retrouve bien dans *le Bateau* ce mélange assez étrange fait de chaleur teintée d'une pointe d'agressivité dans les rapports humains, d'une ardente prolixité et d'une candeur ornée, fleurie, fougueuse, qui s'exprime sans retenue dans la danse improvisée, dans d'interminables libations et dans cette sorte particulière d'enivrement verbal qui peut à l'occasion prendre des allures incantatoires. C'est dire qu'on est loin là des partis pris de distance cynique, de sobriété — réelle ou apparente — et de scepticisme — souriant ou grinçant — auxquels on s'est de longue date habitué en Occident. Pas d'obscurités élégantes dans *le Bateau*, pas d'ambiguïtés raffinées, pas de platitudes calculées. Et pour le lecteur européen, le déplacement dans le temps, l'espace et la mentalité est assuré.

Fils d'un général de l'armée russe, Kostan Zarian est né en 1885 à Chamakhi, dans l'actuel Azerbaïdjan soviétique. Il passe son enfance à Bakou, fréquente le gymnase russe, puis va faire des études secondaires à Paris et supérieures — lettres et sciences sociales — à Bruxelles. C'est là, et en français, qu'il publie ses premiers poèmes et c'est là que, paradoxalement, certains entretiens avec Verhaeren auront sur la suite de sa vie une influence décisive.

— Je ne sais si vous êtes croyant, lui demande un jour le poète belge, mais si vous l'étiez, en quelle langue prieriez-vous ?

— Quand j'étais enfant, ma mère m'a appris le *Notre Père* en grabar, l'arménien ancien.

— Eh bien, dites-vous que la poésie n'est que la prière qui se poursuit.

Quelques semaines plus tard, Zarian partait pour le couvent de Saint-Lazare, à Venise, où il passera trois ans, de 1910 à 1913, à étudier l'arménien, comme Byron l'avait fait au même endroit, un siècle avant lui.

Ensuite, il se rend à Constantinople où sa carrière littéraire se précise, dans une langue qu'il a choisie et voulue, lui qui auparavant ne pouvait guère écrire qu'en français ou en russe. « Quand on a, disait-il, quelque chose d'important à dire, on trouve la langue qu'il faut pour le dire. » Il l'avait trouvée.

Les sentiments et l'imagination, a dit un critique, sont pour lui « des moyens d'atteindre aux possibilités supérieures de la conscience ». Ses œuvres le prouveront, qu'il s'agisse de ses notes de voyage comme *Des pays et des dieux,* de ses recueils poétiques comme *Trois Chants* (dont Respighi tirera une symphonie), *l'Auréole des jours* ou *la Fiancée de Tatragom,* de ses romans comme *le Passant et son chemin* ou *Bancoop et les Os du mammouth.* Dans ceux-ci, en outre, la « scène à faire » ne l'amène jamais à négliger un authentique souci d'information.

Kostan Zarian est l'héritier de cette littérature arménienne de la fin du XIXe siècle, romantique, libérale et progressiste, qui privilégie les thèmes nationaux et sociaux. Il s'inscrit dans la ligne inaugurée par Raffi (1837-1888), le romancier qui sut faire revivre la grandeur d'un passé historique et culturel dans l'expression de sentiments où se mêlent étroitement le collectif et l'individuel. Comme dans plusieurs autres littératures de l'Europe orientale et de ses parages, l'intensité de la conscience nationale provient manifestement ici des vicissitudes d'une histoire souvent cruelle.

A un autre égard, Zarian se situe dans la ligne poétique de la branche orientale, caucasienne, de l'arménien, son lyrisme restant parent de ceux de Toumanian (1869-1923) et d'Issahakian (1875-1957), qui sont peut-être les deux plus grands poètes arméniens de la première moitié de ce siècle. Il s'en distingue néanmoins, dans le maniement de la langue, par l'audace d'une imagination verbale qui le mène à créer des mots parfois complexes pour condenser l'idée en intensifiant l'image. Avec ses qualités poétiques et épiques, c'est un prosateur au style viril et puissant qui a représenté une mutation dans les formes admises de l'expression en arménien contemporain.

En 1915, il fuit Constantinople, passe en Bulgarie, puis en Italie. En 1922, il est en Arménie devenue soviétique où il fait un cours de littérature comparée à l'Université. Trois ans plus tard, il retourne en Europe, vit en France, en Italie, aux États-Unis, au Proche-Orient. C'est à Boston, en 1943, qu'il publie *le Bateau sur la montagne,* qui sera son dernier roman.

De 1944 à 1946, il enseigne l'arménologie à New York, à l'université Columbia, puis, de 1952 à 1954, il fait un cours d'histoire de l'art à l'Université américaine de Beyrouth.

Hanté par le désir de revoir l'Arménie, il y retourne en 1960. Il y mourra en 1969.

En 1963 a paru à Erevan une nouvelle édition du *Bateau,* qui comporte une série de suppressions et de modifications radicales dans le sens de l'orthodoxie soviétique et constitue en fait une seconde version. Une étude comparative des deux versions, due à Boghos Senabian et intitulée *le Bateau échoué,* a paru à Beyrouth en 1964; elle met en évidence les coupures et les altérations pratiquées, le fait aussi que certains passages de l'édition soviétique vont exactement à l'opposé de ceux de l'édition de 1943. C'est celle-ci, originale et intégrale, dont on trouvera ici la traduction.

P. T.-S.

Préface de l'édition originale

Boston, 1943

Ce roman n'est pas à proprement parler un roman historique, mais il met en scène une série de personnages vivant une des périodes les plus critiques de l'histoire du peuple arménien, personnages imaginaires parce que l'imagination est plus réelle que la réalité, et dont il convient par conséquent que personne ne s'attribue — comme cela est arrivé pour mes livres précédents — les qualités ou les défauts. Qu'on ne cherche pas non plus des inexactitudes dans ce qui n'est pas un livre d'histoire, mais une histoire intérieure.

En grande partie rédigé avant la guerre actuelle, le présent ouvrage devait paraître en Italie, en traduction italienne, quand, au dernier moment, les autorités de ce pays s'opposèrent à sa publication.

Le texte original paraît aujourd'hui au cours d'un second conflit mondial dans lequel l'Arménie se prépare une fois de plus, les armes à la main, à défendre son existence et à forger son avenir. En dépit des tentatives brutales faites pour les dissocier, passé et présent semblent intimement liés dans la poursuite d'un objectif suprême que la logique impose.

Au cours de toutes ces années, qui furent des années d'exil et non d'émigration, je suis resté constamment près, par le cœur et par l'esprit, de mon pays et de son peuple. Je sais que dans la patrie dont les portes me restent abusivement fermées, beaucoup ont été attentifs à mes paroles, ce qui m'a permis de ne pas me sentir éloigné d'eux et de supporter les amères expériences vécues dans des milieux étouffants.

Aujourd'hui, tout semble avoir changé et là-bas, en Arménie, le chant de la création, entravé durant des années, retrouve, comme dans un printemps nouveau, un libre essor national et, dans une attitude admirable, notre peuple se prépare à retrouver son authentique et lumineux destin.

LE BATEAU SUR LA MONTAGNE

Si, dans les jours décisifs que nous vivons, ce roman, qui évoque un passé encore si douloureux à nos corps comme à nos cœurs, pouvait, dans une mesure si modeste fût-elle, favoriser le renouveau dans l'âme du peuple arménien, mes vœux seraient comblés.

K. Z.

Tout est plein d'âmes
et de démons.
Héraclite

PREMIÈRE PARTIE

1

La porte du chalet suisse accroché au mur s'ouvrit brusquement sur le merle et son caquetage métallique : le capitaine au long cours Ara Hérian ouvrit les yeux, s'assit dans son lit, bâilla bruyamment. Il était vraiment si tard ? Il se trémoussa un instant puis, tel un hanneton couché sur le dos, il leva bras et jambes. Enfin, d'un geste décidé, il rejeta sa couverture, sauta à bas du lit, écarta les rideaux de la fenêtre et colla son nez à la vitre. Il resta ainsi un moment : ses soucis revenaient à la charge. Il marmonna « Au diable ! », se mit tout nu et attaqua sa gymnastique : il s'allongea par terre, ramena ses jambes jointes au-dessus de sa tête, se mit à plat ventre et progressa en se contorsionnant comme un reptile maladroit, se releva, pivota plusieurs fois sur les hanches. Enfin, la fatigue le gagnant, il alla au lavabo et, éternuant, sifflant et rugissant, il fit sa toilette.

Bien qu'ayant largement dépassé la trentaine, le capitaine Hérian était encore un jeune homme. De taille moyenne, souple et solide, il était habitué aux voyages, à l'air marin, et le soleil et le vent avaient buriné son visage.

Il avait des yeux gris, tirant parfois sur le bleu, et son regard ravissait les femmes quand il était calme et les effrayait quand la colère l'allumait. C'était une bonne nature, et il restait habituellement équilibré et maître de lui, mais il avait les poings durs et la colère redoutable. Il en était conscient, mais savait porter sa force avec élégance.

Il s'habilla, ouvrit sa valise et la bourra de ce qui lui était nécessaire, monta dessus pour pouvoir la fermer, et la rangea dans un coin.

Près de la porte, au moment de mettre sa casquette, il s'arrêta et son regard se perdit dans le vague. Comment allait-il annoncer à Dachenka qu'il partait ? Il alluma sa pipe, rentra dans la chambre, vérifia qu'il n'avait rien oublié, puis sortit.

Arrivé sur les quais, il fronça les sourcils, parcourut du regard la mer et le ciel, aspira profondément; il allait sûrement pleuvoir. Un lourd silence creusait l'horizon. Pas un mouvement. Quelques hommes, assis devant leurs boutiques à moitié vides ou debout près du parapet, contemplaient les lointains d'un œil paresseux.

Le port offrait un triste spectacle. Quelques bateaux qui n'attendaient plus rien rouillaient doucement en balançant nonchalamment leurs mâts. Une fois tous les quinze jours, un bâtiment italien arrivait, et le bruit lointain de sa sirène faisait comme un chant d'espoir. Quand il repartait, la ville se vidait comme un vieux sac et retombait dans sa somnolence.

De temps à autre, vers le large, une mine mouillée pendant la guerre était heurtée par quelque chose, explosait dans un bruit de tonnerre qui ébranlait la ville, puis les débris descendaient aux abîmes. Dans ces moments-là, des hommes aux visages effarés saisissaient leurs jumelles, regardaient en tremblant ou couraient sans raison, le long du quai. Si par malheur la mine avait touché une barque de réfugiés... Entassés dans des embarcations de fortune, ces gens arrivaient d'Odessa ou de la côte turque. C'étaient des intellectuels qui avaient fui la Russie ou des Arméniens qui, après de longs combats, avaient réussi à échapper aux massacreurs turcs.

Quand, après des jours et des nuits de lutte contre la faim sur la mer déchaînée, ils touchaient terre, on aurait dit des fantômes. Leurs yeux hagards glissaient sur la foule des curieux, ils bégayaient et souriaient d'un air égaré. Le cœur se serrait quand on voyait ces visages ravagés, ces yeux injectés de sang, ces malheureux squelettiques rongés de vermine qui tremblaient de tous leurs membres; leurs mains osseuses étaient crispées sur leurs poitrines, ils marmonnaient des paroles incompréhensibles puis s'effondraient, épuisés, et s'endormaient. Quand ils se réveillaient, des âmes charitables leur donnaient du pain et de la vodka. Alors, ils revenaient un peu à eux, mangeaient avidement et parlaient. Ils racontaient des choses incroyables, vendaient ce qu'ils avaient pu sauver puis passaient d'un café à l'autre, buvant, chantant, criant, parcouraient les rues en palabrant avec les passants. Quelques jours plus tard, leur argent dépensé, leurs visages couleur de cendre tournés vers l'horizon, les bras ballants, ils erraient sans but et sans espoir. C'était la vie...

Pour Hérian, désormais une sorte d'épais brouillard dissimulait tout. Cela ne le concernait plus : il avait décidé de partir. Il avait assez attendu, assez patienté pendant tant de jours d'incertitude, d'épreuves et de tristesse.

Le joli port de Batoum, entouré de collines verdoyantes, était devenu d'un ennui pesant. Brouillard, sang et ordure. Depuis la guerre, la ville était passée de mains en mains comme un ballon, des Russes aux Turcs, puis aux Géorgiens, puis aux Anglais, chacun apportant son drapeau et sa monnaie. Mais c'était toujours la même misère. Les voies maritimes fermées, Batoum s'était appauvri de plus en plus. Les rues étaient dépavées, les canalisations crevées, les réverbères brisés. L'humidité avait fini par faire moisir les maisons qui sentaient de plus en plus mauvais. Les habitants, craintifs, affamés, gelés, se déplaçaient comme des ombres et parlaient avec des soupirs et des gémissements.

Les bateaux ne partaient plus. Les veines d'acier qui, hier encore, apportaient de la Caspienne le sang noir du pétrole que Batoum distribuait au monde restaient désormais vides. A Bakou, les immenses machines s'étaient effondrées dans les ruines des usines dynamitées et les puits de pétrole continuaient à brûler comme une forêt tropicale en feu. Des ruelles étroites de la ville asiatique s'élevaient les cris des Arméniens et des Tatars qui s'entre-tuaient. De ses sommets majestueux constellés d'ardentes lumières jusqu'aux frontières instables du plateau arménien, le Caucase avait mobilisé ses fantômes et était entré dans le chaos.

Des nuages bas voilaient le ciel. Verte près du rivage, l'eau prenait une teinte plombée vers le bout de la longue et étroite jetée bordée de blocs de pierre qui s'avançait droit vers le large. La tempête menaçait. L'œil inquiet, il regarda dans toutes les directions, scruta les lointains derrière l'alignement des mâts, des radeaux et des amarres, et il retint son souffle. Un vrai cimetière. Les bâtiments grands et petits, les remorqueurs formaient de petits groupes immobiles. Plus loin, la proue en l'air, gonflé comme une outre, la peinture écaillée, le pétrolier qu'il avait commandé pendant des années se tenait à l'ancre, prisonnier. Chaque fois qu'il regardait *l'Étoile du Nord,* la tristesse l'étreignait. Mille souvenirs lui revenaient, il se rappelait les ports du bout du monde... Adieu à tout, adieu !

Là-bas, les entrepôts avaient depuis longtemps fermé leurs grands portails verts. Les grues restaient immobiles, le bras tendu. Les chaînes du quai s'enfonçaient dans la vase. Autour des grandes bâtisses, les abris de fortune, gourbis informes couverts de tôle ondulée, avaient poussé comme des champignons dans la boue, la crasse et la misère où grouillait une humanité aux visages jaunes, aux cous tordus et aux yeux exorbités, dont l'existence paraissait à peine croyable. Adieu.

L'existence est bizarre. On vit comme si tout était éternel, comme si la mort était une illusion. On vit sans croire à ces forces qui, comme des vents venus des quatre points cardinaux, se réuniraient dans un coin du ciel pour former cet ouragan aveugle et monstrueux qui se jette à l'assaut des continents paisibles. Cela, l'homme ne le voit pas. Il glisse comme sur des rails, saluant au passage le spectacle de la création alors que le spectacle est en plein bouleversement, que les pays se sont déchirés en creusant sous eux des gouffres.

Voici la mer morne et vide, les navires orphelins, et le capitaine Hérian qui, au lieu de se tenir sur sa passerelle de commandement, se trouve Dieu sait où. Tout un passé — les meilleures années — tire un trait noir et clôt le cercle. Dans un grand ébranlement, il ferme sa porte. La vie te pousse et file. Tout ce qui faisait le présent, les voyages pleins de joies et de soucis, les plaisirs des ports de l'Orient et de l'Occident, les femmes, les aventures imprévues la veille des grands départs, tout cela s'abîme soudain dans l'ombre et disparaît pour toujours.

La mer elle-même, les flots éternellement recommencés, le jeu dément des tempêtes, le mugissement et les plaintes du vent. Il avait connu dès l'enfance le long voyage, l'imprévu, l'épreuve. Mer, sœur au regard glauque et trouble.

Quel ennui, cette attente insupportable pendant des mois, ces déplacements de punaise hésitante ! Et puis il y avait eu les événements, avec lesquels il n'était pas question de se mesurer. La vie avait dissimulé son visage, elle avait mis des masques changeants puis, comme un forgeron devenu fou, avait brandi son marteau dans tous les sens, abattant, cassant, brisant. La guerre, la révolution, la ruine. Que pouvait faire l'individu ? Lui, il n'avait jamais eu peur de la vie. Il avait toujours traversé les difficultés d'un pas ferme, il n'avait jamais plié sous l'épreuve, il avait résisté aux coups du sort, à la méchanceté, à la fourberie des hommes, le front haut, les poings prêts, le cœur assuré.

Et maintenant il était heureux. L'homme doit savoir créer l'événement en fonction de ses forces, sa sagesse intérieure doit illuminer ses jours, de toute la vie qui chante en lui, il faut qu'il garde désir et ardeur. Il faut qu'il existe, qu'il existe de toutes ses forces.

Les mains dans les poches, il suivit la jetée en sifflotant. C'était décidé : il allait abandonner la mer et il allait abandonner Dachenka. Dachenka... avec ses cheveux couleur de raisin foulé, si volontaire, avec ses yeux bleus, l'ivresse de ses lèvres...

L'Arménie, où il avait résolu d'aller, il ne l'avait pas revue depuis son enfance. Devenu orphelin après la mort de son père, il était venu à

Batoum chez un parent éloigné qui, après lui avoir fait la vie impossible pendant quelques mois, l'avait tout simplement mis à la porte. Pendant ces années d'épreuves, la patrie lointaine l'avait visité comme un rêve, douce et embellie.

Le village où il était né, les montagnes, les prairies, le premier frémissement de l'aube, les premières lueurs que les rayons d'or faisaient glisser à la surface de la terre réveillée... Et le village accroché au flanc de la montagne, la maison familiale et le bruit du torrent... Il aimait surtout se rappeler ce torrent qui descendait en grondant, se perdait un moment entre les maisonnettes aux toits pentus, brusquement rejaillissait pour passer sous le pont branlant et former une sorte de petit lac, puis, s'élançant avec une force renouvelée, chantait la louange du soir immense descendu de la montagne, bercé par la cloche de l'église.

Ces images, il les portait en lui depuis des années, elles l'avaient pénétré à ce point qu'elles affaiblissaient et ternissaient parfois ses autres impressions. Souvent, dans les moments difficiles, quand il éprouvait le besoin de se retrouver, de se retrancher dans une espèce de forteresse intérieure rassurante, il retournait instinctivement à ces souvenirs du temps passé et s'arrêtait résolument au pays des monts et des torrents.

« Pour un Arménien, lui avait dit un réfugié rencontré à l'étranger, le pays, ce n'est pas seulement un souvenir agréable, c'est comme une vie de l'esprit qui circule dans vos veines et sans laquelle le travail, la richesse, la réussite et la gloire n'ont plus de sens. Et chaque fois qu'à l'étranger où je vis, la vie me sourit un peu, quand je réussis quelque chose, comment dire ? j'ai l'impression que je vole quelque chose à l'âme de mon pays, que je la blesse. »

Avec les années, ces paroles avaient comme grandi en lui. Elles avaient provoqué une espèce d'incertitude contradictoire et parfois douloureuse. Une insatisfaction inexplicable le tourmentait, le chassait d'un endroit à l'autre, provoquait une inquiétude persistante. Il n'en distinguait pas la vraie raison. Au cours de ses voyages, il avait beaucoup lu, des livres de philosophie ou de vulgarisation scientifique, il avait travaillé, s'était amusé, il avait cueilli à brassées les fleurs de la vie, et pourtant, chaque fois qu'il s'était retrouvé face à lui-même, une sensation de vide l'avait envahi. Tout se voilait, s'estompait, se réduisait. Son âme se perdait dans des silences vastes comme la mer, sans visage en vue, comme un navire à la dérive.

Oui, il faut se réfugier dans la forteresse intérieure, retrouver son unité profonde et aller à la rencontre des événements avec un cœur et un esprit solides. Il serait bien heureux de partir.

Il passa sa dernière soirée avec Dachenka. Ils dînèrent au restaurant, puis allèrent dans quelques cabarets. Il s'efforça de paraître joyeux, chanta et dansa.

Elle portait la robe rose pâle qui plaisait tant à Ara, et sur la poitrine une broche en or représentant une grosse fleur. Les boucles couleur de paille qui dansaient sur son front semblaient éclairées par en dessous. Il n'arrivait pas à la quitter du regard. Elle avait un peu bu et la tristesse la gagnait. Ses cils paraissaient encore plus longs que d'habitude, ses prunelles avaient comme des éclairs d'inquiétude, ses jolies lèvres humides restaient entrouvertes.

— Qu'est-ce qui va arriver, Ara ? Qu'est-ce qui va arriver ?

Il prenait dans les siennes ses mains délicates :

— Attends, un jour je t'apporterai des chaussures roses pour aller avec ta robe, et de ces parfums français qui montent à la tête. Patience, Dachenka, les beaux jours reviendront.

Elle se forçait à sourire. Elle aimait les airs tziganes qu'on avait demandés aux musiciens. Elle les fredonnait à mi-voix et ses yeux s'emplissaient de larmes. Il lui baisait les mains et lui promettait plein de choses agréables.

— C'était la fête, Ara, lui dit-elle, et puis ils ont éteint les lumières dans les cœurs. Le bon vin répandu par terre, les fleurs foulées aux pieds et des cris au lieu des rires... Je suis toujours sans nouvelles de mes deux frères.

— Tu es sans nouvelles parce que les communications sont coupées. Bois.

Ils buvaient. Ils dansaient. Il voyait avec crainte approcher l'aube qui allait souffler une flamme bleue dans son cœur. Ils n'arrêtaient plus de danser. De temps à autre, ils s'asseyaient et se regardaient dans les yeux. Elle était de plus en plus mélancolique.

— Pourquoi ? Je ne sais pas, c'est comme ça. Je ne sais pas.

— Ça passera, Dachenka, les beaux jours reviendront. Tu verras, quand tout sera fini et que la tempête sera passée, je recommencerai à naviguer. Tu viendras sur le quai, tu me regarderas en agitant ton petit mouchoir pour me dire adieu. Et puis on entendra la grosse voix de la sirène et on larguera les amarres. Et moi je partirai, et pendant tout le voyage je penserai à toi et je serai triste et j'aurai envie de toi. Et à mon retour je t'apporterai de belles étoffes de soie et de velours brodées avec des grandes fleurs et des oiseaux des îles.

Mais les heures avaient passé, l'aube blanchissait les fenêtres. Il fallait partir.

Ils marchèrent côte à côte en riant sans raison, comme des enfants.

Arrivé près de chez elle, il s'arrêta brusquement et, devenu sérieux, il lui dit :

— Dachenka, mon cœur... Ah! Dachenka-Douchenka*, mon âme, je ne t'ai encore rien dit, je ne voulais pas t'attrister, mais dans quelques heures je serai parti...

Elle le regarda fixement, comme pétrifiée :

— Ce n'est pas possible! Tu veux me faire peur...

— Non, je ne veux pas te faire peur. Il faut que je parte.

Et il lui expliqua. Elle protesta, se mit à sangloter. Les larmes coulèrent, emportant un peu de fard. Elle pâlit encore et son expression se fit plus malheureuse. Elle posa sa tête sur son épaule, pleurant toujours.

— Je reviendrai, Dachenka, tu verras, je reviendrai.

Et ce matin-là, sa valise à la main, sa vieille casquette enfoncée jusqu'aux sourcils, le col de son manteau relevé, il partit pour l'Arménie.

* Jeu de mots entre le prénom Dachenka et *douchenka*, diminutif de *doucha*, âme en russe. (Toutes les notes sont du traducteur.)

2

Le train était bondé. De petites gares isolées dans la campagne, des collines, des vaches, des chèvres, des paysans.

Les corps étaient affalés au milieu des valises, des caisses et des sacs. Des femmes couchées par terre, des enfants au teint cireux endormis sur des tas de ballots, de vieux Géorgiens accroupis, avec des nez invraisemblables, leurs mains velues sur la poitrine, les yeux grands ouverts, les lèvres découvrant des dents jaunes. De cet amas humain s'élevaient des odeurs âcres, des voix grinçantes et gutturales.

Quand le train s'arrêtait, tout le monde se mettait en branle en criant. Chacun, essayant de descendre pour chercher un peu d'eau, poussait, jouait des coudes, braillait, agitait sa cruche sur la tête des voisins. La locomotive continuait à siffler, les femmes à crier et les enfants à pleurer.

Coincé entre deux sacs, le front en sueur, la langue sèche, épuisé, Hérian arriva en gare de Tiflis et, sans s'occuper de rien d'autre, s'enquit du train pour Erevan.

— L'*armianski poezd,* lui répondit un employé, il est là, mais il n'est pas encore près de partir.

Il monta avec émotion dans ce « train arménien » et, constatant qu'il n'y avait encore personne, s'allongea sur une couchette.

Il dormait à poings fermés quand le convoi démarra.

— Eh, monsieur, levez-vous ! Tout le monde descend.

— Quoi ? Déjà ?

Il se frotta les yeux et regarda dehors. L'obscurité, le vide, la pluie.

— Suivez la voie, lui dit l'employé géorgien, vous trouverez le train d'Erevan. Ici, c'est Sanahine, la gare-frontière.

Étonnant. Sa valise à la main, la tête dans les épaules, les pieds heurtant les traverses, il s'enfonça dans la nuit. Ses lèvres frémissaient légèrement. Sanahine, se dit-il, je croyais que c'était un ancien monastère. Et puis d'ailleurs, ce Sanahine, où est-ce ?

L'obscurité, la pluie. Bon, se dit-il pour se donner du courage, bon, nous voilà au pays. Mais au bout d'un moment, il commença à s'inquiéter. De gare, il n'y avait pas trace. Et on ne distinguait pas non plus le moindre coin où s'abriter de la pluie. Et le Géorgien qui lui avait dit qu'il y aurait quelques heures d'attente! Attendre quelques heures, mais où? Nous voilà au pays...

A plusieurs reprises, ses pieds s'enfoncèrent dans une boue épaisse. Il se mit à observer le sol, et à sauter par-dessus les flaques. Il avait les pieds trempés, il était gelé. Il se sentit désespéré. Il faisait froid, tout était noir. Dachenka... Non. Il valait mieux retourner à Batoum. Il fit demi-tour, se mit à courir puis s'arrêta, interdit: le train géorgien, illuminé, s'éloignait en sifflant. « Au diable! »

Il posa sa valise par terre et s'assit dessus. Hé hé hé! fit-il à haute voix. Le silence humide ne réagit pas. Il sortit sa pipe de sa poche, la bourra, l'alluma, l'entoura de ses mains pour se réchauffer. Il y avait quelque chose qu'il ne comprenait pas : d'autres voyageurs du train de Tiflis étaient descendus aussi. Où étaient-ils passés?

Ses yeux commençaient à s'habituer à l'obscurité. Devant lui se dressait le fantôme d'une haute colline, noire, sévère. On aurait dit qu'elle allait avancer et vous engloutir. Là-haut, c'était sûrement le monastère. Au milieu, il y avait le cloître et autour, derrière des murs épais, des cellules plongées dans la pénombre, et dans ces cellules, sous une lumière blafarde, avec leurs longues barbes, leurs lunettes sur le nez, les moines lisaient des manuscrits sur des parchemins qui avaient pris la couleur de leurs visages, ou bien ils écrivaient en lettres de feu de sombres histoires.

Mais où est la gare?

Ils sont là: lui, la pluie, les collines habillées de nuit, et quelque part, les moines. Mais pas de gare, pas de train pour Erevan.

Il reprit sa valise et se remit en marche. Au bout d'un bon moment, il remarqua une lueur, et aussitôt courut dans sa direction: c'était un wagon isolé, sur une voie de garage. Cela le réjouit. Il monta les trois marches, frappa à la portière. A l'intérieur, un soldat abaissa la vitre.

— Pardon, frère, je voulais savoir...

Et Hérian raconta son histoire.

— Mais c'est interdit d'entrer, fit le soldat, c'est un wagon militaire. Allez par là, il y a un fruitier, vous pourrez attendre dans sa boutique. Si vous venez d'arriver, faut faire excuse, c'est comme ça, à cause de la guerre, la gare est démolie. Qu'est-ce que vous voulez, c'est comme ça.

Le visage honnête et sérieux du soldat lui plaisait. Il voulut le remercier chaleureusement, mais sa langue s'emmêla et il s'éloigna en marmonnant quelques mots vagues. Il alla dans la direction indiquée et s'arrêta devant des murs à moitié écroulés. Ces décombres, moellons, poutres, fenêtres et portes brisées, ça devait être l'ancienne gare. Il mit deux doigts dans sa bouche et lança un énergique coup de sifflet. Un chien aboya. Dans l'ombre, une silhouette bougea.

— Qui c'est?

— Où est le fruitier? C'est là? fit-il en approchant.

— Oui, c'est là.

Au milieu des décombres, il remarqua une sorte de trou conduisant à quelque chose qui ressemblait à un sous-sol. Il se courba et, tâtant les marches du pied, descendit. Une humidité âcre le frappa au visage. Un bout de bougie fiché dans un cône de papier éclairait la scène: quelques paniers remplis de carottes noires et de pommes, entourés d'ombres accroupies.

— Bonsoir à tous, dit-il d'une voix grave et énergique en s'asseyant sur sa valise.

Les ombres le regardèrent par en dessous, mais se contentèrent de soupirer.

— Où est-ce qu'on est? plaisanta-t-il. C'est ici la salle d'attente?

Les ombres baissèrent la tête et soupirèrent derechef.

— Qu'est-ce que vous voulez, fit l'une d'elle après un long moment de réflexion, voilà comment va le monde. Au lieu d'arranger les choses, les gens cassent ce qu'il y a. On veut pas du tsar, qu'ils ont dit, on veut pas de ci, on veut pas de ça, on s'installe et voilà... Mais une gare, bien sûr qu'il y en avait une, et une salle d'attente, et tout ce qu'il faut. Ils ont tout brûlé, tout cassé.

Hérian prit une pomme, la frotta sur son pantalon et se mit à la croquer. Au bout d'un instant, celui qui avait parlé reprit:

— Vous attendez sûrement le train?

— Oui.

— Le train, ça fait longtemps qu'il est là, mais ils n'ont pas encore ouvert les portes, ils ne veulent pas qu'on monte.

— Et le train est là? Alors pourquoi ils n'ouvrent pas?

— Est-ce que je sais? Il paraît que les gens volent tout dans les wagons.

— Malheureux! intervint une autre ombre. Est-ce qu'il reste quelque chose à voler? Ça fait longtemps qu'ils ont tout déménagé.

— Et moi je vous le dis, reprit le premier, le monde a changé, tellement changé! C'est plus vivable. Et vous, vous venez d'où?

— De Batoum.

— Ah oui? C'est une belle ville, Batoum.

Un instant de réflexion puis il enchaîna:

— Oui, je disais... Eh bien! vous qui venez de Batoum, vous le savez peut-être : ces bons à rien, ils viennent ou ils viennent pas ?

— Quels bons à rien ?

— Ben... les Européens ! Ils viennent, ils arrivent qu'ils disent, et on voit toujours rien.

— Qui sait ? répondit Hérian. Qui sait ? Pour l'instant tout est sens dessus dessous. Mais je me demande bien pourquoi ce charmant train ne va pas directement de Tiflis à Erevan.

— Il n'y va pas parce que quand les Allemands et les Turcs étaient ici, nos bons Géorgiens, eux, ont fait semblant d'être leurs amis et en ont profité pour prendre les bons trains russes. Et maintenant, ce matériel qu'ils ont volé, ils ont peur de le laisser entrer en Arménie, parce que s'il y entre, il n'en ressortira pas. Voilà où on en est.

Hérian avait fini sa pomme. Il prit une carotte et la croqua bruyamment.

Une des ombres se mit à ronfler doucement. Le patron souffla la lumière en expliquant : « La chandelle, c'est rare. »

Il se balançait sur sa valise depuis un bon moment quand il entendit le sifflet de la locomotive. Il bondit dehors et vit une foule compacte assemblée devant le train. Des paysannes, des villageois coiffés du *papakh* *, des soldats, des enfants. D'où sortaient-ils tous ? Ils se ruaient sur les portes en criant et en se battant, pour essayer de monter. S'il voulait une place assise, il ne fallait pas traîner. Il se lança dans la bousculade, essaya de fendre la masse humaine, recula, tomba à genoux, se releva, refonça en avant, poussa, bouscula encore et, sans comprendre par quel miracle, se retrouva à l'intérieur d'un wagon plongé dans une totale obscurité.

Il s'était jeté sur une banquette, mais à côté de qui était-il assis ? Il n'en savait rien.

— Mais enfin, fit-il, qu'est-ce que ça veut dire ? Quand vont-ils allumer ?

— D'où vous sortez ? répondit le voisin, goguenard. Vous arrivez de Chine ? Pour qu'ils donnent de la lumière, il faudrait qu'il y en ait. Ah, ces soldats russes, que le diable les emporte ! Ça leur a pas suffi de se sauver du front turc comme des voleurs. Ils se sont sauvés, mais en partant, ils ont tout cassé sur leur chemin, tout pillé, tout brûlé. Quand il fera jour, vous verrez qu'ils ont dépouillé les wagons comme un mouton qu'on égorge. Soi-disant qu'ils étaient venus pour nous libérer des Turcs... Ah ! parlez-moi de la Russie, de la Sainte Croix, de la civilisation !

* Bonnet de fourrure.

Il soupira fortement. Il arrivait toujours des voyageurs qui tâtaient les cloisons comme des aveugles, se heurtaient aux autres, bougonnaient, juraient et disparaissaient. C'étaient probablement des montagnards, à en juger par l'odeur qu'ils dégageaient, mélange d'herbe sèche, de laine et de fromage de chèvre.

Le train parti, quelqu'un essaya d'allumer un bout de bougie. Impossible : par les portes et les fenêtres aux vitres brisées, les courants d'air passaient en tempête. Mais les quelques secondes de lueur donnée par les allumettes avaient suffi à révéler l'état lamentable des voitures : le drap des banquettes arraché, les armatures métalliques réduites à l'état de squelette, les fenêtres brisées, les rideaux tailladés à coups de couteau. Dehors, la nuit, elle aussi vide et ravagée, courait derrière le train en martelant le sol. La voie longeait le Debet dont les flots torrentueux s'affolaient au pied des rochers. Le vent hurlait dans les arbres du Lori *.

Il alluma sa pipe et, une fois de plus, y réchauffa ses mains engourdies. Il sentit son corps s'alourdir doucement, et, ne pouvant plus résister au sommeil et à la fatigue, il s'abandonna au froid et au bercement du train. Sans arriver à dormir, il tomba dans une profonde torpeur, une espèce de pesanteur lui ferma les paupières, lui contracta les épaules et voila sa conscience.

... Et voici une étendue infinie, vide et verte. Prairie ou mer ? Une nuit agitée sous le ciel constellé d'étoiles. Le hurlement du vent qui le cingle, le pousse, veut le renverser. Son corps est entraîné, il serre les poings, écarte les jambes pour ne pas perdre l'équilibre.

Et voilà un horizon bleu sombre où, du fond de nuages crevés, jaillissent d'innombrables lumières. L'aiguille s'affole sur le cadran du compas. Comme c'est étrange ! Il croyait que c'était le sommet écumant des vagues, et voilà que ce sont des troupeaux innombrables. Les clochettes pendues au cou des vaches et des chèvres tintent, les chiens courent en aboyant, les bergers agitent leur houlette pour faire avancer les bêtes.

Mais pourquoi ce sifflement strident, profond ? C'est la sirène d'un bateau. « Larguez les amarres... » On les largue, le bateau bouge mais ne peut pas avancer ; il se heurte aux montagnes. Les troupeaux s'éloignent en ondulant. Lui, il veut les suivre, mais il ne peut pas. Il veut appeler, crier. Sa voix s'étouffe dans sa gorge. Il a froid.

Au diable ! Il hoche la tête, remue les épaules, se demande s'il a

* Région du nord de l'Arménie.

rêvé. Il bâille, retombe dans sa torpeur. Tac-tac-tac-tac... C'est le train qui chante.

... Et il passe sur un chemin étroit, au village de Berbuza. Il regarde, étonné. Tu vois, ton village est devenu méconnaissable. Mon Dieu, mais qu'est-ce que c'est? Tout s'est écroulé. On ne peut pas marcher. De la boue, des tas de pierres et de poutres. Ses jambes flageolent. Il tombe dans un mélange de boue et de pierres. Il se lève, tout son corps tressaille. De quel côté aller? Que faire? La tristesse l'écrase. Il tremble.

Il regarde encore. Un ciel noir et lourd est tombé sur cette scène de désolation et a enseveli les petites maisons couchées comme des cadavres. Ses paupières sont lourdes et douloureuses. Plus il s'éloigne, plus les ténèbres s'épaississent. Il s'affole. Ses pieds continuent à le porter mais il ne sent plus son corps. Il n'existe plus. Il n'y a plus que des pieds et des yeux. Et ils le...

Au même instant son regard s'éloigne et s'arrête en un tout autre lieu. Dans un café maure de Bizerte, il a rencontré le capitaine Melnikov et il lui parle de son village. « Voyez-vous, cher ami, j'étais soi-disant retourné chez moi... » La musique arabe qui miaule dans un coin du café l'indispose, il se sauve et retourne au village. Et tout là-bas, au bout du chemin principal, brille une petite lumière. Ce doit être quelqu'un qui fouille la nuit et ce champ de dévastation à la lueur d'un fanal. De toutes ses forces, il se rue dans cette direction. Il saute par-dessus des trous, heurte des tas de pierres, tombe à genoux.

Un être à la taille incroyable surgit devant lui. Il a les épaules hautes et anguleuses, le visage émacié, la barbe hirsute, des yeux de braise, les lèvres minces. Le fanal dans sa main osseuse jette une tremblotante lumière jaune et fait danser des silhouettes. Les mains du géant s'élargissent, grandissent.

Ara ouvre tout grands les yeux. L'extraordinaire, c'est que cet homme qui est devant lui — oui, il n'y a pas de doute, c'est un homme — ne lui est pas inconnu. Il l'a déjà vu quelque part. Mais où? Tac-tac-tac-tac.

Il se rappelle, oui, il se rappelle. Le dimanche, la main dans celle de sa mère, il allait à l'église. La mère se prosternait près du premier pilier, touchait le sol de son front. Lui se mettait à genoux aussi, mais comme la prière de sa mère durait longtemps et que les genoux commençaient à lui faire mal, il finissait par s'asseoir sur ses talons, se trémoussait un peu, regardait à droite et à gauche, la bouche ouverte, puis, s'ennuyant franchement, se tortillait et laissait son regard glisser sur les images saintes pendues aux murs. Il y avait là des hommes et des anges tout noircis, avec des gestes et dans des positions bizarres. Et maintenant, il se souvient : l'homme, c'est là-bas, à l'église, qu'il l'avait vu. Il se tenait exactement comme sur l'icône et ses yeux brillaient comme deux morceaux de braise. Derrière descendent des nuages noirs.

— Qu'est-ce que tu me veux ? murmure Ara d'une voix émue.

— Rien, répond l'homme. Rien. Je suis venu te souhaiter la bienvenue. Tu t'en es allé, tu t'es perdu, tu t'es donné aux océans et tu as oublié le village.

Tac-tac-tac-tac. Il veut répondre, mais il ne peut pas. L'émotion lui serre la gorge. Ses lèvres bougent machinalement, mais aucun son n'en sort. Tout son corps lui fait mal. Les nuages bas de l'image, tout noirs, descendent en fumée épaisse, la nuit engloutit tout.

Quand il se réveilla, le train était arrêté. Il se leva, regarda par la fenêtre. On était dans une gare : une lampe à pétrole jetait une lueur blafarde. Des ombres, des voix étouffées. Un vent froid descendait des hauteurs toutes proches.

Un paysan tout maigre aux moustaches impressionnantes et aux yeux ronds tirait par un bout un énorme sac, et tempêtait en martelant son papakh de son poing libre :

— Et il vient me dire ça à moi ! Ton père soit béni, attends un peu, tu vas voir ce que je te dis, moi ! Non mais, il vient me dire ça à moi !

— Oui, je te le dis, criait un employé au bout du quai, oui je te le dis, grouille-toi un peu ! Le train ne va pas t'attendre des heures !

Le paysan s'arrêta et prit Hérian à témoin :

— Tu vois, frère, ça fait trois heures que j'attends. Si votre train n'arrive pas à l'heure, moi j'y suis pour rien. Tu te rends compte, frère, tu te rends compte ?

— Que le train arrive ou qu'il n'arrive pas, reprit l'employé, c'est pas ton affaire, c'est l'affaire du gouvernement. Toi, tu fais ce que je te dis et c'est tout.

— Tu fais ci, tu fais ça, tu fais ci et ça...

Ronchonnant et geignant, le paysan finit par hisser son sac et par monter dans la voiture.

Mais on ne partait pas. Une demi-heure passa. Puis une heure. Le train ne bougeait toujours pas.

— Qu'est-ce que c'est que cette organisation ? protestait d'une voix de stentor un voyageur de la première voiture. On va nous faire rester ici jusqu'à quand ?

— Qu'est-ce que vous voulez que je vous dise ? répondit l'employé qui avait houspillé le paysan. Je n'en sais pas plus que vous. Ce salaud de mécanicien est allé voir sa femme et il ne revient pas!

L'indignation du voyageur redoubla :

— Le mécanicien est allé voir sa femme! Il est allé voir sa femme! Et on appelle ça la république! Je vous demande un peu... Et on appelle ça la république!

— Je vous prie de ne pas parler politique. Dans les circonstances actuelles, on fait ce qu'on peut. C'est tout de même malheureux!

Pendant que, dehors, la discussion continuait, l'homme étendu sur la couchette au-dessus d'Hérian se frotta les yeux avec ses poings, bâilla et, d'une voix endormie, commenta la situation :

— Dans cet heureux pays, il y a des gens qui doivent absolument se plaindre de tout. Ils croient peut-être que ça va changer quelque chose. Les Arméniens sont incorrigibles, ils s'excitent pour rien.

Un enfant se mit à pleurer. Le reste était silencieux. On entendit tout de même le murmure plaintif d'un ruisseau et le bruit du vent dans les arbres. Le chef de gare, un paquet de papiers sous le bras, parcourut le quai, s'arrêta, agita nerveusement les épaules, regarda à droite et à gauche, puis reprit sa marche. Hérian l'interpella :

— Pardon. On ne pourrait pas avoir un verre de thé au buffet?

— Du thé? Et puis quoi encore? A l'heure qu'il est, en Russie, ils font leur thé avec des épluchures de pommes, et encore, s'ils en trouvent. C'est comme ça.

Un instant plus tard, le mécanicien arriva en courant :

— Sonne la cloche! C'est terrible, les femmes, des vraies têtes d'oiseau. Allez, sonne! Je lui avais dit de me trouver un peu de fromage, c'est comme si j'avais sifflé. Allez, sonne!

Un homme à la longue barbe blanche, qui ressemblait à Noé, sortit du bâtiment de la gare et agita la cloche en criant :

— En voiture pour Erevan! Attention au départ!

Au son de la cloche répondirent les pleurs des enfants qu'elle avait réveillés.

— Ils se plaignent, reprit l'homme du dessus, ils se plaignent parce que les trains ont du retard. Un peuple qui n'est jamais content. On oublie qu'il y a encore quelques mois, on mettait dix jours pour faire cent verstes*.

— Enfin, permettez, ce n'est pas une excuse, protesta celui qui était assis dans le coin en face, ce n'est pas une excuse du tout! Du temps du tsar, il y avait de l'ordre et les trains n'avaient jamais plus de

* Ancienne mesure russe équivalant à environ un kilomètre.

deux heures de retard. L'homme ne vivait pas comme une bête. Ah mon Dieu ! mon Dieu !

— Ça, c'est une autre affaire.

Le train démarra.

Dehors, une lumière d'un blanc laiteux se leva. Le froid devint plus vif. Un peu plus tard, la toile rouge du ciel se déchira et la lumière berça l'horizon. Debout devant la fenêtre, Hérian ne se lassait pas du spectacle qu'il considérait de son œil habitué à scruter les éléments, avec une attention émue. Tout s'agrandit, s'inscrivit dans ses sens et dans ses nerfs. C'était un univers de bronze, une immensité pétrifiée où courait du feu, où des masses de silence s'abîmaient dans le ciel. Un monde de sommets, de crevasses et de gouffres. Dans tout cela, le train avait l'air d'un jouet.

Instinctivement, il assurait ses pieds sur le sol, attendant le mouvement des vagues, le balancement du grand mât et les mouvements de tremplin de l'horizon. Mais non, on n'était pas sur mer et on ne voyait comme vagues que celles, gigantesques, taillées dans la pierre, et dont le mouvement figé avait son invisible origine dans les profondeurs de la terre.

Il regardait, interdit et heureux. Voilà, se dit-il, l'autre face de la mer, une immensité pleine d'accidents plus secrets, une forme différente de la réalité familière, une autre façon d'être et de naviguer.

Tout montait, tout allait vers le ciel, et cette élévation, il la sentait en lui. Il ne réprimait rien, n'étouffait rien. Au contraire, il sentait nettement, au fond de lui, une vie qui allait en s'épanouissant. Des ailes lui venaient, tout s'éclairait d'une lumière nouvelle.

Oui, c'était bien un monde de bronze. Suivant son habitude, il voulait raisonner ses impressions, les comprendre, distinguer ses pensées. Impossible. L'idée se concevait dans l'inconscient. Elle prenait corps et vie sans effort et sans recherche, formulée et toute prête, excellente et lumineuse, fondamentale et indispensable, comme ce pays qu'il traversait, ce pays un et indivisible, uni pour toujours à ses éléments, noble et nu, drapé dans un silence fantastique. Pas de doute, cette terre attendait, elle attendait l'homme, elle avait soif de l'homme. Depuis des siècles, depuis des temps immémoriaux, elle attendait l'homme fort, solide, robuste, le front éclairé par une vision. Un homme noble et nu comme le pays, vêtu de silence.

Il regardait, ravi. De temps à autre, le train s'arrêtait dans un paysage désert, devant une gare perdue. Arrivaient des gens simples, sérieux et songeurs, traînant derrière eux un peu de l'aube. Ils marchaient lentement, parlant d'une voix tranquille, comme s'ils avaient craint de troubler la sérénité du matin. Il avait l'impression que tous étaient de ses intimes, qu'il les connaissait, qu'il leur était attaché par des liens profonds. Il leur souriait et ils répondaient à son sourire.

Dans les compartiments, tout le monde était réveillé. On mangeait; des morceaux de mouton gras, du fromage de montagne, du vin fort baignaient de leurs odeurs des propos amers.

— Ce qu'il y a, disait l'un, c'est que quand on est arrivé, qu'est-ce qu'on a vu? Rien que des femmes. Ces fils de chiens s'étaient sauvés en laissant les femmes. Alors, le chef a sorti son revolver et il a dit: « Celui qui touche à une de ces femmes, je le descends. » Les gars, ils trouvaient ça un peu fort! Les Turcs, eux, ils ne se sont pas gênés pour massacrer nos mères, nos sœurs et nos fiancées, mais comme ils savent que les chrétiens ne tuent pas les femmes, ils avaient laissé les leurs et ils s'étaient sauvés.

— Évidemment, ils sont comme ça.

— Il fallait les voir, les filles! Elles tremblaient comme la feuille, elles prenaient l'encolure de nos chevaux dans leurs bras, elles nous baisaient les mains, nous suppliaient de ne rien leur faire, et qu'elles voulaient suivre la religion du Christ et tout!

— Et nos femmes à nous, elles se jetaient du haut des montagnes, elles se déchiquetaient sur les rochers pour que les Turcs ne les souillent pas.

— Et après, qu'est-ce qui s'est passé?

— Qu'est-ce que vous voulez? Rien. On n'a pas touché aux femmes. Quand on a reculé, il y en a qui ont absolument voulu suivre les gars et se sont mises en ménage avec. Comme amoureuses, elles sont bien...

Et on racontait, et on mangeait.

Debout devant la fenêtre, le visage pâle et mobile, une jeune fille regardait dehors en chantonnant. De temps à autre, elle tournait la tête vers l'intérieur du compartiment, levait les sourcils d'un air surpris, tordait la bouche et riait sans raison, d'un rire forcé, inquiétant. Elle allongeait un cou d'oiseau en colère et ses yeux étincelaient comme des morceaux de miroir au soleil. Hérian la regardait, étonné. « Le train trrr... le train trrr... », fit-elle en agitant les bras comme pour s'envoler. Un homme âgé, au grand visage triste et aux cheveux blancs avec quelques mèches jaunâtres, lui faisait signe de se tenir tranquille. D'épais sourcils retombaient sur ses yeux gris et, au milieu de son visage émacié, buriné et mangé de barbe, s'avançait un gros nez. Il ne cessait pas de bouger la tête et de se mordre les lèvres.

— Tiens-toi tranquille, ma fille, tiens-toi tranquille !

La fille ne le voyait pas. Elle n'arrêtait pas de rire, de bouger et de parler toute seule. Le pauvre homme regardait Hérian, se frappait le front en soupirant :

— C'est pendant les événements... les assassins, murmura-t-il avant de continuer à parler avec ses voisins.

« Le train trrr... le train trrr... »

La fille s'excitait, s'agitait. Qui sait ce qui se passe en elle ? se dit-il. En voilà une qui a quitté notre réalité. Maintenant, elle est dans un monde dont nous ne savons rien, un univers aussi réel pourtant que le nôtre et peut-être plus près de la vérité. Il n'y a qu'à voir ses lèvres serrées, ses yeux brillants, ses cheveux qui tombent comme la nuit sur ses épaules étroites, ses mains diaphanes pour imaginer le drame.

Le train s'arrêta dans une nouvelle gare. Le vieux se leva d'un bond, prit la fille par la main, et ils descendirent.

Giumri *. La gare est pleine d'une foule bruyante : soldats, miliciens, paysans, citadins. Ils vont et viennent comme à la promenade. Au buffet où il est allé s'asseoir flotte une odeur de graisse, de cuir et de cuisine. Toutes les tables sont occupées. Tout le monde mange d'un énorme appétit. On boit le vin et le cognac dans des verres à thé. De la cuisine arrivent sans cesse des brochettes. On mastique, on rit, on crie.

Quelle joyeuse misère ! Une sonnerie continue se fait entendre : en rangs serrés passent des soldats qui martèlent le sol de leurs bottes. Des commandements secs retentissent. Des groupes d'orphelins suivent. Ils chantent, acclament quelque chose, on se demande qui ou quoi. Ils applaudissent. L'air s'emplit d'exclamations, de salutations, d'adieux.

Finalement, après les sonneries, les sifflets, les cris, le convoi recule un peu, les voitures s'entrechoquent, la locomotive crache une masse de vapeur énorme et, pendant que la foule enthousiaste agite en criant des centaines de mouchoirs et que d'innombrables vieilles essuient les larmes de leurs yeux ravagés, le train repart une fois encore en gémissant et aborde une nouvelle étendue désertique.

Au grouillement bruyant succéda un sombre vide. On chantait dans la première voiture. Les fenêtres s'emplirent de curieux. Le convoi passa devant de grandes bâtisses carrées, massives et lugubres, qui ressemblaient à des casernes.

— La cité des orphelins, expliqua un jeune homme debout près

* Ancien nom arménien d'Alexandropol, aujourd'hui Leninakan, deuxième ville de la RSS d'Arménie.

d'Hérian. Des milliers et des milliers. Avant, c'étaient les casernes des cosaques. Ils sont partis, ils se sont sauvés. Alors maintenant, on y a mis des orphelins, garçons et filles. C'est l'aide américaine. Le matin, ils font la prière et la gymnastique, et puis après ils font la prière et ils mangent, et puis après ils font la prière et je ne sais quoi, et comme ça toute la journée.

— Ils sont beaucoup ?

— Qui sait combien ils sont ? On ne les compte plus. Des orphelins, on en voit partout : ici, dans les rues des villes, dans les villages, chez les gens, sur les routes, c'est comme les sauterelles. Terrible !

On distinguait bien la foule des enfants qui jouaient dans les cours. Tous les voyageurs regardaient.

— Quelle époque ! Quelle époque ! se lamenta un barbu, les bras levés au ciel.

Une vieille se frappa la poitrine du poing. Dans la voiture de tête, on ne chantait plus. Le désert recommença, et du coup toutes les fenêtres se vidèrent. Hérian resta debout. Dans le lointain, une rivière aux reflets d'argent terni, après s'être heurtée à quelques collines tristes, relevait le cou comme un chat malade qui rampe sur le ventre, puis disparut derrière les ruines.

— Ani ! criait-on dans le compartiment. Ani !

Un moment, le nom sacré chanta dans la tête d'Hérian. Une page de parchemin historique s'ouvrit en lui en frémissant. Ani, lieu légendaire des gloires du peuple arménien, capitale magique, la ville aux mille églises, aux palais opulents, aux forts imprenables... Ani rongée par les siècles, devenue une divinité malheureuse. Le vent soufflait dans les ruines quand lui succéda le sifflet continu de la locomotive : on arrivait à Sardarabad. Un pays jauni, mort, réduit en cendres. Le feu du soleil avait écorché ces étendues où l'on ne distinguait pas la moindre masure, pas un arbre, pas âme qui vive.

Il promena son regard attristé dans tous les sens, vit le paysage désertique. Quelle misère !

— De l'eau, de l'eau ! dit quelqu'un.

— De l'eau, de l'eau ! répétèrent les autres.

Il se retourna. Un voyageur s'approcha de lui.

— Ce qu'il y a, lui dit l'inconnu, c'est que le pays a soif. Toute la question est là. Irriguer cette malheureuse terre, lui redonner de la vie, en tirer les richesses qu'elle cache, voilà ce qu'il faut. Au fond, elle ressemble à notre peuple. On dirait que la nature a tout inscrit dans son livre : le même destin, le même sort. Regardez bien, la terre, c'est comme le peuple arménien, elle souffre de ne pas donner ce qu'elle pourrait donner.

— Oui, approuva-t-il vivement, oui, c'est bien ça.

— Voilà des siècles que ce pays attend, que ce peuple attend. Des siècles de misère, de souffrance et de martyre.

— Eh oui !

— Mais il y a une chose que je ne comprends pas. Pourquoi ne nous laissent-ils pas tranquilles ? Je ne vois pas ce qu'ils nous veulent. C'est de la convoitise ? Mais ils convoitent quoi ? Ici il n'y a pas de pétrole, pas de mines d'or ou d'argent. Les villes sont en ruine, les villages à moitié démolis. Et si on nous demande ce qu'il y a dans ce pays, la réponse est facile : de la pierre. La vérité c'est ça, l'Arménie, c'est de la pierre. Où qu'on mette le pied, on tombe sur du caillou. Partout et n'importe où, c'est des rochers et de la montagne, de la montagne et des rochers. Les chèvres doivent monter à deux cents archines* pour trouver trois brins d'herbe perdus entre les cailloux. Et si on n'est pas têtu comme un âne et si on n'a pas ce qu'on appelle l'amour du pays, on ne peut pas vivre ici. Pour vivre ici, il faut l'amour, il faut le feu, il faut être entêté comme un bœuf. De la pierre ! Il faut se battre, avec les bras, les jambes, avec tout le corps, il faut transpirer, veiller et se donner du mal. Mais qui pourrait résister à ça ? Si les Turcs avaient aimé le travail, au lieu du désert qu'ils ont, ils auraient un paradis. Les Russes aussi, mais ça, c'est une autre histoire. Enfin, frère, c'est comme ça, ces pierres-là, nous on les aime, ça fait si longtemps qu'on y est attachés et on ne veut pas s'en séparer. On a besoin d'elles et elles ont besoin de nous. Et si c'est comme ça, alors pourquoi ne nous laissent-ils pas tranquilles ? Pourquoi veulent-ils nous arracher ces pierres ? Je n'y comprends rien.

L'homme baissa la tête et se tut un instant, puis il leva les yeux sur Hérian :

— Vous comprenez, vous ?

— Non, moi non plus je ne comprends pas.

— On dit « l'Arménie », comme ça, et on passe. On chante, on parle en vers, on mélange la fausse langue classique de l'île vénitienne** à l'arménien moderne, tout ça sans comprendre que ce nom d'Arménie est un lourd, très lourd fardeau. Quant à être arménien, ça c'est difficile, c'est dur, c'est éprouvant. Être arménien, mon cher monsieur, ça veut dire avoir affaire aux rochers, au vent, au froid glacial, à la neige et à un soleil qui tombe du ciel comme du plomb fondu. C'est étonnant mais c'est comme ça : dans les autres pays, la terre nourrit le peuple, ici c'est le peuple qui doit nourrir la terre. Ici,

* Ancienne mesure russe équivalant à 0,71 mètre.

** Allusion à l'île Saint-Lazare de Venise, centre de l'ordre savant des mékhitaristes.

il n'y a pas qu'à se baisser pour ramasser de la bonne herbe bien verte et à lever la main pour cueillir les pommes au pommier. Ici, pour qu'un arbre fleurisse, il faut le planter, suer, se donner du mal et quand il a grandi et qu'il a fleuri, il faut encore le soigner, le protéger contre la chaleur de l'été et le froid de l'hiver. Alors, dans ces conditions, qu'est-ce qu'ils veulent de nous, qu'est-ce qu'ils veulent à ce pays ?

Il frotta son front que l'émotion avait fait rougir.

— Ça ne fait rien, intervint un jeune officier au regard candide et à la moustache soignée, ça ne fait rien. On en sortira bientôt. Les grandes puissances vont se décider et on nous rendra nos belles terres. Il faut libérer la plaine de Mouch et le Vaspourakan*, beaucoup de choses dépendent de ça.

— Oui, enfin, on verra, fit un autre d'un air sceptique. Quand ils avaient besoin de nous pour nous faire tuer, les promesses ne manquaient pas. Ça ne serait pas la première fois que les grandes puissances nous tromperaient.

Tout le monde protesta en chœur. Dans cette guerre, les Arméniens avaient eu plus d'un million de morts, ils avaient combattu sur tous les fronts, Wilson avait promis et, pour les Français et les Anglais, c'était une question d'honneur.

— On peut toujours l'espérer, reprit le pessimiste, mais on en a tant vu, tant de mensonges, tant de trahisons !

Tout le monde se tut. Brusquement, le train accéléra, fonça comme affolé, puis ralentit et s'arrêta.

— Ils changent la machine, expliqua un employé.

— On s'arrête longtemps ?

— Environ une demi-heure.

Il descendit, marcha un peu le long de la voie, tourna autour d'un vague bâtiment, monta sur une butte et resta fasciné. Il était devant une immense étendue couleur safran, engourdie par une lourde torpeur, illuminée par des rayons teints au henné. L'air vibrait de myriades d'étoiles. Le spectacle était comme lavé au jus de raisin blanc et le silence était si profond qu'on croyait l'entendre. Et plein de ce silence, à l'extrémité de cette illumination moissonnée par d'immenses faucilles jaunes, apparut l'Ararat. La masse noble et imposante dominait tout le paysage, et la terre et le ciel. Hérian resta un long moment immobile, lui aussi fasciné par l'apparition, comme l'homme est fasciné par les puissances qui tracent en nous les sillons de la lumière et des ténèbres.

* Régions de l'ancienne Arménie, aujourd'hui occupées par les Turcs.

3

Erevan.

Ara Hérian entra dans la capitale de la nouvelle république d'un pas lent et pensif, l'œil aux aguets et les mains dans les poches.

Une rue centrale qui grimpait, une poussière épaisse, des trottoirs défoncés, des maisons à demi effondrées. Sous les cendres laissées par la guerre et la misère, la ville s'étendait comme un vaste tapis jauni, usé et déchiré.

Des boutiques tristes et à moitié vides. Le commerce arménien sent la famine, se dit-il. Des piles de bouses séchées, des drapeaux rouge-bleu-orange qui pendaient mélancoliquement, jusque dans les moindres recoins de toutes les maisons des réfugiés affalés, le visage et le corps rongés, ravagés. Mais ce qui rendait cette misère presque supportable, c'était l'autre aspect du tableau : des arbres magnifiques et des militaires à l'air dynamique et martial.

On entendait le murmure du vent dans les trembles et les peupliers. Dans les cours de caserne, les soldats faisaient l'exercice. Dans les rues, les escadrons passaient au son de trompettes qui semblaient annoncer le Jugement dernier. Les pièces d'artillerie passaient en tressautant sur les pavés. Puis venait une musique militaire qui déchirait l'air, devant des fantassins en rangs par quatre, fiers, impeccables, le tout suivi d'un nuage de poussière dans lequel s'excitaient des bandes d'enfants pieds nus.

Mais ce qui était beau, c'étaient surtout ces trembles qui prenaient une vigueur nouvelle. Arbres, jardins et rues étaient comme placés sur un vaste balcon d'où l'homme dominait une plaine, étalée au pied de montagnes aux sommets lumineux. Cette plaine et ces montagnes dispensaient une lumière calme et forte qui éclairait les visages. Le sommet vibrant des peupliers invitait les regards à s'élever et, des monts calmes et majestueux, descendait un silence lourd et tranquille.

Ce devait être tout cela qui donnait aux gens un air à la fois simple, vif et pensif.

Il marchait comme dans un rêve. C'était la première fois qu'il se trouvait à Erevan, et pourtant tout lui laissait une impression de déjà vu, tout était déjà dans sa tête; tout était prévu, connu, presque intime. Et dans son émotion, il serrait en pensée la main de tout le monde, se mêlait à tous, recevait et acceptait tout, tout naturellement, sans réflexion et sans effort.

Parfois, il lui arrivait de se réveiller et d'essayer de raisonner. Alors, tout ce monde s'effondrait sous la critique la plus élémentaire. Tout devenait invraisemblable, incompréhensible. Était-il possible, par exemple, d'oublier la nuit de cauchemar qu'il avait passée à la gare la veille en arrivant?

A peine descendu du train, il s'était arrêté devant un spectacle incroyable. Une salle mal éclairée, crasseuse, puante et bruyante, pleine d'une foule en guenilles, hommes, femmes, enfants entassés les uns sur les autres sur les bancs, sur les tables, par terre. Une insupportable odeur de crasse, de sueur et d'iodoforme, une humanité sortie tout droit de l'enfer.

Malgré la lumière avare, toute l'horreur de la scène éclatait. De partout jaillissaient des visages cireux, couleur de terre, des enfants squelettiques, des femmes dévorées de fièvre, aux poitrines creuses et aux mains jaunies, des hommes prostrés, recroquevillés sur eux-mêmes. Quelques policiers couraient de droite et de gauche, le fusil à la main, en criant et en frappant le sol de la crosse de leur arme. On leur répondait en criant encore plus fort. A ces discussions et à ces querelles, les femmes participaient en hurlant et les enfants en pleurant et en gémissant, le tout ponctué d'imprécations obscènes.

Il s'était arrêté, interdit. Il fallait partir de là au plus vite. Avec un mal infini, il était parvenu jusqu'à la sortie. Dehors, rien, la nuit, mais ni voitures ni êtres humains. Où donc était la ville? Il était rentré à l'intérieur et avait réussi à questionner un employé:

— Pardon, pour aller en ville...

L'homme avait remonté ses lunettes du bout de son nez sur le haut de son front et l'avait regardé d'un œil étonné:

— Vous venez d'arriver?

— Oui, je viens d'arriver. Justement par le dernier train.

— Vous auriez dû avertir votre famille pour qu'on vienne vous chercher. Autrement, c'est impossible, et c'est dangereux. Comme ça, tout seul, je ne vous conseille pas d'y aller.

Un vieux assis dans un coin lui avait expliqué la situation. La ville était assez éloignée de la gare et le chemin était plein de bandits armés, anciens volontaires du temps de la guerre, anciens repris de justice, mauséristes*.

— On dit, avait ajouté le vieux en baissant la voix, qu'ils sont protégés en haut lieu. Je ne sais pas si c'est vrai. Enfin, c'est comme ça, on a échappé aux bourreaux pour tomber aux mains des bandits.

L'homme s'était tu en étouffant un soupir et en se caressant la barbe. Mais Hérian ne voulait toujours pas croire qu'on ne pouvait pas aller en ville. On n'était tout de même plus au Moyen Age! Mais après avoir interrogé les uns et les autres, il s'était convaincu qu'il n'y avait rien à faire et s'était assis sur sa valise. Et il avait attendu comme ça jusqu'à l'aube. Comment oublier une nuit pareille? Enfin, le matin venu, en compagnie d'autres voyageurs qui avaient aussi passé la nuit à la gare, il était venu en ville.

Après de longues recherches, il finit par trouver chez des gens simples et modestes une chambre propre, aux murs passés à la chaux, avec une fenêtre donnant sur la rue. Des enfants jouaient dans la cour. La maîtresse de maison était une grosse femme dynamique perpétuellement en mouvement. La vie de famille, là, paraissait se poursuivre à l'abri des événements extérieurs. Le matin, les enfants partaient pour l'école, la maison se vidait et devenait silencieuse. A midi, elle se remplissait du son des voix impatientes, du bruit des assiettes, des rires, puis c'était de nouveau le calme jusqu'au soir.

Eh oui, en dépit des tempêtes extérieures, la vie continuait dans les maisons. Il suffisait de tendre l'oreille pour entendre les voix venues des pièces voisines et se tranquilliser aussitôt. C'est ainsi qu'il suffit parfois du bruit du vent dans les arbres ou du murmure de l'eau d'une petite source évoquant quelque souvenir d'enfance pour vous donner une impression de permanence et de stabilité.

A mesure que les jours passaient, il s'adaptait de mieux en mieux à ce milieu. Les souvenirs venaient se mêler au présent et les faits les plus ordinaires se chargeaient d'un sens symbolique complexe. Qui sait de quel tissu mystérieux sont faites nos sensations? Le vent vivifiant de la montagne, le bronze sévère des rochers, l'humble simplicité du cadre, le ciel, les gens, les arbres, le passé et le présent mêlés créaient en lui de puissants courants d'impressions qui devenaient son fanal et sa lumière. Tout était à la fois si ancien et si nouveau! C'était un peu comme ces livres qu'on a lus et mis de côté, et qu'un beau jour on reprend pour y découvrir avec étonnement des choses qui, la première fois, étaient passées inaperçues.

* Sorte de miliciens irréguliers aux méthodes terroristes, armés de fusils Mauser, d'où leur surnom.

Il se promena pendant des heures et observa de nouveau tout avec une curiosité candide. Il s'arrêta devant quelques boutiques restées ouvertes et considéra tristement le contenu des vitrines : des poissons séchés, une paire de chaussures, un peu de haricots, de vieux rasoirs américains, des vieilles lunettes, un peigne, du fromage de montagne et des images naïves représentant des anges avec leurs drôles d'ailes et des bons dieux aux barbes impressionnantes. Il alla ensuite flâner devant les petits marchés improvisés au coin des rues, écouta des hommes aux sourcils broussailleux et aux fortes moustaches qui débattaient des problèmes de l'heure et les violentes disputes de vieilles qui se querellaient interminablement à propos d'enfants qui s'étaient fait rosser.

Tout cela le faisait sourire avec indulgence. Mais, tout en se mêlant intimement à la vie quotidienne de cette agglomération restée fort rustique, il commençait à distinguer sous l'apparente tranquillité les courants d'une lave invisible. Les tempêtes n'avaient pas fait que bouleverser la face des choses, elles avaient pénétré en profondeur, et beaucoup détruit. Au fond, tout baignait encore dans l'anxiété, derrière les espérances exprimées avec véhémence pendaient des drapeaux ensanglantés, et tout le monde le savait : à la frontière, le Turc, une fois encore, tendait ses griffes.

L'Arménie était cruellement seule, chargée d'innombrables orphelins et de centaines de milliers de réfugiés rescapés des massacres. Après des années et des années de guerre, malgré les victoires remportées*, il lui fallait encore défendre son existence. Et on n'avait ni armes ni pain.

Pendant toute la durée de la guerre menée sur le front turc, les dirigeants tsaristes avaient en secret poursuivi un objectif : par un va-et-vient continuel d'avances et de replis, vider le pays de sa population arménienne. Combiné avec les atrocités turques, ce jeu ignoble de la puissance soi-disant libératrice avait coûté un million de victimes au peuple arménien. On avait perdu des richesses séculaires, œuvres d'art, églises et monastères. On avait perdu le fruit des combats héroïques livrés par les dizaines de milliers de volontaires et de soldats arméniens. Le naufrage de l'Arménie turque avait jeté des foules immenses dans la plaine de l'Ararat. Fuyant leurs villes et leurs villages détruits et incendiés, les cohortes interminables de réfugiés avaient franchi la frontière, la malédiction et les imprécations aux

* Allusion aux batailles qui, en mai 1918, sauvèrent de l'invasion turque ce qui restait de l'Arménie.

lèvres. C'étaient en majorité des vieillards, des femmes et des enfants; ils avaient suivi des chemins atroces par un froid glacial, dévorés par les épidémies. A chaque pas, ils avaient dû s'arrêter pour enterrer un des leurs. Désespérés, malades, enragés, telles des bêtes sauvages chassées des forêts par l'incendie, ils avançaient en hurlant leur colère, les poings serrés et les yeux en feu.

Ils s'étaient dispersés dans le pays, répandant partout leur misère, agitant comme des drapeaux noirs leurs guenilles, leurs plaies dévorantes et leurs corps squelettiques. Et il en arrivait encore. Aveuglés par tant de souffrances, ils avaient piétiné sans pitié des terres cultivées à grand-peine, dévasté les vergers et les forêts pour se chauffer.

Les paysans de la plaine de l'Ararat leur avaient d'abord tendu une main secourable, partageant avec eux leur pain et leurs ressources, mais, ne pouvant venir à bout de cette faim immense, ils s'étaient enfermés chez eux, regardant ces foules bruyantes avec un certain effroi.

Après avoir hurlé et gémi dans les villages et par les chemins, les réfugiés, au fond du désespoir, avaient soudain pensé à Etchmiadzine. En rangs serrés, psalmodiant des prières d'une voix déchirante, ils s'étaient jetés vers le siège de saint Grégoire l'Illuminateur*, attendant du catholicos qu'il écoute leurs doléances et les réconforte.

Des prêtres qu'on aurait cru sortis d'antiques miniatures, le visage ravagé et le regard brûlant, marchaient à leur tête, brandissant leurs bras noueux et velus vers le ciel, auquel les imprécations ardentes sorties de leurs lèvres bleuies reprochaient son indifférence.

Partout, on enterrait des gens. La foule écrasée de misère s'arrêtait un instant, priait en sanglotant et repartait dans les pleurs et les gémissements.

Arrivés dans les environs d'Etchmiadzine, apercevant au loin la coupole de la cathédrale, animés d'une dévorante ardeur, ils avaient pressé le pas et étaient arrivés aux portes du temple, touchant les pierres, baisant les tombeaux des catholicos. La cour si calme du monastère s'était emplie de cris: de toutes parts, on réclamait le catholicos. Quand, sous l'or des vêtements sacerdotaux, avec sa barbe majestueuse, sa pâleur, son regard triste et ses mains tremblantes, le patriarche était descendu de sa résidence, la foule avait été poussée comme par une houle. Hommes et femmes s'étaient jetés à terre dans les cris et les sanglots. Les évêques qui entouraient le catholicos, solides prélats à la haute taille, le visage pris entre d'épais sourcils et une longue barbe, l'avaient saisi par les bras pour éviter qu'il ne

* Évangélisateur de l'Arménie au début du IVe siècle.

tombe. Et le patriarche avait levé son visage devenu tout pâle, en ravalant ses larmes.

A ce spectacle, l'émotion de la foule avait encore augmenté : des milliers de bras se levaient dans un rugissement de tempête. Ils appelaient, criaient, se jetaient vers le catholicos pour baiser le bas de ses vêtements et ses mains veinées de bleu.

On avait à grand-peine pu le faire entrer dans la cathédrale où il avait célébré l'office pendant que les cloches des monastères d'Etchmiadzine, de Sainte-Hripsimé et de Sainte-Gaïané accompagnaient les chants tristes et majestueux de la liturgie.

Puis la foule s'était installée dans les cellules libres, dans les cloîtres et aux environs, décidant de passer l'hiver là. Et tout ce monde réclamait du pain. On avait sorti la farine et les provisions disponibles, ce qui avait suffi pour quelques jours.

Du pain, du pain ! Partout le même cri. Pas de pain, pas de pain ! Et ces hommes et ces femmes qui s'étaient massés autour du monastère brandissaient maintenant le poing contre les religieux en tempêtant et en menaçant. Du pain ! du pain ! Sous les fenêtres du catholicos, la foule le maudissait, lui, les saints et toutes les puissances célestes. Dans leur désespoir et leur fureur, ils avaient abattu et brûlé les beaux arbres qui entouraient le lac. Ils avaient vidé les armoires qu'ils avaient trouvées, saccagé les vignes et les églises et, après avoir tout cassé, s'étaient répandus par groupes dans la ville, étalant sur les trottoirs leurs guenilles, leurs plaies et leur fièvre.

Chacun était venu à leur aide. On avait ouvert les dépôts de vivres, les hôpitaux, les ateliers. Mais à peine avaient-ils commencé à travailler que la révolution russe avait éclaté. Une nouvelle tempête s'abattait sur le pays arménien. Les soldats russes avaient laissé l'ennemi avancer, abandonnant le front pour « rentrer à la maison » et, sur le chemin du retour, à Erevan et ailleurs, pillant et brûlant tout.

On n'avait plus aucun moyen de s'occuper des réfugiés. Il avait fallu abandonner tout, prendre les armes et courir au front. Comme une porcelaine qui tombe, le Caucase s'était divisé en dix morceaux. Sur les modestes hôtels de ville de Tiflis, de Bakou et d'Erevan flottaient les drapeaux de l'indépendance, qu'on n'aurait jamais imaginés quelque temps encore auparavant. Comme un arbre abattu par la tempête, l'Arménie restait seule, dépouillée de tout. Indépendante et seule, sa frontière ouverte à tous les dangers, mais ornée de drapeaux rouge-bleu-orange en étamine à bon marché.

Un jour, fatigué d'errer sans but, Hérian dirigea ses pas vers un jardin du centre de la ville que les habitants appelaient la Promenade.

Sous les grands arbres, trembles et peupliers, tous les bancs étaient occupés ; des gens tristes, soucieux et désœuvrés. D'autres déambulaient dans les allées ou, réunis en petits groupes, discutaient des événements politiques. Et partout on voyait des soldats. Ils portaient des uniformes de l'armée russe, mais avec des insignes arméniens au col et sur les pattes d'épaule. De près, on s'apercevait que le tissu des uniformes était délavé et les bottes éculées, mais on était impressionné par leur propreté, leur fière allure et une espèce de simplicité virile qui inspirait la sympathie et la confiance. Hérian, pour qui ce spectacle était nouveau, les caressait d'un regard fraternel.

A la Promenade, les gens parlaient à voix basse, d'un air sérieux, sérieux comme le murmure de la brise légère que l'automne faisait passer dans les arbres.

Il se promena un moment, portant de tous côtés un regard curieux, observant et réfléchissant. Il s'apprêtait à rentrer chez lui quand il remarqua au bout de l'allée un attroupement devant une petite baraque. Il y alla et demanda ce qui se passait. On avait installé là une sorte de bureau provisoire où pouvaient s'inscrire les hommes venus de l'étranger et qui voulaient s'engager dans l'armée. Les nouveaux venus, vieux, jeunes, ignorants ou cultivés, étaient assez nombreux. Des officiers qui avaient servi dans les armées étrangères, des architectes, des médecins venaient offrir leurs services.

Cela le réjouit. Sans trop réfléchir, il se mit à la queue et attendit patiemment. Il y avait là des gens venus de France, d'Amérique, des profondeurs de la Russie et d'ailleurs. Voilà, se dit-il, eux aussi sont venus courir derrière leur rêve et ils ont retrouvé ce monde interlocuteur de leur solitude. Mais tous ces gens nés et grandis à l'étranger, quelle idée se faisaient-ils de ce pays ? Les yeux du rêve magnifient toujours tout. Les Arméniens se laissent facilement emporter par des images poétiques. Ce dont ils sont privés est toujours pour eux un morceau de paradis. Un pays aux prairies verdoyantes, aux sources murmurantes et aux vastes jardins... Or, la réalité était bien différente. Un paradis complètement dépouillé, des montagnes dénudées, des déserts, un paysage brûlé de tristesse et de misère.

Mais le rêve trouve toujours des prétextes pour renaître. C'est ça, l'Arménie ? Mais non, mais non ! La véritable, on ne l'avait pas encore libérée, on la trouverait dans quelque lointain nébuleux où elle attendait qu'on vienne l'arracher à ses fers.

Et ils étaient venus là faire la queue. Hérian parlait à tout le monde, plaisantait. Leurs pays, les villes d'où ils venaient, il les connaissait. Son tour venu, il entra et se présenta.

— Capitaine de la marine marchande? Vous dites capitaine de la marine marchande?

— Oui, dix ans de service. J'ai navigué sur toutes les mers.

L'homme qui était devant lui, un Polsétsi*, tendit l'oreille et reposa ses questions. Hérian répondit que non, qu'il n'était pas arménien de Turquie, qu'il était né dans un village des environs de Karakilis. L'homme porta son crayon à sa bouche, réfléchit un instant, puis lui dit:

— Plus tard, quand les Alliés auront définitivement fixé les frontières et que l'Arménie sera unifiée, nous aurons un port sur la mer Noire, mais pour l'instant, désolé, nous n'avons pas de mer.

— Quoi? protesta Hérian. Qu'est-ce que c'est que cette histoire de fixer et d'unifier? Moi je suis venu pour me mettre au travail, pour être utile à quelque chose.

— Oh! minute, intervint un autre préposé aux petits yeux ronds derrière des lunettes, maintenant je me rappelle, il y a un jeune officier de marine au bord du lac Sevan qui est en train de fabriquer quelque chose. Ça doit être un bateau. Les journaux de Constantinople en ont parlé.

— Intéressant, fit Hérian, très intéressant.

— Adressez-vous au ministère, ou encore mieux, allez au Sevan et voyez ce que vous pouvez faire là-haut. Pour l'instant, c'est notre seule mer, il n'y en a pas d'autre.

Il quitta la baraque tout joyeux. Il fallait absolument aller tout de suite au lac. Il fallait un projet et essayer de le réaliser. Le Sevan, bien sûr! Comment n'y avait-il pas songé plus tôt?

Tout pensif, il alla s'asseoir dans un café de la rue principale. A cette heure-là, les paysans, marchant derrière leur charrette vide, rentraient chez eux, leur journée faite. Des hommes et des femmes circulaient d'un pas vif, la tête basse, l'air pensif. Des adolescents réfugiés, le visage terreux et les joues creuses, couraient derrière les passants et mendiaient d'une voix plaintive. D'autres, minés par la tuberculose, terrassés par la fièvre, gémissaient, couchés près des flaques d'eau sale.

Il n'avait pas le temps de penser à eux. Il venait d'entrer au café quand retentirent les accents d'une musique militaire. Les passants s'arrêtaient et regardaient, l'air anxieux: un bataillon d'infanterie passait en martelant le sol dans un nuage de poussière. Brusquement,

* Originaire de Constantinople. Le mot est formé de *Polis*, « la ville » en grec, et du suffixe *tsi*, qui indique l'origine.

ce fut le silence, puis une marche emporta dans son fracas tous les bruits de la rue. Que d'aspects contradictoires dans tout ça ! se dit-il. La musique aux accents martiaux, des soldats sains aux joues roses, et ces êtres épuisés gisant sur les trottoirs dans une indicible misère... La vie arménienne s'est toujours distinguée par des aspects excessifs. En regardant bien autour de soi, on s'aperçoit que tout s'inscrit dans un plan irréel et abstrait. On est devant un monde obscur, insaisissable, rétif à toute logique, et dans lequel le fortuit et l'inattendu viennent se greffer sur des phénomènes aussi durables et aussi inébranlables que ces sévères montagnes. Tout est désolant, désespérant, et en même temps, lumineux, haut et clair.

— Voilà votre café bien chaud, je vous en prie...

Le patron, un petit bonhomme agité, posa la tasse sur la table et resta là à tortiller le coin de son tablier en arborant un sourire interrogateur. Il avait des petits yeux sans cils, le front bas, les longs plis qui lui encadraient le nez accusaient son air sournois. D'un coup d'œil, Hérian l'avait jaugé.

— Qu'est-ce que vous voulez? lui demanda-t-il d'un ton un peu agacé.

Les lèvres minces du cafetier s'allongèrent comme du caoutchouc et ses yeux se firent encore plus petits.

— Comme ça, répondit-il dans la langue des Arméniens de l'Ouest, je voulais savoir si vous veniez d'arriver ici.

— Oui, je viens d'arriver.

— Si je peux vous être utile à quelque chose... Si vous avez apporté quelque chose à vendre...

— Non, je n'ai rien apporté et je ne fais pas de commerce.

Il prit sa tasse de café et la porta à ses lèvres pour indiquer que la conversation était terminée, mais l'autre fit semblant de ne pas comprendre et resta planté là.

— Vous voyez, reprit-il avec un soupir, c'est qu'on danse sur un volcan. Mon Dieu ! on ne sait pas de quoi demain sera fait... Nous, c'est qu'on a vu l'enfer, de nos yeux vu. Qu'est-ce qu'on n'a pas enduré !

Le ton pleurnichard et artificiel porta sur les nerfs d'Hérian.

— Au dernier moment, poursuivit le cafetier, le pays, la maison, tout ce qu'on avait, il a fallu tout laisser, et on est arrivés ici avec quelques tapis pour tout bagage. Si vous avez besoin de quelques tapis pour faire des affaires...

— Je n'ai pas besoin de tapis, et je ne fais pas d'affaires, coupa Hérian en détournant la tête.

Finalement, l'homme s'en alla.

— Ils sont comme ça, intervint un personnage au teint basané et aux larges épaules, coiffé de la casquette des ingénieurs, qui était assis à la table voisine. Ils voient quelqu'un qui vient d'arriver, aussitôt ils cherchent à lui soutirer quelque chose.

— J'ai compris tout de suite.

— Quelle engeance ! C'est comme la paille, ça remonte toujours à la surface de l'eau. Il vous raconte qu'il vient de sortir de l'enfer et regardez, il a déjà un café à lui. Ces gens-là, pour nous, c'est un fléau, c'est comme les sauterelles, ça se jette sur tout. J'en ai vu partout. Ils nous font honte, et dire que les étrangers nous jugent d'après eux !

— C'est vrai, approuva Hérian. Que ce soit en Europe ou en Amérique, partout, à cause d'eux on nous prend pour un peuple de gens rusés qui passent leur temps à trafiquer sur les tapis et les diamants. C'est écœurant. Et le vrai peuple, les gens qui triment, qui suent, qui se battent sur leur malheureuse terre, celui-là, l'étranger ne le connaît pas.

— Voilà ce qu'ils ont fait de la réputation des Arméniens, les salauds ! Moi, poursuit l'ingénieur en passant à un autre sujet, il y a un mois que je suis arrivé. Je travaillais dans les charbonnages en Russie, et avec les événements et les mauvaises nouvelles qui arrivaient d'ici, j'ai décidé de venir pour essayer d'être utile. D'ailleurs, je vois qu'il arrive des gens tous les jours, ce qui est bon signe. Vous aussi, probablement ?

— Oui, moi aussi. J'étais dans la marine marchande. Bien sûr, pour l'instant, nous n'avons pas de mer, mais je ne suis pas pessimiste. On fera quelque chose.

L'ingénieur expliqua que lui non plus ne travaillait pas. Le pays était dans une phase d'organisation. L'indépendance était arrivée à l'improviste et un État, ça ne s'improvise pas du jour au lendemain. Il y avait déjà beaucoup de choses prévues, mais il fallait du temps. Lui était ingénieur des mines, et comme on ne savait pas ce qu'il y avait dans le sous-sol de l'Arménie, qui sait ?... Il faudrait faire des recherches, des études. Le terrible, c'est qu'il aurait fallu la paix. Après des années de guerre, il y avait de nouvelles menaces sur le pays. Tout le monde était inquiet : il fallait trouver des armes, former une nouvelle armée, et tout ça en pleine misère. Il désigna les réfugiés du doigt et poursuivit :

— C'est une situation incroyable. Des siècles de travail qui aujourd'hui ne nous servent à rien. La tempête est venue, et tout a été emporté en un instant. Où sont les efforts de dizaines de générations ? Depuis la libération du Caucase, nous avons combattu, versé notre sang, notre sueur, nous avons cultivé ses champs, embelli et développé ses villes, introduit la culture et la civilisation. Où en seraient Tiflis, Bakou et bien d'autres villes s'il n'y avait pas eu les Arméniens ? Et nous, regardez, nous nous retrouvons dans un désert...

— C'est bien notre faute, remarqua Hérian. Si au lieu d'embellir Tiflis et Bakou, nos compatriotes étaient venus travailler ici...

— Eh bien, une des raisons pour lesquelles ils ne sont pas venus, c'est que le gouvernement russe n'a jamais voulu que les provinces arméniennes progressent et se développent. Il était interdit de faire de nouvelles routes, de construire de nouveaux immeubles, interdit d'irriguer les terres, d'ouvrir des écoles. Et quand, pour des raisons stratégiques, il a fallu qu'ils construisent une ligne de chemin de fer, ils ont tout fait pour que les gares soient loin des villes et qu'il n'y ait aucun développement économique dans le pays. Ici même, à Erevan, la gare est à plusieurs verstes de la ville. Et est-ce que vous savez que pendant des années, la population, par ses propres moyens, a lutté pour alimenter la ville en eau potable ? Le gouvernement tsariste ne voulait pas que les Arméniens boivent de la bonne eau des montagnes. Enfin, le passé est le passé. Qu'ils nous laissent tranquilles, et nous construirons tout ce qu'il faut. Moi, je suis sûr que dans dix ans le pays sera méconnaissable.

— Je suis tout à fait d'accord. Nos dons, nous les avons hérités des ancêtres : ils ont créé un style architectural admirable, ils ont donné des héros à Byzance, leur église et leur alphabet aux Géorgiens, aux Turcs leurs plus belles mosquées, les plus beaux palais du Bosphore et bien d'autres choses encore. Et comme ça jusqu'en Europe.

— Vous savez, commandant, nous autres Arméniens, nous passons notre temps à parler de nos défauts. Mais regardez donc un peu autour de vous. Qu'est-ce que c'est que cette effroyable réalité sortie en miettes, comme broyée entre ciel et terre ? Dans des conditions pareilles, n'importe quel autre peuple aurait désespéré et abandonné. Et pourtant, voyez cette ardeur à vivre et à lutter : ils parlent et travaillent comme si la vie venait de commencer aujourd'hui. Et quand on pense à tant d'injustice... Le jour viendra où le monde se rendra compte, et sa conscience bougera. Pour l'instant, il est encore aveugle, le monde, comme une hyène gavée de cadavres, son sens moral est endormi. Aujourd'hui, la justice, ça fait sourire, mais il viendra un jour où on se réveillera et où on comprendra.

— Voilà un pessimisme bien inutile, intervint une voix derrière eux. Il y a des lois auxquelles on ne peut pas toucher impunément.

C'était un petit bonhomme à barbe blanche et aux yeux brillants derrière des lunettes qui se révéla — on le sut ensuite — être nouveau venu lui aussi, et professeur de droit.

— Les puissances de l'Entente, continua-t-il, ont proclamé officiellement et à plusieurs reprises que les assassins turcs devaient être châtiés et nos exigences satisfaites. Je ne parle pas de l'Angleterre, mais la France, l'Amérique... rendez-vous compte, elles ne peuvent pas tolérer un tel scandale moral, et si jamais elles le tolèrent, cela les mènera à des guerres encore plus atroces. L'esprit de Washington, de Lincoln, de Wilson... la démocratie...

Longtemps après avoir quitté le café, les paroles du professeur résonnaient encore à ses oreilles comme une mélodie. Il était bien agréable, il était même indispensable de partager les certitudes de ce monsieur. Croire et espérer. C'était évident : le professeur était un homme de conviction, un homme qui s'en tenait à des certitudes inébranlables et les exprimait d'une voix profonde et avec des accents décisifs. Et cela en un temps où le sol se dérobait sous les pieds, où tout était ébranlé, où on se retrouvait constamment au bord de nouveaux abîmes.

Que les autres se renient. Ce qui compte, c'est l'individu, cette lumière, cette force qu'il porte en lui et qu'il répand autour de lui. La vie n'est pas un cadeau gratuit, c'est de la matière brute qu'il faut dompter et à partir de quoi il faut construire. Et dire qu'il s'était rouillé pendant des mois et des mois dans les rues de Batoum ! Qu'est-ce qu'il avait attendu, alors qu'ici il y avait tant à faire ?

Après avoir longtemps marché, il se rappela qu'il avait faim et se dirigea vers le modeste restaurant où il dînait d'habitude.

— Par ici, je vous en prie.

On lui indiqua une table où était déjà installé un autre dîneur, dont la lumière indirecte tombant de la fenêtre ne permettait pas de bien distinguer le visage. Il n'y fit d'ailleurs pas attention ; il s'excusa, s'assit, commanda et commença à manger, toujours perdu dans ses pensées.

Comme d'habitude, le restaurant était plein d'une clientèle variée. Des gens simples, des gaillards gros mangeurs et forts buveurs, qui sentaient la montagne et le cuir, parlaient haut et mastiquaient bruyamment. Il leva la tête et regarda autour de lui. C'étaient vraiment des gens solides, taillés dans le granit. Des visages modestes et résolus, qui avaient beaucoup connu la tristesse, des visages comme leur terre, sans fards, durs, rudes et directs, comme la nature du pays, dépouillés et profonds.

Mais il ne regarda pas l'homme assis à la même table que lui. Il avait presque terminé son repas quand son regard croisa celui de son voisin. Ils échangèrent un vague sourire. Cette fois, Hérian, intéressé, regarda mieux. Il était évident que l'homme n'était pas du pays. Les pommettes saillantes, un visage basané mais comme transparent. Et des yeux très noirs, très grands, fendus en amande et d'un brillant presque anormal. Un nez fin et régulier, une moustache mince aux extrémités tombantes. Il avait l'air plus indien qu'arménien.

Hérian, cette fois, était intrigué. L'autre le remarqua et, souriant de nouveau, dardant ses yeux phosphorescents, il lui dit :

— Je vois, vous êtes comme moi, nouveau venu.

— Vous êtes arménien ? interrogea Hérian avec un peu d'hésitation.

— Mais oui, bien sûr.

— Excusez-moi. Je ne voudrais pas vous vexer, mais j'ai cru...

— Vous ne me vexez pas. Je sais, vous m'avez pris pour un Indien, comme beaucoup de gens.

— Oui, en effet, j'ai cru...

— Depuis l'enfance, j'ai vécu à Calcutta et dans d'autres villes là-bas. Alors voilà, le climat, l'eau, le soleil, la vie avec des gens nourris d'autre chose, tout ça marque les visages, c'est connu. En réalité je suis originaire de la Nouvelle-Djoulfa* et, comme vous le savez, nos racines sont restées ici depuis l'époque de Chah-Abbas.

— Je sais, un des chapitres sinistres de notre histoire.

— J'ai voulu revenir ici en suivant à l'envers le chemin que nos ancêtres ont dû suivre. Je suis venu des Indes en Perse et de Perse ici. Une ligne sur notre carte spirituelle.

En prononçant ces derniers mots, il prit le verre d'eau qui était devant lui ; il avait des mains brunes comme son visage, avec des doigts très longs, des mains fines et velues, expressives, volontaires, qui trahissaient une psychologie complexe.

— J'imagine, dit Hérian de plus en plus intéressé, à quel point ce pays-ci est différent des endroits où vous avez vécu. Qui sait ce que vous attendiez et ce que vous avez trouvé ?

L'homme baissa la tête sans répondre. Un silence un peu gênant régna un instant puis, avec un mouvement qui exprimait une certaine détermination, il tendit la main en se présentant :

— Je m'appelle Pétros Mark.

— Ara Hérian, capitaine de la marine marchande.

— Vous avez commandé des bateaux ?

* Faubourg et quartier d'Ispahan, peuplé depuis le début du XVIIe siècle par des Arméniens amenés de force d'Arménie par le chah de Perse Abbas Ier.

— Oui.
— Sur quelle mer ?
— La mer Noire et toutes les mers.
— Voilà une réponse qui me plaît. La mer Noire et toutes les mers... Très bien, très très bien.
Un sourire découvrit ses dents blanches.
— Les mers, il y en a plus que de terres émergées, dit-il, plus sérieux, et pourtant l'Arménie n'en a pas.
— Comment donc ? protesta Hérian. D'abord il y a le lac Sevan, et puis nous espérons bien...
— Oui, j'ai entendu parler de tout ça, fit l'autre, pensif. La mer... dans notre histoire, la mer ne joue à peu près aucun rôle, et si elle joue un rôle, c'est de façon inapparente, dissimulée. Elle est cachée derrière les événements.
Il regarda Hérian, guettant sa réaction.
— Je ne comprends pas ce que vous voulez dire.
— Tout vient de la mer et tout y retourne, expliqua Pétros Mark, le regard perdu dans le lointain. Il y avait la mer, continua-t-il, mais la mer, le ciel et la terre se sont unis pour s'enflammer, et les flammes ont engendré cet adolescent couleur d'or, qui avait des cheveux de feu, une barbe incandescente et des yeux empruntés à la lumière du soleil. La mer, la terre, le ciel, les plantes, les éléments s'étaient transformés en un chaos immense, avaient ébranlé l'espace dans les tempêtes et les tremblements de terre, vomi le feu et la pierre et créé ce pays qu'on avait appelé l'Arménie, mais dont on ne peut prononcer le nom qu'avec précaution, car il flotte sur le feu et les périls.
Hérian restait sans voix.
— Oui, évidemment, bredouilla-t-il, c'est une sorte de rêve.
Pétros Mark s'était déjà levé et, un sourire irréel et mystérieux aux lèvres, il s'éloignait.
Hérian interrogea le patron du restaurant :
— Qui est ce monsieur ?
— Je n'en sais rien. C'est la première fois que je le vois. Ça doit être un des nouveaux arrivés.

Tout en rentrant chez lui, il se demandait pourquoi il repensait avec une sorte de sentiment d'inquiétude à cette étrange rencontre. Qui était donc ce Mark ? Sa voix sourde et profonde continuait à retentir dans ses oreilles. Il avait l'impression d'être suivi par ce regard dévorant, étincelant, à ce point qu'à plusieurs reprises, il se retourna pour voir si, effectivement, il n'était pas suivi. Mais il n'y avait personne.

Le soleil couchant incendiait l'horizon. Les flammes du crépuscule dansaient derrière les trembles. Il repensa aux paroles de l'inconnu : « La mer, le ciel et la terre se sont unis pour s'enflammer... » Tout coulait comme de la lave, tout brûlait miraculeusement.

Il arrivait à peine chez lui que tout s'assombrit. Comme si quelqu'un avait éteint la lampe céleste. Et juste au même moment, on entendit des coups de feu dans toutes les directions. Il ouvrit la fenêtre et tendit une oreille inquiète. Pas de doute, c'étaient des coups de fusil. Il descendit précipitamment dans la rue. Assis devant la porte, un homme fumait tranquillement.

— Qu'est-ce que c'est ? interrogea Hérian. On dirait une bataille.

— Vous parlez d'une bataille ! fit l'homme. C'est comme ça, ils tirent parce qu'ils ont peur et ils tirent pour faire peur. C'est la faim, c'est la misère, c'est connu, il faut avoir peur. La nuit a des grands yeux...

Cette nuit-là, il se réveilla à plusieurs reprises et tendit l'oreille. La ville se battait contre ses propres fantasmes.

4

Quelques jours plus tard — l'aube n'était pas encore levée —, il trouva par hasard une charrette qui montait au lac Sevan. Il sauta dedans. Les jambes pendantes, les bras croisés sur la poitrine, il observait tout. La charrette grimpait la côte en grinçant douloureusement. Les bœufs poussaient leurs cornes dans les premières lueurs du jour, ils gémissaient, écartaient de temps à autre leurs pattes de derrière pour s'arrêter un instant et rafraîchir leur muffle au léger vent du matin, puis repartaient.

L'aiguillon en main, le jeune paysan marchait à côté de sa charrette, encourageant de temps à autre ses bêtes par quelque exclamation indistincte.

Hérian n'avait pas voyagé de cette façon depuis son enfance. C'était bien agréable. Il essaya en vain d'entamer la conversation avec le jeune homme. Aux questions posées, celui-ci répondait par de vagues grommellements.

— Dis-moi un peu comment tu t'appelles.

— Chmavone.

— Un beau nom, Chmavone. Et comment ça va, au village, avec tous ces événements ?

— Heu... J'en sais rien.

Il levait son aiguillon, le faisait tournoyer.

— Vous êtes combien dans la famille ?

— Neuf.

— Et c'est toi le plus jeune ?

— Non. Va donc ! cria-t-il à ses bœufs en les touchant, ce qui visiblement n'avait sur eux aucun effet.

En arrivant à Kanaker, il faisait grand jour. Un rocher pointé vers le ciel se mit à briller, comme incendié. Le bout ferré de l'aiguillon étincela. Au sommet de la côte, on découvrait un monde nouveau, enchanté. Il sauta à terre et s'arrêta un instant pour regarder la ville qui s'étendait à ses pieds. Un profond silence enveloppait ces groupes de petites maisons plates entourées de jardins qui semblaient absorber les lumières venant des quatre côtés du ciel. Les arbres, eux, étaient mieux réveillés : tous étaient attentifs à la direction d'où venait l'automne. Et l'automne venait de la plaine de l'Ararat pour l'instant inondée d'un mélange de couleurs et de lumières. Les lumières faisaient parfois comme une mer sur laquelle naviguaient les sommets frémissants des hauts peupliers, parfois aussi elles s'étendaient, draperie tissée de rayons voilant un pays irréel.

Devant cet horizon, les monts aussi s'enflammaient. Vers la droite, une lave couleur de grenade coulait du sommet fendu de l'Aragats, glissant sur les flancs du géant pour descendre vers la plaine entre des ruisseaux sinueux. A gauche, dressé vers le ciel comme un cri interrompu, l'Ararat. Ce cri n'était que lumière. Plus loin, une foule de nuages en feu sortaient des profondeurs et s'amassaient sur les monts Guégham. En bas, sur les flancs de la chaîne, erraient des lueurs bleuâtres et tout cet ensemble montait dans l'infini du ciel. Le cri d'un oiseau perça l'air et le ramena à la réalité. La charrette était assez loin maintenant. Il ôta sa casquette et, se laissant caresser le visage par la bise, il se mit en route.

L'étroit chemin sinueux escaladait le flanc d'une hauteur, attaquait la montée, obliquait à droite, puis à gauche, puis s'allongeait tout droit au pied des rochers, traçant une ligne blanche avant de disparaître.

Les oiseaux chantaient. Au loin, des colombes roucoulaient, se taisaient un instant, attendant une réponse. Un vent bleu frappait de ses ailes les rochers, puis voletait au sol en soulevant un peu de poussière.

Il pressa le pas pour rejoindre la charrette. Tout paraissait nouveau, rien ne ressemblait à ce qu'il avait vu ailleurs. Ce n'était ni plus beau ni plus étrange, c'était différent, comme était différente son émotion. Il avait l'impression que tous les bruits qu'il entendait venaient non pas de l'extérieur mais du fond de lui-même. Lui et ce pays s'étaient comme fondus. Et ce sentiment durait bien que, à mesure qu'on avançait, tout devînt plus désert et plus sévère. Ce n'était que glaciers et sommets dénudés, rochers arides nettoyés, battus par les vents et les intempéries. Pierre, ciel et solitude.

Après avoir longtemps cheminé, ils arrivèrent à un village en partie habité par des Russes. Pétersbourg avait envoyé ses indésirables Molokans* en Arménie pour russifier le pays. Une partie du village

* Membres d'une secte hétérodoxe (de *molok,* lait, parce qu'ils buvaient du lait les jours de jeûne) exilés au début du XIXe siècle.

était donc faite d'isbas en bois qui avaient l'air sorties des steppes, et l'autre de maisons paysannes arméniennes à moitié enterrées par mesure de précaution contre les bandits et les intempéries, et qui n'étaient pas sans rappeler des tombes de guerriers préhistoriques, habitations tristes et solides comme les rochers qui les entouraient.

La charrette passa sans s'arrêter. Au loin, sur la gauche du chemin, le sol s'effondrait et se creusait : là, le Zangou jetait vers la plaine ses flots torrentueux. Il avait pris sa source au cœur du Sevan, empruntant au lac ses voix et ses vibrations. Le Zangou, Hrazdan des anciens temps, roule bruyamment, se dit-il, pour empêcher le silence d'engloutir ce pays, pour que la vie continue. Jadis, une force volcanique incroyable avait craché le feu, bouleversant cette terre, la creusant, la ravageant, écrasant tout pour recréer dans le silence une nouvelle harmonie. Une nouvelle géographie était née. Mais des bouillonnements incandescents avaient continué sourdement dans les entrailles de la terre, les forces sismiques étaient encore présentes bien que plus ou moins muselées, et les traces du chaos ancien étaient encore visibles. Et c'est probablement la raison pour laquelle le nom du Hrazdan évoquait le feu et les monstres. Et c'est probablement aussi pour cela qu'il heurtait aussi bruyamment de ses ailes le flanc des montagnes comme dans le fracas et les flammes d'un métal incandescent.

Dressée sur ses milliers de pieds, l'Arménie regarde, un peu inquiète, les courants célestes qui circulent sur ses sommets déchirés, et elle attend. Tout attend : ce silence glacial suspendu entre ciel et terre, le plateau gigantesque parsemé de chaînes de montagnes vagabondes et de lacs bleus isolés et enchâssés, de torrents, de rocs aigus et sévères usés par l'érosion, de vertes prairies étendues entre les monts. Comme attendent les hommes, les animaux et les plantes. Une puissance aussi redoutable que mystérieuse a jeté tout cela sur une haute scène pour y jouer une tragédie complexe de la destinée humaine. Les actes s'y succèdent au fil des siècles, les héros succèdent aux héros, les ennemis aux ennemis. Mais ce pays demeure, souffrant, combattant, attendant. Et comment admettre que cette tragédie puisse ne pas avoir un sens caché et lumineux ? Il est clair que l'heure des dénouements n'a pas encore sonné : les dieux cachés ne sont pas encore réveillés.

Les bœufs avançaient en se balançant, sans effort, pensivement. La paix de l'espace infini se reflétait dans leurs yeux. On n'entendait que les roues qui grinçaient et, de temps à autre, les appels du jeune homme à ses animaux : « Eh ben ! Va là ! Va ! »

A l'approche d'une nouvelle montée, Hérian sauta à bas de la charrette et rejoignit le paysan. Celui-ci lui glissa quelques coups d'œil et, apparemment las du silence, se mit à parler.

— La route est pas mal longue. C'est que nous, on a l'habitude, mais pour ceux qu'ont pas l'habitude, c'est dur.

— Pourquoi ça serait dur ? protesta Hérian. La route est belle et on a de la chance, il fait beau.

— Oui, ça c'est vrai.

Il se tut pendant quelques dizaines de pas, puis reprit la parole :

— Avec ce qui passe dans le monde, tout est dur. Quand on y pense, quand même !

Chmavone voulait parler de ses misères.

— Qu'est-ce qu'il y a ? Ça va pas si bien que ça au village ?

— Non, ça va pas fort. Qu'est-ce que vous voulez, depuis que la guerre a commencé, ça s'est vidé. Les Russes ont ramassé les jeunes pour les emmener faire la guerre aux Allemands. Les jeunes, ils y sont allés, mais là-bas qu'est-ce qu'ils sont devenus ? On n'en sait rien, pas de nouvelles, on sait pas s'ils sont morts ou vivants. C'est vrai que les chemins sont coupés et qu'en Russie, il s'est passé des choses. On dit que tout est sens dessus dessous. Des jeunes, y en a peut-être beaucoup qui ont du travail. Mais qu'ils aient du travail ou pas, c'est pas ça. Ce qu'il y a, c'est que les femmes, elles sont restées ici, elles, et elles ont bien de la misère. Elles attendent, elles attendent jour et nuit. Elles vont à l'église allumer des cierges et elles vous disent qu'ils vont revenir, sûr. Mais ils reviennent pas. Mais qui sait ? Peut-être qu'un jour on va les voir arriver. Faut s'attendre à tout.

Il se tut un moment, puis enchaîna :

— Mais c'est dur. Les hommes sont partis faire la guerre aux Allemands, et la femme et les gosses, ils sont restés sans personne. Les voisins les aident à s'occuper de leur terre, ils travaillent pour eux pour qu'ils meurent pas de faim. Et puis voilà, on est à peine débarrassés des Russes et des Allemands que c'est les Arméniens qui mobilisent. Il faut une armée, qu'on dit, il paraît que ces sauvages de Turcs veulent nous refaire la guerre. Va là ! Va !

Il parlait sans grand émoi, d'une voix presque neutre. C'était un garçon aux yeux calmes, bien bâti, à la démarche légère et aux mouvements vifs.

— Toi aussi il faut que tu partes soldat ? lui demanda Hérian.

— Oui, il paraît qu'ils vont m'emmener. Eh ben, qu'ils m'emmènent. Je me suis dit comme ça, s'il faut que je parte, eh ben, au moins, avant de partir, j'irai à la fête du monastère.

— Quel monastère ?

— Comment, quel monastère ? Ben je croyais que c'est là-haut que vous alliez.

— Je vais au Sevan. J'ai des choses à faire là-haut.

— Eh ben, si vous y allez, vous verrez. Le monastère de l'île, ça c'est quelque chose ! Et puis y a du monde qui vient de partout, à cause des saints.

En face, les flancs des hauteurs commençaient à se couvrir d'étendues vertes : forêts et pâturages. Des groupes d'ânes très chargés descendaient la route, conduits par des paysans qui saluèrent au passage.

— Ils portent du poisson à la ville, expliqua Chmavone, de l'*ichkhan dzouk* *. C'est un régal, ce poisson-là. Il paraît que ça va jusqu'à la table du tsar. (Hérian sourit.) C'est ce qu'on dit... C'est vrai ou c'est pas vrai, j'en sais rien, mais que ça soit bon, ça c'est sûr.

— Je sais, c'est très bon.

Le chemin se mit à serpenter, contourna les rochers puis attaqua une mauvaise côte. Les bœufs peinaient.

— La sale route ! grogna Chmavone. Les bêtes ont du mal. Enfin, on est bientôt arrivés.

Un instant plus tard, ils entendirent derrière eux le bruit d'une cavalcade, se retournèrent et virent au sommet de la colline une série de têtes puis un groupe de cavaliers. Montés sur de bons chevaux, coiffés du papakh et vêtus de la *bourka* **, armés jusqu'aux dents, ils passèrent au galop, en saluant à peine.

Cette bande de jeunes cavaliers impétueux, dans ces lieux couleur de rouille, offraient un spectacle fantastique, comme sorti des illustrations d'un vieux manuscrit sur parchemin. Ils ressemblaient à ces chevaliers antiques dont les jeux héroïques entre la vie et la mort inspiraient les bardes qui en faisaient de longues épopées.

— Tu as vu, cria-t-il ravi, tu as vu ? Voilà des gars !

— C'est les fédaïs, expliqua Chmavone. Ils ont juré de se battre et de mourir pour la nation. Ils vont sûrement au monastère.

Au pied de la montagne, quelques hameaux apparaissaient, entourés d'arbres, amas de maisons superposées qui rappelaient des nids d'oiseaux de proie. Des cigognes et des aigles tournoyaient au-dessus des rochers. Au sommet d'une montée, le ciel s'abaissa brusquement et un vent bleu emplit le regard d'Hérian : le lac. L'émotion l'arrêta. C'est la mer...

Ce monde des hauteurs, fait de courants invisibles et de lumières

* Littéralement, « poisson prince », sorte de truite saumonée.

** Longue cape en peau de chèvre.

coulant comme du métal en fusion, le pénétrait, l'envahissait. Il avait l'impression que son corps était sans pesanteur et sans durée, comme transparent : l'air et la lumière passaient en lui aussi facilement qu'entre les nuages. Il serait resté comme cela longtemps s'il n'avait soudain senti sur lui le regard du jeune paysan. Un peu gêné, il se mit précipitamment à fouiller dans ses poches.

— Bon, fit-il, qu'est-ce que je te dois ?

— Vous ne me devez rien. On ne prend pas d'argent aux pèlerins. Portez-vous bien.

Et la charrette démarra, grinçant et cahotant sur les pierres.

Une fois seul, il se remit doucement en marche, en regardant le spectacle. A gauche, la rive du lac était dominée par des rochers inaccessibles, rongés par les orages, alignés comme des éléphants gigantesques qui se seraient retournés pour montrer leur derrière. Sur la droite, c'était le désert, une étendue ravagée ici et là par les intempéries. Pas une maison, pas la moindre végétation. Un vide couleur de safran et de cendre s'étendait jusqu'à l'horizon. Et entre les deux rives, l'azur du lac réfléchissait celui du ciel.

Un peu plus loin, une île toute verte jaillissait de l'eau, portant une église d'un rose musical. Le Sevan ! Calme, serein, rayonnant, ombre et lumière des siècles. Cette lumière, il la sentit un bon moment sur son front. Tout ce qu'il voyait était nouveau, simple et beau. Et pourtant, il le sentait, ce monde de paix recelait un passé plein de choses bien réelles. Le silence des rochers, la tranquillité légère des eaux, la profondeur des cieux immobiles n'étaient qu'apparences. Là-bas, sous ces vagues épuisées, sous ces amoncellements de rochers, dans les plis de la terre, partout se dissimulaient des puissances inconcevables dont il sentait la présence.

Des puissances... Les comprendre, se dit-il, c'est se mesurer à elles. Est-ce à notre portée ?

Il marcha vers le village. Là encore, des isbas russes voisinaient avec les petites maisons arméniennes. L'endroit s'appelait Elenovka. Il prit le chemin longeant la rive dans l'espoir de rencontrer quelqu'un qui pourrait le renseigner sur le jeune officier de marine dont on lui avait parlé. Il ne tarda pas à rencontrer un moujik, un grand type qui se promenait en se caressant la barbe, le regard dans le vague. Remarquant sa casquette, le Russe le salua et dit « Bonsoir » en arménien. « Bonsoir », répondit Hérian. Comme cela faisait bizarre d'entendre l'arménien parlé par ce moujik ! Cet homme en caftan et en bottes, avec son gros nez retroussé, sa barbe hirsute, ses sourcils épais et ses petits yeux bleus était aussi étrange dans cet endroit qu'était étrange l'église de style russe construite à Erevan, et dont en réalité la plaine de l'Ararat refusait la présence. Ce qui appartient à la steppe n'appartient pas à la montagne.

Le Russe s'arrêta et attendit, son regard rusé posé sur Hérian.

— Dites-moi, fit celui-ci pour entamer la conversation, comment vont les affaires par ici?

— Quelles affaires? rétorqua le moujik d'une voix peu aimable en fourrant ses mains dans les poches de son caftan et en regardant le ciel. Il n'y a pas d'affaires.

— Mais vous recevez des nouvelles de Russie?

— Je n'en sais rien, je n'y comprends rien. Il y en a un qui vous dit une chose, un autre qui vous en dit une autre. Je n'y comprends rien. Il y en a quelques-uns de chez nous qui sont partis parce que là-bas ils distribuent la terre et qu'on ne persécute plus les Molokans, mais on n'a pas reçu de lettres.

— Mais si vous étiez sûr qu'ils distribuent vraiment la terre, vous aussi vous iriez en Russie?

— Peut-être bien. Qui sait?

Il donna un coup de pied dans un caillou qui alla rouler au loin et questionna à son tour:

— Et vous, qu'est-ce que vous faites par ici? Vous êtes venu pour votre travail?

— Je suis venu comme ça. Je suis marin.

— Oui, j'ai vu ça à votre casquette.

De sa large main, il caressa sa barbe de haut en bas et se mit à sourire:

— Il y a un de vos collègues ici. Il a ramassé des bouts de bois, il dit qu'il veut construire un bateau. Il travaille du matin au soir. Qu'est-ce qu'il se donne comme mal! Et tout ça pour rien. Comment peut-on construire un bateau ici où tout manque? C'est un bon gars, il n'y a rien à dire. Il a été officier dans la marine russe et il a fait la guerre. Mais maintenant, je me demande bien comment il pourra construire son bateau.

— C'est justement lui que je cherche.

— Eh bien, il est facile à trouver. Descendez par là jusqu'au bord, vous le verrez, lui et sa barque.

— Alors, au revoir.

Il descendit au rivage par le chemin indiqué et, près d'une grande carcasse de bateau, il trouva quelques ouvriers. Le crayon sur l'oreille, réunis autour d'une planche, ils faisaient des calculs et discutaient.

Il commença par observer la charpente. Pas de doute, les principes ne paraissaient pas mauvais. Et puis l'odeur, un mélange d'eau, de bois coupé et de goudron, lui parut bien agréable.

— Bonjour les gars ! fit-il joyeusement comme s'il rencontrait des amis.

Les ouvriers se retournèrent et répondirent à son salut, fort étonnés en voyant sa casquette. Il s'arrêta face à la proue, l'observa en fermant un œil, puis décréta :

— Les planches au-dessous de la coque, à la poupe et à la proue auraient dû être un peu plus fortes.

— Ben, c'est ce qu'il s'est dit aussi, fit un gars aux moustaches effilées comme des cornes, mais si on n'en a pas mis de plus fortes, c'est qu'on n'en a pas trouvé. On consolidera ça de l'intérieur, avec un peu d'armature en fer.

— Et où est-il, lui ?

— Il ne va pas tarder. Il est allé chercher des outils.

— Eh bien vous savez, c'est quand même pas mal, admira Hérian après avoir regardé de nouveau. Évidemment, c'est pas un croiseur de bataille.

— Qu'est-ce que vous voulez, on fait ce qu'on peut. Ici, il y avait des constructeurs de bateaux de pêche, bien sûr. Il y avait Ousta Martiros, et puis Khosrov de Nor-Bayazet. Mais ils ont été mobilisés et ils ne sont pas revenus. Et nous, qu'est-ce que vous voulez, on n'avait jamais construit de bateau de notre vie, et en plus, on n'a pas les matériaux qu'il faut. Les poutres du milieu, par exemple, il faut que ça soit en poirier, parce que c'est un bois dur, mais le poirier c'est pas facile à trouver, parce que c'est un arbre qu'on ne coupe pas, à cause des fruits.

— Oui, bien sûr.

— Nous, expliqua un autre, on est menuisiers. Demandez-nous une porte, une table, une chaise, on vous la fera, mais un bateau, ça c'est autre chose, parce qu'on n'a pas l'habitude. Alors on fait ce qu'il nous dit et salut ! Tiens, justement, le voilà qui arrive.

Sur le chemin du rivage arrivait un grand jeune homme maigre vêtu d'une capote noire d'officier de marine qui lui descendait jusqu'aux talons. Il tenait à la main un triangle en fer. Il hâta le pas en voyant Hérian. Celui-ci se présenta, lui serra chaleureusement la main en l'observant attentivement. Ses yeux tiraient sur le vert, avec un regard candide, franc et direct, ce regard qu'on trouve chez les enfants et les vieux moines qui n'ont jamais quitté le monastère, un regard plein de foi, concentré, dirigé vers l'intérieur. Il avait les cheveux châtains, un peu de la couleur de la paille mouillée, des joues longues et creuses, un nez fin, le visage et les lèvres pâles. Les insignes de sa capote étaient fanés, le bord des manches et des poches élimé, et le noir commençait à verdir.

Au premier coup d'œil, il ressemblait plutôt à un pauvre collégien de province qu'à un officier. Les talons joints, le buste droit, il regardait le nouveau venu bien en face.

— Moi aussi je suis marin, fit celui-ci. J'ai l'honneur de me présenter : capitaine au long cours Ara Hérian.

— Très heureux, commandant. Enseigne de vaisseau Mikaël Toumanian.

Ils se saluèrent militairement. Le jeune officier répondit aux questions sans hésiter, par des phrases claires et brèves. Il avait la voix légèrement chantante, qui descendait parfois et restait un instant sur les graves, ce qui donnait quelque chose d'émouvant à ses propos, d'autant plus qu'il parlait l'arménien assez difficilement, avec des intonations et des expressions russes.

Il était venu de Bessarabie avec son père, qui avait été juge là-bas, et qui maintenant habitait Erevan. C'était la communauté arménienne de Bessarabie qui avait envoyé le père auprès du gouvernement d'Erevan pour négocier son rapatriement collectif. Voilà plusieurs mois qu'ils étaient là et les négociations traînaient en longueur, sans aucun résultat concret. Lui-même, pour ne pas rester inactif, avait décidé d'essayer de faire quelque chose d'utile au pays en construisant ce bateau. Bien sûr, dans des circonstances normales, l'entreprise aurait paru inutile, mais maintenant, avec une armée qui manquait des moyens les plus élémentaires, cette embarcation, même imparfaite, pouvait rendre des services qui ne seraient pas à négliger.

— Tenez, dit-il en désignant du doigt la rive droite, vous voyez là-bas, eh bien, de cet endroit, les Turcs d'Azerbaïdjan peuvent ouvrir le feu sur nous et nous faire beaucoup de mal. Il n'y a rien pour la défense des rives. Si vous avez un bateau armé d'un canon et avec un moteur suffisamment puissant, on peut leur faire du mal aussi. Ce n'est pas grand-chose, mais ce n'est pas négligeable.

— C'est juste.

— Mais malheureusement, les choses les plus indispensables nous manquent. On est obligé de travailler comme Robinson, avec des moyens de fortune et en improvisant tout.

Ils marchèrent de long en large en discutant.

— Demain, c'est la fête, expliqua Toumanian, les ouvriers ne travaillent pas, alors j'en profite pour descendre à Erevan voir mon père. J'y vais une fois par semaine. Désolé de devoir vous laisser.

— Encore heureux que vous puissiez trouver une voiture.

— Quelle voiture ? fit le jeune homme avec un sourire triste. J'y vais à pied. Si je pars maintenant, je serai là-bas demain matin.

Fort étonné, Hérian regarda instinctivement les chaussures de Toumanian : éculées, rapiécées, et le bas du pantalon effrangé. Il prit sa main dans les siennes et la serra longuement, avec l'envie de lui exprimer sa sympathie. Mais aucune parole ne put sortir. Il lâcha sa main, puis la serra de nouveau :

— On se reverra, lieutenant, on parlera.

Le jeune officier joignit les talons, salua et s'éloigna. Mais brusquement Hérian courut derrière lui :

— J'oubliais. Je voulais vous demander où on peut passer la nuit, ici.

— Mais je vous en prie, venez chez moi. J'ai une chambre à la maison de la milice. C'est très modeste, mais comme je n'y suis pas cette nuit, si vous voulez en profiter...

— Je vous remercie beaucoup.

Et ils allèrent ensemble voir la chambre.

5

Sitôt débarqué du bateau qui faisait le service de l'île, il décida de grimper au sommet pour mieux voir le paysage. Arrivé à mi-côte, un vent violent se leva, le décoiffa et le cloua un instant sur place, mais il fit front et reprit plus énergiquement sa marche en avant.

Bien que l'automne fût assez avancé, l'herbe était encore verte, parsemée çà et là de tapis de fleurs sauvages d'un rouge flamboyant. L'air embaumait d'un parfum capiteux et retentissait du son des cloches du monastère. Parfois le carillon tombait entre deux rochers qui renvoyaient l'écho, parfois le vent l'étouffait en l'emportant.

Arrivé en haut, il grimpa sur un rocher et s'arrêta. L'étendue bleue paraissait sans limites : les deux rives se perdaient dans l'invisible. Tout au loin, mêlées aux nuages, des montagnes immenses dessinaient les ombres d'un monde fantomatique, obscur et menaçant. Il avait l'impression que cette immensité le pénétrait. C'était la mer...

Le rocher sur lequel il s'était assis descendait d'un côté vers l'eau, et de l'autre tournait si brusquement au flanc de la colline qu'il eut un moment l'impression d'être sur une passerelle de commandement. Ses yeux tournèrent comme ceux d'un oiseau de mer ; il fouilla toutes les directions, évaluant les distances, aspirant l'air à longs traits, les narines frémissantes. L'odeur du sel manquait. Il mit sa main en visière au-dessus de ses yeux : pas un signe de vie, pas un mouvement, pas de bateau. Tout là-bas, pourtant, sur la rive droite, on distinguait un groupe de maisons plates. Plus loin encore, au flanc d'une colline, on devinait vaguement un autre hameau. Puis plus rien. L'eau, les nuages, la solitude. Décidément, les Arméniens s'accrochent aux rochers comme des oiseaux sauvages. Là-bas, du côté de Nor-Bayazet, se cachaient encore beaucoup d'autres villages serrés au bord des crevasses ou dans les plis de la montagne. Dire qu'il y a comme ça des endroits habités qui restent des mois coupés du monde, ensevelis entre ciel et terre, dans la neige et le silence !

Et s'il n'y a pas de villages ici, c'est qu'il n'y a pas de moyens de communication. Ce qu'il faut d'abord, c'est des bateaux ! L'ardeur le fit gesticuler avec une telle force qu'il faillit perdre l'équilibre. Maintenant, il savait ce qu'il allait faire. Pour masquer un peu son émoi, il voulut chanter, mais ça ne sortait pas. Gambadant comme un enfant, il descendit vers le monastère que la foule avait envahi.

Dans l'église principale, on célébrait la messe. On était venu par familles entières de la ville et des villages, et chacune s'était réservé un coin. On avait étendu par terre des tapis légers et des nappes chargées de victuailles, de samovars, d'innombrables bouteilles de vin et d'eau-de-vie. Et on attendait la fin de l'office.

Une grande partie de la foule se pressait dans l'église et devant la porte. Pour aller allumer leur cierge près de l'autel, les nouveaux venus devaient jouer des coudes, pousser, bousculer les autres, leur marcher sur les pieds.

De l'intérieur venaient les voix fraîches et aiguës du chœur. Les cloches continuaient à carillonner. Les flammes de centaines de cierges tremblotaient dans des nuages d'encens dont le fort parfum se mêlait aux lourdes odeurs du chanvre et des brebis. Celles-ci trottinaient de droite et de gauche en bêlant. Le front marqué de la tache de henné, les yeux étrangement brillants, elles se mêlaient à la foule, se frayant la voie à coups de tête, et pénétraient dans l'église.

C'était probablement grâce à leur présence que la célébration avait pris ce tour candide et émouvant. Les animaux participaient à un office qui devait exprimer l'innocence du cœur. Et ils bêlaient leur innocence.

En face, sur la rive, une foule bruyante, bigarrée, impatiente, attendait que le bateau du monastère vienne la chercher pour l'amener dans l'île. Les gens arrivaient de partout, l'humeur joyeuse, chantant et plaisantant, mais on remarquait dans cette liesse quelque chose d'un peu solennel, de plus profond, de plus lumineux que d'ordinaire. Et cette lumière était visible sur tous les visages. Les hommes, les femmes qui étaient là avaient le regard de la foi et un sourire rayonnant. A croire qu'une force invisible mais très présente, une force puissante et chaleureuse habitait tous les cœurs.

Après avoir longtemps regardé, il décida d'entrer dans l'église. Ce n'était pas facile. Il parvint à grand-peine jusqu'à la porte, mit de l'argent dans le tronc et prit quelques cierges, puis un peu en jouant des coudes, un peu grâce à l'obligeance de quelques-uns, tenant ses cierges au-dessus des têtes, il parvint du côté du chœur. Là, il resta un moment prisonnier d'un groupe d'enfants, finit par se libérer et se tint derrière la chorale.

Il y avait tant d'années qu'il n'avait pas assisté à l'office ! L'émotion l'étreignait. Pour la dominer, il hocha la tête, toussa. Mais ce sentiment qui l'avait brusquement envahi le surprenait : il ne s'était pas rendu compte que ce monde émouvant sommeillait au fond de lui.

Il alluma ses cierges et les mit sur un chandelier, se signa et, sans se rendre compte de ce qu'il faisait, s'agenouilla. Au même instant, la chorale s'agenouillait aussi et entonnait le doux et mystérieux *Saint, saint*... Comme gravissant des degrés invisibles, le chant s'éleva pour envoyer jusqu'aux célestes portes une plainte venue des profondeurs. Puis le ton s'adoucit, s'amplifia et enveloppa de ses accents plaintifs les cœurs dolents de la foule prosternée. « Mon Dieu, murmura-t-il, mon Dieu, donne-moi la force de réaliser l'idée que j'ai eue aujourd'hui... Non pas pour moi, non pas par ambition, mais pour ce peuple que Tu vois incliné devant Toi et qui attend Ta lumière... Toi qui vis dans cette île, Toi qui as créé ce lac, accorde-moi la force, la ferveur et la persévérance nécessaires pour amener ici le bateau, le bateau de la foi et de l'espérance. »

Soudain, il se rendit compte qu'il était entouré des brebis et se releva. On avait poussé les innocentes victimes au pied de l'autel pour l'ultime bénédiction. Les bêtes se tenaient là pressées les unes contre les autres, effrayées par les chants et les lumières. Quelques paysans les prenaient, les coinçaient entre leurs jambes, leur relevaient la tête et essayaient de leur fourrer une poignée de sel dans la bouche. Elles se débattaient, se sauvaient et, sous l'effet de la peur, souillaient le sol de l'église.

Dans l'incroyable brouhaha où se mêlaient les bêlements, les exclamations, les chants et les cris des enfants, il se produisit un fait curieux. Une brebis, vraisemblablement aveuglée par les lumières, tour à tour baissant et haussant son arrière-train, réussit à gravir les degrés latéraux menant à l'autel et à aller frotter sa tête blanche contre la chasuble du célébrant. Voyant la chose, ses congénères l'imitèrent et se mirent à grimper vers l'autel. L'église retentit des exclamations joyeuses des fidèles. Manifestement, le pèlerinage agréait au saint.

Une heure plus tard, la cour du monastère ressemblait à un abattoir. Les carcasses sanglantes des brebis étaient pendues aux arbres, aux arcades du balcon, aux crochets fixés sur les colonnes. On les écorchait, les vidait, les découpait. On préparait la distribution du *matagh* *. On allumait partout des feux pour préparer les traditionnelles brochettes. Quelques moines barbus et solennels passaient de groupe en groupe, saluant les uns et les autres, s'efforçant de se faire le plus

* Le mot désigne à la fois l'animal qu'on sacrifie et sa chair cuite, qu'on se partage.

aimables et hospitaliers possible. A l'occasion, après beaucoup d'insistance, l'un d'eux acceptait de boire. Il prenait le verre entre deux doigts en levant les yeux au ciel et en faisant un vœu, le vidait d'un trait, puis s'en allait en se suçant la moustache. D'autres ramassaient les peaux, les têtes et les pattes, qui de droit revenaient au monastère.

La cour était pleine de bruit, de feu et de fumée. Les morceaux de viande rissolaient, les gouttes de graisse tombaient sur les braises et s'enflammaient. Toute l'île sentait l'odeur appétissante des brochettes. Et on invitait tous ceux qui passaient :

— Mais non, je vous en prie, ne refusez pas ! Tenez, buvez ce verre en l'honneur du saint et mangez cet honorable morceau de matagh.

— Non, merci. Que votre vœu soit exaucé.

— Asseyez-vous, frère, asseyez-vous ! Un jour comme aujourd'hui, on ne refuse pas ! Nous sommes tous des chrétiens d'Arménie, non ?

Il refusait toutes les invitations. Il voulait même s'en aller et quitter l'île, quand brusquement il s'entendit appeler par son nom. Il se retourna.

— Monsieur Hérian, monsieur Hérian ! Qui aurait cru que vous seriez venu aussi ? Quelle surprise ! Écoutez, papa veut absolument...

Il s'arrêta, pris de court, mais aussi assez content : c'était Zvarthe, la fille aînée de son logeur. Depuis qu'il était chez eux, il l'avait vue deux ou trois fois, et seulement en passant. La jeune fille n'était jamais à la maison, et quand elle y était, elle travaillait, enfermée dans sa chambre. La mère avait dit qu'elle était en dernière année du lycée et qu'elle préparait son examen de fin d'études.

Il la regarda avec beaucoup d'intérêt et un large sourire éclaira son visage. Il y avait en elle quelque chose de frais, de candide et de spontané, quelque chose de plaisant et même d'un peu enchanteur. Cela venait-il de ses grands yeux de velours noir ou de sa voix suave et vibrante ? L'uniforme marron du lycée, très ajusté, la faisait paraître encore plus jeune que son âge et, bien qu'elle ne fût pas précisément jolie, cette tenue lui donnait un charme particulier.

Les yeux d'Hérian brillèrent. Elle sentit son regard appuyé, se troubla un peu, porta ses deux mains à sa tête, repoussa ses cheveux en arrière et le regarda droit dans les yeux.

— Bon, fit-elle enfin d'un ton presque autoritaire, venez !

Il obéit, et elle passa devant en reprenant :

— On ne savait même pas qu'on viendrait ici aujourd'hui. Papa ne voulait pas, il disait que ce n'est pas une année à faire des pèlerinages. Mais finalement, des amis sont venus et ils ont tellement insisté qu'il s'est laissé convaincre. Mais vous trouver ici, quelle surprise!

— En réalité, je n'étais pas au courant de cette fête. J'étais venu ici pour travailler, enfin pour voir une ou deux choses à propos du lac, et puis voilà, tout d'un coup...

On l'accueillit avec de joyeuses exclamations, on lui fit une place et il se retrouva avec une assiette et un verre pleins.

— Je vous en prie, lui dit le père, prenez ce morceau comme hors-d'œuvre et mangez-le bien chaud. Et voilà de la vodka faite à la maison. Buvez ça, commandant, c'est de la vraie.

— A votre santé!

— Bonheur et prospérité! Allez, encore un petit, encore un! Je vous le dis, c'est nous qui la faisons...

Et il fallut vider quelques petits verres à la suite. Le voisin d'Hérian, à qui on venait de le présenter, allongea son gros visage ridé, ferma les yeux puis les ouvrit et s'adressant à lui :

— Vous qui avez appris beaucoup de choses, écoutez-moi bien. Voilà, du point de vue scientifique... Enfin, cet été, ma fille que vous voyez là... Sirouhi, tu as dit bonjour au commandant?

Sirouhi, une fille aux sourcils épais et aux grosses lèvres, rougit jusqu'aux oreilles.

— Mais bien sûr, intervint Hérian, nous avons fait connaissance.

— Donc, je vous disais, reprit le père, cet été, ma fille tombe malade tout d'un coup. Et c'était sérieux. C'était même si sérieux que... on n'avait plus guère d'espoir. La mère n'arrêtait pas de pleurer. Quant aux médecins, vous savez ce que c'est: ils venaient les uns derrière les autres, ils prenaient de l'argent, et vous disaient qu'ils reviendraient le lendemain et qu'on verrait bien. Mais de changement, aucun. Enfin, si, ça allait de plus en plus mal. Ça tournait dans ma tête, comme ça, et puis un beau jour j'ai fait une prière et un vœu : j'ai dit au saint: « Voilà, je remets la vie de mon enfant entre tes mains, fais-en ce que tu veux, moi de mon côté, je ferai ce que je dois faire. »

Il prit un radis, le croqua bruyamment et continua tout en mâchonnant :

— Et maintenant, vous qui savez beaucoup de choses, vous devez vous dire: « Quel ignorant, ce bonhomme, de croire à des bêtises pareilles! » Pensez ce que vous voudrez, le fait est qu'à partir de ce jour-là, ma fille a commencé à se remettre. Un vrai miracle... Aussi vrai qu'il fait jour en ce moment. Voilà ce que je voulais vous dire.

Hérian écoutait d'une oreille distraite tout en observant ce qui se passait autour de lui. Partout on mangeait et on buvait. On levait les verres, on portait des toasts en faisant de véritables discours. Ici et là on chantait. Les femmes n'arrêtaient pas : elles servaient à manger et à boire, faisaient passer les assiettes, riaient. Et elles faisaient tout cela pour le saint : la tradition voulait en effet que plus l'atmosphère était joyeuse, plus le saint était content.

Dans le groupe, c'était Zvarthe qui servait. Elle avait de bien jolies mains, pâles et lisses, avec des doigts effilés. Aucun de ses mouvements n'échappait à Hérian. Lorsqu'elle s'asseyait, elle pliait légèrement les jambes puis les allongeait sur le sol, de longues jambes harmonieuses aux attaches fines et aux mollets ronds. La féminité naissante travaillait en elle comme un vin nouveau, ce qui rendait ses gestes un peu brusques. Quand elle riait, ses seins tremblaient et sa voix prenait des inflexions métalliques.

— Ah, monsieur Hérian, vous ne mangez pas, s'écria-t-elle, vous ne buvez pas ! Un homme comme vous doit donner l'exemple, vous, le marin…

Les mots bouillonnaient dans sa gorge, ses yeux brillaient, elle rougissait.

— Vous, répliqua-t-il en ne plaisantant qu'à moitié, vous ne faites qu'exiger, mais vous ne donnez rien. Regardez donc les autres, autour de nous : il y a des femmes qui chantent. Et vous qui avez sûrement une jolie voix, on ne vous entend pas.

Il avait parlé en la fixant droit dans les yeux. Elle sentit la force de son regard et se troubla un peu. Ses mouvements se firent presque confus et ses mains allèrent de droite et de gauche sans raison.

— Moi, chanter ? Vous vous moquez de moi.

— C'est comme ça, intervint le père. Elle est timide, mais si elle voulait…

Zvarthe ouvrit de grands yeux et s'adressa à son père en protestant : c'était bien connu, les parents exagèrent toujours les capacités de leurs enfants.

Des voix chantant en chœur se firent entendre vers le fond de la cour. C'était un chant un peu confus, mais énergique. Tous les regards se tournèrent dans cette direction.

— Les fédaïs, expliqua Zvarthe. Ils sont venus à la fête.

— Je comprends, dit Hérian, ce sont les cavaliers que j'ai vus sur la route en venant.

— Attendez qu'ils aient un peu bu, vous verrez le spectacle ! Je les connais bien.

— N'ayez pas peur, je suis là.

— Compatriotes ! criait un jeune homme à lunettes debout sur une chaise, compatriotes ! permettez-moi de dire deux mots…

— Vas-y, vas-y !

Toujours debout sur sa chaise, le jeune homme, tenant d'une main ses lunettes et de l'autre désignant les chanteurs, commença d'une voix de tête à parler de la patrie, des souffrances de la nation, des épreuves effroyables qu'on avait endurées et de ces vaillants garçons qui, dit-il, avaient défendu et défendraient encore au mépris de leur vie chaque pouce du sol ensanglanté de l'Arménie.

Il proposa que chacun lève un verre plein à leur santé et le vide d'un trait. Dans un tonnerre de « hourras ! » les gens se levèrent, le verre à la main. Les fédaïs saluèrent en inclinant modestement la tête.

— La marche nationale ! La marche nationale !

Jeunes, vieux, femmes, enfants, les voix se bousculant, tous chantèrent. L'enthousiasme collectif, dans cette île retirée du monde, était impressionnant. Hérian sentit un frisson le parcourir. Le visage des chanteurs était comme illuminé. Les regards dirigés vers des cieux lointains, on vibrait de ferveur et de foi. La mélodie nostalgique ressemblait à une prière plutôt qu'à une marche. Je suis bien heureux d'être ici, se dit-il.

Il se retourna : Zvarthe chantait elle aussi. Elle avait une voix profonde de contralto. Ses yeux brillaient, son visage était comme inspiré. Lui, ravi, n'écoutait plus qu'elle.

Un instant, il resta subjugué, mais il ne tarda pas à se reprendre. Allons, allons, ne faiblissons pas ! Et, sans beaucoup réfléchir, il se mit à chanter aussi. Mais à peine eut-il ouvert la bouche qu'il en sortit des sons criards et tellement faux que Zvarthe, surprise, presque effarée, le regarda bouche bée puis, ne pouvant s'empêcher de sourire, serra les lèvres en faisant effort pour paraître indifférente. N'y parvenant pas, elle enfouit son visage dans ses mains, prise de fou rire. Les voisins regardèrent la jeune fille, puis Hérian et, gagnés par l'hilarité, eurent le plus grand mal à ne pas éclater de rire. Les vieux lancèrent des regards sévères aux uns et aux autres, mais sans résultat. Bientôt, les mains crispées sur l'estomac, chacun essayant de se cacher derrière le dos d'un voisin, tous se tordaient.

Lui n'avait rien remarqué, et, de plus en plus enthousiaste, les yeux au ciel, il continuait à chanter à tue-tête. Quand enfin il se retourna, les vieux eux aussi s'étaient joints aux autres et le rire secouait tout le monde. Aussitôt, il comprit et, plein de confusion, rougissant, il regarda tout autour de lui avec un sourire contraint et se tut. Il avait comme reçu un coup sur la tête et aurait voulu se sauver. Mais il resta figé sur place, la tête levée, faisant semblant d'avoir remarqué au loin quelque spectacle du plus haut intérêt.

Le chant fini, tout le monde applaudit.

— Il faut nous excuser, dit Zvarthe en s'essuyant les yeux. Vous savez, ça vous prend des fois comme ça, sans qu'on sache pourquoi.

— Vous êtes tout excusée.

Sur quoi il rougit de nouveau. Elle lui prit la main et la serra avec une affectueuse conviction.

— Je sais, dit-il, la nature ne m'a pas doué, je n'ai ni voix ni oreille.

— Non mais, qu'est-ce que ça veut dire? protesta le père, on est venus ici faire la fête et personne ne boit. Allez, remplissez les verres!

Hérian en avala encore quelques-uns et sentit la tête lui tourner. Mais il se sentit aussi d'excellente humeur, avec une forte envie de parler. Il croisa ses deux mains devant ses genoux et, se balançant un peu, parla de son bateau :

— Il s'agit d'un vrai bateau, monsieur Artem, un vrai, de ces bâtiments qui naviguent en balançant bien leur coque, et qui fendent les vagues, un bateau qui transporte des gens ou des marchandises... enfin, quoi, un vrai bateau. Je vous le dis, si on a ça sur le lac, un bâtiment qui roule et qui ronronne, alors vous verrez que ces terres et ces rochers se réveilleront tout doucement et qu'ils seront bien contents de se mettre en mouvement. Vous vous rendez compte, monsieur Artem, de la nouvelle vie que ça peut amener dans la région? De vous à moi, j'ai déjà tout mon plan dans la tête. Vous savez, je suis déjà un vieux marin, je ne me décide pas à la légère, et quand je me décide, je sais ce que je fais. Je sais aussi, bien sûr, que ce n'est pas une entreprise facile, et même pratiquement impossible dans les circonstances actuelles. Mais sans me flatter, je suis très entêté, et quand j'ai commencé quelque chose, la mort elle-même sur ma route ne me fera pas peur. Sans me flatter... vous pouvez me croire.

— Ah, mon cher commandant, vous nous réjouissez le cœur. A la vôtre!

— Merci, merci! Eh bien, puisque c'est comme ça, buvons à la réussite de mon entreprise. C'est que la mer est une dure école, et celui qui y est passé passera partout.

Il parlait sans regarder Zvarthe, mais elle sentait bien que c'était pour elle qu'il parlait. Et c'est pour elle aussi qu'il se lança dans des données scientifiques absolument inaccessibles à ses auditeurs, avec toutes sortes de détails sur la mécanique moderne, les sondes, les compas gyroscopiques, le gouvernail automatique, la radiogoniométrie et autres nouveautés merveilleuses. Les auditeurs ouvraient de grands yeux. M. Artem posait parfois une question :

— Comment dites-vous, mon cher commandant, radio comment?

— Radiogoniométrie.

— Mon Dieu ! On invente de ces mots !

L'après-midi était déjà bien avancé, mais la ripaille continuait. Un peu partis, les hommes tenaient des discours décousus et chantaient à tue-tête. On entendait d'ailleurs de la musique dans tous les coins, et ici et là on dansait. Le bateau du couvent ne cessait pas sa navette : il amenait sa cargaison dans l'île, repartait vide et revenait plein. Et pour les nouveaux arrivants, on ravivait les feux, on remettait des brochettes sur la braise.

Un peu las, Hérian continuait à tout observer. Il s'était tu et les autres restaient silencieux aussi. Le père de la jeune ex-malade, après avoir recommencé son histoire plusieurs fois sans réussir à la finir, ronflotait doucement, la tête tombée sur la poitrine. M. Artem, qui avait la digestion difficile, faisait des efforts pour garder les yeux ouverts et, de temps en temps, les fixait sur l'un ou l'autre. Zvarthe était allée rejoindre des amies.

Quand elle revint, le jour déclinait déjà.

— Regardez, s'écria-t-elle, regardez le beau coucher de soleil qui se prépare. Il faut voir ça de là-haut.

— Allons-y, proposa-t-il en se levant.

— Pourquoi pas ? Allons-y.

Le père approuva d'un signe de tête.

Ils se frayèrent un chemin à travers la foule en contournant les nappes surchargées, en sautant par-dessus les feux, parvinrent aux abords de l'église, et de là grimpèrent jusqu'au sommet.

Le vent était tombé. Une paix profonde s'était étendue sur tout. Au loin, les montagnes s'étaient couronnées d'immenses et mouvants incendies. Tout était envahi par les flammes et les lueurs. Les rochers en feu se fondaient dans un embrasement général et, l'un poussant l'autre, semblaient monter vers l'invisible. Au-dessus de la rive droite, d'énormes vols de canards sauvages formés en triangle s'enfonçaient comme des flèches dans les courants lumineux d'un ciel constamment changeant. Ces lueurs inondaient le visage ravi de Zvarthe et allumaient ses joues. Elle avançait, silencieuse comme dans un songe. A mi-chemin du sommet, ils rencontrèrent un groupe de jeunes filles qui redescendaient et qui aussitôt entourèrent Zvarthe avec force cris et exclamations.

Il continua à grimper, dans la direction du rocher d'où, le matin, il avait contemplé le paysage. Il n'était d'ailleurs pas mécontent de se retrouver seul, car il s'était senti lié à cet univers nouveau par un secret qu'il voulait garder pour lui. Il ne savait pas très bien au juste en quoi il consistait, ce secret, mais il sentait que c'était quelque chose d'important, quelque chose d'aussi inévitable que le destin.

Au bout de quelques secondes, il sauta sur la pierre qui se trouvait devant lui et il allait continuer à monter quand il s'entendit appeler : Zvarthe était un peu plus bas. Sur son front, quelques boucles se balançaient, son visage était complètement éclairé par les lueurs du crépuscule et ses yeux brillants étaient fixés sur lui. Il resta un instant interdit, comme devant une apparition, comme si elle arrivait de l'infini, vêtue de lumière et de rêve. Leurs regards se croisèrent.

D'un saut, il redescendit pour l'aider à grimper. Ils s'assirent côte à côte et, sans un mot, contemplèrent le spectacle. Devenu énorme, le globe rouge du soleil descendait doucement derrière les sombres fantômes des montagnes, tel le masque mystérieux tissé d'or et de flamme de quelque divinité sauvage qui, le dernier acte joué, quitte la scène pour disparaître derrière un rideau magique.

La ruée de ces couleurs et de ces rayons étincelants faisait penser aux voix d'un concert irréel : les cymbales des rayons se heurtaient, les lumières réfléchies se fondaient dans l'harmonie des flûtes et l'ébranlement des métaux enflammés frappait l'air comme un gong. Lavé par cette avalanche d'or, battu par des vents de toutes les nuances, le lac était devenu une mer de feu.

— Comme c'est beau ! murmura Zvarthe.

— Ne bougez pas, lui dit-il tout doucement. Regardez, là, en bas.

Il lui montrait une faille entre deux rochers, qui descendait jusqu'au lac. Elle eut un mouvement de recul, comme effrayée, et lui prit le bras.

Ils restèrent un moment silencieux. L'horizon pâlissait, parfois plongeant dans de vagues illuminations, parfois glissant sur des ruisseaux sanglants ou s'abîmant dans des liquides jaune clair sur lesquels flottaient des voiles violets. L'île s'entourait tout doucement d'ombre. Au loin, les montagnes battaient lentement en retraite devant les nuages. Et les lumières et les ombres errant autour d'elles déchiraient çà et là le ciel de crevasses inattendues qui engloutissaient les alignements menaçants des sommets.

— Le ciel est un grand metteur en scène, fit Zvarthe. Ce soleil qui apparaît et disparaît tous les jours comme le héros d'un drame gigantesque… Si on pouvait connaître les autres acteurs…

— Ils existent sûrement, mais on ne les connaît pas. Enfin… on les connaît et on ne les connaît pas. Nous savons avec notre intelligence que ça n'est pas logique. Il y a des choses sur lesquelles on ne peut pas mettre de paroles, des choses indicibles qui se dérobent dès qu'on veut les exprimer.

— On dit qu'avant l'Illuminateur, il y avait des dieux très puissants ici dans la région.

— Ils sont toujours là.

— Et moi qui croyais que c'étaient des légendes...

— Les légendes sont plus réelles que la réalité. Je suis convaincu qu'ils sont là, présents partout, dans le lac, sur ses rives, ici même.

— Ici ? fit Zvarthe en bougeant les épaules, un peu mal à l'aise.

— Figurez-vous que j'ai très nettement senti leur présence ce matin.

— Où ?

— A l'église, quand les brebis sont entrées. Elles étaient contentes, elles remuaient leur derrière, elles allaient vers l'autel et il y avait dans leurs yeux une lumière étrange. Cette vision ne me quitte plus. Et il y a autre chose qui était étrange : c'est le prêtre qui les bénissait, avec son nez, sa barbe en broussaille et ses petits yeux fendus. Pendant une minute, j'ai eu l'impression... comment dire ? j'ai eu l'impression que si on avait soulevé un peu sa chasuble, on aurait découvert des pattes de chèvre.

— Quelle imagination !

— Eh oui ! Allez donc savoir comment viennent ces choses, comment elles vous entrent dans la tête... Je dirais aussi que du temps que je naviguais, ma tête a pris l'habitude de l'aventure. Quand on est seul, on veut qu'autour de soi tout vive. On parle à tout et tout vous parle.

— Il est tard, dit-elle, la nuit tombe et mon père risque de s'inquiéter. Je ferais mieux de m'en aller.

Il descendit d'un pas, leva les mains et prit Zvarthe dans ses bras. Il la serra, chercha ses lèvres, et les trouva.

— Il ne fallait pas, protesta-t-elle d'une voix sourde. Il ne fallait pas...

Elle se libéra, arrangea ses cheveux, descendit jusqu'au chemin en sautant quelques rochers et se mit à courir de toutes ses forces.

En redescendant, il s'arrêta devant l'église supérieure, un édifice qui était encore debout comme par miracle. Construite sur les fondations d'un temple païen au début du christianisme, elle avait vu passer des siècles d'épreuves et de fureur, des siècles qui avaient forgé l'histoire par le fer et par le sang. De grandes puissances, des races et des peuples entiers avaient disparu, mais la pauvre église était toujours là, abandonnée, orpheline, misérable, avec son toit effondré et ses pierres disjointes. Les fenêtres brisées avaient été obstruées par des cailloux mal assemblés, il n'y avait plus de portes et les poutres s'étaient effondrées. Ce n'était plus qu'un fantôme, une pauvre âme mendiante.

A l'intérieur, quelques cierges tremblotaient. Mais il avait l'esprit là-bas, là où se trouvait Zvarthe, et il voulut passer son chemin. Pourtant il s'arrêta devant la porte et, sans se rendre compte de ce qu'il faisait, comme si on l'avait appelé, il entra. Dans l'église vide, humide et froide flottait une odeur de cire chaude et de moisi. Il s'arrêta près du chœur, seul endroit vaguement éclairé, devant lequel était posé un évangile ouvert, aux pages jaunies. Des cierges gouttaient, plantés dans de petits chandeliers, et leur lueur blafarde agitait de grandes ombres. Quand ses yeux se furent habitués à l'obscurité, les images de l'iconostase se réveillèrent, grandirent et le regardèrent : de longs corps, des visages émaciés, des barbes hirsutes et des mains osseuses, étranges, serrant de vieux livres contre des poitrines creuses, des yeux noirs et profonds aux regards sévères et brûlants.

Quittant la paroi, les saintes images avançaient. Il recula. Au même instant, quelque chose bougea dans le toit et descendit. Une chauve-souris peut-être ? Il leva les yeux. Rien. Il regarda les images, leurs yeux l'attirèrent, l'envahirent. Il ne pouvait plus bouger. Une lutte sourde le déchirait ; son esprit s'obscurcit, sa conscience s'affaiblit.

Deux cierges se courbèrent et clignotèrent en esquissant quelques fantômes puis s'éteignirent. L'obscurité s'épaississait. Brusquement, un bruit de pas se fit entendre près de la porte. Il se retourna et resta interdit : Pétros Mark, l'homme venu des Indes qu'il avait rencontré au restaurant, était devant lui.

— Bonsoir, commandant.

Mark tendit sa main brune : elle était froide, mais serra la sienne avec chaleur. En outre, il remarqua que l'étrange personnage avait des bras exceptionnellement longs.

— Je vous ai vu entrer et j'ai attendu que vous ayez fini de prier. Vraiment, ce sont des lieux extraordinaires et il valait la peine de faire des milliers de kilomètres pour venir communiquer avec eux. Des lieux chargés de sens, des lieux essentiels...

— Très heureux, monsieur Mark. Je n'attendais pas le plaisir de...

— Eh bien, voyez-vous, je crois qu'il faut toujours attendre. Moi je vous attendais, comme ces pauvres et saintes images nous attendaient, vous et moi, depuis des siècles. Vous savez, commandant, les frontières de l'esprit, quel que soit le chemin qu'on prenne pour les atteindre, ne cessent jamais de s'élargir et de s'éloigner, précisément parce que la profondeur de l'esprit et ses possibilités sont infinies.

Il eut un petit rire qui le fit ressembler à un personnage de fresque indienne. Il était vêtu d'un costume de coupe anglaise, gris à rayures jaunes ; son faux-col était très haut, son pantalon trop court et son veston aux épaules étroites un peu trop ajusté. Il tenait à la main un chapeau de paille à larges bords.

Ce qui était bizarre, c'était le contraste entre le style de sa mise et l'abstraction de ses propos. On se demandait si ces vêtements étaient réellement les siens. En tout cas, sa voix, parfois aiguë et parfois sourde, profonde, avait quelque chose de convaincant. Et ce qui était convaincant, surtout, c'étaient ses yeux étincelants, avides et ardents qui, bizarrement, ressemblaient tant à ceux des saints de l'iconostase.

Quand il parlait, il allongeait le cou comme un canard. La lumière des quelques cierges qui brûlaient encore accusait l'ombre creusée sous ses pommettes saillantes, le cerne de ses yeux, son menton et sa pomme d'Adam. Et quand il s'excitait, il bégayait un peu.

— Écoutez, commandant, je vais vous dire, dans ce monde, tout tourne et vire, pour que chaque chose retourne vers elle-même, que ce soit le soleil, l'étoile ou l'homme. Il y a un instant, j'étais là-bas au fond, je réfléchissais et je me disais que les hommes passent devant de petits phénomènes sans leur attacher la moindre importance. Ils ne les voient pas, ils ne les regardent pas, alors que ce qu'on appelle la science positive elle-même construit l'univers avec les atomes et suivant la loi de la gravitation. La pomme tombe du pommier, la terre l'attire, et, suivant cette même loi de Newton, la lune reste sur son orbite et tous les corps se tiennent. Je veux dire que tous les phénomènes sont interdépendants et tous les phénomènes, petits ou grands, ont de l'importance pour le cosmos. Croyez-moi, les premiers mouvements d'un nouveau-né peuvent influencer la marche des astres.

Il se tut, regarda son interlocuteur en face, puis baissa la tête et resta un instant immobile. Pour rompre le silence, pour marquer qu'il comprenait ce que l'autre avait dit, Hérian crut devoir prononcer quelques mots.

— Oui, bien sûr, fit-il en parlant trop fort et sans aucune conviction, oui, si on y réfléchit...

— Laissez-moi finir, coupa Mark, vous me donnerez votre avis après. D'abord, il faut que je vous fasse un aveu : ce pays qui est le nôtre et où nous nous trouvons en ce moment, bien souvent je m'y sens étranger. Étranger à la vie extérieure, à la vie du dehors. Ce n'est pas ce que j'attendais, pas du tout. Je pense que cela est dû au fait que quand on vit loin de son milieu, tout prend un autre aspect. Non pas que cet aspect soit toujours exact, en tout cas c'est grand et profond. De loin, on regarde son pays comme on regarde la plaine du haut de la montagne, avec un horizon qui vous ouvre les bras. Et on le voit avec le regard intérieur, avec les yeux du cœur. Pas comme une personnalité mais comme une personne. Mais peut-être que tout ça ne vous intéresse pas, commandant ?

— Mais si, mais si, je vous en prie, ça m'intéresse beaucoup au contraire.

— Merci. Je disais donc comme une personne. Parce que, n'est-ce pas, il faut distinguer. La personne, cela dépasse la connaissance et le temps. C'est une entité plus large qui va au-delà de la conscience quotidienne. La personne, c'est une présence inaltérable qui est en nous et dont les impératifs sont absolus et dans une certaine mesure éternels. Vous me suivez ?

— Très bien.

— Merci. Celui qui appartient à une communauté, à une nation, autrement dit l'individu social, représente avant tout un concept. L'un est comme ci, l'autre comme ça. Et ce concept comprend diverses données, que sais-je ? disons les caractéristiques innées, les capacités acquises, la force, le courage, les défauts, les carences, les déviations imposées par les circonstances extérieures. Ce que je veux dire, c'est que le concept, c'est la personnalité, assujettie à toutes sortes de choses, changeante, temporaire. La personne, c'est différent, elle se situe sous les couches du moi expérimental. Ce n'est pas un concept, elle n'est pas changeante, soumise, temporaire, mais durable, stable, c'est comme une lumière qui ne s'éteindrait pas. Et voilà, toute la question est là : le véritable être humain doit parvenir à cette lumière et il doit la diffuser parce qu'elle vient directement du soleil, du cosmos. Excusez-moi, commandant, j'ai oublié votre nom...

— Ara Hérian.

— Très bien, votre nom, très bien. Donc, Ara Hérian, il faut savoir que cette lumière, c'est la voie. Il y a eu en Extrême-Orient de grands penseurs et il y en a un en particulier dont la sagesse m'attire toujours, c'est Lao-tseu. Et Lao-tseu a dit : à celui qui a perdu le chemin, il reste la vertu ; à celui qui a perdu la vertu, il reste la morale ; à celui qui a perdu la morale, il reste la loi ; et à celui qui a perdu la loi, il reste l'habitude. L'habitude n'est plus que l'apparence extérieure de la morale, et c'est avec l'habitude que commence la dégénérescence. Il a dit : d'abord le chemin. Et le chemin, c'est la personne. Intéressant, non ?

— Très intéressant.

— Et maintenant, je vais vous dire, j'ai parcouru les champs et les montagnes de ce pays, les villages et les villes, j'ai entendu les hommes et les femmes, et mon cœur s'est serré. Ce peuple, mon cher commandant, a perdu le chemin et il n'a gardé que les habitudes. Il a perdu son âme et gardé la forme. Nous sommes vaincus.

Il posa les mains sur sa poitrine, l'expression de son visage s'assombrit, et il enchaîna :

— Si je vous dis tout ça, c'est parce que je vous ai rencontré ici, dans ce lieu chargé de sens, où il nous a été donné de voir, de parler et de penser. Vous comprenez, moi, je suis venu de très loin, le cœur débordant, avide et souffrant, courant en quelque sorte derrière moi-même. Et voilà, ils ont perdu les traditions, ils se sont dispersés. Ah, on parle de nation, de pays... Sans même venir ici, je le connaissais, le vrai pays, tel qu'il est. Non pas un simple espace, mais une réalité vivante, lumineuse et secrète. Je ne sais pas si vous avez déjà pensé à ça : les savants occidentaux voient l'espace comme un lieu neutre qui contient les corps et les mouvements. Pour eux, l'espace, c'est de la matière, et les faits sont des faits. Sans réciprocité, sans unité. Si nous aussi nous voyons les choses comme ça, nous sommes au bout du chemin, dans une impasse.

— Bon, alors comment faut-il concevoir le pays ?

— Je vais vous le dire, commandant, je vais vous le dire. Il y a des pays, en Amérique par exemple, qui ne sont pas bien fixés, ancrés, qui ne sont pas cultivés spirituellement. Ce n'est que de la matière, soumise aux lois élémentaires de la nature et aux caprices des hommes. Et puis il y a des pays qui appartiennent à une géographie sacrée et où tout phénomène naturel s'explique par le spirituel et où toute démarche humaine participe à ce spirituel. Nous sommes alors devant un espace vivant, en quelque sorte magnétisé, plein de divination, un espace métaphysique où tous les signes sont réglés, où chaque geste, chaque action, chaque parole même revêt une signification transcendantale. Et voyez, ici dans ce pays où la personne est devenue personnalité, où elle a perdu son caractère humano-divin, où elle s'est embourbée dans des marécages grisâtres, où elle a oublié sa filiation spirituelle, la dualité s'est installée dans l'individu et dans le pays. Le seul phénomène en harmonie avec la géographie qui ait subsisté, ce sont ces édifices dans l'un desquels nous nous trouvons en ce moment.

— Comme expression du christianisme ?

— Non, non, c'est plus que ça. Ces édifices viennent de plus loin et ils dépassent de beaucoup une religion qui d'ailleurs nous a été imposée. Ils sont construits avec la lumière des montagnes et des pierres de ce pays, ils synthétisent la personne et le pays, et montrent ce chemin dont nous parlions. Moi, je suis allé partout, et partout je les ai cherchés. Ils sont toujours debout, ici et là, comme un chant figé dans la pierre, ils montrent les blessures que leur ont infligées les siècles, les saisons et les hommes, mais toujours debout ou à moitié détruits, ils témoignent d'une tendance irrésistible, d'une force intérieure, de ce don spirituel primordial sans lequel il n'y a ni vie ni possibilité de vie. C'est dans ces monuments que se sont fixées des limites, qu'une unité s'est trouvée, que le divin est né. Le sobre génie de ces lignes, qui est l'essor et la force, la forme absolue et la totalité, est né après ces luttes longues et cruelles que l'âme de notre race a menées contre des courants chaotiques, obscurs et maléfiques, comme avant lui le lumineux principe olympien avait combattu les dieux-serpents et les serpents-dieux, les démons, les êtres à têtes d'animaux, le feu magique souterrain et autres forces de la nuit et des ténèbres. Ici, commandant, les Arméniens ont pour la deuxième fois et sous une forme nouvelle allumé cette lampe que ses ennemis allumaient en signe de victoire sur le monde créto-minoen. Ils avaient trouvé leur unité spirituelle, leur lumière qu'ils ont portée aux quatre coins du monde.

Il s'arrêta, réfléchit un instant avant de reprendre :

— Le but suprême de tout peuple est de répandre l'humain et le visible dans l'univers et dans l'invisible. Le temple arménien était le premier pas essentiel vers cet objectif. La synthèse spirituelle était faite, le style trouvé, l'échelle dressée, mais il n'y a eu personne pour y monter. La nuit est revenue, et le chaos. La race arménienne a perdu la lumière qu'elle avait créée et elle est entrée dans l'ère des séismes.

— Mais ce n'est pas nous qui sommes fautifs, c'est l'histoire, les circonstances !

— Je connais cet argument. C'est l'argument habituel, mais il est faux. La force et l'unité spirituelles sont invincibles. Les événements extérieurs ne viennent chez nous que quand nous sommes déjà intérieurement prêts à les recevoir. C'est l'esprit qui les engendre, c'est lui qui les invite. Non, non, je ne suis pas d'accord. C'est très simple : voilà des jours décisifs qui attendent ce peuple, des jours cruels et redoutables. Les faits fondent sur nous de façon inattendue. Ils arrivent, ils nous agressent et nous, étonnés et attristés, nous ne savons que répéter « Pourquoi ? Pourquoi ? »

— Oui, pourquoi ?

— Pourquoi ? Vous-même, il y a un instant, vous observiez avec émotion le regard de ces saints de l'iconostase. Et je suivais chacun de vos gestes, et si je vous ai approché, c'est que moi-même je traversais au même moment une sorte de crise. Pourquoi ? demandez-vous. Pourquoi ? Regardez-les donc, ils répondront à votre question. Mes respects, commandant, mes respects...

Mark tourna les talons et disparut dans la nuit. Hérian essuya la sueur froide qui couvrait son front et se précipita dehors.

Dans la cour inférieure du monastère, on entendait de la musique et des battements de mains cadencés. Près du rivage, on avait allumé un grand feu qui, attisé par une bise légère, jetait des lueurs pâles et hésitantes sur les danseurs et la foule qui les entourait. Vu d'en haut, le spectacle avait quelque chose d'irréel. Hérian descendit. Bizarre : était-ce les traces laissées par l'étrange discours de Pétros Mark ou bien le spectacle inhabituel qui s'offrait à ses yeux ? En tout cas, il se sentait dans un état second, dans une atmosphère magique et mystérieuse. Tout, couleurs, lumières, sons, l'illuminait, résonnait et grandissait en lui.

Les fédaïs dansaient. Les accents de la musique avaient envahi la nuit. C'était un air doux, presque mélancolique. Le son aigre des flûtes volait, vibrait tristement au rythme du tambourin qui résonnait, cessait, reprenait. Les autres instruments suivaient en harmonie, exhalant leur plainte interminable.

Les danseurs, les pans de la *tcherkesska* * relevés et passés dans la ceinture, le poignard entre les dents, agitaient un sabre et avançaient lentement d'un mouvement furtif et prudent, comme approchant dans l'obscurité du bivouac de l'ennemi.

Parfois ils s'arrêtaient, se dressaient sur la pointe des pieds, regardaient au loin, tournaient sur eux-mêmes en faisant tournoyer leur sabre, et reprenaient leur marche en avant.

Bientôt le rythme s'accéléra, et les instruments se firent plus agressifs. La flûte monta, escaladant les sons comme un coq hausse sa crête. Le coq regarda, donna de la voix, sentant le danger, s'inquiéta, battit des ailes, appela à l'aide. Le tambourin le rejoignit.

Les danseurs tendirent l'oreille, cambrèrent la taille. Le sabre levé, heureux de pouvoir enfin montrer leur bravoure, ils battirent le sol à tout petits pas. Soutenus par l'assistance qui frappait des mains en cadence, ils s'enthousiasmèrent. Leurs mouvements se firent plus vifs, ils avançaient, reculaient, s'arrêtaient, faisaient des mines, puis repartaient en sautillant, fonçaient sur des tigres ou des ennemis imaginaires. Faisant scintiller leur sabre de droite et de gauche, et ayant enfin vaincu, ils tournèrent autour de leurs victimes terrassées, dessinant des pas complexes, à la fois virils et gracieux.

Hérian était fasciné. Il se demandait où était passé Pétros Mark et aurait voulu qu'il soit là. La danse aussi est une architecture et une construction de l'esprit. C'était là qu'ils étaient, les Arméniens agiles,

* Pièce principale du costume caucasien : longue tunique à manches évasées, serrée à la taille et ornée de cartouchières sur la poitrine.

dynamiques, libres, et dans leurs mouvements harmonieux, il y avait à la fois de la majesté et du mystère. Ah, si Mark avait vu cela!

Cependant, la danse continuait, se faisant plus nerveuse et plus compliquée. Les lueurs vacillantes du feu creusaient et accusaient la scène. L'ombre et les flammes qui de temps à autre jaillissaient jouaient sur les sabres, les poignards, les visages, les agrandissaient, les élargissaient, les sculptaient. Les pas, les mouvements se répétaient, les gestes s'enroulaient, se prolongeaient, les danseurs se jetaient à droite, à gauche, bondissaient.

«*Tache-tachi! Tache-tachi!*» criaient les spectateurs en frappant dans leurs mains en cadence, ravis par la beauté virile du spectacle. Les femmes surtout étaient fascinées. Leurs seins frémissaient et on voyait briller leurs yeux noirs en amande. Elles battaient des mains de toutes leurs forces, poussaient des cris, essayaient d'accrocher le regard des danseurs comme pour leur inspirer encore plus d'ardeur.

«*Tache-tachi! Tache-tachi!...*»

Bientôt un des danseurs, un grand garçon, sortit du groupe, fit quelques tours, recula, avança et, progressant en légers sautillements, arriva devant une jeune fille et là, martela vivement le sol de ses pieds. Puis il s'arrêta, saisit à deux mains le poignard pendu à sa ceinture, joignit les talons, salua et d'un geste large invita la jeune personne à se joindre à la danse.

La fille rougit, recula d'un pas, refusa en secouant la tête. Le danseur refit quelques tours, revint vers elle. Alors, les gens qui étaient derrière elle l'encouragèrent et la poussèrent en avant. Elle leva les bras avec une gracieuse lenteur, cambra un peu les reins, la tête légèrement inclinée, et avança à tout petits pas, comme en glissant, puis s'arrêta, immobile.

Pour attirer l'attention de cette reine du moment, les danseurs se livrèrent alors à une compétition endiablée. L'un après l'autre, ils se jetaient devant elle, tournaient autour, frappaient le sol de pas très compliqués, bondissaient, sautillaient, puis s'arrêtaient pour lui permettre de faire son choix. Quand le dernier garçon eut tournoyé, glissé et bondi, la fille, comme effrayée par quelque chose, ouvrit tout grands les bras et, tel un canard qui quitte brusquement la surface de l'eau pour prendre son essor, elle s'élança, aussitôt suivie par le groupe des garçons.

A cause de la pénombre, et aussi en raison des gens qui, devant lui, lui bouchaient plus ou moins la vue, Hérian n'avait pas bien distingué le visage de la danseuse. Mais comme elle décrivait une gracieuse arabesque du côté où il se trouvait, elle passa tout près et leurs regards se croisèrent : la danseuse n'était autre que Zvarthe, dont tout le corps tressaillait.

Il était admiratif, mais un peu jaloux ; il avait l'impression que ce qui lui tenait le plus à cœur était en danger. Mais qu'elle était belle ! La danse l'avait métamorphosée. Son corps souple était comme enchanté par une musique sans cesse recréée. Elle faisait parfois penser à ces oiseaux solitaires qui tracent des arabesques autour des sommets, parfois à quelque naïade évoluant sur le rivage et que les rayons de la lune éclairent. Dressée sur la pointe des pieds, sérieuse et solennelle telle une prêtresse païenne, elle glissait comme sans toucher le sol. Puis tout son corps devint une mélodie, ses gestes se firent précieux, elle pâlit, se balança comme dans un songe.

Il cherchait avidement son regard, mais emportée par la danse, elle passait sans le voir, enivrée de son propre corps, détachée du sol, s'envolant, fuyant ceux qui la poursuivaient. Lorsque après avoir fait de grands tours et sauté par-dessus le feu, l'un des danseurs arrivait enfin à lui barrer le chemin, elle tournait les talons comme en un tourbillon, virait à droite, virait à gauche ou, les bras ouverts, se frayait la voie au milieu du groupe et glissait vers un espace libre, et tous ses gestes et tous ses mouvements voulaient dire : « Personne ne m'aura ! » Et les cris continuaient : *« Tache-tachi ! Tache-tachi ! »*

Près d'Hérian, un paysan s'enthousiasmait :

— Du feu ! c'est du feu, je vous le dis, une fille comme ça !

La danse s'acheva enfin dans un concert d'applaudissements. Aussitôt, d'autres s'organisèrent. Profitant de la brève pause, il sortit de la foule et fonça pour essayer de retrouver Zvarthe. Celle-ci était déjà assise avec les fédaïs qui l'avaient fait danser, et ils étaient en train de boire à sa santé. Un grand garçon aux larges épaules et aux yeux gris, le visage criblé de taches de rousseur, levait son verre et portait un toast à la jeune fille qui écoutait, le visage en feu, les yeux baissés, le sourire heureux.

Le cœur d'Hérian se serra. Il voulait fuir ce spectacle. Il fila, passa derrière les arbres, descendit sur le rivage et s'assit sur une pierre, tout mélancolique. Si ç'avait été possible, il aurait fui l'île sur-le-champ et, comme le jeune officier de marine, marchant vers les étoiles, il serait rentré à Erevan à pied. Il aurait marché sans fin, solitaire dans la nuit, en compagnie des ombres sévères et menaçantes des rochers. Il était en proie à des sentiments contradictoires. Le diable m'emporte ! se dit-il, il faut se concentrer au lieu de se disperser. Les impressions des derniers jours avaient fondu sur lui comme le vent qui se lève au large. Non, il ne fallait pas s'emballer, il fallait garder la main ferme et tenir le cap... Le vent, ça annonce les îles, les détroits, les passes difficiles. Après tout, il n'était venu là que pour le lac. Et le lac, il le regardait en face, son cœur était près du sien. Il prit une poignée de cailloux lisses et multicolores et eut plaisir à les caresser. Ce lac heureux de vivre lui semblait un être vivant, qui s'approchait encore de lui. Il se sentit ému, son regard caressa l'eau. Salut, mon cher Sevan...

Une véritable allégresse le gagnait, son regard brilla. C'était heureux que le Sevan soit si grand, si large, si profond, si sérieux. Le peuple avait bien raison de dire que c'était une mer. Ce n'était pas seulement de la lumière, un morceau de miroir jeté entre les montagnes ; c'était un élément immense dont les vastes poumons respiraient les vents et les tempêtes, dont les bras gigantesques brassaient les tourmentes.

Une mer. Avec le péril, les fureurs, le chaos. Bien sûr, c'était une mer relativement petite. Et alors ? Cette immensité n'était-elle pas sans rivages et sans limites ? Et ces montagnes et ces rochers ne faisaient-ils pas partie intégrante du drame vécu par cette immensité ? « Il y a des pays qui appartiennent à une géographie sacrée », avait dit l'incroyable Mark. Maintenant, il comprenait ce que celui-ci avait voulu dire. Et puis il avait parlé aussi d'un « espace métaphysique où tous les signes sont réglés ». Maintenant, il comprenait ce que cela voulait dire. Mais oui, Pétros Mark, mais oui, vous avez raison, il y a des lieux créés avec le souffle de l'esprit. C'est la montagne et c'est plus que la montagne, la mer et plus que la mer, et ce plus, c'est le cœur de l'être, c'est notre tendance à la totalité, notre soif d'union avec le cosmos.

Il n'y a pas de doute, les événements qui viennent nous visiter, ils se préparaient en nous depuis des années. En y réfléchissant, tout son passé, ses années de navigation, les épreuves subies, l'insatisfaction intime, ses interminables recherches pour trouver un équilibre intérieur, tout cela semble désormais proche d'une solution. C'est bien ça, n'est-ce pas, mon cher Sevan ?

Le problème, c'est que la monotonie du quotidien, les mille préoccupations insignifiantes effacent, telle une éponge mouillée, cette ligne essentielle de notre existence qui lie les jours et les nuits, les sons et les silences. Mais cette ligne, nous ne la voyons pas, nous ne savons pas lire le grand livre écrit en nous en lettres de feu. Ou, en tout cas, cela n'arrive que rarement. Parfois, dans des jours de solitude profonde, cette progression intime et logique éclaire notre conscience mais disparaît aussitôt. Il y a eu une étincelle, nous avons senti sans saisir.

Et le voilà assis sur le rivage. En apparence, c'est un hasard. En réalité, le lac l'attendait et lui attendait le lac. Il y a d'ailleurs longtemps que le lac participait à sa naissance intérieure. Et s'il était venu là, c'était pour se trouver lui-même. Il était venu pour se réaliser. Et n'était-il pas étonnant et significatif qu'il soit arrivé là précisément ce jour-là, ce jour de prières, de réjouissances et de sacrifices sanglants, ce jour de rappel des dieux cachés et déchaînés ?

Sur la rive opposée, à l'horizon, une lumière passa lentement : la lune, disque de feu pendu dans le ciel. Le Sevan se couvrait de réflexions métalliques. Les arbres, ciseaux étincelants, taillaient dans la lumière des feuilles argentées.

...Et aussi cette rencontre inattendue... Il avait passé sous le même toit plusieurs jours et plusieurs nuits sans se douter de rien, sans rien voir...

Les étoiles reculèrent. Des faisceaux de rayons ouvrirent sur le lac un large chemin lumineux. Puis tout se voila et se mua en songe. Au même instant, là-haut, derrière les arbres, retentit le bruit sourd de centaines de pieds frappant le sol en cadence. Rong-rong-rong-rong. A croire que les esprits souterrains, du fond du lac, s'étaient mis à marteler l'île.

Une voix aux intonations métalliques s'éleva et se fit entendre en solo. Tout le monde reprit en refrain. Le martèlement des pieds s'amplifiait, sourd, énergique, puissant. Le solo reprit.

Il sentit cette voix jusqu'au fond de lui. Il se leva, monta au monastère, entra dans la cour. C'était la ronde. Femmes, hommes, vieux et jeunes se tenaient par la main et suivaient comme un mouvement de vagues, à droite, à gauche, en avant, en arrière, glissant, frappant du pied, sautant, dansant et chantant en même temps. Le mouvement des planètes au fond de l'infini...

Soudain, Zvarthe arriva vers lui en courant.

— Ah ! où étiez-vous ? Je vous ai cherché partout. Venez vite danser avec nous.

— Je ne sais pas danser.

— Venez, je vous en prie. Vous verrez comme c'est facile !

Elle le prit par la main et le força à entrer dans la ronde.

— Regardez : un à droite, deux à gauche, un à droite...

Ses pieds suivirent machinalement le mouvement général. Au bout de quelques secondes, tout son corps lui parut léger, comme si une brise l'avait soulevé. Un souffle puissant, élémentaire, l'avait entouré et tout, le monastère, l'église, l'île, le lac, tournait ensemble en chantant autour d'une invisible divinité.

Les joues de Zvarthe étaient brûlantes, ses yeux agrandis par une sorte d'enchantement. Son corps oscillait comme une branche de saule frôlée par le vent.

Dans le ciel, la lune caressait le ciel semé d'argent.

6

Comme presque tous les jours, vers deux heures, il alla se poster au coin de la rue où s'élevait le grand bâtiment du lycée.

Les poches pleines de paperasses, cartes, calculs, plans et projets, il attendait impatiemment, ne quittant pas du regard le portail par où elle allait sortir.

Au bout d'une dizaine de minutes, la rue silencieuse s'emplit du vacarme des élèves qui l'envahissaient comme une horde de sauvages. Dès qu'il les voyait, il tournait les talons et s'éloignait à pas lents, comme s'il n'avait pas été là pour attendre Zvarthe. Celle-ci, de son côté, ne montrait aucune impatience et continuait à discuter tranquillement comme si de rien n'était. Mais, arrivée au coin de la rue, elle hâtait le pas, se pendait à son bras :

— Alors, raconte, qu'est-ce qu'il y a de neuf ?

— Pas grand-chose. Ils étudient le projet. J'ai parlé longtemps avec le secrétaire. Il a l'air sérieux. Le problème, c'est que l'armée engloutit tout ce qu'il y a. Ils sont aux abois, c'est toujours la même histoire, aucune aide de l'extérieur et la famine à l'intérieur. Bien sûr, j'ai insisté sur l'importance du projet : le transport des marchandises, des troupes, etc. J'ai présenté le plan détaillé qu'on a fait. Il m'a dit qu'ils le liront sûrement. C'est tout, qu'est-ce que je peux dire d'autre ? Enfin, le type n'a pas l'air bête.

— Eh bien, c'est très bien.

Et elle recommençait à poser des questions. Elle voulait tout savoir. Ensuite, elle parlait d'elle :

— Tu sais, en trigonométrie, j'ai été plutôt nulle, même dans les questions les plus simples. Le prof s'est fâché et il m'a dit : « Vous feriez mieux de vous intéresser un peu plus à la classe au lieu de vous occuper d'autre chose. » Alors ils se sont tous mis à rire. Les brutes !

— Laisse-les rire. Un jour viendra, ils verront... Mais évidemment, il vaudrait mieux que tu travailles un peu. Ce soir, on a le temps, on va s'y mettre.

Dans la rue, il rencontrait des connaissances qui lui demandaient des nouvelles :

— Alors, comment vont vos affaires ? Vous avez réussi quelque chose ?

— Ça va, ça va, répondait-il d'un air assuré, je suis certain qu'on arrivera à un résultat. J'essaye de les convaincre.

A vrai dire, on commençait à en parler en ville, de son projet. Certains étaient pour, d'autres contre, les uns optimistes, les autres pessimistes. Ceux-ci fermaient les yeux à demi en arborant un sourire retors :

— Vous savez, dire et faire, ça fait deux. Monter un bateau au Sevan, ça ne se fait pas comme ça. Et dites-moi un peu, ce Hérian, qui est-ce ? D'où sort-il ? Au jour d'aujourd'hui, des patriotes, il y en a à revendre, surtout quand ils sont sans travail.

Et lui, assez naïf et sincère pour mettre tout le monde au courant de son entreprise, était très indisposé par les critiques de ces incrédules.

Zvarthe le calmait :

— Qu'est-ce que tu veux, ils sont comme ça. Il ne faut pas faire attention, ce sont des médiocres, laisse-les dire.

Il l'écoutait et sa détermination se renforçait. Il passait d'un service à l'autre, discutait, expliquait, essayait de convaincre. Il y avait surtout une chose dont il fallait les persuader : il n'avait là-dedans qu'un intérêt moral et il aurait d'ailleurs été dérisoire d'en attendre un bénéfice matériel. Ce qu'il voulait, c'était participer à la reconstruction du pays. Il était bien connu qu'en Amérique par exemple, quand on voulait peupler des régions inhabitées, la première chose qu'on faisait, c'était de créer des moyens de communication.

— Mais, monsieur Hérian, quelle objection peut-il y avoir à cela ? Dans le principe, nous sommes tous d'accord. Mais regardez donc les frontières. Et puis, vous voyez la misère du pays ?

Malgré tout, il restait convaincu, inébranlable, fanatique, infatigable. Il sortait de ses poches ses papiers, les étalait sur les tables et, le crayon en main, zébrait, tranchait, divisait, ajoutait et multipliait les démonstrations. Il parlait du Mississippi, des lacs du Congo, de l'Amérique du Nord et du Sud, de la Volga, du Baïkal et de l'Indochine. Et il y mettait une telle conviction et un tel enthousiasme que les fonctionnaires n'avaient plus la force de le renvoyer sur un refus pur et simple.

— Oui, bien sûr, vous avez raison. Repassez dans quelques jours, on verra ce qu'on peut faire.

Et il sortait des bureaux en s'essuyant le front, passait d'une rue à l'autre d'un pas nerveux en parlant tout seul, à tel point que les passants se demandaient s'il n'était pas un peu dérangé : ils s'arrêtaient, se retournaient et le regardaient s'éloigner en hochant tristement la tête.

Le soir, il étalait ses cartes sur la table ronde et, entouré de la famille, il parlait, expliquait, refaisait des calculs. La lampe à pétrole accrochée au mur jetait une lueur incertaine et, dans leurs cadres plongés dans la pénombre, le catholicos Khrimian et les généraux Loris-Mélikov et Lazarev considéraient la scène d'un regard étonné. Dans son coin, l'immense horloge faisait un bruit de charrette qui grince.

Zvarthe demandait des précisions. Le père, M. Artem, son index épais posé sur un point de la carte, égrenait des souvenirs de jeunesse qui n'avaient rien à voir avec l'affaire en cours et était furieux quand on lui coupait la parole.

— Ah ! mais ce que je dis est important, et ça pourra être bien utile un jour. Vous ne comprenez pas.

La mère, Mme Aroussiak, fatiguée par les travaux du jour, les épaules enveloppées dans son grand châle, faisait effort pour tenir les yeux ouverts et éviter de bâiller. Hérian, les doigts de la main droite dans les cheveux, le front ridé, le regard naviguant sur ses papiers, répondait à des objections imaginaires et pensait tout haut.

— Je vois ça d'ici : mon bateau est sous pression à Elenovka... Trois coups de sirène, l'hélice qui tourne, les remous dans l'eau, et ça y est, on est parti...

Zvarthe contemple l'enthousiasme de son marin, son regard qui brille, son front volontaire, et admire sa conviction. Et elle tremble, se sent faible. Si ses parents n'étaient pas là, elle le prendrait dans ses bras, appuierait sa tête sur cette large poitrine, mêlerait ses cheveux aux siens et resterait comme ça, comme la vague s'étend sur le sable brûlant.

— Et nous voilà au large, continuait-il. Le ciel, l'eau, les rives désertes qui partent vers l'infini... Mais là, il peut y avoir des objections. Qu'est-ce que vous en pensez ? Quelles objections peut-il y avoir ?

Il attendait. Et tous attendaient.

— Eh bien, on peut nous demander où le bateau va accoster. La question paraît logique. Oui, mais on y a déjà réfléchi et on saura répondre. Tenez, regardez, là, sur la carte d'état-major, un petit promontoire, une toute petite presqu'île... eh bien là, on enfonce des pilots, on remblaie avec de la terre et des pierres, on installe une passerelle, et on peut accoster.

— C'est vous qui connaissez ces affaires-là, intervint M. Artem. Nous, les questions de marine, vous savez, on n'y connaît pas grand-chose.

— Ah, soupirait Mme Aroussiak, si mon Manouk était là, c'est lui qui pourrait vous renseigner ! Mais voilà, ça fait deux ans que ça n'arrête pas, on l'envoie d'un front à l'autre...

— Mais maman, protestait Zvarthe, Manouk est officier d'infanterie, qu'est-ce que tu veux qu'il connaisse à la marine ?

— Et pourquoi il ne s'y connaîtrait pas ? Dieu le garde, mon garçon, il connaît tout.

Hérian patientait, attendait la fin du débat pour reprendre :

— Le problème, c'est que tous les fonds n'ont pas été relevés. On ne connaît pas la profondeur partout. Et ça, c'est important, très important. C'est qu'on risque toujours de tomber sur un haut-fond ou sur un sale rocher. Et comme dit le proverbe, va donc sortir l'âne embourbé ! Mauvais, ça, très mauvais ! Il faudra relever les fonds à certains endroits, les reporter sur la carte, surtout que le lac, ce n'est pas la mer, c'est plein de démons...

— Bah ! plaisantait M. Artem, étonnant ça ! C'est la mer qui est du féminin, la mer, c'est une femme, c'est donc elle, et pas le lac, qui doit être pleine de démons.

— La mer une femme ! Pleine de démons ! s'indignait Mme Aroussiak d'une voix mourante. Qu'est-ce qu'on n'aura pas entendu dire sur les femmes, le diable et le reste !

— Mais enfin, maman, tu ne vois pas que papa plaisante ?

— Oh, les plaisanteries de ton père, je les connais ! La mer pleine de démons ! Et lui, il est plein de quoi ?

— Attendez, attendez ! coupait Hérian en haussant la voix et en se frappant le front, il y a quelque chose de très important.

Et il continuait comme ça, jusqu'à ce que les yeux de M. Artem papillotent, qu'il ne comprenne plus rien et que les bâillements irrépressibles de Mme Aroussiak réussissent à calmer l'enthousiasme du navigateur.

— Bon, concluait-il, le reste, on en parlera demain.

La famille se dispersait. Zvarthe regagnait sa chambre, s'asseyait devant ses livres ouverts et, la tête dans ses mains, pensait à tout autre chose. La nuit et les émois du cœur l'envahissaient dans une vague douce et tiède, ses yeux erraient dans un rêve, son corps se tendait en frémissant.

Lui marchait de long en large dans sa chambre. Il était tard, mais il ne pouvait pas dormir. S'il se mettait au lit, il resterait des heures à se tourner et à se retourner. Alors il mit son revolver dans sa poche, sortit sur la pointe des pieds, et l'ombre de la rue l'enveloppa. Le bruit de ses pas résonnait sur le trottoir. Et comme d'habitude, au loin, des inconnus continuaient à fusiller les ténèbres. Parfois, les coups de feu étaient proches, si proches qu'il s'arrêtait, portant instinctivement la main à sa poche. Les ombres des réfugiés affalés au pied des murs se mouvaient doucement en faisant entendre de sourds gémissements, comme si la nuit étouffait en se tordant douloureusement, sous l'indifférence de la voûte étoilée.

Mais ses nerfs se tendaient de plus en plus. Il avait l'impression de naviguer dans les ténèbres de quelque Afrique pleine de cris et de coups de feu. La poitrine lourde et l'esprit confus, il pressa le pas. Au coin d'une rue, du haut d'un poteau, une lampe déversait sa lueur blafarde et larmoyante. Au pied des murs, les ombres se mettaient à bouger et à ramper.

— La charité, mon bon monsieur !

— Ne nous laissez pas mourir, mon bon monsieur, aidez-nous !

Les murs commençaient à rugir, et de ces cimetières ouverts par la pauvre lumière s'élevaient des bras tordus, des mains osseuses et des visages aux yeux mornes.

Il marchait vite, sans regarder. Quand le mal devient une calamité naturelle et généralisée, il arrive à ne plus impressionner.

Il décida d'aller au Club de la ville. Peut-être y rencontrerait-il quelqu'un d'utile à ses projets ?

Les gens bien d'Erevan avaient cédé au Parlement de la nouvelle République le bâtiment qui abritait leur club, lequel était allé s'installer ailleurs. C'était la première fois qu'il y mettait les pieds. Un grand réverbère éclairait l'entrée que surveillait un policier. Il entra, traversa un long hall plongé dans la pénombre, ouvrit une porte et s'arrêta, hésitant, agressé par une vague où la fumée se mêlait aux effluves de chachlyk et de vin, comme dans une taverne en sous-sol. Il maîtrisa son léger dégoût, avança, les yeux mi-clos, dans l'épaisse fumée qui voilait tout, finit par s'y habituer et par voir un peu mieux.

La salle, assez spacieuse, faisait penser à l'écurie et à la caserne ; elle était éclairée par quelques lampes accrochées aux murs, près de faisceaux de drapeaux rouge-bleu-orange. Des joueurs de cartes occupaient de nombreuses petites tables. Le mauvais éclairage et les ombres faisaient paraître les visages plus longs et plus pâles que nature. Les lueurs blafardes accusaient les traits, creusaient les joues et les rides autour des lèvres épaisses, agrandissaient les nez. Mais l'attention des joueurs ne se relâchait pas, leurs yeux restaient en alerte, mobiles, avides, leurs mains tremblaient, souples et nerveuses. De temps à autre, une discussion bruyante et animée s'élevait. Parfois aussi on s'échauffait :

— Vingt millions !

— Cinquante !

Et les billets de la République roulaient à l'abîme.

Au fond de la salle, une nombreuse assemblée d'officiers entourait une table chargée de bouteilles et de plats. Ils mangeaient et buvaient dans une atmosphère assez morne, comme contraints. Parfois, l'un d'eux se levait et portait un toast en faisant un petit discours en russe, employant les termes les plus conventionnels et les plus flatteurs, s'efforçant sans succès de donner une impression de sincérité et d'enthousiasme. Leur fourchette au repos, sérieux, presque tristes, les convives écoutaient avec attention. Les discours s'adressaient à un personnage assis en bout de table, à la place d'honneur, un petit homme noiraud, au visage plein de suffisance et parfaitement insignifiant, vêtu d'une tenue mi-civile mi-militaire, et qu'on qualifiait de commandant en chef et de héros. Et chaque fois que ces qualificatifs lui étaient adressés, son regard brillait, sa poitrine se soulevait et il arborait un large sourire.

Près de lui, une dame au visage charnu, aux lèvres humides et aux yeux en amande le regardait avidement, visiblement aux anges, comme le héros. Celui-ci glissait de temps à autre un regard en coulisse vers les tables des joueurs, dévoré par l'envie de leur dire : « Vous voyez ? Vous entendez ? »

Le discours achevé, les officiers se levaient, lançaient un « hourra ! » machinal, se rasseyaient et se remettaient à manger.

— Dix millions ! Vingt ! annonçaient les joueurs.

— La division de cavalerie salue le vaillant commandant en chef qui...

Hourra ! hourra ! hourra ! Le héros se levait, roulait les épaules et saluait. Hérian observa la scène une minute puis s'éloigna, accablé. Passant entre les tables, il remarqua avec surprise que certains joueurs le regardaient d'un œil intéressé et amusé, puis murmuraient quelque chose à l'oreille de leurs voisins avec un sourire entendu qui n'avait manifestement rien d'indulgent. Quand ce genre de chose se fut répété deux ou trois fois, il s'arrêta agacé, mit les mains dans ses poches et fixa ceux qui manifestement venaient de parler de lui. Aussitôt, les regards se refroidirent et les joueurs s'occupèrent de leurs cartes. Il se promena tranquillement, cherchant des visages connus. N'en trouvant pas, il décida de ne pas attendre. Ces gens aux airs maladifs et carnassiers, ces regards avides, tout cela lui était insupportable. Il sortit.

A peine dehors, des dizaines de mains se tendirent vers lui. Le réverbère éclairait les visages, des visages d'enfants vieillis et ridés, des mains squelettiques. Il leur jeta quelques billets. Aussitôt, ce fut la bagarre et les cris. Quand un garçon arrivait à attraper un billet, les autres lui tombaient dessus comme des chiens, lui mordaient les mains, le jetaient à terre et c'était la mêlée. Puis de nouveau les mains se tendaient vers Hérian, et ils l'imploraient en pleurnichant. S'il ne partait pas tout de suite, il aurait du mal à leur échapper. Il repoussa la grappe d'enfants qui se pressaient devant lui, fila le plus vite possible, tourna dans la première rue qu'il rencontra et se dissimula dans l'angle d'un portail. De toute façon, il n'y avait pas moyen de les satisfaire tous, et ils ne le laisseraient pas tranquille. Il ne s'était pas passé trois minutes qu'ils étaient sur ses traces.

— Attendez, disait un garçon, il est sûrement par là. Mettez-vous aux deux bouts de la rue et attention qu'il ne file pas. Ça, c'est sûrement un type qui vient d'arriver. Il doit en avoir plein les poches.

De son encoignure, il regardait, presque amusé. Celui qui avait parlé était un grand garçon à la voix rauque, au visage gris et à la poitrine creuse, probablement tuberculeux. Ses camarades, qu'on ne pouvait pas bien distinguer, obéirent immédiatement, allant en courant à droite et à gauche occuper les deux extrémités de la rue, que lui, le grand, accompagné de quelques autres, se mit en devoir de fouiller. Hérian s'aplatit contre le mur mais quelques secondes suffirent : avec cet instinct particulier aux mendiants, aux idéalistes et aux chiens de chasse, un jeune garçon au crâne rasé huma l'air et, marchant sur la pointe de ses pieds nus, approcha du portail, vit Hérian et s'écria :

— Il est là ! Le voilà ! Il est là !

Tous accoururent. Il sortit de sa cachette et se mit à marcher calmement, comme si de rien n'était. Mais il savait que ces gosses pouvaient être plus malins que lui. Ils le suivaient en groupe, pleurant et suppliant avec de véritables miaulements, tout en s'efforçant de le cerner et de l'empêcher d'avancer.

— Donnez-nous quelque chose, mon bon monsieur, pour l'amour du Christ !

— La charité, s'il vous plaît !

— Un million, monsieur, rien qu'un million !

— Je n'ai plus d'argent. Je vous ai donné ce que j'avais. Allez, filez ! Filez, je vous dis !

— Mais nous on n'a rien eu, les autres ils ont eu quelque chose et pas nous.

— Demain. Aujourd'hui je n'ai plus d'argent. Vous comprenez, oui ou non ?

— Mais nous on n'a rien eu ! Parole d'honneur, on n'a rien eu. C'est rien, un million, monsieur. Allez, faites-nous la charité !

Cette fois, ils le serraient de près et il ne pouvait plus avancer.

— Filez, je vous dis ! Vous allez partir, oui ?

A peine vêtus, pieds nus, les yeux brillants de fièvre, la voix rauque, ces enfants presque devenus des ombres lui fermaient la route, tiraient les pans de son veston et le serraient de plus en plus près. Et plus ça allait, plus ils étaient nombreux. Il se demandait d'où ils pouvaient bien sortir. Arrivé au bout de la rue, il tourna brusquement et essaya d'échapper à la meute. Mais ils n'imploraient plus, maintenant ils exigeaient.

— Tu ferais mieux de nous donner quelque chose. Maintenant on te tient.

Et ce fut un concert de cris, de hurlements et d'insultes. Comme ils passaient devant une maison à moitié démolie, ils essayèrent de le pousser à l'intérieur. Plusieurs déjà l'avaient saisi par les bras et les autres, leurs maigres poings serrés, le regardaient d'un œil mauvais.

— Bon Dieu ! puisqu'on te dit qu'on n'a rien eu !

Il se sentait pris au piège, et était submergé par une sorte de dégoût, comme si quelque chose de visqueux lui avait collé à la peau.

— Allez, filez !

— Tu ferais mieux de nous donner quelque chose, tu ferais mieux...

Brusquement il s'arrêta, d'un mouvement énergique il se libéra les mains, sauta quelques pas en arrière, sortit son revolver de sa poche et cria :

— Filez ou je tire !

Surpris, ils reculèrent, attendirent quelques secondes et, voyant qu'il ne tirait pas, se mirent à avancer.

— Bon, eh bien, monsieur, si vous voulez nous tuer, tuez-nous ! cria d'une voix faussement plaintive le grand maigre qui semblait être le chef de la bande. Allez-y, tuez-nous ! C'est courageux de tirer sur des orphelins ! Après le yatagan des Turcs, les balles des Arméniens. Allez-y, tirez !

Quelques-uns se mirent à sangloter. Il abaissa son revolver.

— Mais puisque je vous dis que je n'ai plus d'argent ! C'est sûr, demain je vous vois et je vous donne quelque chose.

Et soudain il sentit une sorte de remords : menacer des enfants de son revolver ! Il approcha d'eux et s'apprêta à rempocher son arme. Mais il avait à peine esquissé son geste qu'il sentit une douleur cuisante à la main : deux garçons venaient de le mordre, d'autres lui avaient saisi l'avant-bras et essayaient de s'emparer du revolver, d'autres encore se remettaient à tirer sur son veston et quelques-uns lui avaient entouré les jambes et essayaient de le faire tomber. Ce fut la mêlée. Il envoya quelques coups à droite et à gauche, donna aussi quelques coups de pied et, quand il eut enfin les mains libres, il recula et tira en l'air. Aussitôt, la bande se dispersa.

— Bandits ! Petits salauds ! Maintenant, essayez un peu d'approcher, essayez !

Ils ripostèrent à coups de pierres. D'une maison voisine, une vitre s'écroula avec fracas. Une pierre l'atteignit à la poitrine. Il se mit à courir et tourna dans une autre rue. Les pierres continuaient à siffler. Il fit un bond de côté, gagna un renfoncement. Les pierres pleuvaient. Il leva son revolver et se remit à tirer ; leurs éclats de rire retentirent dans la rue déserte.

Il se mit à trembler et eut un moment l'impression que toute cette ville, cette nuit et ce ciel, ces maisons écrasées sous le poids des ténèbres, ces lampadaires tordus et aveugles, ces portes condamnées par des planches clouées, ces fenêtres déformées par l'humidité, ces rues remplies d'un silence angoissé, tout ce monde dans lequel il flottait comme dans un cauchemar tournoyait en ricanant, en se moquant de lui, des hommes et de la vie.

— C'est comme ça, il faut rire, il faut rire ! dit quelqu'un en se mettant effectivement à rire.

Surpris, il regarda dans la direction d'où venait la voix : c'était un petit vieux difforme, littéralement courbé en deux, avec de longs bras terminés par des mains qu'il portait comme des pelles, des jambes aussi grêles que des pattes d'oiseau, un crâne très haut bizarrement aplati au sommet. Il lui arrivait de lever la tête et il montrait alors des yeux fendus comme des plaies, une large bouche sans lèvres qui restait ouverte en permanence.

Hérian fit un pas en arrière. Les bras écartés, le vieux leva la tête avec difficulté et, du pas vif d'un oiseau qui a vu un ver de terre, il s'avança en continuant à rire.

— Qui êtes-vous ? marmonna Hérian en reculant encore d'un pas. Qu'est-ce que vous voulez ?

— Comme ça, répondit l'autre, comme ça, je m'amuse un peu. Vous ne me connaissez pas ? C'est moi le flûtiste. Tout le monde connaît le flûtiste de la République.

Il porta une main tremblante à sa poitrine, fouilla sous sa chemise et en sortit une petite flûte :

— Je suis né comme ça… je joue.

Il releva encore la tête et deux petites flammes blanches dansèrent dans ses yeux :

— Je joue de la flûte. Les affaires du monde, la peine, la tristesse... et moi je joue. Écoutez.

— Pour l'amour de Dieu, non ! A l'heure qu'il est, jouer de la flûte !

— A l'heure qu'il est ? Quelle heure ? Il y a des heures ? Des heures, il n'y en a plus. Plus de nuit, plus de jour... Il y a des pleurs et des grincements de dents, des lamentations, et c'est la nuit et c'est le jour. Des grands pleurs qui font de la musique, une musique qui grelotte et qui implore et qui court le monde et qui dit : joue, joue ! Et voilà, écoutez un peu...

— Non, je vous en prie !

Il tourna les talons et se mit à courir. Et pendant qu'il courait, le petit être était toujours près de lui. Il parlait, riait, grognait.

Et cela dura jusqu'à ce qu'il arrive chez lui.

7

Le jour de son départ pour Batoum, il faisait froid, il pleuvait et un vent mauvais cinglait les toits et les murs des maisons, grondait autour des cheminées, tournoyait en sifflant au coin des rues.

Il était content. Le train ne partait que dans la soirée, mais dès l'aube il était debout. La vieille valise ouverte sur la table, il l'avait à plusieurs reprises remplie, vidée, remplie de nouveau. Puis il s'était mis à marcher de long en large. Cent pensées l'agitaient. Il était heureux, impatient, un peu inquiet. Heureux parce qu'enfin il partait, inquiet à l'idée de toutes les difficultés qui l'attendaient. En tout cas, le premier chapitre de l'histoire dont il était l'auteur allait s'achever. Il était las de ces allées et venues incessantes d'un service à l'autre dans des bureaux occupés par des meubles et des gens d'occasion. Il était las de ces ex-étudiants, instituteurs et gratte-papier divers appelés à d'instables fonctions officielles et qui étaient parfaitement inefficaces. Il en avait assez de ces vieilles tables couvertes d'un tapis vert, de ces chaises branlantes, de ces fauteuils défoncés, de ces filles qui bavardaient et minaudaient devant leur machine à écrire, de ces gens aux gestes lents, aux sourcils froncés et aux regards fuyants. Ces bureaux étouffants et enfumés, pleins de voix criardes, commençaient à lui inspirer un dégoût insurmontable quand un jour, dans une rue voisine, devant un bâtiment insignifiant mais au portail gardé par deux sentinelles, il rencontra une vieille connaissance.

— Tiens tiens ! Mais qui vois-je ? s'écria-t-il. L'ami Péronian ici ? Comment se fait-il que je n'aie pas encore rencontré notre cher et grand acteur ?

— Acteur, tu parles ! fit l'autre avec un triste sourire.

Le dénommé Péronian allait sur ses quarante ans. C'était un grand gaillard aux larges épaules et à la tête imposante, au visage épais et à la démarche d'ours. Il avait le nez aquilin, des traits marqués, la voix sourde et caverneuse. Il avait surtout joué les rois et les pères nobles. Dans la vie courante, sa vertu principale était de savoir bien manger et bien boire, mais c'était une bonne nature et un compagnon agréable.

— Mon cher, dit-il, dans les circonstances actuelles, quel théâtre peut-il y avoir ? La tragédie est descendue de la scène dans la réalité, l'atmosphère est pleine de poudre, la misère est généralisée et la politique abonde en événements proprement prodigieux. Et puis notre modeste théâtre est devenu ce parlement où des provinciaux inconnus se répandent en discours shakespeariens, alors que moi, qui ai renoncé à tout, je sers notre République. Mais quand tu manques des choses les plus indispensables et les plus élémentaires, qu'est-ce que tu peux faire ?

Et il poussa un gros soupir.

— Tu sers la République ? Dis-moi un peu ce que tu fais.

— Tu vois ce bâtiment avec les deux sentinelles ?

— Oui.

— Eh bien, j'en suis le directeur.

— Et on peut savoir ce que tu diriges ?

— Mon vieux, commença Péronian un peu gêné, comment te dire ?... Cette pauvre bâtisse abritait une vieille imprimerie qui dans le temps sortait des faire-part, des petites pièces comiques et des calendriers. Et maintenant, je vais te dire, n'aie pas peur... maintenant, le gouvernement l'a prise pour imprimer ses billets de banque.

Il rougit un peu et se mit à rire :

— Et ce qui est lamentable, c'est qu'il n'y a pas de papier pour imprimer ces billets. Tu te rends compte, pas de papier ! Il y a deux jours que je me creuse les méninges, je réfléchis, je cherche... Cette maudite machine est d'une avidité folle : plus tu lui donnes de papier, plus elle en avale. Un vrai monstre. Et il n'y en a jamais assez. Le ministère des Finances n'arrête pas de commander de nouvelles séries. Des millions, des millions, des millions. On en est arrivé au point où le papier vaut plus cher que le chiffre qu'on imprime dessus. J'ai envoyé deux types à Tiflis pour qu'ils essayent de me trouver du papier, mais le gouvernement géorgien interdit l'exportation parce que, là-bas aussi, ils impriment des billets à tour de bras. Il ne me reste plus qu'à y aller moi-même pour essayer de trouver un moyen d'en importer clandestinement. C'est comme ça.

Hérian ne pouvait s'empêcher de sourire. Péronian le regarda d'un œil triste, toussa, se mit à rire aussi et dit :

— On ne sait plus s'il faut rire ou pleurer.

— Oui, enchaîna Hérian, mais on vit une époque où si tu te mets à pleurer, tu ne t'arrêtes plus... Bon, si on allait boire un verre ?

— L'ennui, figure-toi, c'est que j'ai rendez-vous avec le président du Conseil.

— Avec le président du Conseil ? fit Hérian intéressé. Ah, si moi aussi j'avais pu le voir... Un casse-tête, mon vieux, un véritable casse-tête.

Il prit Péronian par le bras et se mit à marcher en lui racontant son projet et ses difficultés.

Une demi-heure plus tard, ils étaient chez le chef du gouvernement. C'était un petit homme vif et agile, à la barbe blanche et à la voix douce, la moustache jaunie par la nicotine. Il écouta attentivement, posa quelques questions, réfléchit, alluma une cigarette, réfléchit encore, appela un secrétaire à qui il dicta une lettre de recommandation auprès du consul d'Arménie à Batoum et mit fin à l'audience en disant :

— Je ne peux rien faire de plus. Je vous souhaite de réussir.

— Tu vois, s'exclama Péronian quand ils furent sortis, tu auras moins de mal à trouver un bateau que moi du papier. En tout cas, demain, je pars pour Tiflis.

— Et moi, demain, je pars pour Batoum.

— Eh bien, comme ça on fera la moitié du voyage ensemble.

L'émotion l'avait empêché de dormir. Il allait revoir Batoum, le port, les vieilles connaissances, les amis, et aussi son pétrolier. Et puis il allait revoir Dachenka... Dachenka ? Et Zvarthe ? L'une, c'était la mer, les grands espaces, les coups de sirène, le bruit des moteurs, la fièvre des départs. L'autre, c'était le lac, la solitude aux yeux bleus qui regardait le ciel, la splendeur intime enfermée au cœur des montagnes. Il attendit l'aube assis sur son lit.

L'impatience le rongeait. Il ouvrit la fenêtre et regarda dehors. Un vent froid le frappa au visage. Un temps de neige. Il se remit à marcher de long en large. Il n'aimait pas attendre, et il allait falloir attendre jusqu'au soir. Il n'y avait qu'un train par jour, et encore y avait-il des jours où il ne partait pas du tout, ou bien il partait et n'arrivait pas à destination. Tout était aléatoire.

Il siffla, chanta, fit les cent pas, et finalement décida d'aller chercher Zvarthe au lycée. La pluie avait cessé, le ciel restait triste et bouché. De longues rafales embrassaient, trituraient, mordaient.

Dans le centre, il n'y avait presque personne. Les rares passants, le col relevé, la tête enfoncée dans les épaules, hâtaient le pas en longeant les murs. Les réfugiés s'entassaient à l'entrée des maisons, les uns sur les autres ; on aurait dit des insectes démesurément agrandis au microscope. Certains étaient accroupis au coin des rues autour de petits feux de camp. Que feraient ces malheureux quand il commencerait à geler ? Déjà, il en mourait des quantités. Chaque matin à l'aube, des tombereaux passaient et on ramassait les cadavres de la nuit. Il avait vu plusieurs fois le spectacle. Avant de les balancer sur le tombereau, on les déshabillait entièrement, et il n'était pas rare qu'une bagarre éclate entre ceux qui se disputaient leurs guenilles. Le tombereau s'alourdissait. A la fin, il était plein à ras bord d'une masse informe d'où sortaient de-ci, de-là des mains et des pieds jaunes.

Il hâta le pas, dans le vent qui lui caressait le visage. Quand il arriva près du lycée, les cris des élèves emplissaient la rue qu'il scruta d'un regard impatient. C'étaient les petites classes. Pas de Zvarthe. Il avisa un petit garçon qui passait :

— Dis-moi, la huitième est déjà sortie ?

— Non, répondit le petit en levant le nez et en ouvrant les yeux tout grands, leur cours n'est pas fini. Ma sœur est en huitième, dans la même classe que Zvarthe.

Et il se sauva. Hérian s'apprêtait à repartir quand il aperçut la jeune fille qui courait vers lui.

— Je me suis sauvée, s'écria-t-elle en approchant. C'est aujourd'hui que tu pars, tu te rends compte, on n'a plus beaucoup de temps.

Le froid et l'excitation lui avaient rosi les joues. Il passa le bras sur ses épaules et elle se serra contre lui.

— Je n'arrive pas à croire que je vais te quitter, dit-il. Ce n'est pas facile de se séparer de toi, même pour peu de temps. Enfin, j'y vais pour nous, pour gagner. Ah, Zvarthe, ma chérie, si je réussis, si je réussis...

Elle lui prit le bras de ses deux mains et serra très fort :

— Attendons le printemps et mes derniers examens. D'ici là, tu seras revenu avec lui.

— Avec qui ?

— Mais avec notre bateau, bien sûr. Et à ce moment-là, je serai une citoyenne libre, à l'Université. A moins que, mon Dieu ! s'il y a encore des événements...

— Quels événements ?

— Qui sait ? On vit dans les tempêtes et les incendies. Aujourd'hui, au lycée, on parlait de la guerre. C'est à croire qu'on n'en a jamais assez, de la guerre. Ça dure depuis des années, le peuple est épuisé.

— Tiens, je vais interroger Péronian. Il est au courant de tout. Il doit venir me prendre ce soir. Je ne crois pas qu'il arrive quelque chose, mais si c'est le cas, je viens aussitôt te rejoindre. Bon parlons d'autre chose.

— Oui, bien sûr.

Ils étaient à la fois heureux et tristes.

— Où est-ce qu'on va ? fit-il. A la maison ?

— Non, pas à la maison. Si on allait à la Promenade ?

— Avec le froid qu'il fait ?

— Tu sais, le vent d'automne qui gémit dans les branches, le soupir solitaire des trembles... et puis avec ce temps, il n'y aura personne, que le murmure des arbres, et nous...

— Quelle poésie !

— J'aime ce pays. Pauvre, malheureux, tragique, et pourtant je ne l'échangerais contre aucun autre. Je ne voudrais renier ni ce malheur ni cette beauté. Voilà l'automne qui passe, la neige va venir. Sous la neige, la terre change, comme si le ciel venait y poser ses ailes blanches.

— A Batoum, il y a toujours du soleil, quand il ne pleut pas. Mais quand il commence à pleuvoir, alors ça n'arrête plus. Dans ces régions qu'on appelle tempérées, le temps est toujours changeant, c'est comme les femmes légères, on ne peut pas s'y fier. Non, moi aussi je préfère le climat d'ici ; c'est plus vif, plus sévère, mais plus franc.

— Eh bien, essaye de faire vite et de revenir pour profiter de l'hiver.

— Ça ne dépend pas de moi. Je ne sais pas si tu te rends compte : trouver le bateau, l'acheter, l'installer sur le train, l'amener ici, attendre le printemps pour le monter là-haut. Parfois, quand j'y pense, la peur me prend.

— La peur ? Ça m'étonne de toi.

— Tu sais, des fois il faut avoir peur pour que l'ardeur augmente.

Arrivés à la Promenade, ils constatèrent avec surprise que l'endroit n'était pas désert du tout. Comme à l'accoutumée, des groupes d'hommes y discutaient avec animation.

— Si c'est comme ça, fit Zvarthe contrariée, il vaut mieux s'en aller.

— Non, attends, on va écouter un peu ce qu'ils disent. La Promenade, c'est le thermomètre d'Erevan.

Ils s'arrêtèrent près d'un groupe.

— Je ne comprends pas, disait un petit bonhomme d'âge mûr, je ne comprends pas à quoi ça avance de tout voir en noir. On vient de recevoir une lettre de notre délégation à Paris : il paraît que Wilson aurait dit que la libération des provinces arméniennes n'est plus qu'une question de jours et que lui, Wilson, il va régler lui-même la question des frontières. Il faudra que les bourreaux turcs paient, il faudra qu'ils rendent les richesses qu'ils ont volées et l'Amérique prendra l'Arménie sous mandat. Les Alliés ont solennellement promis et ils tiendront leur promesse, ça ne peut pas faire de doute. Vous vous rendez compte, une puissance comme l'Amérique...

— Enfin, on n'a pas versé autant de sang pour rien !

— C'est ce que je dis. Quand les puissances annoncent qu'elles vont faire quelque chose, elles le font.

Les autres écoutaient et y croyaient. Après tant d'horreurs et tant de déceptions, ils avaient besoin de croire aveuglément à quelque chose pour continuer à vivre. Un lyrisme ardent les soulevait et des drapeaux flamboyants avivaient leurs espoirs.

— Non, on n'a pas pu verser autant de sang et avoir fait autant de sacrifices pour rien.

Le vent hurlait dans les arbres. Tout près, sur le bâtiment du Parlement, flottait un immense drapeau tricolore.

— Allons-nous-en, proposa Zvarthe, c'est toujours la même rengaine.

— Oui, mais attends, on va d'abord voir ce que disent ceux-là, là-bas. C'est intéressant.

Au bout de la grande allée, un groupe d'hommes discutaient. Il s'avéra que plusieurs d'entre eux venaient du Caucase du Nord. Un grand type maigre et nerveux, les yeux enfoncés dans les orbites, le col relevé, les poings enfoncés dans les poches, parlait les yeux fixés au ciel, d'une voix chaude, convaincante et inspirée :

— Ah ! l'histoire ne nous a rien appris, rien ! On mâchouille le haschisch que les autres nous jettent. Mais quand comprendrons-nous donc que ce qu'on appelle les grandes puissances, malgré toutes leurs déclarations, nous trompent de façon éhontée ? Elles nous ont trahi dans le passé et elles continueront à nous trahir. Bon Dieu ! mais vous avez oublié Zeïtoun, vous avez oublié les massacres de 1895, vous avez oublié Adana ? Regardez donc un peu aujourd'hui ce qui se passe en Cilicie, où les Français tournent leurs armes contre nos volontaires qui ont combattu avec eux et ont participé à leur victoire. Et aujourd'hui il y a des écrivains français qui commencent à chanter les louanges des Turcs, de leurs harems, de leur sultan et de leur tyrannie, et qui nous critiquent alors que nous avons eu la sottise de sacrifier le tiers de notre peuple pour leurs faux principes. Et ça, c'est aujourd'hui que ça se passe, alors que la paix n'est pas conclue, qu'il y a encore plein de cadavres sans sépulture sur les champs de bataille, et que les incendies qu'on a allumés continuent à fumer ! Alors, vous vous rendez compte de ce qui nous attend demain, quand les hommes seront fatigués et qu'ils voudront oublier tout ce qui s'est passé ! Ne vous faites pas d'illusions : ils nous vendront, ils nous trahiront et en plus ils nous diffameront.

Vous pourrez dire tout ce que vous voudrez, pour nous, la seule voie du salut, c'est la Russie.

— Attends, attends une minute !

Le contradicteur était un homme vif, impatient, qui roulait de droite et de gauche des regards furieux. Il parlait d'une voix cassée en se balançant d'avant en arrière :

— La Russie ! Quelle Russie ? Celle du temps de Nicolas Nicolaïevitch qui voulait remplir l'Arménie de colonies de cosaques, celle qui n'arrêtait pas de faire avancer et reculer ses troupes pour vider l'Arménie d'Arméniens, ou bien celle qu'on a vue ensemble, avec toi, à Kislavodsk, à Piatigorsk, à Ekaterinodar, la Russie des pillages et des assassinats ?

— Tuer les criminels et piller les voleurs, riposta l'autre, ce n'est pas un crime, c'est un devoir sacré. La révolution doit être implacable, ou alors elle n'est pas une révolution.

— Et Brest-Litovsk ? Là, ils nous ont vendus aux Turcs, ils ont abandonné le front devant les Turcs, ils ont renvoyé leurs soldats chez eux.

— Quand il y a de la tempête, on ne pense pas à la cruche cassée. La révolution est aveugle, aveugle comme les tremblements de terre, aveugle comme ceux qui ont un but grandiose. Il faut bien se dire que le monde est en train de changer. Le vieux monde s'écroule pour faire de la place au nouveau. Nous oublions notre histoire. Il y a des siècles, au nom d'une nouvelle doctrine, par décision supérieure, c'est notre propre armée qui est venue et à l'endroit même où nous sommes en ce moment, elle a tout cassé, tout brûlé. Elle a brisé nos idoles, chassé les prêtres, tué les mages, bouleversé une riche et ancienne culture et imposé à notre peuple une nouvelle doctrine prêchée dans une langue étrangère. Et c'est au nom de cette doctrine étrangère que les Arméniens ont combattu pendant des siècles, en donnant d'innombrables martyrs, en versant leur sang sans compter et en risquant leur existence en tant que nation. Mais ce christianisme pour lequel on s'est tant battu, c'est une farce ! Regardez donc un peu l'Europe chrétienne : vous voyez le spectacle ? Non, nous devons nous unir à ceux qui veulent changer un monde qui maltraite et écorche les hommes. Il faut abattre ceux qui nous ont trahis, qui ont exploité nos meilleurs sentiments, qui nous ont trompés, vendus, qui se sont servis pour leurs intérêts commerciaux du sang que nous avions versé.

Ce discours n'attira aucune objection.

— Il a raison, murmura Zvarthe. Si on coupe nos relations avec la Russie, avec qui pourra-t-on s'unir ? On est si seuls !

— Évidemment, c'est un problème, balbutia Hérian avant de s'adresser à voix haute à l'homme qui venait de parler :

— On peut dire un mot ?

Mais brusquement, il se troubla complètement. Le sang lui monta à la tête, il oublia ce qu'il voulait dire. La présence de tant de gens le bouleversait, mais c'était aussi la présence de Zvarthe. Il rougit, ouvrit la bouche, regarda dans tous les sens :

— Oui, je voulais dire...

Il rabattit énergiquement son papakh sur ses sourcils, furieux contre lui-même de se retrouver comme un enfant paralysé par la timidité. Brusquement, il s'écria :

— Et tout d'abord, toutes ces grandes puissances, qu'elles aillent se...

Il lâcha quelques injures, ce qui eut pour effet de lui éclaircir l'esprit et de lui rappeler ce qu'il voulait dire :

— Ça suffit comme ça ! Ça suffit de compter sur les autres ! Ça fait des siècles qu'ils nous endorment, ça fait des siècles qu'ils nous racontent que le monde chrétien va venir nous délivrer de la main des infidèles. L'Occident va venir, les Européens vont venir châtier les Turcs... Voilà comment on a berné, aveuglé et endormi les Arméniens. Et c'est vraiment extraordinaire de voir qu'aujourd'hui, on continue à nous raconter les mêmes histoires, malgré tout ce qui se passe, malgré les innombrables victimes et les espoirs déçus. On attend les Américains, les Français, les Russes.

— Eh bien, dit quelqu'un à côté de lui, que peut-on faire d'autre ?

— Moi, je dis que si on veut un pays libre, c'est à nous de le faire. Le monde est un champ de bataille impitoyable, une mer en tempête, et il faut unir toutes nos forces pour exiger nos droits. Moi je suis marin, et quand sur mer il y a des vents terribles et des vagues hautes comme des maisons, le capitaine et ses hommes n'attendent pas que quelqu'un vienne à leur secours, ils font tout ce qu'ils peuvent pour que le bateau ne coule pas. Eh bien ! l'Arménie, aujourd'hui, c'est comme un bateau : ce qu'il faut, c'est de la force, de l'intelligence et de la volonté pour la mener au port par nos propres moyens.

— Vous parlez de combattre, intervint l'homme qui venait de Russie, mais si vous trouvez qu'on n'a pas combattu jusqu'ici, alors qu'est-ce qu'on a fait ? Voilà quatre ans qu'on verse notre sang, qu'on se bat sur tous les fronts, et maintenant que l'heure de la victoire est arrivée, ces puissances qui sont nos soi-disant alliées se partagent les pays comme des chiens se partagent la proie, et nous, on se retrouve devant de nouveaux dangers.

— Donc ça veut dire que la lutte n'est pas finie et qu'il faut continuer.

— Mais on continue ! Est-ce qu'on ne continue pas ?

— Eh bien moi, reprit Hérian, j'ajouterai que pour l'instant il faut se contenter de ce qu'on a, et le consolider. La grandeur d'un peuple ne se mesure pas à la surface des territoires qu'il occupe. Les petites patries peuvent faire des miracles.

Plusieurs voix protestèrent. Un jeune homme à lunettes s'avança et contre-attaqua, furieux.

— Vous m'excuserez, fit-il d'une voix tendue, mais ça ne marche pas ! Nous ne pouvons pas laisser aux mains de l'ennemi la terre où nos ancêtres, nos parents, nos martyrs sont enterrés, sinon on justifie les assassins. Non, c'est impossible ! Vous autres, les Arméniens du Caucase, vous ne pouvez pas comprendre ça parce que vous n'avez pas vu, vous n'avez pas vécu ce que nous, nous avons vu et vécu. Mon père, ma mère, mes frères, tous mes parents sont là-bas, couchés sans sépulture sur notre terre, et ils attendent la justice.

Le jeune homme avivait la plaie dans tous les cœurs.

— Bien sûr, fit Hérian d'une voix pensive, c'est vrai. Moi aussi j'aurais voulu la libération de toute l'Arménie, mais, mon cher, ce n'est pas avec des sentiments qu'on crée un pays et un État.

— Si ce n'est pas avec des sentiments qu'on fait un pays, protesta la jeune homme, alors c'est avec quoi ? Si l'amour et la lumière de la terre des ancêtres n'éclairent pas les âmes, quel est l'imbécile qui ira risquer sa vie pour la défendre ou la libérer, cette terre ?

— Il faut garder ce qu'on a, renforcer les frontières et se renforcer spirituellement, il faut renaître, se redresser, reconstruire. Le reste viendra plus tard.

L'homme venu de Russie avait écouté patiemment. Il reprit la parole pour parler des facteurs économiques et de l'impossibilité pour les petits peuples de vivre complètement indépendants. Il parla de Marx et d'Engels, mentionna en passant le nom de Lénine, s'efforçant de fonder ce qu'il avançait sur ce qu'il appelait des données scientifiques.

— Bon, murmura Hérian à l'oreille de Zvarthe, la discussion peut durer des heures, allons-nous-en, je n'ai plus beaucoup de temps.

— Oui, allons-y. Tu sais, ce garçon qui vient de Russie, il a l'air sérieux et assez cultivé.

— Peut-être. C'est sûrement un propagandiste qu'ils ont envoyé.

Ils partirent, se promenèrent un moment en silence. Ils trouvaient agréable le vent froid et aigre, les rues désertes et tristes leur paraissaient intimes et amicales. Il y avait tant de choses que tous les deux voulaient dire et qu'ils ne disaient pas ! Ils s'en allaient serrés l'un contre l'autre, pleins d'ardeur et de soupirs, de rêve et de chaleur.

— Ces gens-là continuent à discuter dans le froid, dit-il. Ils sont inquiets. Tu sais, je sens que j'aime la moindre pierre de ce malheureux pays.

Au coin d'une rue, le vent redoubla, les enveloppa en sifflant et les aveugla. Il la prit dans ses bras et leurs bouches s'unirent. Puis, bras dessus, bras dessous, ils marchèrent sans but, frissonnants, grisés.

— Attends, fit-il brusquement en s'arrêtant, que je n'oublie pas. J'ai des choses à acheter pour le voyage.

— Eh bien, allons-y.

Ils entrèrent dans quelques boutiques et firent leurs achats.

— Étrange pays, remarqua-t-il, on ne trouve pas de pain mais si tu veux de la truite, du saumon, du caviar, du cognac ou du vin, il y en a autant que tu veux. D'un côté, de quoi garnir des tables princières, de l'autre une misère noire.

— Tu vois, le poisson vient de ton Sevan, fit-elle.

— Ne plaisante pas avec ça. Tu te rends compte de ce que serait ce pays de pierre sans le Sevan ? Deux mille mètres au-dessus du niveau de la mer, niché dans la montagne, c'est la principale richesse du pays. Un morceau de ciel transformé en eau. Et malgré un froid sibérien, il ne gèle jamais entièrement, pour que les hommes se nourrissent grâce à lui d'un bout de l'année à l'autre. Et, sans lui, que deviendraient les terres de la région ? On n'aurait pas nos soixante sortes de raisin, les pêches, les abricots, les prunes, les pommes et les amandes. C'est le Sevan qui, de l'une de ses extrémités, envoie doucement les eaux du Zangou vers la plaine de l'Ararat. C'est lui qui s'évapore et se répand en pluie sur tout le pays.

Dans leur rue, ils rencontrèrent Péronian qui s'écria :

— Où es-tu ? Je te cherchais !

— Me voilà. Qu'est-ce qu'il y a ?

— Je voulais savoir si on part bien ce soir.

— Comment, si on part bien ? s'étonna Hérian. Mais je suis fin prêt, moi.

— Oui, mais il y a quelque chose dont je veux te parler, et je préfère que ça ne soit pas dans la rue. J'ai eu des renseignements plutôt inquiétants.

— S'il y a du danger, intervint Zvarthe, il ne faut pas partir.

— Mais il n'y a rien, rétorqua Hérian en franchissant le seuil de la maison, il n'y a rien. Et puis, si tu permets une minute... c'est un secret d'État.

— Tu sais, expliqua Péronian, qu'après Ouloukhanlou, la ligne de chemin de fer traverse une zone où il y a des villages turcs ?

— Oui, je sais.

— Eh bien, malgré les privilèges qui leur ont été accordés et les efforts du gouvernement pour qu'ils se tiennent tranquilles, impossible d'avoir la paix avec eux. On savait bien qu'ils s'armaient, qu'ils reçoivent de Turquie et d'Azerbaïdjan des armes et des instructions pour se révolter contre nous. Et nous, on fermait les yeux, on voulait éviter d'avoir à verser le sang.

— Et alors, ils se sont révoltés ?

— C'est ce qu'on dit. Ils attaquent les trains. Dans celui qui est arrivé ce matin, il y avait deux morts et des blessés. Dès que j'ai su ça, j'ai voulu te le dire.

— Et le gouvernement, il ne fait rien ?

— Si, bien sûr. On a envoyé des troupes.

— Alors, pourquoi avoir peur ? Si on veut échapper à tous les risques, on n'a qu'à ne plus bouger de chez soi. Ici il y a les Turcs, entre Gori et Batoum, les bandits géorgiens. Toi, qu'est-ce que tu as décidé ?

— Moi, je suis fonctionnaire, répondit Péronian, je suis obligé de partir. Sans papier, la République ne peut pas vivre.

— Moi aussi j'y vais pour la République, pour lui chercher un bateau. Donc, on y va. Tu es armé ?

Péronian souleva le pan de son veston et montra le revolver Mauser pendu à sa ceinture. Hérian fit le même geste et ajouta :

— Et en plus j'emporte trois bouteilles de cognac.

— De quelle année ?

— Je n'en sais rien.

— Donc il ne vaut rien. Moi j'emporte quelques bouteilles trouvées dans l'Arche de Noé.

— Parfait. Surtout que, comme zakouski, j'emporte des poissons pêchés dans son déluge et cuits dans son four.

— Nous sommes donc plus forts que les bandits turcs !

— Aucun doute là-dessus, fit Hérian. Seulement tu ferais quand même bien de prendre quelques soldats pour nous accompagner jusqu'à la gare et nous protéger contre nos bandits à nous.

— J'y ai pensé aussi.

Une heure plus tard, la maisonnée était sens dessus dessous. Tout le monde parlait à la fois. Un peu pâle, Zvarthe s'efforçait de cacher son émoi et ne cessait de sourire.

— Ne te mets pas en retard, disait-elle.

— Ne t'inquiète pas. Moi aussi je suis impatient.

Et la voiture partit, accompagnée de toutes sortes de bénédictions. Il commençait à faire sombre. Le froid claquait comme un grand voile pendu à une poutre invisible. La ville était vide et silencieuse.

— Je n'ai pas voulu en parler là-bas, dit Péronian, mais la situation est de nouveau tendue près de la frontière géorgienne. Espérons que le train passera.

8

Il arriva au café des *Gais Matelots* en fin d'après-midi.

Batoum n'avait pas changé depuis son départ. C'étaient les mêmes gens, la même incertitude, la même crasse. Ce retour, il l'avait attendu avec impatience, mais maintenant qu'il était là, il n'éprouvait pas le moindre plaisir. Il se sentait étranger, indifférent. Tout cela s'était éloigné, séparé de lui. Les liens s'étaient rompus. Et ni la mer, ni son vieux pétrolier, ni même ces images multicolores dans lesquelles jadis il aimait tant vivre ne provoquaient plus en lui le moindre frémissement. C'était comme retrouver une maison abandonnée depuis longtemps, une maison qui a connu le rire et l'allégresse de vos jeunes années, mais où vous avez vécu des jours et des nuits hantés par des démons et des tristesses absurdes. Vous vous en êtes approché le cœur battant: le toit s'est effondré, le jardin est à l'abandon, la poussière recouvre tout. Dans cette maison, après vous, des étrangers ont vécu. Sous ce toit maintenant crevé, d'autres voix ont retenti, d'autres destins se sont accomplis, d'autres existences, avec leurs joies et leurs peines, se sont écoulées, épanouies, épuisées.

Le lien était brisé. Le passé s'évanouissait. Il n'avait même pas revu Dachenka. Il n'avait pas cherché à la voir. Il avait suivi le môle et, avec jalousie et colère, il avait vu les bâtiments inutilisés, grands et petits, qui se balançaient paresseusement. Des bateaux inutilisés! Et là-bas, le pauvre Sevan restait vide sous son ciel, et attendait.

Il appela le serveur et commanda une bouteille de vodka.

— Si quelqu'un me demande, dites que je suis ici.

Il but, s'assit au bord de la chaise, le buste renversé en arrière, les jambes allongées et les mains dans les poches. Il était fatigué. En deux jours, il n'avait pas perdu de temps, passant ses journées à courir à droite et à gauche et ses nuits à réfléchir et à tout étudier minutieusement. Et puis il avait questionné les uns et les autres. L'affaire ne s'annonçait pas facile. Beaucoup moins facile qu'il ne l'avait imaginé dans ses moments d'enthousiasme. Le consul, à qui il s'était présenté, l'avait très aimablement reçu mais n'avait guère, lui, montré d'enthousiasme. C'était un homme courtois mais à l'esprit aussi positif que minutieux.

— Mon cher commandant, avait-il dit, pour l'instant, ce dont nous avons besoin, ce n'est pas de bateaux, mais de blé, de médicaments et de vêtements. Vous avez vu vous-même dans quel état sont les choses, n'est-ce pas ?

C'était un intellectuel de la vieille école, sans envergure, sans audace. Il avait fallu recommencer, comme à Erevan, à discourir, à expliquer, à démontrer. Et puis il y avait tout de même la lettre du président du Conseil.

— Vous savez, lui avait dit le consul à ce propos, des lettres de ce genre, nous en recevons tous les jours. Il est facile de donner des instructions, mais trouver de l'argent, c'est autre chose. En tout cas, nous n'allons pas discuter à l'infini. Vous voyez ce que vous avez à faire, et moi, de mon côté, je vous donne ma parole de vous aider dans la mesure de mes moyens.

Et voilà. Il but un autre verre, posa ses mains sur la table et regarda leurs veines bleues, tapota le sol de son pied droit, but encore un verre.

Il fallait à tout prix en sortir, trouver des astuces, des combinaisons. Péronian avait promis, si nécessaire, de harceler le président, ce qui lui serait d'autant plus facile s'il trouvait le papier indispensable à l'impression des billets.

Il réfléchit, s'assombrit, sourit. Quel monde de fous et quelle situation extraordinaire ! A Tiflis, on appelait le train arménien « le train des milliardaires ». Ces salauds osaient plaisanter avec ça !

Ce soir-là, le soir du départ, les balles des Turcs entraient en sifflant par les fenêtres ouvertes. Péronian, lui, les autres voyageurs, tout le monde s'était couché par terre. On entendait le crépitement des mitrailleuses et le grondement du canon, des cris sourds, le meuglement lamentable des animaux. Au loin, des villages brûlaient. Une lutte absurde, des victimes inutiles.

La zone dangereuse une fois franchie, tout le monde releva la tête et se rassit en souriant, comme si rien ne s'était passé. On ouvrit des bouteilles, on mangea, on porta des toasts. Pendant ce temps, là-bas, le combat continuait.

— Respectueuses salutations, mon cher commandant.

— Ah ! Fédor Pantéléïévitch, heureux de vous voir. Je vous attendais. Mais asseyez-vous, je vous en prie. Hé, patron, un verre !

Le dénommé Fédor se frotta les mains, ses petits yeux gris sourirent, il hocha la tête nerveusement, s'assit, vida son verre d'un trait.

— Et voilà !

Il n'arrêtait pas de toussoter, d'une petite toux nerveuse, comme pour s'éclaircir la voix, ce qui lui faisait rougir les joues et le sommet des oreilles et rétrécissait encore ses petits yeux. On aurait dit qu'il n'arrivait pas à se réchauffer. Quand il avalait sa salive, sa gorge se gonflait énormément et il avait l'air d'un oiseau effaré.

— Allons, encore un, ça vous réchauffera, proposa Hérian en remplissant son verre.

— A votre santé.

— A la vôtre.

Avant les événements, Fédor Pantéléïévitch Dastakov avait été un personnage assez important, administrateur d'une grande compagnie de navigation. Il avait fait des affaires considérables, gagné beaucoup d'argent qu'il avait dépensé sans compter. La révolution et les événements qui l'avaient suivie au Caucase avaient créé pour lui une situation complexe. Du jour au lendemain, il se retrouvait sans rien, désemparé, tel l'oiseau sur la branche, comme il disait. Les propriétaires de la compagnie avaient fui Dieu sait où, toutes les communications étaient coupées, les autorités locales qui s'étaient succédé avaient réquisitionné les meilleurs bâtiments, et le personnel ne touchait plus rien de nulle part. Il n'y avait plus ni travail ni argent. Et lui restait administrateur sans rien à administrer et, comme tout le monde, il attendait la suite des événements. Pour vivre, il faisait de petites affaires pas très claires. Hérian le savait.

— Allons, buvons encore celui-ci.

— Non, non !

— Ne dites pas non, Fédor Pantéléïévitch ! Par ce temps humide, sans vodka on ne tient pas le coup.

— Ça, c'est bien vrai. Entre autres stupidités, messieurs les bolcheviks ont aussi interdit la boisson. Vous pouvez imaginer le peuple russe sans boisson ? Nous, ici, au moins, nous sommes à l'abri de cette folie.

Hérian remplissait les verres en commentant avec philosophie :

— Hé, que voulez-vous, folie sur folie. Quand on veut changer du jour au lendemain ce qu'on a mis des siècles à créer et à organiser, on ne fait que des choses insensées. Enfin, laissons ces tristes choses et dites-moi, cher Fédor Pantéléïévitch, comment vont les affaires ?

— Quelles affaires voulez-vous qu'il y ait ? Avec la situation que vous connaissez... On est en pleine incertitude, en pleine obscurité.

— C'est vrai, approuva Hérian en mâchant un petit sandwich.

— Oui, c'est l'obscurité. Enfin, j'essaie de défendre les intérêts de la compagnie, je fais des sacrifices, je me débats, en attendant la suite. Ah, ça n'est pas facile !

Il avala une sardine.

— Que voulez-vous, fit Hérian, ce n'est pas avec des coups de tête qu'on peut casser les murs. Il n'y a pas d'autorité, pas de gouvernement, pas de lois, rien.

Il croqua un radis, leva les mains dans un geste d'impuissance et remplit les verres en reprenant :

— Cette situation insupportable, je la vois comme tout le monde. Quand j'y pense, la fureur me prend. Enfin, il vaut mieux ne pas parler de ça. Il n'y a qu'à attendre et patienter. Heureusement qu'il y a encore dans ce monde des gens comme vous, honnêtes et lucides. Permettez-moi de vous dire, Fédor Pantéléïévitch — parce que vous avez le droit de savoir — permettez-moi de vous dire que, tout récemment encore, je parlais de vous dans ces termes mêmes à Erevan au président du Conseil...

Il s'interrompit une seconde en se demandant comment le mensonge avait pu passer ses lèvres et, pour ne pas se trahir, il regarda bien en face le Russe qui se troubla et baissa les yeux.

— ... Exactement dans les mêmes termes. Et je vais vous dire à quel propos.

Il rapprocha sa chaise de celle de son interlocuteur, inclina la tête vers lui et continua sur le ton de la confidence :

— Récemment, le gouvernement arménien, profitant de ma présence là-bas, m'a demandé d'étudier le problème du lac Sevan et de lui faire un rapport sur les possibilités d'exploitation et d'utilisation. Vous savez bien, nous savons bien, vous comme moi qui sommes des hommes de métier, que lorsque nous voyons un peu d'eau, nous n'avons qu'une idée : naviguer. Il faut vous dire tout de suite que ce lac immense est un vrai trésor, qu'il est plein de ressources et qu'il offre toutes sortes de possibilités. Vous qui avez dirigé de vastes entreprises, vous me suivrez certainement.

— Intéressant, murmura l'administrateur.

— Extrêmement intéressant. Selon moi, ils ont besoin là-bas de quelques petits bâtiments, de quoi transporter des gens et du matériel. Et si je parle de bâtiments petits, c'est que je tiens compte du problème du transport, mais en fait il ne faut pas qu'ils soient trop petits. Le lac est immense, les déplacements peuvent y durer des heures et les vents y sont violents. A propos, j'ai entendu dire qu'un groupe américain s'y intéresse, mais enfin, pourquoi laisser ça à d'autres ? Pourquoi ? Mais je parle, je parle, et j'oublie les verres...

Pendant que, d'un air pensif et avec des gestes lents et mesurés, il remplissait les verres, Fédor, qui, en bon Russe, était plus rusé qu'il n'y paraissait, avait déjà fort bien saisi de quoi il retournait et était décidé à se vendre aussi cher que possible. Pour dissimuler l'émoi que cette occasion inattendue provoquait en lui, la fourchette et le couteau en mains, tenus par le bout du manche, il s'efforçait de manger son morceau de poisson de l'air le plus tranquille, mais il y parvenait mal car ses mains tremblaient légèrement.

— Et, continua Hérian qui avait de son côté fort bien saisi ce qui se passait dans la tête de son interlocuteur, c'est ainsi que, en parlant longuement de ces questions avec le président du Conseil, j'ai mentionné votre nom. Bien entendu, les difficultés ne manquent pas. Nos voisins, ajouta-t-il en effleurant la corde politique, nous font toutes sortes de misères, surtout à cause de Dénikine. Vous savez qu'il nous défend et qu'il considère notre armée comme l'arrière-garde de la sienne. Ce que je veux dire, c'est que demain, les circonstances ayant changé, notre entreprise présentera peut-être un intérêt plus général.

Et il se lança dans des considérations stratégiques.

— Je comprends, dit l'administrateur, je comprends. Donc...

— Donc, c'est à vous de me conseiller. Je suis, disons, l'acheteur. Votre compagnie possède de nombreux bateaux qui sont amarrés au môle et qui pourrissent là. Demain, le premier gouvernement local venu peut décider de mettre la main dessus. Réfléchissez.

— Vous me mettez un peu dans l'embarras, bredouilla Fédor en mâchant ses mots. Comme vous le savez, je reste administrateur responsable de la compagnie, mais il est de fait qu'il s'est créé une étrange situation. Jamais il n'a été question de vendre des bâtiments, mais d'un autre côté, on ne sait pas ce qui peut arriver. C'est une grave responsabilité. Je dois dire aussi que j'éprouve la plus grande sympathie pour votre pays et que j'aurais bien voulu faire quelque chose.

Il fit des deux mains un geste d'indécision, toussa longuement, rougit et, se tassant sur sa chaise, resta muet. Hérian l'observait du coin de l'œil et était désormais sûr de l'emporter: l'autre ne parlait plus que pour la forme, par simple ruse commerciale.

— Fédor Pantéléïévitch, dit Hérian après un bref instant de réflexion, je comprends votre perplexité, mais d'un autre côté, dans des temps comme ceux que nous vivons, vous êtes obligé de prendre certaines responsabilités pour sauver les biens de votre compagnie dans toute la mesure du possible. Nous ignorons ce qui peut arriver demain. Beaucoup disent que si les bolcheviks gagnent en Russie, ils descendront au Caucase. Les Turcs aussi peuvent revenir. Et puis il y a les Géorgiens. Et ils prendront vos bateaux et ils vous expulseront.

— Oui, mais enfin Dénikine aussi peut...

— Je ne vous cacherai pas que j'en doute. Ces derniers temps, il ne fait que reculer. Mais même s'il gagne, ça demandera très longtemps, si longtemps même que ce qu'on n'aura pas entretenu ne vaudra plus rien. Encore un peu et vous pourrez vendre vos bateaux au prix de la ferraille.

— C'est malheureusement vrai. Que faire ?

— Je n'ai pas de conseil à vous donner, vous savez mieux que moi ce que vous avez à faire. Je me permettrai seulement de vous dire que si j'étais à votre place, je sacrifierais un bateau pour sauver les autres.

— Comment ça ?

— C'est très simple : avec le prix que je tirerais de l'un, j'aurais de quoi engager du personnel, acheter de l'huile, nettoyer les machines, refaire les peintures où c'est nécessaire, enfin d'une manière générale assurer l'entretien indispensable. C'est à vous de voir. Et d'ailleurs, je vais vous dire en toute franchise : j'ai deux autres propositions. Voilà.

Il porta la main à la poche de côté de son veston... et n'en sortit rien.

— Enfin, c'est comme ça, fit-il en posant les deux poings sur la table et en prenant le ton d'une conclusion définitive, l'affaire ne s'est pas faite, tant pis. L'important, c'est que nous restions bons amis. Allez, encore un verre.

Le Russe le regarda, surpris ; il n'attendait pas cette fin brusque. Il baissa les yeux, réfléchit, fit ses comptes puis, comme pris en faute, il protesta d'une voix incertaine :

— Mais non, mais non, mon cher commandant, vous n'y êtes pas. Nous parlions amicalement, en toute franchise. Je n'ai pas dit que je refusais, je me suis contenté de décrire la situation. Dites-moi un peu, avec quelles devises payez-vous ?

— Ça, c'est secondaire. En tout cas, rassurez-vous, pas en millions papier ou en billets des républiques caucasiennes. Avec des marchandises, peut-être, ou de l'or.

— Et le bateau, vous avez fait votre choix ?

— Oui. C'est *l'Albatros*.

— Vous avez bien choisi. C'est une de nos dernières acquisitions. Il est tout neuf.

— Vous exagérez. Il a trois ans.

— Deux ans et demi. Construit aux chantiers d'Odessa. Machines Diesel de premier ordre. C'est ce que vous pouvez trouver de plus neuf sur le marché, ici.

— Vous en voulez combien ?

— Je ne peux pas vous dire encore. Il faut que j'étudie la question.

— Bien. Où dînez-vous ce soir? Je vous invite.

— Très bien. Finissons la bouteille.

— Commandons-en une autre.

— Celle-là sera pour moi, insista Fédor.

— Ah non, jamais de la vie! Aujourd'hui c'est à moi, permettez. Je vous en prie, ne discutons pas pour des bêtises. Pas entre hommes de la mer, n'est-ce pas?

Après quelques bouteilles, ils partirent en marchant au milieu de la rue, bras dessus, bras dessous, titubant, riant et braillant. Arrivés au port, ils s'arrêtèrent et essayèrent de chanter. Après avoir chanté, brusquement Fédor se sentit tout triste. D'une voix mélancolique, il se mit à dire des choses très pessimistes et très philosophiques sur le destin de la Russie et de l'homme en général. Les rides de son visage se préparèrent pour les pleurs, mais les larmes ne vinrent pas, et comme les larmes ne venaient pas, il se fâcha contre lui-même et contre le monde, se mit à jurer à haute voix, et pour finir cria « Vive le tsar! ».

Le soir venu, au restaurant, ils mangèrent et burent de nouveau. Les balalaïkas chatouillaient les cœurs et provoquaient des accès sentimentaux. Côtelettes Pojarski, radis roses, vin de Mélan, chansons, bruit, foule, odeurs de tabac et de chou.

Faces couleur de brique, types étranges. Des hommes aux moustaches invraisemblables et aux regards curieux, cupides, étincelants. Des filles vendeuses de faux luxe, aux cheveux oxygénés, aux regards liquides, aux mains fines et alanguies. Leurs dessous sentaient la pauvreté et leur poitrine le musc.

Un lambeau de Russie était là, habité de rêves usés. Chaque bouchée, chaque verre était amer. L'immense incendie qui crépitait là-bas au nord descendait vers le sud. L'incertitude, l'angoisse du lendemain étreignaient les cœurs. Ils savaient et faisaient comme s'ils ne savaient pas. La salle retentissait de rires forcés, de cris avinés, d'exclamations simulant la nonchalance et l'insouciance. Une femme aux lèvres humides et purpurines, les mains serrées sur une opulente poitrine, miaulait une complainte bégayante qu'accompagnaient les sanglots déchirants des balalaïkas. La main crispée sur la fourchette, la bouche vieillie, le regard voilé, Fédor écoutait en poussant des soupirs. Des gouttes de sauce pendaient de sa moustache que, dans les moments de grande émotion, il suçait avec sa lèvre inférieure. Il dodelinait de la tête comme un lapin mort et poussait constamment des soupirs déchirants:

— Ah la Russie! La Russie martyre!

Puis sa fourchette explorait son assiette.

Un groupe d'Adjars rondouillards aux crânes rasés, aux visages carrés, aux nez énormes et aux lèvres épaisses laissaient errer des regards huileux sur les filles et riaient bruyamment. Ils se sentaient les maîtres du pays. Assis à la table voisine, des Géorgiens ne cessaient de porter des toasts à leur santé en levant leurs verres avec des sourires serviles.

L'orchestre faisait tomber sur la salle une pluie de feuilles métalliques dans un bruissement de forêt artificielle. Les cœurs s'envolaient, les regards s'enflammaient. Du hareng couvert d'oignons, du chachlyk, du cognac arménien. Des faces rouges, épaisses, des veines gonflées, des têtes de descendants de la Horde d'Or, des regards de taureau furieux, des attitudes nobles, les jambes écartées, les mains crispées sur des poignards dorés, les bouches engloutissant bestialement des quartiers de viande... Les filles passaient de table en table et chantaient. Là-bas, au nord, l'incendie ravageait la Russie; à Batoum, les filles russes chantaient. Les Adjars écoutaient, ravis, et distribuaient sourires et argent à leurs maîtres de la veille.

— A votre précieuse santé, Kassim bek!

— Messieurs, à la santé de Kassim bek!

Les Géorgiens se levèrent. L'orchestre éclata dans un effondrement de vaisselle. Kassim bek — un vieux brigand qui du temps des Turcs avait volé tout le monde — manifesta sa satisfaction par de petits hochements de tête, sourit et ordonna qu'on apporte quelques bouteilles de vin à la table des Géorgiens. Fédor, qui, en bon monarchiste russe, avait l'habitude de considérer de haut les populations locales, se sentait meurtri, exclu. Il marmonna dans sa barbe quelques injures, tordit furieusement sa serviette puis se remit à manger.

— Ah, commandant, fit-il d'une voix lointaine, quand les nôtres reviendront, tout ça changera! Ces sauvages qui tremblaient devant le premier sergent de ville venu, se permettent aujourd'hui de... Ah la Russie, la Russie!

Et pendant que les balalaïkas allaient ramasser des soupirs sur les rives de la Volga, Fédor se prenait le visage entre les mains et restait ainsi. Il souffrait de ce qu'il avait bu, de ce qu'il avait mangé et des blessures infligées à ses sentiments patriotiques. Hérian considérait aussi le spectacle avec tristesse, en pensant à la vie là-bas au pays et en voyant celle qu'on menait à Batoum. Il suffisait de passer la frontière, d'entrer dans la province de Lori, d'en respirer l'air frais et limpide, de se laver les yeux dans la verdure pour que le monde change et devienne plus grand, plus profond et plus propre. Instinctivement, il glissa la main dans la poche intérieure de son veston pour vérifier que la lettre de Zvarthe y était bien. Oui, elle y était. Il l'avait relue plusieurs fois dans la journée et y avait chaque fois retrouvé une nouvelle vigueur. Une vague de tendresse inquiète mêlée de tristesse l'envahit un instant. Bien sûr, la vie est souvent cruelle et implacable, mais à travers les lourds nuages, des rayons viennent parfois illuminer notre front.

— Oui, Fédor Pantéléïévitch, dit-il, éprouvant brusquement le besoin d'exprimer d'une façon quelconque les sentiments qui l'envahissaient, les jours viennent, les jours s'en vont, comme dit une chanson de mon pays, mais notre destin dépend de forces que nous ignorons. Et aussi vite que les jours viennent et passent, s'il y a quelque chose qu'on doit faire, il faut le faire.

— C'est bien vrai ! s'écria Fédor. C'est juste... comme vous dites... les jours... Ah ! laissons les jours et parlons des nuits. Dites-moi, commandant, en toute sincérité, vous, la nuit, vous pouvez dormir ?

Et il lui jeta un regard effaré.

— Moi ? oui. Aussitôt les yeux fermés, je m'endors.

— Vous avez bien de la chance. Moi pas.

Il baissa le menton, réfléchit et, ouvrant des yeux douloureux et terrorisés, continua :

— C'est bien la question... je n'arrive pas à dormir. Croyez-moi, c'est affreux, affreux ! Rien n'y fait, ni les drogues ni la boisson. Pendant des heures, je compte des moutons blancs qui passent dans des champs, je murmure des prières, je me récite des fables de Krylov, rien n'y fait. Dès que je m'assoupis un peu, dès que je bâille, il entre.

— Qui ?

— Je n'en sais rien... lui... Vous allez vous dire : Fédor a un peu trop bu ce soir, il déraille. Mais pas du tout, pas du tout ! Ce que je vous dis, c'est la vérité vraie, et d'ailleurs vous êtes le premier à qui j'en parle. Il faut vous dire qu'ici, je vis tout seul. Ma famille est en Russie, ma femme était allée à Moscou pour voir les enfants et, avec les événements, elle s'est trouvée bloquée là-bas. Et voilà pourquoi je suis tout seul ici. Je couche dans une pièce qui donne sur la rue et qui a un balcon. Avant de me mettre au lit, je ferme les portes à clé, je ferme aussi les fenêtres et les volets, et même, pour plus de sûreté, je tire la table devant la porte, je mets des chaises dessus pour être sûr d'entendre si quelqu'un entre. Mais je n'entends jamais rien, et pourtant il est là.

— Qui ? Mais qui est là ?

— Je vous l'ai dit, je n'en sais rien. C'est un être bizarre, que je n'avais jamais vu. Il est petit, un peu tordu, distrait et médisant. Il entre, très adroitement, d'une main, il roule une cigarette, la colle à sa lèvre inférieure et la laisse comme ça sans l'allumer. Et puis, à tout petits pas, il va aux quatre coins de la pièce, il fourre son nez partout, il inspecte tout, examine les objets les uns après les autres, ouvre les livres et les referme sans les lire, il s'arrête devant les photos, leur jette un regard rapide et repasse à l'autre bout de la pièce et... on dirait qu'il a oublié quelque chose, il se remet à circuler très vite, à regarder, à observer, à fouiller. Vous ne pouvez pas imaginer, ça me terrorise ! C'est que ce n'est pas un fantôme comme on les décrit dans les livres, ce n'est pas ça. Ce n'est pas non plus le diable ou Méphistophélès. Et pourtant... C'est un petit homme, tout rond, avec une barbiche jaune, un gros ventre et des grosses joues. Il donne plutôt l'impression d'un petit fonctionnaire... c'est ça, un petit fonctionnaire. Mais ce qui fait surtout une impression pénible, ce sont ses jambes, des petites jambes difformes et tordues, mais incroyablement légères et rapides. Et puis il y a autre chose de terrible : c'est qu'il ne me regarde jamais. Moi je reste couché dans mon lit, les yeux grands ouverts, j'ai le souffle coupé, je suis paralysé. Si seulement il s'intéressait à moi... mais non, pour lui je ne suis rien, je n'existe pas. Mais pendant qu'il examine les petits objets qui sont sur la table, une brosse, un miroir, un porte-plume, un encrier, pendant qu'il est là, les mains au dos, sa cigarette non allumée aux lèvres, la tête penchée en avant, pendant qu'il s'arrête, passe, s'arrête, repasse, moi, mon sang se glace dans mes veines, mon cœur bat si fort que je l'entends, mes cheveux se dressent sur ma tête et une sueur froide couvre mon front parce que... parce que je sens, je sens très bien que ses yeux qui regardent ailleurs, eh bien ! en réalité, ils entrent en moi et fouillent mon âme. Je vous le dis, ce sont des heures atroces que je vis. Il n'y a pas de mots pour décrire ça. Et voilà pourquoi chaque fois que je peux rester dehors la nuit, je suis bien content. Je ne veux pas rentrer chez moi, je ne veux pas !

Et voilà la « dostoïevskite », pensa Hérian. Un Russe sans son démon, ce n'est pas un Russe. La tête basse, Fédor attendait ce que son compagnon allait lui dire :

— Ce que vous me racontez là, cher ami, est tout à fait étrange. A moi aussi, il est arrivé de faire des rêves incompréhensibles (et il cita celui qu'il avait fait pendant son voyage de Tiflis à Erevan). Mais vous savez, il ne faut pas se laisser impressionner. C'est à cause des événements que nous sommes tous un peu nerveux. Oui, nos nerfs réagissent avec excès aux moindres stimulations. L'important, dans la vie, c'est d'avoir une idée directrice, de ne pas vivre passivement, mais de travailler, de créer, de construire. Il n'y a que ça qui puisse nous sauver.

— Travailler, commandant, travailler dans une situation aussi anarchique ? Vous parlez de construire ? Mais vous voyez bien que tout se démolit, s'anéantit, tombe en poussière. Moi, toute ma vie j'ai travaillé, je me suis donné du mal pour arriver à une certaine situation, et voyez où j'en suis...

Il tendit les bras vers la salle puis, tremblant de tout son corps, le visage révulsé, les yeux exorbités, il frappa du poing sur la table, se leva et, d'une voix nerveuse et dérisoire, cria : « Vive la Russie ! Vive le tsar ! » Tous les regards se tournèrent vers lui.

— Oui ! Vive le tsar ! Vive le tsar !

— Taisez-vous ! Taisez-vous !

— Dehors ! Dehors !

Ce fut un beau tapage. A la table voisine, les Adjars souriaient avec mépris. Deux Géorgiens se levèrent et, relevant ostensiblement les manches de leur tcherkesska, se précipitèrent vers le Russe. Hérian bondit, se plaça devant Fédor pour le protéger et attendit. Au même instant surgit du fond de la salle un type maigre, en smoking, qui, avec une politesse exagérée, demanda que l'on veuille bien se calmer. C'était le patron. L'orchestre attaqua une marche tapageuse et chacun reprit sa place. Peu de temps après, Hérian, pour éviter un autre incident désagréable, demanda l'addition, paya et proposa à son compagnon de le raccompagner. Dehors, ils marchèrent doucement, pensifs, sans parler. Fédor traînait les pieds, abattu, écrasé sous un poids énorme, s'arrêtait, toussait comme un cheval enrhumé, repartait, toussait encore. Arrivé au coin de sa rue, la panique le reprit. Il n'arrêtait pas d'arranger sa cravate, la défaisait de ses gros doigts osseux, la renouait, remontait le nœud, la redéfaisait, le refaisait. Cela dura un bon moment, puis finalement il s'arrêta et, comme figé par une décision brusquement prise, il se mit au garde-à-vous, tendit la main à Hérian, la lui secoua plusieurs fois, tourna les talons et arrivé devant sa porte, s'arrêta et se mit à sangloter bruyamment. Hérian courut près de lui :

— Voyons, voyons, Fédor Pantéléïévitch ! Dites-moi, qu'est-ce qu'il y a ? Enfin, pourquoi ? Qu'est-ce qu'il y a ? Voyons, voyons, je vous en prie !

Les pleurs de cet homme étaient troublants et décourageants. La rue sentait l'ordure et le chat. Au loin, on entendait les vagues qui déferlaient sur le rivage. Derrière les cheminées, des étoiles bleues étincelaient.

Fédor finit par se calmer, se tourna contre le mur, urina, et rentra précipitamment chez lui.

Hérian n'arrivait pas à dormir. Que de choses s'étaient passées au cours de la journée ! Et maintenant, tout s'embrouillait dans sa tête. Certes, il avait obtenu un certain résultat, mais beaucoup d'éléments restaient encore dans l'obscurité. Le malheur, c'est qu'il était obligé d'avoir affaire à un déséquilibré. Que se passait-il dans la tête de Fédor ? Tristesse, certitude, faiblesse innée masquées sous les voiles de la folie ? Toutes sortes de fantômes s'avançaient derrière lui. Comme derrière la Russie, comme derrière tout le monde.

Il marcha vers le port en réfléchissant. Un coup de vent le frappa au visage et il se sentit mieux. Il enfonça son bonnet jusqu'aux oreilles et marcha d'un pas énergique vers le môle. Finalement, il fallait rester indifférent aux tragédies personnelles, aux pleurs et aux crises des uns et des autres. Après tout, il n'était ni psychologue ni médecin. Il était venu régler une affaire simple, précise et tout à fait positive : surmonter les difficultés et trouver un bateau.

Fédor avait bu et pleuré : il était insomniaque et faisait des cauchemars. Quelle affaire, quand on pensait à la situation dans les rues d'Erevan, dans les montagnes, dans les champs ravagés ! Mais même cela, même cette affreuse tragédie ne devait pas entamer sa volonté. Que chacun fasse ce qu'il peut et que ce qui doit arriver arrive.

Les lames frappaient dans la nuit et se retiraient avec un long bruissement, d'autres leur succédaient, puis d'autres encore, cette mer condamnée à un éternel travail de titan, cette immense étendue au gigantesque frémissement, pleine d'étoiles, berceuse d'un petit morceau de lune, infinie et obscure respiration, soupir d'un monde ténébreux.

Que ce qui doit arriver arrive...

Il s'arrêta, regarda, mit sa main en visière au-dessus de ses yeux, regarda encore plus attentivement : là-bas, un bateau était à l'ancre. Il suivit le môle. Il savait que l'endroit était dangereux à cette heure-là, dans la nuit hantée d'êtres perdus et désespérés qui vous tuaient pour dix kopecks. Tous les matins, on retrouvait plusieurs cadavres de gens qui avaient été poignardés en divers endroits du port. Il sortit son revolver et continua. Le bateau ! Plus il avançait, plus le vent était violent et arrivait même à le faire reculer. Il se mit en biais, une épaule en avant, baissa la tête, avança en faisant front comme un bélier.

Des dizaines de voiliers amarrés se berçaient dans le clapotement de l'eau en se heurtant et en balançant douloureusement leurs mâts. Et puis il y avait d'autres bateaux à l'ancre, des grands, des petits. Perdus, abandonnés, tout tristes, comme affligés d'une grande peine. Plus il avançait vers le bout du môle, plus le vent était violent. Pour voir *l'Albatros,* il fallait grimper sur les pierres glissantes du parapet balayé par les lames, ce qui était dangereux. Il y grimpa et s'assit, tout trempé. Il distinguait nettement la silhouette du bateau, long, haut et élancé. La proue ressemblait à l'extrémité des deux ailes jointes d'un oiseau blanc. *L'Albatros* était un beau bâtiment, gracieux, avec quelque chose d'un peu féminin, et faisait penser à ces blondes aux airs luxueux et éthérés qu'on voit se promener dans les rues de Londres. La réflexion fut suivie d'une vague d'optimisme facile : il éprouvait la proximité du bateau comme une agréable douleur amoureuse. Il le contempla longtemps, l'imagina sur le lac, appareillant à Elenovka, passant près de l'île, fendant l'eau bleue, lançant ses coups de sirène... Il lui parla avec des mots caressants.

Finalement, il redescendit et, le dos au vent, repartit en sifflotant. Au loin, l'œil bleu d'un phare clignotait dans le vide. La lune aussi brillait dans le ciel.

Il remontait chez lui par une des rues du centre quand il entendit chanter : un groupe d'attardés passaient sous la lumière blafarde d'un réverbère.

Il les regarda et s'arrêta, pétrifié : la femme tenait deux hommes par le bras. Le visage défait, le chapeau de travers, elle chantait en balançant la tête. Tous les trois marchaient en titubant, faisaient quelques pas, s'appuyaient au mur, repartaient en vacillant. Ils étaient complètement soûls.

— Embrasse-moi, Mitia, embrasse-moi fort ! disait la femme en tendant les lèvres vers son compagnon de droite.

— Et moi ? Et moi ? protestait l'autre.

Et elle embrassait l'autre, se remettait à chanter et ils reprenaient leur route en zigzaguant. Il n'en croyait pas ses yeux. Est-ce qu'il rêvait ? Pas de doute, c'était Dachenka. Son cœur se serra.

9

Il avait connu Tiflis, résidence du vice-roi du Caucase, à l'heureuse époque où, au retour de ses voyages, pendant que l'on rechargeait son cargo, il venait, en compagnie de quelques camarades, s'y amuser et y dépenser l'argent qu'il avait en trop. Comme cela paraissait loin ! Il se rappelait bien ces nuits passées dans les tavernes suspendues à la falaise dominant la Koura et dans les *doukhans,* autres tavernes, souterraines celles-là, où, dans de forts effluves de chachlyk et de vin, la vie gravissait dans la pénombre tous les degrés du thermomètre et où le *tar* * égrenait ses notes métalliques, accompagnant des chants joyeux ou mélancoliquement philosophiques. Le vin coulait, les jolies filles dansaient, laissant leurs avant-bras planer gracieusement en l'air comme des oiseaux et distribuant les flammes de leurs grands yeux noirs.

Tiflis était le rendez-vous de ces peuples caucasiens qui vivaient alors d'éternelles vacances. C'était la ville à la fois officielle et insouciante, joyeuse, ornée, fardée, légère. Il y avait le palais du vice-roi qui s'élevait sur la perspective Golovinski, artère principale de la ville et orgueil du pays, il y avait ces nombreux militaires de toutes armes, ces défilés au son de fanfares éclatantes, ces femmes élégantes, cette foule désœuvrée qui, du matin jusqu'au milieu de la nuit, allait et venait sans but et sans souci : le Tiflis artificiel du poisson Loko et du vin de Kakhétie.

Dans le quartier résidentiel de Sololak, ce n'était que brillants équipages aux chevaux racés, où trônaient des élégantes qui distribuaient aux passants des regards langoureux et disparaissaient, laissant un peu de rêve derrière elles. La vie tournoyait, comme rythmée par des flûtes muettes, dans la prospérité et la facilité. Les clients se pressaient dans des pâtisseries-confiseries qui offraient leurs montagnes de bonbons et leurs gâteaux aux dimensions incroyables. Devant les boutiques, sur le trottoir où s'entassaient les pièces de tissu, les

* Instrument à cordes.

femmes se pressaient, tâtant les soieries de leurs doigts délicats et contemplant avec ravissement les étoffes multicolores dont le bruissement s'unissait aux parfums capiteux pour faire naître un zéphyr que mille rosiers en fleur auraient enivré.

Une Tatare passait, enveloppée d'un tchador de soie de couleur, dans une robe brodée d'or dont le murmure rappelait celui d'une ruche. Puis c'était une Circassienne aux yeux de gazelle, au port altier, souple et gracieuse, puis une Persane rondelette à la démarche harmonieuse et glissante, qui dodelinait de sa petite tête.

Pour descendre dans la ville basse, il fallait passer par de petites ruelles tortueuses; on arrivait alors à la place, la *meïdan* comme disaient les habitants, et là on se serait cru dans le monde naïf d'une miniature persane. Des chameaux paresseusement assis levaient leur longue tête aux lèvres épaisses et avaient l'air de ruminer le soleil. Des poules picoraient sous leur nez, des chèvres faisaient tinter leur clochette en tirant sur le bout de quelques branches desséchées, des hommes accroupis fumaient leur longue pipe, l'œil rêveur et le geste lent. L'ensemble sentait fort le fumier, le soufre et le raisin sec. On voyait des crottes de chameau, de pauvres chiens indifférents, des mendiants aux mains tremblantes et au regard éteint. L'Orient.

La ville haute, c'était soi-disant l'Europe. Une Europe sortie d'un miroir déformant. Il y avait là la place d'Erevan avec le bâtiment rouge de l'hôtel de ville, mais il y avait surtout la perspective Golovinski, lieu de rencontre de tous les peuples, races et tribus du pays. On venait là dans ses plus beaux atours, pour s'amuser, parader et chercher l'aventure.

Tiflis vivait grâce au travail et à la production de la province. Elle vendait fort cher son insouciance, ses danses, ses vins et ses filles. Dans les mornes petites villes du pays, on en parlait en termes excessifs, en avalant sa salive, chantant ses louanges avec des soupirs, des roucoulements et des frémissements dans la voix. En fait, c'était une modeste cité mi-européenne mi-asiatique, entourée de collines quelconques couvertes de maisons aux toits plats et qu'on qualifiait abusivement de montagnes; quelques rues passables; la Koura aux eaux boueuses qui s'écoulait paresseusement entre des rives désertes; quelques ponts ornés des statues sans goût des généraux russes qui avaient conquis le pays; dans le centre, quelques grands immeubles aux styles prétentieux, hybrides et indécis. Ici et là, une église aux proportions harmonieuses donnait à ce désordre un peu de noblesse et de profondeur.

Arrivé la veille et venu s'adresser aux autorités géorgiennes pour mettre un terme aux fantaisies arbitraires des petits fonctionnaires qui faisaient obstacle au transport de son bateau, il voyait désormais tout d'un œil différent. C'était cela, Tiflis? Las, soucieux, inquiet, il arpentait les rues vides en attendant l'ouverture des bureaux. Il était déjà plus de neuf heures et la ville n'était toujours pas réveillée. Pas un mouvement. Les boutiques et les cafés étaient fermés. Des chevaux efflanqués, attelés à des voitures parquées dans des coins déserts, frappaient les pavés de leurs sabots et faisaient frémir la peau de leur dos. Des policiers allaient et venaient en essayant de se réchauffer. Il faisait froid. On se serait cru un matin vide et silencieux, après un bal masqué qui aurait duré toute la nuit.

Il regrettait d'être venu. Peut-être aurait-il mieux valu essayer de s'arranger à Batoum avec les autorités locales? Mais enfin le plus difficile était fait. Le bateau était monté sur deux wagons de marchandises et il aurait déjà dû être parti sans les difficultés soulevées par de tristes personnages aussi méchants que mesquins. Partout on exigeait des pots-de-vin. Il avait dépensé tout ce qu'il avait pour arroser ces gens, mais plus on en donnait, plus ils en voulaient.

La ville se réveilla de curieuse façon. Une troupe nombreuse de soldats et de policiers sortit de l'hôtel de ville, se divisa en petits groupes qui allèrent se poster aux principaux carrefours. Il regarda, étonné. La veille déjà, à la gare, il avait pu observer le même phénomène : devant toutes les portes, des groupes compacts de policiers arrêtaient les Russes et les Arméniens, vérifiaient leur identité, les interrogeaient et les fouillaient.

Comme les choses changent vite et comme les gens ont la mémoire courte ! se dit-il. L'ouragan qui passe sur les jours de leur vie emporte la conscience des peuples. Des courants obscurs balaient en tempête leur volonté et leur faculté d'examen et de choix. Les lames d'une mer déchaînée rejettent sur le rivage de petits individus médiocres qui deviennent de soi-disant dirigeants. Et toutes ces valeurs par lesquelles on jurait et pour lesquelles on avait combattu des années sont soudain oubliées. Et ces gens ont aussitôt recours à ces mesures tyranniques qui les faisaient gémir la veille encore. Ils vous parlent de socialisme, d'égalité, de justice, mais grattez un peu la surface et en chacun vous verrez apparaître un nationaliste chauvin, bilieux et jaloux, vous verrez ressortir le *kaïmakam** le plus arriéré de la province turque : police, mouchardages, fouilles, perquisitions, arrestations, prison, exil.

* Gouverneur d'une ville.

C'était cela, Tiflis?

Enfin, des hommes apparaissent; sans se presser, des boutiquiers pas très bien réveillés ouvrent leurs portes. Un morceau du ciel aussi s'ouvre; il s'ouvre, scintille un instant sur quelques fenêtres, puis disparaît aussitôt derrière les nuages. Il fait gris et froid. Où est donc ce *Verre de thé,* l'endroit où il doit retrouver ses amis?

Il marcha, se renseigna, finalement trouva *le Verre de thé,* qui était ouvert. Debout sur le seuil, il regarda, étonné. Quelques policiers entouraient des passants, les fouillaient. Un vieux monsieur à lunettes, bien vêtu, protestait avec véhémence. Un agent au visage crispé et aux grands bras s'approcha de lui, l'injuria en hurlant et le gifla. Les lunettes du vieux monsieur et son chapeau tombèrent par terre, et un peu de sang apparut sur sa joue.

La colère dévorait Hérian. Il pâlit et se mordit les lèvres en regardant les policiers embarquer le vieux en l'injuriant. Près de lui, un passant regardait lui aussi, l'air dégoûté.

— C'est de la sauvagerie, dit-il.

— Je ne comprends pas ce qu'ils veulent à ces gens-là, fit Hérian.

— Qu'est-ce qu'ils peuvent vouloir? Ils cherchent des prétextes pour mettre la main sur les maisons et les biens des gens. Ils décident que ce sont des ennemis, les expédient en province et en leur absence ils prennent tout ce qu'ils ont. C'est ce qu'ils appellent «géorgianiser» le pays.

Hérian entra dans le café. L'établissement était propre et arrangé avec goût. Des dames et des jeunes filles de bonne famille y servaient, visiblement pour consacrer ce qu'elles y gagnaient à quelque œuvre de bienfaisance. Les clients étaient peu nombreux. Mais pendant qu'il attendait le thé et les gâteaux qu'il avait commandés, les gens arrivèrent et occupèrent la plupart des tables. A croire que tout ce monde s'était donné rendez-vous au même moment. Il comprit d'ailleurs tout de suite que la plupart étaient des intellectuels et des artistes qui avaient fui la Russie. Cela se voyait aux visages et aux gestes. Des figures jaunes et maigres, des regards embarrassés, des fronts hauts, des cheveux longs en désordre, des voix faibles et des vêtements invraisemblables.

Ces personnages un peu comiques mais aussi un peu pitoyables discutaient avec animation. Tous se connaissaient. Il n'y avait que lui qui était seul à sa table, triste et déprimé. La scène à laquelle il avait assisté devant la porte l'obsédait.

— Mademoiselle, puis-je vous demander encore un verre de thé?

— Mais certainement, monsieur.

Elle avait une belle voix grave. Il trouva cela agréable et se calma un peu. L'endroit était d'ailleurs plaisant, et tenait plus du salon que du café. Ces gens déracinés, déchirés, qui avaient traversé des incendies, s'efforçaient de conserver les attitudes formelles de la vie, cette politesse un peu exagérée, ces baisemains, ces amabilités délicates que pratiquait la société d'avant la révolution. Cela lui rappela les charrettes de la guillotine et les belles manières de l'aristocratie française. Elles en étaient presque là, les serveuses du *Verre de thé*. On aurait cru qu'elles recevaient chez elles des gens qu'elles y avaient expressément priés. Elles glissaient d'un bout de la salle à l'autre, répandant leurs sourires et leur parfum, exhibant leurs dernières robes de soie décolletées sur des poitrines frémissantes et leurs mains blanches et soignées.

Instinctivement, il regarda les siennes et les cacha, puis aussitôt les ressortit et les posa sur la table. Pourquoi en avoir honte, de ces mains qui avaient travaillé ? Toutes ces dernières semaines, c'est avec ces mains-là, ces mains fortes et épaisses, qu'il avait nettoyé, graissé, fait briller les machines de son bateau, qu'il avait peint les passerelles, tout frotté, tout rendu impeccable. Pourquoi en avoir honte ?

— Hé là ! A quoi tu t'amuses avec tes poings sur la table ? Tu veux la bagarre ? Qu'est-ce qu'il y a ?

C'était Péronian.

— Mon Dieu ! On dirait que tu vas attaquer ces pauvres et charmantes créatures. Bon, bon, ça va, garde tes explications et fais plutôt connaissance avec mes amis : Haïk Chouchan, peintre ; Kara, poète futuriste ; Soultanian, critique littéraire. Enfin, comme tu vois, toutes les muses, quoi !

— Très heureux. Mais toi, bon à rien, je ne m'attendais pas à te voir ici ! Asseyez-vous, je vous en prie, asseyez-vous.

— Toi, je n'ai pas besoin de te présenter à mes amis, reprit Péronian quand tout le monde fut assis. Ils sont au courant, ils en parlent, de l'amiral du Sevan. Tu es célèbre, voilà.

— Mais bien sûr ! s'écria Kara. On a entendu dire beaucoup de bien de vous. Votre esprit futuriste, votre projet tellement audacieux dans les circonstances actuelles...

— Bon, ça va, ça va, ne le flatte pas trop, interrompit Péronian, c'est un modeste. Si tu continues, on risque de le voir filer. Mais dis donc, toi, qu'est-ce que tu fais ici ? On t'attendait à Erevan.

— C'est une longue histoire. Tout m'est tombé sur le dos, tout.

— C'est-à-dire ?

— Eh bien ! tout simplement toute une série d'obstacles et de difficultés. Tu sais que j'ai acheté le bateau et que je l'ai même installé sur les wagons?

— Oui, on en parlait à Erevan.

— A Erevan? Comment sont-ils au courant?

— Tout se sait.

— Et alors?

— Eh bien alors, c'est l'administration des chemins de fer qui a commencé à me mettre des bâtons dans les roues. Ils font tout pour empêcher le transport. Et c'est pour ça que je suis venu, pour faire des démarches, mais je suis déjà déçu.

Il raconta la scène de la rue et conclut:

— Je ne veux pas avoir affaire à ces gens-là.

Tout le monde garda le silence, puis finalement Haïk Chouchan prit la parole d'un air triste:

— C'est terrible de voir avec quelle facilité les gens renoncent à ce qu'il y avait de mieux dans leur tête. Ce qui hier encore était pour tout le monde un idéal lumineux et indiscutable est aujourd'hui rejeté dans les ténèbres. Un séisme, un bouleversement, une catastrophe, tout bascule et on plonge dans la barbarie, on retombe dans les instincts animaux, on a affaire à des chacals.

— Cela prouve seulement, rétorqua le dénommé Kara, apparemment toujours prêt à la contradiction, que ces anciennes valeurs dont tu parles ne satisfont pas les exigences de la vie réelle.

— Ce qui permet de tout justifier.

— Je ne justifie rien du tout, mais je n'ai pas non plus peur des changements. En se modifiant, la vie impose de nouvelles exigences. Il faut savoir changer, inventer, forger de nouvelles armes.

— Mais, mon cher, tu nous parles là de tout autre chose, fit Chouchan en regardant l'autre de derrière ses lunettes avec un sourire ironique.

Il ne pouvait pas supporter Kara. Qui était-ce, Kara? L'imitation d'une imitation. C'est en Europe qu'était né ce soi-disant mouvement littéraire, qui là-bas était probablement le résultat de certaines conditions locales. Et les artistes russes, qui sont de grands singes, avaient adopté les formes extérieures de ce mouvement, les avaient exagérées, en avaient fabriqué une défroque dans laquelle ils se drapaient comme des bouffons pour masquer leur vide spirituel et leur folie inquiète. Ils se teignaient le bout du nez, se couronnaient de carottes, se faisaient des médailles avec des feuilles de chou, ce qui heurtait le bourgeois et ravissait les filles hystériques. Kara ne jurait que par ce «mouvement»; il portait de longues blouses de couleur, un bonnet afghan, des bottes, et se prenait pour un apôtre des temps modernes. Mais les apôtres sont toujours un peu ridicules.

— Tu parles de tout autre chose, répéta Chouchan plus sérieusement. Ce que nous voyons et critiquons aujourd'hui n'est pas du tout une nouveauté, ce sont les grimaces de très anciens masques, des épouvantails sortis du fond des âges.

— Tu oublies qu'on est au milieu de la tempête. Quand la terre tremble, les hommes perdent la tête, et ils se précipitent où il ne faut pas et ils font ce qui paraîtrait absolument dérisoire en temps normal.

— Oui, ça c'est vrai.

Maintenant, la salle était bondée, enfumée, bruyante. Les nouveaux venus se serraient autour de tables déjà occupées et les serveuses avaient du mal à circuler.

— Curieux spectacle, fit Hérian. On voit bien qu'ils ont senti le souffle de la tempête. Des regards désorientés, des bouches tordues.

— Toute la Russie est passée au tamis. Les gros grains restent, les autres s'envolent au vent.

— Les réfugiés...

— Si on réfléchit bien, intervint Soultanian, la fuite est humiliante. On ne doit jamais abandonner son pays, même si on y risque sa vie. En fin de compte, le réfugié n'est plus qu'une moitié d'homme.

— Ils ont fui la famine, l'oppression, les privations.

— C'est bien ça : ils ont peur des privations. Mais regardez, ils ont déjà l'air de feuilles mortes poussées par le vent. Et puis il y a une chose que je ne comprends pas : si des millions de gens souffrent, pourquoi faudrait-il que les artistes, eux, soient à l'abri de la souffrance ?

— Tout à fait d'accord, approuva Kara, il faut avoir le courage d'accepter la réalité comme elle vient, aussi cruelle qu'elle soit, et la transformer en création artistique.

— Mais les réfugiés, intervint à nouveau Haïk Chouchan, c'est un spectacle fort intéressant. Je les observe depuis qu'ils sont arrivés et, vous savez, il n'y a pas parmi eux que des artistes et des poètes. Il y a de tout. Quand ils sont arrivés, ils étaient pitoyables, pauvres, maigres, abattus. Mais figurez-vous qu'ils n'ont pas perdu de temps. Il y en a beaucoup qui ont le front bas et têtu, et pas les yeux dans leur poche. Ils ont aussitôt étudié les conditions locales, ils ont reniflé l'atmosphère et ils sont passés à l'action. Beaucoup ont ouvert des boutiques. Ils achètent et vendent de tout. Ils changeaient des billets et achetaient de l'or, de l'argent, des pierres précieuses. Et puis bientôt on a vu les dames, beaucoup de dames aux grands noms ronflants, baronnes, comtesses, princesses, avec de grands airs et de charmants sourires, qui se sont mises à patronner les artistes et les écrivains...

— C'est de tradition.

— Exactement. Et sous ce prétexte, elles ont ouvert des clubs nocturnes où on vous reçoit à la fois avec les manières les plus raffinées, tous les honneurs et des sourires condescendants. Et là vous rencontrez les noms les plus célèbres, ceux qu'hier on trouvait cités dans les journaux de Pétersbourg et de Moscou. Elles vous offrent du thé, des gâteaux, des sucreries. Une de ces dames chante à mi-voix, on parle d'art.

— Et alors ? Qu'est-ce qu'il y a de mal à ça ?

— Rien. C'est très bien. Ce qui est moins bien, c'est qu'après, elles vous invitent à passer dans la salle de roulette qui fonctionne au bénéfice de leurs œuvres de bienfaisance. Bien entendu, vous n'osez pas refuser, alors vous allez perdre vos derniers kopecks et ensuite, honteux de ne pas avoir plus d'argent, vous vous sentez coupable et vous trouvez un prétexte pour filer.

— Heureusement, dit Péronian, il n'y a pas ce genre de séductions en Arménie. Nous sommes pauvres et avons au moins l'honneur d'être seuls avec nos drames. Là-bas, c'est la menace turque, la malaria, le typhus et la famine. Et les réfugiés qu'on y trouve ne sont pas des princesses. Je préfère ça. Un jour, de tous ces malheurs sortiront de nouvelles choses, belles, grandes et profondes, comme tout ce qui sort de la souffrance.

Il y eut un long silence, tous se sentaient un grand poids sur les épaules. En pensée, ils étaient retournés en Arménie. Enfin, Chouchan parla comme en sortant d'un rêve :

— Vous avez remarqué la grande fille, là-bas, celle qui nous a servis ? Elle est belle, hein ?

— Ça, oui, il n'y a pas de doute.

— Elle est d'une très bonne famille, elle est cultivée et elle a très bon goût.

— Je l'ai remarquée tout de suite en entrant, fit Hérian. Des traits classiques, une vraie statue grecque.

— Et pourtant... Non, il vaut mieux que je vous laisse vos illusions.

— Nos illusions ? Qu'est-ce que tu veux dire ? De la morale ?

— Non, non, il ne s'agit pas de ça. Mais ne regardez donc pas tous comme ça de son côté !

— Bon, bon, alors dis-nous ce que tu as à nous dire.

— Vous voyez qu'elle a toujours une serviette posée sur le bras gauche.

— Oui, en effet.

— Eh bien, la raison, c'est qu'elle a le bras gauche beaucoup plus court que l'autre et qu'elle le cache.

— C'est affreux.

— Est-ce que tu avais besoin de nous dire ça?

— Vous vouliez savoir, non? Moi, ce que je voulais dire, c'est que tout bonheur cache une plaie que les autres ne voient pas. On parlait de l'Arménie et de nos malheurs, et moi je me disais qu'à partir de la beauté estropiée on ne peut rien créer, mais que la vie estropiée, écrasée, abreuvée de souffrance, on peut en tirer des choses supérieures.

— Ça dépend, intervint Soultanian, si la souffrance physique dure trop, on arrive à l'insensibilité. La souffrance, c'est bien quand elle engendre la plénitude vitale, quand elle stimule des forces créatrices, des élans spirituels qui cherchent leurs moyens d'expression. Dante a dressé comme l'arc des ombres de son temps, il est l'écho d'une des périodes les plus cruelles de l'histoire de l'Italie. L'écho et le juge.

— Oui, approuva Chouchan, parce que sa forte cohésion spirituelle personnelle était indissolublement liée à la cohésion de sa race. Et c'est au nom des traditions supérieures de cette race qu'il s'érigeait en juge.

Kara bondit comme un diable hors de sa boîte :

— Les traditions, les traditions! Laissons tomber ces vieilles lunes, ces discours débiles et gâteux. Regardez donc autour de vous : la vie fonce, elle vole comme la balle sort du fusil, et vous, vous êtes en train de parler de traditions! Il est temps de comprendre que si on en est là aujourd'hui, ça vient de l'éducation que nous ont donnée des prêtres stupides et des maîtres d'école pas moins stupides. Toujours les mêmes discours : notre passé glorieux, nos vertus, notre bravoure, notre christianisme, saints Sahak et Mesrop qui ont inventé notre alphabet, l'illumination par saint Grégoire, la sagesse des aïeux, le figuier du village natal et le yaourt fait par la maman. Et, résultat? Le résultat vous le voyez : c'est notre impuissance à comprendre les événements épouvantables qui nous écrasent, ce siècle qui nous bouscule, l'histoire qui forge des formes nouvelles sans qu'on puisse en saisir le sens. Et pourquoi le cacher? nos écrivains sont plus responsables que n'importe qui de cette incompréhension.

— Tu t'excites encore, Kara, intervint Soultanian. Bien sûr, tu as en partie raison de critiquer ceux qui nous ont formés, et je crois que là-dessus on sera tous d'accord. Parler de traditions comme ces messieurs en ont parlé, c'est un signe de sommeil mental, de lenteur cérébrale, de médiocrité, de cuistrerie facile et de tout ce que vous voudrez.

— Exactement.

— Ces gens-là étaient de petits hommes, pas toujours sincères d'ailleurs, qui s'efforçaient de cacher leur médiocrité derrière des formules creuses répétées de siècle en siècle. Ces idées ont incontestablement joué leur rôle indispensable en leur temps, elles ont construit des choses dont le souvenir s'est perdu, mais elles ne signifient plus rien et ne trouvent plus aucun écho dans les esprits. C'est clair comme le jour.

— Parfaitement vrai.

— C'est comme ça. Mais il y a aussi quelque chose de très important qu'il ne faut pas oublier, c'est que dans la vie des peuples, le progrès et de l'histoire et de l'esprit n'est rien d'autre qu'un retour de plus vers la vérité de la race, vers ce génie originel faible et simple d'où sont sorties ses principales vertus et sur lesquelles s'est fondée sa volonté d'exister, ces forces primordiales et pures qui ont nourri et justifié son existence. Si on accepte ce point de vue, toute véritable révolution est un retour en arrière, un retour non pas vers ce qu'on nomme de manière impropre la tradition, mais vers ce qui constitue la nature spirituelle et la stimulation de son origine.

— Le dépouillement originel.

— Je ne sais pas si je me fais comprendre, mais la vraie mutation se produit quand la race retrouve ses yeux éclairés d'innocence, des yeux capables de voir l'indispensable à la lumière de l'éternité, et de cet indispensable sortent les vraies valeurs. La réalité est transitoire, c'est la synthèse du passé et du présent. Elle est l'unité suprême de la vie, avec laquelle nous recommençons à cultiver, comme le semeur, de son geste large, recommence à cultiver son champ.

Ce genre de propos rappelait à Hérian ce Mark qu'il avait rencontré en Arménie. S'il avait été là, il aurait sûrement eu son mot à dire.

— Vous savez, là-bas, j'ai...

Il ne put pas continuer. Tous les regards s'étaient tournés vers une table voisine : un petit jeune homme aux yeux de grenouille, qui faisait tourner ses bras comme des ailes de moulin, récitait quelque chose à haute voix dans une langue incompréhensible. La bouche tordue, il miaulait comme un chat, susurrait, rugissait, piaillait tel un oiseau perdu dans un champ de tournesol, caquetait comme une poule, beuglait, râlait, hurlait.

Une violente inspiration l'animait. Il crispait les mains sur sa poitrine, roulait les yeux, se tordait, allongeait les lèvres comme si elles avaient été en catoutchouc, sifflait, rugissait pour exprimer on ne savait quelle émotion profonde, quelle tristesse.

— Qu'est-ce qui se passe, fit Hérian, ça ne va pas, il est malade ?

— Non, répondit sérieusement Kara, c'est tout simplement un poète du groupe des « Quarante Degrés ». Ce garçon est un ami à moi et il a eu le génie d'inventer une langue vocale internationale. Il est en train de dire un poème qui s'appelle « Plainte d'une mère sur la tombe de son enfant ». C'est très beau et très touchant. Il faut dire que ça représente une véritable révolution dans les formes et les modes d'expression.

— Tu te rends compte ? s'exclama Chouchan en s'adressant à Soultanian, c'est exactement le retour que tu prêchais il y a une minute.

— Oui, vers l'âge des cavernes. Cela ne prouve qu'une chose, c'est que toute vérité peut aboutir à la stupidité. Moi, je parlais de l'âme d'un peuple, d'une race, de son génie originel, je ne parlais pas de marcher à quatre pattes.

— Bon, fit Péronian, on ne va pas remettre ça. Le temps passe, on a mille choses à faire, et puis il faut bien manger quelque chose, non ? Allez, on y va.

Dans la rue, Hérian prit Péronian par le bras, laissa les autres les distancer et se mit à le questionner.

— Et d'abord, dis-moi, pourquoi es-tu revenu à Tiflis ?

— Quelle question ? Tu le sais bien, non ? Cette fois, non seulement il n'y a pas de papier, mais encore on manque d'encre, noire et de couleur.

— Je vois. Et comment est la situation là-bas ?

— Mauvaise. Après ton départ, ça s'est encore compliqué. L'incident avec les Géorgiens à peine terminé, il y a eu les histoires à propos du Karabagh. Ils ne veulent pas nous laisser tranquilles, il n'y a rien à faire. Maintenant, on est sûr que les Turcs sont décidés à nous affaiblir par tous les moyens, à nous disloquer, à nous mettre dans l'impossibilité de nous défendre. C'est pour ça qu'on n'a pas un instant de tranquillité : les incidents de frontière se multiplient. Ajoute à ça un froid terrible et le fait que nos soldats manquent d'armes, de vêtements et de bottes.

— Bon. Et les Alliés ?

— Imagine-toi que non seulement ils ne nous aident pas, mais qu'en plus ils donnent du ravitaillement, des armes et des munitions aux Turcs. Un jour, l'Histoire ne cachera plus qu'ils se conduisent comme des bandits. Le problème, c'est qu'aussi bien en Amérique qu'en Europe, l'opinion publique est fatiguée de la guerre et qu'elle s'endort, et puis, les vieux carnassiers politiques sont rentrés en scène ; il n'y a plus de conscience, plus d'honneur, rien que du matérialisme et de la cupidité. Les Alliés ont oublié les idéaux pour lesquels ils se sont prétendument battus, et après la victoire, ils ont recommencé leur concurrence, leurs complots et leurs trahisons. Ils flattent les ennemis d'hier et les arment pour abattre leurs prétendus amis. Et nous, nous ne sommes qu'un petit peuple exsangue, un pays qui n'a ni pétrole ni or. Alors, après nous avoir trompés, ils nous sacrifient. Il ne nous reste qu'à résister et à nous battre, il n'y a pas d'autre issue.

— Bon, mais à part ça, quelles nouvelles ? fit Hérian d'une voix hésitante. Les amis, les connaissances ?

— Je vois où tu veux en venir, répondit Péronian avec un sourire. Je ne la vois pas beaucoup. Mais elle doit t'écrire, non ?

— Oui, ça arrive. Il y a deux mois, elle insistait pour que je revienne, ne serait-ce que pour deux jours, mais c'était impossible. A ce moment-là, j'étais dans mes affaires jusqu'au cou. Après, elle a encore écrit une ou deux fois, mais je ne sais pas, j'ai l'impression qu'il y a quelque chose de changé. Ce n'est plus comme avant.

— Si je ne me trompe pas, il me semble qu'ils ont loué la chambre que tu occupais à quelqu'un d'autre.

— A quelqu'un d'autre ? fit-il en pâlissant. A qui ?

— Je ne le connais pas personnellement, répondit Péronian. Je crois que c'est un étudiant. Il aide Zvarthe à préparer son examen. Parfois, je les vois ensemble. Mais il faut dire aussi, ajouta-t-il en détachant bien les mots, que chaque fois que je la vois, elle demande de tes nouvelles, et je me rappelle qu'elle était ravie quand je lui ai dit où en était ton histoire de bateau.

A cette heure-là, la perspective était pleine d'une foule bigarrée. On se promenait sans but et sans souci, pour le plaisir de frôler les autres. Partout, des groupes de jeunes faisaient entendre leurs exclamations et les éclats de rire des filles. Le mouvement des promeneurs se poursuivait interminablement dans les deux sens. On remarquait des intellectuels aux coiffures et aux tenues impossibles, des provinciaux et des montagnards en tcherkesska, la ceinture serrée au maximum, la poitrine bombée, qui marchaient comme en dansant, des femmes à la graisse tremblotante et des hommes qui avaient l'air d'avoir avalé un parapluie.

Le fleuve humain s'écoulait jusqu'à l'hôtel de ville, s'élargissait sur la place, se resserrait pour se diriger vers l'ancien palais du vice-roi avant de refluer en sens inverse. Cette espèce de cérémonie où on ruminait du vide durait quelques heures. Vers trois heures, chacun rentrait chez soi, mangeait quelque chose, soupirait, bâillait, somnolait en attendant la soirée. Et puis, le soir venu, on pouvait ressortir en prenant l'air de gens qui se détendent après le travail et se remettre à faire l'aller et retour entre le palais du vice-roi et l'hôtel de ville.

— Je ne peux pas supporter cette atmosphère, dit Hérian, avec tous ces gens qui n'ont pas changé alors que le monde est sens dessus dessous.

— Qu'est-ce que tu veux, ils se promènent et ils attendent.

— Ils attendent quoi ?

— Rien, ils attendent, comme ça. Ils savent que tout est provisoire, qu'il y a des ombres cachées derrière les portes et quelqu'un, là-bas, qui approche avec des grosses bottes à clous.

— Peut-être, mais quand tu regardes leurs têtes, ils n'ont pas l'air de s'en faire.

— Ils ont toujours été comme ça. Ils n'ont pas travaillé, n'ont pas souffert, et il y a longtemps qu'ils sont à l'abri des atrocités. Ils ont vécu du travail des autres et demain, ils vivront encore aux crochets de celui qui se présentera chez eux. Voilà du réalisme !

— Tandis que chez nous... Nous, les hommes de l'Ararat, sortis d'un nouveau déluge, nous devons dire non au passé et construire et reconstruire. Oui, il a raison : nous devons retrouver la candeur de nos yeux d'enfants et voir le monde comme si on le découvrait pour la première fois.

— Alors, il faut oublier trente siècles d'histoire ?

— Je ne dis pas qu'il faut renier, mais oublier, oui sûrement. Et surtout ne pas regarder en arrière, mais créer une sorte de nouvelle navigation spirituelle. Il faut désirer et oser.

— Va donc parler de ça aux hommes politiques !

— C'est bien le problème. Ce ne sont que des marchands de possibilités, des usuriers exploiteurs d'événements.

— Tu sais bien qu'ils ont des responsabilités écrasantes.

— Je ne dis pas le contraire, mais je sais une chose, c'est que ce sont de petits bonshommes sans envergure et que c'est à cause d'eux que le monde est devenu invivable.

— Mais qu'est-ce que vous fabriquez, vous n'avez pas faim ? Allez, marchez un peu plus vite !

Hérian et Péronian hâtèrent le pas et rattrapèrent les autres.

Ils descendirent l'escalier qui menait à un restaurant en sous-sol. Le patron, un gros type à la forte moustache, vint à leur rencontre, leur montra les poissons et les autres plats alignés sur une grande table, prit leur commande et les fit entrer à l'intérieur où plusieurs petites salles se faisaient suite sous des voûtes massives. Les fenêtres, qui donnaient sur le trottoir, laissaient entrer plus de bruit que de lumière. Un pinceau naïf avait orné les murs d'invraisemblables paysages et des portraits des grands écrivains arméniens, géorgiens et russes. Le tout distillait une forte odeur d'oignon et de poisson frit. Tout était simple et primitif : assiettes de faïence grossière, nourritures nageant dans la graisse, vins noirs et épais, forts alcools de prune et de raisin. C'était le Tiflis typique et populaire. Mais comme toujours, l'endroit était plein d'artistes et de comédiens, têtes de derviches et d'apôtres ratés, avec des fronts bombés, des joues ravinées, de petites barbes en pointe et des yeux ronds d'un noir d'ébène. Tout ce monde mangeait de grand appétit. A les voir, pensait Hérian, on croirait des saints, sauf quand ils se mettent à manger : de vrais porcs. L'homme est un animal, et celui qui mange le plus noblement est encore notre paysan : il prend dans du *lavache* * un morceau de fromage de Daralaguiaz, c'est simple et fondamental comme un champ et une charrue.

Au fond de la salle, autour d'une table ronde, siégeait un groupe de bruyants dîneurs aux visages éteints, aux bouches déjetées et aux yeux que l'alcool faisait papilloter : c'étaient des comédiens arméniens. Quand il vit Péronian, l'un d'entre eux se leva avec de lents et amples mouvements athlétiques, et, l'œil toujours voilé par les brumes de l'alcool, s'approcha de lui, l'embrassa et s'écria :

— Messieurs, je vous présente la fortune ambulante de la République d'Arménie. Et jadis, lorsque, dans un palais vénitien, j'étais Othello, il me servait de doge. Et maintenant, las ! il est le maître supposé d'une fortune imaginaire, des milliards imprimés sur du papier !

Tout le restaurant se mit à rire.

— Tu es soûl, Tigrane, fit sèchement Péronian, tu ne sais pas ce que tu dis. Retourne donc à ta place et laisse-moi tranquille. Je suis avec des amis.

— Je m'en vais, je m'en vais, fit l'autre.

Et il regagna sa place en ricanant dans sa barbe. Sa plaisanterie déplacée avait choqué tous les amis de Péronian. Celui-ci resta silencieux un moment, la tête basse, puis il laissa éclater sa colère :

— Voilà des gens qui ne se contentent pas de continuer à boire leur vin tous les jours à l'abri et bien au chaud en pleine période de périls et de misère, il faut en plus qu'ils se moquent de ceux qui font ce qu'ils peuvent.

— C'est scandaleux, approuva Hérian.

* Galette souple qui sert de pain.

— Il n'y a rien de s-scandaleux là-là-dedans, bégaya un convive de la table voisine. On ne peut pas ex-exiger que les gens aillent à Erevan cou-coucher dans les rues. Les maisons sont bondées et on-on ne peut pas trouver une ch-chambre, et je ne parle pas des maladies et de la fa-famine. Le gouvernement n'avait qu'à pen-penser aux artistes.

Celui qui avait parlé était un petit rat de théâtre sans talent qui s'était produit sur quelques scènes de province et qui portait fièrement un nom de général grec.

Péronian ne répondit rien, mais un autre approuva le bègue :

— C'est vrai, il a raison.

— Ils avaient un petit théâtre, renchérit d'une voix aiguë un troisième compère à la tête ronde comme une boule, et ils l'ont pris pour y installer le Parlement. Dans ces conditions, je ne vois pas pourquoi les comédiens iraient là-bas. Si encore c'était à l'époque des vendanges, ça irait, mais par le froid qu'il fait en ce moment, en plein hiver...

Hérian essaya de se contenir, mais, finalement, il ne put maîtriser sa colère :

— Oui, c'est ça, vous ferez bien de rester où vous êtes. C'est vrai, il n'y a pas de place en Arménie pour les parasites.

Ce fut un beau concert autour des tables. Tout le monde parlait à la fois.

— Quoi ? Comment ? Qu'est-ce qu'il dit ? Parasites, nous ?

— Je ne permettrai pas qu'un monsieur quelconque vienne insulter des hommes qui ont consacré toute leur vie à l'art national !

— Nous-nous aussi, on a des enfants...

— Comment peut-on parler de théâtre quand les gens meurent de faim et de froid dans les rues ?

— Ce n'est pas le moment de jouer la comédie, c'est le moment de se battre et de faire la guerre. Quand on est sain et normal, on peut toujours faire son devoir.

Cela continua un bon moment.

— En Russie, dit Hérian en s'adressant à ses compagnons, ils ont fusillé de soi-disant intellectuels. Je ne dis pas qu'ils ont bien fait, mais j'espère que demain, quand tout sera remis en ordre, on interdira à ces gens-là d'entrer en Arménie. Quelle mentalité répugnante ! Ça critique, ça exige, ça se permet de mépriser...

— Je regrette d'être venu ici, soupira Péronian. C'est un bourbier, un marécage.

Le repas était terminé, la plupart des clients partis, mais le petit groupe était toujours là, pensif et silencieux.

— A Tiflis, qui est pourtant si près de chez nous, dit enfin Hérian, on a une mentalité d'émigration. Moi, il y a une chose que j'ai observée au cours de mes voyages, c'est que l'Arménien change quand il quitte ses montagnes : il devient terne, sa morale se dissipe, on dirait qu'il rétrécit, qu'il se vide d'une sorte de mystère, de secret. Il faudra un jour tracer des frontières nettes, qui nous distinguent. Il vaut mieux être peu nombreux, ça n'a pas d'importance, et être vraiment, intégralement nous-mêmes. Que les autres aillent s'assimiler où ils veulent, et qu'ils ne disent plus qu'ils sont arméniens.

— Tout ça n'est pas si simple, enchaîna Péronian comme en pensant tout haut. C'est la vie qui se chargera de tout régler. Bien sûr, nous, pour notre gouverne, nous devons prendre conscience de ces questions-là et, comme tu dis, tracer des frontières qui distinguent les véritables Arméniens de ces espèces de Levantins dégénérés avec lesquels nous n'avons de commun que la langue. Mais il ne faut pas oublier que si demain on arrive à créer un État stable, ils nous envahiront et ils seront les premiers à faire du bruit et à exiger ceci et cela.

— Ça ne fait rien, qu'ils viennent, l'air du pays les nettoiera, affirma Chouchan.

— Tu crois ?

— C'est bien compliqué, dit Soultanian. Comme toutes les autres, la race arménienne est très composite. Il s'en est passé des choses, au cours des siècles, il en est passé, des peuples qui, évidemment, ont aussi laissé des traces dans notre sang. Il s'est créé une sorte de chaos : les héritages, les ombres d'un lointain passé, les races, les peuples, tout ça nage dans un vaste mystère.

— Oui, approuva Péronian, et il y a de la diversité parmi nous, même physiquement. Prenez les différentes provinces, sans même parler de Constantinople, de Smyrne et autres lieux lointains.

— Ce n'est pas ça qui compte, coupa Soultanian, parce que en fin de compte, ce qui caractérise une race et surtout une nation, ce ne sont pas les éléments physiques mais une certaine mentalité. Il n'y a pas de race pure, on le sait, mais il y a des mentalités dominantes et bien marquées, des entités psychologiques affirmées. Il y a eu des périodes privilégiées où la force spirituelle intérieure a atteint chez les Arméniens sa plénitude, une sorte de synthèse d'or, sa lumière, et cela à un point tel que par la religion, l'architecture, la culture en général, cette lumière a pu rayonner à l'étranger.

— Pas besoin d'aller plus loin que là où nous sommes en ce moment, en Géorgie, pour s'en convaincre.

— Oui, fit Soultanian.

Il posa les mains sur la table, inclina la tête de côté et resta silencieux. Visiblement, il y avait en lui comme un conflit. Les questions évoquées le tourmentaient depuis longtemps, comme elles tourmentaient tous les Arméniens assez fiers et conscients pour refuser de s'adapter aux circonstances. Ils regardaient honnêtement en eux-mêmes, examinaient la réalité avec rigueur, refusaient de s'incliner passivement devant l'événement et soumettaient tout à une analyse sans complaisance. Il s'agissait de rejeter les défauts collectifs nationaux et de retrouver cette lumière inextinguible, génie originel de la race, cette lumière qu'une nuit épaisse avait fini par voiler.

— Oui, reprit Soultanian, ce n'est pas simple, c'est même si peu simple qu'on reste interdit. Souvent, après avoir beaucoup réfléchi, on a l'impression qu'on a enfin trouvé une base solide, ou plutôt la clé irrésistible qui ouvrira toutes les portes, qui vous illuminera, qui par des voies étroites et cachées vous mènera au cœur des choses. Et puis là-dessus vous faites une bonne nuit, et quand vous vous réveillez et que l'idée se retrouve à l'épreuve de la vie, vous voyez tout d'un coup que ce n'est pas du tout ce que vous croyiez, qu'il y a devant vous des forces dont on n'a pas tenu compte, d'autres facteurs, des courants souterrains. Alors, on s'affaisse, on se désole. Le problème, c'est qu'on prend l'individu pour une entité exceptionnelle et qu'on lui impose des exigences, tout ça en oubliant l'homme du quotidien, celui qui est numéro, quantité, majorité, et qui n'est rien d'autre qu'une fraction. Oui, l'homme du quotidien est un morceau, un fragment, un être décentré. Il n'est en aucune façon cette individualité complète et totale qui se suffirait à elle-même, se dirigerait seule et serait en mesure de créer et d'établir ses liens propres avec l'univers, l'amour et la mort. Et, qu'il le veuille ou non, le fragment doit s'intégrer au collectif, église, nationalité, pays, parti.

— Et puis il y a la langue.

— Oui, il y a la langue. Mais quand il n'y a plus de force centralisatrice ou quand cette force est déficiente, qu'elle manque de puissance de renouvellement, de création et d'attraction, avec le temps, les fragments rejetés hors du pays s'amenuisent, s'altèrent et finissent par se pulvériser. Les éléments centrifuges changent tout, ils altèrent la langue, la religion, la nationalité, la notion de patrie. La réalité se dissimule sous le voile de termes vides et creux, il se crée des images conditionnelles, il n'y a plus ni cette capacité de développement ni cette ferveur naturelle qui fait monter la sève. Et il se produit même quelque chose de plus : ce n'est plus la force centripète qui gouverne les particules, mais ce sont les particules qui adaptent à leurs conditions immédiates et locales les idéaux fondamentaux de cette force, qui la modifient, la font dévier de son parcours naturel, s'opposent au mystère vital. Voilà le vrai drame.

— Et c'est là que se créent les communautés de l'émigration.

— Oui, alors la nation cesse d'exister, elle est remplacée par quelque chose qui ressemble vaguement à une nationalité. La langue se divise en dialectes, le style se perd, les mots restent, mais sans leur sens et sans leur contenu.

— Ils écrivent avec des mots qui sont des cadavres, ajouta Haïk Chouchan, c'est comme ça qu'on fabrique des langues sans vie et sans spontanéité.

— C'est artificiel et c'est trompeur. La grandeur d'un Khatchatour Abovian* est précisément là, c'est qu'en rentrant d'Allemagne, il a renoncé à tout cet immense acquis culturel, à ces subtilités intellectuelles et, tout dépouillé, il s'est approché du peuple et lui a parlé dans sa langue avec des mots durs et brutaux. Là, pas de détours, pas de faux-semblants, aucun ornement superflu. Et il a écrit des choses merveilleuses. Sur son champ, le pauvre paysan ne plante pas des rosiers, il sème du blé. Nos moines mekhitaristes de Venise, nos messieurs de Constantinople et autres lieux n'avaient pas de champ où semer, alors ils nous fabriquaient des roses artificielles, avec de belles couleurs, mais en papier. Le résultat de tout ça, c'est que les fondations, les bases ont disparu. Au lieu d'une mentalité dominante — et comme on l'a dit, la race est une mentalité —, il s'est créé toute une série de mentalités, et c'est ainsi que s'est voilée la lumière centrale qui éclairait le secret de l'existence du peuple arménien, qui fondait sa nécessité universelle.

— Bon, fit Hérian, mais en attendant, buvons.

Il fit apporter une bouteille et sentit la nécessité de manifester son enthousiasme :

— Bravo, Soultanian ! A la tienne !

Soultanian but et resta un instant silencieux, comme pour écouter en lui des voix mélancoliques et contradictoires.

— On a parfois peur de penser, reprit-il, on a peur de transformer en paroles les vagues sourdes qu'on sent en soi. Voilà des événements épouvantables, une période sismique de l'histoire des hommes, avec des forces nouvelles formidables, des masses qui se lèvent, les frontières bouleversées, des exigences et des appétits nouveaux. Le monde est en pleine tempête et les nuages s'amoncellent à l'horizon : ils annoncent des tempêtes encore plus redoutables. Et pour passer ces

* 1805-1848. Auteur des *Plaies de l'Arménie*, écrit en arménien moderne, innovation qui fit de lui le créateur de la littérature contemporaine.

tempêtes, pour les passer et résister, on a besoin de toutes nos forces. Et on ne peut pas résister sans une force spirituelle solide et dominante. Qu'on le veuille ou non, le sang arménien qui coule n'a pas de sens s'il n'a pas un certain éclat. La mort librement consentie pour une idée supérieure, c'est une sorte d'illumination, sinon ce n'est que du vide et du désespoir.

— Tu ne peux pas dire, fit Péronian, qu'on ne s'est pas battus. Les bataillons de volontaires ont été héroïques, la résistance populaire et l'armée aussi. Voilà quatre ans qu'on se bat et ce n'est pas fini.

— Il n'est pas question d'oublier ça. Mais je dis que le monde est bouleversé, l'espèce humaine a perdu son équilibre, des forces nouvelles ont surgi pour domestiquer les nouvelles possibilités de la vie, les sociétés craquent sur des bases qu'on croyait solides, les États se transforment, les races et les peuples changent de dispositions et d'organisations. Mais pour nous, le bouleversement n'est pas une nouveauté; pour nous, l'histoire a toujours été grandiose et redoutable, la vie a toujours été dangereuse. Et si nous n'avons pas disparu, c'est parce qu'aux heures de danger, nous avons retrouvé notre authenticité, notre unité, notre génie originel. Et les peuples qui n'ont aucun génie originel puissant, qui n'ont rien à dire et rien à donner, qui ne tiennent aucune torche pour éclairer le chaos général, ceux-là sont appelés à disparaître.

— Bon, mais vous ne buvez pas! protesta Hérian.

— Mais si, mais si, on boit.

— Tu parles! Vos verres sont pleins!

— A la tienne.

Dans une pièce voisine, un groupe de buveurs s'attardait autour d'une table. L'un deux chantait à mi-voix quelque chose de triste.

— Il chante le *Baïathi,* dit Péronian.

— Le quoi?

— Le *Baïathi*. C'est un air persan.

Tout le monde écouta.

— On t'a interrompu, dit Haïk Chouchan à Soultanian.

— Non. J'ai dit ce que j'avais à dire.

— Le problème, fit Kara, c'est que cette unité dont tu parles, comment veux-tu la réaliser? Nous sommes formés d'éléments très divers. Compare deux Arméniens, l'un de Constantinople et l'autre du Karabagh. Même la langue n'est pas la même.

— Autant comparer un canari et un faucon.

— Ce n'est pas une objection sérieuse. Ce genre de différence, vous la trouverez chez tous les peuples, entre le Sicilien et le Vénitien, entre le Biélorusse et l'Ukrainien.

— Évidemment. Et en plus, ça fait la richesse d'un peuple, ces différences de types et de langages. *David de Sassoun** est chanté dans toutes les provinces, dans tous les dialectes, avec des particularités locales.

— Enfin on ne chante tout de même pas *David de Sassoun* en arménien de Constantinople !

— Qu'est-ce que vous voulez, ces gens-là vivent là-bas depuis des siècles. Du temps de Byzance, ils ont même gouverné l'Empire, et pourtant ils n'ont pas construit une seule église en style arménien.

— C'est très significatif.

— Les Polsétsis ne sont qu'une colonie.

— A Lvov, en Pologne, les Arméniens n'étaient aussi qu'une colonie.

— Ce n'est pas la question, dit Soultanian, laissons Constantinople. L'épopée nationale a été chantée dans les provinces dans divers dialectes, mais partout avec la même inspiration et les mêmes motifs principaux. Ce n'est pas ça qui importe, ce qui importe, c'est que les héros du poème ont fait partout retentir dans l'âme de la race un appel à la vie, à la lutte et à la création d'un monde meilleur et plus juste. Et là, l'âme est partout la même.

— Je crois même que c'est *David de Sassoun* qui délimite le domaine spirituel du peuple arménien : là où on le chante, c'est l'Arménie ; et là où on ne le chante pas, ce sont les colonies extérieures.

— Les types fondamentaux sont restés, reprit Soultanian. D'abord les Arméniens venus de Thrace, qui ont traversé l'Asie Mineure en bouleversant tout. Guerriers intrépides et dominateurs, avec des dieux joyeux, ivres de visions multiples, nourris de vie et de sang. Ils lançaient des flèches, taillaient la pierre, déplaçaient les rochers, dansaient sur la corde raide, s'enthousiasmaient pour des célébrations mystérieuses. Ils étaient vifs et rapides comme le vent, ils avaient le culte des héros, du feu, du soleil et des montagnes. Et ils étaient semblables au feu et aux montagnes.

— Leurs traces, interrompit Péronian, on peut les voir aujourd'hui encore à Tikor et à Bagaran. C'est vrai qu'ils ont fait un vrai travail de cyclopes.

— Oui. Et puis il y a les autres, qu'on peut appeler si on veut ceux du type ourartéen. Ceux-là étaient scribes, comptables, commerçants,

* Épopée nationale.

voyageurs, parfois aussi artistes ou écrivains. Eux se sont occupés des échanges de marchandises, ils ont recherché les nouveautés, ils ont imité l'étranger, ils ont conservé et embelli les temples et les églises.

— Et c'étaient de bons diplomates. Ils aimaient la paix, la richesse et la bienfaisance. Des hommes sans élan, sans esprit de sacrifice, sans héroïsme, sans audace, tremblant devant des divinités qu'ils priaient à genoux, serviles et rusés. Une race de marchands de tapis.

— Le malheur, c'est que quand le pays est devenu le pays des périls, ce sont ceux-là qui se sont sauvés et se sont répandus partout.

— Et aujourd'hui, c'est d'après eux que les étrangers nous jugent.

— Et tu peux toujours essayer de faire comprendre aux étrangers que ces gens-là ne forment qu'une petite partie de notre peuple, que le vrai peuple arménien est toujours resté sur ses terres, dans ses montagnes, qu'il s'y est battu et qu'il y a créé.

Dans la salle voisine, les buveurs chantaient en frappant doucement des doigts sur la table. Ils regardaient évoluer un vieux type barbu aux larges épaules qui dansait, les pans de la tcherkesska passés dans la ceinture :

Tam li ti beul
Beul li ti tam
Ti beul li tam... Tam-ta-beutam

— Qu'est-ce qu'on disait ?

— Les marchands de tapis.

— Ah oui, reprit Soultanian, on parlait de génie originel, mais quel est ce génie originel ? Le passé est incontestablement fait d'une série de mystères et c'est difficile de tous les pénétrer. Nos historiens chrétiens ont tout altéré et même falsifié pour imposer une conception biblique du monde qui nous était étrangère.

— Un crime !

Kara se lança dans une furieuse tirade anticléricale. Soultanian l'écouta patiemment puis reprit :

— Laissons ça, pour l'instant ce n'est pas ce qui importe. Quand on considère notre passé, il y a une chose qui s'impose, ce sont les efforts surhumains que les Arméniens ont faits pendant plus de trente siècles pour créer une grande culture, et ces efforts, ils n'ont jamais pu les faire aboutir complètement. Les Assyriens, les Romains, les Byzantins, les Mongols, les Perses, les Arabes et les Turcs sont venus démolir ce qui avait été créé, ils nous ont pillés, volés, ils ont emporté ce qu'on avait fait de mieux et se le sont approprié.

— L'asservissement politique des soi-disant savants étrangers est arrivé à un tel point, intervint Haïk Chouchan, qu'en Turquie, c'est-à-dire dans les provinces arméniennes, quand ils font des fouilles, ils ont peur de mettre le nom de l'Arménie sur les cartes de leurs comptes rendus.

Tout le monde se mit à parler à la fois. Chacun citait avec fureur des exemples de malhonnêtetés du même genre.

Dans la salle voisine, on ne dansait plus et on ne chantait plus. Le barbu en tcherkesska, assis en bout de table, marmonnait quelque chose, les yeux pleins de larmes. Et les autres l'écoutaient tristement. Il tendait en avant ses mains grandes ouvertes, dodelinait de la tête en racontant son histoire. Quand il lui arrivait de s'interrompre un instant, tous les autres en profitaient pour boire. Et lui se remettait à parler, et eux se remettaient à boire.

— Quand ta maison s'écroule, dit Péronian après un instant de silence, les voisins viendront te prendre jusqu'à la dernière pierre.

— Dans nos provinces qu'ils occupent, dit Chouchan, les kémalistes tirent au canon sur nos anciennes églises pour éliminer jusqu'aux dernières traces de notre civilisation.

— Et vous verrez que demain, pour tout le monde, Kemal ce sera le grand homme, le sauveur!

— Ainsi vont les choses de ce monde. Les honorables Américains, pionniers du capitalisme, couvriront d'éloges les bêtes sauvages les plus sanguinaires.

— Péronian a raison, coupa Soultanian, les nations qui s'appauvrissent et perdent leur importance historique, on les dédaigne et on les pille. Si un jour on se redresse, le nombre de nos amis augmentera aussitôt. Et puis les grandes cultures sont généralement le fait de petits peuples.

— De petits peuples élus.

— Si tu veux. En tout cas ç'a été comme ça dans l'Antiquité et même bien plus tard. Athènes, Florence. La culture, ce n'est pas la richesse, la civilisation, des structures sociales renouvelées ou la puissance politique, la culture c'est une espèce de flambeau qui illumine et enrichit la vie. Maintenant, si vous étudiez bien notre histoire, vous constaterez que dès le début, dès les temps légendaires, nous poursuivons le flambeau, Ara le Beau*...

Kara l'interrompit:

— Le flambeau-souverain, le soleil-roi,
A tiré le glaive contre les ténèbres,
Contre les ailes de la nuit,

* Roi légendaire qui aurait repoussé l'amour de Sémiramis et péri en combattant ses armées.

Et repoussé l'amour de Sémiramis...

Après avoir déclamé ces vers — ils étaient de lui — Kara regarda Soultanian en face.

— Oui, c'est ça, fit celui-ci. Il est significatif que notre histoire commence avec cette légende dorée. On dirait que l'histoire nous dit : prenez cette lumière et avancez. Et nous avons avancé sur les chemins difficiles, et chaque fois que la lumière s'est éteinte, nous avons traîné dans les ténèbres. La légende d'Ara et Sémiramis illustre le combat de deux principes : d'un côté Ara, fort et souple comme un léopard, esprit lumineux, souverain de la lumière absolue, volonté tissée de rayons inextinguibles, idéaliste audacieux, créateur de symboles, le roi qui faisait du bonheur avec le sang et la souffrance, grand prêtre révélateur du sens de l'univers ; de l'autre côté Sémiramis, la fièvre des déserts assyro-babyloniens, la féminité, l'hystérie, la libido, colombe et serpent, or et crime, temple du culte lunaire.

— Tu oublies, remarqua Chouchan, que c'est elle qui l'a emporté.

— Il faut que ce soit comme ça. Suivant les lois de la tragédie, le héros doit être sacrifié, couronné par la mort pour pouvoir renaître. Le soleil se couche pour pouvoir se lever.

— Un peu romantique, remarqua Péronian.

— Pour nous peut-être, rétorqua Soultanian, mais pas pour notre peuple, qui ne s'est jamais éloigné de ce principe solaire. Et puis n'oubliez pas que le zoroastrisme est né dans une province arménienne, le Karabagh, et que nous, avec les Parthes et les Perses, nous avons pratiqué son culte pendant des siècles, et que quand on nous a imposé le christianisme, nous l'avons aménagé en culte d'Ara. Pour le peuple arménien, le Christ c'est le soleil, le Christ c'est Ara ressuscité, c'est la lumière, le feu. Le paysan garde dans son foyer un feu qui ne s'éteint jamais, jure par le soleil, adore la lumière. Par les sacrifices, il commémore la mort d'Ara, le coucher du soleil, et il prie, le visage tourné vers le soleil levant.

— C'est vrai, approuva Péronian, on retrouve ça dans les expressions populaires : « Mon soleil », « Par ton soleil ! », « Que ton foyer ne s'éteigne pas ! ».

— Et il y a aussi, rappela Kara, l'expression « homme-dieu ».

— Chez nous, la divinité n'est pas une force extérieure dominatrice, impitoyable et irrésistible, mais une puissance semblable à la lumière toujours renaissante par l'intervention humaine et toujours créatrice. L'homme lui-même est appelé à devenir lumière et rayon, il est appelé à devenir dieu. Nos ancêtres ont dû avoir les moyens spirituels de s'élever à ces hauteurs, des moyens que nous avons perdus.

Dans la salle voisine, le chant avait repris. Cette fois, c'était une mélodie orientale, mélancolique et plaintive. Le barbu écoutait en se tenant la tête dans les mains. Il avait le visage rouge et les yeux gonflés. Tous étaient ivres.

A sa table, seul Hérian écoutait ; il remplit son verre et se sentit terriblement triste. Il pensait à Zvarthe.

— Enfin, dit-il en clignant des yeux, enfin c'est comme ça... Allez, à la vôtre !

Les autres sourirent.

— Qu'est-ce qu'il y a ? balbutia-t-il. Qu'est-ce que j'ai dit ?

— Rien, rien, répondit Péronian. Je me suis rappelé que tu t'appelles Ara, c'est tout.

— Ah, toi ! fit Hérian en rougissant.

— Tout ça, dit Kara, c'est très bien, c'est très joli, mais il y a les conditions politiques, les facteurs économiques.

— Je savais, répondit Soultanian, qu'on allait me faire cette objection : les conditions objectives, les lois de l'histoire, etc. Ça existe, c'est vrai, et pourtant, je vous dirai, moi, que ce qui s'est fait de grand s'est fait en dépit des conditions objectives. C'est du reste une chose que la race des comptables et des sacristains ne comprend pas.

— Moi, sacristain ! protesta Kara.

— Mais il ne s'agit pas de toi. Enfin prenons encore notre histoire : si c'étaient les facteurs économiques qui étaient les plus déterminants, il y a longtemps que nous serions devenus persans, arabes ou turcs, alors que notre histoire n'est faite que d'invraisemblables séries d'aventures tragiques, au nom d'une sottise suprême. Aujourd'hui même, et demain, avec quoi pouvons-nous concurrencer l'immense machine russe de production, alors que nous n'avons que des pierres ?

— Tu es trop pessimiste, rétorqua Péronian, notre économie nous suffit.

— Les temps sont passés où l'on pouvait s'isoler dans les montagnes et mener une existence traditionnelle, dit Chouchan. Dans le monde d'aujourd'hui, tout se tient et chaque peuple doit apporter ses valeurs.

— Exact, approuva Soultanian, et c'est justement là la question : quelles valeurs ont-ils à apporter, les Arméniens, pour participer à la vie du monde d'aujourd'hui ? On a devant nous une humanité si avide de biens matériels qu'elle les poursuit avec une ardeur folle, sauvage, et que pour se les procurer, elle démolit, brûle et bombarde tout.

— Ils ont tout démoli chez nous, fit Hérian, ils nous ont sacrifiés.

— Demain, la machine sera opposée à la machine, l'usine à l'usine. Ce sera la course à la production, on ne jurera que par la matière, on divinisera le fer, le ciment et les objets en acier, l'homme, l'individu seront sacrifiés. Nous, les petits peuples, nous ne pouvons bien sûr pas participer à cette compétition, mais nous pourrons sauver les valeurs vraiment humaines, la force créatrice au lieu du fer, l'élévation spirituelle au lieu du ciment et la profondeur mentale au lieu de l'acier. A l'usine fumante, noire et bruyante, nous pouvons opposer les valeurs supérieures pénétrées de dignité humaine, produire de fortes individualités, des gens capables de se fixer des objectifs, de mener leur vie en conséquence en se réalisant totalement. Moi, je prévois l'arrivée dans l'histoire d'une race de gens qui auront une vie intérieure plus forte, une race de héros de l'élévation spirituelle. Et quand un jour, soumis aux enchaînements économiques, les foules réduites à l'état de masses d'insectes se révolteront contre les machines et crieront leur solitude et leur vide, cette race nouvelle paraîtra au grand jour pour rendre l'humanité aux hommes et comblera le vide avec un coutenu miraculeux.

— De la poésie ! bougonna Péronian.

— Eh bien, que ce soit de la poésie ! répliqua Soultanian. La poésie est aussi réelle que l'amour et la mort, et en tout cas, elle est plus utile à la vie que le fer et le ciment.

Dans la salle voisine, on se disputait.

— Mais non, je n'ai pas dit ça, j'ai dit...

— Comment, tu n'as pas dit ça ? Tu l'as bel et bien dit ! Non, mais c'est pas possible une chose pareille ! Tu viens t'asseoir à ma table, tu bois mon vin et...

— Non, frère, je n'ai pas dit ça, j'ai dit...

— Comment, tu n'as pas dit ça ? C'est incroyable !

Et le barbu, furieux, oscillait de gauche à droite, ses gros yeux exorbités, en se frappant la poitrine et en criant.

Cela dura plusieurs minutes. Finalement, tous se rassirent et se remirent à boire.

Péronian s'était levé pour observer la scène, quand tout à coup il vit quelqu'un entrer et l'appela. C'était un homme grisonnant, la tête enfoncée dans les épaules, avec un regard de myope.

— Salut, Martik ! Viens t'asseoir avec nous.

Le nouveau venu serra les mains et prit place. C'était le rédacteur en chef du journal arménien de Tiflis.

— Vous étiez en train de faire la fête ? s'enquit-il.

— Non. On discutait, c'est tout. Bois quelque chose.

Il refusa d'un signe de tête.

— Eh bien ! plaisanta Péronian, tu n'as pas l'air en forme ?

Sans répondre, le journaliste alluma une cigarette.

— Vous buviez du vin de Mélan ? demanda-t-il machinalement.

— Non, de Kakhétie.

— Ah, de Kakhétie. Tu es au courant ?

— Au courant de quoi ?

— Là-bas, ça recommence à aller mal.

— Où ça, là-bas ?

— Où veux-tu que ça soit ? Dans notre honorable pays.

— Bon, bon, on a compris, tu veux nous faire peur, fit Péronian en le regardant d'un œil méfiant. Allez, ne nous raconte pas d'histoires !

— Je ne raconte pas d'histoires. C'est tout ce qu'il y a de vrai. On a reçu des dépêches.

Tous les regards se tournèrent vers lui.

— Ils ont décrété la mobilisation générale, annonça-t-il d'une voix neutre, l'état de guerre, la remise des armes, etc.

— C'est la guerre ?

— Soulèvement général de la minorité turque. Ça a commencé à Beuik-Védi. Les Kurdes, de l'autre côté de l'Araxe, ont rejoint les Turcs de Charour et du Nakhitchevan, ils ont attaqué nos troupes, coupé les lignes de communication et ils avancent vers le Zanguezour.

— Il y a longtemps que les Turcs préparaient ça.

— Maintenant, ils se pressent. Ils veulent mettre la Conférence de la paix devant le fait accompli. Le malheur, c'est qu'on n'a pas d'armes et que le gouvernement en est réduit à demander à la population civile de lui remettre les siennes.

— Quelle situation !

— Il faut rentrer tout de suite, dit Hérian.

— Il faut d'abord aller se renseigner à la Mission diplomatique. Les journaux vont bientôt paraître, la nouvelle se saura et il est probable que beaucoup de gens voudront partir.

Tous les clients s'étaient groupés autour du journaliste. Les exclamations, les commentaires se croisaient, on vouait les puissances aux gémonies. Hérian et ses compagnons décidèrent d'aller tout de suite à la Mission diplomatique arménienne pour avoir plus de détails.

Dans les rues, les Arméniens se passaient les journaux qui venaient de sortir. On lisait l'angoisse sur les visages. Partout, des groupes se formaient et les discussions allaient bon train.

— Cinq ans ! Ça fait cinq ans que ça dure !

— Ils disent qu'il n'y a pas d'armes.

— Des armes, ici il y en a, mais les Géorgiens ne veulent pas qu'on en envoie.

— Ils ne comprennent pas que si on est battus, ils le seront aussi. Ce que les Turcs veulent, c'est tout le Caucase.

Les voix frémissaient, se faisaient plus graves.

Hérian marchait vite, avec les autres, sans parler. Et maintenant, se disait-il, qu'est-ce qu'il va devenir, mon bateau ? Il attend sur ses wagons. Mais, d'un autre côté, il avait promis à Zvarthe de rentrer à Erevan s'il y avait du danger. Non, il fallait rentrer.

Devant le siège de la Mission diplomatique, une foule dense s'était rassemblée. En grande partie des jeunes en âge de s'engager. Les portes étaient fermées et on ne laissait entrer personne. A chaque instant, il arrivait des gens. Sur le trottoir d'en face, des étrangers, Géorgiens, Russes, Tcherkesses, s'étaient groupés et regardaient ce qui se passait.

Après une longue discussion avec le portier, Péronian, arguant de sa qualité de fonctionnaire, put entrer et faire aussi entrer ses compagnons. Les couloirs étaient pleins de gens qui attendaient. Ils parlaient à voix basse, comme dans la maison d'un mort. Parfois, un officiel passait d'un pas rapide, l'air grave et préoccupé, se contentant de répondre aux questions par un vague mouvement d'épaules.

Les représentants arméniens conféraient avec des officiers français et anglais.

— Ah, voilà Arakel ! s'exclama Péronian en voyant passer le secrétaire général de la Mission.

— Les compatriotes, dit celui-ci, qui veulent aller en Arménie sont libres de le faire. Bien qu'Erevan n'ait pas encore répondu aux questions que nous avons posées à ce sujet par télégramme, il faut savoir que ce ne sont pas les hommes qui manquent, mais les armes.

— Et les Alliés, qu'est-ce qu'ils font ? demanda Péronian.

L'autre arbora un triste sourire en levant les bras :

— Il ne faut pas espérer grand-chose. Ces gens-là ignorent tout de l'histoire et de la psychologie des peuples du Caucase. Et puis il faut savoir aussi qu'ici ils n'ont pas d'armes et que, dans le meilleur des cas, ils vont s'adresser à leurs gouvernements. Alors, vous vous rendez compte ?

Tout le monde resta coi.

— En tout cas, dit Hérian aux autres, dites ce que vous avez décidé. Pour moi, c'est facile : je rentre.

— Moi aussi, dit Péronian.

— Moi aussi, dit Soultanian.

Les autres se regardèrent et ne dirent rien.

— Attendons d'abord de voir ce qu'Erevan va répondre, dit Haïk Chouchan en sortant.

Dehors, ils se séparèrent.

— Rendez-vous à la gare dans deux heures, proposa Péronian.

Ces deux heures parurent interminables à Hérian. Il rentra à l'hôtel, paya sa note, fit sa valise et, comme il avait tout son temps, décida d'aller à la gare à pied. Il remonta la perspective Golovinski, prit à droite, s'arrêta un instant sur le pont qui enjambait la Koura, regarda le fleuve. L'eau était trouble et tranquille. Des barques de pêcheurs étaient amarrées aux rives. La plupart étaient vides. Seul un homme était assis dans une des embarcations : il avait sûrement jeté son filet et attendait. Hérian avait toujours eu un faible pour les pêcheurs et les bergers. Maintenant, il était jaloux de celui qu'il voyait là. Les grands croyants ont été des pêcheurs et des bergers.

Il quitta le pont, marcha un peu, prit la rue Mikhaïlovski, une artère longue et large, sans caractère. N'était-ce pas étonnant de voir des passants marcher tranquillement alors que là-bas... Là-bas, dans les rues d'Erevan, c'était le froid, la faim et tous les périls.

Il se pressa. Il courait presque. Au bout d'une centaine de pas, il s'arrêta, regarda sa montre. Il avait encore une heure devant lui. De très beaux fruits s'étalaient à la devanture d'une boutique. Les pommes surtout étaient belles: grosses, fraîches, rouges, brillantes. Il entra, demanda le prix :

— C'est combien la livre ?

Le fruitier, un grand type à l'air maladif et aux yeux chassieux, lui répondit :

— Deux millions.

— Deux millions ?

— Au jour d'aujourd'hui, rétorqua l'autre, l'argent ça vaut quoi ? Regarde un peu les fruits et regarde l'argent.

Il prit sur la table un billet crasseux, tout chiffonné, et le considéra avec un sourire, un sourire qui fit ressembler ses yeux au bout de papier qu'il tenait. Sans dire un mot, Hérian prit sa valise et sortit. Le fruitier sortit lui aussi, s'arrêta sur le trottoir en gesticulant :

— Non mais c'est pas croyable...

Croyable... able... able, cela résonnait aux oreilles d'Hérian.

Des petites bicoques insignifiantes, des ruelles étroites et sales. A droite, et encore à droite. Une odeur de ragoût et de vinaigre, de poisson et d'ail.

... able... able... able... Le bateau... Zvarthe.

Péronian était déjà devant la gare, souriant :

— Tu es en retard.

— Comment ça, je suis en retard ?

— De toute façon, ce n'était pas la peine de venir à la gare.

— On ne part plus ?

— Non, on ne part plus. Je suis retourné à la Mission et j'ai vu les télégrammes qu'ils venaient de recevoir d'Erevan. Ils n'ont pas besoin d'hommes. Au contraire, ils préfèrent éviter d'avoir des bouches supplémentaires à nourrir. Comme on sait, ce qu'ils veulent, c'est des armes. Ah, au fait, une bonne nouvelle. Allez, réjouis-toi que je voie un peu comment ça te va...

— Dis toujours, tu verras après.

— Eh bien, figure-toi que le président du Conseil géorgien était là-bas et que j'ai pu l'approcher. Alors je lui ai parlé de ton bateau. Le secrétaire général est intervenu aussi. Tout est arrangé et tu n'as plus besoin d'attendre ici. A ta place, j'irais tout de suite à Batoum.

— Et s'ils oubliaient leurs promesses ?

— Moi, je suis ici. S'ils oublient, je m'en occuperai.

Ils entrèrent au buffet de la gare et s'assirent à une table.

— Et moi qui croyais que demain on serait au pays !

— C'est la vie : tu te prépares à aller au nord et tu vas au sud.

— Elle est dure, leur vodka.

— Mange quelque chose avec. Dans une heure, tu prends le train pour Batoum.

— Et si Erevan est en danger ?

— Non. Erevan est encore loin du front. Et puis je suis sûr que, malgré les difficultés, on réglera leur compte aux Turcs.

— A la tienne.

Tout le Caucase était représenté au buffet : des Tatars, des Géorgiens, des Arméniens, des Lazes, des Adjars, des Tcherkesses, des Russes. Des langues gutturales, de la crasse et des odeurs pénétrantes. Un groupe de jeunes gens en instance de départ pour l'Arménie occupaient une table. Un peu plus loin, des Tatars recroquevillés sur des bancs faisaient semblant de dormir et leur jetaient par en dessous des regards assassins.

— A la tienne. On se verra à Erevan, avec ton bateau.

— Able... able... able, fit Hérian.

— Qu'est-ce que tu racontes ?

— Non, rien... A la tienne.

La cloche retentit. Un homme à grosse moustache annonça d'une voix tonitruante le train pour Batoum. La foule se mit en mouvement et se rua vers le quai.

Le train siffla et s'ébranla.

10

Regardez la carte, cherchez le plateau arménien, royaume du froid, de la neige et du silence. Sa poitrine est déchirée par les cris, son bec est brûlant et ses yeux sont faits d'un vent aveugle. La tempête de neige fouette les champs. Les montagnes esseulées errent de place en place, les pentes vacillent, couvertes d'arbres gelés. Des collines noires, des steppes blanches, des plaintes sortant des gouffres glacés.

Regardez la carte, cherchez le plateau arménien, monde du silence et de la solitude, des villages enterrés six mois par an au flanc des montagnes, des habitations creusées dans le roc, où hommes et bêtes ruminent de lourdes et noires pensées, monde des monastères couronnant les collines, où des fantômes passent en bruissant et où monte la flamme de prières inaudibles.

Des petites villes qui tremblent de tout leur corps. Regardez la carte : tout se creuse et se fouille. Les toits plats vont en s'enfonçant. Devant les petites flammes des foyers, les aïeules se frappent la poitrine de leurs poings osseux et prient de leurs lèvres desséchées : « Saint Serge et saint Karapet... sainte Anahite et saint Arakel... »

Et pendant que les vieilles raniment le feu d'une main tremblante et soufflent sur les braises en marmonnant dans la pénombre les prières du matin, les villages s'éveillent. Une botte de paille sur le dos, le paysan entre dans l'étable et parle à ses bêtes. Les vaches écoutent en ruminant et tournent la tête en se réjouissant d'un œil. Bêtement heureux, les chiens leur lèchent le mufle, puis aboient au vent. L'oreille levée, ils courent dehors, grattent la neige et, pris de peur, rentrent la queue basse se mettre à l'abri.

Les coups de canon se mêlent au hurlement du vent. Inquiets, les hommes montent sur les toits plats et fouillent du regard le paysage immense. La neige, le vent. Les mitrailleuses crépitent.

— C'est des coups de fusil.

— C'est pas des coups de fusil, je te dis, c'est le canon.

En bas, dans les vallées, on voit cheminer de longues processions qui fuient les villages menacés. Hommes, femmes, vaches, ânes s'en vont dans la neige, tête baissée contre le vent. De tous les côtés, des soldats arrivent. Ils gravissent la colline d'où les Kurdes tirent, retranchés derrière les rochers. Ils tirent aussi de la colline d'en face. Ils veulent encercler le régiment arménien qui vient d'arriver.

Les Turcs, eux, ont franchi la frontière et ne se heurtent qu'à des paysans armés. Zanguibazar s'est soulevé, Etchmiadzine est menacée. Aux armes ! Au front ! Tous au front !

En tête de l'escadron qui progresse vers la hauteur, le capitaine a la moustache gelée et les mains comme du bois. Il ne voit rien. Le vent rugit, devient fou, les rafales de neige cinglent les hommes et les chevaux. Ceux-ci bronchent, reculent. Il tire sur les rênes, arrête son cheval, regarde en arrière. Où sont ses hommes ? La neige lui coupe le visage, l'aveugle. Il veut crier, mais sa gorge est comme paralysée.

— Par tous les saints ! grogne-t-il. Ce blanc, c'est pire que la nuit la plus noire. Ils n'ont pas suivi, ils se sont égarés ou ils sont gelés ?

Il fait faire demi-tour à son cheval, retourne sur ses pas. Du sang. Un homme est enseveli dans la neige. Tout près, on voit son cheval, l'œil éteint, une jambe qui tremble.

— Par tous les saints ! Les Kurdes ! Que leur père et leur mère soient... Où êtes-vous, bande de bons à rien ?

— On arrive, on arrive ! Voilà Sako, voilà Péto. Ils arrivent, ils arrivent.

Ils poussent leurs chevaux en avant, pestent, jurent, et avancent. Ils avancent dans la neige, puis se mettent à tirer sur les Kurdes, sur la neige, sur le vent. « Par tous les saints ! Pire que la nuit noire... »

A Beuik-Védi, c'est la bataille rangée, les hameaux réduits en cendres par l'artillerie. Toute la province de Kars résonne comme une gigantesque boîte de fer roulée par la tempête sur les rochers. Les forêts de la région de Sarikamich sont en feu. A Olti, les Turcs battent en retraite. Le sang rougit la neige.

Mais tout cela ne trouble pas les voix qui passent dans le ciel au-dessus des monts. Les vents engloutissent le tonnerre des canons, la neige avale le feu. Les rochers résonnent doucement. Au fond des gouffres, les lourds silences s'émeuvent, la colère les saisit... Les Arméniens...

Prenez la carte. A Erevan, les portes restent closes. Il fait si froid que personne ne s'aventure dehors. Il y a longtemps qu'au coin des rues, les braseros se sont éteints et que leur cendre s'est pétrifiée. Les clochers des églises tintent dans un vide glacé. Le ciel est bas, lourd, immobile. Dans les endroits où ils sont plus ou moins à l'abri, les réfugiés sont à ce point serrés les uns contre les autres qu'ils font comme un corps unique aux bras multiples. Quand la fièvre saisit l'un deux, toute la masse s'ébranle et frémit comme un monstre agonisant.

Mais le ciel abaisse son rideau. Le vent cogne aux portes. Les hommes bâillent, les yeux dans le vide. Les vaches cessent de ruminer et regardent, étonnées, les chèvres couchées contre elles. Les poules qui viennent de pondre se serrent dans un coin sans chanter leur joie.

C'est l'heure du dernier râle pour les agonisants, l'heure où les femmes enceintes et les amantes soulèvent leur ventre en étouffant un cri, où les vieilles allongent leurs lèvres sèches pour souffler sur les braises du samovar et où le clairon sonne le réveil dans les casernes.

Dans la ville basse, le dôme de faïence bleue de la mosquée s'allume, mais aucun muezzin n'ose chanter la présence d'Allah. Plus loin, l'antique église de la Sainte-Croix se dresse sur la place qui descend vers le bruyant Zangou et regarde, inquiète, l'étendue blanche. Les montagnes ont disparu dans le ciel. Une cloche tinte. La neige tombe des toits. Les moines se frottent les yeux, puis allument d'une main tremblante les lampes à pétrole. Ils ont faim. Ils prient.

Dans les casernes, on entend des commandements secs. Une sonnerie de clairon déchire l'air, s'arrête brusquement sur la dernière note. Les crosses de fusil frappent le sol, puis c'est le bruit saccadé des pas qui tournent et s'éloignent. Le 3e régiment d'infanterie part pour le front.

Devant le portail par où les soldats doivent sortir, quelques femmes, âgées pour la plupart, tremblantes d'émotion et de froid, veulent voir une dernière fois leur fils. Elles scrutent les rangs d'un œil inquiet. Quand elles ont trouvé celui qu'elles cherchent, elles suivent la troupe. Usées, recroquevillées, dérisoires.

Un jeune officier à cheval vient en tête. Le colonel suit à pied. Il marche sabre au clair, le ventre en avant, d'un pas martial, mais il porte constamment la main à son ceinturon, apparemment mal bouclé.

Seuls les tambours battent, le reste de la musique ne joue pas encore. En arrivant près de la petite place où les chefs de l'armée et les ministres doivent venir saluer le régiment, les cuivres étincelants se mettent de la partie et éclatent, emplissant le quartier d'un vacarme assourdissant. Les corbeaux effarés quittent les arbres et lèvent dans le ciel un drapeau noir.

La troupe s'arrête. La place est vide. Réunies en groupe, les mères mettent leur châle sur leur tête. Elles ont froid. Leur regard douloureux cherche celui de leur fils figé au garde-à-vous. Les yeux des garçons esquissent un sourire à la fois amer et encourageant. Impatient, le gros colonel marche de long en large. Finalement, il réussit à boucler correctement son ceinturon.

Les voilà ! Ils arrivent ! Les officiers regagnent précipitamment leur place devant les hommes. Des ordres claquent. Ils arrivent, venant du côté du Parlement. Encore des commandements.

Un homme de taille moyenne, l'œil endormi derrière ses lorgnons, le col du pardessus relevé, les mains dans les poches, précède un groupe de généraux et d'officiers supérieurs qui avancent en vacillant légèrement et en faisant sonner leurs éperons. Certains sont sanglés dans une capote grise aux boutons brillants et aux larges pattes d'épaules dorées, d'autres sont en tcherkesska, coiffés du papakh et armés d'un sabre au fourreau d'argent, les autres portent des bottes, la capote courte et le haut papakh des unités de volontaires.

Le président du Conseil s'avance sur la place. La musique joue une marche solennelle. Le gros colonel vient vers lui d'un pas leste et rapide, claque les talons et lui fait son rapport. Le président écoute en se disant qu'il va être obligé de se découvrir et d'exposer sa tête chauve au froid. Il ôte son chapeau, s'avance, salue en quelques mots le régiment, et d'un geste rapide passe à plusieurs reprises sa main sur son crâne.

Ouvrant toute grande la bouche comme pour avaler l'air glacé, les soldats répondent en chœur suivant la formule réglementaire. Les mères tremblent, les yeux mi-clos. Les grands chefs passent devant les rangs et, d'un œil sévère, inspectent chaque soldat de la tête aux pieds.

Le président du Conseil retourne au centre de la place, jouant des doigts avec son chapeau, et prononce un discours patriotique. L'émotion des mères redouble. Elles soupirent, serrent leurs mains contre leur poitrine. Les enfants réfugiés surgissent sur la place en courant, s'arrêtent, regardent, sautillent pour essayer de réchauffer leurs pieds nus, puis n'arrivant pas à résister au froid, disparaissent.

Les discours s'achèvent. Les tambours battent, la musique joue, les drapeaux flottent au vent. Des commandements, puis le régiment se met en marche vers la gare. Serrant leurs lèvres bleuies, les mères, penchées en avant, la démarche incertaine, courent derrière la troupe en faisant claquer leurs savates et en se lamentant. Sur la place, les corbeaux sont de nouveau tout seuls.

Le vent brise ses ailes de métal. Le télégraphe Morse égrène à travers l'espace son chapelet de nouvelles.

« ... Dans la région de Karakourt, les combats ont duré toute la nuit. Trente morts, cent vingt blessés. Le village est entre nos mains. Stop. Nouvelles attaques du côté de Vérichan... »

« ... Ce soir, à sept heures vingt-cinq, nous sommes emparés de Bachkeui, Begkeui, Mketset. Les Turcs menacent. Envoyez renforts, munitions, médicaments et médecins. Stop. Température moins trente-neuf. Nous sommes emparés de trois canons, dix mitrailleuses, soixante-quatre fusils... »

« ... Zanguibazar. Avons nettoyé les villages sans subir de pertes. Stop. Les hommes manquent de bottes et surtout de tabac. Stop. Envoyez argent, munitions, chaussettes et si possible molletières. Froid terrible mais moral élevé. Attendons attaque... »

L'appareil Morse ne cesse pas de cliqueter. Les soldats de service boivent du thé et inscrivent les messages. Les uniformes promis par les Anglais n'arrivent pas.

En ville, les boutiques ouvrent. L'huile de sésame a gelé dans les tonneaux. La viande de mouton en conserve et les poissons pendus au plafond sont durs comme de la pierre. Les conduites d'eau ont éclaté. Le vent rabat la fumée dans les cheminées, on ne peut plus respirer. Les écoles sont fermées ; il n'y a ni charbon ni bois. Les mains des enfants sont toutes gonflées, ils pleurent et se disputent.

Une jeune marquise, épouse d'un attaché étranger, douillettement enveloppée de fourrure, de grosses chaussures aux pieds, ses skis sur l'épaule, remonte lentement la pente de la rue Abovian, chausse ses skis, descend jusqu'à la mosquée, puis remonte et recommence. Elle a les joues roses et les yeux bleus. Elle sourit à tout le monde. Tout le monde lui sourit et chacun se dit que pendant ce temps-là l'Europe s'amuse...

Un violoniste tuberculeux habite la rue servant de piste de ski à la jeune femme. Il la regarde, admiratif : une vraie marquise ! Il rêve. Ses doigts passent nerveusement sur sa poitrine, il décroche son violon pendu au mur. Il veut jouer un rondeau, un menuet. Il rêve marquise, menuet, maquillage, révérence. Mais il n'a pas de colophane. Les crins de son archet se cassent ou glissent inutilement, sans mordre sur les cordes. Mais le froid mord, lui. Le violoniste tousse, abandonne son instrument dans un coin et se frotte les mains sur son veston. Les marquises de Watteau et de Chardin, les rondeaux, les menuets...

Il se couche, tire la couverture jusqu'à son menton et maudit l'Europe.

Pourquoi les Arméniens maudissent-ils l'Europe ? On vient de recevoir cinq boîtes de quinine et un litre d'iode.

11

Les petites maisons des bords du lac sont enfouies dans la neige et la glace. Assis près de la lampe à pétrole, l'enseigne de vaisseau Mikaël Toumanian se réchauffe les mains et rêve.

Dehors, il gèle à pierre fendre. Les travaux ont cessé. Le bateau, presque fini, n'est plus qu'une carcasse sans vie. Quand on se sert d'un marteau, il gémit et se casse. Je n'ai qu'à m'imaginer que je suis au pôle Nord, se dit-il, il faut bien attendre le printemps. Alors il attend. Il a son lit, quelques livres et des conserves.

A chaque hurlement du vent qui passe sur le toit en faisant gémir la charpente, il revoit sa vie en mer, le beau cuirassé sur lequel il a servi, cet immense corps de métal qui fonce en frémissant et en dansant légèrement, sa proue effilée qui fend les vagues. Lui se tient dans la deuxième tourelle, il regarde les lames qui se ruent l'une derrière l'autre, et pense à cette jolie fille si élégante qu'il doit retrouver ce soir au bal que la bonne société de Kronstadt donne en l'honneur des officiers de la flotte de la Baltique.

A sept heures, son bâtiment doit être rentré au port. Son superbe uniforme tout neuf est là tout prêt, impeccable. Aussitôt les machines arrêtées, son quart sera terminé, il courra à sa cabine et, comme tous ses camarades, il se lavera, se rasera, se coiffera, s'habillera.

Et voilà la grande salle pleine de lumières et de fleurs. La musique, des femmes éblouissantes, les hautes personnalités venues de Pétersbourg, les uniformes rutilants, le léger cliquetis des éperons d'argent, les lourdes épaulettes d'or, les amiraux...

L'orchestre a attaqué la première danse. Un jeune officier fait office de maître de cérémonie ; il lance en français, d'une voix de stentor : « Invitez vos dames ! » Toumanian se précipite à travers les groupes et s'arrête en souriant devant Sonia Dachkova, joint les talons et l'invite.

— Je croyais que vous alliez être en retard, fait-elle en posant son avant-bras sur l'épaule du jeune homme.

— Un marin tient toujours ses promesses, dit-il en la prenant dans ses bras et en l'entraînant vers le milieu de la salle.

Autour d'eux, c'est une ruche irréelle, enchantée. La musique, des voix charmantes, des parfums capiteux, le bruissement de la soie, les lustres, les décolletés.

— Vous avez de très beaux yeux, se décide-t-il à dire après beaucoup d'hésitation, en pâlissant un peu.

Sonia lui serre fortement la main et ne dit rien, mais un éclat passe dans ses yeux bleus, son corps chaud et léger s'abandonne dans les bras de son danseur. L'ivresse d'un amour naissant emporte les deux jeunes gens dans un univers irréel.

La danse terminée, il joint les talons, incline la tête en remerciant Sonia et lui donne le bras pour aller au buffet : champagne, sandwiches divers, caviar, ananas. Des regards perdus de tendresse, des voix mélodieuses, des propos anodins qui dissimulent un monde de sentiments exquis.

Ils se tiennent par la main et vont retourner danser quand, brusquement, l'orchestre s'interrompt. L'assistance s'agite, on se précipite vers la sortie, plusieurs dames s'évanouissent, des ordres claquent comme des coups de feu :

— Messieurs les officiers sont priés de regagner immédiatement leur bord.

En ville, c'est l'émeute. Et on ne peut pas faire confiance aux matelots. Déjà on entend le crépitement des mitrailleuses, et même quelques coups de canon.

Comment oublier cette heure fatidique ? C'est cet instant qui avait changé, ruiné sa vie, fait basculer son destin. Il se revoit dans le groupe des officiers : ils se jettent dehors, revolver au poing, courent vers le port. Mais il est déjà trop tard. Les mutins ont hissé le drapeau rouge au grand mât, fusillé les officiers de quart, et menacé de bombarder la ville en cas de résistance.

Affolés, les officiers courent à droite et à gauche dans les petites rues étroites sans savoir quoi faire. Brusquement, ils sont entourés par un groupe de matelots armés qui leur ordonnent de les suivre. Ils refusent, et des deux côtés on fait feu. Un capitaine de vaisseau, la poitrine couverte de décorations barrée par le grand cordon de l'ordre de saint Vladimir, s'effondre de tout son long sur le pavé, la tête dans une flaque d'eau boueuse. Un formidable coup de crosse abat un ami de Toumanian, Micha Mitkine, un bon violoniste qui écrivait des poèmes et avait toujours des bonbons dans ses poches. Un autre reçoit un coup de couteau dans l'estomac et s'effondre recroquevillé en criant « Maman ! », Toumanian, lui, recule en tirant.

Combien de temps cela a duré, il ne s'en souvient pas. Il se rappelle s'être jeté dans une rue obscure. Il se colle au mur et il attend. Il a très mal à l'épaule gauche, le sang coule le long de son bras. Il s'éloigne tout doucement, passe dans une autre rue. Comme l'endroit est désert, il se met à courir, réussit à arriver devant une maison où habitent des amis. Il sonne. Personne. Il sonne encore, plusieurs fois. Finalement, une fenêtre du premier s'ouvre, une tête apparaît, regarde et on vient lui ouvrir. Son bel uniforme est tout ensanglanté...

Ce fut le dernier bal. Sonia Dachkova, ses yeux de sirène, ses lèvres brûlantes, sa voix si enfantine, si candide... Il ne l'a plus jamais revue. Et le temps a passé.

Un lit, quelques livres et des conserves, le vent, le froid et la solitude.

La grande pièce d'à côté est occupée par les gardes de la milice : des hommes forts, rudes et simples. L'arme à la bretelle, la tête enveloppée dans le *bachlyk* *, le ceinturon bien garni de balles, ils partent le matin de très bonne heure et rentrent le soir, la moustache gelée, fatigués, jurant et plaisantant. Quand ils ne sont pas de service, ils passent leur temps à dormir, à chanter et à danser.

Le soir, la journée finie, quand tout le monde est rentré, ils allument un grand feu, s'asseyent autour et bavardent. Souvent, un vieux bonhomme vient d'une chaumière voisine leur rendre visite. Il est tout tremblant, il a la barbe en broussaille et des mains très longues. Il est vanétsi et ne s'arrête guère de parler que pour soupirer : il attend que sa province soit libérée des Turcs, il veut y retourner pour y mourir. Pour lui, il n'y a rien au monde de plus beau que la province de Vaspourakan, et quand il en parle, sa voix s'adoucit, ses petits yeux brillent, ses mains s'allongent encore.

On l'appelle grand-père Siméon. Quand il vient, on avertit Toumanian :

— Venez, venez, Siméon est là.

Le jeune officier aime bien écouter les histoires du vieux qui lui révèlent un monde inconnu. Toumanian connaît toutes les histoires qui concernent la mer, des îles du Pacifique à la Chine et au Japon, mais il ignore tout de cette Arménie occidentale qui se trouve là-bas aux mains des Turcs. Bien sûr, il a entendu parler des événements tragiques et horribles, mais de la vraie vie qu'on y menait, il n'a pas la moindre idée.

Donc il vient, s'assoit dans un coin et écoute. Il ne comprend pas

* Sorte de capuchon épais avec deux longues extrémités servant de foulard.

tout ce que raconte le vieux : celui-ci emploie des mots inconnus et en plus, dans les moments d'émotion, il bégaye et avale ses mots. Alors, on proteste :

— On ne comprend pas ce que tu dis !

Il se fâche. On lui donne du vin et il répète.

Ce soir, il est une fois de plus assis devant le feu, les jambes croisées. Sa tête fait penser à celle d'une chèvre. Il tend ses longues mains vers les flammes et cette fois, il ne parle pas. Il réfléchit.

— Te voilà reparti dans tes rêves, grand-père, dit un des gars.

— J'étais en train de me dire que vous avez peut-être de beaux jours devant vous, mais des jours comme ceux que nous, on a vécus, vous n'en verrez sûrement pas.

— C'est ce que tu dis... Enfin, raconte-les toujours, tes beaux jours.

— Mais c'est connu, d'après grand-père, à Van, tout vous tombe du ciel, il n'y a qu'à se baisser pour ramasser.

— Mais enfin, ne l'empêchez pas de parler !

Il se frotte la barbe, sourit d'un air rusé et commence :

— Eh bien ! par exemple, vous pourrez vivre cent ans, lequel d'entre vous verra les os d'un roi d'Arménie ?

Il lève les sourcils, l'air triomphant, et regarde à droite et à gauche.

— Ça évidemment, c'est pas facile. Tu dis les os d'un roi d'Arménie ?

— Sans boire un coup, il ne peut pas parler.

— Alors, on lui remplit son verre. Tiens !

— A la tienne, grand-père !

Siméon comprend qu'il a suscité la curiosité. Il prend le verre, boit une ou deux gorgées, réfléchit, toussote. On croirait qu'il se prépare à chanter. Tout le monde attend. Finalement, son regard s'arrête droit devant lui et il commence :

— C'était le bon temps. A cette époque-là, on avait à la tête de l'église du Vaspourakan un véritable apôtre, un homme incomparable, qui par la suite a occupé le Saint-Siège d'Etchmiadzine. Il s'appelait Khrimian*...

— Ah, Khrimian Haïrik !

— Oui, Haïrik. Un être extraordinaire, qui n'avait peur de rien. Un vrai lion. Le sultan rouge lui-même n'a rien pu faire contre lui. Et après, quand il a occupé le siège de l'Illuminateur, il n'a pas baissé la tête devant le tsar. Vous savez, quand Pétersbourg a voulu toucher

* Mkrtitch Khrimian (1820-1907), surnommé *Haïrik,* le « Petit Père », catholicos sous le nom de Mkrtitch Ier.

aux droits de l'Église arménienne, il a soulevé le peuple et a même organisé la résistance armée.

— Oui, on sait.

— Mais ce n'est pas de ça que je voulais parler.

Il boit encore un peu de vin.

— Si je ne me trompe pas, c'était au moment de la fête de la Transfiguration. Il faut dire que chez nous, les fêtes religieuses, c'est autre chose, c'est solennel, ça vous touche, on sent que ça vous élève. Les fêtes, on les attend, on s'y prépare, on se réjouit à l'avance. Ça vous met de la lumière dans le cœur.

— Ce sont de vrais chrétiens, chez toi, grand-père.

— Oui, chez nous, on est chrétien et on aime sa nation. Comme pour tous les Arméniens d'ailleurs, l'église et la nation, ça ne fait qu'un. Donc, à l'approche de la fête de la Transfiguration, on entend dire de tous les côtés que Khrimian en personne viendra célébrer la messe au monastère de Varag, et qu'à cette occasion on ouvrira, devant l'autel, le tombeau du roi Sénékérim Artsrouni *, qui était mort en captivité à Sébaste, mais qu'on avait enterré à Varag. Vous ne pouvez pas vous imaginer l'émotion de tous les gens de la région! Incroyable! On aurait dit que tout le pays avait la fièvre. D'abord la messe célébrée par Khrimian Haïrik, et ensuite le tombeau du roi d'Arménie!... Un enthousiasme patriotique inouï à Van et dans tous les villages. On oubliait tout, ça débordait d'enthousiasme. Il faut dire que ce n'est pas quelque chose qui arrive tous les jours et, c'est bien normal, chacun voulait voir cet événement historique.

— Alors toi, grand-père, bien sûr, tu y es allé aussi?

— Bien sûr que j'y suis allé. D'ailleurs qui n'y est pas allé? Hommes, femmes, garçons, filles, paysans, gens de la ville, on n'avait jamais rien vu de pareil à Van et dans tout le Vaspourakan. De tous les côtés, les gens allaient au monastère, en groupe, en procession, à pied, à cheval, en voiture. Les femmes étaient dans leurs plus beaux atours, ornées de la tête aux pieds, avec des pièces d'or sur le front et sur la poitrine, des châles, des rubans et tout. Les filles étaient comme des arbres en fleur, avec des joues comme des pommes et des sourires timides.

— Toi aussi, tu t'amusais?

Le vieux se caressa la barbe en riant:

— Moi je montais Mekro, un excellent cheval qui allait l'amble. Par la suite je l'ai vendu un bon prix à un pacha kurde. Donc, la foule arrivait de tous les côtés, en chantant, dans les champs couverts de

* Roi du Vaspourakan (990-1006).

fleurs. On aurait cru une noce. Les vieux s'appuyaient sur leur bâton, les femmes portaient les provisions, les enfants couraient partout en criant. A moitié chemin, on s'arrêtait dans un endroit qu'on appelle la Source de Derzrik pour boire un peu de son eau merveilleuse qui, paraît-il, illumine les âmes et donne aux jambes la force de faire cent lieues. C'est une eau comme il n'y en a pas deux au monde.

— Meilleure que le vin?

— Mais le vin n'est rien à côté de ça! Enfin, comme la route est longue, on s'est arrêté un peu à la source, on a mangé et on a bu. L'eau coulait en murmurant et tombait en cascade sur les bouteilles de vin et d'eau-de-vie, sur les concombres et les radis. On avait étendu des nappes sur l'herbe, et sur les nappes tous les biens du bon Dieu, toutes sortes de bonnes choses, des douceurs, des *dolmas*. Et on mangeait, on buvait, on dansait. Et si vous aviez vu le ciel, et ces fleurs, et ces odeurs qui montent à la tête, le chant des oiseaux... Il n'y a pas de mots pour décrire ça. Les filles couraient comme des gazelles, elles jouaient, bavardaient, c'était des coups d'œil avec les garçons, leur rire se mêlait au gazouillis des oiseaux, elles plaisantaient, elles étaient aux anges. Et quel spectacle! De là-haut, on voyait le lac de Van, l'île d'Aghtamar, les champs, les montagnes. Mon Dieu!...

Siméon fait un signe de croix, s'assombrit. Il ne peut pas continuer.

— Ne t'en fais pas, grand-père, dit l'un des gardes, on va bientôt la reprendre, Aghtamar.

Et il remplit doucement le verre du vieux :

— Bois un coup, ça te donnera des forces.

Il avale une gorgée et reprend :

— Quand on y pense, vraiment... Qu'est-ce que je peux vous dire? De là-haut, on voyait en bas dans les vallées la foule qui venait comme des fourmis. C'est simple, toute la province était là. De temps en temps, ils s'arrêtaient, s'amusaient avec les chevaux, dansaient la ronde et chantaient en chœur. Au monastère, c'était un autre spectacle : on se serait cru dans une ruche. A l'intérieur, il y avait des gens dans les cellules, dans la cour, sous les arbres, près des sources et jusque sur les murs. Du bruit, des chants, le tambourin et la musique. Mais quand on a entendu les cloches qui annonçaient la messe, tout le bruit a cessé et tout le monde est allé vers l'église. Évidemment, il n'y avait pas de place pour tous à l'intérieur et la plupart ont suivi la cérémonie de l'extérieur.

— Mais oui, grand-père, on veut bien croire que c'était exceptionnel.

— Vous ne pouvez pas vous faire une idée. Celui qui ne l'a pas vu de ses yeux ne peut pas savoir ce que c'était. Il fallait voir Khrimian dans ses habits sacerdotaux, la mitre en tête, la crosse en main. Il était pâle mais il avait le regard vif, l'air inspiré, comme transporté... Pendant qu'on chantait les hymnes si doux et si tristes, sa voix grave et profonde s'élevait comme celle d'un apôtre. Elle avait quelque chose de miraculeux, c'était la voix d'une foi invincible, irrésistible. Et je ne parle pas des vêtements merveilleux des prêtres qui l'assistaient dans la célébration, des milliers de cierges allumés, de l'éclat de l'or et de l'argent, de l'odeur de l'encens... Tout brillait, étincelait, tout chantait. C'était comme le ciel descendu sur terre. Mais quand on est arrivé vers la fin de l'office... Le tombeau du roi avait été ouvert d'avance, avant la cérémonie, et il n'y avait plus qu'à pousser un peu la dalle. Je m'en souviens comme si c'était hier. Khrimian s'est recueilli une minute, et il s'est avancé vers le tombeau. Son visage était devenu couleur de cire, il avait les larmes aux yeux. Il s'est agenouillé et s'est mis à chanter l'ancien hymne qu'on chantait aux funérailles des rois, mais il n'a pas pu continuer. Il sanglotait. Il a pris dans ses mains tremblantes quelques os. Tous ceux qui étaient là avaient le cœur serré, il y avait des larmes dans tous les yeux. Mais la tristesse et l'émotion ont augmenté encore quand Khrimian a mis les os contre sa poitrine, les a baisés, et d'une voix pleine de larmes a invoqué le roi et s'est adressé à lui pour lui rappeler tous les malheurs et tous les espoirs du peuple arménien. Il a dit : « O Sénékérim Artsrouni, jusqu'à quand ce peuple qui t'est si cher doit-il rester orphelin ? Ton trône est vide et nos cœurs saignent. L'ennemi foule le sol de ton pays, tes villes ne sont plus que ruines et tes forteresses sont réduites en cendres. Que doit faire l'Arménie, ô Sénékérim Artsrouni, prince défenseur de la foi ? » Tout le pays de Varag en frémissait, la terre d'Arménie en tremblait. Les femmes s'évanouissaient, les enfants sanglotaient, les hommes serraient les poings.

Le vieux Siméon s'interrompit, bouleversé, avala sa salive avant de reprendre :

— La cérémonie finie, tous se sont précipités vers le tombeau pour baiser la dalle, la terre, en priant pour l'âme du roi des Arméniens. On peut vraiment dire que c'était le jour de la Transfiguration : tous les visages étaient illuminés, tous les cœurs étaient purs et tous étaient prêts à donner leur vie pour leur pays. Et en regardant d'en haut, on avait l'impression que la terre aussi était transfigurée, les champs, les montagnes, les forêts, que tout s'unissait aux souffrances, aux espoirs et à la foi des hommes.

Il se tut un long moment, puis un gars lui dit :

— Et après, mon bon grand-père, après, qu'est-ce que vous avez fait?

— Eh bien après, comme toujours on a mangé, on a bu, dansé et chanté. Trois jours et trois nuits.

— Bon, eh bien puisque c'est comme ça, nous on va faire la même chose.

On remet quelques bûches au feu, on apporte du lavache, du fromage et de la vodka.

Le vent balaie le toit, tournoie, gémit. Sénékérim Artsrouni, se dit Toumanian, il faudra que je demande à mon père.

— Moi, quand j'étais gosse, raconte un des gardes, un jour à Vagharchapat, je l'ai vu, Khrimian.

— Il était vanétsi, dit l'oncle.

— Vanétsi? Je croyais qu'il était du Karabagh.

Agacé, Siméon ne relève pas. Tous savent que maintenant, Khrimian repose là-bas, dans la cour du monastère d'Etchmiadzine, sous une grande dalle de marbre, les mains croisées sur la poitrine, les yeux en poussière, la dépouille dévorée par les vers. Sur le visage de l'oncle Siméon, les rides se sont creusées, les ombres se sont accusées. On dirait qu'il a mille ans.

— Arakel, envoie la bouteille.

Tous le savent: Varag est devenu un désert, les Turcs ont démoli le monastère. Et Van, et tous les villages, et toutes les vieilles églises, les Turcs ont tout saccagé, tout détruit, tout réduit en cendres. Là-bas, dans les provinces de l'ancienne Arménie, en ce moment c'est le silence, le désert et la neige, et on n'entend que le bruit du vent. Sénékérim Artsrouni! Sénékérim Artsrouni!

La vodka est une bonne compagne, c'est excellent contre le froid et les rigueurs de la nature. «Il faudra que je demande à mon père...»

— Arakel, sois bon, chante-nous un couplet de Sayat Nova*.

Et Arakel, le fusil serré entre les genoux, les mains dans les poches, chante Sayat Nova en rêvant au monastère de Varag.

La nuit est venue. Sur la grand-place d'Erevan, la grande horloge sonne douze coups alors qu'il est dix heures... Le vent secoue les arbres, chasse la neige, l'amasse sous les fenêtres puis, comme s'il changeait d'avis, l'arrache au pied des fenêtres et la jette en masse devant le portail des maisons.

Un régiment de cavalerie descend des hauteurs de Kanaker pour aller embarquer à la gare. La neige fait un doux tapis sous les sabots

* Le plus célèbre des *achoughs* (troubadours) arméniens (1712-1795).

des chevaux. Quelques-uns hennissent. Quand la tête de la colonne arrive dans la rue principale, un officier donne un ordre à un sous-officier. Celui-ci se retourne, lève la main et lance un coup de sifflet. Alors, un chant s'élève dans la rue et dans la nuit. La neige frappe les ombres réveillées, les enveloppe, s'envole avec elles. Derrière les fenêtres, des lumières s'allument, des visages curieux apparaissent, des nez se collent aux vitres.

La porte d'une maison s'ouvre doucement. Un jeune homme à l'air préoccupé sort, fait deux pas, regarde à droite et à gauche puis, rassuré, rentre, monte un petit escalier, ouvre une porte et répond aux regards interrogateurs par un geste négatif de la main.

— La réunion continue, camarades.

Il y a une grande table chargée d'un samovar, de verres, d'assiettes, de confiture, de gâteaux : tout donne l'impression d'une tranquille réunion de famille. L'homme qui préside est de taille moyenne, il a le regard sévère, une courte barbe en pointe, les joues creuses, deux plis profonds encadrent son nez et sa bouche. C'est un délégué envoyé par Moscou. Un groupe de jeunes gens et de jeunes filles compose l'assistance. Les filles ont les traits plutôt virils, il y a de l'affectation dans leurs gestes décidés, mais elles ont des bouches sensuelles et de grands yeux aux dimensions presque anormales. Les garçons ont l'air modeste, sérieux, soucieux et borné.

A un angle de la table est assis un grand garçon au teint basané, aux longs bras maigres, les cheveux en broussaille, loquace, impatient et nerveux. A côté de lui une fille a posé ses deux mains sur la table, elle a le regard vif et un peu triste : Zvarthe.

— Passons à la deuxième question de l'ordre du jour : la propagande dans l'armée. Pour l'instant, c'est le problème le plus important, et il a fait l'objet de directives très précises. Le pouvoir s'appuie sur l'armée et s'enlise de plus en plus dans l'aventure. Sa mentalité volontariste se nourrit de la guerre.

Zvarthe ôte ses mains de sur la table, un petit mouvement nerveux lui contracte les épaules. Ça, ce n'est pas vrai, pense-t-elle. Ce n'est pas le pouvoir, ce sont les Turcs qui veulent désorganiser ce qui reste du pays, qui font passer des armes et de l'argent à leurs coreligionnaires. Non, ça, ce n'est pas vrai.

Son regard étonné rencontre celui de son voisin, noir et sévère. Elle se frotte les mains, mal à l'aise. Elle attend. Le président a remarqué sa réaction, il parle en s'adressant à elle, il analyse, il explique :

— Il faut mettre un terme aux souffrances des masses laborieuses. La misère a atteint un degré incroyable, surtout dans les campagnes : les hommes du pouvoir paralysent les gens, les privent de tout et les envoient au front. Ils préparent des victimes pour les puissances capitalistes. Ce sont les laquais des riches. Ils nourrissent le peuple d'illusions. Ils mettent leurs espoirs dans ce qu'on appelle les puissances alliées. Après tant de sacrifices inutiles ! Les puissances capitalistes sont des hyènes prêtes à vendre mille fois le peuple arménien. Il est clair que seul le prolétariat international peut nous apporter le salut, la liberté et la paix.

Flattée de l'importance qu'on lui accorde, Zvarthe écoute attentivement, les sourcils levés. Elle retient son souffle. Il est hors de doute que quelque chose en elle se creuse, s'approfondit. Il faut apprendre, se dit-elle, étudier les phénomènes historiques et sociaux en suivant une froide méthode scientifique.

Scientifique surtout. Pas de sentiment. Une conception du monde fondée sur des données irréfutables. Et, petit à petit, Zvarthe change. En elle tout évolue, prend des formes nouvelles, un sens différent.

La femme est une éternelle étudiante, l'étude la stimule. La science, ou ce qu'elle prend pour la science, agit sur elle comme les éléments, bouleverse son corps, le transforme.

Une conception scientifique du monde...

Le jeune homme au teint basané qui est assis à côté d'elle, et qui maintenant occupe chez elle l'ancienne chambre d'Ara Hérian, a, d'une façon insensible, pris un ascendant considérable sur l'esprit de la jeune fille. La théorie marxiste a ajouté les uns aux autres les anneaux de sa logique impérieuse en une chaîne qui tient sa volonté prisonnière, entrave sa liberté et lui voile l'esprit : désormais, tout trouve une explication facile, tout s'éclaire, tous les mystères se dissipent. La conception scientifique du monde...

Et s'il s'avérait que la science n'est pas faite pour la vie, mais que c'est la vie qui doit justifier la théorie scientifique ? On ne fait rien avec des si, a rétorqué le jeune homme. En arithmétique, il n'y a pas de si.

Le président poursuit son martèlement :

— L'important, c'est de comprendre la psychologie du soldat, de trouver les mots qu'il faut pour lui parler de son village, de ses intérêts immédiats, de sa vache, de ses moutons, de son champ. Aux officiers, il faut d'abord promettre des promotions, des possibilités d'avenir. N'oubliez pas qu'ils méprisent tous les chefs qui ont accédé à des commandements importants sans avoir reçu une formation militaire classique. Voilà ce qu'il faut faire remarquer, insister là-dessus, flatter leur amour-propre. Le vrai marxiste, camarades, doit savoir dégager les facteurs économiques dans tout phénomène, appliquer la conception matérialiste et parvenir à son but par tous les moyens. L'homme est un être soumis à ses intérêts. C'est sur les rails de l'économie que roule le train de la vie. Le propagandiste doit le savoir et tout mettre sur ces rails.

C'est juste, se dit Zvarthe, c'est logique.

— En ce moment même, il ne faut pas l'oublier, tout le prolétariat mondial a les yeux fixés sur nous. De notre succès dépend le développement de la révolution en Orient.

Ah, voilà ! La révolution partout, la suppression des frontières, la justice, l'amour. Tout cela gonfle le cœur de la jeune fille.

— Et quand la révolution sera universelle — comme nous sommes convaincus qu'elle le sera —, alors quelle importance auront les questions de frontières et les absurdes conflits inter-raciaux ? Les frontières doivent disparaître et la terre doit appartenir aux travailleurs. Il faut être logique. N'est-ce pas une sottise, un crime de transformer en chair à canon un peuple déjà exsangue et cela pour un objectif qui bientôt n'existera même plus ? Déjà les Indes sont en feu, les armées françaises se sont révoltées, en Italie l'instauration du régime communiste n'est plus qu'une question de jours, l'Allemagne est en pleine révolution, nos camarades chinois ont formé des armées, et qu'elle le veuille ou non, pour son propre salut la Turquie devra se soumettre à ce mouvement général.

Devant les yeux de Zvarthe, le monde est en feu : partout des révoltes, des foules en armes, des chants victorieux, des drapeaux rouges.

— Et nous, camarades, nous, qu'est-ce que nous faisions pendant ce temps-là ? Préparons-nous, camarades, à renverser la bourgeoisie arménienne et ses laquais. L'Armée rouge est prête et attend l'heure de venir à notre aide. Moscou nous observe avec impatience.

Le regard des filles étincelle, les cœurs s'enflamment, les visages se durcissent, les poings se serrent. Au loin, le monde bascule dans des spectacles apocalyptiques.

— Et maintenant, passons aux questions concrètes.

La réunion se termine très tard. Zvarthe est fatiguée, mais elle se dit qu'elle a de la chance. Elle a la chance de participer à un mouvement aussi important et aussi considérable.

— Vous fumez, camarade ?

Tous fument. Zvarthe prend sa première cigarette et l'allume. Ça ne lui plaît pas, ça lui fait mal à la tête, mais elle continue.

Il va falloir que je me coupe les cheveux, se dit-elle, comme toutes les autres.

— Alors demain, à l'endroit convenu.

— D'accord.

Ils sortent par couples. La neige tournoie dans les rues désertes et silencieuses mais la ville gronde comme une bête blessée. On a du mal à marcher. Dans la rue Abovian, sous le porche de l'église, une masse blanche bouge. La neige a couvert une grappe de corps humains. Serrés, enroulés, emmêlés les uns dans les autres, ils forment une masse tremblante. Demain matin, quand ils se réveilleront, plusieurs d'entre eux se retrouveront avec un cadavre entre les bras.

Où sont les montagnes? Où est l'Ararat? Où sont les monts Guégham? On ne voit plus rien, il n'y a plus que le vent et la neige. Zvarthe s'est jetée contre le vent en courant. Elle s'arrête, aveuglée. Le garçon au teint basané la rattrape, tend les bras pour la protéger du vent. La neige tournoie autour d'eux, les cingle, les entoure. Pour mieux la protéger, le jeune homme l'entraîne dans l'encoignure d'une porte, la serre et sent sa tête contre sa poitrine. Leurs souffles se mêlent. Les joues de la jeune fille sont délicieusement froides. Leurs lèvres frémissent et s'approchent.

Dans la maison d'en face, une fenêtre est éclairée. Un homme est assis devant un appareil télégraphique. Tac-tac... tac-tac-tac... tac-tac. La cigarette collée à la lèvre inférieure, l'homme redresse constamment ses lunettes et écrit.

« Dans la passe de Choucha, les combats contre les Turcs continuent. Froid intolérable. Sergent Chabanian et dix hommes ont disparu. Moral élevé. Attendons ravitaillement. »

Tac-tac... tac-tac-tac...

« Olti. Froid inouï. Les hommes manquent de bottes. Ennemi repoussé avec pertes importantes. Renforts absolument indispensables. »

Sous un portail, une femme sanglote. Zvarthe s'arrête :

— Il y a quelqu'un qui pleure.

— Attends.

Le jeune homme entre sous la voûte et ressort :

— Allons-nous-en. Qu'est-ce qu'on peut faire? Elle est agenouillée devant deux cadavres d'enfants.

Il prend Zvarthe par le bras et l'entraîne :

— Et voilà les beautés du régime capitaliste!

12

— Enfin, tout de même, la patience a des limites ! Ils se moquent de nous, ils nous prennent pour des imbéciles ! Ah, les abrutis ! Ça fait combien de jours qu'ils nous font moisir comme ça en plein désert ? Après nous avoir dit qu'ils revenaient dans quelques heures ! Tu parles qu'ils reviennent ! Ce n'est plus du désordre, c'est de l'anarchie ! Des gens qui prétendent être des travailleurs conscients, comme ils disent ! De quoi faire rire toutes les poules du pays. Mais attends un peu, je vais leur montrer de quel bois je me chauffe. J'ai déjà eu affaire à des bêtes plus dangereuses et j'ai su leur régler leur compte.

Ara Hérian était fou furieux. Il leva un talon, tapa dessus avec sa pipe pour la vider, la brandit en l'air en reprenant sa diatribe :

— Ça fait deux mois qu'on est en route. Un vrai cauchemar ! Inimaginable ! En Géorgie, on en voit de toutes les couleurs. En passant la frontière, on se dit « Ah ! enfin chez nous ! Tout va s'arranger. » Et voilà comment ça s'arrange : on tombe entre les mains d'une bande de détraqués. Tu leur parles, ils te regardent avec des yeux de veau, ils te disent oui en marmonnant dans leur barbe et puis ils disparaissent sans crier gare. Parce que, tout de même, quand on est arrivés près d'Alexandropol, ils auraient pu nous tirer jusqu'à la gare ! Eh bien non, ils ont filé comme des voleurs ! Ah les salauds ! Je te les...

Il hurle les pires injures. L'autre l'interrompt :

— Ils disent que c'est dur parce que ça monte, la machine n'est pas assez forte.

L'interlocuteur est un homme de la campagne auquel il est bien difficile de donner un âge, tant son visage est strié de rides. Il a la vue basse et la parole rare. Quand il est obligé de dire quelque chose, il s'arrête tous les trois mots, incline la tête sur le côté, se croise les mains sur l'estomac, bat des paupières.

— Une machine pourrie, reprend l'homme, rien dans le ventre.

— Bon, rétorque Hérian, eh bien ! si elle n'a rien dans le ventre, ils n'avaient qu'à décrocher les autres wagons et me tirer mon bateau.

Qu'est-ce qu'il y a dans les autres wagons? De la camelote, probablement, des débris.

— Non. Ils ont mis les scellés dessus.

— Tu parles! S'ils mettent les scellés, c'est à cause des voleurs, mais les voleurs, ils sont chez eux, chez les cheminots. A les entendre, ce sont des travailleurs organisés et progressistes et tout, tout ça parce qu'ils croient qu'ils ont vu le monde, qu'ils ont voyagé. Leur voyage, c'est la ligne Erevan-Tiflis. C'est ça, pour eux, voir le monde. Si tu veux mon avis, ce sont des gens malhonnêtes et c'est tout. Et moi, imbécile, qui leur donnais tout ce que j'avais! Et des cigarettes, et de la vodka! Et voilà ce que je récolte!

Il hausse les épaules, se lamente, fulmine. Mais surtout, il ne sait pas quoi faire. Il bourre sa pipe, l'allume, marche de long en large, s'arrête, regarde devant lui et se désole encore plus. Là-bas, à deux cents pas, au pied de rochers arides et brûlés, son bateau trône sur deux wagons plats, la coque prise dans un échafaudage compliqué de madriers et de planches. Il a l'air d'un animal marin ridicule, prisonnier, pris au piège, le mât dressé comme un index, la cheminée vide, désorientée. Bateau orphelin, impuissant, dérisoire.

Il le regarde longuement et retient un soupir, puis se tourne vers son compagnon tout tranquille et lui demande d'une voix découragée:

— Alors, qu'est-ce qu'on fait?

L'autre montre le soleil qui descend en oblique:

— C'est drôle, le train d'Erevan ne vient pas.

— C'est vrai, ça. Ça fait longtemps qu'il aurait dû passer.

Ils se regardent.

— Je crois bien, fait l'homme en clignotant des yeux, je crois bien que le train...

Il se croise les mains sur le ventre, lève le nez vers le ciel et reste immobile.

— Tu crois quoi?

— Bah, je n'en sais rien... Peut-être que je me trompe mais je crois bien que le train d'Erevan, on va pas le voir.

— Pourquoi? C'est déjà arrivé qu'il ne passe pas?

— Non.

— Alors pourquoi il ne passerait pas aujourd'hui?

— Je ne sais pas... On dit toutes sortes de choses... Hier soir, au village, il y avait des jeunes qui disaient que ça n'allait pas fort à Alexandropol. Je ne sais pas...

Hérian le regarde attentivement et voit bien que le rusé compère sait quelque chose. Et puis, tout d'un coup, il se met à penser au comportement étrange des cheminots, à leurs ricanements, à leurs critiques contre le gouvernement, à leurs sarcasmes, et puis au fait qu'ils l'ont laissé tomber comme ça avec son bateau. Il regarde l'homme droit dans les yeux :

— Allons, toi tu sais des choses que tu ne veux pas dire. Mais écoute, frère, pourquoi me cacher quelque chose à moi ? Je ne suis pas un ennemi. Et puis si je m'inquiète, ce n'est pas pour moi, c'est pour mon pauvre bateau. Et mon bateau, il est pour tout le monde, il est pour le peuple. Moi aussi, j'essaie d'être utile comme je peux. Tu te rends compte que je me tue à ça depuis des mois ?

Il s'agite. Il veut savoir. Il se passe des choses, c'est sûr. Il fait une nouvelle tentative :

— Il faut que tu comprennes. Cette pauvre machine qui est tombée en panne ici, en pleine brousse, elle attend, ça lui fait du mal. C'est la propriété du peuple, le bateau, c'est à tout le monde. S'il est arrivé quelque chose, il ne faut pas me le cacher. On est tous des chrétiens d'Arménie, non ?

L'objurgation semble avoir un vague effet et l'homme finit par répondre :

— Eh ben ! je sais pas trop... A ce qu'on dit, les Rouges vont venir et ils vont apporter de la farine. Ça, faut dire que la farine manque. Le paysan est fatigué, il n'en peut plus. Y a plus de semences... Alors, bien sûr que s'ils nous apportent de la farine, ça sera bon pour tout le monde. Alors, faut comprendre que si c'est vrai qu'ils viennent avec de la farine, le paysan, il sera heureux.

— Rien que pour la farine, rien que pour ça ! murmure Hérian interdit.

— Moi, ce que j'en dis, c'est ce qu'on raconte. C'est peut-être bon, c'est peut-être pas bon, c'est peut-être ça, c'est peut-être autre chose. Moi je suis qu'un travailleur, je suis aiguilleur de la ligne, c'est tout. Qu'ils fassent ce qu'ils veulent, moi je ne sais rien.

Hérian ne l'écoute plus et regarde vaguement autour de lui l'immensité lourde de silence. Un léger vent printanier s'est levé. De l'herbe fraîche sort de sous les cailloux. Il regarde la montagne, le bateau. Brusquement, tout lui semble irréel, il se sent terriblement seul et vulnérable. De nouveau, il regarde cet homme têtu, borné, fermé. Le bateau, les champs, les montagnes, tout ça sort-il d'un rêve ?

— Tu sais, patron, fait l'autre après un long silence, c'est plus la peine de l'attendre, le train, alors j'ai plus rien à faire ici. Surtout que je n'ai plus rien à manger.

— Qu'est-ce que ça veut dire ? Tu t'en vas ? Tu t'en vas où ?

— Eh ben ! je ne sais pas. Je rentre chez moi, au village.

— Bon, et moi ? Qu'est-ce que je vais faire tout seul ici ? Moi non plus, il ne me reste plus rien.

— Alors, allons au village.

— Et le bateau ?

— Le bateau, il peut pas venir avec nous. Il reste ici. Il va pas se sauver, le bon Dieu le gardera.

— Il y a combien d'ici au village ?

— Oh ben ! on peut y être ce soir. C'est pas loin d'Alexandropol et s'il se passe quelque chose, on le saura tout de suite. Le mécanicien, il reste aussi par là-bas. On va voir pourquoi il rapplique pas.

— Bon, très bien, alors je viens. Attends, je fais fermer la cabine à clé.

Ils suivent la voie de chemin de fer pendant un moment, puis ils attaquent la colline. Hérian considère son compagnon avec étonnement : l'homme n'est plus ni lourd, ni lent, ni paresseux. Dès qu'il s'est mis à marcher, il s'est transformé, il est devenu léger, rapide et souple. Il grimpe comme une chèvre, saute, bondit, rien ne l'arrête. Ces gens-là sont tous les mêmes, se dit Hérian qui a du mal à suivre, on ne sait pas à qui on a affaire. Ils dissimulent tout : les mouvements, les idées, les paroles. Ils ne parlent pas, ils ne répondent pas, ils vous regardent avec des yeux de poisson mort, mais ils savent tout, ils comprennent tout.

Arrivés au sommet de la colline, ils s'arrêtèrent. Ils avaient fait le plus dur du chemin, le reste était surtout en descente.

— On souffle une minute, dit l'aiguilleur, c'est qu'on n'est pas encore arrivés ! Nous on a l'habitude, mais pour les gens qui font ça pour la première fois...

— Bon, fit Hérian en s'asseyant sur une pierre, on se repose un peu. Du moment qu'on ne se met pas en retard et qu'on arrive avant la nuit...

— On arrivera, grâce à Dieu on arrivera.

Ils avaient sous les yeux une succession de hauteurs qui se poussaient et s'enroulaient. On aurait dit des masses de bronze fondu tombées du ciel et solidifiées. Cela s'étendait jusqu'à l'horizon, on n'en voyait pas la fin. Ici et là, un rocher pointu ou un entassement qui faisait comme une espèce de forteresse. Une race de géants avait dû passer par là et tout renverser, bousculer et bouleverser en s'amusant. Des pierres nues, des ombres profondes, des embrasements, tout cela dévorant, démesuré. L'air pourtant était si léger, si vif qu'on aurait cru l'entendre.

— Il n'y a personne qui habite par là ? demanda-t-il après un long moment d'observation.

— Si. Les villages sont derrière les collines, à cause du vent.

— Et Alexandropol est de quel côté ?

— Là, derrière ces hauteurs-là, du côté du soleil. Et puis un peu plus à droite, par là-bas, c'est mon village, Chouchnavan. De chez nous, il y a une heure à pied pour aller à la ville.

— Et maintenant, on a encore beaucoup à marcher?

— On a déjà fait plus de la moitié du chemin. Et c'est facile, ça descend presque toujours.

Ils se remirent en route et marchèrent en silence. Des maisons blanches apparurent dans une descente, avec des figuiers dénudés, des amandiers en fleur et des chiens qui aboyaient. L'horizon était en feu. Un silence lourd de cet embrasement flottait au sommet des collines.

Il fallut remonter une pente. Un paysan criait en tirant de toutes ses forces sur le licol d'une vache noire qui n'avait qu'une corne, mais sur un front nettement buté. Un peu plus haut, un homme et une femme, le bâton en main, poussaient un troupeau de moutons. La paysanne, noire et sèche, portait de la main gauche un lourd panier. L'homme avait un sac sur l'épaule. Les moutons ne cessaient de s'arrêter, de se frotter les uns contre les autres en fouillant le sol du museau. Cela sentait la poussière et la laine.

— Bonsoir, dit Hérian, heureux de voir enfin des êtres humains.

— Sois le bienvenu, lui dirent-ils en le regardant avec curiosité.

La côte était assez raide. Un homme aux sourcils épais, le visage plein et tanné, une grande badine à la main, conduisait une charrette grinçante tirée par deux bœufs qui ne voulaient pas monter la côte. L'homme courait à droite, à gauche, tapait sur les bêtes, tempêtait. Le compagnon d'Hérian l'interrogea. L'autre répondit qu'il n'était pas allé en ville, mais qu'en chemin il avait rencontré deux connaissances, et que ce qu'on racontait n'annonçait rien de bon :

— Ils disent que ça bouge, mais on ne sait pas très bien. Il paraîtrait que les ouvriers et les soldats se sont révoltés, qu'ils ont sorti le drapeau rouge et qu'ils font du tapage. A ce qu'il paraîtrait que le gouvernement s'est sauvé. Qui sait si c'est vrai ou pas? On en raconte tellement !

Les lumières qui se promenaient à l'horizon s'éteignirent brusquement. Le paysan courut derrière sa charrette aux grincements insupportables. Tout d'un coup, des chiens sortirent de partout et se mirent à aboyer. Le villageois aiguilleur cria, puis essaya de les amadouer, de les flatter; rien n'y fit: il fallut leur jeter des pierres.

Un peu plus haut, ils arrivèrent à une source où étaient réunies de fortes filles aux joues rouges et aux grands yeux, avec des lèvres brûlantes et des dents bien blanches. Quand ils passèrent près d'elles, elles se turent et les regardèrent par en dessous. Il les salua, elles répondirent d'une voix craintive mais en pouffant de rire. Elles sentaient le foin, le thym et la fleur fanée. L'une d'elles était en train de traire une vache qui essayait de lui donner des coups de sabot avec une de ses pattes de derrière, mais cela ne semblait pas gêner la fille.

Il regarda le spectacle et eut soudain envie de boire du lait. Il avait très faim. Ils arrivèrent aux premières maisons. Quelques villageois coiffés du papakh étaient réunis debout et fumaient la pipe en bavardant. Ils avaient les sourcils épais, de longues moustaches, de petits yeux et des mains noueuses comme des sarments de vigne. La plupart étaient âgés. Les deux hommes s'arrêtèrent pour les saluer.

— Bienvenue, répondirent les paysans en les regardant d'un air méfiant.

L'aiguilleur leur expliqua la raison de la présence d'Hérian, mais son explication était plutôt embrouillée :

— Il y a un bateau qui est arrivé, un vrai bateau. Il va à Erevan. Le mécanicien est parti, il a dit qu'il revenait et on l'a pas revu.

Puis, pour se donner de l'importance :

— J'ai rien pu faire pour la raison que le mécanicien je ne sais pas où il est allé. Et puis vous allez comprendre, le train d'Erevan n'est pas passé, alors c'est comme ça, c'est ce que je dis... vous voyez le travail...

Les villageois se regardaient sans broncher. Finalement, l'un d'entre eux se décida à rompre un silence embarrassant ; il regarda le ciel dans tous les sens puis déclara d'un air préoccupé mais sentencieux :

— Le monde est comme il est, faut s'attendre à tout.

Les autres regardaient par terre.

— Mais pour l'amour de Dieu, fit Hérian, dites-moi ce qui se passe là-bas.

Ils haussèrent les épaules :

— Qui sait ?

Un vieux tout courbé leva sa pipe dans son poing et haussa un menton pointu dans la direction d'Hérian :

— Dans une maison, quand le maître s'en va, tout se détraque. Les jeunes, ils se sont pas tenus tranquilles. Et on veut ci, et on veut ça... Eh ben ! ce qu'ils voulaient, maintenant ils l'ont.

Il reporta sa pipe à sa bouche d'une main tremblante et la suça d'un air furieux. Un de ses compagnons, un homme à la moustache énorme, parla à son tour :

— La jeunesse, ça ne sait pas réfléchir, c'est comme de l'eau bouillante, c'est comme un cheval emballé.

Un soupir, puis un autre enchaîna en s'exclamant :

— Et qui c'est qui pâtit ? C'est toujours le paysan.

— Ça, c'est bien vrai.

Le compagnon d'Hérian, qui en tant qu'aiguilleur auxiliaire du chemin de fer se prenait pour un fonctionnaire et donc pour un homme savant et bien informé, tendit les deux mains devant lui, les doigts écartés, regarda les uns et les autres, se prépara à dire quelque chose, et ne dit rien.

— Qu'est-ce que t'as, Martiros ? demanda un des vieux. Tu voulais dire quelque chose ?

Le dénommé Martiros tendit de nouveau les mains en avant, plissa les yeux et finalement parla avec la plus grande émotion :

— Akh ! il faut bien se dire... il faut bien se dire... quand le train est sur les rails, il regarde pas à droite et à gauche, il va droit devant et puis c'est tout. Et il faut bien le dire, y a les Russes...

— Et oui, c'est bien ça, approuva un paysan, il faut bien le dire, la question, c'est ça, c'est les Russes.

Martiros s'enhardit :

— Y a les Russes, c'est vrai, mais les Russes, c'est plus ceux d'avant, et c'est plus le même tsar. Et nous autres les fonctionnaires, par notre travail, on a un peu une idée de tout, vous savez ce que c'est. Ce qui se passe, ça peut pas nous échapper. Alors, la situation, maintenant, c'est qu'il y a un nouveau tsar qui s'appelle Lénine, et Lénine, il veut la justice partout. Il y tient, à la justice. Il paraît qu'il a appelé le vizir et qu'il lui a dit qu'il voulait plus qu'il y ait des riches, et que tout, l'or, la terre, les marchandises et tout, il fallait donner ça aux pauvres, aux travailleurs, enfin à ceux qui n'ont rien.

Les paysans écoutaient en ouvrant de grands yeux.

— Il a dit comme ça : « Il faut fusiller tous les riches qui exploitent les pauvres, et l'ordre que je donne là, il faut aller le dire partout en Russie et dans les autres pays. » Alors, quand il a dit ça, il y a un Arménien qui est avec lui comme secrétaire — on dit que cet Arménien-là, c'est un Zok* — qui est allé le trouver, il s'est agenouillé devant, il a touché le bout de ses pieds avec sa tête et il lui a dit comme ça : « Grand Lénine, j'ai quelque chose à te demander, ordonne-moi de parler. » « Parle, mon fils, parle », qu'il lui a dit bien gentiment, Lénine. Alors le Zok, il lui a dit comme ça : « Tu sais, là-bas, au pays, les paysans arméniens, ils ont bien de la misère... les bons paysans chrétiens, ils n'ont plus de farine, ils sont sans rien. »

* Les Zoks, groupe ethnique qui différait des autres Arméniens par le dialecte et certains traits de caractère.

Alors, quand le tsar, il a entendu ça, il s'est fâché contre ses vizirs qui lui avaient pas dit la vérité, il a tapé du pied et il a commandé qu'on donne tout ce qu'il fallait aux Arméniens et qu'on demande pardon aux nécessiteux d'avoir été en retard comme ça.

Martiros s'arrêta un instant, le temps de promener sur l'assistance un regard triomphant.

— Et alors voilà qu'il y a plein de wagons qui sont arrivés à Bakou et de là-bas ils sont venus jusqu'à la frontière, mais ils ne peuvent pas entrer pour la raison que notre gouvernement, il ne veut pas les laisser entrer.

Cette fois, les yeux des paysans brillaient.

— Ça alors ! Et pourquoi qu'ils veulent pas les laisser entrer ?

— Est-ce que je sais ? C'est de la pure méchanceté. Ils disent comme ça que s'ils les laissent entrer, on perdra notre indépendance.

— Ça doit être pour ça que les soldats se sont révoltés.

— Bien sûr que c'est pour ça. Les soldats, ils sont avec le peuple.

Ils restèrent un instant silencieux et songeurs, occupés simplement à fumer, puis l'un d'entre eux, un gaillard qui louchait, prit la parole :

— Bon, d'accord, y a la farine, mais la farine, c'est pas la question. La question, c'est tout le sang qu'on verse. Des jeunes, il n'en reste plus. Ils s'en vont et ils ne reviennent pas. Y a des orphelins partout et personne pour s'occuper des enfants. C'est pas juste, ça.

— Ils ne pensent pas au peuple, insista Martiros, ils ne pensent pas aux travailleurs.

Hérian écoutait en silence. Il valait mieux ne pas les contredire. Qu'est-ce qu'il pouvait changer ? Il n'y avait qu'à attendre. Tout s'éclaircirait le lendemain à Alexandropol.

La cloche sonna. Les paysans vidèrent leur pipe et se dirigèrent vers l'église. Une ombre pleine de fraîcheur gagnait sur les dernières lueurs du crépuscule et descendait sur le village dans un concert de cris de coqs, de tintements de clochettes et de beuglements. Puis la paix retomba lourdement.

— On verra demain où on en est, dit Hérian à Martiros. Tu vas à la gare le matin, non ?

— Oui, avant qu'il fasse jour.

— Moi, il faut que j'aille en ville. Après, j'irai te rejoindre. Surveille le bateau.

— Compte sur moi.

— Merci. Je te revaudrai ça. Mais ce soir, qu'est-ce qu'on fait ? Où est-ce qu'on couche ?

— Ben, répondit Martiros, c'est facile : quand l'office sera fini, on demandera conseil au *terter* *. Sa femme est morte, il a de la place. Les gens qui viennent au village, ils vont coucher chez lui. Tiens, les voilà qui sortent de l'église. Allons voir.

Le prêtre du village s'appelait le père Paul. C'était un petit homme au nez camus, avec de grands yeux au regard vide. Par rapport à sa taille, sa barbe était d'une longueur démesurée, ce qui lui avait valu parmi la jeunesse du village le surnom de père La Barbe. Quand il parlait, il ne cessait de la caresser, sa barbe, et quand l'émotion le gagnait, il mordillait en plus son abondante moustache. Cet homme bon, lent et velu faisait penser à un étrange mélange de mouton et de chien de berger.

— Mais bien sûr, vous serez chez vous. La maison du prêtre, c'est la maison de tous, dit-il après avoir écouté Martiros. Seulement, il faudra excuser, vous savez, nous ne sommes que des paysans, et on n'a pas les commodités de la ville. Mais ce qu'on a, c'est de bon cœur qu'on le met à votre disposition. Mais ne restons pas dehors comme ça. Allons donc voir ce que le Seigneur va nous donner.

— Bon, moi je m'en vais, annonça l'aiguilleur. Je vais manger un morceau et je reviens.

— On t'attend, Martiros. Viens sans faute.

Le prêtre occupait près de l'église une modeste maison devant laquelle il y avait un pommier en bourgeon, un grand cerisier et un abricotier en fleur. Il fallait se baisser pour passer la porte, puis on descendait quelques marches pour entrer dans une grande pièce à moitié éclairée par une petite lampe à pétrole posée dans un coin. La porte du fond donnait sur l'étable. L'endroit sentait la paille, la bouse de vache et le moisi.

— Je vous en prie.

Hérian prit place sur l'unique chaise. Le père Paul ôta ses chaussures et s'assit en tailleur dans un coin. Une porte s'ouvrit sur une jeune fille à la lourde chevelure noire et aux longs sourcils. Elle était pieds nus, gardait modestement les yeux baissés et portait une bassine d'eau chaude. Elle s'agenouilla devant Hérian et voulut lui ôter ses chaussures. Il refusa :

— Non, merci beaucoup, non, pas maintenant. Plus tard, je te demanderai peut-être un peu d'eau.

La fille ne savait plus que faire. Elle rougit jusqu'aux oreilles.

— Laver les pieds du voyageur, rappela le prêtre, c'est une vieille tradition. Bon, ça va, Haïkanouche, si le monsieur ne veut pas,

* Prêtre.

laisse-le. Va donc à la cuisine et apporte-nous ce que le Seigneur ne nous refuse pas.

Haïkanouche se sauva.

— C'est la fille de mon défunt frère, expliqua le père Paul. Elle est orpheline. Il a été tué sur le front autrichien, sa femme est morte de chagrin. Ah ! la guerre a détruit bien des familles !

Il se mit à égrener son chapelet. Pendant qu'ils mangeaient, la pièce se remplit de visiteurs qui arrivaient les uns après les autres. Chacun saluait, souhaitait bon appétit et allait s'asseoir à la suite au pied du mur. Aussitôt assis, ils sortaient leur pipe de leur ceinture, prenaient dans un petit sac du tabac qu'ils malaxaient dans leur paume calleuse et fumaient en bougeant constamment le pouce.

Haïkanouche ramassa les assiettes. Le père Paul se signa, marmonna une prière, poussa un soupir :

— Eh oui, c'est comme ça, dit-il. Mon Dieu, oui, c'est comme ça...

Il s'adossa au mur, se caressa la barbe. Personne ne disait mot. Lui rompit le silence en désignant Hérian :

— Notre honorable invité est un marin. Il transporte un bateau de Batoum jusqu'au Sevan, tout là-haut, dans la montagne.

Tous les regards se tournèrent vers « l'invité ».

— Ça plaira sûrement aux saints qui sont là-haut, hasarda quelqu'un.

— C'est à voir, rétorqua le terter d'un ton sentencieux, c'est à voir. D'après ce qu'il dit, le bateau a un moteur qui fait du bruit et de la fumée, et on sait bien, c'est dans les livres, que les saints n'aiment pas le bruit, pour la raison que le bruit vient du diable. Les saints hommes se retirent dans l'île pour fuir le bruit du monde. Et la malédiction du monde d'aujourd'hui, c'est justement qu'il y a trop de bruit. Il y en a tant, du bruit, que le Seigneur ne peut plus entendre la voix des hommes.

— C'est bien vrai, marmonnèrent les villageois avec ensemble.

Content de lui, le père Paul sortit de sa poche du papier, du tabac et se roula une cigarette. Un moment de silence, puis un vieux au visage impassible, la bouche encadrée de deux sillons profonds, déclara :

— Au jour d'aujourd'hui, Dieu lui-même a du mal à faire son métier. L'homme, c'est plus un homme, c'est une bête.

— Le vacarme sur terre, le vacarme au ciel, ajouta un autre, avec ça, qui pourrait entendre quelque chose ?

Dans l'étable, une bête frappait le sol de son sabot. Le père Paul se recroquevilla, ses doigts glissèrent le long de sa barbe, remontèrent jusqu'au menton où ils s'arrêtèrent un instant comme cinq gros insectes, s'agitèrent un peu puis, au moment de redescendre, se troublèrent parce qu'à cet instant précis, la porte s'ouvrit bruyamment : c'était Martiros accompagné d'un soldat. Les deux nouveaux venus saluèrent et s'assirent.

Le militaire était un garçon de haute taille aux larges épaules et au visage plein, visiblement énergique et robuste. Il avait le regard clair et vif et les cheveux soigneusement peignés. Tout le monde l'observa attentivement.

— Vous êtes le bienvenu, jeune homme, lui dit le prêtre. Mais... vous êtes nouveau par ici.

Martiros lança au soldat un coup d'œil interrogateur puis, tout gêné, regarda à droite et à gauche, et finalement s'enhardit :

— Oui, le camarade vient d'arriver... Il est venu... c'est, comme qui dirait, pour la cause que c'est le comité qui l'envoie... c'est qu'il a plusieurs choses à nous dire... enfin voilà.

Le soldat sourit. Plein de crainte, d'appréhension et d'hésitation, le prêtre sourit aussi, d'un sourire forcé. Il toussota et, comme par l'effet d'une contagion, tous les autres toussèrent, puis restèrent figés comme des statues.

— Citoyens, commença le nouveau venu d'une voix grave et assurée, le comité militaire-révolutionnaire qui s'est formé à Alexandropol, après avoir renversé le gouvernement des *dachnaks* *, m'a envoyé dans votre village pour saluer les paysans travailleurs et pour vous informer de ce qui se passe.

On l'écoutait dans un silence de mort. Il s'arrêta quelques secondes puis reprit :

— Le comité militaire-révolutionnaire représente la volonté des masses laborieuses. Comme vous le savez, notre peuple est las des guerres interminables, de la misère et de la faim, et il a décidé de mettre un terme à cette situation intolérable. Le Premier Mai a marqué le moment décisif où le prolétariat s'est révolté partout. En ce moment même, à l'heure où je vous parle, en plusieurs endroits du pays — à Kars, à Karakilis, à Sarikamich, à Nor-Bayazet et ailleurs — il s'est formé des comités comme le nôtre, et dans tous ces endroits, on a proclamé la République des Soviets et les représentants des ouvriers et des paysans ont pris le pouvoir. Le comité m'a envoyé auprès de vous pour que vous aussi, dans ces heures décisives, vous vous joigniez à nous en mettant fin à une situation scandaleuse dont vous êtes les innocentes victimes.

* Membres du Dachnaktsoutioun ou Fédération révolutionnaire arménienne, parti fondé en 1890, adhérent à la IIe Internationale, et qui fut au pouvoir pendant la période d'indépendance de 1918-1920.

Il récitait sa leçon, parfois en s'excitant, parfois en marquant une pause, comme pour donner à ses auditeurs le temps de la réflexion, et aussi en regardant les visages pour constater l'effet de ses paroles. Mais les visages étaient de pierre. Quand il eut terminé, tout le monde se tourna vers le père Paul. Celui-ci était recroquevillé, la tête dans les épaules, les deux mains entourant le bout de sa barbe, l'air d'un petit chien qui a fait une bêtise. Il regarda Hérian, lequel était en train de bourrer sa pipe sans regarder personne.

Ce fut Martiros qui rompit le silence :

— Vu que c'est comme ça... c'est la situation. Le camarade a dit ce qu'il avait à dire. C'est sûr que tout ça, c'est des grandes affaires d'État, c'est...

Il se troubla et ne put continuer. Le soldat enchaîna :

— Il serait bon que ceux qui sont ici s'expriment.

Ces paroles emplirent d'effroi toute l'assistance.

— Eh ben ! dit un des paysans en s'adressant aux autres, s'il faut parler, y a qu'à parler.

— Grand-père Vardan, suggéra un autre, vas-y, toi, parle.

Grand-père Vardan serra ses lèvres cernées de rides, réfléchit et de l'air de quelqu'un qui révèle une pensée profonde :

— Si c'est des affaires d'État, comme dit Martiros, alors c'est au terter de parler. Qu'est-ce qu'on peut dire, nous ? Le terter, il connaît l'Évangile et tout et il s'y connaît, dans tout ça.

— Ça, c'est bien vrai.

— Pour sûr, le terter il s'y connaît.

Effaré, le père Paul regarda de tous les côtés et se caressa la barbe à deux mains.

— Qu'est-ce que le terter a à voir là-dedans ? s'écria le jeune militaire, agacé. La parole est aux travailleurs, au peuple, à vous.

— Toi, Aghassi, dit l'aiguilleur en s'adressant à un homme assis dans un coin, qu'est-ce que t'en dis, toi ?

— Qu'est-ce que tu veux que j'en dise, frère ? Moi je dis que sans l'Église, qu'est-ce qu'on peut dire ? Si on entretient un terter ici, c'est bien pour quelque chose, non ? Alors il n'a qu'à dire ce qu'il faut, nous on sera d'accord.

— T'as raison, Aghassi.

Toutes les têtes opinèrent.

Le père Paul tremblait de tous ses membres, mais il réunit tout son courage :

— Je ne suis qu'un serviteur de Dieu. Tout dépend du peuple, et notre Église, c'est l'Église du peuple. Bien sûr, il y a nos supérieurs... Moi, je suis d'avis qu'avant de prendre une décision, il faut voir ce qu'en dit notre évêque. Enfin, il y a des gens au-dessus de nous, des *vardapets* *, le Saint-Siège d'Etchmiadzine. On ne peut pas décider ça d'ici comme ça et je...

— Je vois que nous ne nous comprenons pas, coupa le jeune soldat avec humeur. On ne parle pas du tout la même langue. Qui vous parle d'évêque et de je ne sais qui ? Je suis venu ici sur l'ordre du comité militaire-révolutionnaire pour communiquer certaines directives, et je vois qu'il est inutile de discuter de ça. J'exige que demain matin on tienne un meeting général et que la masse des travailleurs du village prenne les décisions qui s'imposent.

— Il faut qu'on tienne un quoi ?

— Un meeting. Ça veut dire une réunion. Une réunion publique.

— Ah bon, si c'est la réunion, eh ben, on fait la réunion.

— La question, fit Martiros d'un ton conciliant, la question c'est que là-dedans, faut voir notre intérêt. Oui, avant tout, ce qu'il faut, c'est l'intérêt du paysan, c'est ça qu'il faut.

Il s'arrêta une seconde puis reprit avec entrain et chaleur :

— L'intérêt, c'est ça... Faut penser à ceux qui sont dans le besoin, faut y penser. Et si on réfléchit bien, Dieu nous bénisse, là-bas y a des quantités de farine et des montagnes de marchandises qui viennent d'arriver de Russie et ça attend que le peuple vienne les prendre, et le peuple, il peut pas venir les prendre. Et pourquoi qu'il peut pas les prendre, le peuple ? C'est ça la question.

Les paysans le regardaient, étonnés.

— Le camarade Martiros a raison, approuva le soldat délégué. La Russie rouge est prête à venir de toutes les façons aider fraternellement le peuple arménien : du blé, de la farine, du sucre. C'est le gouvernement dachnak d'Erevan qui ne laisse pas ces marchandises entrer dans le pays. C'est un véritable crime. Et maintenant, c'est à vous de décider.

Les yeux des paysans s'allumaient.

— Ça alors, bien sûr, si y a du ravitaillement qui est arrivé...

— Ils veulent le distribuer, qu'il dit. Alors là, pour sûr, s'ils veulent le distribuer...

— Alors, là, qu'est-ce qu'y a à dire ?

— Y a des femmes avec des enfants, y a des orphelins. Alors, s'ils veulent distribuer ça...

Tout le monde se mit à parler en même temps.

Malgré sa fatigue, Hérian dormit mal. L'inquiétude le rongeait.

* *Vardapet :* archimandrite.

Quels événements inattendus ! Près de lui, le prêtre non plus ne pouvait dormir ; il se tournait et se retournait dans son lit, ronflait une minute, se réveillait, soupirait : « Seigneur ! Seigneur ! »

— Qu'est-ce qu'il y a, père, tu ne dors pas ?

— Je n'ai plus sommeil, soupirait le prêtre, mais ne t'occupe pas de moi, dors, mon fils, dors.

A côté, dans l'étable, la vache ne cessait de donner des coups de tête dans le mur. Et puis, la pièce manquait d'air.

Le jour à peine levé, Hérian sauta du lit, s'habilla et prit congé du père Paul.

— Le Seigneur soit avec toi, mon fils, dit celui-ci. Et maintenant, voyons quelle catastrophe va tomber sur nos têtes...

La brise le réveilla. Il regarda les lumières naissantes du matin et se mit en marche. Le sommet des collines crépitait comme un feu de braises qu'on attise. Une paix lourde pesait sur tout le paysage. Le village dormait. Le chemin s'enfonçait au flanc d'une hauteur aride et triste.

Il marchait d'un pas énergique en balançant bien les bras. Ce petit vent lui plaisait, et ce matin enflammé, et ce spectacle grandiose. Il grimpait par un sentier étroit quand une rafale le fouetta. Il s'arrêta, aspira très fort et ses narines apprécièrent l'humidité salée. On aurait dit l'odeur de la mer. Il secoua les épaules, la tête, et repartit.

Des images familières défilaient dans sa tête. Il en fixa quelques-unes en hâtant le pas. La mer... Il se rappelait les présages annoncés, dans l'immensité du soir, par les étoiles observées au sextant, les lames qui lui cinglaient le visage, soleil et sel, le balancement des mâts, les écarts soudains du bateau ébranlé par les rafales, les embruns énormes qui retombaient au pied du mât de misaine, les craquements de la charpente quand la proue plongeait vers l'abîme. Dans ces moments-là, debout sur la passerelle, la casquette enfoncée jusqu'aux sourcils, les mains dans les poches, il regardait en se balançant légèrement, les jambes écartées.

Celui qui a connu l'intimité de la mer se fait mal à cette terre ferme qui lui donne l'impression d'un exil. Les forces de son esprit et de son corps restent en grande partie insatisfaites, inutilisables, paralysées.

Et puis il ne comprenait pas les hommes. Ces luttes, ces combats, ces immenses calamités provoquées par de petits conflits d'intérêt, ce sang versé, cet incendie qui dévorait tout... Non, il ne comprenait pas. Après tout, du jour où il était redescendu à terre, il n'avait guère fait que courir après la mer. D'une façon ou de l'autre, la retrouver, naviguer, s'unir à la solitude de l'eau, se mesurer avec la folie des éléments, oublier les hommes, leurs délires, leurs vanités, leurs petitesses.

L'air, le sel, les espaces infinis, c'était cela qui le faisait marcher en cet instant dans ces lieux déserts et inhospitaliers, c'était cela qui l'avait jeté dans une entreprise aussi étrange, aussi folle, aussi dérisoire. Et tous les prétextes qu'il invoquait, tous les discours qu'il se tenait à lui-même n'avaient qu'un but : arriver à la mer.

Cette terre avec sa sueur, son sang et ses fureurs, il l'avait toujours vue de la mer, désir lointain, provocation charnelle, mirage. Il la connaissait par les brèves escales, les faubourgs aux tavernes bruyantes, les quais grouillants de dockers, les cafés illuminés, les aventures faciles, les musiques mécanisées, le rire, l'alcool et la bagarre, les rencontres passagères, les baisers sans valeur et les lits d'occasion. L'important, c'était la mer et son bateau. Les préparatifs de départ, la discipline de l'équipage, le souci de respecter les horaires et d'économiser le charbon et le pétrole, la volonté de passer sans dommage à travers vents et tempêtes.

Les villes et leurs multitudes restaient fort loin, derrière l'horizon, elles se rangeaient parmi les vagues souvenirs, elles se voilaient, se dissipaient. Les maisons, les rues, les allées, les quais, les alignements de réverbères, la circulation des automobiles, l'odeur de l'essence, les policiers, les prostituées. De ces entassements et de ces bruyants parallélismes, on s'éloignait sans regret et comme il était agréable, ce moment où il ordonnait de larguer les amarres ! La cheminée cerclée de rouge rejetait la fumée, la sirène crachait son jet de vapeur, l'hélice brassait l'eau et, tel un grand animal, le bateau se mettait doucement à bouger, glissait contre les poutres de protection qui gémissaient, les amarres tombaient à l'eau que la proue commençait à fendre et il s'éloignait sans regarder en arrière. Le dernier phare devenait le premier fanal de la solitude et le large commençait à mouvoir ses bras immenses.

Mais maintenant, où était-il et qu'était cette terre sur laquelle il marchait ?

Le soleil avait quitté l'horizon. Le souffle léger du printemps s'enroulait aussi autour de la terre, l'invitait, la caressait, sautillait d'une colline à l'autre. Mais la terre ne répondait pas à l'invitation ; elle restait sèche, dure, indifférente, insensible, neutre, lugubre. Cette terre était en pierre. Il marchait en se torturant les pieds, le cœur lourd et la pensée bien loin.

Il entra à Alexandropol par une petite rue déserte, bordée de maisons basses à toit plat, baignées de poussière. Les portes étaient fermées, les fenêtres aussi. Aucune boutique ouverte. Était-il donc si tôt? Non il n'était pas tôt, le soleil était déjà haut. Alors?

Devant une maison, deux enfants jouaient. Il hâta le pas pour aller leur demander le chemin de la gare, mais il n'était pas encore près d'eux qu'une porte s'entrouvrit sur la tête d'une vieille femme en colère qui leur ordonna de rentrer:

— Vous êtes fous? Vous voulez vous faire mitrailler?

Les enfants rentrèrent en courant et la porte claqua derrière eux. La rue s'éteignit comme une lampe à sec. Il ne comprenait rien. Qu'est-ce qui se passait? Il avait un mauvais pressentiment. Et puis, par où aller? Brusquement, il s'arrêta: une femme le regardait de derrière une fenêtre. Il approcha, frappa au carreau. Effrayée, la femme laissa retomber son rideau. Au même instant, une fusillade éclata au loin. Il tendit l'oreille, resta immobile. Personne à interroger, on se serait cru dans une ville déserte. Il se remit tristement en marche, arriva au bout de la rue, tourna à droite, arriva sur une place occupée par des groupes de soldats et de civils en armes, en majorité des ouvriers, dont certains portaient des drapeaux rouges.

De tous côtés, on regarda le nouveau venu, qui fit semblant de ne s'apercevoir de rien et continua à marcher. Mais derrière lui, une voix l'arrêta:

— Hé là! citoyen, où allez-vous?

Il s'arrêta. Deux soldats s'approchèrent.

— Je cherche la gare, répondit-il. Je viens d'arriver à Alexandropol.

— Vous venez d'arriver et vous ne savez pas où est la gare?

— Il a dû tomber du ciel, fit un gars basané et chevelu.

— Fouillez-le, ordonna un autre.

Ils le fouillèrent. Il avait heureusement laissé son revolver sur le bateau.

— Rien.

Il s'expliqua. Les wagons étaient restés en pleine campagne et lui venait en ville chercher le mécanicien.

— Et pourquoi voulez-vous aller à la gare? questionna l'un des soldats d'un air soupçonneux.

— Mais je viens de vous le dire: je veux savoir si oui ou non le mécanicien va venir.

Un jeune officier approcha à son tour et le regarda droit dans les yeux. Un peu troublé, Hérian recommença son histoire. L'officier le jaugea de la tête aux pieds et finalement lui dit:

— Il est absolument inutile d'aller à la gare. Maintenant, les travailleurs ont des choses beaucoup plus importantes à faire qu'à s'occuper d'histoires de bateau. Et d'ailleurs, si vous y allez, on ne vous laissera pas entrer sans laissez-passer : la gare est occupée par le comité révolutionnaire. Mais enfin, si vous y tenez absolument, allez-y. C'est par là, tout droit.

— Merci.

Ce qui excitait leur suspicion, c'était sa casquette. Tout ce qui avait un grade quelconque était considéré comme contre-révolutionnaire. Ils peuvent toujours penser ce qu'ils veulent, se dit Hérian, je n'enlèverai pas ma casquette. Il prit le chemin indiqué et entendit quelqu'un marcher derrière lui, mais il fit semblant de n'y attacher aucune importance. Des groupes de soldats stationnaient à tous les coins de rues. Et partout on arborait, fixés à de simples bâtons, des drapeaux rouges en papier. Parce que la toile manquait. Ils l'arrêtèrent à plusieurs reprises et le questionnèrent. Il répondit qu'il allait à la gare pour y prendre des renseignements importants au poste de commandement du comité militaire-révolutionnaire. Apparemment, la réponse leur suffisait et on le laissa passer.

Une foule considérable occupait la place : des ouvriers, des paysans, des militaires, des volontaires armés. La foule immobile et attentive regardait la porte de la gare, attendant sans doute quelque chose d'important. Hérian se dressa sur la pointe des pieds, regarda lui aussi par-dessus les têtes. Il était plus prudent de ne pas éveiller les doutes en posant des questions.

Tout à coup, la foule bougea : par une rue latérale, des gens arrivaient en chantant et en criant. Ne résistant pas à la curiosité, il interrogea un ouvrier qui se trouvait à côté de lui et qui criait lui aussi en agitant son bonnet.

— C'est des soldats qui viennent avec nous, répondit l'homme avant de se remettre à crier :

— A bas les dachnaks ! Les soviets au pouvoir !

Les manifestants débouchaient sur la place, porteurs de drapeaux rouges et de banderoles où s'étalaient des slogans antigouvernementaux. La foule s'écarta pour les laisser passer. Ce fut un vacarme indescriptible : on entourait les nouveaux venus, on les applaudissait, on les embrassait. Les plus enthousiastes étaient un groupe d'étudiants et d'étudiantes qui chantaient, acclamaient les soviets, hurlaient, écumaient. « Vive le pouvoir des ouvriers et des paysans ! » La première vague d'enthousiasme passée, les jeunes gens hissèrent l'un d'entre eux sur les épaules de deux de leurs camarades : le visage rouge, les cheveux en bataille, il gesticula pour réclamer le silence. L'orateur improvisé parla des victoires remportées :

— Déjà l'Azerbaïdjan est passé au communisme. La Géorgie se prépare à renverser le joug infâme des mencheviks, ces assassins, ces bandits dont la mort est proche. Le gouvernement d'Erevan, lui, ose encore résister, mais son heure a sonné aussi : presque toute l'armée est passée du côté des masses laborieuses. La bolchevisation de l'Arménie n'est plus qu'une question d'heures. Le train blindé qui est en gare en ce moment est prêt à anéantir les derniers laquais du capitalisme. Toute la ligne de chemin de fer est aux mains des révolutionnaires. Un ultimatum vient d'être envoyé par télégramme au gouvernement d'Erevan : si ce soir à dix-sept heures, ils ne nous remettent pas le pouvoir, alors, camarades...

Il fut impossible d'entendre les derniers mots de la menace. Un immense brouhaha couvrit la voix de l'orateur qui, les yeux exorbités, continuait en brandissant les poings à s'égosiller sans arriver à dominer le tumulte. Puis ils entonnèrent *l'Internationale*.

— A la caserne, camarades ! A la caserne des cosaques ! Vive l'Armée rouge !

On brandit les drapeaux rouges, les jeunes chanteurs prirent la tête, suivis d'une partie de la foule. Hérian regardait, bouleversé. Il était pâle, ses mains tremblaient, le désespoir l'écrasait. Qu'allait-il faire ? Tout était fini. Il alla à droite et à gauche, regardant les visages, prêtant l'oreille aux conversations. Il était effondré. Le bateau, les puissances qui devaient, paraît-il, régler la question arménienne, les Turcs qui allaient se réjouir...

Au bout de la place, un groupe d'hommes se tenaient sombres et silencieux. Instinctivement, il devina leurs dispositions d'esprit et s'approcha d'eux. Ils se comprirent en se regardant.

— Aïe, aïe, aïe ! soupira un des hommes.

— Quand on pense, marmonna un autre, tant de sang versé, tant de morts, et tout ça pour en arriver là !

— N'importe, on verra bien.

Hérian voulut dire quelque chose, mais rien n'arriva à sortir de ses lèvres tremblantes pâlies par la colère.

— Les Russes s'entendent avec les Turcs et ils nous laissent crever, dit quelqu'un qui se tenait un peu à l'extérieur du groupe. Zinoviev est allé à Bakou s'allier avec les assassins turcs et le résultat, vous le voyez ici. Mais patience, tout n'est pas fini.

Au même instant, on entendit des coups de feu au loin et une certaine agitation s'empara de la foule. Beaucoup de ceux qui étaient partis vers la caserne revenaient sur la place en courant et en criant « Trahison ! » et « Vengeance ! ». Les gens couraient dans tous les sens en s'appelant, en hurlant. Beaucoup entraient dans la gare, d'autres en sortaient l'air furieux et parlaient avec des groupes qu'ils entouraient aussitôt. Qu'était-il arrivé ?

Brusquement, le portail de la gare s'ouvrit tout grand et il en sortit un homme de haute taille, aux larges épaules, qui marchait d'un pas lourd, le visage soucieux. On se pressa vers lui. On apporta une chaise sur laquelle il monta, puis il leva la main et le silence se fit.

— Camarades et citoyens ! cria-t-il d'une voix aiguë et d'un ton très artificiel, il faut se préparer à la lutte finale, décisive. Nous venons d'avoir le gouvernement d'Erevan au téléphone. Ces bandits vendus aux capitalistes d'Europe et d'Amérique...

— A bas les dachnaks ! A bas !

— Camarades, écoutez, écoutez !

La foule bougea, comme battue par des vagues. On se bousculait, chacun voulait arriver plus près pour mieux entendre, on grimpait sur l'appui des fenêtres, sur les réverbères. L'orateur réclama le silence en gesticulant et reprit :

— Vous devez savoir que les garnisons de Kars, de Sarikamich et de Karakilis sont avec nous, et que par conséquent nous avons le droit de dire que les masses laborieuses exigent que le pouvoir nous soit remis à nous, les bolcheviks. Les troupes rouges de la Russie fraternelle sont déjà en mouvement et elles ne vont pas tarder à s'unir à nous. Afin d'éviter une effusion de sang inutile, nous avons téléphoné à Erevan et exigé de ces messieurs qu'ils se rendent sans résistance. Mais ils nous ont répondu que nous sommes des voleurs, des bandits, des assassins vendus à l'étranger, et ils ont menacé de nous encercler. Nous savons qu'ils ont proclamé la dictature. Et nous venons d'apprendre à l'instant que la petite partie de l'armée qui leur est restée fidèle marche sur nous.

— A bas les dachnaks !

— Notre train blindé rouge, camarades, va les recevoir à mi-chemin comme il convient.

— Vive le train blindé !

— Camarades, c'est la lutte finale ! Armez-vous et montrez que la volonté du prolétariat est inébranlable. Vive la République soviétique arménienne ! Vive le communisme !

Un hurlement salua ces paroles. Un groupe de jeunes entonna : « C'est la lutte finale... »

— Des armes ! des armes ! criait-on de tous côtés.

C'étaient les filles qui criaient le plus fort. L'une d'entre elles, dans une grande agitation de son opulente poitrine, proposa d'aller démolir le dernier repaire des dachnaks :

— Au club dachnak ! Au club dachnak !

Aussitôt, un cortège se forma qui se mit en marche vers le centre de la ville en entonnant un chant révolutionnaire russe. Poussé par la curiosité, Hérian les suivit. Ce qui était surprenant, c'est que, mis à part les manifestants, les rues étaient vides. La population avait comme disparu. Portes et fenêtres restaient closes. Ici et là, de temps à autre, un rideau s'écartait, on voyait un visage effaré qui disparaissait aussitôt. Dans la rue, les manifestants applaudissaient les soldats qu'ils rencontraient : « Vive l'Armée rouge ! » Les soldats acceptaient des cigarettes en souriant. Parfois aussi, des jeunes gens arrivaient de la gare en courant et annonçaient des nouvelles qui réchauffaient l'enthousiasme :

— Camarades, les volontaires d'Hamazasp se sont insurgés, ils ont abandonné Basar-Ketchar où ils étaient stationnés, les soldats de Karanloukh se sont joints à eux et ils marchent sur Nor-Bayazet.

— Vivent les volontaires ! Vivent les insurgés !

— Camarades, les Molokans et les Grecs de Kars se sont joints aux bolcheviks ! La forteresse est à nous !

— Vivent les Molokans ! Vivent les Grecs !

On agitait les drapeaux, l'enthousiasme était à son comble.

Arrivés devant le modeste immeuble où on pouvait lire sur un panneau : « Club de la Fédération révolutionnaire arménienne », une fureur aveugle s'empara de la foule. Les expressions devenaient bestiales, les bouches se tordaient dans des hurlements. Hommes et femmes se jetèrent sur la porte, réussirent à l'arracher de ses gonds et à l'abattre, ce qui fut ponctué par un énorme « Hourra ! ». Une partie de la foule entra, brisa les fenêtres dans un grand bruit de vitres cassées et se mit en devoir de jeter à la rue les livres, les meubles, les portraits. Ceux qui étaient restés dehors se précipitèrent sur tout cela et se mirent à casser, à déchirer et à briser. C'étaient de pauvres objets bien modestes : une table peinte en rouge, des chaises de paille, un vieux fauteuil tout jauni. Les agrandissements photographiques excitaient particulièrement la rage des destructeurs ; c'étaient en majorité des portraits d'hommes politiques, d'écrivains, de poètes, d'ecclésiastiques : des visages sérieux et tristes, des cravates soigneusement nouées, des regards rêveurs derrière les lorgnons, des barbes ondulantes, des lèvres serrées, des gens dont les vies de souffrance et de foi s'étaient consumées comme des torches dans les obscurs labyrinthes de l'histoire arménienne.

Hérian sentit son cœur se serrer ; il avait l'impression qu'on les tuait. Il se rappella, quelques années plus tôt, à Tiflis, les obsèques d'un de ces hommes dont on piétinait maintenant le portrait : il y avait une foule de cent mille personnes, dont certaines devaient probablement être là aujourd'hui. Il revoyait les têtes nues, cette multitude derrière le corbillard couvert de fleurs. Il entendait le glas que sonnaient toutes les églises, il voyait ces femmes qui pleuraient et il n'y avait guère d'endroit à Tiflis où on n'aurait pas vu ce portrait sur lequel on crachait aujourd'hui.

Quand ils eurent tout cassé, ils allumèrent un feu et brûlèrent les débris en chantant et en criant.

— A la gare ! A la gare !

De nouveau, les chanteurs prirent la tête. A la gare, on apprit que le train blindé était parti au-devant de l'ennemi. Il se passait des choses décisives. Les visages commençaient à montrer des signes d'incertitude. Pour dissiper cette incertitude, un militant sortait de temps à autre de la gare et s'efforçait, dans un discours enflammé, de remonter le moral de ses auditeurs. Sa harangue à peine terminée, un nouveau cortège se formait et allait emplir les rues voisines de ses cris. Et pour effrayer la population, parfois on tirait. Parfois aussi, voyant dans tous les coins des ennemis imaginaires, on courait à droite et à gauche, on se jetait dans les maisons en criant, en appelant, en hurlant, puis on se réunissait pour revenir écouter un nouveau discours.

Hérian regardait tout cela d'un œil las. Il lui semblait assister à la projection d'un film tourné en d'autres lieux ; la séance n'allait pas tarder à se terminer.

Vers cinq heures de l'après-midi, on entendit le canon du côté d'Akhourian. Les détonations secouaient Alexandropol. Les manifestants s'arrêtèrent, l'air soucieux, et regardèrent au loin en ouvrant de grands yeux.

— C'est les nôtres ! s'exclama un ouvrier à côté d'Hérian. Ah ah ! ça tape !

Un instant plus tard, la canonnade s'intensifia, accompagnée du crépitement des mitrailleuses.

— Non, intervint un second ouvrier, ça c'est autre chose.

On commença à s'inquiéter sérieusement, à se déplacer dans tous les sens sans raison. Les voix descendirent de plusieurs tons, on passa aux chuchotements. Un groupe de filles voulut chanter, mais comme elles n'y arrivaient pas et que cela les agaçait, elles se mirent à courir. Une partie de la foule repartit vers la porte de la gare, puis reflua. Tout le monde donnait des ordres, et personne ne savait que faire. En attendant, la fusillade se rapprochait.

Bientôt, devant tous les manifestants bouche bée, le train blindé repassa la gare en tirant et, dans un grand bruit de ferraille, battit en retraite vers le nord. Puis ce furent des bombes qui ébranlèrent la ville : on faisait sauter les ponts.

— Ils arrivent ! Ils arrivent ! criait-on de tous côtés.

Ce fut la fuite générale. Le désordre était à son comble. On se bousculait, on se renversait, on hurlait, on jetait les revolvers, les fusils et les drapeaux. Hérian ramassa un revolver et le mit dans sa poche. Au même moment, des hommes surgirent des rues voisines, à la poursuite des fuyards. Les coups de fusil claquaient. Maintenant, la place était vide. De tous côtés arrivaient des gens en armes : la population réoccupait la rue.

— Ils se sauvent ! Ils se sauvent !

Et une impitoyable chasse aux communistes commença. On en abattit quelques-uns, on en arrêta beaucoup. On désarmait les soldats, on emmenait les officiers à la prison.

— Cognez dessus ! Cognez sur les traîtres !

Là encore c'étaient les femmes les plus acharnées. La nuit commençait à tomber. La fusillade continuait. Les gens ne se dispersaient pas. Au contraire, il en arrivait toujours dont on se demandait d'où ils sortaient.

Au bout d'un instant, des flambeaux apparurent et un meeting monstre eut lieu sur la place de la gare. On prononça des discours patriotiques. Des centaines d'orphelins arrivèrent, venant de la caserne des cosaques où ils étaient logés. On les accueillit avec force applaudissements et aux accents de l'hymne national. Dans l'obscurité que perçait la lueur vacillante et incertaine des torches, tout le monde était ému, et beaucoup pleuraient. On se saluait, on s'embrassait. Un vieux qui se trouvait près d'Hérian prit ses mains dans les siennes.

— Oui, grand-père, lui dit Hérian, oui...

Il leva les yeux : la voûte étoilée était descendue.

Le meeting terminé, la foule alla vers le centre. Toutes les fenêtres étaient éclairées. Partout, on entendait des chants et de la musique. On alluma un grand feu sur la place et on dansa une ronde interminable. Une musique ardente et une danse endiablée : hommes et femmes, jeunes et vieux sautillaient en se tenant par la main. Ce fut une nuit d'enthousiasme et de folie. On sortait des maisons des tables qu'on couvrait de victuailles et de bouteilles, tout le monde invitait tout le monde. Sans se faire prier, il mangea et il but, en proie à une véritable fringale. Quand tout fut fini, il s'assit sur une pierre et sommeilla.

A l'aube, une sonnerie de trompettes retentit. La foule, qui avait envahi les trottoirs, applaudissait et acclamait un régiment de cavalerie qui entrait en vainqueur dans Alexandropol. Les cloches de toutes les églises sonnaient. On apprit que l'ordre était rétabli partout, que les Rouges étaient en fuite ou se terraient, que les soldats étaient rentrés sous le drapeau national. Des affiches apparurent sur les murs : l'état de siège était proclamé dans tout le pays, la justice était confiée aux tribunaux militaires.

Hérian lut les affiches et courut à la gare : il voulait à tout prix rejoindre son bateau. On lui dit qu'il fallait attendre, parce que beaucoup de cheminots avaient fui et que les ponts avaient été détruits. Il protesta, tempêta, et il était sur le point de s'en aller à pied quand il apprit qu'un train militaire spécial allait justement partir pour l'endroit où se trouvait le bateau. Il alla vite acheter quelques provisions et revint à la gare juste au moment où le train s'ébranlait.

De loin, en voyant *l'Albatros,* son cœur se mit à battre plus fort. Pourvu qu'il n'ait pas souffert, qu'il ne soit pas blessé lui aussi !

Heureusement, le train ne roulait pas vite. Il sauta à terre, trébucha, arriva à se redresser et ôta sa casquette pour faire un signe d'adieu aux soldats qui s'éloignaient. *L'Albatros* était toujours là, immobile, fantomatique, irréel, solitaire et silencieux comme une apparition, sortant orgueilleusement son nez de son échafaudage, et dressant son mât telle une antenne de TSF, comme pour aller capter des ondes mystérieuses.

Il n'en croyait pas ses yeux. Le dernier écho du train militaire s'était évanoui et tout s'était abîmé dans le silence. Il restait seul avec son bateau. Avec son bateau et cette ruine qu'on appelait la gare. Une bâtisse lamentable, à moitié écroulée, avec des fenêtres brisées et un toit crevé qui laissait descendre par ses trous un ciel immense, inépuisable.

Bon. Et maintenant, qu'allait-il faire ? Un petit vent jaune jouait sur la plaine, tournoyait en collant au sol, s'arrêtait une seconde, repartait pour attaquer faiblement de vagues plantes maigres et chlorotiques qui tremblaient en s'inclinant pour laisser passer cette ivresse printanière.

Bon. Et maintenant ? Il laissa errer son regard sur cette paix qui l'entourait. Tout, la terre, les montagnes, le ciel, le bateau et lui, attendait que se manifeste une espèce de puissance inconnue. Elle s'apprêtait. Qui sait ? Peut-être ses pieds énormes s'avançaient-ils déjà sur les pays, là-bas, tombés derrière l'horizon, et peut-être allait-elle surgir, sauter par-dessus les monts et descendre ici sur la plaine ? Et quand elle descendrait, les monts et les champs trembleraient et il y aurait des cris dans le ciel.

Bon, mais en attendant ?

Un pinson vola vers le mât, se percha tout en haut, battit des ailes, tourna la tête à droite et à gauche. Hérian sourit et se sentit presque joyeux.

Ce qui était étonnant, c'était l'absence de Martiros, l'aiguilleur. Il devait se terrer dans quelque trou au fond de son village, à moins qu'il n'ait passé la frontière avec les autres. L'imbécile, se dit Hérian, si au moins il était resté là !

Il n'avait pas où coucher. Les expériences et les spectacles des deux derniers jours étaient encore en lui comme du poison. Il se promena, sifflota, mangea un peu, s'allongea par terre. Il s'apprêtait à fixer le ciel pour rêver quand il releva la tête, tout étonné. Tout là-bas, ballottant du ventre et frétillant de la queue, arrivait un gros chien gris.

Il s'assit. L'animal descendit la butte proche de la bâtisse démolie, la tête basse et la langue pendante, reniflant le sol, et sans aucune hésitation vint s'arrêter aux pieds de l'homme. Il agita encore plus la queue en glapissant de joie, posa la tête par terre en le regardant d'un air tendre, et resta immobile.

C'était un chien de berger à grosse tête, une de ces bêtes à long poil qui ressemblent à des papakhs de paysans, moitié loups moitié moutons, et qu'on voit partout dans les villages et les pâtures. D'où venait celui-là ? Hérian regarda dans toutes les directions. Personne. Il se leva, marcha : le chien le suivit. Il s'assit : le chien s'aplatit à côté de lui, fermant à moitié ses yeux qui surveillaient tout de même le moindre mouvement de l'homme.

Bon, se dit Hérian, voilà une âme amicale venue partager ma solitude. Il lui jeta un morceau de pain et le caressa.

— Et tu t'appelles comment ? Tu n'as pas de langue, hein ? Attends, on va te trouver un nom. Voilà, tu vas t'appeler Rim ! Rim !

Le chien comprit et agita la queue en signe d'approbation.

Ils restèrent comme ça pendant des heures. Le soir tomba doucement. Du haut du mât de *l'Albatros,* les langues de feu des derniers rayons du soleil pendaient comme des oriflammes, les parties métalliques de la cheminée devenaient incandescentes, les cuivres étincelaient pendant que les montagnes s'enveloppaient d'ombre. La lune fit briller son disque d'argent et couvrit la plaine d'un voile laiteux.

Hérian grimpa sur l'échafaudage pour parvenir à la cabine. Resté en bas, Rim commença à s'inquiéter. Il courait à droite et à gauche, se traînait par terre en regardant d'un air implorant son nouveau maître. Celui-ci redescendit et l'aida à monter.

— Voilà, tu peux coucher là, dit-il en lui montrant la passerelle.

Rim se coucha, resta un moment immobile, puis se leva d'un bond et aboya à la lune.

13

L'Albatros continuait sur la voie unique sa traversée du désert. Le train faisait grincer et gémir sa carcasse. La locomotive, alimentée par un combustible d'occasion, vomissait d'épais tourbillons de fumée empoisonnée, comme celle que crachent les usines de produits chimiques. Elle lançait des coups de sifflet parfaitement inutiles, passait en les maltraitant affreusement les ponts jetés au-dessus des précipices, s'essoufflait, éternuait, hoquetait sa vapeur, et s'arrêtait épuisée.

Il mordait furieusement sa pipe, jetait un regard découragé autour de lui et enfonçait ses poings dans ses poches. Rim bondissait de sa place, regardait à droite et à gauche, aboyait contre les insectes qui lui démangeaient les flancs ou contre les fantômes de son imagination. Son maître regardait la malheureuse machine en bougonnant :

— La queue du diable ! Les feux de l'enfer ! Il a encore fallu qu'elle s'étouffe !

Inutile de descendre discuter avec les mécaniciens. Si la locomotive tombait en panne, c'était à cause du manque de charbon, du manque d'eau, ou encore parce que le train venant en sens inverse avait du retard et qu'il fallait attendre sur la voie de garage qu'il soit passé. Et depuis les derniers événements, tout s'était encore plus désorganisé. D'ailleurs, le chemin de fer était passé sous l'autorité militaire et fonctionnait en priorité pour les besoins de l'armée. Les wagons sentaient la poudre, les médicaments et le sang. Quand passait un convoi de blessés, Rim éternuait. On voyait des visages jaunes, des regards fiévreux, méfiants, et des lèvres desséchées qui esquissaient de vagues sourires. Les hommes étaient couchés, couverts de boue et de sang, beaucoup râlaient et leurs yeux mi-clos regardaient déjà vers un autre monde.

Parfois, un de ces trains s'arrêtait. Quelques soldats armés de pelles sautaient à terre et creusaient une fosse à quelques pas de la voie. D'autres descendaient les cadavres qu'on alignait pour que le ciel vide et la plaine désolée voient une dernière fois ces pauvres choses aux bouches tordues, aux visages ravagés, aux pieds nus et noircis. Les pelles résonnaient sur la terre dure. Et tout était fini depuis longtemps que le bruit des pelles était toujours là. Il restait collé aux hommes et aux choses en même temps que l'odeur de l'iodoforme.

Rim baissait la queue, dressait les oreilles et aboyait d'un ton sourd et plaintif.

On ne savait pas quand on arriverait à Erevan. D'ailleurs, on ne savait rien, sinon que l'étendue et le silence étaient infinis. Les hommes se déplaçaient machinalement avec des gestes lents, en soupirant, en jurant, les yeux comme pleins de ce silence et de cette immensité.

L'un dans l'autre, l'événement le plus marquant du voyage fut un arrêt de trois jours à Alexandropol. Un cirque arrivant en ville n'aurait pas eu plus de succès. La foule entourait *l'Albatros*. Il avait fallu enchaîner Rim qui, après avoir aboyé pendant deux jours sans arrêt, avait fini par se calmer. Les mécaniciens ne quittaient guère le buffet et racontaient à tout le monde des histoires invraisemblables sur le bateau, ce qui avait pour résultat qu'on n'en finissait pas de les inviter à boire et à manger. Hérian donnait des explications aux esprits curieux qui l'interrogeaient d'un air solennel et dont certains, d'ailleurs, n'avaient jamais vu ni mer ni bateau.

— Comment? Vous n'avez jamais vu de bateau? s'étonnait-il avant de se lancer dans toutes sortes de détails.

Il arrivait des gens de toute la ville et même des villages des environs. Ils restaient là des heures à regarder le spectacle, bouche bée. Et puis, suivant la bonne habitude des Arméniens du Caucase, tout se terminait par des danses et de la musique.

Le jour du départ, tout le monde était ivre. Après avoir parcouru les rues en calèche, les fêtards professionnels d'Alexandropol s'étaient réunis à la gare, la bouteille en main. Il y avait aussi, bien sûr, des enfants, des jeunes gens, des écoliers, enfin quantité de citoyens ordinaires, une foule énorme qui applaudissait et acclamait *l'Albatros*. Hérian était si ému qu'il fut sur le point de faire un discours. Il y renonça, enfonça sa casquette et se figea pour maîtriser son émotion.

Finalement, ce fut le départ, à une allure de tortue. On s'arrêtait partout, dans des stations perdues, abandonnées par les employés. On descendait, on se regardait, on regardait le ciel, l'horizon et on restait là à ne savoir que faire. Partir? Rester? En partant, on risquait de rencontrer un convoi venant en sens inverse. En restant... combien de temps allait-on attendre?

On décidait d'attendre. Ce que Hérian préférait, parce que c'était ce qui faisait courir le moins de risques au bateau. Mais de temps à autre la colère le prenait :

— Écoutez, les gars, quand vous arrêtez votre tas de ferraille, ça vous embêterait beaucoup d'y aller moins brutalement sur les freins ? Je vous l'ai dit cent fois, avec votre façon de faire, les wagons se tamponnent, ça ébranle tout, et le bateau avec. Vous voulez absolument le renverser ou quoi ?

— On fait ce qu'on peut et on n'a pas de leçons à recevoir. Moi, ça fait dix-huit ans que je conduis des trains et je n'ai jamais eu d'accident.

Et ça discutait, ça criait, ça jurait. Ils attendaient en s'ennuyant, en buvant et en racontant des histoires. Parfois, un paysan au visage couleur de terre passait, le bâton à la main, le sac sur l'épaule, suivant la ligne de chemin de fer d'un pas lourd et pensif. Évidemment, devant le spectacle incroyable de *l'Albatros,* il s'arrêtait, pressait de ses mains croisées le haut de son bâton sur sa poitrine et regardait sans en croire ses yeux. Heureux de voir quelqu'un de nouveau, Hérian l'interpellait :

— Alors, frère, où on va comme ça ?

L'homme le regardait en ouvrant les mains dans un geste d'incertitude :

— Est-ce qu'on sait où on va ? Je cherche mon fils. Il est parti soldat, ils me l'ont emmené et j'ai plus de nouvelles. A ce qu'il paraît qu'il pourrait être à l'hôpital. Y a le fils du père Matos qui y est, à l'hôpital à Giumri... Mon Dieu !... Enfin, je vais voir... qui sait ?

— Ah ! les temps sont durs, frère, les temps sont durs !

— Eh oui... A croire qu'on est tombé en enfer.

— Et comment ça va, au village ?

— Comment tu veux que ça aille ? Ça va mal.

Et l'homme, si proche de ses bêtes, de sa terre et de la poussière, s'en allait tout courbé, traînant la jambe, et s'enfonçait dans l'immensité de la terre et du ciel.

Un soir, un petit vent froid errait sur la plaine. Ils avaient allumé un feu de camp. Les brindilles sèches crépitaient et le vent courbait joyeusement les flammes que les hommes regardaient, pensifs. Rim, qui était tranquillement couché près d'eux, se leva d'un bond et se mit à aboyer : au loin, deux ombres s'avançaient.

— Deux paysans qui ont dû s'attarder, fit Sergo, le mécanicien. Ils vont sûrement rentrer chez eux en pleine nuit.

Stépan, l'aide-mécanicien, regarda attentivement et conclut :

— C'est un enfant qui marche devant et l'autre lui tient l'épaule. Ça doit être un aveugle.

— Ils viennent par ici, remarqua Hérian, ils ont dû voir notre feu.

Les ombres approchaient. Rim courut dans leur direction comme pour les attaquer, mais son maître le rappela en criant.

— Ma parole! s'écria Sergo, c'est un *achough* *, il a un *saz* ** pendu sur la poitrine... Vous êtes les bienvenus. Je vous en prie, je vous en prie!

— Que la bénédiction de Dieu soit sur vous, répondit l'aveugle en s'arrêtant à quelques pas du feu.

— D'où venez-vous? Des monts ou de la plaine?

— On est partis du village très tôt ce matin, répondit l'enfant, mais on s'est trompé de chemin.

— Mon élève est nouveau, expliqua l'aveugle, il ne connaît pas bien la région et il nous a fait marcher pour rien. Enfin, ajouta-t-il avec un sourire, je dis pour rien, mais en ce monde rien n'est inutile. Les yeux qui nous voient nous mènent où il faut et nous voilà heureux de nous trouver en votre aimable société. Dieu vous prête longue vie, braves gens.

Deux yeux morts dans un visage tanné par le soleil, desséché par le vent, une jeunesse arrêtée dans le temps et dans l'infini, une barbe et une moustache blondes, une bouche délicate, presque féminine. Il était petit, mince, vêtu d'un vieux caftan, chaussé de sandales et coiffé d'un vaste papakh dont les mèches laineuses lui tombaient jusqu'aux sourcils. Son «élève» était un garçon de dix ou douze ans aux yeux noirs, vifs et candides, lui aussi en caftan et papakh, celui-ci beaucoup trop grand pour lui, pointu comme une coupole d'église un peu effondrée, et qui écrasait sous sa masse un visage rond plein de taches mais aux lèvres bien dessinées.

Tous deux s'accroupirent et tendirent les mains vers le feu.

— Hé! frère achough, les temps ne sont pas bien bons pour vous non plus, hasarda Sergo en allongeant les jambes.

— C'est vrai, répondit l'aveugle. Nous autres, notre affaire, c'est le chant et la poésie, et pour ça il faut la paix et des temps heureux, parce que le chant est comme la plante, il naît du silence de la terre.

Il parlait en levant le visage et, au bout d'un instant, haussait un peu la voix, comme pour un dialogue avec le ciel. Et ce qu'il disait avait toujours l'accent d'une conviction définitive et de l'inspiration.

— Mais, lui demanda Hérian, dans le village d'où vous venez, tu as eu l'occasion de chanter?

— Bien sûr. Comment vivre sans chanter? On a chanté comme partout où on va. On sert le peuple et tout ce qui est sacré pour lui.

* Barde errant.

** Instrument de musique à fines cordes de cuivre et à long manche.

C'est vrai que le monde est sens dessus dessous et qu'on ne trouve partout que des larmes et de la souffrance. Et on ne comprend pas pourquoi. Tant de pleurs et tant de misère !

Il baissa la tête.

— Faut croire, dit un des cheminots, mi-blagueur mi-sérieux, que c'est écrit dans le livre du destin.

— C'est écrit d'une façon, rétorqua aussitôt l'achough, et c'est écrit d'une autre. Ce qui est écrit est écrit, mais c'est l'homme qui doit choisir. Les livres sont pleins de paroles, des bonnes et des mauvaises, mais l'enfant qui ne sait pas bien lire se trompe et c'est pour ça que la lumière n'entre pas dans sa tête. Et les hommes non plus ne savent pas bien lire.

— Tu l'as dit, plaisanta le cheminot.

— Il y a beaucoup de vrai dans tout ça, dit Hérian pour encourager l'achough. Chacun jure par le livre qu'il a lu et il est persuadé d'y avoir trouvé la vérité. Et comme évidemment tout le monde ne lit pas le même livre, on ne se comprend pas et c'est la guerre.

— C'est très juste. Les hommes ne savent pas choisir entre les livres. Et c'est pourquoi par tradition, nos maîtres nous ont toujours dit que les bons livres, ce sont ceux où on peut prendre ce qui est écrit et le chanter, parce que dans ces livres-là, les paroles viennent du cœur et brûlent comme le feu. Elles sont vraies comme les flammes, tandis que ce qui ne vient que de la tête n'est pas vrai.

— On a compris, frère achough, on a compris, le taquina Sergo, tu veux justifier ton métier, et évidemment, sans les chants et sans la poésie, le monde ne peut pas tourner.

— Nous, répliqua l'aveugle, on n'a pas à se justifier. Si on a choisi librement notre difficile métier, c'est pour servir notre peuple et notre Dieu. Quand il y a un morceau de pain dans notre sac, on est heureux et ce qu'on chante ne vient plus de nous mais de là-haut. Non, en vérité, on n'a pas à se justifier.

— Ne te vexe pas, dit Hérian, il plaisantait.

— Je ne me vexe pas. Vous avez l'air de quelqu'un de bien. On peut savoir qui vous êtes ?

— Ça, alors, intervint Sergo, tu ne devinerais pas. C'est un marin. Il commande un bateau. Un bateau qu'il a chargé sur les wagons, là, et il veut l'emmener jusqu'au Sevan et le faire naviguer.

— Oh là ! s'exclama l'aveugle, je n'ai pas entendu parler de ça, mais ça ne m'étonne pas parce que la vie est un conte et que tout peut arriver. Ce que je regrette, c'est que Dieu ait gardé mes yeux et que je ne puisse pas le voir, votre bateau.

— Mais tu connais la mer ? interrogea Hérian.

— Un achough connaît tout. Le vent de la mer n'a pas passé sur mes paupières, c'est vrai, mais je l'ai entendu dans les chants et je peux dire que je l'ai vue par les chants.

— Oui, fit un cheminot, mais dans notre pays, il n'y a pas de mer.

Le soir descendait lentement. Quelques nuages venus du côté de l'Aragats bouchaient en partie l'horizon et voilaient les lueurs du soleil couchant. La plaine s'étendait vite, s'approfondissait, traçait une ligne qui, à la lisière de son infini, cernait le groupe des hommes assis près du feu.

— Ça, c'est malheureusement vrai, soupira Hérian. Je n'arrive pas à comprendre pourquoi les Arméniens ont renoncé à la mer. Ils sont allés jusqu'aux montagnes du littoral, et là ils se sont arrêtés. C'est vraiment étonnant.

— Voyons ce qu'en dit notre achough.

— Vous plaisantez, fit l'aveugle avec un sourire. Comment pouvons-nous savoir ce que pensaient nos rois et nos seigneurs? Que Dieu illumine leur âme! On n'a pas à les critiquer et on ne peut penser que du bien d'eux, mais ce qu'il y a aussi, c'est que notre pays est sacré et que la mer ne peut pas être sacrée pour la raison que l'esprit pur ne peut pas y avoir sa demeure. Vous me suivez?

— Vas-y, on t'écoute.

— Eh bien, voyez-vous, la mer, c'est le vent, la tempête, l'abîme, et surtout, c'est le changement perpétuel. De ce qui bouge tout le temps, de ce qui ne connaît pas la paix, on ne peut pas faire un lieu sacré parce que ce n'est pas la volonté de Dieu. Ici, sur la terre d'Arménie, sous le moindre tertre, il y a une âme qui rayonne. Il y en a tant que si on pouvait fouiller les plaines et les montagnes, il en sortirait des étendues tout illuminées. Et celui qui touchera cette terre, ces pierres, ces montagnes et ces collines, verra courir sur ses mains des flammes qui ne le brûleront pas mais qui entreront et passeront en lui comme une musique venue du plus profond du cœur. Je sais, j'ai marché à travers tout le pays, je me suis arrêté et j'ai prié dans tous ses sanctuaires, je me suis prosterné devant chacun de ses monuments, et sans voir j'ai entendu de mes oreilles toutes les voix, tous les appels qui viennent de tous ses précipices, de tous les lieux du pays d'Arménie. Ce que je veux dire, c'est que les voix de la mer sont contraires à l'Évangile pour la raison qu'elles sont si pleines de colère, de rumeurs, de fureurs qu'elles sont insensibles aux soupirs des hommes. Et il est très possible que ce soit pour cette raison que nos rois d'heureuse mémoire, pleins de sagesse et de sainteté, sont arrivés jusqu'aux hauteurs et qu'ils ne sont pas descendus jusqu'à la mer.

Hérian écoutait cette curieuse explication avec un intérêt que les autres ne partageaient pas, parce qu'il n'y avait là pour eux qu'un discours fort obscur.

— Évidemment, dit Sergo, c'est un point de vue, mais au jour d'aujourd'hui, c'est de Karl Marx et de l'économie qu'on nous parle, et notre achough, lui, il nous fait des discours sur l'âme, le feu et je ne sais quoi.

— Chacun parle de ce qu'il peut, dit l'aveugle avec un sourire.

— Maître, fit le jeune disciple en tirant l'achough par le pan de son caftan, la nuit tombe et si on veut continuer notre chemin...

— Tu es fou, protesta Hérian, il n'en est pas question. Où voulez-vous aller à l'heure qu'il est ? Le prochain village est à plus de trente verstes et la plaine est infestée de hyènes et d'autres bêtes sauvages.

— Eh bien, décida l'achough, nous passerons la nuit ici, surtout qu'il y a de l'humidité dans l'air et qu'il se pourrait bien que le temps change.

Toutes les narines frémirent et on scruta le ciel.

— Je ne crois pas, remarqua Hérian, que le temps va changer ce soir. C'est vrai qu'il y a des nuages, mais le vent du nord les emporte. S'il tombe, c'est sûr que demain on aura de l'eau.

— Ça, c'est mauvais, remarqua le mécanicien, parce que demain, il faut qu'on s'en aille.

— Et alors ? Tu as peur que ta machine fonde ?

— Je disais ça comme ça. Bon, il est peut-être temps de manger un morceau. Notre achough va partager notre modeste repas et si le cœur lui en dit, il nous chantera quelque chose.

— Je suis à vos ordres, au service de tous, répondit modestement l'aveugle.

Ils étaient en train de manger à la lueur du feu de camp quand, du fond du ciel, derrière la montagne, le tonnerre retentit.

— Les esprits du ciel se sont réveillés, remarqua l'achough. Le principal, c'est qu'ils ne viennent pas par ici.

— Je ne crois pas, fit Hérian. En tout cas, ils sont loin et le temps qu'ils arrivent...

— C'est comme ça dans notre doux pays, il y a toujours un orage qui menace.

— Tiens, donne ce morceau au maître... Prends, je t'en prie.

Le silence, la plaine et la nuit emplissaient les regards, le pain qu'ils mangeaient et ils les sentaient jusqu'au fond d'eux-mêmes.

On versa du vin et le mécanicien s'adressa à son aide :

— Stépan, porte donc un toast, et un bon.

Stépan leva son verre :

— Buvons à la santé de ceux qui ont une idée et qui la chevauchent comme on chevauche un cheval fougueux, et qui sont intrépides, qui foncent dans le vent et les tempêtes, et qui savent, quand le moment est venu, se sacrifier pour leur idée en lançant leur âme vers le ciel comme on lance son bonnet en l'air quand on est content.

— Bravo !

— A votre santé, et que Dieu vous garde en vie !

Au loin, une lueur erra un moment, disparut, puis se déchira dans un cri. Cela n'empêcha pas Sergo de lever son verre à son tour :

— Et maintenant, buvons à la santé de celui qui marche jour et nuit par monts et par vaux, qui va loin, très loin, à la recherche de la rose miraculeuse de son cœur et qui, quand il l'a trouvée, ne la cueille pas pour lui épargner la souffrance de la mort.

— Sois béni ! s'exclama l'achough.

Quelques étoiles disparurent. Un buisson isolé, tout proche du feu, s'agita et se mit à trembler. Les flammes se dispersèrent quelques secondes, puis se réunirent à nouveau.

L'achough leva la tête, fixa le ciel de ses yeux morts :

— Le vent approche.

— Il est encore loin, intervint Hérian. En l'attendant, moi aussi je veux dire quelque chose.

— Allez-y, commandant, à vous.

— Mes chers amis, buvons ce verre à la santé de celui qui a vu le monde fleurir dans son cœur, fleurir comme le jardin des richesses et des merveilles. Et quand un vent léger le caresse, le jardin se berce en frémissant, murmure et se transforme en une musique céleste. Buvons donc à la santé de notre hôte très honorable, notre maître achough.

Les verres s'entrechoquèrent.

— Je vous remercie, dit l'étranger en prenant son saz. A un toast comme celui-là, je peux répondre en chantant.

Il avait à peine gratté quelques notes sur son instrument qu'un vent violent dispersa encore une fois les flammes et que la nuit se renversa sur la plaine comme un géant en furie. L'aveugle resta bouche bée. Les feuilles s'arrachèrent du buisson qui se courba jusqu'à toucher les flammes. Il prit feu. Les ombres et le tonnerre brusquement réveillés envahirent la nuit. Les premières grosses gouttes tombèrent.

— Et voilà, commenta Stépan, c'est comme ça chaque fois qu'un chant arménien va se faire entendre.

Tout le monde courut se mettre à l'abri.

Le lendemain, quand ils se mirent en route, il tombait une pluie diluvienne et un vent terrible continuait à souffler en tempête. Le convoi progressait lentement et protestait sans arrêt à coups de sifflet contre le ciel déchaîné. Dans les courbes, le bateau tremblait, vacillait, et madriers et planches autour de lui geignaient affreusement. Un véritable déluge martelait le pont, l'eau s'engouffrait par le moindre orifice, formait un peu partout des mares que le vent ne tardait pas à balayer, et qui retombaient un peu plus loin.

Hérian se tenait sur la passerelle, face au déchaînement furieux. *L'Albatros,* cette fois, était comme sur la mer en folie. Et ce qui renforçait encore cette comparaison, c'est que tout était bouché et qu'on ne voyait plus rien à deux pas. De temps à autre, une rafale venue de face apportait le coup de sifflet strident de la locomotive, et ce son, combiné avec le gémissement du vent, retentissait, grandissait dans sa tête. C'était vraiment comme la tempête sur mer. Il entendait les mugissements des bateaux qui se répondaient. Le danger approchait.

Qui est à la barre ? Où est le second ? Les matelots ? Il descendait en titubant, résistant tant bien que mal au vent et aux gifles de l'eau, dégringolait l'échelle, inspectait les amarres, vérifiait la fermeture des hublots puis, aveuglé, trempé jusqu'aux os, il remontait à son poste.

On était dans un autre monde. L'étendue désolée, le désert et son silence avaient disparu. Le ciel déversait toutes ses réserves de tonnerre. La tempête martelait le squelette de la terre, s'envolait en hurlant, dispersait les obstacles et tout ce qu'elle trouvait.

A un endroit de la ligne, l'eau avait atteint le niveau des rails : la voie était coupée. Hérian sentit la peur alourdir ses gestes, sa voix, ses idées. Cette fois, c'était vraiment le déluge. Qu'allait-il se passer si le niveau des eaux continuait à monter et si ce qui s'était produit plusieurs fois dans l'histoire des hommes allait se reproduire ? Dans son imagination, il voyait l'inondation continuer, la mer envahir tout, le bateau s'élever, flotter et lui-même rester seul sur cette terre avec Rim. La tête lui tourna, il mit la main en visière sur son front, regarda de tous les côtés. Rien, tout se mélangeait, il n'y avait plus qu'un chaos hurlant. Il voulut crier, lui aussi, mais ne parvint pas à émettre le moindre son. Instinctivement, il se jeta sur le gouvernail, le serra de toutes ses forces... Maintenant c'était sûr, il naviguait dans l'irréel.

DEUXIÈME PARTIE

1

C'est couvert de boue et de poussière que le capitaine Ara Hérian fit son entrée à Erevan, la casquette crasseuse et les bottes éculées mais l'œil vif et le pas ferme, dégageant une odeur de charbon, de blé et d'herbe sèche.

— Enfin ! s'exclama-t-il. Ça y est !

Il lança autour de lui un regard avide : la même grand-rue, les mêmes gens au pas lent, perdus dans leurs soucis et leurs espoirs.

Il ne rencontra personne de connaissance. On ne le regardait pas, on ne le remarquait pas. Apparemment, on ne le voyait même pas. Et pourtant, par combien de soucis et de misères il était passé ! Mais qui avait l'air de s'en douter ?

Il fourra les mains dans ses poches, bomba le torse, marcha du pas ferme de celui qui est conscient d'avoir un succès à son actif. Il s'attendait tout de même à ce que quelqu'un s'approche de lui pour lui dire : « Ah, commandant, enfin de retour ! Oui, oui, on a entendu parler de vous, on est au courant. » Mais voilà, on passait sans le voir, comme s'il n'avait pas existé. Bon, se dit-il, eh bien tant pis !

La ville n'avait pas changé. Ah si, tiens, une nouvelle boutique. Et puis les façades de quelques maisons avaient été repeintes ; il y en avait des roses, des bleues, des grises. Et on avait refait quelques trottoirs.

Les corbeaux n'avaient pas quitté les arbres. Les maisons incendiées par les déserteurs russes étaient toujours dans le même état : toits effondrés, murs noircis, fenêtres béantes.

Il faisait une chaleur atroce, le ciel déversait du plomb en fusion. Tout était recouvert d'une épaisse couche de poussière grasse. Des insectes bourdonnaient. Enveloppés dans leur ombre lourde, les jardins somnolaient. Allongés sur les trottoirs comme des bêtes épuisées, les réfugiés aussi somnolaient, laissant encore cuire au soleil le fruit mûr de leur misère.

La chaleur écrasait tout. Il épongeait son front baigné de sueur quand il entendit un oiseau gazouiller au sommet d'un peuplier. Il leva les yeux. L'oiseau avait disparu.

La rue était de plus en plus déserte. Les gens faisaient la sieste. Les volets étaient fermés, mais on avait laissé portes et fenêtres entrouvertes pour essayer de créer un courant d'air, et on attendait le soir. Et, le soir venu, un vent léger se levait, le vent qu'on appelait la « brise de l'Illuminateur » parce qu'il venait du côté d'Etchmiadzine.

Des essaims de mouches grosses comme le pouce et de toutes sortes d'insectes vous piquaient comme mille aiguilles. Il faudra que je pense à prendre de la quinine, se dit-il. La malaria recommençait à sévir comme une bête sauvage qui se réveille.

Tiens, encore une nouvelle boutique. Dans la vitrine, de la passementerie, des chemises, des boutons, des rasoirs, des peignes, des cravates. A l'intérieur, un gros homme rougeaud dormait, assis sur une chaise, la bouche ouverte. Commode, cette boutique, se dit-il, il faudra que j'y vienne — ou plutôt que nous venions — y faire quelques achats. Aussitôt, un frémissement le parcourut. Tristesse et inquiétude. Il y avait si longtemps qu'il n'avait plus de ses nouvelles !

Ah ! et puis à quoi bon penser à tout ça ? Il haussa les épaules, se remit à marcher, furieux contre lui-même et contre les femmes en général.

Il ne faudrait pas oublier de prendre de la quinine... Il alla à la fontaine du coin de la rue, se mit le visage sous l'eau glacée, but à longs traits, puis se fit un petit discours. Ce n'était pas le moment de penser aux femmes. Dachenka était comme ci, Zvarthe était comme ça. Qu'elles aillent au diable ! Le plus difficile, c'était sa mission. Le plus dur restait à faire : trouver d'abord les moyens de monter *l'Albatros* au Sevan. Des solutions mécaniques, pas question. Tout était réservé pour l'armée. Restaient les bœufs, mais les bœufs, il fallait les trouver.

Il entendit un roulement de tambour dans le lointain. Encore des soldats. Les gens font la sieste, mais la guerre continue. Ne pas oublier la quinine... Il fallait attendre six heures. A six heures, il irait chez Zvarthe, comme ça, une simple visite, et tout s'éclaircirait. Qui sait ? Il s'imaginait peut-être des choses, elle était peut-être malade, ou bien...

— Cigarettes ! Cigarettes !

Que les gosses fassent du commerce dans la rue, c'est un progrès.

La chaleur devenait intolérable. Feu et poussière. Il n'avait plus la force de continuer à monter l'avenue, mais il fallait bien trouver un moyen de tuer le temps jusqu'à six heures. Il prit une rue de traverse dans l'ancien quartier turc. Des Turcs, il n'y en avait plus, ils étaient partis, mais leurs maisons basses en argile étaient toujours là.

Silence et feu du ciel. Des poules, des chiens errants, toujours des réfugiés en loques. Cent pas plus loin, la ville s'arrêtait. Des pierres, un sol sec et aride, une mare d'eau visqueuse, des branches pourries, des bouts de bois moussus et gluants, une boue verte. De l'autre côté de la mare, dans une touffe d'herbe rare, une grenouille essayait bêtement de coasser; ses yeux se gonflaient, elle ouvrait la bouche, puis changeait d'avis, fermait les yeux et restait muette.

Il regardait autour de lui, immobile et tout étonné. Qu'est-ce qu'il était venu faire là? Qu'avait-il à voir avec ce lugubre décor?

Brusquement — comme cela arrive à tout le monde —, il se sentit un simple invité de passage sur cette terre. Son esprit et son cœur se contractèrent et il considéra tout comme de l'extérieur: les collines pelées, les jardins, l'eau morte couverte de bulles, la grenouille, le soleil lui parurent passagers eux aussi, irréels, spectacle révélé par un rideau brusquement ouvert, spectacle qui n'allait pas tarder à changer, à se dissiper pour faire place à un autre monde aussi irréel.

La maladie, la guerre, l'invasion, la révolte. Il était entré dans une zone hostile. Le rideau s'était levé sur une mise en scène ténébreuse et chaotique. Ce qui n'empêchait nullement la population d'Erevan de faire la sieste. A demi nus, hommes et femmes épuisés somnolaient dans la pénombre; ils ne pouvaient pas plus vivre que la grenouille ne pouvait coasser: ils tenaient leurs yeux fermés et demeuraient ainsi sous les voûtes invisibles de la mort.

Il resta ainsi un long moment perdu en lui-même.

Une heure plus tard, en haut de la Promenade, un pied en avant, une main sur les reins et l'autre agitant sa casquette comme un éventail, il se retrouvait discourant d'une voix forte, l'œil allumé, devant un groupe d'auditeurs aussi surpris que méfiants. En fait, il parlait pour se donner de l'assurance, sans attacher une grande importance aux gens auxquels il s'adressait.

Oui, disait-il, il fallait bien reconnaître qu'il s'était lancé dans une folle entreprise. Il s'était heurté à des obstacles incroyables, à des administrations exécrables, à des fonctionnaires malhonnêtes, au désordre généralisé, mais enfin, quoi, l'un dans l'autre, c'était la vie, il fallait tout surmonter, ne pas se décourager, rester fort et énergique.

Il disait tout ça en gesticulant, fort perturbé parce que en réalité l'anxiété le rongeait. Le moment de la visite chez Zvarthe approchait, et il avait un mauvais pressentiment.

— ... Et surtout ne pas se décourager. Prévoir toutes les éventualités, toutes les difficultés. Et ce que je dis ne vaut pas seulement pour telle ou telle entreprise mais pour tout organisme. Nous avons des responsabilités devant l'humanité et...

— Eh bien ça c'est nouveau ! s'exclama un bonhomme aux cheveux grisonnants. Ça c'est nouveau ! Jusqu'ici, on nous disait plutôt que c'était l'humanité qui avait des responsabilités envers nous, et je...

— C'est une autre question, coupa-t-il. Ça dépend sous quel angle on voit les choses et d'une façon générale, je dirai que... Enfin le fait est que tout ça, c'est des histoires de bonne femme et que notre destin, c'est à nous de le faire et pas à l'humanité. Et d'abord, qu'est-ce que c'est que ça, l'humanité ? C'est une idée abstraite, une notion imaginaire, une vue de l'esprit. On parle de l'humanité comme on parle de l'air, de la terre ou de l'eau. Mais parlons d'une rivière, parlons du Zangou, par exemple, ou du bassin d'Alachkert ou de la plaine de Mouch, ça c'est positif, c'est du réel. Mais l'humanité, c'est comme le globe terrestre ou les constellations. Du vent tout ça, du vent !

Brusquement, il s'arrêta :

— Excusez-moi, quelle heure est-il ?

— Quatre heures et demie.

— On reparlera de tout ça une autre fois. Il faut que je redescende, j'ai un rendez-vous important, excusez-moi.

— Nous aussi, on va par là.

Et ils continuèrent à parler, mais il ne les écoutait plus. Il les regardait d'un air absent, comme s'ils avaient été transparents.

Arrivé au coin de la rue Nazarian, il arrangea ses cheveux, remit sa casquette.

— Oui, messieurs, dit-il, tout ça est très important, mais on en reparlera une autre fois. Allez, au revoir.

Bizarrement, il se mit à rire très fort, haussa nerveusement les épaules à plusieurs reprises.

— Allez, au revoir messieurs.

Il s'arrêta devant la maison de ses anciens logeurs. Les volets étaient clos, la porte d'entrée entrouverte. Il frappa doucement. Pas de réponse. Son cœur battait très fort. Il attendit une minute, tendit l'oreille. Rien. Peut-être n'y avait-il personne ? Il frappa de nouveau, cette fois plus fort. Sa lèvre inférieure se mit à trembler.

— Qui est-ce ? fit une voix à l'intérieur.

— C'est moi, répondit-il d'un ton faussement enjoué.

— Qui ?

Il toussota, entra dans la cour et cria :

— Madame Aroussiak, c'est vous ? Alors on ne reconnaît plus les vieux amis ? C'est le capitaine Hérian.

— Ah c'est vous, monsieur Hérian ? Une minute, je me mets quelque chose sur le dos et j'arrive.

Il attendit un instant pendant qu'à l'intérieur on chuchotait, on courait à droite et à gauche, on mettait les choses en ordre, on ouvrait les volets. L'attente lui paraissait interminable, et à mesure que le temps passait, son peu d'assurance s'évanouissait ; c'était comme s'il allait se présenter mal préparé à un examen. Finalement, la porte s'ouvrit sur Mme Aroussiak, aussi surprise que souriante. Ils se saluèrent avec une chaleur exagérée qui masquait mal leur gêne réciproque.

Une forte odeur de cuisine régnait dans l'entrée. Les deux petits, pieds nus, regardaient le visiteur avec des yeux ronds, comme s'ils le voyaient pour la première fois.

Et puis il avait remarqué, en pénétrant dans la pièce, qu'une des portes donnant sur l'entrée s'était refermée précipitamment. Il avait compris que c'était Zvarthe qui se dérobait et il avait pâli. Cela n'avait pas échappé à Mme Aroussiak qui, pour éviter son regard, s'était aussitôt affairée autour de la table, alignant des chaises et déplaçant des assiettes sans aucune raison.

— Excusez, monsieur Hérian, dit-elle en prenant cette fois un ton naturel et confiant, vous savez, la maison est toujours en désordre. La chaleur, et puis pour se défendre contre ces sales mouches, on est obligé de tenir les volets fermés. Alors, comme ça, vous voilà revenu. Vous savez, je demandais tout le temps de vos nouvelles. Mais je vous en prie, asseyez-vous. Racontez-moi. Alors, qu'est-ce qu'il y a de nouveau ? Ah ! je suis bien heureuse que vous soyez là ! On se demandait ce que vous étiez devenu. J'avais même pensé aller demander de vos nouvelles à M. Péronian, mais vous savez ce que c'est, il est là, il n'est pas là, un jour ici, un autre jour ailleurs. Enfin, vous voilà à Erevan. Eh bien ! vous savez, ça fait bien plaisir !

Elle parle pour ne rien dire, pour cacher son embarras, pensa-t-il. Il s'assit, croisa les bras sur sa poitrine :

— Moi aussi, chère madame, je suis bien content d'être revenu. J'avais d'ailleurs dit que je reviendrais, alors me voilà. Comme je suis un homme de parole, quand je dis que je ferai quelque chose, je le fais.

Il avait légèrement insisté et élevé la voix sur les derniers mots.

— Je sais, je sais, fit Mme Aroussiak en hochant la tête. Allez, les enfants ! s'écria-t-elle en s'adressant aux petits, allez voir si le samovar bout. Et oui, qu'est-ce que vous voulez que je vous dise, reprit-elle en s'essuyant le front, il s'est passé tant de choses depuis que vous êtes parti ! Vous savez qu'un peu plus, ils arrêtaient Zvarthe ?

— L'arrêter ? Mais pourquoi ?

— Est-ce que je sais ? Ah ! le gouvernement est devenu insupportable. Insupportable ! Après votre départ, on avait loué la chambre à un jeune homme de Nor-Nakhitchevan*, un garçon tout ce qu'il y a de bien, instruit, correct et tout. Il tenait compagnie à Zvarthe, il l'aidait à préparer ses examens, enfin vraiment, c'était un garçon si bien, il n'y avait rien à dire. Mais après le soulèvement, ils l'ont accusé d'être bolchevik, de faire de la propagande, etc. Alors ils sont venus ici, ils ont perquisitionné et ils l'ont emmené. Et puis comme si ça ne suffisait pas, ils voulaient aussi emmener Zvarthe et l'interroger et tout. Ils l'accusaient d'avoir été dans des réunions clandestines. Ah monsieur Hérian, quels moments on a passés ! Quels moments !

— Et le garçon, ils l'ont gardé ?

— Mais oui ! Imaginez-vous que ce pauvre M. Sérovbian est toujours en prison. Un garçon si bien !

Mme Aroussiak se trémoussa sur sa chaise d'un air inquiet. Il alluma une cigarette puis lui demanda :

— Et comment va votre mari ?

— Merci, il va bien. Qu'est-ce que vous voulez, il vieillit. On a une petite vigne, alors il y est allé pour s'en occuper un peu.

— Et... les autres ? fit-il en rougissant.

Il se passa la main dans les cheveux. Sa respiration s'accéléra. Il savait que Zvarthe était là. Pourquoi ne venait-elle pas, ne serait-ce que pour lui dire bonjour ? Elle ne devait pas avoir la conscience tranquille.

— Les autres ? Eh bien ça va comme ci comme ça. Ah ! excusez-moi, je vais surveiller le samovar.

Elle sortit précipitamment. Il se cacha le visage dans les mains. Il souffrait. Je n'aurais pas dû venir, se disait-il, je n'aurais pas dû venir. Il se leva d'un bond et allait se sauver quand Mme Aroussiak rentra et, voyant qu'il voulait partir, protesta :

— Non, non, vous n'allez pas repartir comme ça ! Le samovar va bouillir tout de suite. Asseyez-vous, je vous en prie, vous allez bien prendre le thé avec moi.

— Merci, chère madame, merci, bredouilla-t-il. Il se fait tard et j'ai encore tant de choses à faire. Vous savez, avec mon bateau...

— Ah oui, le bateau, bien sûr ! s'exclama-t-elle comme se rappelant soudain une chose oubliée depuis longtemps. Les enfants en

* Faubourg arménien de Rostov-sur-le-Don.

parlaient, justement. Quand on a appris, on était tellement contents ! Alors, comme ça, vous avez réussi ?

Au même instant, la porte s'ouvrit et Zvarthe parut. Du coup, la mère, ouvrant de grands yeux, en laissa tomber la cuiller qu'elle tenait et feignit l'étonnement :

— Comment ? Tu étais à la maison ? Je ne savais pas, je croyais que tu étais sortie, sans ça je t'aurais dit que M. Hérian était là.

— J'ai entendu parler, répondit froidement la jeune fille, mais je ne savais pas que c'était M. Hérian. Comment allez-vous ?

Il sourit comme un enfant pris en faute, serra la main qu'elle lui tendait puis, ne sachant que faire des siennes, les mit dans ses poches, les ressortit, les y remit. Puis il s'assit, serra les genoux et regarda Zvarthe bien en face. Comme elle avait changé ! Elle avait mûri, perdu sa fraîcheur presque enfantine et son expression naïve. Elle s'était fait couper les cheveux. Une ride légère barrait son front. Son regard s'était durci, était devenu plus profond, plus perçant. C'était une autre Zvarthe, mais qu'elle était belle !

Elle était assise là simplement, sérieuse, comme éclairée par une nouvelle lumière. Il sentit qu'elle l'observait comme on observe quelqu'un dont on a jadis entendu beaucoup parler. Aussitôt, elle attaqua sur le terrain politique, d'un ton sans réplique :

— Comme vous l'aurez sûrement remarqué, depuis votre départ, tout a complètement changé. Les travailleurs de ce pays se trouvent dans une situation insupportable et ça ne peut pas continuer.

Il la regardait, étonné. Est-ce que par hasard elle voulait se renseigner sur ses opinions ? Saisissant son étonnement, la mère leva les bras d'un air épuisé en s'exclamant :

— Ah, monsieur Hérian, les jeunes n'ont plus d'autre sujet de conversation aujourd'hui ! Du matin au soir, ce n'est que ça, la politique, et les discussions et les disputes !

— Maman, on n'est plus des enfants et il est temps qu'on prenne un peu conscience de ce qu'on fait. Il y a des problèmes à résoudre et nous sommes tous responsables.

— Mais certainement, intervint-il en prononçant lentement et en articulant bien, les temps sont difficiles et nous naviguons tous dans la tempête.

En entendant parler de cette tempête qu'elle connaissait depuis longtemps, elle voulut d'abord sourire mais, au lieu de sourire, elle se fit encore plus sérieuse.

— Ce que je veux dire, précisa-t-il, c'est que si les temps sont troublés, les problèmes qui se posent ne sont pas aussi faciles à résoudre que certains semblent l'imaginer. La réalité est une chose et les théories abstraites en sont une autre, ce qui...

— Oui, coupa-t-elle avec ardeur, oui, mais ce n'est pas pour cela qu'il ne faut pas avoir une certaine conception du monde et de la vie, une conception fondée sur des données scientifiques, sur des vérités historiques, sur des chiffres et des faits incontestables. Avouez que sans ça on ne peut pas faire progresser les hommes, les pousser à l'action pour créer et organiser une véritable société. La classe dirigeante fait tout ce qu'elle peut pour accroître l'ignorance et pouvoir impunément continuer à exploiter les masses laborieuses et le prolétariat. Nous ne devons plus le tolérer.

— Tout ça serait peut-être vrai, répondit-il, si nous vivions des temps normaux. Les questions sociales, il est possible d'en parler dans des périodes tranquilles, quand la société est assise sur des bases solides, quand il y a une vie nationale, avec un État libre qui n'est pas menacé de l'extérieur. Mais l'Arménie d'aujourd'hui, c'est le chaos et les ténèbres. Notre existence physique même est menacée. Un ennemi cruel nous impose une guerre interminable, un ennemi qui veut nous exterminer tous, les prolétaires comme les bourgeois. Dans ces conditions, il est dérisoire de parler de données scientifiques et de principes solides. Croyez-moi, c'est dérisoire et dangereux. Je dirai même plus : c'est tout simplement criminel.

Il avait, en parlant, retrouvé son assurance. De nouveau, il la regardait bien en face, d'un regard profond qui essayait d'aller jusqu'à l'esprit et jusqu'au cœur. « Oui, c'est dérisoire et dangereux », répéta-t-il machinalement en voyant plus clairement encore qu'il n'avait plus affaire à la même fille. Ce n'était plus celle dont il avait conservé une image illuminée. Où était le regard de douceur et de velours ? Où était le sourire innocent ? Où étaient les joues enflammées, la voix douce et frémissante ? Aujourd'hui, c'était un souvenir lointain qui était assis en face de lui, c'était quelqu'un d'autre, quelqu'un qui lui ressemblait mais qui n'était plus elle. Ses gestes, ses manières n'étaient pas à elle. Elle répétait des idées faciles et banalisées comme une leçon apprise, des idées qui ne sortaient en aucune façon de ses recherches personnelles, et d'ailleurs, d'une façon générale, toute son attitude était un peu négligée, un peu masculinisée, le tout n'étant d'ailleurs qu'une apparence qui cachait l'innocence d'un être désarmé. Cette constatation lui serra le cœur, il s'apitoya sur lui-même et sur elle, et une envie de protester, de se révolter le prit à la gorge.

— C'est criminel ! répéta-t-il encore.

Elle le regarda d'un air étonné, saisit ce qu'il éprouvait et le laissa continuer :

— Je ne suis absolument pas d'accord avec ceux qui n'ont pas peur de prendre des responsabilités aussi effrayantes dans une période aussi dramatique. Ce qui ne veut pas dire qu'à mon avis tout soit bien en ce moment. Et je reconnais que notre destin est entre les mains de gens qui ne sont pas préparés à le diriger. Il nous manque des hommes qui aient le génie et la profondeur de vues d'un Cavour pour démasquer le jeu de l'ennemi, qui aient assez d'autorité pour influencer les puissances, qui sachent jouer le jeu diplomatique avec les diplomates et susciter des amitiés, qui sachent s'il le faut se dissimuler sous la dépouille du loup. Et malgré tout, on ne peut pas nier que ceux que nous avons aujourd'hui font ce qu'ils peuvent, qu'ils luttent, qu'ils arment le peuple, qu'ils sauvent ce qui peut encore être sauvé. Après la guerre et les massacres, ils ont trouvé un pays en ruine, qui grouille de réfugiés, un pays dont la reconstruction est un travail de titans. Et oui, c'est vrai, ce ne sont pas des titans, mais les autres, qu'est-ce qu'ils sont? Les autres, ils critiquent, ils sabotent ce qui existe, ils nourrissent le peuple d'illusions et mettent tous leurs espoirs dans la Russie qui, du moins pour l'instant, se roule dans la boue, l'incendie, la misère et le sang. Croyez-moi, ils ont tort, ils ont grand tort.

Elle écoutait les yeux baissés, presque indifférente. Quand il eut terminé, elle alluma une cigarette, croisa les jambes et dit tranquillement :

— Vous avez vos convictions, monsieur Hérian, et moi j'ai les miennes. Inutile de discuter, parce que j'ai le regret de vous dire que nous ne nous comprendrons jamais.

Il eut l'impression de recevoir un coup de poignard.

— Les faits sont là, dit-il en levant les mains qu'il reposa aussitôt sur ses genoux.

Un lourd silence suivit. Sous le prétexte d'une discussion politique, tout était dit. Plus aucun doute, pensa-t-il, elle aime l'autre.

La mère entra, portant le samovar qu'elle posa sur la table et, comprenant ce qui s'était passé, voulut briser la glace :

— Moi, ces discussions-là, je n'aime pas ça du tout. Ça me fatigue. Je suis tout à fait d'accord avec vous, monsieur Hérian : toutes ces nouveautés, je n'arrive pas à m'y faire et je n'en attends rien de bon. Et quand je dis ça, ça ne plaît pas à Zvarthe, mais à mon avis, une jeune fille n'a pas à s'occuper de tout ça. Qu'est-ce que vous voulez que je vous dise, ça ne me plaît pas !

Il se leva et regarda sa montre.

— Vous m'excuserez, fit-il d'une voix un peu tremblante, j'ai un rendez-vous très important, il faut que je me sauve. Je viendrai un autre jour profiter de votre hospitalité.

— Mais tout sera prêt dans une minute, protesta Mme Aroussiak.

— Non, excusez-moi, il faut absolument que je m'en aille.

— Alors je n'insiste pas, mais vous reviendrez, c'est promis? La maison vous est toujours ouverte, vous savez. Pour nous, vous n'êtes pas un étranger. Mon mari sera bien content de vous voir. Il parle toujours de vous et de votre bateau.

— Merci beaucoup. Je viendrai, c'est sûr.

— Nous aurons donc l'occasion de reprendre notre conversation, fit Zvarthe en lui tendant la main.

Il sortit vivement sans regarder personne. Son cœur battait très fort et la tête lui tournait. S'il avait pu, il aurait couru, hurlé. Il avait à peine fait quelques pas que la fenêtre de son ancienne chambre s'ouvrit sur Zvarthe qui l'appela de sa douce voix de jadis en allongeant un peu la deuxième syllabe de son nom : « Monsieur Hérian ! »

Il s'arrêta.

— J'espère que vous ne m'en voulez pas? fit-elle. Je ne voulais pas vous blesser. Vous savez, la vie, les idées changent.

Ses yeux brillèrent et elle retrouva son sourire.

— Mais non, dit-il, mais non, vous ne m'avez pas blessé du tout. La vie, bien sûr...

Il ne put en dire davantage et s'éloigna, la tête basse et la démarche mal assurée.

2

Depuis un bon moment, il était assis dans l'arrière-salle d'un doukhan. Sur la table, divers hors-d'œuvre, des radis, de l'estragon, du fromage et du vin. La lumière blafarde de la lampe pendue à la voûte éclairait à peine son visage et celui des deux musiciens assis devant lui. Par la lucarne qui, au haut du mur, donnait sur une espèce de cour, entrait un peu de la fraîcheur de la nuit étoilée et des odeurs d'herbe, d'étable et de poulailler.

L'un des musiciens, un gros moustachu, berçait son tar sur ses genoux comme on berce un enfant. L'autre, un type maigre et jaune, frappait de ses doigts secs et nerveux son tambourin, derrière lequel il se dissimulait le visage quand il se mettait à chanter. Tous deux étaient assis à la table, mais tout de même à quelque distance pour bien montrer qu'ils exerçaient leurs talents pour de l'argent, devant un client qui, lui, était manifestement venu là poussé par la tristesse, pour se distraire, pour *faire kef*.

Mais faire kef, ce n'est pas seulement s'amuser joyeusement. Au Caucase, quand un homme s'isole dans un coin de doukhan et demande aux musiciens de jouer et de lui chanter les airs des anciens bardes pour exalter le rêve que lui apporte le vin, c'est vraiment qu'il est très triste, que ses pensées errent dans un labyrinthe ténébreux, que le désespoir le ronge. Les musiciens y sont habitués, leur instinct leur dit tout de suite la nature de la peine qui accable leur client et ils choisissent leurs airs en conséquence. La gamme des peines est infinie, mais la plus lourde, c'est la peine d'amour. L'homme que sa passion accable est comme un puits profond : en lui, toute voix résonne, trouve un écho, s'amplifie, le torture. Un mot, une image et l'âme gémit comme un tremble agité par le vent, le corps se tait, s'enfonce dans la fièvre, le cœur palpite comme l'aile d'un oiseau blessé.

En sortant de chez Zvarthe, il avait erré longtemps avant d'entrer là. Maintenant, il était assis silencieux et buvait avec les musiciens.

— A la tienne, Dieu te garde.

— Une autre bouteille.

On apporta une autre bouteille et on se remit à boire. Et, comme autour d'un mort avant l'enterrement, tout le monde s'assembla autour de lui, les yeux baissés, les lèvres serrées, les mains sur les genoux. Puis une femme se mit à chanter, les avant-bras croisés, en se caressant les épaules. Au son de la mélopée déchirante qu'accompagnait le tar, tous se mettaient à pleurer, mais intérieurement, sans larmes.

Le front pâle, le regard perdu, lui buvait tout doucement, comme versant goutte à goutte un calmant sur son cœur meurtri. Il s'adressa au musicien armé d'un tambourin :

— A toi. Chante-nous quelque chose.

La main du joueur de tar vibra sur les cordes, s'arrêta sur quelques notes déchirantes, explora quelques espaces mélodiques et quelques variations. Le tambourin lui répondit. Les sons entraient dans une prairie tapissée de fleurs et, de leurs pieds nus et délicats, caressaient l'herbe tendre, tournaient doucement autour des buissons fleuris puis s'attardaient, tremblaient, défaillaient et, pris soudain d'une nouvelle vigueur, s'élançaient comme à la poursuite des douces vagues du vent bleu et du gazouillis des oiseaux.

Le visage derrière son tambourin, le musicien chanta :

Tout cœur a soif, toute âme a faim.
Prends ta cruche, la belle, tout cœur a soif.
Donne un baiser, la belle, à mon âme affamée,
Tombée au gouffre ténébreux.

Et voilà, se disait Hérian, voilà ! Et moi, imbécile, qui croyais connaître les femmes... Ce que c'était quand j'ai quitté Erevan et ce que c'est maintenant ! Ah ! je n'aurais jamais dû partir. Mais enfin c'est facile de dire que je n'aurais jamais dû partir. Et le bateau ? Et le lac ?

Donne un baiser, la belle, à mon âme affamée...

Le gros musicien continuait à bercer son tar qui résonnait, murmurait, gargouillait. La grosse face de l'homme avait rougi, ses yeux gonflés restaient baissés sur son instrument, il était perdu dans un autre monde. On aurait dit que son cou épais et son gros ventre allaient faire éclater sa tcherkesska. C'est drôle, se dit Hérian, qu'un type aussi massif ait des mains aussi délicates, presque féminines. Il prit un radis, le trempa longuement dans le sel, en mangea la moitié, reposa le reste en essuyant l'excès de sel sur ses lèvres. De nouveau, son cœur se serrait. Autour de la lampe suspendue à la voûte, des ombres épaisses circulaient. Tout, d'ailleurs, s'épaississait, s'alourdissait : les murailles noircies, les ombres, le gros musicien, son corps lui-même s'alourdissait, ses épaules se contractaient. Il s'engourdissait, s'enfonçait comme sous une lourde pierre. Il soupira :

— Dites-leur d'apporter encore une bouteille.

On se remit à boire. Le joueur de tar leva son verre qu'il tenait entre deux doigts.

— Dans la vie, dit-il, il y a ci et il y a ça. C'est toujours mieux là où on n'est pas. Mais il faut se dire aussi que Dieu a remède à tout. A la vôtre.

Il vida son verre d'un trait, s'essuya les lèvres, mangea un morceau.

— Dis-moi, frère, comment t'appelles-tu ? lui demanda Hérian.

L'homme baissa les yeux comme un bœuf attelé à la charrue et répondit :

— Arakel.

— C'est bien, Arakel, voilà un beau nom, fit Hérian en agitant vaguement une main désabusée.

Encouragé, Arakel improvisa une mélodie qui rappelait encore un vent frais courant sur la prairie. L'air se ralentit progressivement, palpita sur une note haute, s'attrista, passa aux sanglots. Hérian ferma les yeux : la délicate musique coulait en lui comme un liquide brûlant. Jamais il ne s'était senti aussi seul, aussi vulnérable, aussi perdu. Il était abandonné, exilé, prisonnier au sommet d'une montagne aride. Solitude et désespoir.

Mais le tar comprenait le drame. Et le tar disait :

« Ce que tu appelles solitude, c'est la vie même. L'homme n'est pas seul, il est la solitude, et la solitude, c'est le tout, la totalité. Plus l'homme est dépouillé de ce qui fait le monde extérieur, plus il s'accomplit. Ouvre ton cœur à la tristesse et accepte-la comme les âmes fortes doivent savoir l'accepter. Cette tristesse qui éclaire ton visage et tes mains comme le rayon luit entre deux nuages, c'est l'annonce de grands événements qui se préparent en toi. Elle signifie que la vie ne t'oublie pas, car la tristesse, la souffrance et la mort sont l'essence même de la vie, ses armes les plus efficaces. Et ceux qui veulent oublier cela sont des insensés. »

Le tar vibra encore quelques soupirs, s'arrêta sur une note grave, rêva un instant, et reprit :

« Malheur à celui qui craint les difficultés, car seule l'épreuve mène à la richesse et à la liberté intérieures. Et l'amour, c'est la difficulté majeure, parce que l'amour, c'est l'essence de l'être, la solitude suprême, absolue. Ce n'est ni le don ni l'union mais un champ semé de peines et d'épreuves que l'homme doit traverser pour se trouver.

« Le cœur jeune est plein d'impatience. Il est avide de l'amour de l'autre, et il se perd et il perd l'autre. Le cœur brûle mais l'âme n'est pas prête.

« L'amour, c'est la difficulté majeure. Aimer, ce n'est ni donner ni recevoir, c'est exister totalement. L'amour, c'est la mort et c'est la vie, c'est si grand que notre corps ne s'élève pas à son niveau ; c'est l'âme qui y parvient, quand elle est prête. Mais combien d'âmes sont prêtes ?

« Pour se réaliser, l'amour a besoin de deux solitudes qui se complètent en se limitant et en se respectant. Si l'autre solitude, que tu attendais impatiemment, ne vient pas vers toi, tant pis. Écoute et entends l'inconnu, l'indéfini qui vient te visiter dans le silence ; qu'il soit corps avec ton corps et âme avec ton âme. Sois seul et suis ton destin jusqu'au bout. »

Puis le tar changea de chant.

« Bravo Arakel ! » murmura Hérian avant de refermer les yeux. Une série d'images défilèrent dans sa tête. Les lourdes voûtes du doukhan s'élargirent doucement, s'élevèrent, se déchirèrent comme la nuée se déchire, et le sévère pays d'Arménie, avec ses montagnes et sa nudité, sombra dans la nuit et le rugissement des abîmes.

Le tambourin résonna et le chanteur fit entendre une autre complainte :

Mir-Mahmoud emmena les quarante vierges
Et le pays ne fut que pleurs et sanglots.

Et voici Mir-Mahmoud *, la bête fauve, émir des Afghans, petit homme voûté à la barbe rare, l'œil torve et le teint olivâtre. Il est devant sa tente tissée de fils d'or, le sabre à la main. Sa voix s'étrangle. Il exige que les Arméniens lui envoient de l'or, de l'argent, des tapis, des soieries, du velours, de l'ivoire, de l'ébène, et quarante vierges parmi les plus belles.

Et les quarante vierges parmi les plus belles sont là, dans leur honte et leur nudité, tenant baissés leurs yeux de gazelle. Elles attendent en tremblant que le sauvage à l'œil lubrique fasse son choix.

Mir-Mahmoud emmena les quarante vierges
Et le pays ne fut que pleurs et sanglots.

* 1669-1725.

— D'un siècle à l'autre..., murmura Hérian.

« Voilà, dit le tar, ton âme est plongée dans ton tourment personnel et passager et tu crois que le monde commence et finit avec toi. Jette donc un regard sur le passé et sur le présent et le feu te dévorera. »

Il remplit son verre, le vida, ouvrit de grands yeux et dit en soupirant :

— Quelle époque c'était ! Quelle époque !

— Voilà, dit le chanteur, ainsi va notre monde : les hommes oublient mais le chant n'oublie pas.

— Tu dis que les hommes oublient, frère, et que le chant n'oublie pas ? Il n'y a pas de doute, tant mieux si le chant n'oublie pas, parce que sans lui notre histoire ne serait pas notre histoire. Mais tout de même, je ne comprends pas pourquoi le chant ne rappelle que les blessures, les pleurs et les tourments.

Les musiciens le regardèrent, surpris.

— Voilà ce que je dis, reprit-il : pourquoi ne rappeler que la tristesse ? Prenez par exemple cette époque de Mir-Mahmoud. Moi, j'ai lu des choses là-dessus, c'est une histoire que je connais. C'était une époque terrible, le monde était bouleversé. L'émir afghan était sorti des steppes avec ses milliers de cavaliers et avait envahi la Perse comme un ouragan, il avait renversé le chah et semé la terreur partout. Et ici, dans notre Caucase, toutes les tribus, les Lezguines, les Tcherkesses, les Ingouches, tous armés jusqu'aux dents, profitaient de l'anarchie pour venir jusqu'au Sevan en volant, en pillant, en saccageant et en brûlant tout.

— Et alors, fit l'homme au tar, c'est triste, non ?

— Attends, reprit vivement Hérian, attends. C'est justement à ce moment-là que le vaillant prince oudine * Hovhannès est sorti de son château, a rallié les braves et appelé les Arméniens au combat. Et il a versé le sang de ces sauvages, il les a décimés et chassés jusque dans leurs *aouls* **. Oui, le prince Hovhannès des Oudines, c'était la foudre, le guerrier aux mains puissantes, aux yeux de feu, sans peur et sans faiblesse, le héros vif comme le vent et comme l'éclair. Et de lui, vos chants ne parlent pas.

— Mais si, mais si, ils parlent des héros, protesta le chanteur. Il y a des chants sur David de Sassoun, il y en a sur Vardan Mamikonian et ses compagnons, il y en a sur le mouvement de libération, et il y en a bien d'autres, mais pour ça il faut l'endroit qui convient et il faut être disposé.

* Les Oudines, groupe ethnique de Transcaucasie, en grande partie arménisé et fidèle de l'Église arménienne.

** Villages des montagnes du Caucase du Nord.

— L'homme qui est triste, ajouta le joueur de tar, aime des chants tristes ou des danses, pour oublier.

— Bon, buvons.

— A la vôtre.

— Dieu est grand, qu'il nous pardonne.

— Nous sommes venus et nous partirons, philosopha Hérian, mais nous sommes venus et nous sommes tombés en pays ennemi. Entourés de périls, le feu et la mort partout...

— Qu'y faire ? Il faut supporter.

— C'est l'erreur chrétienne, protesta Hérian, il ne faut pas supporter tout servilement.

— Je n'ai pas dit servilement, rectifia doucement le musicien. Au contraire, il faut supporter avec sagesse et en chantant. Celui qui chante est libre.

— Celui qui chante est peut-être libre mais voilà, tout le monde ne sait pas chanter.

— Il n'y a pas de honte à ne pas savoir chanter, répliqua l'homme au tambourin. Ce qui est honteux, c'est de ne pas comprendre le chant.

— Tu as raison.

Une fois de plus, les verres s'entrechoquèrent.

La nuit s'avançait et les bouteilles s'accumulaient sur la table. Il sentait ses yeux se voiler. Le vin et la musique l'avaient traversé comme un souffle, émoussant sa tristesse et le plongeant dans les brumes de l'oubli. Il ne se rendait plus très bien compte de ce qui se passait. Il comprit cependant que des hommes étaient entrés, s'étaient assis à la table, avaient bu, parlé fort et dansé. Et lui aussi avait dansé.

Vers l'aube, quand les étoiles se furent éloignées de la lucarne, qu'une lueur froide eut pénétré dans la salle, que les coqs eurent chanté et les musiciens joué *Aube de lumière,* il but un dernier verre, paya et sortit en chancelant un peu, mais en saluant le jour nouveau, la tête haute et les narines dilatées.

Il marcha sans but par les rues désertes, le col ouvert, la casquette à la main ; l'air lui rafraîchissait le visage. Quand il fut sur la colline de Kond, l'aube éclata de tous ses feux et lui inonda les yeux. Il était ravi.

Au loin, le sommet enneigé de l'Ararat scintillait. A ses pieds, la plaine immense émergeait lentement d'une brume laiteuse et lançait sa mélodie verte. Dans les jardins, les oiseaux chantaient. L'air était enivrant. Le monde renaissait d'une vie merveilleuse et irrésistible.

Le vin fort n'avait pas eu raison de lui, mais il se sentit ivre et heureux, et il se mit à fredonner un air de danse.

Comme ce pays était puissant, riche et beau ! Il s'assit sur une pierre, s'abandonna à la symphonie des lumières et des chants.

3

L'enseigne de vaisseau Mikaël Avakimovitch Toumanian s'était acheté une paire de chaussures. C'était un grand jour. Depuis le matin, le soleil déversait sur le lac des myriades d'aiguilles de feu. Tout avait un air de fête; des drapeaux flottaient ici et là, on avait repeint les pilotis, un tapis courait sur l'escalier descendant au quai, qu'on avait soigneusement balayé. Trois jeunes pêcheurs d'un village voisin, vêtus d'uniformes de matelot flambant neufs, se tenaient à côté, un peu confus. On aurait dit des enfants grandis tout d'un coup et portant un pantalon pour la première fois. Ils restaient immobiles comme des statues, de peur sans doute de faire tomber leur béret à longs rubans qui portait une inscription en lettres d'or: *Achot Yerkat* *.

Le héros du jour, produit d'un long et difficile labeur, attendait en bas, brillant comme un sou neuf, amarré au quai.

En réalité, la vedette de combat *Achot Yerkat* n'était guère qu'une grosse barcasse peinte en gris foncé avec une proue plutôt arrondie et des flancs qui n'étaient pas sans faire penser aux cuisses d'une dame trop bien nourrie ou au ventre d'une vache en gésine. On l'avait dotée d'un moteur qui faisait un bruit de bourdon ou de nuage de moustiques et qui la faisait trembler comme si elle avait en permanence une crise de malaria.

Elle était armée de deux canons légers, l'un à l'avant l'autre à l'arrière, qui lui donnaient une certaine allure et un air fort martial. Sur l'escalier de bois menant au quai se tenaient quelques miliciens en armes qui jetaient de temps à autre un regard impatient sur la route par où devaient arriver les officiels. De nombreux paysans arméniens et quelques moujiks russes faisaient les cent pas en se caressant la barbe et en regardant tout d'un œil curieux. Un groupe d'enfants se tenaient accroupis, un peu impressionnés mais pas assez pour ne pas s'amuser

* Nom du roi Achot II dit « de fer » *(Yerkat)*, de la dynastie des Bagratides, qui régna de 913 à 928.

à faire des grimaces. La musique était prévue : un tambour et quelques clairons qui étincelaient au soleil. Les musiciens eux aussi se promenaient en attendant le début de la cérémonie.

Le père de Toumanian, Avakim Martirossovitch, avait tenu à être présent, et pour cela il était venu d'Erevan en se faisant secouer toute la nuit sur de la paille dans une charrette. C'était un petit homme à l'air sec, sérieux et solennel, qui avait été juge en Bessarabie. Il avait estimé opportun, étant donné la circonstance, de porter une cravate noire et des gants jaune clair beaucoup trop grands pour lui. Debout près de son fils, il le regardait avec une mélancolique admiration. Il souffrait de ce que sa femme, morte du typhus pendant la Révolution, ne verrait pas, en cette heure solennelle, ce fils qu'elle adorait et auquel elle avait voué un véritable culte. Quand il venait en permission, elle tremblait pour lui à chaque pas, s'affairait à nettoyer et à repasser son uniforme, arrangeait, caressait, baisait dix fois chacun de ses boutons. Et quand le moment du départ approchait, elle allait trois fois par jour prier à l'église. Elle avait donc quitté ce monde, et lui se retrouvait là, seul auprès de son fils, au garde-à-vous, avec ses gants jaunes trop grands, son vieux visage brûlé par le soleil et ses yeux embués de larmes.

Tous deux se taisaient. D'ailleurs, d'une façon générale, le jeune homme n'était guère loquace. Le père finit par murmurer :

— Hier, en ville, on disait que le président du Conseil allait venir lui-même.

— C'est très bien, fit simplement le fils.

— Et on disait aussi que la nouvelle avait été communiquée à tous les journaux arméniens de l'étranger.

— C'est très bien.

Mikaël Avakimovitch savait qu'en ce moment même son père pensait à la défunte. D'ailleurs, lui-même, dans tous les moments importants de son existence, heureux ou malheureux, pensait à sa mère. C'était une femme plutôt replète, vive et bavarde, émotive, toute en nerfs, dévorée d'un amour maternel exubérant mêlé d'une angoisse larmoyante. Et quand il pensait à elle, un sentiment doux et brûlant le submergeait. Quand elle était vivante, il avait cherché par tous les moyens à se défendre contre cette affection envahissante et parfois tyrannique. Et maintenant, que n'aurait-il pas donné pour l'avoir près de lui !

Les officiels étaient en retard. Mikaël baissa les yeux sur ses chaussures et constata qu'elles étaient couvertes d'une épaisse couche de poussière.

— Quelle camelote ! marmonna-t-il.

— Quoi ? demanda son père.

— Rien, rien.

Il approcha des marins, rectifia le pli de leur col, répéta ses ordres : ils devaient avoir les talons joints et le torse bombé, ils devraient regarder les officiels et les suivre du regard dans leur marche, et à la salutation qu'une personnalité prononcerait à leur adresse, ils devraient répondre d'une seule voix.

— C'est compris ?

Les marins se raidirent en ouvrant de grands yeux et le jeune officier désolé retourna à sa place.

Les autorités avaient maintenant une heure de retard. Le soleil dardait ses rayons obliques. Tout le monde avait l'impression d'avoir les pieds en plomb. Sur l'île, qui n'était pas loin du rivage et où le vert et les étendues arides alternaient, on distinguait nettement un groupe, debout au bord de l'eau, qui observait attentivement la scène. C'étaient les bolcheviks arrêtés au moment du soulèvement et internés dans l'île. Certains discutaient avec vivacité, d'autres plaisantaient en se moquant des préparatifs de la cérémonie.

— Ils sont en retard, remarqua Avakim Martirossovitch.

Son fils tira sa montre de sa poche, puis regarda ses chaussures, lesquelles étaient plus enduites de graisse que de cirage, d'où cette couche de poussière qui s'y était collée. Il pensa les essuyer avec un coin de son mouchoir mais une espèce de pudeur l'empêcha de s'exécuter sur-le-champ. Il réfléchit, hésita un bon moment puis, se décidant enfin, sortit son mouchoir, leva un pied et l'essuya. Il se préparait à répéter la même opération avec le second quand on entendit des moteurs d'automobile. Il y eut un peu d'agitation et un des miliciens se précipita vers lui :

— Les voilà, lieutenant, les voilà !

Il se retrouvait avec une chaussure propre et une sale. Sur la route longeant le rivage, les voitures arrivaient dans un nuage de poussière. Les paysans se découvraient pour saluer, les enfants couraient à droite et à gauche, les miliciens et les trois marins qui ouvraient toujours des yeux effarés s'étaient immobilisés.

— Garde-à-vous ! cria Toumanian en rougissant quand la première automobile se fut arrêtée. Musique ! ajouta-t-il en se dirigeant vers la voiture.

Clairons et tambour déchirèrent l'air. Là-bas, dans l'île, les communistes s'éloignèrent pour marquer leur hostilité. Les gens applaudissaient, criaient. Deux hommes en civil entourés de militaires de haut grade descendirent l'escalier. Toumanian approcha du président du Conseil, un homme massif, de taille moyenne, portant lorgnon, et, comme une leçon apprise par cœur, il débita très vite :

— Monsieur le président, j'ai l'honneur de vous informer que le bâtiment est prêt à entrer en service. Il est armé de deux canons et d'une mitrailleuse et...

Le chapeau à la main, le président écouta en souriant, la tête inclinée sur le côté, et serra énergiquement la main du jeune officier. Puis il remarqua les gants jaunes et s'approcha du père que Toumanian crut devoir lui présenter bien que le président le connût de longue date :

— Permettez-moi, monsieur le président, de vous présenter mon père, Avakim Martirossovitch Toumanian, juge au tribunal provincial de Bessarabie, titulaire de la croix de deuxième classe de l'ordre de Vladimir.

— Très heureux, fit le président en serrant la main du vieux monsieur qui tremblait un peu, battait des paupières et faisait un effort considérable pour ne pas pleurer.

Le plus fringant des militaires, sanglé dans une tcherkesska de théâtre, était un ancien acteur devenu commandant de la place d'Erevan. L'air guilleret, il chuchotait des plaisanteries à l'oreille de l'un ou de l'autre, riait bruyamment, n'arrêtait pas de bouger, de s'agiter, questionnait le fils, félicitait le père en lui tapant sur l'épaule, puis se figeait dans l'attitude traditionnelle des chefs de guerre caucasiens, promenant autour de lui des regards impérieux.

Lorsque les militaires, montrant du doigt les falaises rocheuses de la rive opposée, eurent fini de discuter, le président sortit un papier de sa poche et prononça un discours. Dans le silence, sur les bords du lac immense, il trouva des accents solennels et émouvants. Le nom d'Achot Yerkat s'enfla comme une voile, de toutes les gloires du passé et de tous les enthousiasmes du présent. Les paroles grandirent et, derrière les paroles, tous les auditeurs virent une fois de plus se dresser l'image de leur pays meurtri et ensanglanté, décidé pourtant à défendre ce qui restait d'un héritage millénaire.

L'orateur présenta le jeune Toumanian comme l'Arménien exemplaire, venu de loin pour mettre ses capacités au service de sa patrie. Le gouvernement le nommait commandant de la zone du Sevan.

A ces mots, le père sentit sa lèvre inférieure trembler et de nouveau ses yeux s'emplirent de larmes. Le fils se raidit encore un peu plus.

Le président regarda de nouveau l'autre rive, au-delà de laquelle commençait l'Azerbaïdjan récemment bolchevisé. Et il haussa la voix pour proclamer que l'ennemi ne pourrait passer que sur des cadavres et que, pour défendre leur indépendance, les Arméniens étaient résolus à se sacrifier jusqu'au dernier. Le peuple qui attendait cette indépendance depuis six siècles ne pouvait trahir le souvenir de ses millions de martyrs et saurait lutter ainsi qu'avaient lutté dans le passé des héros comme le roi Achot Yerkat. Vive l'*Achot Yerkat!*

Il avait été prévu que, dès la fin du discours, les trois matelots crieraient « Hourra ! hourra ! hourra ! » et que les clairons se mettraient à sonner. Mais la scène fut un peu ridicule. Toumanian fit signe aux matelots, lesquels le regardèrent de leur air toujours ahuri et ouvrirent la bouche, mais sans qu'il en sortît le moindre son. Le commandant de la place d'Erevan courut à eux :

— Qu'est-ce qui se passe ? Vous êtes devenus muets ?

Les marins le regardèrent, encore plus effarés. De grosses gouttes de sueur coulaient de sous leur béret. Par bonheur, les clairons n'étaient pas frappés du même mutisme : ils éclatèrent avec enthousiasme et le tambour lança la grêle d'un très énergique roulement. La foule massée sur le rivage poussa des cris enthousiastes et ceux qui étaient restés en haut la rejoignirent dans un grand brouhaha et un nuage de poussière.

Le pavillon national fut hissé sur l'*Achot Yerkat*. Les militaires saluèrent. Le moment était émouvant mais l'atmosphère se fit vite moins solennelle. Les officiels souhaitaient examiner encore le bâtiment. Toumanian leur donna toutes les explications voulues en soulignant ce qu'il allait pouvoir faire.

— A la voir, remarqua un général, la vedette ne fait pas grand effet, mais en cas de besoin, elle peut certainement jouer un rôle qui n'est pas à négliger.

— Vous pouvez être assurés, intervint Toumanian, que nous remplirons exactement notre mission.

— Nous n'en doutons pas, fit le général qui enchaîna en l'interrogeant sur ses états de service.

Mikaël Avakimovitch Toumanian ne s'était jamais senti aussi heureux.

Un des miliciens guida les autorités vers une petite baraque blanche où on avait dressé un modeste buffet.

— Enfin ! s'exclama le commandant de la place d'Erevan.

Ces messieurs avaient faim. A peine entrés, ils se jetèrent littéralement sur la vodka et les zakouski. L'atmosphère se réchauffa. Ils vidaient leur verre d'un trait, les yeux mi-clos, et promenaient des fourchettes avides sur les morceaux de poisson fumé. La petite pièce s'emplit vite d'odeurs de cuir, de tabac et de chachlyk. Toumanian proposa qu'on s'asseye :

— Je vous en prie, messieurs, prenez place.

Ses yeux brillaient. Ces gens venaient de l'armée tsariste comme lui de la marine, et cela lui rappelait les beaux jours d'antan. Évidemment, ce n'étaient pas des marins. La marine, c'était autre chose et on y avait coutume de regarder l'armée de terre d'un peu haut, mais enfin, les circonstances étant ce qu'elles étaient, ces officiers, c'était mieux que rien.

On prit place et tout le monde se mit à parler à la fois. Le commandant de place raconta des anecdotes invraisemblables dont il jurait ses grands dieux qu'elles étaient rigoureusement authentiques. On mangea du chachlyk avec ardeur, on remplit les verres et, selon la bonne tradition, on porta des toasts en faisant des discours. Le père Toumanian, tassé en bout de table, se leva, avala sa salive deux ou trois fois et demanda la parole, qu'on lui accorda d'une seule voix :

— Je vous en prie, parlez !

D'une voix chevrotante, il évoqua ces Arméniens de l'étranger, ceux de Bessarabie par exemple, qui attendaient impatiemment le moment de venir mettre leurs capacités au service du pays. Il regrettait de n'avoir qu'un fils. En eût-il eu dix qu'il les eût donnés tous les dix à cette patrie si éprouvée, à ce grand pays de malheur et de douceur qui...

Sa gorge se serra et il ne put continuer. Le président prit la parole pour louer son patriotisme et faire les prévisions les plus optimistes sur l'avenir du pays auquel, selon les plans du président Wilson, même un accès à la mer ne manquerait pas. Le jeune Toumanian se sentit bouleversé. « La mer ! la mer ! » s'écria-t-il.

On but à la mer de l'avenir, puis on mangea des fruits. Quand ce fut terminé, le président sortit sa montre et se leva. Tout le monde en fit autant et on prit congé.

Resté seul avec son fils, le vieux Toumanian s'approcha de lui et, d'une voix tremblante, lui dit :

— Ah Micha ! Micha ! il faut que je t'embrasse !

Avakim Martirossovitch s'essuya les yeux et s'en alla.

Les trois matelots, qui eux aussi avaient bu et mangé, parcouraient, bras dessus, bras dessous et le béret sur le nez, le chemin du bord du lac en chantant, ou plutôt en braillant.

Quelques jours plus tard, l'*Achot Yerkat* commençait ses patrouilles, mais, dans ce bref intervalle, la situation politique avait brusquement empiré et des instructions secrètes étaient arrivées d'Erevan. A Bakou avait eu lieu une conférence réunissant Turcs et bolcheviks, conférence à laquelle assistaient les massacreurs d'Arméniens Nouri pacha et Khalil pacha et qui avait résolu qu'il fallait à tout prix renverser le gouvernement d'Erevan, y instaurer un régime communiste et faciliter une nouvelle invasion turque. Déjà, une armée formée de Tatars d'Azerbaïdjan, profitant des difficultés créées sur les autres frontières, avait pénétré dans les environs de Dilidjan, à proximité du Sevan.

Toumanian avait reçu l'ordre d'observer les mouvements de ces envahisseurs sur l'autre rive, et l'*Achot Yerkat* était constamment en patrouille. Il hoquetait et bourdonnait à la surface du lac, tel un gros insecte sur une vitre. Toumanian observait à la jumelle les falaises rocheuses. Pour servir la mitrailleuse et les deux canons légers, on avait mis quelques artilleurs à sa disposition, les marins ne s'occupant que du moteur et de la manœuvre. Le commandant était satisfait de son équipage. Les soldats étaient des hommes disciplinés, intelligents et décidés. Quant aux marins, qui avaient l'air si déconcertés dans leur uniforme de circonstance, c'étaient en réalité des gars simples, modestes et courageux, malins et plaisantins mais parfaitement dévoués. Ils s'appelaient Souren, Sarkis et Markar.

Markar était un garçon aux yeux gris, maigre, les joues creuses, mais solide, un peu nerveux, un peu mélancolique et aussi un peu rêveur. Il était toujours en train de fredonner et, à ses moments de repos, il restait immobile, le regard fixé dans la direction de Nor-Bayazet, ce qui provoquait les plaisanteries de ses camarades :

— Hé, Markar, y a ta femme qui t'attend. Dis donc, tu lui enverrais pas un télégramme, des fois ?

— Laissez-moi donc tranquille, imbéciles !

Souren et Sarkis étaient forts comme des bœufs, ils avaient le front bas et buté mais le regard vif. Quant aux artilleurs, ils regardaient les trois matelots avec une nuance de dédain : eux étaient des vétérans, entraînés, expérimentés, ils avaient participé à de nombreux combats, tandis que les autres…

— Dites donc, les gars, vous croyez qu'on va faire la guerre comme on va manger du pilaf ?

— Pas du pilaf, du gâteau. En attendant, vous pouvez ouvrir vos grandes gueules, quand ça bardera, on verra bien.

Tous aimaient bien leur chef en dépit de ses exigences et de sa sévérité. Avec son regard d'enfant et ses allures de collégien, Toumanian, quand il s'agissait du service, devenait sec et minutieux. Il fallait que tout sur la vedette fût d'une propreté méticuleuse jusque dans le moindre recoin, que tout fût à sa place. Et il n'admettait pas la moindre objection : les ordres devaient être exécutés sur-le-champ, et parfaitement.

— C'est moi qui suis responsable de vos moindres gestes. Je ne veux pas de paroles mais du travail.

Mais ils savaient que sa sévérité cachait un cœur d'or. Et puis ils étaient un peu impressionnés par le fait qu'il n'était pas du pays, qu'il n'était pas familier de leurs habitudes et de leur psychologie ; il avait un genre, des manières qui n'étaient pas de chez eux, il parlait l'arménien avec un accent russe, en cherchant ses mots et en faisant souvent des fautes.

— Tu comprends, disaient-ils entre eux, il a été sur les grands bateaux de guerre, il a été dans des batailles navales, il sait de quoi il parle.

Et tous cherchaient à le satisfaire. Il insistait sur l'importance de leur rôle, leur expliquait carte en main les positions de l'ennemi et ce qu'ils pouvaient faire. En somme, il voulait qu'ils sachent et qu'ils comprennent ce qu'ils faisaient.

— Si je suis tué, disait-il, il faut que vous sachiez ce que vous avez à faire.

La vedette continuait à sillonner le lac. Les paysans des environs descendaient sur le rivage et regardaient longuement, les mains en visière :

— Un petit machin, mais tu entends le boucan que ça fait ?

Il arrivait que la vedette approchât de l'île. Les internés, parmi lesquels se trouvaient quelques femmes, se promenaient sur le rivage, sur la colline et discutaient interminablement, allongés au soleil. Quand la vedette passait, ils levaient la tête et souriaient. Un jour, le moteur eut une brève panne et il fallut jeter l'ancre un moment à proximité du rivage. Les détenus descendirent jusqu'au bord de l'eau et se mirent à parler avec l'équipage. L'un d'entre eux, un intellectuel à lorgnon et au teint basané, commença à crier :

— Camarades paysans ! Pourquoi servez-vous vos exploiteurs ? Si vous vous imaginez que votre *dreadnought* va arrêter l'Armée rouge victorieuse, vous vous trompez. Qu'est-ce que la mouche peut faire contre l'éléphant ? Jetez votre officier à l'eau et venez nous rejoindre ! De toute façon, aujourd'hui ou demain, les nôtres arrivent...

— Vous servez les impérialistes qui apportent la famine et la guerre, enchaîna un autre. A bas les dachnaks ! Vive le prolétariat !

Des cris s'élevèrent de toute part. Toumanian était furieux.

— Éloignez-vous tout de suite du rivage ! leur cria-t-il en mettant le revolver au poing. Continuez et je commande d'ouvrir le feu. Éloignez-vous !

— Eh bien, vas-y, tire! On n'a pas peur... Va donc à Tsoushima *! Tu n'en as plus pour longtemps!

L'équipage restait muet. Quand la vedette eut repris le large, Toumanian, peu loquace d'habitude, ne put garder le silence. Il reposa ses jumelles sur sa poitrine et dit à ses hommes:

— Il faut les voir quand ils sont au pouvoir. Ce sont des sauvages, des bêtes fauves. Je sais comment ça se passe, je les ai vus à l'œuvre. C'est épouvantable!

Sa bouche prit un pli amer.

— D'après ce qu'ils disent, dit Sarkis, avec eux tout nous tombera tout cuit.

— Il ne faut pas les croire. Je vous le dis, ne les croyez jamais! Quand ils arrivent, ils volent et ils pillent tout, et même s'ils le voulaient, ils ne pourraient rien apporter. Ils ont tout démoli, tout brûlé. Bon, allez, au travail. Cap à l'ouest.

L'*Achot Yerkat* s'élança sur la surface silencieuse du lac.

A Elenovka, près du débarcadère, un grand Molokan barbu, aux larges épaules, est en conversation avec un paysan arménien. Les yeux mi-clos, ils observent la vedette. Le Russe met sa grosse main velue sous le nez de l'autre, il écarte les doigts et, dans un arménien assez bien prononcé, il parle comme un maître s'adressant à l'élève:

— Regarde un peu, Sembat. Qu'est-ce que tu vois? Tu vois une main et des doigts, non?

Le dénommé Sembat écarquille ses yeux noirs, regarde les gros doigts du Russe et sa figure, réfléchit une seconde puis acquiesce:

— Eh oui! y a pas de doute, c'est une main.

— Bon, reprend patiemment le moujik, bon. Eh bien! aussi vrai que c'est une main, ce que je dis, moi, c'est la vérité vraie. (L'Arménien bat des paupières.) Alors, voilà, tu comprends, une supposition que toi, t'es un paysan. Qu'est-ce qu'il te faut pour vivre? Il te faut un peu de terre, des bœufs, une vache pour avoir du lait, et puis faut qu'on te laisse travailler tranquille. Tu veux pas d'histoires, tu veux la paix, tu veux être bien avec tes voisins. Et puis tu veux garder ta religion, ton église, parce que l'homme, il peut pas vivre sans religion. C'est un animal, l'homme. C'est pas vrai, ce que je dis?

— C'est vrai, sans religion et sans église, c'est pas possible.

— Bon, tu comprends ce que je dis. Alors il y a autre chose. Jusqu'à maintenant, c'était Nikol, le tsar, qui commandait en Russie,

* Pour insulter l'officier de marine, on lui rappelle la bataille de Tsoushima (mai 1905), au cours de laquelle la flotte russe fut anéantie par la flotte japonaise.

et c'est pour ça qu'en Russie, il y avait pas de justice. Tu le sais bien qu'il y avait pas de justice. Et pourquoi qu'il y en avait pas ? Eh ben y en avait pas parce que tout dépendait de la police et du Synode *. Ils persécutaient les Arméniens, ils voulaient leur prendre leurs églises, ils persécutaient les Molokans, tout ça à cause du Synode. Il nous ont pris nos terres, nos maisons et ils nous ont envoyés par ici. Il y en a d'autres qui sont partis en Sibérie, en Amérique, en Alaska, au Canada. Et tout ça à cause de notre religion. Je te le dis, il y avait pas de justice. Alors Dieu a regardé ça d'en haut, il a envoyé le feu du ciel et il a nettoyé tout ça. Il a liquidé le tsar et son Synode, il a massacré les policiers. Et maintenant, tout le monde peut avoir la religion qu'il veut, et la terre, elle appartient plus aux riches et aux propriétaires, elle appartient aux paysans qui travaillent dessus. Tout ce que je te dis là, frère, c'est aussi vrai que tu vois ma main et mes doigts à la lumière du jour. C'est comme ça ou c'est pas comme ça ?

— Eh ben ! Foma, si tu le dis... C'est sûr qu'on dirait bien que le monde a changé. Et oui, on dirait bien que tout ça, qu'est-ce que tu veux, c'est comme ça...

— Bon, enchaîne Foma, et maintenant autre chose. Regarde ça, c'est ma main ou c'est pas ma main ?

Sembat fronce les sourcils. La main qui s'agite sous son nez commence à éveiller sa méfiance. Où veut-il en venir avec sa main ?

— Eh ben ! fait-il avec une certaine réserve, disons que c'est une main.

— Comment, disons que c'est une main ? C'est une main ou c'est pas une main ?

Sembat rit, un peu gêné :

— Eh ben oui ! C'est une main.

— Bon, alors maintenant autre chose. Voilà quelques jours que je regarde cette mouche qui bourdonne sur l'eau. On dit que c'est un bateau, moi je veux bien, mais je me demande qui c'est, cet officier qui l'a fabriqué et qui le fait marcher ? C'est un jeune gars qui était sur des bateaux grands comme des montagnes, avec des milliers de marins et des canons et des machines et des bombes et tout. C'étaient des géants grands comme l'île qui est là et ça crachait le feu et la mitraille, ça bombardait les villes, ça coulait les autres bateaux... Et maintenant, voilà le gars qui a tout lâché et qui s'amène ici et qui vous bricole son truc avec des planches et des clous et qui vous monte dessus. Et moi, franchement, ça me fait peine de voir ça. C'est un garçon comme il faut, y a rien à dire, il est venu pour faire quelque

* Le Saint-Synode, organisme suprême de l'Église russe sous le régime tsariste.

chose pour son pays et pour ses compatriotes, y a rien à dire, mais tout de même, Sembat, moi, je te le dis, il est fou, ce garçon-là, parce que qu'est-ce que tu veux faire contre plus fort que toi ? C'est vrai ou c'est pas vrai, ce que je dis ?

Le paysan arménien ne répond rien. Foma se lisse la barbe en le regardant et reprend comme en se répondant à lui-même :

— C'est comme ça, c'est vrai ce que je dis, mais laissons l'officier avec ses bouts de bois et parlons un peu de l'Arménie. A bien y regarder, c'est la même histoire que pour le bateau : voilà un petit pays dans la misère, sans armes et sans rien, avec les Turcs tout autour. Qu'est-ce qu'il peut faire sans la Russie ? Dans le temps, quand les Turcs entendaient parler des Moskofs, ils tremblaient. Et les Turcs du Caucase aussi, ils tremblaient. Tout le monde vivait tranquille et travaillait sans histoires, on faisait du commerce, on fabriquait son fromage et on allait le vendre au marché, on achetait du tissu et on le ramenait à la maison. Et maintenant, c'est la guerre, l'anarchie et tout. Alors, moi je te demande un peu : qu'est-ce qu'on a besoin de résister à l'armée russe qui veut venir ici pour protéger le pays, amener du pain et du ravitaillement ? Oui, je te demande un peu.

Et il regarde encore Sembat en face. Celui-ci baisse les yeux : il ne veut pas dire ce qu'il pense. Et il pense : « Regarde-moi un peu ce salaud où il veut m'emmener ! Il n'arrête pas de me fourrer sa main sous le nez... L'armée russe, au pire moment de la guerre, elle nous a abandonnés, elle s'est sauvée, elle nous a laissés tout seuls devant les Turcs, et aujourd'hui, il vient me raconter que sans les Russes il n'y a rien à faire ! Mais la question, c'est pas ça. La question, c'est qu'eux, les Molokans, quand ils sont venus du temps des tsars, ils ont pris nos bonnes terres, et maintenant ils ont peur que notre gouvernement les reprenne pour les donner aux pauvres Arméniens qui crèvent dans le désert. Non mais quel salaud ! »

Mais il garde tout cela pour lui et se contente de dire d'une voix traînante :

— Qu'est-ce qu'on peut y faire ? Il y a les grands, ils savent mieux que nous, et puis qu'est-ce que tu veux, c'est la vie.

Le moujik n'est pas content. Il se tait, fourre les mains dans les poches de son caftan et tapote le sol du bout du pied.

— C'est vrai, dit-il enfin, aussi vrai que je m'appelle Foma Kareline et que tu t'appelles Sembat.

— Qui vivra verra, Foma. Dieu est grand et il arrange tout. Qu'est-ce que tu veux qu'on fasse, nous autres paysans ? On a tout sur les épaules et puis c'est tout.

— Aujourd'hui, proteste Foma, le peuple il pense pas comme ça.

Regarde un peu ce qui se passe en Russie : là-bas, le peuple, c'est lui qui commande, il fait ce qu'il veut.

Et il appuie l'affirmation d'un petit claquement de langue.

Le soir, l'*Achot Yerkat* restait amarré à la passerelle. Les Molokans, eux, se réunissaient chez un de leurs coreligionnaires qui était riche, et ils fermaient les portes et les volets. De l'extérieur, on entendait un chant très doux, puis tout sombrait dans un mystérieux silence.

Le vent faisait glisser à la surface du lac les étoiles que les petites vagues poussaient en clapotant vers les cailloux du rivage.

Les Molokans se mettaient à chanter et à prier. Comment priaient-ils ? Mystère. Mais là-dessus on racontait mille choses. On disait qu'ils sacrifiaient à des rites étranges, qu'ils célébraient des cérémonies ténébreuses qui duraient jusqu'à l'aube, qu'ils dansaient, qu'ils se mettaient nus pour fraterniser...

Sur la vedette, assis en tailleur, le fusil sur les genoux, Markar, qui était de garde, regardait le lac, les étoiles, les rochers et se balançait doucement. Ses paupières s'abaissaient, il luttait contre le sommeil. De temps à autre, il croyait entendre un bruit de pas. Il secouait la tête, serrait les mains sur son fusil.

— Qui va là ?

Le vent emportait la question. Il n'y avait personne.

Sous ses yeux las, les étoiles se dénudaient, le ciel ouvrait tout grands ses bras, les silhouettes immenses des rochers y tombaient, et toutes les ombres de la nuit se mettaient à danser et à s'accoupler. Markar laissait tomber sa tête lasse sur sa poitrine.

4

Ce jour-là, ceux qui arrivaient dans la capitale, surtout du côté de Kanaker, s'arrêtaient, étonnés devant un spectacle extraordinaire. De toutes les maisons, des gens sortaient en finissant d'enfiler leur vêtement ou de nouer leur cravate : ils descendaient la grand-rue en courant, se précipitant vers la ville basse.

Les nouveaux arrivants, en particulier les paysans, restaient un instant immobiles. Que se passait-il ? Un tremblement de terre ? Encore une révolution ? Encore une agression turque ? D'abord, ils songeaient à se sauver puis, cédant à la curiosité, ils enfonçaient à deux mains leur papakh sur leur tête et, balançant les bras et baissant le front, ils suivaient la foule.

Et la foule grossissait. Il sortait sans cesse des gens des petites rues latérales. Il y avait de tout : des femmes remontant d'une main le châle qui leur tombait des épaules et tenant de l'autre un enfant qui pleurnichait, des vieilles qui trottinaient en faisant claquer leurs savates, des vieux qui retrouvaient une vigueur inattendue, des collégiens, garçons et filles, des fonctionnaires et des soldats. Beaucoup couraient sans savoir au juste où ils allaient. Ils essayaient bien de se renseigner, mais ceux à qui ils s'adressaient n'avaient pas le temps de répondre et se contentaient de faire quelque geste vague ou de marmonner quelques paroles incompréhensibles. Les plus aimables tournaient la tête en criant « C'est le bateau ! » et continuaient leur course.

Un bateau à Erevan ? Intrigués, excités, les gens s'affolaient. Cette énigme leur faisait perdre leur calme et leur bon sens. Ils criaient, poussaient, bousculaient ceux qui étaient devant eux pour les dépasser.

Avant même d'arriver à la grande allée poussiéreuse qui menait à la gare, on entendait d'autres cris, là-bas au loin, des cris sourds et confus. En approchant, on commençait à distinguer la foule massée le long du chemin et qui oscillait, avançait, reculait, piétinait, gesticulait, un peu comme aux courses quand les chevaux approchent de l'arrivée. Tous écarquillaient les yeux, mais les grands peupliers bordant la route cachaient le spectacle. On courait, et à mesure qu'on approchait, l'étonnement croissait. La sueur baignait les fronts, les yeux s'agrandissaient en apercevant un mât, puis une cheminée, puis la proue d'un vrai bateau. On aurait dit que la foule était prise alors d'une espèce de crise d'épilepsie. Plus d'un fonçait comme un bélier vers les premiers rangs. Bien sûr, on le refoulait, mais il redoublait d'ardeur, se faisait presser, bousculer, écraser, insulter, mais arrivait à ses fins, c'est-à-dire à un endroit d'où, se hissant sur la pointe des pieds, il pouvait à peu près tout voir.

Et là il restait médusé. A une étrange et immense charpente en madriers sur laquelle trônait le bateau étaient attelés des dizaines de bœufs qui, effrayés par les cris et les coups qui leur tombaient sur les flancs, s'efforçaient tout de même d'avancer.

« Ho là ! Ho là ! Va ! » criait-on de tous côtés. Les bêtes faisaient des efforts terribles mais, au lieu d'avancer, elles s'affaissaient sur les membres postérieurs, inclinaient leur tête puissante en roulant des yeux injectés de sang, et restaient sur place.

Toujours coiffé de sa casquette, chaussé de bottes et vêtu d'une blouse russe bleue, Hérian courait de l'un à l'autre, jetait des ordres d'une voix éraillée, faisait ajouter des madriers sous l'énorme échafaudage, s'allongeait par terre pour regarder dessous, se relevait d'un bond, redonnait des instructions aux paysans conducteurs des bœufs, repartait, s'allongeait de nouveau par terre et faisait des signes de la main.

L'affluence augmentait. Quelques miliciens essayaient en vain de maintenir un peu d'ordre. A chaque instant, les premiers rangs cédaient sous la poussée de la foule qui assiégeait le bateau, effrayait encore plus les bœufs, hurlait et gênait la manœuvre de toutes les façons. Les miliciens poussaient, menaçaient, rien n'y faisait. A peine avaient-ils réussi à refouler un peu les premiers rangs que la masse faisait tout refluer sur la chaussée. Il était inutile d'espérer maintenir ne fût-ce qu'un semblant d'ordre. « Attention ! Attention ! Je vais taper ! » Cause toujours ! Le flot humain continuait à déferler, à se presser, à s'écraser. D'abord content de constater la curiosité générale, Hérian ne disait rien, bien que tout cela commençât à l'indisposer. Finalement, il se rendit à l'évidence : cette folie rendait tout travail impossible. Alors il se campa au milieu du chemin, les bras croisés, et jeta autour de lui des regards attristés. Mais cette attitude silencieuse et digne n'eut aucun effet et la colère le prit. « Bon, grommela-t-il, ça suffit comme ça ! »

Il grimpa sur l'échafaudage, réclama le silence en gesticulant comme dans une réunion politique et hurla :

— Je demande à l'honorable assemblée de ne plus gêner le travail important que nous essayons de faire et de…

Il voulait ajouter quelques mots mais une tempête de « Hourra ! » l'en empêcha. Sur son visage couvert de poussière, un sourire de satisfaction creusa deux plis autour de sa bouche. Il sauta à terre, ordonna aux paysans de remettre les bœufs en marche.

Impossible : la foule se réjouissait bien trop de ce spectacle gratuit pour changer de comportement. Et comme si cela ne suffisait pas, il se trouva des gens pour se mêler de l'opération, discuter, critiquer, donner des conseils : les madriers étaient mal disposés, il fallait mettre les bœufs de devant derrière et ceux de derrière devant, il aurait fallu monter l'échafaudage sur roues, et pourquoi avait-on fait ceci, et pourquoi avait-on fait cela ? Et pendant que, par politesse, on en écoutait certains, d'autres soutenaient bruyamment qu'il fallait faire exactement l'inverse de ce que conseillaient les premiers. Et tout ce monde criait, s'invectivait, s'insultait à qui mieux mieux.

Pendant ce temps, les bœufs, blancs de sueur et de poussière, écartaient les pattes et pissaient bruyamment en roulant leurs gros yeux de velours vers un champ voisin. Les paysans croisaient les mains sur leur aiguillon. Épuisés et en nage eux aussi, ils lançaient à droite et à gauche des regards découragés. Écœuré, accablé, Hérian protestait encore en criant :

— Non, ce n'est pas possible ! Décidément, les Arméniens ne sont pas un peuple civilisé, ils n'aiment pas le progrès. C'est scandaleux ! Scandaleux !

Voilà quatre heures que cela durait et le bateau avait avancé de cinq pas. Cinq pas ! Combien de temps faudrait-il pour monter jusqu'au lac ?

— Écoutez, les gars, suppliait-il, vous vous rendez compte ? Cinq pas !

Les paysans brandissaient l'aiguillon. « Ho ! Ho ! Va là ! » Arrachées à la douceur de leur rêve mystérieux, les bêtes baissaient la tête, prenaient fermement appui sur leurs pattes de derrière et tiraient. Sous le bateau, le bois grinçait, son mât oscillait légèrement et on croyait que la masse énorme allait enfin se remettre en branle.

— Allez ! Vas-y, tire ! Ho ! Va là !

Une fois de plus couché par terre, le maître d'œuvre observait les madriers par en dessous, levait une main, faisait des signes. Les fouets sifflaient, les paysans se remettaient à crier, à courir de droite et de gauche, et dans son immense indifférence, *l'Albatros* frémissait vaguement, et restait où il était.

Et cela dura ainsi jusqu'au soir. Hommes et bêtes n'en pouvaient plus. Et pourtant, quand tout fut bien observé et mesuré, on s'aperçut qu'on avait avancé plus qu'on n'avait cru. Trempé de sueur, la voix éteinte, épuisé, Hérian examina et mesura tout encore une fois, prit ses dernières dispositions et décréta qu'il n'y avait pas de doute : on devait finir par arriver à destination.

— Qu'est-ce qu'il dit ? demandait-on dans la foule.

— Il dit que ça marche et qu'ils vont finir par y arriver.

— Dieu l'entende ! Dieu l'entende !

Mais la foule ne se dispersait pas. Enfin le crépuscule, son silence et ses ombres enveloppèrent *l'Albatros* qui était là comme une apparition de légende ou de rêve. Les bœufs se couchèrent autour et les paysans, pour faire cuire leur dîner, allumèrent un peu partout des feux qui dispersèrent le spectacle. Et le bateau grandissait, s'enveloppant de nouveaux mystères et entrant dans les imaginations comme une chose bien réelle mais annonciatrice d'un miracle.

Durant quelques jours, on oublia les soucis, on oublia même la guerre, les difficultés de ravitaillement, toutes les misères de la vie quotidienne. On ne pensait plus qu'à *l'Albatros*. Et comme qui disait bateau disait Ara Hérian, celui-ci fit bientôt l'objet de toutes les conversations. Ces gens las de souffrances interminables, d'épreuves aussi absurdes que cruelles qui ne débouchaient sur rien, étaient avides de lumière et d'espoir. Dans leur imagination débridée, tout grandissait, se décuplait, s'envolait vers le rêve et le mythe. Tel un homme qui va se noyer et livre une lutte insensée contre des vagues monstrueuses, ils s'accrochaient au premier objet venu qu'ils voyaient flotter. Bref, Hérian était le héros du jour. Il était comme le symbole de l'esprit créateur, de l'audace et de la ténacité, toutes vertus familières à un peuple à qui elles avaient, au cours de son histoire, donné ses caractéristiques spécifiques.

De *l'Albatros* on parlait dans tout le pays, et la nouvelle de l'incroyable aventure avait circulé en s'enrichissant, en se compliquant, en se chargeant de significations et de sens multiples et nouveaux comme il arrive dans les cas de création épique collective. Chaque région ajoutait quelque chose, chaque village une ligne, un détail qui enjolivait le récit. Dans les hameaux de montagne, où l'on est plus près du ciel, l'histoire s'était enflée jusqu'aux dimensions d'une légende religieuse. Et on racontait...

« Il paraît qu'un homme est arrivé dans la ville d'Erevan, un homme grand et fort qui est inspiré par le Saint-Esprit. Une nuit, il a eu une vision : saint Jean le Précurseur est apparu au pied de son lit et lui a dit : “Lève-toi, mon cher fils, prends ton bâton et va tout droit vers la grande mer qui est du côté du soleil levant. Et quand tu y arriveras, qu'il lui a dit, le Précurseur, tu verras un grand bateau sur le rivage. Alors ce grand bateau, tu le prendras, tu traverseras les plaines, les vallées, les rivières et les montagnes, et tu l'amèneras au pays arménien jusqu'au grand lac qui est sur la montagne, là où ont vécu les ermites et les saints et aussi notre Illuminateur...” Eh oui, tel que je vous le dis. »

« Et puis, il y a eu un grand tremblement dans le ciel et le saint Précurseur lui a dit : “Ce bateau, tu le jetteras sur notre lac sacré, tu le conduiras partout sur les eaux pour que les hommes voient bien la présence de l'esprit de Dieu et que la volonté du Seigneur vienne à l'aide de notre peuple qui a versé tant de sang pour le Christ et qui a été sanctifié par toutes ses souffrances...” Voilà ce qu'il a dit, le Précurseur. »

« Et l'homme, quand il a entendu cette voix et ce tonnerre, il s'est jeté par terre, il s'est prosterné, il a prié de toute son âme, puis il s'est levé, il est allé vers la mer qui est du côté de l'Orient, il a trouvé le bateau, tout juste comme le Saint-Esprit lui avait dit, et par les plaines, les vallées, les rivières et les montagnes, il l'a amené en Arménie et maintenant il est arrivé à Erevan. Eh bien ! frère, si ce n'est pas un miracle, qu'est-ce que c'est ? Par ton âme, qu'est-ce que c'est ? »

Et dans les bourgs et les petites villes, on disait :

« Le capitaine Hérian, voilà un homme ! Et un grand ! Il n'y a pas tellement de gens qui ont une idée vraiment nouvelle et qui la réalisent sans hésitation. Lui, il est solide, il est audacieux, c'est un héros. Et modeste avec ça. Eh oui, il faut bien le dire, nous sommes comme ça, nous autres Arméniens. »

Bien que personne ne sût rien de son passé, tout le monde parlait avec assurance de ses actes héroïques et des aventures inouïes qu'il avait paraît-il vécues. « Mais oui, tout le monde le sait parce que les journaux russes et étrangers en ont parlé à l'époque. »

On allait même parfois plus loin. On racontait par exemple que, naviguant sur les mers du bout du monde, il avait découvert une île inconnue, pleine de richesses et de merveilles, et que bien entendu il avait pensé y installer les réfugiés, en particulier les Vanétsis, mais voilà, l'insatiable et perfide Albion s'était interposée sous prétexte que l'Arménie n'avait pas de drapeau et s'était emparée de l'île. Enfin, elle ne s'en était emparée que sur le papier car Hérian, furieux de cette injustice, n'avait pas révélé le véritable emplacement de sa découverte et avait résisté à la tentation alors qu'on lui offrait des fortunes en échange de son secret. Mais depuis que nous possédions un drapeau, notre héros nourrissait des projets mystérieux.

— Allez, n'exagérez pas, objectaient d'aucuns.

— Bon Dieu, mais puisque je vous le dis!

Les femmes, avec la sensibilité qu'on leur connaît, parlaient d'un air énamouré de son allure et de la couleur de ses yeux, et les hommes, bien qu'en réalité fort jaloux, n'osaient pas protester.

On en était arrivé à ce point que les jeunes intellectuels, poussés par la mode des doctrines nouvelles, n'hésitèrent pas à échafauder des théories de philosophie sociale autour du cas Hérian. Et on ne sait d'où sortit le terme d'*hérianisme* pour désigner une combinaison d'esprit nouveau et de style de vie inédit.

Mais les gens originaires de l'ancienne province du Taron élevèrent des objections. Selon eux, le héros, bien que n'étant pas tarontsi, était bel et bien « taronien » par ses traits de caractère, ses attitudes et sa mentalité, tout comme l'étaient toutes les grandes figures du passé et du présent de la nation. Ce qu'entendant, les Karabaghtsis fulminaient: il y avait là une belle violation de la vérité historique car il était de notoriété publique que toutes les grandes figures arméniennes étaient karabaghtsis, témoins le comte Loris-Mélikov, les généraux Lazarev, Chelkovnikov, Ter-Ghoukassov et des centaines d'autres célébrités. Zoroastre lui-même était né au Karabagh et il n'y avait donc aucune raison de ne pas le considérer comme arménien.

Quoi qu'il en soit, on était inébranlablement « hérianiste ». Définir, décider, réaliser, c'était être hérianiste. Thèse: l'impératif de l'idée; antithèse: les obstacles de la réalité; synthèse: surmonter et vaincre, bref, être hérianiste.

Les débats sur ce thème se poursuivaient fort avant dans la nuit sur la Promenade, sur les places, dans les maisons. Les marxistes camouflés, eux, se contentaient de sourire. Quant au héros du jour, il ignorait toute cette agitation. Absorbé par son travail et ses soucis, il descendait très tôt le matin de la ville haute, poursuivi par son idée, les sourcils froncés, le front plissé, la tête basse et le pas décidé.

Maintenant, on le saluait respectueusement. Son bateau et lui étaient devenus des sujets de préoccupation générale, et, dès l'aube, les curieux s'assemblaient pour assister aux opérations. Il y avait des paysans descendus des villages voisins pour aller au marché, de jeunes vauriens, des ouvriers et des artisans passés là avant d'aller au travail.

Et ceux qui ne pouvaient pas y aller demandaient aux passants :
— Excusez, l'ami, vous pouvez me dire si ça a avancé ?
— Pas mal. Dans les vingt archines.
— Combien ? demandaient les gens de l'intérieur des maisons.
— Vingt archines. C'est mieux qu'hier.

En entendant cela, les femmes soufflaient sur les braises du samovar avec plus d'ardeur. Le crayon en main, les hommes faisaient des calculs. Il aurait fallu plus de bœufs. Supposons qu'il arrive à faire cent archines par jour...

— Dis donc, Parandzem, de la place à l'école russe, ça fait combien d'archines ?

— Comment veux-tu que je le sache ? Je ne me suis pas amusé à mesurer.

Et comme sur tout dans ce pays, on en avait fait une chanson :

Voyez, bonnes gens, comme c'est étrange et bizarre !
Un bateau descend du train
Et s'aventure dans nos chemins.
De la mer Noire il a quitté ses amarres
Et se promène à Erevan
Au bruit de nos applaudissements !

Le soir venu, quand un vent frais se levait et que les gens épuisés par la chaleur et les moustiques se promenaient dans la grand-rue, on parlait encore du bateau. En général, l'optimisme et l'enthousiasme régnaient, mais il faut dire aussi pour être juste que les critiques ne manquaient pas. Des critiques généralement sourdes et détournées. Il y avait des gens qui se contentaient de hausser les épaules en marmonnant avec un vague sourire.

Pour la plupart, les critiques émanaient bien entendu des ingénieurs, messieurs démodés qui arboraient la casquette de leur profession, avec la pelle et le marteau dorés sur fond de velours noir, et qui portaient col de Celluloïd et souliers grinçants. De deux doigts jaunis par le tabac, ils tortillaient les bouts de leur moustache blanche, se mordaient la lèvre inférieure et, les yeux mi-clos, tenaient des propos fielleux. Pourquoi, avant de lancer une telle entreprise, le gouvernement ne leur avait-il pas demandé leur avis ? Pourquoi ne s'était-il pas adressé à eux ?

— On a renoncé, disaient-ils, aux moyens techniques et scientifiques pour aller chercher des charpentiers et des bœufs. Si ces ignorants s'imaginent qu'un jour leur bateau arrivera au Sevan, ils se trompent lourdement. Le Sevan ! laissez-moi rire !

Agitant nerveusement leur canne tenue à deux mains sur les reins, ils promenaient à petits pas prudents leur venimeux sourire. Et beaucoup de gens se déclaraient tout de suite d'accord avec eux, comme ça, sans raison, car il est fréquent que l'Arménien supporte mal la réussite d'un compatriote.

Pendant ce temps, Hérian épuisé s'allongeait sur son lit de camp, la fenêtre grande ouverte, le visage baigné de sueur, la tête pleine de rêves et de calculs, le front dévoré par les moustiques. Quand il arrivait à dormir, il ronflait bruyamment, parfois même délirait en poussant des cris. Et chaque fois qu'il délirait, la femme du jeune officier chez qui il avait loué une chambre, une belle blonde prénommée Vardouhi qui couchait dans la pièce voisine, était prise de peur et se serrait contre son mari. Et le matin, en prenant le thé, elle disait à son hôte :

— Ah, commandant, cette nuit vous m'avez encore fait peur !

— Moi, je vous ai fait peur ?

— Mais oui ! Vous criez comme un fou, vous dites des choses incompréhensibles, on dirait que vous êtes en pleine bataille ! Enfin, je ne sais pas ce qui vous arrive.

Elle disait ça d'une voix onctueuse, avec un sourire angélique, la tête légèrement inclinée, le regard à la fois brillant et encore plus doux que d'ordinaire. Charmante et craintive, Vardouhi, qu'on appelait Varia, répandait autour d'elle une sorte de douce sérénité. Son hôte aimait la taquiner :

— Mon Dieu ! chère madame, je crains que votre imagination ne vous joue des tours. Moi, j'aurais déliré ? Non, je vous assure, vous avez sûrement rêvé et vous avez cru que c'était moi qui parlais. Mais... je vous dirai qu'à mon avis, il ne faut pas prendre ça à la légère. Vous ne croyez pas que vous devriez voir un spécialiste ?

— Ne me racontez pas d'histoires. Comment aurais-je rêvé, puisque je sais parfaitement que quand je vous ai entendu, je ne dormais pas ? Pour rêver, il faut dormir, non ?

— Qui vous a dit qu'il fallait dormir ? On sait parfaitement que dans certains cas cliniques, le sujet, incontestablement à l'état de veille, se met à voir des choses aussi étranges que diverses. Ainsi par exemple, j'avais sur mon cargo un matelot qui...

Et avec le plus grand sérieux, il lui racontait des histoires effrayantes et parfaitement imaginaires. Varia ouvrait de grands yeux, finissait par le croire et par douter de sa propre santé. Alors le mari intervenait, lui caressait les cheveux en la rassurant :

— Tu ne vois pas qu'il te fait marcher ? Attends, ma chérie, on va lui faire payer ça.

Babken Miranian était capitaine de cavalerie. C'était un jeune homme brun, d'un naturel un peu lent, mais chaleureux et spontané, simple, direct et enthousiaste. Il aimait sa femme, la musique, la bonne chère et son escadron. Et puis il aimait Napoléon, à propos duquel il tenait volontiers de longs discours. Ses murs étaient couverts de gravures illustrant l'épopée : *Bonaparte aux Pyramides, le Premier Consul devant le Sénat, Napoléon sacré empereur à Notre-Dame, Napoléon signant son abdication à Fontainebleau,* etc. Seule exception : un masque de Beethoven.

Il était fier de son uniforme, de son sabre daghestanais à fourreau d'argent filigrané et de cette attitude caucasienne si typique où se mêlent la distinction, la souplesse et l'air martial.

Il appartenait à une riche famille de propriétaires de puits de pétrole, avait reçu une excellente éducation, parlait fort bien plusieurs langues, appréciait et connaissait parfaitement la musique classique. Et puis il avait la passion des chevaux de race. Il se rasait la tête comme un Laze* et sa façon de danser faisait l'admiration générale. Hérian l'aimait bien, la différence d'âge lui permettait une attitude paternelle, à la fois indulgente, bienveillante et un peu sarcastique, et quand il était bien disposé et voulait oublier ses soucis, il s'amusait à le provoquer.

— Dites-moi, mon cher Miranian, faisait-il en se calant dans son fauteuil, vous êtes bien sûr que votre Napoléon a été aussi excellent que vous le dites ? Rappelez-vous comment Tolstoï nous le présente dans *Guerre et Paix*. Ce n'est pas tellement édifiant.

— Tolstoï a beau être ce qu'il est, il n'a pas compris Napoléon ou n'a pas voulu le comprendre. Il s'est laissé aveugler par son chauvinisme russe.

— Qu'est-ce que vous me racontez là, mon cher ? L'histoire, c'est l'histoire. Il est venu, Koutouzov l'a battu à plates coutures et il a bel et bien décampé. Et là-dedans Bagration, le rejeton de notre dynastie des Bagratides, n'a pas joué un rôle négligeable.

Babken Miranian s'échauffait, jetait des regards furibonds et commençait par poser en principe que les marins ne comprennent rien aux problèmes militaires. Puis il courait dans la pièce voisine, en rapportait une carte d'état-major qu'il étalait sur la table et se lançait dans un exposé stratégique avec manœuvres, attaques et contre-attaques, et finalement, négligeant des faits avérés, refusait de reconnaître la défaite de son héros.

— Eh bien ! remarquait Hérian, si ce n'est pas de la falsification de

* Les Lazes, peuplade du littoral sud-est de la mer Noire.

l'histoire, le moins qu'on puisse dire, c'est que c'est un peu exagéré.

Mais Miranian connaissait le point faible de son interlocuteur :

— Imaginez un instant qu'il n'y ait pas eu le criminel incendie de Moscou et que Napoléon ait réussi, le destin de l'Orient, et entre autres celui de l'Arménie, aurait été bien différent. Son échec nous a coûté cher.

— L'Arménie, faisait Hérian étonné, comment ça ? C'est nouveau, ça ne m'était jamais venu à l'idée.

— Mais évidemment ! Quand il est allé en Orient, c'était avec de grands projets : il voulait libérer ces pays, les réorganiser, leur donner une vie nouvelle. Il y avait des officiers arméniens dans son armée, et quand il a pris Venise, c'est grâce à eux que le couvent de Saint-Lazare n'a pas été fermé. Donc, il savait ce que c'est que les Arméniens, et s'il avait battu les Russes, il serait sûrement descendu au Caucase et aurait fait ce que la Grande Catherine avait promis et n'avait pas réalisé. Imaginez un peu ce qui se serait passé si notre pays avait gagné son indépendance à l'époque. Aujourd'hui, nous serions une grande puissance.

— Mais c'est vrai, tout ça ? faisait Hérian impressionné. Je n'y avais jamais pensé. Répétez-moi un peu ça pour voir.

Content de son succès, Miranian mettait les mains derrière le dos et marchait de long en large en reprenant son petit exposé avec évocation de batailles, de combats, de victoires. Il entendait les clairons et les tambours, il voyait les glorieux drapeaux déchiquetés et la Grande Armée franchissant les monts du Caucase pour pénétrer en Arménie, parcourir la plaine de l'Ararat, avancer vers Mouch et Van...

A minuit, brusquement, Hérian se levait :

— Bon, il est tard. Demain matin, je me lève à cinq heures.

— Moi aussi, il faut que je me lève tôt. Une manœuvre à diriger.

— Bonne nuit.

Et ils se séparaient en bâillant.

Le lendemain, les opérations de transport reprenaient à l'aube. Les paysans se remettaient à crier et à taper sur les bœufs. La fraîche brise du matin disparaissait derrière les monts pour faire place à la poussière et aux ardeurs d'un soleil de feu. Hommes et bêtes déployaient des efforts terribles pour arriver à ébranler l'énorme fardeau et le déplacer de quelques centimètres. Le bateau ne provoquait plus l'ébahissement général, mais participait à la vie quotidienne de la ville et était devenu partie intégrante du paysage. Parmi les hauts peupliers, son mât s'illuminait de la présence des montagnes et se colorait du vert vibrant des branchages. Les oiseaux s'y trompaient et s'y perchaient comme au sommet d'un arbre.

Mais il fallait se presser. L'automne approchait, et déjà les paysans jetaient des regards impatients sur les champs et parlaient de rentrer au village. D'autant plus qu'un déplorable accident s'était produit. Deux jours auparavant, un bœuf était tombé et ne s'était pas relevé. On avait tout essayé, sans succès. Le pauvre animal était resté couché sur son flanc tout gonflé, une patte frémissante. On lui avait mis sur la tête des torchons mouillés, on lui avait massé la panse, mais en vain. La bouche baveuse, l'œil vitreux, les dents serrées, il avait fini par crever.

Les paysans étaient bouleversés. Ils protestaient, tempêtaient, jetaient d'un geste rageur leur papakh par terre en envoyant le bateau et son capitaine à tous les diables et en exigeant qu'on leur paye les dégâts, qu'on leur donne leur dû et qu'on les laisse retourner chez eux. Hérian fit appel à toute son éloquence, discuta pendant des heures et parvint à les convaincre de rester encore un peu. Et ils avaient continué, mais pas avec l'ardeur du début. Désormais, ils avaient l'esprit ailleurs.

En dépit de tous ces inconvénients, on avait fini par parcourir toute l'allée menant de la gare à la ville et on approchait du centre.

— Le problème, disait-il, les yeux fixés sur les hauteurs du nord d'Erevan, c'est que maintenant, il va falloir monter. Mais on montera, on montera !

Ce n'était pas l'avis des vieux ingénieurs.

5

Un jour, en fin de journée, le vent se leva sur la plaine. Il venait de derrière les monts Guégham, brutal et inattendu, géant invisible, sifflant, hurlant, agitant ses bras comme les ailes d'un moulin aux dimensions du monde, frappant le sol de ses pieds monstrueux et jetant son mufle sur les rochers. Cela dura toute la nuit. Au matin, le vent tomba et les montagnes apparurent lumineuses, comme toutes neuves. Notre frère le vent s'est arrêté, disait-on, le feu de l'été s'est éteint. L'automne était là.

Celui qui n'a pas vu l'automne dans la plaine de l'Ararat n'a rien vu. Il arrive de son pas rouge et pensif, répand du haut des monts une fraîcheur légère sur l'or des incendies laissés par l'été, tamise l'air, prépare en son alchimie d'étonnants alliages de métaux aussi précieux qu'étranges, promène sur la terre ses lumières, allume des chandelles dans les arbres, invente des musiques jaunes et grandioses dont on ne peut parler, puisqu'elles viennent de ces régions ineffables qui sont au-delà de la vie et de la mort.

En bien d'autres lieux de la terre, l'automne n'est guère que l'ultime et débile sursaut d'un été moribond, un départ désespéré dans les sanglots de la chute des feuilles. En Arménie, l'automne, c'est la longue liturgie d'une transfiguration générale. Qui n'a pas vu la plaine de l'Ararat à l'automne n'imagine pas le profond mouvement spirituel, l'exaltation, la paix intérieure que la nature peut apporter à l'homme. C'est une sérénité frémissante aux cheveux d'or qui enveloppe les sommets neigeux, c'est la flamme jaune qui caresse des rangées de peupliers, ce sont des vergers alourdis, des jardins éclatants, un horizon fondu de cuivres, un ciel pur, profond, rayonnant. Tout alors s'abîme dans une réflexion embrasée.

Cette année-là, l'automne était comme une grappe bien mûre, mais lourde d'inquiétude. Les gens de la montagne, qui ont quelque chose de lent, de discret et de quasi seigneurial, restaient debout sur les rochers et regardaient la plaine en bougonnant :

— Ces bougres-là sont en retard. L'automne est là et c'est seulement maintenant qu'ils se mettent au travail. Il y a pourtant tout à faire : vendanger, labourer, semer. Il faut dire que s'ils sont en retard, l'ennemi y est pour quelque chose.

— Et c'est les Turcs, et c'est les Kurdes, et c'est les Russes ! Il faut se battre de tous les côtés.

Et ils regardaient les monts, la plaine, l'automne. Les brebis bêlaient, les chiens couraient après le vent qui jouait dans les buissons et, déçus, ils aboyaient.

Dans la plaine, on s'était donc mis au travail : labour et semailles. Les pieds des bœufs s'enfonçaient dans la terre où s'ouvraient les sillons. Les mains serrées sur les mancherons de la charrue, le paysan encourageait ses bêtes de la voix : « Va là ho ! » La terre d'Arménie est dure mais elle est bonne. « Va là ho ! » La charrue peinait, grinçait, continuait son sillon. Le pied des bœufs parfois hésitait, mais les bêtes redoublaient d'effort. Les vieux, qui avaient pris la place des jeunes mobilisés, étaient tenaces et inquiets. « Ho ! Va ! Vas-tu y aller ? Va là ho ! »

Il fallait aller vite aussi dans les vignobles. On y entendait surtout des voix de femmes. Chaque fois qu'elles riaient, une sorte de frémissement passait sur les sarments aux lourdes grappes que le soleil avait chargées d'un jus d'or et de cristal.

Le raisin, c'est la mélodie de l'Arménie, mélodie douce, opulente et capiteuse comme les seins frémissants des filles, comme l'œil fascinant du hibou qui scintille à la lueur de la lune. Les autres années, c'étaient la musique et les chants qu'on entendait dans les vignes, hommes et femmes dansaient jusqu'à l'aube au son de la flûte et du tambourin. Dans les tonneaux ouverts, on puisait le vin à la louche, et Dionysos, venu de derrière les monts, faisait entendre son rire, murmure du vent léger dans les arbres.

Cette année-là, les femmes se pressaient, le panier sur la tête, le raisin s'empilait, mais il n'y avait plus d'hommes pour le fouler. Et puis les chariots manquaient, et puis les bœufs manquaient.

C'est pourquoi les paysans d'Hérian étaient dans tous leurs états.

— Mais bon Dieu ! puisqu'on vous dit qu'on peut pas rester ! s'écriait l'un d'eux, tout rouge, les yeux exorbités. Si on vous dit qu'on peut pas, c'est qu'on peut pas ! Ah ! là là ! Mais qu'est-ce qu'on est venu faire là-dedans ? Non, c'est pas possible ! Chez nous, tout est resté à l'abandon, la famille est sans rien. Y en a qui sont venus du village exprès pour nous le dire : y a rien à faire, là-bas on a besoin des bœufs.

Deux autres, la tête basse mais les yeux levés, attendaient sans rien dire. Hérian écoutait en feignant la patience et le calme.

— Bien sûr, bien sûr, faisait-il d'une voix douce, je comprends, ce n'est pas que je ne comprends pas, mais si on veut être logique et raisonnable, il faut voir qu'entre nous, l'affaire n'est pas...

— Affaire ou pas affaire, coupait hardiment un des interlocuteurs, y a qu'une chose à voir, c'est que nous on peut pas rester et c'est tout !

— Attends une minute. Moi, je vais te dire une chose, c'est que si vous avez amené ce bazar jusqu'ici, vous pouvez bien aller un peu plus loin et à ce moment-là, on...

— Ah là là! s'impatientait l'autre en ôtant son papakh et en l'agitant. Moi, je vous parle comme un chrétien d'Arménie et je vous dis que les choses sont comme elles sont et qu'on peut pas rester! Voilà ! On peut pas, un point c'est tout ! Ils nous ont emmené tous les jeunes et il nous reste plus que les femmes et les gosses. Alors qu'est-ce qu'on peut faire ?

Il en avait l'écume à la bouche.

— Bon, fit Hérian découragé, alors moi, qu'est-ce que je fais ? J'y mets le feu ?

— Pas la peine, il brûlerait pas, il est en fer.

Un silence. On n'entendait que leurs soupirs. Désespéré, il regardait leurs visages l'un après l'autre et se sentait presque envie de pleurer.

— Dites-moi un peu, non mais dites-moi un peu, bon Dieu ! Vous trouvez que c'est consciencieux, ça ? Vous trouvez que c'est humain ? Il y a tout de même un bon Dieu là-haut, non? Arriver là et puis laisser tout tomber et s'en aller! Vous êtes des êtres humains, non ?

Les paysans baissaient leur front buté.

— Faut nous comprendre, commandant, fit enfin l'un d'eux, c'est pas qu'on veut pas. D'abord l'automne est là, et la terre, elle, elle attend pas. Les vignes, elles attendent pas. Et puis il y a la guerre, ils mobilisent. Y a les bêtes, la femme, les gosses. Vous savez bien ce que c'est, non ?

Le vent bruissait dans les peupliers. L'automne pâlissait les visages.

— Alors qu'est-ce qu'on fait ?

— Ben... faut dire, si nous on peut pas, y en a d'autres qui peuvent. A Margara et ailleurs, ils ont bientôt fini de labourer et de semer. Faudrait que vous y alliez, faudrait voir. Qui sait ?

— Tu dis à Margara ? fit Hérian dont le regard se réveilla un peu.

— Mais oui ! s'exclamèrent les paysans plutôt contents. Ils en ont des bêtes, là-bas, ça leur manque pas. Si vous allez leur parler, y a qu'à leur expliquer. Vous pourrez peut-être bien vous entendre avec eux, qui sait ?

Il était inutile de continuer la conversation.

— Il va falloir y aller, encore perdre du temps.

— Eh oui ! Si faut y aller, faut y aller, qu'est-ce que vous voulez ?

Indécis, il regardait les arbres, le ciel.

— Je vais vous demander quelque chose.

— Oui, qu'est-ce que c'est ?

— Quand vous aurez fini votre travail, disons dans un mois, vous me donnez votre parole de revenir ?

— Ben pourquoi qu'on vous donnerait pas notre parole ? Si on a la vie et la santé, c'est sûr qu'on revient. Mais qu'est-ce que vous voulez, le monde, au jour d'aujourd'hui, c'est quelque chose ! Quelque chose ! Mais pour sûr qu'on vous promet de revenir quand on aura fini.

— Si c'est comme ça..., fit-il en tendant la main.

— Faut faire excuse, vous comprenez... Le bon Dieu, le monde... faut s'attendre à tout. C'est que les temps sont durs. Faut pas nous en vouloir.

Il resta un bon moment pensif, les bras croisés. Il se retrouvait encore une fois seul avec son bateau, au bout d'une allée d'Erevan.

Rim, qui comprenait tout, était venu se frotter le nez contre sa jambe en frétillant de la queue. Il le quittait un instant pour jouer avec les feuilles qui tombaient, puis revenait. Hérian était toujours immobile comme une statue. Quel pays ! se disait-il, quel pays ! Maintenant, il faut que j'aille supplier d'autres paysans, encore le même genre de têtes de mules, pour obtenir des bœufs. Il va encore falloir marchander, se bagarrer pour la moindre bricole. Ah, l'Arménie, c'est quelque chose !

Et s'il y allait, qui allait surveiller *l'Albatros* pendant son absence ? Qui allait le protéger contre les bandes de jeunes vandales ? Toute la journée, il resta à tourner en rond autour de son bateau.

— Comment vous appelez-vous ?

Surpris, un peu craintifs, les trois garçons reculèrent de quelques pas, se regardèrent et ne répondirent rien.

— Qu'est-ce qu'il y a ? fit-il en riant. Vous ne voulez pas me dire votre nom ?

— Moi je m'appelle Martin, fit enfin un grand type maigre au teint basané. Lui c'est Achot, et lui là, c'est Chahen.

Il les regarda attentivement en souriant :

— Vous me reconnaissez, hein ?

— Ben oui, on vous connaît parce que tout le monde vous connaît, reprit le grand. Vous êtes le type du bateau.

— Non, à part le bateau. Avant ça. Vous ne vous rappelez pas que vous m'avez attaqué, un soir ?

Cette fois, ils regardèrent tous les trois à droite et à gauche en se préparant visiblement à prendre leurs jambes à leur cou, mais il les rassura aussitôt :

— Attendez, attendez ! Ce n'est pas pour ça que je suis venu vous trouver.

Ils se mirent à raconter n'importe quoi d'une voix tremblante :

— On vous jure que c'était pas nous. C'est un type qui s'appelle Haïkaz. C'est lui qui nous obligeait à faire ça... On vous jure, nous on n'y était pour rien !

— Ce qui est fait est fait et je vous répète que ce n'est pas pour ça que je suis venu vous trouver. Je suis venu pour quelque chose de très important. Voilà : je sais qu'au fond vous êtes des garçons courageux, honnêtes et que vous savez tenir votre parole. Où est-il, votre Haïkaz ?

— On n'en sait rien, répondit Martin. Il vendait des cigarettes dans la rue, mais maintenant il est parti en Russie.

— Il paraît qu'il est avec les bolcheviks, précisa le dénommé Achot, un petit noiraud pieds nus, tout tremblant dans ses guenilles.

— Alors, chez vous aussi, il y en a?

— Ben bien sûr qu'il y en a. Mais nous trois, on est neutres.

— Bon, alors si vous êtes neutres, voilà de quoi il s'agit...

Et il leur expliqua ce qu'il attendait d'eux. Comme il devait aller dans les villages, le bateau resterait seul pendant son absence et c'était trop dangereux. Bien sûr, le danger ne venait pas de gens malintentionnés, mais des petits voyous qui volent, cassent et démolissent tout sans vraiment se rendre compte de ce qu'ils font. Et il voulait tenter quelque chose : confier la garde de son *Albatros* précisément à ce genre de garçons.

Il flatta leur amour-propre, parla de l'importance de son entreprise pour le pays, des difficultés qu'il avait eues, du rôle qu'ils pouvaient jouer, eux, s'ils le voulaient bien. Lui était prêt à les aider de toutes les façons : il leur donnerait de l'argent pour manger, il leur trouverait des vêtements, et quand tout serait fini et le bateau rendu à destination, il leur donnerait du travail et ferait en sorte que chacun d'eux devienne quelqu'un de bien.

— Ce n'est pas, leur dit-il, en mendiant, en chapardant, en traînant dans les rues et en couchant sur les trottoirs que vous arriverez à quelque chose. Moi, je vous donne une bonne chance de changer de vie : pour vous je serai un père, vous ne serez plus des orphelins sans défense mais des garçons convenables qui savent ce qu'ils ont à faire.

Ils écoutaient, étonnés, un peu sceptiques. D'autres étaient venus s'agglutiner derrière eux mais un regard de Martin suffit à les faire filer.

— Qui est le chef ?

— C'est Martin, répondirent Achot et Chahen d'une seule voix.

— Bon alors, Martin, tu as compris de quoi il s'agit. Maintenant c'est à toi de décider : c'est oui ou c'est non ?

— C'est oui, avec plaisir, *agha djan* *.

— Il n'y a pas d'agha. Appelez-moi M. Hérian, ça suffira.

— On le surveillera, votre bateau, reprit Martin d'un ton décidé, on le surveillera. Du côté des gars, n'ayez pas peur, on s'occupe de tout.

— C'est juré ?

— C'est juré, répondirent-ils tous les trois en chœur.

— Vous avez mangé, aujourd'hui ?

— Non.

— Bon, allons-y, on va manger quelque chose ensemble.

Cette nuit-là, vers deux heures, il se leva doucement, s'habilla et sortit. Il n'y tenait plus : il voulait voir de ses yeux comment les choses se passaient. Après avoir quitté ses nouveaux amis, il était rentré et avait tout raconté au capitaine Miranian, lequel s'était carrément moqué de lui :

— Vraiment, je ne vous aurais pas cru aussi naïf. Quand je pense que vous allez vous jeter comme ça dans la gueule du loup ! Non, mais vous savez ce que c'est que ces petits salauds ? Et vous prenez leur parole pour argent comptant ? Dites-vous bien qu'ils vont tout piller, casser et emporter, et que votre bateau, il n'en restera qu'un souvenir.

Il avait donné dix exemples à l'appui de ses dires et, comme toujours entre eux, il s'en était suivi une discussion fort animée.

Hérian n'était pas pessimiste. Selon lui, quand on savait l'approcher avec foi et amour, on pouvait voir se manifester dans le pire des bandits cette flamme dont au fond aucun être humain n'est privé.

— Vieilles balivernes rancies du christianisme !

— Il y a des exemples. J'ai lu qu'après avoir pris Naples, Garibaldi avait confié le maintien de l'ordre aux bandits de la ville et que le résultat avait été excellent.

Et puis, bien sûr, des orphelins on était passé à Napoléon, et finalement, Hérian, fatigué, s'était retiré dans sa chambre un peu inquiet. Et si Miranian avait tout de même raison ?

Il marchait par les rues désertes, pressé d'aller dissiper ses doutes. Comme d'habitude, des coups de feu claquaient dans la nuit. Les maisons étaient soigneusement fermées, chacune modestement re-

* L'expression signifie à peu près « mon bon maître ».

pliée sur elle-même comme un navire à l'ancre qui sent venir la tempête. Le ciel constellé d'étoiles renforçait encore cette impression d'insaisissable, cette sensation d'une immensité qui ne laisse aux choses que leurs contours et, réductrice fortuite de la réalité, purifie le présent d'un souffle puissant, emportant sur ses ailes l'essence illimitée du monde et de la vie.

Il marchait sans bien comprendre dans cette étrange irréalité, il marchait comme l'aveugle avance dans un infini qui presse ses yeux morts. Il savait seulement — et c'était là le résultat de ses expériences antérieures — que dans ces lieux qu'il visitait, la mesure de la vie était différente, qu'il y avait là comme une autre géographie spirituelle.

En y regardant avec les yeux du corps, le spectacle était effarant : une misère indicible, un effondrement général, des périls sans nombre, des luttes incessantes, des conditions de vie inhumaines. Mais en prenant du recul pour embrasser d'un regard intérieur cet univers de rues et d'étoiles, de maisons et de ciel, de misère et de majesté naturelle, et ces voix muettes qui font en vous et en tout une unité indissoluble, la réalité se transformerait, on marcherait alors dans l'infini et l'exaltation.

Il lui semblait que le son de ses pas sur les pierres de la rue venait de très loin, de lieux inaccessibles, que les frontières étaient effacées, que sa personne et ses pensées formaient une partie inséparable d'un autre univers, lui aussi plein de mouvement, d'événements et de réalités.

Qu'est-ce que cela signifiait ?

Il fit effort pour se débarrasser de cette impression et se mit à chantonner : *« Ah ! yablotchka, kouda katichsia * ? »*

Il faisait un peu froid. Il releva son col et battit des bras. *« Ah ! yablotchka... »*

Il lui semblait gravir un escalier invisible, il marchait sans marcher, il chantait et aucun son ne passait ses lèvres.

Au moment de contourner le coin d'une rue, soudain il s'arrêta. On tirait à l'angle opposé. Il se colla au mur et regarda : c'était un milicien qui venait de faire feu avec son fusil.

— Eh bien ! lui cria-t-il en approchant, qu'est-ce qu'il y a ? Vous tirez sur quoi ?

— Sur rien. Je tire, comme ça, c'est tout, répondit l'homme en rejetant sur son épaule une des extrémités de son bachlyk.

— Ne me dites pas que vous avez peur.

* Chanson russe : « Ah ! petite pomme, où roules-tu ainsi ? »

— Et de quoi j'aurais peur ? Ce qu'il y a, c'est qu'Erevan est plein de vauriens, alors on ne sait jamais... C'est pour ça que dès qu'on entend des pas, on tire pour avertir les camarades qui sont plus loin.

Hérian se mit à rire et lui offrit une cigarette. Le gars, un grand costaud aux mains de fer, l'alluma et reprit :

— Et puis, ce qu'il y a aussi, c'est que rien n'est sûr. La nuit, il y a toutes sortes de gens, des agents turcs et bolcheviks qui profitent de l'obscurité pour entrer en ville et en sortir. Ils apportent des armes et des ordres ou ils en emportent. C'est comme ça, et nous on a l'ordre de les avoir à l'œil et s'il le faut de tirer.

— Et si par erreur vous tirez sur des gens qui ne sont pour rien dans tout ça ?

— On ne tire pas sur les gens, on tire en l'air. Mais vous, où est-ce que vous allez à cette heure-ci ?

Hérian lui donna toutes les explications voulues et poursuivit sa route. Au loin, la fusillade continuait. Les balles sifflaient. C'étaient sans aucun doute des coups de fusil et pas des coups de revolver. D'ailleurs, la population y était si bien habituée que le premier gamin venu pouvait vous dire de quelle arme il s'agissait et si la balle avait touché quelque chose.

Tout en marchant, il s'amusa à deviner lui aussi avec quoi on tirait, comme jadis il pouvait, en entendant la sirène d'un bateau, donner son nom et la compagnie à laquelle il appartenait. C'était drôle, ça : hier les sirènes, aujourd'hui les coups de fusil ; hier la mer, les vents et les tempêtes, aujourd'hui la nuit, les rues au sol plat et immobile, une réalité désaxée et mouvante, un ciel étoilé, un délire absurde et tragique. Non, il valait décidément mieux éviter de penser.

Ah ! yablotchka, kouda katichsia ?...

Arrivé aux abords de la grand-rue, il s'arrêta. Là-bas, la masse sombre du bateau se dessinait près d'un feu de camp qu'entouraient quelques ombres. Il descendit, arriva à l'angle d'une rue transversale et se dissimula dans un coin de mur, puis il regarda. Un groupe nombreux de réfugiés, femmes, enfants, vieillards, s'étaient rassemblés autour du feu. Certains dormaient, allongés par terre, d'autres, assis la tête baissée, berçaient un petit enfant sur leurs genoux. Ils étaient immobiles, serrés les uns contre les autres, et on aurait pu les prendre pour des bergers gardant leurs troupeaux dans la montagne. Quel étrange spectacle et quelle étrange ville ! La rue, le bateau, les réfugiés, les coups de feu, combinaison extravagante sortie d'une imagination dérangée.

Il distingua Martin et Achot qui faisaient les cent pas autour du bateau et apparemment ne laissaient approcher personne. Ils avaient dû embaucher d'autres garçons. Martin regardait sans arrêt autour de lui, donnait des ordres, puis venait s'asseoir près d'un vieux qui parlait en se grattant la tête et devait probablement raconter des histoires.

Hérian regarda la scène un bon moment. Les gosses étaient de parole. Avec des conditions d'existence normales, ils seraient aussi bien que beaucoup d'autres. Il regarda les étoiles et la colère le prit contre le ciel.

Il pensa d'abord descendre et les féliciter, mais il changea d'avis. Il ne fallait pas les froisser en leur donnant l'impression qu'il avait pu un instant douter d'eux.

Il rentra tranquillement chez lui, plein d'une curieuse sensation. Il lui semblait qu'il ne marchait pas mais que c'était la rue qui glissait sous ses pieds, à croire que la loi de la gravitation universelle avait brusquement changé. Dans sa tête, le passé et le présent se confondaient comme derrière un voile. Tout était lointain. Il leva les yeux sur la confusion stellaire. Le firmament, la rue, les étoiles se fondent dans ses sensations. Un instant, il a même l'impression de marcher dans le ciel : il passe près d'une constellation bleue, entre dans une prairie aux fleurs lumineuses, passe insensiblement par des géométries enchanteresses, glisse vers le haut, tombe dans le murmure des galaxies.

Je dois avoir les nerfs fatigués, se dit-il en allumant une cigarette. Première chose : aller à la campagne chercher des bœufs. Les étoiles retournèrent au firmament et il se retrouva tout seul dans l'obscurité. Au bout de la rue, une lampe fumait. On aurait dit un œil malade.

6

Au village de Kokochents, on le reçut plutôt froidement, avec des grognements ou des sourires sceptiques :

— Comment que tu dis ? Un bateau ? Eh là là !

Le notable du village était un certain Saroukhan agha dont on lui avait dit qu'il était riche, influent, propriétaire de nombreuses têtes de bétail. Il l'accueillit debout sur le pas de sa porte qu'il masquait de sa masse colossale, n'arrêtant pas de remonter nerveusement le paletot jeté sur ses épaules. De ses petits yeux perçants qu'ombraient d'épais sourcils, il jaugea le visiteur comme s'il s'était agi d'un insecte et finit par lui dire :

— Ouais ? Alors qu'est-ce que tu veux ?

Cette grossièreté indisposa Hérian qui ajusta sa casquette, releva la tête, regarda fièrement le gros homme et annonça d'un ton décidé :

— Je viens de la part du gouvernement.

— Quoi ? grogna l'autre en fronçant encore plus les sourcils. De la part du gouvernement ? Quel gouvernement ?

— Comment quel gouvernement ? Mais le nôtre, celui d'Erevan.

— Celui d'Erevan ? miaula Saroukhan agha en se mettant les mains sur les reins. Eh bien ! si tu viens de la part du gouvernement, fais voir un peu ton ordre de mission.

Hérian perdit contenance un instant mais se reprit vite :

— Il n'est pas question d'ordre de mission. On a besoin de quelques bœufs pour un travail important et c'est tout.

— Des bœufs ?

L'homme recula, tordit la bouche, écarquilla les yeux.

— Va t'en ! hurla-t-il. Va t'en dire aux gens de ton gouvernement qu'ils peuvent aller...

Il éructa quelques obscénités et conclut :

— Va leur dire que je leur donnerai pas un bœuf et même pas une poule !

Il tourna les talons et rentra chez lui en claquant la porte. Hérian en resta bouche bée. Il avait envie d'entrer et de corriger cette grosse brute, mais il changea d'avis. Il regarda autour de lui et d'abord ne vit personne. Et quand il vit des gens et les interrogea avec un sourire gêné, personne ne put rien lui dire. Ils toussotaient, soupiraient, crachaient par terre et s'éloignaient en serrant les lèvres.

— Pour ça, fit finalement un vieux en branlant du chef, faudrait que t'ailles à Plokants. Là-bas, les bêtes, ça leur manque pas. Alors...

Et, agitant en l'air ses doigts osseux, il indiqua le chemin.

Ce jour-là, il alla dans trois villages, sans aucun résultat. Il n'arrivait pas à se faire comprendre. Appauvris, plus sceptiques que jamais, les villageois étaient comme la terre jaune et sèche et les rochers qui les entouraient : durs, silencieux, renfermés. Il s'évertuait à leur expliquer le but de sa visite et à les convaincre. Ils écoutaient, patients et parfaitement indifférents.

— Bien sûr que t'as raison, frère, y a pas de doute, mais les paroles et les affaires, ça fait deux. Des bœufs, c'est que c'est pas si facile.

Et baissant la tête, ils retombaient dans leur silence buté. D'abord, un bateau, ils ne voyaient pas ce que c'est. Qu'est-ce que c'est que cette histoire de bateau à Erevan ? Leurs regards se tournaient comme vers l'intérieur, leurs yeux devenaient vitreux. Ils se méfiaient de cet étranger qui ne pouvait sûrement pas être autre chose qu'une espèce d'aventurier.

— Un bateau ? Et puis quoi encore ?

Ils reniflaient et retenaient un sourire. Un manchot — il avait perdu un bras sur le front autrichien — regarda longuement Hérian, les yeux mi-clos, et finit par dire :

— Dans la vie, chacun raconte sa petite histoire. Y en a un qui dit ci, l'autre qui dit ça. Et puis tout d'un coup y en a un qui devient bandit et l'autre qui devient moine. Tu vois de tout, faut t'attendre à tout. C'est drôle, mais c'est comme ça.

En somme, un peu plus et on le prenait pour un voleur de grand chemin.

— Ces affaires-là, décréta un sage en se roulant la moustache et en le regardant en face, ça marche mieux en ville que chez nous autres. Écoute bien ce que je vais te dire : ici, au village, rien à faire, ça marche pas.

Il s'en alla désemparé, s'adressa à tous ceux qu'il rencontrait. Agitant sa casquette à la main, la voix enrouée, l'œil brillant, il expliquait, discourait, jurait. Rien à faire. Et comme si ça ne suffisait pas, dans le dernier village, il se produisit un incident particulièrement déplaisant. Désolé, épuisé, il allait quitter l'endroit et passait près des dernières maisons quand des voix s'élevèrent du côté d'une espèce de talus qui bordait le chemin : « Attends ! Attends ! » Il s'arrêta. Une tête apparut derrière le talus, puis le ventre énorme d'une femme enceinte, forme ronde aux jambes courtes, haletante, qui traînait deux enfants derrière elle. Elle courut vers lui et s'arrêta, échevelée, le visage défait.

— Chien ! hurla-t-elle. Rends-moi mon homme ! Rends-le moi, je te dis !

Et elle se mit à sangloter. Les enfants se couchèrent dans la poussière en pleurant. Les gens s'étaient assemblés sur les toits plats des maisons voisines. Quelques villageoises accoururent autour de la femme enceinte. Pris par surprise, complètement dérouté, il essaya de calmer la malheureuse :

— Mais écoute, sœur...

— Et ta sœur, et ta mère, et ton père, que le diable les emporte ! Vous avez emmené mon homme, vous avez ruiné ma maison, vous avez affamé mes enfants ! Aïe aïe aïe !

Elle poussait des cris d'orfraie. Les femmes qui l'entouraient y allèrent aussi de leurs lamentations et ceux qui se trouvaient sur les toits se joignirent en concert.

— Mais enfin, qu'est-ce que ça veut dire ? s'écria-t-il en s'épongeant le front. Je n'y comprends rien !

— Son homme était réserviste, expliqua un paysan, et il a été mobilisé. Ils l'ont emmené, et la pauvre n'a pas de quoi manger. Et puis tu vois qu'elle est enceinte. Elle va accoucher d'un jour à l'autre.

— Oui, j'ai compris, mais qu'est-ce que j'y peux, moi ?

— Mais tu as dit que tu étais du gouvernement, alors c'est à toi qu'elle réclame son mari.

Il essaya de s'expliquer. Les gens se massaient. Les femmes tempêtaient de plus en plus, piaillaient, hurlaient. Elles le serraient de près et il en arrivait toujours de nouvelles. Il essaya de se frayer un chemin dans la foule. Impossible, on le serrait de plus en plus près.

— Tu vas me rendre mon homme ? Tu vas me le rendre ? hurlait la femme, les yeux en feu et le ventre en avant.

Il essaya de parler, de dire qu'il n'avait rien à voir avec les affaires militaires, qu'il était seulement venu chercher des bœufs. Il comprenait bien la situation, il compatissait mais il n'y pouvait rien, il n'avait aucun moyen de faire démobiliser un soldat. Mais plus il essayait d'expliquer, plus les villageois s'excitaient : il avait dit qu'il était du gouvernement, il pouvait donc tout. Et s'il pouvait tout et ne voulait rien faire, ils savaient, eux, ce qu'il leur restait à faire. La menace était sérieuse, c'était évident. Ils pouvaient le frapper, le lyncher, lâcher les chiens sur lui.

— Attendez ! attendez ! cria-t-il d'une voix énergique et décidée.

Voyons de quoi il s'agit. Il faut tout de même vous rendre compte que ce n'est pas d'ici qu'on peut faire quelque chose. Il faut que j'aille à l'état-major, que je voie ça avec le ministère de la Guerre. Pour commencer, donnez-moi le nom et le prénom, et je verrai là-bas ce qu'on peut faire.

Il sortit de la poche de son veston un papier et un crayon et inscrivit le nom.

— Puisque c'est comme ça, dit une autre femme, inscris aussi le nom de mon Baghdassar.

Il inscrivit.

— Alors, prends aussi le nom de mon Miridjan.

Il inscrivit.

Hommes et femmes sortaient des masures en traînant leurs savates et se pressaient pour venir faire inscrire le nom de leur mobilisé.

— Que tes yeux soient témoins : n'oublie pas Meko Tchavarents. C'est un grand gars. Paraît qu'ils l'ont envoyé du côté de Kars.

Il continuait à inscrire quand une vieille femme grande et sèche, au buste raide et aux petits yeux malades, s'avança comme un fantôme, fendit la foule et, sur ses avant-bras tendus, présenta à Hérian un vieux paletot tout délavé et déchiré et un papakh. Elle roula les yeux et s'effondra par terre :

— Ils me l'ont emmené ! Il a été tué ! C'est tout ce qui me reste !

Elle s'arrachait les cheveux, se tordait, se lamentait en ouvrant toute grande sa bouche édentée.

Le soleil se couchait quand il arriva enfin à échapper à ces malheureux et à reprendre sa route vers l'est.

Il marchait depuis plusieurs jours, il était épuisé et tout endolori, il avait les tempes brûlantes, les paupières et les lèvres pleines de poussière, mais il s'acharnait : il faut essayer encore et encore, pas question d'abandonner, il faut à tout prix trouver des bœufs. Et pour retrouver un peu de forces, il regardait l'automne, immense incendie d'or blond, calme, profond, chaleureux.

Non, il fallait absolument sortir de là. Les villages qu'il avait vus n'étaient que poussière, sueur et crasse. Un univers monstrueusement piétiné et souillé. Des maisons à demi enterrées, des cœurs durcis, des consciences obscurcies, des visages rudes et figés, des paroles qui étaient des grognements de bêtes, des émotions qui se manifestaient comme des éruptions volcaniques. Tout cela pesait sur ses épaules et sur son cœur. Et puis il avait la bouche sèche et sa tête bourdonnait.

Tant pis, ça ne fait rien, il faut continuer.

Et puis c'était l'automne, cet automne qui étendait jusqu'à l'horizon l'or et l'émotion de ses musiques secrètes. Pas âme qui vive. De temps à autre, pourtant, le cri d'un oiseau qui prenait son essor. Tout montait vers le ciel, y compris les grands peupliers qui envoyaient là-haut le bruissement de leur feuillage couleur de rouille. Autour de leurs sommets, les ailes grandes ouvertes, les cigognes volaient tout doucement, comme en suspension. Et au-dessus d'elles les montagnes, amoncellements bleu et argent couronnés de nuages, habillés de lumière, vagabonds de l'infini.

Il regarde en se passant encore la langue sur les lèvres et continue. Ça sent la terre, le roc et les feuilles mortes. Voici un roitelet, puis un pinson aux ailes effilées qui fend l'air comme une flèche. Sur un poirier noueux et mélancolique, une bande de moineaux font leur tapage. Ils vont s'envoler, impatients, formés en triangle pour le grand voyage et, du haut du ciel, vont jeter sur la terre des regards avides. Lui aussi a le regard avide et, du haut de la montagne de son idée, ses yeux glissent sur la carte multicolore d'étendues infinies.

Un lézard. Corps sec et net, immobile sur la pierre, la tête tournée de côté, les pattes ouvertes comme des fleurs, des yeux de gazelle perdus dans un rêve sur lesquels passe une flamme. Son dos soudain étincelle. C'est le crépuscule. Au loin tinte la cloche d'une église. Le pays brûle des dernières lumières de la terre. Hérian a froid. Un vent mauvais est entré en lui et le secoue doucement. Et ce vent secoue aussi l'univers irréel qui l'entoure. La ligne des sommets bouge, les nuages tremblent, tout le paysage s'enflamme par vagues.

De temps à autre, il s'arrêtait pour souffler, regardait de tous les côtés et restait perplexe : qu'est-ce que c'est que ce monde ? Comment est-il venu à moi et comment y suis-je entré ? Incompréhensible. Et il repartait. Mais il n'y avait pas de doute : il était malade. Ça sonnait dans sa tête, son front était brûlant. Les idées, les images se bousculaient, entraient violemment dans son cerveau endolori. Toute sa vie défilait comme les pages d'un livre tournées par le vent. Derrière le voile des souvenirs, les événements passés renaissaient, reprenaient réalité, revêtaient les habits d'une vie nouvelle et l'accompagnaient : son enfance, son adolescence, ses amours, la mer, ses aventures, les minutes décisives que son cœur et son esprit avaient connues, ces minutes qui préparent les heures que les émotions grandissent et fleurissent. Tout cela vint l'entourer, l'accompagner, et il ne tarda pas à se sentir multiple, aussi passé que présent, irréel que réel. Les fantômes des océans, des hommes, des femmes, des vents et des tempêtes, du soleil et des astres, de la lune et des ténèbres se pressèrent autour de lui.

Combien de temps cela dura-t-il ? Une minute ou des heures ? Il savait seulement que ces présences étaient claires et nettes, réelles et bien vivantes. Comme lui. Une unité multiple : son corps et tous ces corps, ses yeux et les leurs, sa pensée et toutes ces pensées.

J'ai la fièvre, se dit-il, et il voulut aussitôt retrouver un point d'équilibre, se raccrocher à quelque chose. Au même instant, il vit l'Ararat, immense, majestueux et redoutable comme un ordre durable et impérieux. Une lumière bleue montait des vastes atours de la montagne, rejoignait des feux allumés plus haut, les lumières cristallines du sommet de glace qui habitait le ciel. Il ne voyait plus rien d'autre. Il marchait sans s'en rendre compte, comme dans un monde délivré de la pesanteur, un monde grandiose, infini. Les présences qui l'entouraient une minute plus tôt avaient disparu. Il n'était plus multiple mais il n'était pas non plus solitaire. Il n'y avait plus de limites à rien. Lui-même n'en avait plus. Tout s'était unifié, sublimé, désincarné.

Cela dura longtemps. Puis la terre tourna et plongea dans l'obscurité. Les montagnes reculèrent. A l'horizon, quelques lueurs tardives luttèrent contre le vent puis s'éteignirent l'une après l'autre. La première étoile s'accrocha en vacillant au sommet de la nuit et du silence.

Il hâta le pas. Par bonheur, il n'était plus très loin du village de Séladzor et déjà il sentait une forte odeur de paille et entendait des chiens aboyer. Encore une verste, se dit-il. Mais il était complètement épuisé. Ce pays et la fièvre l'avaient dévoré, broyé. La soif le consumait, il avait les lèvres de plus en plus sèches et les yeux de plus en plus brûlants.

Séladzor était plein d'ombres épaisses que la cloche saluait de son tintement grave. Une vache mugissait, c'était comme un bâillement sonore. Trompé par la procession des étoiles, un coq chantait. Hérian avança entre les maisons en regardant partout autour de lui. Une lampe à pétrole était accrochée au-dessus d'une porte ouverte : probablement une boutique. La lampe fumait et son verre était tout noirci. Devant la porte, deux paysans discutaient. Il les regarda attentivement : l'un se réduisait à peu près à son immense papakh et à ses moustaches, l'autre à une longue ombre noire.

— Bonsoir, leur dit-il.

La silhouette noire se tourna et se transforma en un nez, un petit menton et deux petits yeux rieurs.

— Sois le bienvenu, répondit l'homme tandis que son nez grandissait encore et que ses yeux riaient encore plus.

— Vous pourriez me dire où est la maison de Karapet agha ?

— Quel Karapet ? C'est qu'il y en a, ici, des Karapets.

Sur quoi, le papakh et le nez se regardèrent.

— Ça serait pas Karapet Sassanents, des fois? fit l'ombre. Il est comment? Il est vieux? Il est jeune? Est-ce qu'il serait pas borgne?

— Vieux, non, mais il doit quand même avoir un certain âge. En vérité, je ne l'ai jamais vu. Tout ce que je sais, c'est qu'il a de la terre, de la vigne et pas mal de bétail. Il va souvent à Erevan pour ses affaires. Moi je ne le connais pas, ce sont des amis qui m'ont conseillé de venir le trouver.

— Si c'est ça, c'est sûrement le père d'Avo, Karapet Mektchents. Oui, c'est sûrement lui.

— Oui, approuva l'autre, y a pas de doute, c'est lui. Ici, c'est lui qui a le plus de vigne et le plus de bétail. Hein, c'est ça?

— Eh bien! ça a tout l'air d'être ça. Où est-ce qu'il habite?

— Viens, on va te montrer.

La silhouette et le papakh se mirent en route avec lui. Un petit vent balayait la rue principale dans une odeur d'herbe sèche, de vinaigre et de poussière. Les chiens aboyaient toujours. Il recommença à trembler.

— Tu viens d'Erevan? finit par demander la longue silhouette.

Erevan-van-van-van... cela résonna dans sa tête.

— J'y habite, à Erevan — van-van-van-van... — mais pour l'instant, je viens de faire une tournée dans quelques villages où j'avais affaire.

— Ah! tu avais affaire? s'étonnèrent en chœur la silhouette et l'homme au papakh.

Après un bout de chemin, ce dernier tendit l'index:

— Paraît que les Russes arrivent?

Il ne répondit rien. La silhouette le regarda de ses yeux rieurs:

— Et puis il paraît que les Turcs arrivent aussi?

Les deux paysans sourirent, ce qui indisposa Hérian.

— Qu'est-ce que j'en sais? fit-il avec humeur. En tout cas, les Arméniens ne sont pas des moutons. Il y a cinq ans qu'ils se battent et ils continueront s'il le faut.

— C'est sûr. Quand on se bat, on se bat.

Un gros chien apparut au bout du chemin, fonça sur eux en aboyant furieusement. Les deux paysans se mirent à crier en courant de droite et de gauche, ils ramassèrent des pierres et les jetèrent au chien qui finit par se sauver. L'homme au papakh agita ses moustaches et se mit à rire très fort.

— Qu'est-ce que t'as à rire? fit tristement son compagnon.

Hérian remarqua que l'homme avait la lèvre inférieure fendue et de grandes oreilles qui paraissaient comme tendues vers le haut.

— Bon, fit-il enfin, ça fait longtemps qu'on se promène. Alors, vous savez où habite Karapet agha ou vous ne savez pas?

— On sait, on sait. Voilà, on est arrivé.

On n'était pas arrivé du tout. Aujourd'hui, tout me semble bizarre, se dit-il. Il tremblait de plus en plus fort. Tout était obscurité, silence et poussière. Devant un jardin, la silhouette s'allongea, grandit. Hérian leva les yeux, resta hébété, la tête lui tourna, et il entendit vaguement :

— Voilà, on est arrivé.

Karapet agha était un homme bon et craignant Dieu, qui aimait bien boire et manger, se rasait une fois la semaine et lisait tous les matins une page des saintes Écritures. Il était corpulent et se mouvait avec lenteur, était dur en affaires mais généreux et, dans ses rapports avec les gens, réfléchi et parfois même un peu faible. Les paysans le respectaient et l'écoutaient.

Il était content de voir Hérian. Il en avait entendu parler, bien sûr, et avait même vu son bateau. Et quand il apprit qu'il était envoyé par un fonctionnaire à qui lui, Karapet agha, avait eu affaire à plusieurs reprises, il haussa fortement les sourcils et accueillit le visiteur à bras ouverts. Sa femme, sa fille et son fils vinrent aussi lui souhaiter la bienvenue, mais ils virent tout de suite que ça n'allait pas :

— Mais vous êtes malade !

Ils lui installèrent un lit par terre, lui firent boire du thé et l'obligèrent à se coucher. Il obéit et s'allongea, tremblant et claquant des dents. Il voulut à plusieurs reprises parler de ses affaires, mais Karapet agha l'en empêcha en hochant la tête :

— Non, non, tremble tout ton soûl, on parlera après.

— Oui, mais le temps presse. Il faut que je rentre demain, je ne peux pas laisser le bateau comme ça.

— La santé avant tout, même avant le bateau. Que ton père soit béni, reste couché, reste couché !

— Ah ! la santé, la santé ! Ah Karapet agha, si vous saviez dans quelle situation je suis ! Je ne pense qu'à ça et je...

Le tremblement l'empêcha de continuer. Au même instant, une porte s'ouvrit et une forte odeur de chachlyk envahit la pièce, ce qui fit briller les yeux du fermier.

— Eh bien ! fit-il en se frottant les mains énergiquement, on va d'abord manger un morceau, on s'occupera des affaires après.

Hérian refusa carrément toute nourriture.

— Bon, fit Karapet, eh bien ! moi, je vais quand même aller manger quelque chose. On discutera des bœufs après.

Son hôte le regarda, surpris.

— Mais oui, reprit le fermier, je suis au courant. On en a assez parlé en ville. Voilà, je vais envoyer mon fils chercher quelques voisins, on discutera et on verra ce qu'on peut faire. C'est une affaire qui intéresse tout le monde. On ne peut pas laisser ça comme ça.

Hérian resta seul, recroquevillé comme un enfant dans le sein de sa mère. La fièvre augmentait. Il avait mal jusque dans les os, des flammes dans la tête et de nouveau il claquait des dents. Il faisait quand même effort pour se retenir et dominer le feu qui le dévorait. Sa conscience était de plus en plus embrumée, son esprit voletait de-ci, de-là, sautait sur des bribes de visions, confondait les choses, s'obscurcissait. Des bruits étranges résonnaient à ses oreilles. Il entendit qu'on l'appelait, sortit la tête de sous la couverture, ouvrit des yeux rouges, enflammés, et vit le maître de maison.

— J'ai apporté de l'eau-de-vie, annonça celui-ci en lui tendant un verre. C'est bon contre la fièvre. Avales-en un ou deux et tu verras.

Hérian ferma les yeux et avala le grand verre d'alcool d'un trait. Puis il en but un second, d'un geste de la main en refusa un troisième, et tira la couverture sur sa tête. Une chaleur légère lui parcourut les veines et il entendit le fermier qui lui disait :

— Voilà, je te laisse le carafon. Reprends-en un coup, ça te fera du bien.

Effectivement, ça lui faisait du bien. Au bout d'un moment, il sortit la main, tâta le sol, trouva le carafon, le porta à ses lèvres et avala à plusieurs reprises jusqu'à vider le récipient. Puis il se recoucha. Cette fois, une chaleur de nuit tropicale l'envahit. Ses paupières s'alourdissaient, sa tête s'en allait en morceaux, ses tempes battaient. Tac-tac-tac. Il avait mal aux genoux et au bout des pieds. Tac-tac-tac... Oui, le moteur de *l'Albatros* tournait bien, sans ratés. « N'approche pas plus de la rive, disait-il au matelot qui était à la barre, pousse un peu à tribord. Je t'ai déjà dit que par là, il y a des rochers... » Et autour du lac, il y avait les maisons de la rue Abovian. Bizarre : les maisons de la rue Abovian et les deux paysans sont là : le papakh et la grande ombre, la silhouette qui n'est à peu près plus qu'un nez et deux yeux rieurs. Ses yeux rient mais sa voix est si triste ! Et puis les maisons aussi sont tristes, et le ciel aussi, et ce monde aussi où le déluge commence à reculer, mais où des torrents continuent à courir dans tous les sens et les cascades à tomber. Et à un bout du ciel l'azur est apparu, et une voix claire, nette et douce fait entendre des oracles.

Sa tête résonnait comme une machine à battre le blé. La fièvre et l'alcool combinés le brûlaient, répandaient leur brouillard, fragmentaient sa conscience et offraient une vision insoutenable.

Cela dura pas mal de temps. Dans son délire, il crut entendre parler à voix basse. D'abord il n'y fit guère attention, puis il se força à tourner la tête, à s'arracher à ses visions et à tendre l'oreille.

— D'accord, Karapet agha, entendit-il, mais tu oublies que le travail n'est pas fini, et l'hiver n'est pas loin. Le foin n'est même pas rentré.

— Moi, je vous dis que c'est l'affaire de quelques jours, ça ne sera pas long.

— C'est pas la question, rétorqua l'autre. Bon, d'accord, on lui donne les bêtes. Et après? Qu'est-ce qu'on a comme garantie s'il arrive quelque chose? Le monde est tombé dans les mains de gens... que des bons à rien, et avec les événements comme ils sont, qui sait ce qui peut se passer?

Passer-sser-sser... Les voix se mêlaient dans sa tête. Où parlaient-ils, ces gens? Et qui étaient-ils? Il voulut ouvrir les yeux, mais ses paupières étaient en plomb. Il entendait, mais le sens ne parvenait pas jusqu'à son cerveau qui s'en allait dans des lieux étranges où flottaient d'épais nuages. Il n'était pas éveillé et pourtant il ne dormait pas. Il sentait seulement ses jambes qui s'alourdissaient et ses tempes qui battaient.

— Ils l'ont emmené et ils ne l'ont jamais rendu, entendit-il encore. Comme un mouton. Ah, c'est pas en plumant le paysan comme ça qu'on arrivera à quelque chose...

— Oui, mais là, c'est pas la même chose. Il va payer, non? Alors?

— Tu dis qu'il va payer. Et s'il paye pas?

Les voix continuaient à bourdonner, des voix épaisses, graves, rauques, qui s'arrêtaient à mi-gorge, qui se ravalaient, d'autres qui montaient, s'aiguisaient comme celle d'un coq malade. Oui, oui, oui, disait Karapet agha. Non, non, non, disaient les autres. Et puis toutes se mélangeaient — goulou, goulou, goulou, goulou non, goulou non... — comme l'eau d'un torrent tombant sur un rocher, chuintant, cascadant et s'abîmant dans un gouffre sans fond qui avalait tout. Ce trou noir et béant l'attirait, voulait l'absorber, et lui, il raidissait sa tête et son buste, s'arc-boutait au bord du précipice pour éviter la chute, tous ses membres et tous ses nerfs se tendaient, son sang bouillait, et voilà qu'un coin de ciel semblait s'ouvrir de nouveau, une vision grandissait et parlait. Et au même instant il entendait:

— On dit, on dit... On dit beaucoup de choses! Bien sûr... il aurait entendu une voix la nuit... c'est le saint Précurseur qui lui serait apparu et qui lui aurait commandé d'aller chercher le bateau pour le monter au Sevan.

— Oui, j'ai entendu dire ça aussi.

— On en parlait partout et y en a beaucoup qui y croyaient. Et jusqu'aujourd'hui y en a qui disent que s'il arrive à le monter au Sevan, les affaires du pays iront mieux et qu'on aura la paix.

— Je vous assure que c'est un croyant, insistait Karapet agha, et ce qu'il fait, c'est une œuvre sacrée.

Au même instant, un courant passa comme une lumière jaune dans sa tête et lui redonna une nouvelle vigueur. Sans se rendre compte de ce qu'il faisait, il rejeta la couverture et s'assit sur le lit.

Dans un coin de la pièce, une lampe à pétrole à verre rond brûlait sur une petite table haute, entourée de quelques paysans assis en tailleur : des barbes, des sourcils, de grosses moustaches. Ces barbes et ces moustaches étaient enveloppées d'ombres épaisses sur lesquelles flottaient des nuages de fumée. Il vit tout cela se disloquer pour former des angles et se confondre de nouveau. Il sentait les regards sur lui, des regards perçants, inquisiteurs et craintifs à la fois.

Son visage était long, maigre, jaune, la sueur collait à son front des mèches de ses cheveux ébouriffés, il avait les lèvres pincées et ses yeux entourés de cernes creux lançaient comme d'étranges éclairs phosphorescents en soutenant leurs regards.

— C'est vrai, dit-il d'une voix qui semblait n'être pas la sienne, c'est vrai, je l'ai vu, je l'ai entendu, il a parlé...

Un frisson parcourut les paysans qui croyaient entendre un fantôme.

— C'est vrai, répéta-t-il, le ciel s'est ouvert, il y a eu comme une illumination... il a parlé et je l'ai entendu... et puis...

Mais il se remit à trembler et à claquer des dents.

— Couche-toi, couche-toi, ordonna Karapet agha un peu anxieux, il faut être raisonnable, couche-toi. Tu verras que ce peuple de bons chrétiens va faire quelque chose, et nous autres, à Séladzor, on ne sera pas en reste.

Il approcha, arrangea la couverture et considéra ses compagnons d'un air inquiet. Une tempête agita un moment les barbes et les mains.

— Ben évidemment, si c'est comme ça... on n'est pas en pierre.

— Oui, bien sûr, ça change tout.

— C'est une œuvre sacrée, ça, c'est sacré...

— Alors, Karapet agha, à toi d'arranger tout, nous on donnera ce qu'il faut.

— Merci, merci, je vous l'ai dit, c'est une œuvre sacrée. Bon, maintenant, il faut le laisser se reposer. On reparlera de tout ça demain.

Tous se levèrent, chuchotèrent encore un moment et se glissèrent dehors sur la pointe des pieds, une épaule en avant.

Deux jours plus tard, après force discussions, supplications, signatures de promesses de paiement, d'engagements et de cautions, il arrivait à Erevan derrière ses bœufs.

7

Les travaux avaient recommencé avec un nouvel élan. Le succès inattendu remporté à Séladzor l'avait rempli de confiance. Obtenir ce qu'il avait obtenu, ce n'était pas rien. Quand, le lendemain de sa crise, Karapet agha lui raconta ce qui s'était passé, il lui avoua qu'il ne se souvenait de rien. Mais, au fond de son inconscient, une voix lui disait que rien n'arrive en vain, et que nos délires eux-mêmes expriment des réalités mentales inexpliquées.

Une lueur fanatique apparut dans ses yeux. Et puis sa popularité augmentait encore. A une époque pareille, arriver à sortir des bœufs d'un village, avoir le courage de continuer à monter le bateau sur des pentes de plus en plus raides, cela passait simplement pour miraculeux. Et cette docilité des garnements n'était-elle pas aussi un miracle? C'était un plaisir de les voir exécuter les ordres, travailler, choyer et dorloter *l'Albatros,* courir à droite et à gauche.

Bien sûr, personne ne pensait aux difficultés qu'il avait à surmonter. Il avait dépensé tout son argent personnel ou presque, et il fallait continuer à vivre, à nourrir les bœufs, payer les paysans, subvenir aux besoins des garçons. Il avait depuis longtemps dû vendre des objets auxquels il tenait. L'administration n'avait pas de crédits et, de toute façon, obtenir quelque chose des bureaux tenait de l'exploit. Certains lui avaient conseillé de s'adresser à des personnalités venues de l'étranger. Après tout, on pouvait espérer obtenir l'aide des Arméniens de l'extérieur pour une entreprise d'intérêt public aussi louable. Ces messieurs aux beaux vêtements et aux grands airs, qui tous rêvaient du pouvoir, lui avaient mis la main sur l'épaule en le félicitant et en lui promettant de faire quelque chose dès qu'ils auraient repassé l'océan.

Mais on n'avait pas le loisir d'attendre jusque-là. L'automne s'impatientait; des bourrasques se levaient derrière les montagnes, soufflaient sur la ville, emplissaient les rues d'une poussière aveuglante et rendaient tout travail impossible. Et, de temps à autre, le ciel s'obscurcissait brusquement, grondait et déversait un inimaginable déluge.

En même temps, des événements de plus en plus inquiétants se succédaient. Le danger était sur toutes les frontières. Sur ce haut plateau brûlé par le soleil, écrasé par la proximité du ciel, les survivants du peuple arménien se sentaient dans une forteresse assiégée, privée d'armes et de vivres, avec des défenseurs épuisés par des années de lutte et qui mettaient tous leurs espoirs dans des secours hypothétiques qui n'existaient que dans leur imagination. Et en plus, à l'intérieur de la forteresse, une partie de la population complotait contre l'autre. Quant aux réfugiés, toujours couverts de plaies et de guenilles, ils brandissaient leurs poings décharnés en continuant à réclamer leurs maisons et leur pays perdus. Écrasés par un sort aussi cruel et par tant de fardeaux, las et désespérés, les autochtones continuaient à regarder vers l'Occident et attendaient une aide qui ne venait jamais. Et cependant l'armée continuait à combattre et les partis à discuter.

— Bon Dieu ! Ça ne peut pas aller comme ça ! Vous appelez ça avancer ? Une tortue irait plus vite. Martin, je t'ai pourtant déjà dit de surveiller les bœufs du premier rang, non ? Ils ne font rien et tout retombe sur ceux de l'arrière. Si tu ne forces pas les bêtes, ce n'est pas d'elles-mêmes qu'elles feront quelque chose. Regarde-moi ces bourriques, ça n'avance pas ! En fait de dix archines, on en a à peine fait quatre.

— J'ai mesuré. C'est un peu moins de cinq.

— Tu vois, tu le dis toi-même : moins de cinq. Le diable m'emporte ! On sue sang et eau depuis ce matin et voilà le résultat : même pas cinq archines ! Il n'y a qu'à continuer comme ça et on sera morts avant d'arriver au Sevan. On n'a pas une minute à perdre, mets-toi bien ça dans la tête. L'automne peut nous jouer toutes sortes de tours, les paysans commencent à ronchonner et puis les événements sont de plus en plus inquiétants.

— Ben oui, ça n'a pas l'air d'aller fort.

Ils se regardent avec inquiétude. Martin porte un vieux veston d'Hérian dans lequel il flotte. Il est pieds nus, son pantalon trop court est effrangé et son bonnet est si petit que c'en est comique. En somme, il a tout de l'épouvantail, mais il ne s'en rend pas compte et porte fièrement son veston avec des airs de gandin. Il fourre ses mains dans ses manches, pose un pied en avant, bombe le torse.

— Qu'est-ce que tu dis ? fait Hérian.

— Eh ben ! je dis que la situation, ça a pas l'air d'aller bien fort.

— C'est-à-dire ?

— Cette nuit, il y a plein de soldats qui sont passés. Je sais pas où ils allaient. Il y a encore des réfugiés qui arrivent de la frontière turque. Les mômes du gymnase, ils sont venus faire de la propagande, ils nous ont dit que tout ça va bientôt finir et ci et ça. Alors moi, j'ai sorti mon revolver et ils ont filé.

— Ne raconte pas de bêtises, ce n'est pas le moment. On a autre chose à faire. Il faut que tout soit prêt demain matin.

— Ça sera prêt.

— Bon. Bonne nuit.

Étonnant. C'est la misère noire, le fer et le feu à toutes les portes de l'Arménie, les nuages s'amoncellent, dans les rues d'Erevan, c'est toujours la même crasse, la fièvre et la mort. Oui, mais le samedi soir, les fenêtres s'illuminent, on dresse les tables, on joue du tar et du tambourin, on boit, on mange et on danse. Voilà comme sont les gens d'ici : ce qu'ils aiment, c'est monter à cheval, boire et danser. Ils sont solides, ils aiment se battre et noyer la peine et la tristesse dans le chant et la danse.

Après s'être longtemps fait prier, il avait accepté pour ce soir-là une invitation chez des gens dont il avait fait la connaissance. Il était donc rentré chez lui et il faisait sa toilette. Avec une brosse et du savon, il éliminait de son épiderme la crasse amassée dans la rue auprès des bœufs et des hommes. Il chantonnait, car il était de bonne humeur ; l'eau le rendait presque heureux car maintenant il n'avait plus guère le loisir de penser à son corps et il lui arrivait même de se coucher sans s'être lavé, sans manger et sans se déshabiller.

Mais ce soir-là, par exception, la petite pièce était pleine d'eau et on y aurait cherché en vain un coin où mettre un pied au sec. Il s'habillait en sautillant d'un pied sur l'autre. Vraiment, il était content et se sentait plein de souplesse et d'une énergie irrésistible. Après tout, ce n'était pas désagréable de voir de temps à autre des gens proprement habillés, une table élégante, des femmes. Ah ! les femmes...

Ah ! au diable ! Il n'avait pas de mouchoir propre, il n'arrivait pas à boutonner son faux col, sa cravate était mouillée et il était déjà neuf heures !

— Le défunt Piotr Baghdassarovitch Tandzibarov — que dans l'intimité nous appelions Pétia — était diplômé de l'Institut d'arpentage de Moscou. Il avait été nommé inspecteur général du cadastre pour le gouvernement d'Erevan. Piotr Baghdassarovitch donc...

La table occupait le milieu d'une salle à manger tout en longueur et était chargée de quantité d'assiettes, de bouteilles et de victuailles. Le parquet, rouge avec des bandes noires tout autour, brillait comme un miroir et sentait le pétrole et la paraffine. De nombreuses chaises Empire étaient alignées le long des murs ornés de quelques photographies jaunies, d'une vue de canal vénitien, de quelques tapis et d'un sabre persan.

— ... avait l'habitude, bien qu'il ne fût pas très bavard, de dire à ses intimes...

— Ah, mon cher commandant, vous ne pouvez imaginer à quel point nous sommes heureux que vous n'ayez pas refusé notre invitation. Très bien, très bien, je vois qu'Arakel Ivanovitch s'occupe de vous. Ah vous n'avez pas vu notre Arakel Ivanovitch au temps de sa splendeur! Quelle maison! Quelle hospitalité! Enfin, que voulez-vous, le monde a changé. Ça ne fait rien, les beaux jours reviendront. Mais asseyez-vous, je vous en prie. Pourquoi restez-vous debout? Asseyez-vous. Vous connaissez ma femme, n'est-ce pas? Soninka, je te présente le capitaine Hérian, qui est en somme le héros du jour.

— Je suis ravie, commandant. Sérioja a raison, vous êtes bien le héros du jour. On ne parle plus que de votre bateau. Ah! je vous présente Mlle Boudaghian. Imaginez-vous qu'il ne lui restait plus que quelques mois à faire pour terminer ses études, mais elle a dû quitter Pétersbourg à cause des événements. Si vous saviez ce qu'elle raconte! C'est affreux. Ah, excusez-moi, des invités qui arrivent.

— Alors, vous aussi, mademoiselle, vous avez vu le début de la Révolution?

— Oui.

— De fortes impressions?

— Très fortes. Au début, nous étions tous enthousiastes. Pour nous, les étudiants, c'étaient des jours inoubliables, c'était la naissance d'une Russie dont on rêvait depuis des années, le peuple trouvait enfin son idéal et sa vraie vie.

— Mais votre enthousiasme n'a pas duré.

— En effet. Avec l'arrivée des bolcheviks, tout a changé. Les fusillades, la misère... Pauvre Russie!

— C'est le masque grimaçant de l'Asie que vous avez vu, avec ses forces obscures et son chaos.

— Oui, c'était le chaos. Ce qui est étonnant, c'est que les gens ont changé tout d'un coup. Ça a été une explosion d'instincts sauvages, l'individu n'a plus compté, la vie humaine non plus.

— La Russie, c'est une nature élémentaire, une tempête aveugle, des instincts obscurs et animaux.

— Vous ne trouvez pas que c'est un peu exagéré?

— L'histoire est là.

— L'histoire nous montre aussi la grandeur d'âme du peuple russe, son amour de l'homme, sa générosité. Et que faites-vous de sa littérature, de Dostoïevski, de Pouchkine ?

— Bien sûr, Dostoïevski est génial, mais il m'est complètement étranger. Il erre autour des abîmes de l'âme comme un fantôme malade, il est torturé par des problèmes qui pour nous n'existent pas.

— Cela prouve votre pauvreté.

— Non, cela montre notre force. Nous appartenons à une race spirituelle complètement différente. Nous, nous tendons naturellement vers le soleil, la lumière, la clarté, l'harmonie. Nous sommes classiques et par la forme et par le fond. C'est d'ailleurs pourquoi nous avons pu vivre des tragédies épouvantables en conservant toujours notre intégrité spirituelle.

— Bon, mais si vous prenez Pouchkine...

— Pouchkine, oui. Il est ce que le peuple russe n'a pas et vers quoi il tend instinctivement : la mesure, l'harmonie, la lumière. C'est précisément pourquoi Pouchkine a tant d'importance en Russie et c'est aussi pourquoi Dostoïevski, dans son fameux discours, le désigne comme la lumière lointaine qui doit servir de phare à l'âme russe. Cette lumière, nous, voilà des siècles que nous l'avons au fond de nous, tout naturellement, sans effort et sans hystérie. Témoin l'Ararat, et à côté de l'Ararat, Pouchkine, ce n'est pas grand-chose.

— Ah, vous dites de ces choses ! Non, non, je ne peux pas vous suivre. Sacha, si tu entendais ce que M. Hérian dit à propos de Pouchkine !

— Excusez-moi, Arakel Ivanitch *, j'étais en pleine discussion avec mademoiselle.

— Rien d'étonnant, la jeunesse aime discuter et s'exciter. C'est la fille de notre Boudaghian. Il était médecin. Un homme incomparable, calme, bon, enfin un homme à l'ancienne mode, comme on n'en fait plus. Un jour, il était à son cercle en train de faire sa partie de cartes quand tout d'un coup, il est devenu blanc comme un linge, et il a rendu l'âme. Cela nous a énormément affectés. On lui a fait des obsèques somptueuses. Il faut avouer que ses enfants n'ont pas répondu à ce qu'il attendait d'eux. L'un, Sacha, est officier. Vous le voyez là, en train de parler avec sa sœur. Et l'autre... enfin, l'autre ce n'est pas grand-chose... il paraît qu'il est du côté

* Dans la conversation courante, il est fréquent de contracter le patronyme ; c'est ainsi qu'ici, on dit Arakel Ivanitch au lieu d'Arakel Ivanovitch.

des bolcheviks. Ce qu'il y a de mieux dans la famille, c'est la fille. Malheureusement, les événements l'ont empêchée de terminer ses études. Enfin, ils ont du bien, une maison et tout ce qu'il faut.

— Mais vous étiez en train de dire quelque chose, Arakel Ivanitch. Vous avez été interrompu.

— Oui, qu'est-ce que je disais ? Ah oui, je parlais de Tandzibarov. Il faut savoir que Piotr Baghdassaritch était un homme parfaitement honorable et respecté dans les meilleurs milieux. Il fréquentait le cercle des officiers où on voyait tous les hauts fonctionnaires et aussi quelques-uns d'entre nous, moi, l'ingénieur Haramov, le Dr Aslanian, Khan Bijinski et aussi un ou deux négociants, des marchands de la deuxième guilde, des fournisseurs aux armées, enfin ce genre-là. Ah c'était le bon temps ! Dommage que vous n'ayez pas connu ça ! Ah oui, qu'est-ce que je disais ?

— Je vous en prie, commandant, Arakel Ivanitch, approchez des zakouski et buvez un ou deux verres en attendant que la table soit tout à fait prête.

— Je vous présente le lieutenant Alexandre Boudaghian. Le capitaine au long cours Hérian, dont vous avez probablement entendu parler.

— Mais certainement.

— Des affaires ? Quelles affaires voulez-vous qu'il y ait ? Les voies de communication n'existent plus, plus question de recevoir une marchandise quelconque. Sans le peu qui nous arrive de Perse, il n'y aurait rien. Ce n'est pas ça qu'on peut appeler des affaires. Non, vraiment, si cela continue... c'est affreux.

— Encore un. Permettez que je remplisse votre verre. Vous êtes marin, et les marins, c'est connu, ne se font pas prier pour vider leur verre.

— Moi, mon cher commandant, il y a des années que j'ai pris l'habitude de me limiter à trois. Pas un de plus. Trois à midi, trois le soir.

— Arakel Ivanitch, vous n'avez pas fini ce que vous disiez à propos de Tandzibarov.

— Eh bien ! j'ai oublié ce que je voulais dire, ce sera pour une autre fois. A la vôtre !... Je vous conseille de prendre un morceau de celui-là, c'est un poisson remarquable. Une des misères de ces derniers temps, c'est qu'on manque de poisson fumé. Le caviar est devenu introuvable, la *chamaïka,* on a oublié ce que c'est. Avouez que c'est une situation intolérable. Je le dis, si l'Europe doit faire quelque chose, qu'elle le fasse vite et qu'on en finisse. Ça ne peut pas continuer comme cela.

— Le capitaine Hérian peut en penser ce qu'il veut, sans la Russie, il n'y a plus d'espoir pour nous.

— Comment savez-vous ce que je pense, lieutenant ?

— C'est ma sœur qui vient de m'en parler, répondit Boudaghian.

— Ah bon.

— Oui, nous les anciens officiers de l'armée russe, c'est notre conviction : sans l'aide de la Russie, nous sommes perdus.

— Mais il y a l'Europe, non ?

— Ah ! Arakel Ivanitch, l'Europe, mieux vaut ne pas en parler. Ce qu'on appelle les puissances, ce n'est qu'une bande de chacals qui ne savent pas comment se partager la proie et qui pour l'instant passent leur temps à comploter les uns contre les autres. Ce sont elles, les puissances, qui arment les Turcs contre nous, et sur ce point nous sommes parfaitement renseignés. Regardez donc ce que les Anglais font au Caucase ! Non, décidément, il n'y a que la Russie qui puisse nous comprendre.

— Mais quelle Russie ?

— Peu importe. Si pour l'instant elle est en pleine confusion, ça ne veut pas dire que les choses vont en rester là. Demain, le géant se relèvera, il retrouvera ses forces et il dira ce qu'il a à dire.

— Sacha, mon cher, je t'en prie, au moins pour ce soir évite de parler politique. Aujourd'hui c'est ma fête, et je veux que mes invités s'amusent et n'entendent que des choses aimables.

— Sérioja a raison : oublions les questions pénibles.

— Le hareng est un peu salé. Dans ce monde, il n'y a que l'art et la science, et je vais vous dire un secret. Qui sait ? un jour cela pourra vous servir. Voilà : pour avoir un bon hareng, il faut d'abord le choisir bien charnu, le laver à l'eau bouillante, ôter les arêtes et le laisser tremper toute une journée dans du lait. Alors là, vous obtenez quelque chose ! Ça vous fond dans la bouche ! Ah vraiment, il faut le dire, à ce point de vue-là, les Russes sont un grand peuple. Allez, buvons ! Comme on dit, le poisson aime nager dans l'alcool...

— Et puis les harengs de la Baltique, ce n'était pas mal non plus. C'était même quelque chose ! Mais il faut bien dire que le roi des poissons, c'est la chamaïka, mais la vraie, pas celle du Don.

— Oui, surtout fraîche et grillée.

— C'est une question de goût. Moi, voyez-vous, je la préfère fumée. Quand on la coupe, la graisse en coule... Non, non, je vous en prie, je ne peux plus... au lieu de trois, j'en ai déjà bu quatre. Servez donc plutôt le capitaine Hérian.

— Asseyez-vous, je vous en prie, et mangeons quelque chose. Arakel Ivanitch, mettez-vous là. Sacha, va de l'autre côté et, s'il te plaît, occupe-toi des demoiselles. Vous, commandant, prenez place près de cette jeune personne qui est belle comme une rose, mais avec qui je vous conjure de ne pas vous disputer à propos de Pouchkine et de la Russie. Soyez un charmant cavalier, servez-la, faites-la manger et boire. Que voulez-vous, notre monde est ainsi fait : aujourd'hui nous sommes là, mais y serons-nous demain ? Alors profitons-en. Sérioja, viens de ce côté, près de madame.

— Asseyez-vous, ne vous inquiétez pas pour moi.

— Mais si, mais si, nous voulons nous en occuper !

C'était bien agréable. Il y avait longtemps qu'il n'avait pas eu l'occasion d'apprécier ce genre d'atmosphère. La vodka était bonne, le poisson salé aussi. Et puis ce qu'Arakel Ivanovitch disait était bien aussi. En somme, tout était bien. Mais cette histoire pouvait durer toute la nuit, et demain, il y avait du travail en perspective. Enfin, il ferait une exception. Il irait directement au bateau, comme dans l'ancien temps, quand il était courant de s'amuser jusqu'à l'aube.

— S'il vous plaît, n'oubliez pas les bouteilles. Il y a des gens qui protestent.

— Qui proteste ?

— Les bouteilles ! les bouteilles !

Il se rappela soudain qu'il devait s'occuper de la jeune Boudaghian.

— Excusez-moi. Qu'est-ce que vous préférez, du blanc ou du rouge ?

— Du blanc.

— Vous avez raison. Moi aussi, je vais prendre du blanc. Le blanc d'Arménie, c'est ce qu'il y a de meilleur. Savez-vous comment on le fait ?

— Oui, avec du raisin.

— Évidemment, mais on y ajoute les rayons de soleil du pays, un peu de la couleur des rochers et beaucoup de la chaleur prise au cœur de la terre. On remue, on laisse fermenter dans les tonneaux, on garde un an ou deux pour que les quatre saisons s'y combinent, que l'or sorte bien et qu'en buvant, le feu du printemps mette aux lèvres la flamme de l'amour. Je vous en verse ?

— Oui. Quel poète !

— Moi, poète ? Pas du tout. Je ne suis qu'un marin qui a dévié de sa route et qui en a vu de dures.

Il se pencha un peu pour la servir et son visage approcha de la poitrine de la fille. Un léger parfum lui monta à la tête. Il reposa la bouteille et resta une minute immobile. Odeur de femme...

Dachenka utilisait le même parfum. Dachenka et quelques autres qu'il avait à peu près oubliées mais qui lui avaient tout de même laissé comme le souvenir d'un goût et d'une odeur. Une sorte de courant doux et chaud le traversa. Il n'osait plus regarder la jeune fille. Odeur de femme...

Dachenka... je te rapporterai de belles étoffes de soie et de velours brodées, avec de grandes fleurs et des oiseaux des îles...

Il prit le verre, but une gorgée, en prit une deuxième qu'il garda dans sa bouche quelques secondes pour bien l'apprécier. Une nouvelle onde le parcourut et il vit s'étendre le châle espagnol de Dachenka, avec ses fleurs, qui presque aussitôt se changea en un jardin de Séville. De ses lèvres d'argent, la lune buvait goulûment les feuilles fiévreuses aux rayons métalliques et le feu nocturne qui pressait l'opulence des branches. Une guitare gémissait. Dachenka était or et blé mûr, comme l'astre de la nuit arrivé à maturité. Demain, il retrouverait les bœufs et la bouse, les paysans et les garnements. Il vida son verre.

— Stépan Markossovitch ! C'est lui, c'est Stépan Markossitch que nous voulons ! Vive notre *tamada *!*

C'était inattendu pour Hérian, qui néanmoins leva la tête et cria avec les autres :

— Oui, oui, Stépan Markossitch, c'est lui que nous voulons !

Qui était Stépan Markossovitch ? Il n'en avait pas la moindre idée. C'était un gros homme assis en bout de table avec un ventre énorme, une grosse face rouge, un front bas, un double menton et des yeux de Chinois. Il levait ses petites mains grassouillettes en protestant et disait quelque chose qu'Hérian n'entendait pas. Celui-ci, d'ailleurs, n'entendait et ne comprenait rien, mais cela ne l'empêcha pas de continuer à crier à tue-tête :

— Stépan Markossitch ! Stépan Markossitch !

Tout le monde le regarda avec étonnement et la jeune Boudaghian lui fit remarquer avec un sourire :

— Mais le tamada est déjà choisi.

Il vit tous les regards fixés sur lui, rougit, se renversa sur le dossier de sa chaise, croisa les jambes et se mit à se balancer doucement. Une grande tristesse l'envahit, comme l'obscurité succède à la lueur d'une lampe qu'on vient d'éteindre sans avertir. Il alluma une cigarette, aspira la fumée avec un bruit de gros soupir.

— Qu'on remplisse les verres ! ordonna le tamada.

* Au Caucase, dans toute réunion où règne une certaine ambiance, on désigne un *tamada*, sorte de chef de table qui dirige la réjouissance et donne la parole à ceux qui doivent prononcer des toasts.

Hérian prit la bouteille pour servir sa voisine, mais son verre était encore plein. Il remplit le sien, le vida, le remplit de nouveau. Il tourna la tête vers elle comme pour lui parler, mais ne put prononcer un mot. Elle leva les sourcils :

— Vous vouliez dire quelque chose ?

— Vous ne buvez pas ?

— Bon, fit-elle en souriant de nouveau, une gorgée pour vous faire plaisir.

Elle n'avait pas un beau sourire : ses lèvres se déformaient, ses yeux se plissaient. Elle n'était belle que quand elle était sérieuse. Elle avait le front haut, le visage rond, un regard intelligent. Les cheveux courts lui allaient bien, surtout quand elle les rejetait en arrière d'un geste de la tête. Et puis elle était séduisante quand elle écoutait, l'œil pensif, le visage un peu baissé, le pli de la bouche harmonieux. Dans ces instants-là, il n'y avait pas en elle que le charme féminin, il y avait aussi une attention concentrée, de la réflexion, de l'esprit.

Mais c'était tout de même la femme, la féminité. Les seins, les épaules, le léger mouvement des cuisses, la ligne des jambes, ce soin de toute la personne qui prouve la délicatesse et le bon goût. Cette féminité s'exprimait surtout quand elle parlait russe, de sa voix vibrante, un peu chantante.

— Eh bien, si vous buvez une gorgée, moi je vide mon verre.

— Bien sûr, vous, vous êtes un homme, et surtout un marin. Je ne peux pas me mesurer avec vous.

— Oh, vous savez, la mesure n'est pas une question de verre.

— Je ne comprends pas. Ce doit être très profond.

— Vous faites bien de ne pas comprendre. Les paroles sont faites pour masquer les pensées, et celui qui ne comprend que les paroles ne comprend rien. A la vôtre !

— Ah, commandant, maintenant, vous voilà philosophe !

— Moi, philosophe ? Mais non ! Comme je vous l'ai déjà dit, je ne suis qu'un marin qui a dévié de son chemin et qui en a vu de dures.

Tout le monde s'était levé et discourait. Le tamada discourait aussi. Finalement, il décida que la maîtresse de maison devait embrasser son mari. Elle l'embrassa et tout le monde applaudit.

Que venait-il faire dans tout cela ?

— Moi, philosophe ? Laissez-moi rire ! Le travail, le mouvement, la réalité, les faits, l'imprévu, l'aventure, voilà ma vie. Encore un peu de chachlyk ? Non ? Vous vous réservez pour le pilaf au poulet ?... Bon, parlez-moi encore de Pétersbourg.

Dans les premiers instants, c'était intéressant, tout était nouveau. La grande table, la nappe blanche, l'argenterie, les lumières, les plats.

Mais maintenant, il voit ces gueules de ruminants, ces lippes graisseuses, ces faces congestionnées. Arakel Ivanovitch et son Tandzibarov ! Leur hareng au lait et leurs chaises rembourrées ! Ils ont tous des têtes de chamaïka fumée, des corps dorés et des yeux morts. Et puis ce satané col qui l'étrangle ! Et ces chaussures qu'il n'a pas mises depuis si longtemps et qui le serrent, et tous ces gens qui lui serrent le cœur et étranglent sa liberté...

— Je comprends, ce qui vous intéressait, c'étaient les cours, les conférences, la science.

Mais pourquoi le frère de la demoiselle ne le quitte-t-il pas des yeux ? Pourquoi a-t-il l'air de surveiller ses moindres gestes ?

— Je vous en prie, allons, remplissons les verres ! Ça ne peut pas aller comme ça. Et puis, j'ai le regret de constater qu'au lieu de donner l'exemple, le capitaine Hérian fait la grève.

— Un gage ! Un gage !

— L'assistance exige que, comme gage, M. Hérian boive un verre.

Il but, remplit son verre, but encore, le remplit de nouveau. Puis il se leva, promena son regard sur l'assistance, but et se mit à rire :

— Nous autres marins, des dés à coudre comme ça, nous n'appelons pas ça des verres.

— Eh bien, dit un petit bonhomme en relevant ses moustaches et ses sourcils, qu'on lui apporte une casserole !

— Monsieur, rétorqua Hérian en se rasseyant, les casseroles, ce n'est pas fait pour faire boire des gens comme moi, mais pour faire cuire des patates dans votre genre.

Un lourd silence retomba et tout le monde se tourna vers le tamada qui fit aussitôt connaître sa décision :

— L'incident est clos, n'en parlons plus. D'ailleurs, dans les régimes parlementaires, on a en général l'habitude de...

Il n'écoutait plus ce qui se disait. Le petit bonhomme le regardait d'un œil mauvais. C'était sûrement un ingénieur. Ou un député.

Mon Dieu ! comme la Costa Brava est belle par les aubes d'été, quand du large on approche de Barcelone ! La ville sent alors l'algue, l'huître et le coing.

— Vous êtes déjà allée à Barcelone, mademoiselle Boudaghian ?

— Non, malheureusement. D'ailleurs, je n'ai jamais quitté la Russie. Mais vous, bien sûr, vous êtes allé partout ?

Pose ta tête sur mon cœur et je t'emmènerai dans les plus beaux endroits du monde. Au lever du jour, tous les deux sur le pont, nous accueillerons toutes les splendeurs de la terre. Tes yeux s'animeront et grandiront, ton front s'illuminera des rayons de l'aube descendant des collines couvertes de fleurs. Nous approcherons de la Barcelone escarpée aux senteurs d'algue, d'huître et de coing où les Ramblas fleuries se dessinent dans le lointain. Et tu entoureras mon cou de tes bras défaillants de bonheur et tes lèvres tremblantes chercheront les miennes...

— Oui, j'ai pas mal voyagé, mais c'était mon travail. Comment?... Ça dépend de ce qu'on attend des endroits où on va... et des gens. Vous en avez qui peuvent parcourir le monde entier sans rien voir. En fin de compte, vous savez, le monde vous donne ce que vous lui donnez. Vous ne comprenez pas? C'est pourtant simple. Je vais vous dire quelque chose: ce n'est pas de la philosophie, c'est tout simplement la vérité. Je sais, vous n'êtes pas d'accord. Moi, je ne dis qu'une chose: la philosophie crée des théories et échafaude des systèmes, et pendant qu'elle échafaude, la vie continue, change et pose des problèmes entièrement nouveaux. La science elle-même, les mathématiques elles-mêmes ne sont pas exemptes de ces faiblesses. Tenez, les lois de Newton, par exemple, elles sont irréfutables, non? Ce sont bien des vérités qu'on remâche dans les écoles, n'est-ce pas? Eh bien! aujourd'hui on s'aperçoit qu'il y a des mouvements de la planète Hermès que ces lois ne suffisent pas à expliquer.

— Mes amis, écoutez-moi, s'il vous plaît!

— ... et s'il est impossible d'expliquer un phénomène absolument naturel, il faut donc continuer à chercher, continuer en quelque sorte à...

— Écoutez-moi, s'il vous plaît!

— Mais ce n'est pas de ça que je voulais parler. Il s'agissait des divers endroits de la terre. Personnellement, je suis persuadé que tous les lieux, tous les phénomènes sont inscrits en nous à l'avance, et quand nous allons quelque part, nous ne faisons tout simplement que nous rappeler cet endroit où nous arrivons. Le monde n'a d'existence que dans la mesure où nous le contenons déjà. Pourquoi me regardez-vous comme ça?... Comment?... Qui?... Ah! pardon.

— Mes chers amis, nous avons parmi nous ce soir un hôte très cher dont on peut dire qu'il est singulier de bien des façons. C'est un de ces hommes que rien n'arrête, ni les océans ni les montagnes. Vous avez tous compris qu'il s'agit du capitaine Hérian.

Le héros leva la tête. Le petit bonhomme qui avait conseillé l'usage de la casserole grimaçait un vague sourire et son regard distillait la jalousie et la méchanceté. Il se tourna à droite puis à gauche, murmura quelque chose à l'oreille de ses voisins qui se mirent à rire.

— Nous sommes quotidiennement témoins de sa ténacité et des épreuves qu'il doit surmonter. Il est vraiment extraordinaire de voir que cet homme, tombé dans un pays perdu, dans une région désolée où on ne trouve que des montagnes et des cailloux, ne pense qu'à une chose : naviguer. Derrière ses attelages de bœufs, du matin jusqu'au soir, ho ! là ho ! sans se décourager, sans se laisser influencer par les éléments, il poursuit imperturbablement son objectif.

— Romantisme inutile ! s'écria le petit bonhomme.

— Aussi louables que soient les efforts du capitaine Hérian, fit avec humeur le lieutenant Boudaghian, j'estime, moi, qu'il aurait été préférable de consacrer toute cette énergie à transporter des canons plutôt qu'un tas de ferraille.

Hérian pâlit.

— Silence ! tonna le tamada. Silence s'il vous plaît ! Non, je vous en prie, c'est inadmissible !

— Les commentaires et les critiques sont tout à fait légitimes, s'écria d'une voix aiguë et artificielle une fille aux cheveux courts et au visage de garçon. C'est un droit sacré dans une démocratie. La voix du peuple avant tout.

Le tamada devint tout rouge, son double menton s'épaissit encore, ses yeux lancèrent des éclairs :

— Silence ! Un peu de discipline, je vous en prie !

Le tapage fut général. Brandissant sa cigarette entre deux doigts jaunis par la nicotine, la fille au visage de garçon criait à tue-tête, essayant de couvrir la voix des autres :

— Ah ! mais non ! Se taire ? Et pourquoi ? C'est tout simplement l'exploitation des travailleurs, une manœuvre immorale pour tromper les masses. C'est une comédie indigne que joue le régime actuel pour masquer sa faillite !

A l'autre bout de la table, quelqu'un aussi tempêtait :

— Ah ! les pauvres ! Ici, devant nous, il y a des ingénieurs compétents et qualifiés, aussi forts dans la théorie que dans la pratique. Au moins qu'on s'adresse à eux, qu'on leur demande leur avis avant de se lancer dans je ne sais quelle entreprise. C'est de la folie de tout faire comme ça, avec des moyens artisanaux. C'est l'Asie primitive dans toute sa splendeur !

Les autres protestaient :

— C'est un scandale !

— C'est honteux ! Honteux ! Il y met tout son cœur !

— Ah ! oui, il y met tout son cœur ? La belle affaire ! Est-ce que tout le monde n'y met pas tout son cœur, en ce moment ?

— Sacha a raison de parler d'un tas de ferraille et...

A ce moment précis, toute la nappe partit d'un mouvement violent :

verres, plats, bouteilles, assiettes, tout alla se fracasser par terre. Et tout le monde se tut.

Dans la rue, le vent miaulait. Il se mit à marcher très vite. Il était hors de lui, son front était brûlant et il ne se rendait pas encore bien compte de ce qui venait de se passer. Il s'arrêta pour mieux sentir la brise sur son visage, puis se remit en route sur des jambes un peu vacillantes, comme sur un bateau qui roule et qui tangue.

Hou-ou-ou... Il sentait la plainte du vent entrer jusqu'au fond de lui. Pas de doute, oui, il avait tiré la nappe et tout jeté par terre, mais à part cela, il ne se souvenait de rien, sinon du regard effaré de sa voisine. Hou-ou-ou...

Le ciel était plein d'étoiles. Il faisait noir et froid. Il leur avait crié : « Vous, vous êtes une belle bande de serpents, de crocodiles et de chacals ! » Le lieutenant Boudaghian avait sorti son revolver et sa sœur s'était jetée sur lui en lui saisissant le poignet. Une dame s'était évanouie. Et dans le vacarme général, le musicien était entré et s'était mis à gratter les cordes de son instrument. Grotesque.

Il s'arrêta encore, écarta les bras comme pour mieux sentir sur son visage, sa poitrine, ses jambes le vent qui le caressait en chuchotant. Il déboutonna ce faux col qui l'étranglait et dont les deux côtés se mirent à flotter comme des ailes de colombe.

C'était cela, la bonne société d'Erevan, ces gens qui faisaient tremper le hareng dans du lait, ces têtes, ces lèvres graissées au pilaf, ces yeux de veaux et ces chairs tremblotantes ! Le sang lui monta à la tête et la fureur l'envahit. Les fils de chiens !

Hou-ou-ou... Dommage qu'il n'y ait pas eu de vraie bagarre, une de ces bonnes bagarres comme il en avait connu avec des marins anglais ou français. Pas avec des guignols à la Tandzibarov.

La fille avait pourtant de beaux yeux, profonds, veloutés, intelligents... Et dire qu'il aurait voulu aller avec elle à Barcelone ! Mais voilà, les choses avaient tourné autrement : en fait de voyage, un beau scandale et Tandzibarov !

Au même instant, il vit l'ombre de ce Tandzibarov qui marchait près de lui. De grands pieds, une vraie carrure, de grands bras, le ventre barré d'une chaîne de montre en or, pas de visage mais des lorgnons à monture d'or, le tout surmonté d'une énorme casquette portant l'insigne des ingénieurs d'arpentage. Avec une casquette et des pieds pareils, on ne pouvait être qu'un monstre de mesquinerie, de conformisme et de pédanterie, une hyène dévoreuse de papiers administratifs, un rat avare et constipé.

La colère le fit trembler de la tête aux pieds, ses lèvres blêmirent et il cria dans la nuit déserte : « Je te hais, Tandzibarov ! Je te hais ! » L'ombre se dissipa. Quelle histoire !

Quelle histoire ! Les fenêtres des Miranian étaient éclairées. Il s'arrêta et tendit l'oreille. Non, on ne faisait pas la fête. Pas de bruits de voix. Les rideaux étaient tirés. Il regarda sa montre : presque trois heures du matin. A cette heure-là, tout le monde dort. Alors pourquoi de la lumière chez eux ? Est-ce que l'un d'eux serait malade ? Serait-il arrivé quelque chose ? Un bruit de bottes dans une rue voisine. Des soldats passaient. Est-ce que Miranian ?... Il frappa doucement à la vitre. Pas de réponse. Il attendit une minute, frappa encore, cette fois un peu plus fort. Une ombre parut, approcha, écarta le rideau, colla le nez au carreau mais ne distingua rien dans l'obscurité extérieure.

— Qui est-ce ? fit la voix de Miranian.

— C'est moi, Hérian.

La porte s'ouvrit.

— J'ai vu de la lumière, je me suis dit qu'il était peut-être arrivé quelque chose. Alors comme ça, on fait la fête en pleine nuit avec sa femme ?

— Non, non, fit le jeune officier d'un air faussement détaché. Non, on était là simplement, comme ça. Mais entrez... c'est que...

Vardouhi était assise sur le divan. Il remarqua qu'elle avait les yeux rouges, le visage tout pâle et que ses épaules s'affaissaient comme si elle avait été complètement épuisée. Mais — et c'est ce qui était étonnant — elle était habillée avec recherche : elle portait cette robe de velours bleu foncé achetée à Bakou et qui lui allait si bien, la robe que Miranian préférait.

— Mon Dieu ! s'écria Hérian en paraissant ravi, mon Dieu ! mais vous avez l'air d'une reine qui vient de perdre son trône !

Elle le regarda d'un air consterné, porta les mains à son visage et se mit à sangloter.

— Mais qu'est-ce que c'est ? Qu'y a-t-il ?

— Mais rien, rien, répondit Miranian d'un air gêné. Elle a bien tort de s'inquiéter. Elle n'a pas voulu se coucher et n'arrête pas de pleurer. Tout ça parce que... à huit heures, nous partons pour le front.

— Pour le front ? Quoi, c'est la guerre ?

— Vous demandez ça comme si tout ce qui s'est passé jusqu'ici, ce n'était pas la guerre, comme si la guerre avait jamais cessé. Mais les combats continuent, tout simplement. La seule chose, c'est qu'aujourd'hui la situation semble plus grave. Les Turcs marchent sur

Kars et, de l'autre côté, l'Armée rouge menace la Géorgie et nous. Il paraît que Nazarbekian * est très inquiet.

Hérian s'assit et baissa la tête. Tous trois se turent. Miranian passa dans la pièce voisine, et en revint avec une bouteille de cognac et des verres qu'il posa sur la table.

— Et vous, commandant, vous avez fait la fête ?

— Non, pas exactement. J'étais invité chez des gens, c'est tout.

— Varia, bois un verre avec nous. Je t'en prie, ne t'inquiète pas. Souris, chérie, souris !

Elle s'essuya les yeux, sourit et prit un verre.

— Voilà ! fit gaiement Miranian. Et d'abord, celui qui vit dans la fournaise n'a pas peur du feu. Et puis comment pourrait-on avoir peur ? Voilà cinq ans que ça dure. Le front autrichien, les combats de Bakou, la bataille de Sarikamich. Moi, j'ai déjà été blessé quatre fois, j'ai l'habitude... Enfin, à votre santé, et qu'on reste en vie !

Hérian vida son verre et, ne voulant pas gêner leur intimité, se leva pour se retirer. Mais le capitaine s'y opposa :

— Asseyez-vous, commandant, bavardons un peu. Qui sait quand nous nous reverrons ?

Il détourna la tête, regarda un instant dans le vague puis s'adressa à sa femme :

— Varia, si tu veux, mets le phonographe. Quelque chose de léger, une chanson tzigane par exemple.

— Pas maintenant, un peu plus tard.

— Comme tu veux. Jusqu'à ce que vous arriviez, dit-il en remplissant les verres, on écoutait de la musique. Buvez, je vous en prie. Oui, on écoutait mes morceaux préférés. Vous savez que la musique, pour moi, c'est ce qu'il y a de mieux.

— Ce qu'il y a de mieux, répéta tristement la jeune femme.

— La musique et Varia... Dans une époque plus normale, je crois que je serais allé à Pétersbourg continuer mon violon au conservatoire. Je crois que j'avais quelques dispositions.

Il se leva, alla s'asseoir près d'elle et lui prit les mains.

— Notre génération a eu un curieux destin, un destin stupide. Parce que la France et l'Allemagne avaient des comptes à régler, l'Alsace-Lorraine, la suprématie économique et je ne sais quoi encore, le feu du ciel est tombé sur nos têtes, le monde s'est détraqué et a sombré dans la barbarie. Quand on pense à tout ce qui nous échappe ! Tout à l'heure, Varia et moi, nous écoutions le concerto

* Commandant en chef de l'armée arménienne pendant la période d'indépendance (1918-1920).

pour deux violons de Bach et les quintettes de Beethoven. Fantastique ! Mais je crois que ce que je préfère, c'est Bach. Cette psychologie construite comme une architecture aux lignes éclatantes, c'est à la fois de la glace et de la ferveur, c'est... comment dire ?... c'est une espèce d'attitude lumineuse devant la vie. Ah ! Varia, ma chérie, remets donc le concerto pour deux violons, que le commandant entende ça.

Il resta la tête dans les mains pendant tout le morceau. Quand il se redressa, Hérian ne l'avait jamais vu ainsi. Il avait le regard brûlant, le visage comme intériorisé et transparent.

— Et maintenant, fit-il, maintenant, dites-moi, d'un côté ce dialogue extraordinaire et mystérieux de deux violons, ce dialogue heureux entre l'amour et la mort, et de l'autre côté le Turc ignorant et sanguinaire... Bach et le Turc... Non, le monde est vraiment trop cruel !

Hérian, qui avait l'habitude de contrer Miranian, ne s'en priva pas plus que d'ordinaire.

— Vous savez, fit-il en se renversant dans son fauteuil, si vous prenez nos paysans d'Abaran, il y a toutes les chances pour qu'ils ne comprennent pas grand-chose à la musique de Bach.

— La question ne se pose pas comme ça. En Allemagne aussi, il y a sûrement beaucoup de paysans qui ne comprennent rien à Bach. Ce qu'il y a, c'est que sous sa lourdeur apparente, le paysan arménien garde dans son inconscient toutes les possibilités d'essor de l'âme et de l'esprit. Mettez-le dans d'autres conditions, avec une vie plus normale, et il sera parfaitement capable de pénétrer dans le monde complexe de Bach et de tous les grands et il y sera chez lui. Il y entrera parce que son tissu spirituel est fait des même éléments que les leurs et qu'ils sont culturellement de la même espèce. Ils peuvent prier dans le même temple, connaître les mêmes émotions, les mêmes enthousiasmes, se regarder et se comprendre même sans paroles.

Il s'approcha de la table, remplit de nouveau les verres et but.

— Voilà, reprit-il. Mais le Turc... Vous avez face à face deux ennemis irréconciliables. Ce qu'il y a de terrible, commandant, c'est que le Turc n'a pas de passé spirituel, son inconscient est une nuit obscure, hantée par des appétits animaux et des instincts de fauve. Vous savez, on a remarqué que le Turc qui fait des études supérieures dégénère. Le Turc a d'ailleurs peur de la culture parce qu'il comprend que quand elle n'est pas qu'une apparence formelle, elle représente pour lui un danger mortel. Et c'est bien compréhensible. Pour participer à la culture, il faut pouvoir se transformer, connaître un certain essor spirituel, donner à la vie des valeurs nouvelles et vivre de ces valeurs. Les Turcs, eux, sont habitués à détruire et à brûler. Partout où ils ont passé, il n'est resté ni forêts, ni végétation, ni maisons. Allez demander aux Grecs, aux Serbes, aux Bulgares. Aujourd'hui même, regardez leur sauvagerie, non seulement à l'égard des populations sans défense, des femmes et des enfants, mais à l'égard de ces merveilles de l'art et de l'architecture qui datent de dix ou quinze siècles et qui ont fait la fierté du genre humain et les fondements de l'art chrétien. Vous devez savoir que les kémalistes détruisent à coups de canon toutes les grandes constructions, toutes les églises qui subsistaient encore dans le pays dévasté et qui étaient les témoins du génie de notre peuple. Et tout ça sans aucune nécessité militaire, tout simplement pour détruire. Voyez ce qu'ils ont fait du trésor d'Aghtamar, des églises et des merveilleux palais d'Ani. Ah les bandits !

— Dieu sait que vous avez raison, fit tristement Hérian.

— Moi, je suis officier, et la guerre c'est la guerre. C'est impitoyable. Il faut parfois savoir se battre, c'est entendu, mais c'est ignoble d'abattre des femmes et des enfants comme du bétail, c'est ignoble de détruire pour détruire. Le Turc est un soldat sans honneur. Il est courageux, il est brave et il est solide, mais il n'a pas d'honneur. C'est plus un meurtrier qu'un combattant, et, étant un meurtrier, il ne peut rien supporter qui ait un rapport quelconque avec l'âme et l'esprit. Le Turc, c'est l'anticulture par excellence. Et c'est à cause des Turcs qu'une région du monde qui était parmi les plus riches et les plus belles, l'Arménie et l'Asie Mineure, a été perdue pour l'humanité, dépouillée de ce qui avait fait sa grandeur, empêchée de remplir sa mission. Dans ces conditions, quel rapport entre Bach et eux ?

Il se tut un instant, marcha un peu de long en large, puis reprit :

— Et si je dis tout ça cette nuit, c'est que je veux savoir clairement pourquoi je vais mettre ma vie en danger alors que je suis encore jeune. Si je dois tomber, je veux savoir pourquoi. Je veux savoir ce que je défends et au nom de quoi je vais tuer d'autres hommes. Vous me parlerez du pays, du peuple, de l'indépendance. Des généralités. Si ce pays, ce peuple, cette indépendance ne sont que ce qu'ils représentent en ce moment, s'ils ne sont pas l'incarnation d'un esprit créateur, s'ils ne sont pas les gardiens d'une vocation solide et bien présente, je ne suis qu'un imbécile qui va se perdre pour rien. Si j'y vais — cela va peut-être vous paraître ridicule — c'est finalement pour protéger l'esprit de Bach contre les Turcs.

— Qu'est-ce que tu racontes, Babik ? fit Varia.

Il réfléchit un instant puis répondit :

— Je ne sais pas. Oui, ce que je dis est peut-être ridicule, dérisoire et naïf. Tu vois, Varia, nous avons vécu des années loin des Arméniens. Nous étions arméniens, oui, bien sûr, mais plus par la naissance que par l'esprit et la mentalité. Éducation russe, écoles russes, habitudes russes. On ne jurait que par Pétersbourg. On allait bien à l'église les jours de fête, mais plutôt pour bavarder dans la cour que pour assister à l'office à l'intérieur. Évidemment, on sacrifiait un peu au patriotisme, on donnait de l'argent pour les réfugiés d'Arménie turque, mais afin qu'ils ne mendient pas dans les rues, parce que cela blessait notre fierté. Sur la littérature, on entendait de la bouche de nos parents des choses plutôt vagues, et le nom de l'Arménie était comme une espèce d'oiseau qui avait fait son nid dans des régions incertaines et qui flottait dans la souffrance et le rêve. Dans ses heures de loisir, mon père aimait feuilleter des ouvrages comme *l'Aide fraternelle aux Arméniens,* ou un album de photographies d'Ani toutes jaunies, ou les livres de Yézov, de Patkanian, d'Adontz. Vous aurez sûrement remarqué que les commerçants — à cause de qui les étrangers se font une idée tellement fausse de notre peuple — aiment bien amasser quelques livres sur l'Arménie parce que ça flatte chez eux un patriotisme de surface, mais ces livres-là, ils ne les lisent pas ou, s'ils les lisent, ils ne les comprennent pas. Enfin, ce n'est pas ça que je voulais dire. Ce que je veux dire, c'est que ces livres, quand on les ouvrait, il y avait de quoi désespérer. Des églises en ruine, des blocs de pierre par terre, des sculptures brisées, des coupoles écroulées, des régions entières devenues désertiques où ne survivaient que quelques paysans et quelques moines, en somme une sorte d'effondrement général qui n'inspirait pas du tout l'enthousiasme et nous blessait profondément.

— C'est vrai, approuva Hérian, j'ai souvent eu la même impression.

— C'est bien ça, n'est-ce pas? Dans les rues, des mendiants crasseux, affreux, en loques, dans les livres des ruines, dans les journaux des descriptions interminables d'atrocités. Pour nous, habitués à une vie facile et sans entraves, à la lutte s'il le fallait, fiers et même orgueilleux, tout cela était humiliant et accablant. C'était une réalité que nous ne pouvions ni comprendre ni accepter. Et puis voilà que tout d'un coup, tout a changé. D'un siècle où tout nous semblait sûr, stable, durable et définitif, nous avons été projetés dans un autre siècle comme sur un tapis volant. Je n'oublierai jamais le jour — Varia, tu te souviens? — où nous avons vu l'Arménie pour la première fois...

Il se tut, ferma les yeux quelques secondes avant de poursuivre :

— Un pays complètement inconnu et pourtant, à peine entrevu, nous avons eu l'impression qu'une lumière s'allumait en nous. Tout cet inconnu semblait familier, paisible, attirant. Comment dire ? Je ne trouve pas mes mots... Les photos que j'avais vues dans le bureau de mon père prenaient tout d'un coup une réalité, il y avait du soleil dessus, elles devenaient quelque chose de vivant, elles entraient dans un climat plein à la fois d'illumination et de choses qui conservaient un sens caché. Et là, j'ai compris. Enfin, je dis que j'ai compris, je devrais plutôt dire que j'ai senti, que j'ai vécu, que j'ai retrouvé en moi ce dont je n'étais pas conscient, et j'ai changé, je me suis transformé. Ce qui auparavant me paraissait si lointain, si haut, si vague est brusquement devenu clair et avec cette terre, ces montagnes, ces monuments, est devenu vraiment et totalement vivant. Voilà où est l'existence réelle, et il ne faut pas être surpris si je parle de Bach. Ce que je sais de la musique, je l'ai cultivé par son exemple et c'est lui qui me sert de mesure pour apprécier les hauteurs spirituelles. Vous êtes allé à Etchmiadzine, commandant ?

— Bien entendu.

— Bon, eh bien, prenez l'église de Sainte-Hripsimé par exemple. Observez-la bien et vous verrez que ces lignes claires, nettes, harmonieuses, cette couleur qui semble venir d'une lumière intérieure, cet éclat complexe, cet essor contenu, contrôlé, tout cela pourrait être considéré en quelque sorte comme une construction à la Bach. C'est aussi un corps spiritualisé, un sang qui charrie le même feu, le même rythme. Et cet exemple illustre bien ce que Goethe dit de l'architecture, à savoir que c'est une musique figée. Et je sens cela très profondément, mentalement et physiquement, et je me dis que je vois ici Sainte-Hripsimé et là des monstres. C'est Bach d'un côté et les sauvages de l'autre. La lutte est là.

Il parlait avec une telle émotion, une telle ardeur qu'ils n'osaient pas l'interrompre. On ne l'avait jamais vu aussi sérieux, aussi concentré.

— Donc, pour moi c'est le combat des ténèbres contre une richesse créée et préservée au prix de dizaines de siècles de sacrifices. Notre lutte est juste, elle est indispensable, sacrée, c'est une lutte pour la défense de valeurs qui couronnent la vie de l'humanité en général. Encore une fois, c'est Bach ou les monstres.

— Et si ce sont les monstres qui gagnent ? D'ailleurs, il y a déjà des gens qui serrent la main sanglante des assassins, qui les aident, qui les arment.

— Vous dites que les monstres peuvent gagner ? Eh bien ! s'ils gagnent, ils battront aussi ceux qui leur serrent la main aujourd'hui. Le jour viendra où passera au-dessus de leur tête la force aveugle, barbare et inhumaine. En foulant aux pieds les principes sacrés qu'ils avaient proclamés, en trahissant leurs soi-disant idéaux, les vainqueurs d'aujourd'hui seront les vaincus de demain, ils s'aplatiront, ils s'écraseront, ils s'humilieront dans leurs défroques morales et le monstre rugira en abattant son poing de fer sur la table des règlements de comptes.

Hérian écoutait avec étonnement. Les hommes sont vraiment inattendus. Vous vivez des mois avec quelqu'un, vous avez avec lui des liens d'amitié, vous mangez et buvez ensemble, vous parlez, vous discutez et un beau jour vous vous apercevez qu'il est complètement différent de ce que vous croyiez. Ce Miranian qui discourait sur Napoléon, qui passait un temps fou devant son miroir à arranger son uniforme, ses insignes et ses pattes d'épaules, qui entrait dans toutes sortes de détails sur les côtelettes Pojarski, qui aimait tant son cheval, qui était vain et suffisant, qui, d'une façon générale, avait tout de l'enfant gâté, le voilà qui tout d'un coup se mettait à vous parler de Bach et de Sainte-Hripsimé...

Une lueur laiteuse, brumeuse apparut derrière la fenêtre, pénétra lentement dans la pièce en les faisant pâlir tous les trois et en réveillant tout. Quelque chose disparut, s'évanouit avec l'obscurité et fit place à une réalité nouvelle. Miranian éteignit la lampe et s'étira en bâillant. Varia s'était recroquevillée sur le divan ; avec sa belle robe et la lumière incertaine, elle faisait penser à une grande fleur fanée. Elle leva ses paupières alourdies, jeta vers eux un regard embrumé, puis sauta brusquement à bas du divan.

— Je vais me changer, annonça-t-elle. J'avais mis cette robe hier soir pour faire plaisir à Babken. Elle lui plaît tellement...

— Moi aussi, dit Hérian, je vais me débarrasser de ce faux col et de ces chaussures insupportables et je reviens vous faire mes adieux.

— Non, mon cher commandant, attendez, nous avons encore le temps. Varia, ma chérie, toi va te changer pendant que nous deux nous allons boire un dernier verre. N'est-ce pas, commandant, nous allons bien en boire encore un ?

Hérian voulut insister, mais à un clin d'œil du jeune officier, il comprit que celui-ci avait quelque chose à lui dire. Quand sa femme fut sortie, il entraîna son hôte dans un coin de la pièce et lui dit à voix basse :

— Oui, je voulais vous dire... je m'en vais et tout peut arriver.

— Qu'est-ce qui peut arriver ? Ce n'est pas la première fois que vous partez, tout de même.

— Non, bien sûr, mais enfin la guerre c'est la guerre. Les balles, c'est bête, vous savez. Et puis, pour vous dire la vérité, cette fois j'ai comme un pressentiment. Enfin, c'est la vie, on ne sait pas... Alors voilà, je voulais vous dire que s'il m'arrive quelque chose... ne laissez pas Varia seule. Elle a une sœur à Tiflis, elle fera bien d'aller chez elle. Vous lui direz que c'est ma volonté : qu'elle aille chez sa sœur.

— D'accord, comptez sur moi, je le lui dirai. Et d'ailleurs, d'une façon générale, jusqu'à votre retour, ne vous faites aucun souci... Bon, parlons d'autre chose.

— La voilà. Buvons.

Quand la jeune femme rentra, ils levèrent leur verre et Hérian s'écria en feignant l'enthousiasme :

— Et surtout, donnez une bonne leçon à ces chiens !

— Et pour ma part, j'espère que votre bateau arrivera un jour à destination. Tous mes souhaits !

Ils vidèrent leur verre en jetant la tête en arrière.

Une heure plus tard, quand Hérian revint lui dire au revoir, Miranian, vêtu de son long manteau, le bachlyk autour du cou, était déjà à cheval devant la porte. En voyant son hôte, il tira légèrement sur les rênes, se pencha et lui serra fermement la main.

— Alors en route.

— Babik ! Babik ! fit la jeune femme en se précipitant, embrasse-moi encore une fois !

Il se pencha encore, prit la tête de sa femme dans ses mains, l'embrassa, puis poussa son cheval en avant.

— *S Bogom!* Dieu vous garde ! cria Hérian en russe.

Le bruit des sabots du cheval s'affaiblit puis cessa. La rue était déserte. Varia rentra en sanglotant.

8

C'était la journée de l'imprévu. Après le départ de Miranian, il avait regagné le bateau et les garçons lui annoncèrent tout de suite qu'on le cherchait : quelqu'un qui arrivait de Batoum, un Russe.

— Un Russe ?

— Oui. Même qu'il a laissé sa valise. Elle est là. Il a dit... enfin, on n'a pas compris ce qu'il a dit... il parlait en russe.

— Qui ça peut bien être ?

Il faisait un temps clair et froid. Il était fatigué et un peu déprimé. Une nuit blanche, l'incident de la veille au soir, le départ de Miranian, tout cela avait agi sur ses nerfs et sur son humeur. Mais en attendant, il y avait mille choses à faire.

— Les paysans veulent de l'argent, lui annonça Martin, ils sont pas contents du tout.

— Comment, ils veulent de l'argent ? Mais je les ai payés il y a deux jours.

— Ils disent que c'est pas assez, qu'ils peuvent pas continuer comme ça. C'est Karapet agha qui leur a fait dire de réclamer, sinon, ils disent que...

— Bon, je vais aller aux Finances voir ce que je peux faire.

Il donna des instructions, des conseils et s'en alla. Il monta quantité d'escaliers, frappa à dix portes, vit toutes sortes de gens, parla, discuta, protesta, tempêta, reçut des réponses assez sèches et rentra les mains vides. Le regrettable incident de la veille était déjà connu dans les bureaux.

— Ah ! commandant, que s'est-il donc passé hier soir ? Tout le monde en parle.

D'argent, pas le moindre million de roubles. Il rentrait tout pensif et la tête basse quand il vit de loin qu'au bateau le travail avait cessé. Tout le monde, gamins et paysans, était réuni autour d'un homme qui pérorait en gesticulant. On riait, on criait, on applaudissait. Il hâta le pas, approcha, resta confondu : celui qui les amusait tant n'était autre que Fédor Pantéléïévitch Dastakov, apparemment bien éméché. Il roulait des yeux las, proférait toutes sortes de menaces et d'injures d'une voix rauque en crachotant et en avalant la moitié des mots. Il portait un chapeau percé, une chemise sans faux col et un manteau noir légèrement verdi. Un vrai clochard.

— Vous savez qui je suis? braillait-il. Eh bien! c'est moi le vrai propriétaire du bateau. Et j'en fais ce que je veux. Je le laisse ici ou je l'emmène, c'est comme je veux, n'est-ce pas, *ni tak li?*

— *Tak-tak-tak!* approuvaient les autres en riant.

— Et puis je vous le dis, ici c'est la Russie, s'écria-t-il en montrant le dôme de l'église russe qui n'était pas très loin de là. La voilà, la Russie!

Il ôta son chapeau, se signa, se prosterna jusqu'à terre, recommença encore une fois et ajouta:

— Quand l'empereur de tous les Russes et de tous les Arméniens, notre tsar Nicolas, reviendra, alors ce jour-là...

Tout le monde protesta:

— Y en a plus, de tsar! Y en a plus!

Il resta interdit, les yeux grands ouverts:

— Oui, c'est vrai, ils l'ont tué... ils l'ont tué...

Et il se mit à pleurer.

— Qu'est-ce que vous faites là? Enfin, c'est idiot!

En voyant Hérian, le groupe se dispersa, Fédor trembla de tous ses membres, leva les bras au ciel, se jeta sur lui en le prenant dans ses bras et voulut absolument l'embrasser.

— Ah! mon cher commandant! mon cher commandant!

Il s'agita comme un jeune chien, lui prit les mains et les caressa.

— Ah! mon cher commandant! mon cher ami!

— Vous, dit Hérian à Martin et aux autres, retournez travailler.

Et prenant Fédor par le bras, il l'entraîna au café du coin et commanda deux cafés. Mais, fort intéressés, les garçons, au lieu de travailler vinrent se poster devant eux. Il fallut intervenir:

— Vous vous croyez au théâtre? Allez, filez!

Puis il s'adressa calmement à son compagnon:

— Que se passe-t-il, Fédor Pantéléïévitch? Qu'est-ce qui s'est passé? Et d'abord, pourquoi êtes-vous venu ici? Et puis à peine arrivé, vous vous mettez à boire! Regardez dans quel état vous êtes!

— Eh bien! je vais vous dire... Je suis allé trouver notre prêtre. Il m'a raconté ses misères et je lui ai raconté les miennes. Alors voilà, on a bu... pour tuer le serpent qu'on a dans le cœur.

Il se recroquevilla comme un escargot dans sa coquille. En quelques mois, il avait vieilli, blanchi, s'était tassé. Visiblement, l'existence l'avait malmené. Voilà, se dit Hérian, il est de ceux que les coups du sort abattent et abaissent et qui trouvent du plaisir dans cet abaissement. Quand les Russes tombent, c'est jusqu'au fond.

Fédor but bruyamment son café et raconta ses malheurs d'une voix traînante. On lui avait tout pris, on l'avait expulsé de son logement et de son bureau. Des meubles qu'il avait, il n'avait pas réussi à sauver même une chaise. Il avait crié, protesté, on l'avait mis en prison, il y était resté quelques mois, puis on l'avait libéré après l'avoir copieusement rossé. Il avait erré dans les rues, couvert de loques et de vermine. Quelques âmes charitables avaient bien essayé de l'aider en lui donnant un peu d'argent, mais il avait aussitôt tout bu. Et comme si tout cela n'était pas suffisant, il avait appris que son fils avait été tué en Russie. Quant à sa femme, personne ne savait ce qu'elle était devenue.

— Voilà où j'en suis. Je disais à tout le monde qu'on avait envoyé un bateau en Arménie et qu'on fondait une grande compagnie de navigation sur le lac Sevan. J'attendais une lettre de vous. Ah! commandant, vous m'avez oublié. Tout le monde m'a oublié... Tout le monde!

De nouveau, ses yeux s'emplirent de larmes.

— Des mois et des mois terribles, des gens affreux. Et puis, ajoute-t-il avec un regard terrorisé, vous savez, ils arrivent...

— Qui arrive?

— Mais... les bolcheviks.

— Ah! ça, vous savez, Fédor Pantéléïévitch, ça... fit Hérian avec un geste vague.

— Mais je vous dis qu'ils arrivent! Oui, croyez-moi, j'en suis sûr, ils arrivent!

— Bon, bon, laissons cela. Dites-moi plutôt ce que vous comptez faire.

— Mais rien, répondit Fédor en haussant les épaules, rien. Qu'est-ce que vous voulez que je fasse? Je suis venu comme ça. Où est-ce que je peux aller? Je suis venu en faisant la moitié du chemin à pied. Je me suis aussi caché dans des wagons de marchandises, on m'a chassé plusieurs fois, mais j'ai quand même réussi à me glisser dedans. J'ai eu faim, j'ai eu soif... Je vous ai aidé dans le temps, commandant. A votre tour maintenant. C'est juste, non? conclut-il timidement.

— C'est juste. Je ferai ce que je pourrai.

Tout ému, Fédor lui prit la main et la serra fortement.

— Mais vous savez, reprit Hérian, la vie ici n'est pas une partie de plaisir. Si je vous racontais tout ce qui m'est arrivé, vous ne me croiriez pas.

— Ça ne fait rien ! Ça ne fait rien ! Ensemble, nous viendrons à bout de tout. L'essentiel, c'est de ne pas être seul.

— Mais il y a la question de vous loger. C'est qu'il est à peu près impossible de dénicher un coin où dormir. Vous ne pouvez pas vous faire héberger par votre prêtre ?

— Je vais aller lui demander.

A partir de ce jour, la population de la rue Abovian compta une personne de plus. Le pope n'ayant pas de place pour loger Fédor Dastakov, celui-ci élut domicile avec Martin et Rim à bord de *l'Albatros*. Et comme il n'y avait pas de langue commune entre les trois, ils s'exprimaient par gesticulations, aboiements et exclamations variées. L'ancien administrateur de la compagnie de navigation de Batoum passait le plus clair de son temps à dormir et le reste à boire et à discourir. Parfois, cependant, il se croyait obligé de se mêler des travaux, surtout quand Hérian n'était pas là. Il brandissait sa grosse canne en criant et en courant dans tous les sens, s'en prenant tout à fait mal à propos aux bœufs ou aux paysans. Il roulait des yeux, écumait puis, constatant que personne ne faisait attention à lui, il prenait une vraie crise, crachait par terre, s'éloignait en bougonnant et, prenant le premier venu par le revers du veston, il critiquait Hérian. Et il se trouvait toujours des Arméniens assez retors et jaloux pour l'emmener au café, lui payer à boire et le faire parler. Le malheureux, pour obtenir un verre de plus, racontait n'importe quoi, inventait et, emporté par ses histoires, finissait par y croire. Il prenait sa voix grave et l'accent de la sincérité :

— Le capitaine Hérian ? Ce n'est pas un mauvais gars, mais comme marin... enfin... Je lui ai donné le bateau parce que je l'ai pris en pitié, mais enfin, je vais vous dire, j'aime mieux ne pas parler de ça parce que si j'en parlais...

Et il murmurait quelque chose à l'oreille de son interlocuteur qui appelait le cafetier :

— Remets-lui ça.

Les gens étaient trop heureux d'entendre dire du mal d'Hérian, sans très bien savoir eux-mêmes pourquoi, peut-être tout simplement parce que la jalousie est de règle entre Arméniens. Et ensuite, ils allaient raconter leur petite histoire :

— C'est le Russe qui le dit... Ça fait des années qu'il le connaît et il dit que... Alors tu sais pas ?... Hier, le Russe, il montrait preuves en main qu'Hérian...

Et les calomnies se répétaient en s'amplifiant dans tous les coins de la ville. Parfois, elles revenaient aux oreilles de l'intéressé. Alors celui-ci mettait la main sur l'épaule de l'ex-administrateur, serrait un peu et lui faisait tranquillement mais énergiquement la leçon. Fédor se troublait, protestait, jurait, pleurait : il n'avait jamais dit ça, c'étaient les Arméniens qui inventaient tout, il prenait Dieu à témoin ! Pendant quelques jours, il filait doux et se faisait aussi humble et fidèle que Rim. Puis de nouveau il oubliait, se remettait à errer à la recherche d'autres amateurs susceptibles de lui payer à boire et fabulait encore plus que les fois précédentes.

Souvent, le soir, ses fantômes revenaient. Les coups de feu, les soupirs des réfugiés, les hurlements des chiens... Il se dressait sur son lit et regardait autour de lui, effaré. Martin, les mains sous la nuque, dormait à poings fermés. Rim soulevait une paupière et agitait la queue. Et l'obscurité de la rue aussi entrait en mouvement, s'agitait : elle s'emplissait d'ombres et de fantômes. Tout pâle, les lèvres bleuies, Fédor enfilait son paletot, prenait sa canne, descendait du bateau et se mettait à arpenter la rue Abovian en parlant tout seul à haute voix. Qui aurait pu dire ce qui lui passait par la tête ? En tout cas, il ne tardait pas à psalmodier de sa voix de basse : « *Gospodi pamilouï! Gospodi pamilouï!* Seigneur aie pitié ! » en brandissant sa canne pour chasser quelques esprits tourmenteurs. Sur les trottoirs, les réfugiés se réveillaient, les mères effrayées se levaient d'un bond, les enfants se mettaient à pleurer. Alors Fédor s'excitait encore plus, sa voix se faisait encore plus grave, et il se servait de sa canne pour un combat singulier, cette fois contre les cieux.

En voyant ses yeux révulsés et l'écume à ses lèvres, les femmes criaient, les hommes et les enfants se levaient et couraient sus au malheureux qui prenait ses jambes à son cou. Le vacarme emplissait la rue. Les miliciens sifflaient, les coups de feu se répondaient, renvoyés par l'écho. Quand, après l'avoir poursuivi un bon moment, les réfugiés étaient sur le point de le rattraper et de lui tomber dessus à bras raccourcis, les policiers le sauvaient en l'emmenant :

— Vous ne voyez pas qu'il est soûl ?

Certaines nuits, il ne laissait pas Martin dormir. Assis sur son lit, il faisait des discours incohérents en enroulant sans cesse autour d'un doigt la mèche qui lui tombait sur le front. Martin ne comprenait rien mais Fédor tenait absolument à ce que l'adolescent l'écoute. Et il parlait, parlait, immobile, les yeux au ciel d'une voix monocorde. Martin l'envoyait au diable en bougonnant, tournait la tête et s'endormait. Mais à peine s'était-il endormi que l'autre le tirait par le bras :

— *Panimaéche ?* Tu comprends ?

— Ouais, ouais, grognait Martin excédé en se recroquevillant et il se remettait à ronfler.

Rim, qui n'appréciait pas beaucoup l'odeur de leur nouvel hôte, avait fini par s'habituer à ses bizarreries et dormait tranquillement, roulé en boule. Et le matin, quand ils se réveillaient, Fédor parlait toujours. Martin le regardait en riant. Alors il se mettait en colère et, pour bien marquer sa colère, il s'habillait précipitamment, se mouillait les doigts avec la langue et s'attaquait aux taches de ses vêtements. Puis il sortait de sa poche un morceau de peigne, se coiffait, frottait ses chaussures derrière ses jambes sur le bas de son pantalon, et enfin mettait son chapeau. Et alors, une fois habillé et prêt à sortir, il s'allongeait et s'endormait. Dehors on attelait les bœufs.

— Hé, Baghdassar ! attention, place bien le madrier.

— Allez, Arakel ! ceux de droite un peu plus en avant.

— On y va ?

— Allons-y !

— Ho là ! va, marche !

La rue s'emplissait de bruit et Fédor Dastakov et *l'Albatros* avançaient d'un pas.

9

On approchait de Kanaker. Mais comme ces jours de novembre étaient affreux ! La boue, le vent, la pluie et la faim. La boue épaisse, collante, gluante, noire comme de l'encre, traîtresse comme un piège, profonde, jaillissante et avide. Les sabots des bœufs s'y enfonçaient, les bottes des hommes gémissaient dedans. Un vent furieux agitait la feuille du calendrier. La pluie tambourinait sur le pont du bateau. Un sac sur la tête en guise de capuchon, Hérian et ses hommes ressemblaient à des moines. Ils couraient, appelaient, criaient puis, incapables de résister plus longtemps au déluge, se réfugiaient le long d'un mur et attendaient, trempés et grelottants. Dès que la pluie diminuait, ils se remettaient au travail. Il fallait faire vite, très vite, chaque minute comptait.

Des jours affreux.

— Allez Martin ! Allez, Markos, Hovnan, allez-y, tirez ! Allez !

Des portes basses des maisons, des hommes pâles au regard pensif sortaient, regardaient de tous les côtés, reniflaient et, un baluchon tenu d'une main et leur feuille de route dans l'autre, partaient d'un pas lourd vers la caserne. Les journaux, imprimés sur du papier jaune d'épicier, étaient pleins d'appels, de proclamations et de nouvelles désespérantes. Erevan bourdonnait comme une ruche qui a perdu sa reine. Aux armes ! Aux armes !

Karapet agha avait écrit une lettre menaçante pour réclamer ses bœufs. Il était d'ailleurs arrivé un drame : les réfugiés en avaient volé un, l'avaient emmené hors de la ville, abattu et mangé. Désormais, Hérian, Martin et Fédor surveillaient les bêtes jour et nuit, revolver au poing, mais refusaient de les renvoyer.

— Quoi ? Ramener les bœufs ? Rien à faire ! Fous le camp ou on tire !

Les autorités faisaient coller sur les murs, avec de la farine délayée dans de l'eau, des ordres et des appels. Les habitants les lisaient puis passaient leur chemin sans rien dire, les yeux baissés. Au Parlement, on continuait à discourir.

Rim, tout crotté, la queue basse, avait l'air fort malheureux, et maintenant Fédor, à qui personne ne faisait plus attention et qu'on n'invitait plus à boire, lui ressemblait. De plus, un tic lui ravageait tout le côté droit du visage et il pleurait pour un rien.

De partout arrivaient des soldats chaussés de sandales tressées qui marchaient en chantant vers des objectifs inconnus. Et en passant près du bateau, ils se mettaient à rire.

L'Arménie restait seule avec ses montagnes et ses rochers, sous son morceau de ciel, oubliée du monde sauf de ses ennemis. Mais qu'est-ce qu'ils nous veulent?

Quand la pluie avait décollé les affiches, les réfugiés déchiraient des morceaux de ce papier qui sentait la farine et les mâchaient.

Tous les deux jours, accompagné de quelques paysans de Séladzor, Karapet agha descendait à Erevan pour réclamer ses bêtes. Un fusil à la main, tout rouge, les yeux exorbités, il hurlait en brandissant son arme et se gonflait comme s'il allait éclater. Les bolcheviks, toujours plus ou moins clandestins, prenaient le parti du riche paysan et excitaient tout le monde contre Hérian:

— Il a abattu un bœuf et il l'a mangé.

— Il a fait croire qu'il avait vu un saint et il a trompé les pauvres paysans avec ses histoires à dormir debout.

— Regardez-moi ça! Ça se fait passer pour l'amiral de la mer Noire!

Lui restait imperturbable:

— Je rendrai les bœufs quand je serai arrivé à Kanaker. J'ai des ordres. Mais enfin, vous ne comprenez pas? Vous, chrétiens d'Arménie, vous ne comprenez pas? Je rendrai les bœufs une fois arrivé à Kanaker, c'est clair, non?

Il y avait autant de bruit dans la rue que s'il y était tombé du ciel une monstrueuse batterie de cuisine.

Ils travaillaient vingt heures par jour. Sur les hauteurs, vers Kanaker, *l'Albatros* avait été sur le point de redescendre la pente tout seul... Les blocs de pierre placés derrière les madriers pour les caler avaient cédé; désormais, il fallait tirer non seulement le bateau mais aussi les pierres pour empêcher le bateau de se sauver. On continuait dans le vent et la pluie. Ils ressemblaient à des insectes tombés dans un cloaque. Hérian avait le visage couvert de boue, on aurait dit un Noir aux yeux blancs et aux lèvres proéminentes.

— Filez ou on tire!

C'était comme un tremblement de terre: le canon tonnait, les rafales de mitrailleuses se répondaient comme des dents qui s'entrechoquent, les grenades explosaient, les montagnes hurlaient.

Mais qu'est-ce qu'ils nous veulent? Comment, qu'est-ce qu'ils nous veulent? Mais c'est très simple : les kémalistes veulent passer sur l'Arménie pour faire leur jonction avec les bolcheviks et les Tatars d'Azerbaïdjan. Ce qu'ils veulent, c'est que les Arméniens disparaissent, qu'ils n'existent plus, qu'il n'y en ait plus. Ce qu'ils veulent, c'est que, de la Méditerranée à l'océan Indien, il n'y ait plus que des musulmans. Mais quel est l'intérêt des Russes dans tout cela? Mais c'est très simple aussi : ils veulent se servir du kémalisme pour provoquer un soulèvement général de tout l'Orient et de l'Asie contre les Européens. Radek et Zinoviev ont une vision des choses apocalyptique et rouge ; pour eux, tout est incendie, ruines et sang. Et voilà pourquoi kémalistes et Azerbaïdjanais se massent sur les frontières de ce qui nous reste et pourquoi, de l'autre côté, l'Armée rouge, après avoir occupé le Karabagh et le Zanguezour, vient d'entrer dans la province de Nakhitchevan et s'apprête à faire sa jonction avec les musulmans.

Aux armes ! Aux armes !

« Compatriotes ! Après de durs combats menés en dépit de toutes sortes de privations, avec un ravitaillement et un armement insuffisants, les héroïques divisions arméniennes ont repoussé les forces soviétiques qui approchaient de la région de Nakhitchevan en leur infligeant de lourdes pertes... »

— Vous voyez ! On les a eus !

« ... Malheureusement, grâce à l'appui des forces soviétiques du Karabagh et de la cavalerie kurde, l'ennemi est parvenu à pénétrer de nouveau dans la province... »

— Ah ! les fils de chiens !

« ... et nos forces, battant difficilement en retraite par Bazar Tchaï pour se replier sur la ligne de Charour, ont été contraintes de livrer à nouveau bataille aux formations combinées de l'Armée rouge, des Kurdes, des Tatars et des Molokans... »

— Où va-t-on ? Où va-t-on ?

« ... La patrie est en danger et appelle les dernières réserves. Tous les hommes de dix-huit à soixante ans doivent se présenter à l'état-major le plus proche de leur domicile... Nous devons résister jusqu'à l'arrivée de l'aide européenne. Vive la République arménienne indépendante ! »

Il n'y avait ni combustible, ni wagons, ni locomotives. Il n'y avait plus rien. Et le bateau qui voulait redescendre !... Leurs gros yeux exorbités, les bœufs chancelaient. Sur les hauteurs de Kanaker, dans un tournant, il arriva que le bateau donne de la proue contre un rocher, la poupe se souleva dangereusement et le tout resta immobilisé, bloquant complètement la route. Or, quelques instants plus tard, une colonne militaire arriva, s'arrêta évidemment et une voix ne tarda pas à tonner :

— Hé ! Vous là ! Qu'est-ce que c'est que ça ? Vous n'avez pas l'air de vous douter que j'ai des batteries et un bataillon à faire passer. Mais qu'est-ce que c'est que ce bazar qu'on m'a fourré ici ? Il faut qu'on passe, on n'a pas de temps à perdre, crompris ?

— Mon colonel, permettez-moi de me présenter : capitaine au long cours Hérian.

— Alors, commandant, on me bloque la route, maintenant ? Vous jouez à quoi, là ?

— A quoi je joue, mon colonel ? Mais je ne joue à rien. Je suis ici par ordre du Conseil des ministres.

Les chevaux des batteries d'artillerie étaient de grosses bêtes solides à la robe luisante qui piaffaient et balançaient la tête en hennissant. Le colonel jetait autour de lui des regards exaspérés. Les officiers et les hommes attendaient les ordres.

— Bon, fit-il, alors qu'est-ce qu'on décide ? Il n'y a rien à faire, il faut que ma colonne passe.

— Je suis désolé, mon colonel, mes bœufs n'en peuvent plus, il n'y a plus rien à en tirer.

— *Tchto za svolotch ! Tchto za svolotch !* Saloperie de saloperie ! cria le colonel. Capitaine Ezbekian ! Capitaine Ezbekian !

Le capitaine poussa son cheval en avant et vint s'arrêter devant le colonel en saluant. Ils discutèrent un moment en lançant les jurons les plus énergiques et les plus obscènes.

— Quelle histoire ! Mais on nous attend en bas pour le défilé !

Les gros chevaux au poil luisant continuaient à hennir. Hérian les regardait d'un œil d'envie.

— Pas d'autre solution, conclut le capitaine Ezbekian. Il faut atteler quelques chevaux et tirer ce bazar-là sur le côté.

— C'est justement ce que j'allais vous proposer, s'écria Hérian avec enthousiasme. Comme ça, ce sera réglé tout de suite.

Ezbekian cria ses ordres, des hommes mirent pied à terre, dételèrent des chevaux — vingt en tout — et les attelèrent au bateau.

— Doucement ! Attention, doucement ! Martin, mets le madrier à droite, là... et un là, à gauche.

Une demi-heure plus tard, on avait dégagé le bateau mais le colonel ne trouvait pas cela suffisant :

— On ne peut pas laisser la route encombrée par ce tas de ferraille.

Il faut m'ôter ça de là. C'est la guerre, les routes doivent être libres.

On tira le bateau hors de la route. Il trônait désormais sur la hauteur d'où on dominait la ville. Et la colonne s'ébranla.

Une heure plus tard, un cavalier apportait un ordre ministériel enjoignant d'« interrompre immédiatement tous les travaux relatifs au bateau en raison des opérations militaires et de la nécessité de laisser libre en permanence la route étroite menant au lac Sevan. » Le tout dûment daté, signé et tamponné.

L'Albatros se trouvait donc immobilisé sur un rocher de Kanaker qu'il dominait de toute la hauteur de son mât. Sa proue légèrement dressée, il regardait la capitale et il attendait. Vu des rues du centre de la ville, il faisait penser à un oiseau aux ailes repliées qui se prépare à prendre son essor au-dessus des toits; vu du côté de Kond, c'était un ours blanc qui va se lever en se dandinant et attaquer une proie; du marché, tout en bas, c'était comme une station de TSF. De plus bas, surtout quand le pied de la colline était noyé dans le brouillard, c'était un de ces bateaux de légende qui chevauchent les vagues et même les nuages. Enfin, sous la pluie torrentielle, ça devenait l'arche de Noé. Bref, de quelque côté que ce fût, dès qu'on levait les yeux, il était là, omniprésent, prenant toutes sortes de formes pour aiguiser les imaginations. Il se faisait plus grand, il se faisait plus large, il se faisait fantôme.

Les gens qui venaient de la gare s'arrêtaient, clignaient des yeux, battaient des cils, restaient bouche bée. Quant à ceux qui arrivaient de derrière Kanaker, ils étaient si déconcertés que certains avaient envie de rebrousser chemin : ne s'étaient-ils pas égarés et, au lieu d'arriver à Erevan, n'étaient-ils pas au Sevan ?

Les paysans l'avaient surnommé « l'oiseau de fer », les citadins « le truc à Hérian » et les enfants « le bateau de feu ». Mais quel que fût le nom qu'on lui donnait, il n'y avait plus aucun espoir de le bouger de là. Les villageois étaient repartis avec leurs bêtes en maudissant Hérian et son saint Précurseur. Et les événements se succédaient à la vitesse de l'éclair. Le feu tombait de toute part. Les frontières cédaient sous la poussée ennemie. A l'intérieur, profitant de la misère, les bolcheviks redoublaient d'efforts pour affaiblir la volonté de résistance de la population. Le Parlement et le gouvernement siégeaient en permanence, discourant et prenant toutes sortes de décisions inapplicables. Aux armes !

Hérian, Dastakov, Martin et Rim se serraient dans la cabine de *l'Albatros* transformée en une sorte de gourbi baignant dans une odeur de chou, de lessive, de fumée et de pétrole. Réduit à l'oisiveté, Martin disparaissait des journées entières pour revenir les poches bourrées de carottes qu'il grignotait en jouant au « pouilleux » avec Fédor.

Au début, obéissant aux ordres d'Hérian, ils astiquèrent soigneusement le bateau, lavant le pont tous les deux jours, faisant briller les ferrures et les cuivres. Les jours de fête, ils hissaient le pavillon national aux trois couleurs. Mais à mesure que les jours passaient et que le froid se faisait plus sévère, la négligence augmentait. Personne ne voulait aller chercher de l'eau à la source. Martin pelait des pommes de terre — qu'il s'était procurées par les moyens les plus mystérieux — et laissait les épluchures sur le plancher. Fédor, qui essayait de faire du borchtch sans viande, mettait la marmite sur un réchaud et allait se coucher ; le réchaud fumait et tout noircissait. Rim ne voulait plus aller à terre pour faire ses besoins, et quand les trois hommes se fâchaient et le sortaient, il revenait avec des os qu'il abandonnait dans un coin de la cabine après avoir joué avec pendant des heures. Et pour parachever le tout, Martin et Fédor faisaient sécher leur linge sur la passerelle.

Hérian avait perdu la force de protester. Avant l'immobilisation, il descendait presque tous les jours en ville en espérant que la situation allait s'améliorer, qu'il y aurait une intervention européenne et qu'il pourrait reprendre ses opérations de transport. Or, il s'avérait qu'en fait d'intervention européenne, les puissances alliées aimaient décidément mieux armer les Turcs qu'aider les Arméniens.

Il n'y avait plus d'espoir. Dans les administrations, les fonctionnaires perturbés l'accueillaient avec des grognements et des regards mauvais. Dans les rues, on le toisait ou on riait de lui sans vergogne :

— Ah ! l'amiral ! Et votre truc, qu'est-ce que ça devient ?

— Hé l'ami ! Qu'est-ce qu'ils disent, les poissons du lac de Kanaker ?

Tous ces gens en proie à la misère et à la faim, menacés par un danger mortel, étaient tout disposés à le rendre responsable, lui, Hérian, de l'échec de leur propre vie. Et les calomnies allaient bon train. Celui qui mangeait le bœuf des pauvres paysans, c'était lui. Celui qui avait reçu du gouvernement des sommes folles qu'il avait envoyées à Batoum à une certaine « Douchinka », c'était lui, évidemment. Et d'ailleurs, quelques Polsétsis — échappés au massacre par un miracle douteux — ne l'avaient-ils pas vu des années auparavant sur la grande avenue de Péra et ne leur avait-il pas laissé « l'impression d'un homme sans moralité » ? Et mille autre amabilités.

A croire qu'il était responsable, lui, Hérian, de l'ouragan qui avait secoué cette pauvre humanité. Et puis le bateau s'imposait aux yeux de tous. Il était là, silencieux, témoin implacable d'échecs incommensurables.

— Ah ! frère, il fallait aussi qu'il vienne là, celui-là, juste au-dessus de nos têtes !

Les vieux ingénieurs triomphaient. Les bolcheviks, dont le nombre augmentait de jour en jour, exploitaient cette histoire de bateau contre le gouvernement. Le bateau, disaient-ils, est un symbole dachnak. Inutile d'aller à contre-courant de la dialectique et du matérialisme historique. Marx l'a bien dit : aucune entreprise ne peut aboutir si les conditions économiques nécessaires ne sont pas réunies. Le bateau était donc le symbole d'une entreprise dérisoire vouée à l'échec.

— Et d'ailleurs, vous n'avez qu'à le regarder, ils y font sécher des chaussettes !

Et on rigolait. Chaque jour, Martin et Fédor rapportaient de nouvelles histoires. Et on raconte ci et on raconte ça. Et en plus, on épiait les moindres faits et gestes d'Hérian au point qu'il n'allait plus voir Varia Miranian car, là aussi, les ragots allaient bon train.

Il ne descendait plus en ville, ne se rasait plus, ne dormait plus. Il était bien seul désormais, seul avec ses jumelles, des Zeiss achetées jadis à Toulon et avec lesquelles il voyait nettement le mont Aragats, Etchmiadzine et l'Ararat. Quant à la ville avec ses maisons à toits plats, ses rues, ses cours, les gens qui allaient et venaient, il les voyait comme s'ils avaient été à portée de la main, si nettement même que cela le gênait parfois presque de les regarder. En fait, il en voyait plus que s'il avait regardé de près à l'œil nu. Des cours pleines de boue, d'ordures et d'êtres humains, des rues pleines de boue, d'ordures et de réfugiés.

A l'aube, quand la plaine et la montagne s'éveillaient dans des embrasements enchanteurs, la première équipe de ramassage des morts passait. A chaque pas elle s'arrêtait, et deux hommes balançaient les cadavres nus sur la charrette.

Du côté de Kanaker, du côté du pont du Zangou, du côté de Kond commençaient à arriver les paysans qui apportaient les produits de leur ferme. Alors, les portes des maisons s'ouvraient et des gens en sortaient, le panier à la main, qui se pressaient derrière les ânes et les charrettes vers le marché, suivis par la troupe tremblante des réfugiés au teint verdâtre et aux loques pouilleuses.

Au marché, la foule grouillait. Les villageois étalaient devant eux des carottes, du blé, des haricots, des lentilles et des fruits secs et brandissaient leur bâton pour protéger leur marchandise contre les femmes et les enfants affamés. Les acheteurs approchaient, examinaient les produits et marchandaient en gesticulant. Certains payaient en argent, d'autres sortaient des vêtements, un pantalon, une chemise ou un chapeau que le paysan examinait à son tour, tâtait et acceptait ou non en échange de ses denrées.

Le marché était l'estomac délabré d'une ville misérable. Il ressemblait alors plutôt à un asile de fous. Les gens couraient dans tous les sens, et c'étaient des discussions, des cris, des disputes.

Pendant ce temps, les jumelles se déplaçaient lentement sur les cours intérieures et leurs balcons où les femmes s'étaient déjà mises au travail : elles sortaient la literie, allumaient le samovar, secouaient les tapis. Des hommes aux cheveux ébouriffés remontaient leur pantalon et allaient se laver en s'ébrouant devant des seaux d'eau. Les cloches de l'église de la Sainte-Croix sonnaient. Fonctionnaires et écoliers se hâtaient vers les bureaux et les classes. Des gens déjà rentraient du marché avec de lourds paniers, poursuivis par des réfugiés qui tendaient la main avec des regards de loup.

Sur la place du marché, on allumait des feux pour faire cuire des tripes et l'odeur entêtante et douteuse des entrailles de mouton emplissait la place et mettait toutes sortes d'idées meurtrières dans la tête des orphelins faméliques.

Un peu plus haut, en face du Parlement, les jumelles révélaient une parade qui se déroulait au son d'une musique martiale et agressive, des commandements et des discours. Encore des soldats qui partaient.

La ville bâillait. Vers deux heures, chacun rentrait chez soi, mangeait et se couchait. Ensuite, on prenait le thé et on allait arpenter la rue Abovian de haut en bas et de bas en haut. Et puis on regardait le bateau et on trouvait cela très amusant. A sept heures, le soir tombait et on rentrait à la maison, on allumait les lampes, on fermait les persiennes et les fenêtres. Tout d'un coup, Erevan s'aplatissait et, pendant que les misérables allongés sur les trottoirs se fondaient dans l'obscurité, les coups de feu commençaient à claquer.

C'est à ce moment que les jumelles offraient un spectacle grandiose : le cristal des sommets dans leur isolement somptueux et l'immense étendue de la plaine dans ses pensées profondes et sa sérénité. C'était comme un livre mystérieux écrit dans une langue surnaturelle, avec des mots enchanteurs, illuminés de l'intérieur, clairs, limpides, accessibles, et en même temps infiniment riches et énigmatiques.

Plus il regardait, plus il se disait que c'était cela la véritable Arménie, toute la vivacité du présent, tout l'inexprimé et tout l'indicible, un esprit capable de jaillir et de s'armer de capacités aussi fabuleuses qu'inattendues.

Il commençait à comprendre ces montagnes. De même que le bateau s'était intégré aux rochers, lui et sa solitude commençaient à s'identifier à la terre. La mer, bien sûr, c'était différent : chemin mouvant, changeant, large, ouvert, fertile en aventures, horizons bercés, imprévus, splendeurs offrant des stimulations toujours renouvelées. La mer, sexualité infinie, soif inextinguible du corps. Là, au cœur du pays, c'est autre chose. Tes yeux s'agrandissent, ton cœur pense. Le cœur, l'esprit, le corps s'unissent et s'exaltent. Tout ce qui est avec toi, et ce qui est en plus de toi, et toi qui es plus que toi-même.

Il sentait confusément qu'en lui une chose mourait et une autre naissait. Il lui arrivait de rester des heures immobile sur la passerelle. L'obscurité, et derrière l'obscurité les montagnes, et derrière les montagnes, sur les rochers et dans les vallées, les Arméniens se battent. Et c'est le froid, la pluie glacée, la faim. Et les étoiles paraissent au firmament.

10

Un linceul blanc couvrait la terre. Toute la nuit, la tempête de neige avait fait rage, elle s'était un peu calmée vers le matin mais le sourd gémissement du vent n'avait pas cessé.

La neige dure crissait sous les sabots des chevaux. Le capitaine Miranian regarda la silhouette des collines sous le ciel bas et plombé et comprit tout de suite que la tempête allait reprendre.

La colonne avançait sans hâte. Les chevaux étaient fatigués et il y avait encore du chemin à faire. Là-bas, derrière les hauteurs, retentissait de temps à autre une rafale de mitrailleuse ou même un tir d'artillerie dont le vent prolongeait et enflait le bruit. On voulait probablement couvrir l'évacuation de la population civile en fuite devant les Turcs. Toutes les routes étaient encombrées de réfugiés. Où allaient-ils ? Ils ne savaient pas au juste. Les semailles d'automne à peine faites, tout préparé pour l'hiver, il fallait laisser le pays, les champs, les maisons, les villages, tout abandonner aux hordes de sauvages.

Ils s'en allaient en longues colonnes. Ceux qui avaient des charrettes les avaient chargées de tout ce qu'ils avaient pu sauver : il y avait des tables, des chaises, des sacs et des choses parfaitement inutiles qu'on avait précipitamment entassées. Et, au sommet de ce bric-à-brac, des enfants tremblants enveloppés dans des loques ou des vieux aux yeux secs et éteints, recroquevillés sous les gifles du vent et que les cahots secouaient en même temps que les tables aux pieds cassés. Les autres marchaient près des lourds véhicules tirés par des bœufs étiques qui peinaient en enfonçant dans la neige et s'arrêtaient à chaque instant. Hommes et femmes portaient sur le dos de lourds sacs ou des ballots qu'ils déposaient souvent pour se souffler sur les doigts, avant de les recharger en gémissant, et ils repartaient en chancelant, enfonçant dans la neige jusqu'aux genoux.

Parfois, il était impossible de continuer. Le vent glacé les immobilisait. Tous se serraient contre les charrettes et les bêtes en se couvrant les yeux de leurs avant-bras, et attendaient en tremblant de pouvoir repartir. De temps à autre, pour alléger le fardeau des bœufs, on jetait une partie du chargement. On jetait aussi les sacs et les baluchons pour prendre sur le dos à leur place les enfants et les vieux qui ne pouvaient plus marcher. Au bord du chemin, déjà, de nombreux cadavres se mêlaient aux pauvres objets abandonnés. Souvent, les chevaux s'arrêtaient devant une tête ou un bras qui sortait de la neige. La foule des réfugiés croisait la colonne de cavalerie sans un mot, sans une plainte; on acceptait avec héroïsme un incroyable destin. Et aux soldats qui leur disaient quelques mots d'encouragement, ils répondaient simplement :

— Qu'est-ce que vous voulez? C'est comme ça...

Au début, le spectacle de tant de malheur bouleversait Miranian et ses hommes. Ils interrogeaient ces pauvres gens, essayaient de les consoler, de les réconforter, parfois même mettaient pied à terre pour les aider. Mais les jours passaient et le même spectacle se répétait, avec une régularité machinale. L'exode faisait maintenant partie du paysage. Le regard des hommes s'y était accoutumé et ils avaient cessé de s'émouvoir.

Le froid glacial, un paysage lugubre et des visions de désolation, la majesté indifférente des montagnes, les combats incessants, les lamentables cohortes de réfugiés, la mort qui rôdait aux quatre coins du pays, tout cela avait depuis longtemps dépassé un entendement humain qui n'était plus capable de rien analyser. Les formes de la vie avaient éclaté, règles et limites s'étaient évanouies.

Babken Miranian sentait tout cela profondément, et tout en admettant le grand jeu absurde de la réalité, il essayait, comme tous les hommes ardents, de meubler son expérience intérieure de visions qui, par une sorte de sortilège, lui redonnaient de l'énergie. Et c'est probablement pourquoi ses camarades parlaient toujours de ses bizarreries avec un sourire indulgent. Tout le monde aimait ce garçon aux goûts raffinés, habitué à une vie facile, fantasque et un peu capricieux, mais qui était un caractère noble et magnanime, un brave capable de mettre sa vie en danger avant celle des autres. Il avait le front audacieux, la parole chaude, le cœur simple et droit. Furieux pour un rien, il s'enflammait comme un feu de paille, puis oubliait tout et souriait. Mais la laideur morale et la mesquinerie l'éprouvaient plus que tout.

Avec ses hommes, il était juste et exigeant. Vrai camarade, il était prêt à partager toutes leurs épreuves et donnait toujours l'exemple. Toujours le premier au combat, c'était une âme généreuse, un seigneur, mais un peu bizarre, un peu fou. Parfois, il lui arrivait de se lever d'un bond en pleine nuit, de prendre deux ou trois hommes, de faire seller les chevaux, et les sabots de la petite patrouille allaient résonner par monts et par vaux. Où allait-il ? Personne n'en savait rien. Après avoir fatigué les montures pendant quelques heures, il rentrait, envoyait les hommes se coucher et faisait les cent pas dans sa chambre en sifflotant. Et le matin, quand on l'interrogeait, il répondait :

— Rien de spécial. Je suis allé faire un tour.

Et puis il arrivait qu'au moment où le régiment devait partir, on s'apercevait que le capitaine Miranian n'était pas là. Certains s'inquiétaient, d'autres pestaient, mais au bout de quelques verstes, on le voyait toujours arriver au grand galop.

— Où étais-tu passé ?

— N'importe. Je n'étais pas bien loin.

Certains jours, il n'arrêtait pas de parler, discourant sur les caractéristiques des montagnes du pays ou la psychologie russe, échafaudant des théories hardies, expliquant le sens caché des choses avec un luxe de détails inattendus. Il aimait la poésie de Tioutchev et de Vahan Térian et, bien qu'il n'eût pas de voix, il adorait chanter les mélodies de Scarlatti et de Benedetto Marcello, ce qui ennuyait tout le monde. Parfois aussi, il restait des heures silencieux, sans desserrer les dents, les mains dans les poches et le regard dans le vague. Et, le soir venu, il réunissait ses hommes et les faisait danser. Lui aussi dansait avec un entrain endiablé et une souplesse de félin.

De sa femme, il ne parlait jamais. Quand il recevait une lettre d'elle, il montait à cheval et s'en allait dans un endroit isolé pour la lire, d'abord plusieurs fois en entier, puis en en reprenant certains passages, puis de nouveau d'un bout à l'autre. Après quoi, il la déchirait en petits morceaux qu'il semait au vent après être reparti au galop. Et au retour, il avait des gestes plus mesurés, la voix plus douce, les yeux rêveurs.

Les jours de combat, il était calme et concentré, et parlait le moins possible, donnant ses ordres d'une voix dure et sèche. Dans ces moments-là, le Babken un peu enfantin disparaissait complètement. Ses hommes sentaient sa force de caractère et lui obéissaient aveuglément.

Le dilettantisme lui était insupportable, et quand il entendait des gens qui n'étaient pas des professionnels se mêler de questions militaires, il fronçait nettement les sourcils. Pour lui, la vie militaire était un art, un art aux lois sévères, avec ses règles, ses uniformes et sa mentalité particulière, un art qui ne tolérait aucune déviation, aucun écart.

Tous les matins, il passait une inspection rigoureuse, attentif à la tenue des hommes, au moindre bouton, à la position des ceinturons.

— Tu appelles ça boucler un ceinturon? Tiens, je passe quatre doigts en travers dedans. Dans la cavalerie, un ceinturon doit être serré jusqu'à l'os. Tu comprends? Jus-qu'à-l'os!

Ah mais! Quand il criait « Garde à vous! » les hommes se transformaient en statues. Et après les ordres, les invectives, voire les cris, il plaisantait avec eux comme un gosse et leur racontait des histoires drôles. C'étaient les bizarreries du capitaine Miranian.

Il y avait plus d'un mois déjà que le régiment avait quitté Erevan. Et en un mois, il s'était passé bien des choses. Ils avaient pris part aux combats de Karaourgan et de Sarikamich, en subissant pas mal de pertes. Ils s'étaient battus dans des conditions épouvantables, par un temps glacial, dans des tempêtes de neige, manquant de munitions et de vivres.

Partout, l'ennemi accentuait sa pression. Désormais assurés que les puissances européennes n'interviendraient pas, les Turcs avaient concentré leurs meilleures unités pour balayer la résistance des Arméniens. L'Azerbaïdjan et la Russie étaient avec eux, et ils avaient conclu avec les Géorgiens un traité secret qui leur assurait la neutralité de ceux-ci.

Et puis l'ennemi se servait aussi des forces de trahison qui se trouvaient à l'intérieur. Aux moments les plus critiques, des endroits les plus inattendus et les plus divers, les balles se mettaient à pleuvoir par-derrière : c'étaient les Molokans, les Kurdes, les Tatars. Bien souvent, il fallait se retirer sans même pouvoir ramasser les blessés. Les Turcs les achevaient au couteau et dépouillaient les cadavres.

Le pauvre lieutenant Kadinian... Babken n'arrivait pas à l'oublier. Un garçon aussi courageux qu'intelligent, petit, mince, avec un visage de collégien, naïf, émotif et romantique. Il avait un étui à cigarettes en or dans lequel il avait mis la photo de celle qu'il aimait. Il passait des heures à lui écrire, et quand il recevait une réponse, ses yeux brillaient et il ne pouvait pas dissimuler sa joie. Il chantait d'une voix aiguë, il sautait, il dansait. Ou bien il s'asseyait, les mains serrées entre les genoux, la tête levée, et déclamait des vers mélancoliques. Son regard s'enflammait, son visage mince pâlissait et il restait là, dans toute la naïveté de l'enfance. Pauvre Kadinian... Comme un air de violon déchirant, quelque chose brûlait en lui et le ravageait. Il aimait la vie et se posait des questions lancinantes sur la mort. Mais, comme il arrive pour les natures pleines de fraîcheur et de naïveté, les pensées qu'il pouvait avoir sur ce sujet ne correspondaient ni à son physique, ni à son visage, ni à sa voix. Les mots semblaient plus grands que son âge mental.

Miranian l'écoutait en souriant, ce qui agaçait Kadinian.

— Mais tu ne comprends pas ! Ce que je te dis, ce n'est pas dans les livres que je l'ai trouvé, c'est ce que je pense.

Et il parlait de l'amour et de la mort. La mort seule, il n'y croyait pas. L'amour et la mort, c'étaient tout simplement deux formes de la vie, et seul le manque d'expérience fait qu'on ne s'en rend pas compte.

— Tu sais, Babken, j'ai réfléchi à tout ça.

Et puis un jour, près de Karaourgan, après toute une matinée de combats indécis, alors qu'on commençait à repousser les Turcs, on avait vu Kadinian, qui les poursuivait, vaciller sur sa selle et tomber devant son cheval arrêté. Aussitôt, Miranian avait envoyé deux hommes à son secours. Ceux-ci arrivaient près de lui quand les Turcs, qui venaient de recevoir des renforts, avaient ouvert un violent tir de barrage, obligeant les Arméniens à reculer. Les deux hommes avaient été tués et Kadinian était resté sur place. Les Turcs l'avaient achevé en l'égorgeant et avaient volé l'étui à cigarettes en or contenant la photo de sa bien-aimée.

Tu sais, Babken, j'ai réfléchi à tout ça...

Depuis, quelques jours ont passé et il s'est passé aussi pas mal d'autres choses, mais le souvenir de Kadinian hante Babken. Le petit lieutenant est plus présent que jamais. Parfois, il arrive au galop, tire sur son bachlyk pour dégager sa bouche, sourit et se met à parler... Impossible d'entendre ce qu'il dit parce que Miranian aussi a la tête emmitouflée.

— Qu'est-ce que tu dis ? interroge Babken en dégageant un peu son oreille.

— Je pensais à quelque chose, crie Kadinian, mais...

De la main, il fait signe qu'avec ce temps, il est impossible de parler. Et ils s'en vont côte à côte, le visage cinglé par la neige qui s'accroche à leurs sourcils, qui couvre leur papakh et leurs épaules comme elle couvre tout le pays.

On ne voit plus rien. Les chevaux secouent la tête et toussent. Miranian regarde derrière lui ; un voile blanc le sépare de ses cavaliers serrés les uns contre les autres. Ils ne sont pourtant pas loin, mais il les distingue à peine. La neige voile tout, surtout le visage des hommes et la tête des chevaux. Elle siffle, gronde, rugit, absorbe tout, s'amuse à dessiner des fantômes. Elle se change vaguement en hommes et les hommes deviennent neige. Et près de lui, là où il avait cru voir le visage juvénile de Kadinian, il n'y a plus rien. Kadinian n'est plus qu'un cadavre gelé qui repose là-bas sur un coin abandonné de la patrie perdue. Et chaque fois que le vent soulève le linceul blanc, il découvre sa tête et ses yeux au regard éternel qui voient ce monde comme il est en réalité. Son regard quitte ses prunelles glacées, s'élève, s'envole, plane du sud au nord et du nord au sud. En bas, sur la terre, les hyènes rient comme des hommes repus après un festin. Les loups descendus des montagnes se battent autour des cadavres et, le museau sur la neige, hurlent ensemble. Pendant que les hommes continuent à égorger d'autres hommes.

— J'ai pensé que…

— Eh bien vas-y, Kadinian, vas-y, dis-nous ce que tu as pensé.

Mais la pensée des morts est si grande qu'il n'est pas de paroles pour l'exprimer. Elle est aux dimensions de l'univers, de tous les soleils, des myriades d'étoiles et des espaces infinis. Elle est aux dimensions de Dieu. C'est ce que se dit Babken Miranian, et ce qu'il se dit lui fait peur. Parce que lui, il n'est pas mort, il est vivant, il commande un groupe d'escadrons et, par une chance extraordinaire, à travers tant de périls, il est resté vivant.

Il est resté vivant et l'esprit, le cœur et le corps de l'homme vivant exigent la présence de réalités et de phénomènes finis, déterminés. Et aujourd'hui, son seul rêve, c'est que la guerre finisse, qu'il rentre chez lui, qu'il ait un appartement décent et un piano sur lequel Varia pourra l'accompagner quand il jouera du violon, une bibliothèque bien choisie, quelques bonbonnes de bon vin, un grand chien… Varia, qui est une fille cultivée, habituée au confort, aux maisons bien chauffées, à la bonne cuisine, aux belles toilettes et aux parfums raffinés, a tellement souffert ces derniers temps ! Cela lui fait mal de penser que Varia a souffert. Dans la tempête de neige, la jolie tête de Varia apparaît et se presse contre sa poitrine. Son cœur se serre et une grande vague chaude coule dans ses veines. Il la revoit le dernier soir, assise sur le divan, écoutant de la musique avec lui. Il prend dans ses mains ses doigts effilés, comme transparents, il la regarde et lui dit : « Comme tu es belle dans cette robe, Varia ! »

Tout d'un coup, on l'appelle :

— Mon capitaine ! Mon capitaine !

— Qu'est-ce que c'est ? demande-t-il en s'arrêtant.

— Les gars disent qu'on s'est trompé de chemin et qu'on va du mauvais côté. Faudrait pas qu'on tombe au milieu des Turcs…

La colonne s'arrête.

— On n'y voit rien. Attends, je vais regarder la carte.

Il sort la carte et lutte contre le vent pour essayer de voir quelque chose.

— A droite, on aurait dû tomber sur un village. Voilà, la route y passe.

Le vent plie la carte, la froisse, cingle les visages inquiets. Ils parlent, mais le vent emporte les paroles.

— Oui, mais on n'a pas vu de village.

— Quoi ?

— Pas-vu-de-village !

— Bon, crie Miranian, mais la voiture de ravitaillement, on aurait déjà dû la voir.

— On n'a rien vu... C'est sûr, on s'est trompé...

— Faites repartir deux hommes en arrière et qu'ils essaient de retrouver la voiture.

Le sous-lieutenant Aressian retourne vers les hommes et leur crie quelque chose. Deux cavaliers repartent par où on vient d'arriver. Mais il est impossible de laisser la colonne immobile là, au milieu de l'inconnu. La queue basse, le nez vers la neige qui leur monte jusqu'à mi-jambes, les chevaux tremblent. On ne peut plus avancer et d'immenses vagues de neige poudreuse submergent hommes et bêtes et parfois les font reculer. Il est cependant difficile de déterminer la direction du vent qui en réalité souffle dans tous les sens. Terre et ciel ne font plus qu'un dans un immense chaos blanc.

Le sous-lieutenant Aressian, un Karabaghtsi, colosse à la forte moustache, discute un instant avec ses hommes, puis revient expliquer que, d'après un des gars, un certain Aïvaz qui connaît bien la région puisqu'il en est originaire, en prenant à droite et en montant la colline, on devrait arriver au village de Troumbatsots et que, de là, il sera facile de retrouver la route.

— Bon, eh bien, qu'il passe devant et qu'il nous conduise.

Sans grand ordre, on se dirige vers la colline. Miranian s'est emmitouflé jusqu'aux yeux et il peut à peine respirer. Son cheval avance avec la plus grande peine, il s'arrête à chaque instant, s'effondre parfois sur les genoux et fait tomber son cavalier, se relève et essaye de se sauver. Miranian roule dans la neige en s'agrippant aux rênes et, avec beaucoup d'efforts, arrive à se relever et à se remettre en selle.

Mais où est la colline dont Aïvaz a parlé ? On ne voit rien, c'est tout juste si on aperçoit les hommes. Les deux pièces de campagne qui suivent le groupe d'escadrons n'avancent plus : leurs roues bloquées refusent de tourner. Les hommes les poussent de toutes leurs forces, mais sans résultat. Et si la voiture de ravitaillement n'arrivait pas ? Il n'y a plus rien à manger, plus de médicaments. Déjà quelques chevaux ont crevé et leurs cavaliers marchent à pied. Et puis il n'y a pas le moindre abri, pas un rocher, pas un trou, pas de rivière, rien. Tout s'est roulé, mêlé, tout étouffe sous la rage glacée et bleuâtre des éléments. Mais où est donc cette colline ?

— Lieutenant Aressian ! Aressian !

Le vent étouffe le cri.

— Lieute...

Une fois de plus, Babken sent son visage cinglé. Ses yeux se ferment, il courbe le dos. Au même instant, une bourrasque terrible arrive par-derrière en hurlant, le soulève comme une plume et le jette dans la neige. Instinctivement, il porte la main à ses yeux et reste ainsi. Les hommes qui le suivent arrivent et le remettent debout.

— C'est pas le vent, fait-il avec un sourire. Ça brûle... ça brûle. Où sont les gars ?

— Ils avancent... ordre dispersé. Les canons sont restés en bas.

— Que tout le monde fasse halte !

— A vos ordres.

Et il se remet en selle.

Il avait donné l'ordre de faire halte. Alors pourquoi continuaient-ils ? Il sortit sa montre. Quatre heures. La nuit n'allait pas tarder à tomber. Il allait faire noir et on ne savait pas où on allait. Il fallait absolument faire arrêter et regrouper tout le monde et décider ce qu'on allait faire. Il poussa son cheval en avant, cria et fit de grands gestes. Le vent lui abattait le bras, étouffait ses cris. Il réussit quand même à obtenir qu'on s'arrête.

— Comptez les hommes.

— Un, deux, trois, quatre...

Il en manquait vingt.

— Prenez-en cinq et qu'ils aillent rechercher les manquants.

Au bout de quelques instants, deux hommes revinrent avec six des retardataires. Il en manquait donc encore quatorze. Où étaient-ils passés ? On attendait et toujours rien.

— Les trompettes.

Les instruments firent entendre leur miaulement que le vent emporta en répondant par un long hurlement.

— Les voilà !

Dix autres cavaliers arrivaient. Il n'en manquait plus que quatre.

— Alors, qu'est-ce qu'on fait ?

— Il faut attendre. Qu'est-ce qu'on peut faire d'autre ? Où est cet Aïvaz qui nous a parlé d'une colline ?

— Lui, on ne l'a pas retrouvé.

Ce qu'on avait pris pour une colline, c'était un nuage de neige. Le village qu'on devait trouver derrière la colline imaginaire était donc aussi un mirage. On rassembla les chevaux qui se serrèrent frileusement les uns contre les autres. Les hommes se réunirent aussi, tapant du pied et battant des bras. Hommes et bêtes soufflaient de longs jets de vapeur.

— Là, regarde, voilà Aïvaz !

Aïvaz et un autre qui faisaient de grands gestes joyeux. Tout le monde courut vers eux. Ils étaient blancs comme des fantômes.

— Qu'est-ce qu'il dit ? interrogea Miranian.

— Il dit qu'il apporte une bonne nouvelle.

Aïvaz fit son rapport :

— Alors, voilà, mon capitaine... par là, à pas plus d'une verste... moi je savais bien que le chemin devait être par là, mais évidemment, les chemins, aujourd'hui... C'est Manouk qui était avec moi. « Aïvaz, qu'il m'a dit comme ça, tu vois des mirages. » Et moi, je lui ai dit : « Je suis du pays ou je suis pas du pays ? Je sais de quoi je parle. » Et comme on marchait, comme ça, qu'est-ce qu'on voit ? Quatre cadavres dans la neige. Et quand je les ai vus, j'ai dit comme ça à Manouk : « S'il y a des morts là, c'est qu'il y a un chemin par où ils passaient quand ils ont été tués. » C'est vrai, ça. Manouk, lui, oui, qu'il disait, si on veut... Et je me suis approché, et un des morts avait une barbe. Et qui c'était ? C'était Hemayak Chechmants, le tailleur de pierre d'Akoulents, à côté de chez nous. J'ai regardé les autres... Des gosses... sûrement de sa famille... « Manouk, que j'ai dit, on est sauvés, mon vieux, on est sauvés ! Ils s'en allaient sur Giumri, et pour aller sur Giumri, il fallait qu'ils passent par chez nous. » Alors, vous voyez, mon capitaine, le chemin, on l'a trouvé... Ah, pour ça, on était contents. J'ai laissé deux gars là-bas, pour être sûr de retrouver l'endroit.

— En colonne par quatre !

Le vent n'était pas tombé, mais il avait quand même un peu faibli. Il glissait sur la neige sans la soulever. La nouvelle apportée par Aïvaz avait revigoré tout le monde. Les chevaux eux-mêmes retrouvaient de l'ardeur, à croire que l'humeur des hommes les influençait. D'ailleurs, plus que les hommes, ils sentaient par instinct la proximité des lieux habités, la chaleur, l'écurie, de quoi manger. Ils recommençaient à remuer la queue et à hennir. Celui de Miranian devenait même nerveux, tirait sur le mors, et sa nervosité gagnait son maître. Celui-ci, après l'incertitude et l'angoisse des dernières heures, se sentait soulagé d'un grand poids, beaucoup mieux et, sans savoir quoi, avait envie de faire quelque chose d'extraordinaire.

Quand tout ça sera fini, se dit-il, il faudra que je passe dans l'aviation. Ah ! voler ! Glisser dans les nuages en regardant défiler la géographie tout en bas ! Être bien au-dessus des champs, des vallées, des montagnes, être à la fois du monde et hors du monde ! Pas de doute, il fallait passer dans l'aviation. Son regard intérieur volait vers les hauteurs. L'hélice ronronnait comme un gros hanneton. Dans tous ses mouvements, il ne faisait plus qu'un avec son appareil qui fendait un nuage, virait en se penchant, puis montait, prenait son essor vers l'azur infini, embrassant l'immensité de ses deux ailes comme de deux bras.

Là-bas, les deux Ararats et l'Aragats regardent le monde. Ils regardent le rang serré de la chaîne des monts Guégham, les champs, les vignes et le désert. Et l'œil bleu du Sevan regarde aussi. Et de là-haut, on comprend que tout le plateau arménien veut s'élever vers le ciel ; mais il n'y arrive pas et c'est pour cela qu'il vacille, qu'il est en pleine confusion, que ses milliers de bras de pierre se bousculent en voulant se tendre vers les hauteurs. Et lui et son avion sont les messagers de cet univers enchaîné, son bruyant cœur volant, son cri perçant. Son cri ! Parce que vous, les âmes supérieures des célestes nuées, et vous, les anges des cohortes divines, sachez que je suis venu vous dire qu'en bas, sur la terre, ça ne va pas du tout ! Vous n'entendez pas le roulement de tambour des tempêtes contre les rocs et les flancs des monts, le hurlement sur les parois des précipices et l'appel des trompettes que la neige étouffe ? Non, sur la terre, ça ne va pas du tout. C'est toujours le massacre, le sang, la boue et la vermine. L'hélice s'affole, l'appareil fonce comme une flèche, visite les cieux dans tous les coins, fend les nuages les plus épais, tombe dans des courants d'une violence inouïe, s'effondre dans des gouffres, oscille comme un bateau ballotté par les vagues, redresse le nez, tourne et reprend de la hauteur. Et dans les hauteurs infinies, le ciel est aveugle comme la neige sur la terre. Immense œil blanc et révulsé, vide infini qui absorbe l'infini.

Le spectacle fait tourner la tête de Babken Miranian. Une tristesse immense l'envahit. Il pousse son cheval en avant et revient à la réalité.

— Hé là ! dis donc, où est-ce qu'il est, ton chemin ?

— Voilà, mon capitaine, quand on arrivera vers la grande congère, vous voyez, là, la grande masse blanche... juste là... on voit déjà nos deux gars. C'est là.

La colonne a retrouvé son assurance.

— Tu vois, le vent est pas mal tombé. Eh oui, c'est toujours comme ça, le vent, le soir, il reprend toujours un peu les rênes.

— Tu parles ! Et pourquoi qu'il reprendrait les rênes, le vent ?

— Qui sait ? Peut-être parce qu'il a peur du noir.

— Serrez les rangs ! Serrez !

Bien sûr, le vent était tombé, mais il n'y avait pas d'éclaircie. Le ciel restait bas et gris. La lumière venait de la neige dont la blancheur torturait les yeux. Mais, en faisant un effort, on arrivait tout de même à distinguer les hauteurs qui semblaient vouloir se cacher derrière le ciel.

Il régnait un silence inquiétant, on n'entendait que les sabots qui s'enfonçaient dans la neige avec un bruit sourd : kreucht, kreucht, kreucht... Miranian s'arrêta sur le côté et regarda passer ses hommes. Des garçons forts et audacieux, de la bonne race avec laquelle on pouvait aller jusqu'en enfer.

Il se mit au trot et repassa en tête. Les rangs se serrèrent. Il leva la main : c'était l'ordre de chanter. Le premier escadron commença d'abord en hésitant un peu, puis le chœur s'affermit :

C'était une beauté céleste, un vrai roseau,
Un rêve, une vraie princesse...

Le deuxième escadron entonna en écho :

Elle était grasse et bien tassée, un vrai corbeau,
Un vrai tonneau, quelle détresse !

Le bruit de la neige foulée faisait l'accompagnement : kreucht, kreucht, kreucht... Miranian se mit à chanter avec ses hommes. C'était bien agréable, dans cet endroit oublié du monde, sous ce ciel lourd, en marche vers l'inconnu. Est-ce que toute la vie n'est pas une marche vers l'inconnu ? Il se rappela — le chant réveille les souvenirs — les mois passés sur le front autrichien. Là-bas aussi, tout était sous la neige, dans des espaces infinis, mais c'était pour lui une neige et des espaces accidentels, presque irréels. Il n'avait rien à voir avec ce pays. Il n'y était pas allé de son plein gré, on l'avait envoyé se perdre dans les profondeurs de la Russie, dans des endroits perdus à quoi rien ne le liait, on l'avait obligé à participer à cet engrenage d'événements monstrueux avec lesquels il n'avait rien à faire. D'interminables colonnes d'infanterie, d'artillerie et de cavalerie passaient en ébranlant la terre. Ces lieux étrangers où les Juifs étaient nombreux sentaient le chou et la poudre. Les canons rugissaient, les obus et les grenades éclataient, les mitrailleuses crépitaient, les hommes s'effondraient par terre avec des cris sourds, mais on ne voyait jamais l'ennemi. Immense drame anonyme dont l'objectif lui restait obscur.

Mais enfin, il y était, il participait aux combats, il mettait sa vie en danger, il faisait de son mieux parce que c'était une question d'honneur et de dignité, mais ni son cœur ni son âme n'étaient là, ce dont il ne se rendait d'ailleurs pas clairement compte sur le moment. Maintenant, il s'en rendait compte. Dans ces lieux sombres et incertains où il se trouvait, entre un ciel et une terre où tout était bouleversé, dans des endroits où il se trouvait pour la première fois, où résonnaient les accents de ce chant naïf, où il s'avançait prêt au sacrifice, avec cette légion surgie des anciens âges, tout lui paraissait naturel, indispensable, logique. Comme c'était étrange ! Voilà des lieux complètement inconnus, et pourtant, il les connaissait. Il les avait vus, il avait vécu avec. Lui aussi revenait des profondeurs de l'histoire.

Elle avait des yeux de braise,
Et les seins comme des grenades.
Kreucht, kreucht, kreucht...

Oui, il le sentait. Après un long voyage dans des vies antérieures, il retrouvait ce qui lui appartenait et à quoi il appartenait. Mais les vies antérieures ? Qui pouvait ouvrir les replis du passé ?

— Voilà, mon capitaine, on y est. Qui aurait dit ça, maître Hemayak Chechmants !...

Le cadavre de maître Hemayak Chechmants était à moitié recouvert par la neige. On voyait ses mains crispées, sa barbe jaune, sa figure noire, ses yeux révulsés. Il reposait sur le côté, comme attendant que quelqu'un vienne l'aider à se relever. A quatre pas gisaient une femme et trois enfants entremêlés et allongés à plat ventre. Un soldat écarta un peu des autres le corps d'un enfant. La neige était rouge et on voyait du sang noir sur la gorge.

— Au moins couvrons-les avec de la neige.

— Oui, allez-y.

Miranian sortit encore une fois sa carte, mais il n'eut pas le temps de l'étudier. Au même instant, une vive fusillade éclata à droite, du côté des collines. Il braqua ses jumelles par là, regarda attentivement, et ne vit rien.

— Vous avez entendu aussi ? demanda-t-il.

— Oui, ça tirait.

Ceux qui avaient mis pied à terre remontèrent à cheval. Ils mirent l'arme au poing et se divisèrent en petits groupes.

— Tiens, ils recommencent.

Cette fois, la fusillade venait de deux côtés, de droite et de gauche.

— Est-ce qu'ils nous auraient pris en embuscade ?

— Il faut envoyer des éclaireurs des deux côtés.

Le sous-lieutenant désigna les hommes. Le vent, qui avait d'abord semblé se calmer, reprenait avec fureur, soulevait des nuages de neige et soulevait aussi en la blanchissant la barbe de maître Hemayak.

— Saloperie de vent! Ça recommence.

Miranian ne voulait pas perdre de temps. Il passa en tête du deuxième escadron et décida d'occuper le flanc de la colline. Le reste de la colonne, réparti en pelotons de dix hommes, se dispersa pour aller se poster en divers endroits. Les deux pièces de canon et les hommes à pied allèrent prendre position derrière d'énormes congères.

La tempête recommençait, on ne voyait rien. Il fallait attendre de toute façon les renseignements que devaient rapporter les éclaireurs. Mais où étaient-ils passés? Le plus terrible, c'était de ne pas savoir où on était et d'où venait le feu. On tirait sur eux, cela ne faisait pas de doute, les balles sifflaient au-dessus de leurs têtes, puis bientôt, ce fut un obus.

Miranian passa devant les rangs en criant:

— A cinq cents pas, feu à volonté!

Les deux canons se mirent aussi à tonner. Deux éclaireurs revinrent et annoncèrent qu'ils avaient pu repérer derrière la colline des milliers de Turcs et de l'artillerie, mais pas de cavalerie.

Avec un tel écart de forces et dans ces conditions, ç'aurait été un suicide d'engager le combat. Miranian décida de continuer le feu tout en décrochant pour essayer de trouver une meilleure position. Ils étaient à découvert et, en descendant des hauteurs, les Turcs pouvaient facilement les encercler. Il y avait déjà des blessés et des morts; un obus était tombé au milieu du peloton de droite, tuant plusieurs hommes.

Miranian donna l'ordre aux pelotons des positions arrière de décrocher lentement, pour que le mouvement soit le moins visible possible. Lui-même resta en avant avec une vingtaine d'hommes et fit intensifier le tir. Par bonheur, le vent furieux soulevait toujours des nuages de neige poudreuse qui masquaient la plupart des mouvements. Au bout d'une demi-heure, alors que ceux qui avaient reculé étaient déjà assez loin, le feu de l'ennemi se ralentit. Il ordonna à ses hommes de décrocher à leur tour tout en continuant à tirer. Il fallait attirer l'ennemi à découvert dans la plaine et préparer la contre-attaque à partir de positions plus favorables.

Ils mirent les chevaux au galop. Les canons turcs s'étaient tus et on n'entendait plus que le hurlement du vent. On s'en est bien sortis, se dit Miranian, un peu plus, on se jetait dans la gueule du loup.

— Les deux autres éclaireurs que j'avais envoyés par là ne sont pas revenus, remarqua avec inquiétude le sous-lieutenant en désignant la direction par où ils étaient partis.

Et en disant cela, instinctivement il baissa la tête : des balles sifflaient du côté qu'il venait de désigner.

— Attention ! hurla Miranian en sortant son revolver.

Alors que les Turcs avaient recommencé un feu nourri, de nombreux cavaliers kurdes apparaissaient du côté opposé. Plus de doute, on était encerclés. Là-bas, à l'avant, les pelotons qui reculaient avaient dû engager le combat.

— Il faut passer à travers, les gars ! cria Miranian. Pas d'autre moyen de s'en sortir.

Ils marchèrent sur les Kurdes en ordre dispersé et en continuant à tirer. Devant Miranian avançait un colosse prénommé Mihran que sa force avait fait surnommer « le bœuf ». Tout à coup, Mihran lâcha ses rênes, porta les deux mains à son estomac en poussant un cri étouffé, fit encore quelques pas en chancelant sur sa selle et tomba dans la neige comme une masse.

Tout se mit à tournoyer dans la tête de Babken Miranian. Son cheval, qui avait retrouvé une force extraordinaire, filait à la vitesse de l'éclair et lui continuait à tirer. Son objectif immédiat, c'était de rejoindre ses hommes et de les rassembler avant d'entrer en contact avec les Kurdes. Mais où étaient ses hommes ?

La tempête, le hurlement du vent, les obus qui éclataient, le visage des soldats, tout se mélangeait dans un immense chaos blanc et lui n'entendait qu'un tic-tic-tic-tic, un bruit qui résonnait comme une pendule. Son corps et sa conscience s'étaient brusquement vidés et remplis uniquement de ce bruit mécanique.

Tout s'était endormi, blanchi, allégé. Parfois, dans la partie inférieure de la poitrine, une douleur se réveillait, piquait, lui faisait serrer les dents, lui brûlait les lèvres, puis disparaissait, s'envolait, puis de nouveau c'était le tic-tic-tic d'une espèce de métronome. Et quand le métronome recommençait à se balancer, il voyait la grosse face blonde de Karl Ernstovitch Müller, son professeur de violon, qui levait l'index en scandant : *Ein, zwei, drei, ein, zwei, drei...*

Et le monde, qui était toute légèreté, toute lumière et toute blancheur, s'emplissait d'une musique céleste. Le violon envoyait ses ondes nettes et vibrantes qui prenaient des ailes, s'élançaient vers les espaces infinis, embrassaient les nuées et les étoiles, s'égrenaient en pleurs merveilleux, s'attristaient, gémissaient avant de se dissiper en courants lumineux.

Et mon Dieu ! le violoniste, c'était lui, Babken. Cette musique sortait de ses mains, de son cœur, de son corps. Il n'était plus que musique. Et chaque fois qu'une rafale cinglait sa figure et ses lèvres brûlantes, il éprouvait une sensation délicieuse et essayait de sucer les flocons de neige.

Il faisait déjà nuit quand ses hommes réussirent à repousser les Kurdes et le trouvèrent gisant dans la neige. A quatre, ils improvisèrent une civière de leurs bras et l'emportèrent.

— C'est nous, mon capitaine, c'est nous...

Il ouvrit les yeux une seconde, les reconnut, sourit, puis perdit connaissance.

11

Tous au front ! Tous au front !

Un ciel gris et lourd sur lequel, derrière les monts, le soleil avait accroché son disque pâle. Un brouillard blanc rampant sur la plaine. Du bateau, on voyait très bien les cours et les scènes curieuses qui se déroulaient sur les balcons. Des femmes à peine vêtues, les cheveux sur les épaules, entraient et sortaient, le ventre en avant, portant de lourds samovars, se trompant, repartant, allant à droite, à gauche, titubant comme si elles avaient été ivres, préparant des paquets puis, au dernier moment, se pendant au cou des hommes en pleurant.

On continuait donc à partir pour l'armée. Dans les rues, on chantait des chansons de marche. Au loin le brouillard couvrait la plaine, dominé par le sommet des peupliers qui le perçait comme auraient émergé les mâts d'une flotte coulée.

Martin et son inséparable Fédor Pantéléïévitch avaient erré toute la nuit et rentraient au petit matin. Tous deux étaient maigres, jaunes et un peu perdus. Fédor avait les yeux plus enfoncés encore que d'habitude, les bras ballants, et il ressemblait à un sac vide. Sa bouche n'arrêtait pas de bouger, se tordant à droite et à gauche comme pour rejoindre ses oreilles et leur faire quelque confidence.

— Où étiez-vous encore passés ?

— On était au Parlement... y avait une séance... il paraît que ça va mal, répondit Martin en baissant les yeux.

— Comment, ça va mal ?

— Eh bien ! c'est ce qu'ils disent... ils sont inquiets.

— C'est ce qu'ils disent ! Qu'est-ce qu'ils disent ?

— Eh bien ! commandant, ils disent comme ça... qu'on est foutus.

Et il renifla bruyamment. Hérian se rendit compte que, cette fois, il était arrivé quelque chose. Et il se fâcha :

— Foutus ! Idiot ! Si tu as quelque chose à dire, dis-le !

— Eh bien ! ils disent que les Turcs avancent sur Igdir et qu'ils ont pris le pont de Karakala. Les classes quatre-vingt-trois et quatre-vingt-quatre ont été rappelées. Il paraît qu'à cause de la propagande des bolcheviks, les soldats ne veulent plus se battre. Enfin, ils disent tout ça, quoi... Ah oui ! j'allais oublier, j'ai vu la dame, celle qui vous logeait. Elle allait à l'hôpital. Elle m'a dit comme ça de vous dire qu'ils avaient ramené son mari. Il a été blessé, il est très mal à ce qu'il paraît.

— Miranian ?

— Oui, c'est ça.

— Et voilà où on en est, geignit Fédor. Ah ! *Gospodi ! Gospodi !* Seigneur !

Son tic crispa la partie droite de son visage et il reprit :

— Le monde est plein de misère et de méchanceté. Tous les esprits mauvais sont descendus pour nous empoisonner la vie. Mon Dieu, mon Dieu ! qu'est-ce qu'on va devenir ?

— Qu'est-ce qu'on va devenir ? répéta machinalement Hérian. Eh bien ! on deviendra ce que deviendront les autres. Mais qu'est-ce que tu racontais, Martin ? Que les Turcs marchent sur Igdir ?

— Oui, c'est ce qu'on dit.

— Bon, moi je vais à l'hôpital. Sa femme est seule... Igdir ? Non, c'est impossible... Bon, je vais à l'hôpital.

— Très bien.

— Bon, alors j'y vais.

Il sortit, rentra de nouveau, chercha quelque chose dans ses poches, ôta sa casquette, la remit, déboutonna son veston, le reboutonna, et sortit précipitamment.

Il trouva Varia au pied de l'escalier intérieur de l'hôpital. Elle avait le visage tout pâle et les yeux rouges et faisait penser à un jeune arbre aux branches cassées. Une forte odeur d'iodoforme venait des couloirs. Médecins et infirmières passaient en courant, disparaissaient derrière de grandes portes, puis en ressortaient en ajustant leurs lorgnons et repartaient vers d'autres portes. L'hôpital était bondé. Ce n'était partout que cris sourds et gémissements. Emmitouflées dans des châles, des femmes et des jeunes filles attendaient au pied de l'escalier.

— Madame Vardouhi ! s'écria-t-il en approchant de Varia.

Elle pâlit encore plus, ses yeux s'agrandirent et elle porta son mouchoir à sa bouche en étouffant un sanglot.

— Ah ! monsieur Hérian ! soupira-t-elle en balançant légèrement le buste de droite et de gauche.

— Allons, allons, il ne faut pas vous inquiéter inutilement. Quand est-ce qu'ils l'ont amené ?

— Hier, répondit-elle avec effort. Ils ne me laissent pas le voir.

Il avala sa salive sans savoir que dire. Brusquement, il se décida :

— Attendez, je vais aller me renseigner.

Il courut derrière un homme en blanc :

— Pardon, est-ce que je peux vous demander...

— Qu'est-ce que vous voulez ? fit l'autre agacé, sans s'arrêter.

— Hier, on vous a amené un officier blessé, le capitaine Miranian.

— Capitaine Miranian ? répéta l'homme en s'arrêtant devant une porte. Il est dans quel service ?

— C'est justement ce que je voudrais savoir.

— Qu'est-ce que vous vous imaginez ? Vous croyez que dans un désordre pareil, je peux connaître tous les blessés ? On ne dort plus, on n'a plus une seconde de repos... Adressez-vous au bureau.

Et il lui ferma la porte au nez.

— Vous vouliez quelque chose, commandant ?

Mlle Boudaghian se tenait devant lui, souriante, chargée de coton et de bandes de pansement. Il ne l'avait pas revue depuis la fameuse soirée.

— Quelle surprise ! s'exclama-t-il en rougissant.

Elle remarqua sa confusion et son sourire se fit encore plus aimable. L'uniforme d'infirmière lui allait fort bien et donnait à toute sa personne quelque chose de doux et d'immatériel. Le contact constant de la souffrance avait comme éclairé son visage. C'était bien elle, mais très différente quand même.

— Je ne me serais pas attendu à vous trouver là, bredouilla-t-il.

— Que voulez-vous, il faut bien essayer de se rendre utile. Alors, je travaille ici. C'est terrible, on amène sans arrêt de nouveaux blessés et on ne sait pas où les mettre. Il n'y a plus un coin de libre. On manque de médecins, on manque de médicaments. Et vous, vous venez voir quelqu'un ?

Il lui dit pourquoi il était là.

— Ah oui, le jeune officier d'hier. Justement, il est dans mon service. Vous êtes de sa famille ?

— Non, je suis un ami. J'habitais chez lui.

— Eh bien, je peux vous dire qu'il n'est pas très bien. Il a été opéré hier. Il avait perdu beaucoup de sang avant son arrivée à l'hôpital. Bien sûr, tout espoir n'est pas perdu, mais enfin il n'est vraiment pas bien.

— Sa femme est là, elle voudrait le voir.

— Pas aujourd'hui, c'est impossible. On ne peut pas voir un opéré le lendemain de l'opération. Expliquez-lui qu'une visite pourrait faire un choc à son mari et que ce serait dangereux. Il faut qu'elle comprenne et qu'elle patiente. Mais vous, commandant, comment allez-vous ? Et vos affaires ?

Il leva les mains dans un geste d'incertitude et elle enchaîna :

— Je vois toujours votre bateau là-haut et je repense à cette soirée.

— Je regrette bien que ça ait fini comme ça.

— Mais ce n'est pas votre faute. Les gens sont tellement mesquins ! Bon, vous allez m'excuser mais j'ai beaucoup à faire...

Elle s'éloigna à petits pas rapides et glissants puis grimpa l'escalier en vitesse.

— Belle créature, murmura-t-il en la regardant d'un œil admiratif.

Varia ne voulait pas quitter l'hôpital.

— Non, non, disait-elle, laissez-moi ici ! Si je m'en vais, je deviendrai folle.

Il fallut inventer toutes sortes de prétextes pour l'éloigner.

— Puisque je vous dis qu'il n'y a aucun danger, insistait-il. L'infirmière m'a bien expliqué que l'opération s'était très bien passée, mais qu'il lui faut un repos absolu. Enfin, vous n'êtes pas une ignorante, vous devez bien comprendre ces choses-là.

Elle hochait la tête, étouffait ses sanglots et insistait :

— Je sais, je sais qu'il ne va pas bien... Ils devraient au moins me laisser le voir.

Elle s'appuyait contre le mur blanc, renversait la tête en arrière et son visage était de la même couleur que le mur. Finalement, il réussit à la faire sortir, mais devant la porte elle manqua s'évanouir. Tout le long du trottoir, des blessés aux uniformes boueux étaient alignés, le visage cireux, les yeux fermés ou révulsés. Et les soldats qui les avaient amenés se querellaient avec le portier de l'hôpital.

— Mais ma parole, criait celui-ci, si je vous le dis, c'est que c'est comme ça et pas autrement ! J'ai des ordres, il y a plus de place pour poser un pied, là-dedans. Des blessés, y a plus un coin où il n'y en a pas. Il faut comprendre, tout de même ! Non, non, rien à faire !

— Qu'est-ce que ça veut dire, rien à faire ? rétorquaient les soldats furieux. On t'amène des blessés graves et tu nous dis qu'il n'y a rien à faire ? Tu voudrais qu'on les laisse dans la rue ? On a un ordre écrit de la place, et les ordres, c'est les ordres !

— Comment leur faire comprendre ? Puisque je vous dis qu'il-n'y-a-pas de-place ! Vous n'avez qu'à les emmener à l'hôpital militaire numéro deux.

— Mais on les y a emmenés, au numéro deux. On a été aux deux militaires et à celui des enfants malades et on les refuse partout !

— Et qu'est-ce que vous voulez que j'y fasse, moi, si on les refuse partout ? Emmenez-les au diable si vous voulez !

— Quoi ? Ta gueule, hein ! Fais attention à ce que tu dis. On a un ordre de la place, faut les prendre ici.

Et la dispute continuait, et on s'injuriait pendant que les malheureux tremblaient dans leur chair déchirée et torturée. Les yeux mi-clos, ils passaient leur langue sur leurs lèvres déformées et gémissaient en entendant les insultes qui s'échangeaient au-dessus d'eux.

Varia s'arrêta, regarda la scène, soupira : « Babken ! mon Babken ! » et tomba sans connaissance dans les bras d'Hérian. On alla chercher de l'eau pour lui mouiller le visage, et elle finit par revenir à elle. Il arriva à trouver une voiture pour la remmener.

Les rues étaient à peu près désertes. De rares passants se pressaient d'un air effaré dans un silence oppressant. Même les réfugiés se taisaient, ramassés en tas, recroquevillés, plus misérables que jamais. On n'entendait plus les voix criardes des cireurs de chaussures et des vendeurs de cigarettes. Les murs s'ornaient toujours d'appels et de proclamations. Il s'arrêta, lut attentivement quelques affiches et, en dépit de leur style enflammé, se sentit désespéré car il n'y avait plus de doute : ce qu'elles annonçaient, c'était l'effondrement. Mon Dieu ! où allait-on ? La preuve était là, irréfutable, impitoyable : les Turcs étaient dans la région d'Igdir, donc aux portes d'Erevan. Et au nord, c'était l'Armée rouge qui arrivait. L'étau se resserrait.

Il décida d'aller du côté du Parlement. Sur les arbres de la Promenade, les corbeaux pullulaient. Ils se balançaient sur les branches en regardant au loin puis, inquiets, s'envolaient en bande. Les deux cafés de la rue Abovian étaient vides. Un peu plus loin, un groupe discutait à voix basse. Ils avaient le visage comme le ciel, gris et lourd. Sans s'arrêter, il continua jusqu'au Parlement. Devant l'entrée que dominait un grand drapeau tricolore, quelques hommes attendaient, les yeux fixés sur le balcon du premier étage. Mais le balcon restait vide au-dessus du drapeau qui pendait tristement.

— Bonjour, commandant.

Il se retourna. C'était M. Artem, le père de Zvarthe. Ils se regardèrent en silence, puis regardèrent le balcon, le drapeau, le ciel. M. Artem soupira bruyamment puis dit lentement :

— Qu'est-ce que tout ça va donner ? Que voulez-vous, c'est une époque de sauvages. Il n'y a plus rien de sûr. Il vaut mieux abandonner. A quoi bon continuer à verser le sang ? De toute façon, ils arrivent... Qu'est-ce que vous voulez faire contre les Russes ? La Russie, c'est un océan. Tiens, on vient de recevoir une lettre de Zvarthe.

— Ah oui ? fit Hérian d'un air indifférent. Pourquoi, elle n'est pas ici ?

— Non, elle est à Alexandropol.

— Pour affaires ?

— Si on veut, oui. Elle est avec des camarades. D'après elle, il n'y a plus d'espoir… Alors, s'il n'y a plus d'espoir, que le gouvernement en finisse et que ce qui doit arriver arrive. Il faut quand même penser au peuple.

— Au revoir, fit Hérian.

Il tourna les talons, et entra rapidement dans le bâtiment du Parlement. Quelques hommes, le col du pardessus relevé et les mains dans les poches, sortaient en parlant. « On en a discuté plusieurs fois en réunion de groupe », « La motion a été votée il y a plus d'un mois presque sans débat », « Moi, je dis que c'est une question de principe. Les principes d'abord », « Oui, les principes, mais il ne faut perdre de vue ni la situation ni les nécessités du régime parlementaire ».

Rien à tirer de ces bribes de conversation mais, se dit-il, s'ils continuent à parler de questions de principe, c'est que la situation n'est pas complètement désespérée. Et puis, ils avaient l'air calme. Dans un couloir, il s'approcha d'un jeune homme qui passait :

— Excusez-moi. Est-ce qu'il y a séance aujourd'hui ?

— Non, il y a réunion de groupe. La séance, c'est probablement pour ce soir. Pour l'instant, les ministres sont occupés, mais on espère qu'ils seront libres ce soir.

— Il y a toutes sortes de bruits qui circulent en ville. Il paraît que les Turcs…

— Ne croyez pas tout ce qu'on raconte, coupa le jeune homme. Lisez le journal du Parti. Bien sûr, il y a des combats partout, mais ça n'est pas nouveau. Nos soldats font leur devoir et les chefs de l'armée, qui viennent de déposer devant le groupe parlementaire, espèrent pouvoir repousser l'ennemi.

Le plancher tout brillant du couloir, peint en couleur sang-de-bœuf, sentait le pétrole et la paraffine. Cette couleur et cette odeur eurent sur lui un effet calmant : manifestement, la terre continuait à tourner.

Dehors, le nombre de gens qui attendaient avait augmenté. Mais qu'attendaient-ils ? Ils n'en savaient rien eux-mêmes. Silencieux, abattus, le regard dans le vide. Quelques-uns s'approchèrent de lui :

— Quoi de neuf ? Qu'est-ce qu'ils disent ?

— Rien de spécial. L'armée continue à se battre et le commandement espère…

— Ils nous cachent tout, ils ne disent pas la vérité, fit d'une voix trouble un petit jeune homme au regard mobile. Ils nous trompent, c'est tout, ils nous mentent.

— C'est vrai, confirma un autre. Il y a des réfugiés qui arrivent de tous les côtés et qui racontent des choses épouvantables. Mais si c'est comme ça, ils n'ont qu'à accepter les propositions des Russes et à s'arranger pour arrêter toutes ces misères.

— Le peuple en a assez de ces combats continuels. Il paraît que les soldats ne veulent plus se battre. Ces gens-là ne comprennent donc pas que le monde a changé, qu'il y a eu une révolution !

— Si par-dessus le marché, fit Hérian en regardant le jeune homme, la révolution vient encore tout compliquer, on peut en effet dire que tout est fini.

— Ce n'est pas ce que pense le peuple, rétorqua le jeune homme. Le peuple, lui, sait où est la seule voie du salut. Si les masses russes nous tendent la main pour nous aider...

— Pour nous aider ! Pour nous aider ! Ils envoient l'Armée rouge et ils nous massacrent, ils se sont entendus avec les bêtes féroces turques, et vous appelez ça nous aider ! Qu'est-ce que ça veut dire ? Vous êtes bolchevik ?

Le jeune homme se troubla, son regard s'égara à droite et à gauche.

— Je disais simplement que ça ne pouvait pas continuer comme ça.

Quelques jeunes gens vinrent se joindre au groupe et, en les voyant, le contradicteur d'Hérian reprit de l'audace :

— Qu'est-ce que vous voulez ? Que le peuple se laisse écraser complètement ?

— Les Arméniens se battent pour leur indépendance, répondit Hérian. Il vaut mieux mourir debout que perdre cette indépendance.

— C'est bien un point de vue de bourgeois ! s'exclama un type tout maigre, avec une barbe en pointe et des lorgnons, qui s'avançait vers le centre du groupe. Mourir pour l'indépendance, c'est une belle idée, mais avoir l'indépendance pour mourir, c'est une idée imbécile.

— Je ne comprends pas.

— C'est pourtant simple. Il ne suffit pas d'avoir l'indépendance, encore faut-il pouvoir la garder. Ceux qui nous dirigent le comprennent si bien qu'ils ont mis tous leurs espoirs dans les puissances alliées et en particulier dans l'Amérique. Mais croyez-moi, les promesses de Wilson, c'est du vent. Pour que l'Amérique s'intéresse vraiment à nous, il faudrait qu'il y ait du pétrole en Arménie. Les Américains sont avant tout des commerçants. Le reste...

— Et vous croyez que les Russes, c'est autre chose ?

— Oui, c'est autre chose. La Révolution a tout changé. Lénine a dit et répété qu'il n'avait pas l'intention de toucher à l'indépendance de l'Arménie et Legran, son représentant ici, ne cesse d'affirmer qu'ils respecteront nos droits nationaux.

— Si c'est vrai, riposta Hérian, alors pourquoi se sont-ils entendus avec les Turcs ? Pourquoi ont-ils signé le traité de Brest-Litovsk qui est une honte et qui sacrifie tous les intérêts arméniens ?

— La Révolution peut s'allier avec le diable si la dialectique de l'Histoire l'exige. Aujourd'hui, la question des frontières n'a plus d'importance, parce que la Révolution universelle va tout changer. La Turquie va devenir communiste, comme tous les autres pays.

Et, caressant de deux doigts le bout de sa barbe pointue, l'homme traça un tableau idyllique du monde qui était en train de naître. L'internationale, expression des intérêts du prolétariat, allait prendre dans ses mains de fer la direction des affaires dans le monde entier, elle allait supprimer les classes, affranchir les masses laborieuses, instaurer la justice et l'égalité, supprimer les frontières, rendre inutile l'existence des États, de l'armée, de la police.

L'homme parlait avec une telle conviction qu'Hérian ne sut pas quoi lui répondre. Qui n'avait pas envie de vivre dans un monde libéré de la barbarie, de l'injustice et de la misère ? Tout le pourtour de l'Arménie était à feu et à sang, la mort avançait par tous les chemins et ces gens, las de tout, avaient besoin de croire. Ils avaient la nostalgie de l'espoir.

Il s'éloigna. Partout, sur la Promenade, à tous les coins de la rue Abovian, des groupes d'hommes discutaient, et tous de la même chose. Et partout les bolcheviks, qui ne se cachaient plus, intensifiaient leur propagande en répétant leurs promesses : le pain, la paix, l'indépendance. Cela prouvait que la situation était désespérée. Les gens, désormais, regardaient du côté de l'Armée rouge. On approchait du dernier acte de la tragédie.

Une profonde tristesse l'envahit et le paralysa ; sa tristesse seule volait partout, dans les rues, les arbres et le ciel. Ces gens qui parlent avec tant de conviction, ils sont pourtant encore arméniens. Se peut-il qu'ils ne sentent pas l'écrasante responsabilité qu'ils prennent ? Est-il possible qu'ils servent consciemment des intérêts étrangers, qu'ils dénoncent des gens déjà dénoncés mille fois, qu'ils trahissent ce qu'il y a de plus sacré ? Est-il possible qu'ils viennent ici, tous transformés en autant de Tamerlans, et qu'ils recommencent ce qu'ils ont déjà fait en Russie, en Crimée, au Caucase du Nord ?

En remontant la rue, soudain il vit son bateau, la proue dressée vers l'inconnu, perché sur ses rochers, il avait l'air d'une sandale géante. Étranger, seul, dérisoire. Quel rapport avait-il avec ces rochers, avec ce vide béant, avec tous ces toits plats qui avaient l'air de vouloir se monter les uns sur les autres ? Et pourtant, son cœur et toute sa pensée étaient avec le bateau et, comme le bateau, lui-même n'était-il pas étranger à tout cela, seul, dérisoire ? Lui aussi était comme une grande sandale ballottée sur l'océan d'une douloureuse épreuve. Il continua à marcher en se parlant à lui-même.

Brusquement, une main attrapa le bas de son pantalon. Il baissa les yeux et vit par terre des bras maigres et couverts de plaies. Il tira brusquement le pied. Devant lui une forme humaine s'étala à plat ventre.

— Du pain ! Un morceau de pain !

— Du pain ! imploraient d'autres voix.

Des corps squelettiques, des plaies affreuses, des yeux purulents, des lèvres sanguinolentes. Il recula, mit la main à sa poche, en sortit un morceau de papier froissé sur lequel était imprimé le chiffre d'un million de roubles, le leur jeta, et s'éloigna sans se retourner.

Il se promena sans but. Il ne savait que faire, ni où aller. Qu'allait devenir le pays ? Qu'allait devenir le bateau ? Et lui-même ? Il continua à marcher, cherchant à se fatiguer, à éviter de penser et de laisser parler son cœur. Autour de lui, le monde s'était arrêté, retiré dans sa coquille. Les portes des maisons étaient ouvertes sur du vide, les fenêtres étaient aveugles. Mon Dieu ! si jamais les Turcs arrivent jusqu'à Erevan !

Au coin de la rue Tarkhanian, quelques enfants jouaient, et leur ardeur était surprenante. Ils se chamaillaient pour rien en criant avec un trop-plein d'énergie, couraient dans tous les sens, se collaient au mur, roulaient par terre. Il est bien connu que, dans les moments de danger, les femmes sont plus séduisantes et les enfants plus turbulents.

Le diable m'emporte ! Si jamais les bolcheviks arrivent... Il décida de redescendre vers le centre, d'aller faire un tour vers le Parlement et jusqu'au marché. Peut-être apprendrait-il quelque chose ou rencontrerait-il quelqu'un ?

Un homme sortit d'une boutique et s'approcha de lui :

— Excusez-moi. Vous avez l'heure ?

— Deux heures moins cinq, répondit Hérian après avoir sorti sa montre.

— Ma montre s'est arrêtée et le soleil s'est caché. On ne sait plus si on est à midi ou le soir. Tout est sens dessus dessous... Merci.

L'homme battit des paupières et rentra dans la boutique. Hérian fit quelques pas puis s'arrêta. Au même instant, les autres passants s'arrêtaient aussi en regardant en l'air, vers l'ouest. Au-dessus des arbres, un grand vol de corbeaux s'éleva en croassant. Pas de doute, il y avait un avion dans le ciel. On n'entendait plus que le bruit du moteur et pourtant on aurait dit que le ciel vibrait. Des gens traversèrent la rue, levèrent les bras, montrant un point noir qui se déplaçait.

Le point grossit, vira lentement, s'approcha du centre. Les gens retraversèrent la rue dans l'autre sens et se pressèrent les uns contre les autres comme des moutons qui ont vu un loup. Le bourdonnement s'intensifia. Les curieux sortaient des maisons, femmes et enfants se groupaient devant les fenêtres.

— Un aéroplane !

Un homme apparut sur le balcon de la maison d'en face, une bâtisse peinte en brun rouge, ajusta ses lunettes, regarda en l'air, caressa d'une main son crâne chauve. Inquiets, les curieux regardaient l'homme — qui se trouvait être un ministre — et essayaient de distinguer l'expression de son visage. L'homme se caressa le front encore une fois, puis rentra chez lui.

L'appareil — un biplan — descendit un peu, puis piqua du nez en amorçant un virage qui le fit disparaître derrière les toits. Tout le monde se mit à courir. Hérian suivit le mouvement puis se ravisa et, dominant son impatience, sortit tranquillement sa pipe, la bourra, l'alluma, aspira la fumée deux ou trois fois et, les dents serrées sur le tuyau, se dirigea lentement vers le Parlement. Les corbeaux étaient revenus faire leur tapage dans les arbres.

Il était bien tard quand il se mit en route pour regagner le bateau. Il faisait noir et froid. Il se sentait froid à l'intérieur et la tête comme du plomb. Il essaya de hâter le pas, pour se réchauffer, mais ses jambes lui obéissaient mal ; le sol l'attirait comme un aimant.

Le temps était à la neige. Il marchait en fixant le réverbère larmoyant qui était censé éclairer le haut de la rue. Derrière cette lumière, il y avait l'hôpital, et derrière il n'y avait plus rien, que des jardins et des rochers plongés dans l'obscurité. Il fallait gravir la hauteur de Kanaker comme un aveugle, à tâtons, le pied prudent et les mains en avant.

Mais ce n'était pas cela qui était grave, loin de là. La nuit le frappa en pleine poitrine et sa tête tourna. Ce qui était grave, c'est que Kars était tombé. L'aéroplane avait apporté la nouvelle. Kars, avec ses réserves considérables de vivres et de munitions, ses fortifications réputées imprenables, tout cela était tombé aux mains des Turcs...

Kars tombé ! Alors tout était fini, alors les jours de l'indépendance étaient comptés. Il faisait nuit, il faisait noir, il faisait froid. Tant mieux. Pour un peu, il aurait crié, hurlé, sangloté. La honte lui brûlait le visage.

Le pilote de l'avion avait raconté tous les détails. Les soldats avaient refusé de se battre. Noyautés par les bolcheviks et travaillés par leur propagande, ils s'étaient laissé convaincre de n'offrir aucune résistance aux Turcs. On n'avait pas obéi aux ordres des officiers et l'un d'eux, le colonel Mazmanian, n'avait pu supporter ce déshonneur : il avait sorti son revolver et s'était suicidé devant ses hommes. Le seul point lumineux de ce sombre drame, c'était cela, le cadavre d'un suicidé.

C'est vrai qu'il valait mieux mourir. Il sortit vite la main de sa poche. Et le bateau ? se dit-il, je ne peux pas l'oublier. Et puis tout n'est peut-être pas perdu, qui sait ? Cette fois, il hâta le pas. Il se fuyait, il avait peur de lui-même.

Il ne pouvait pas oublier la séance du Parlement. Avant d'entrer, il s'était promené autour du bâtiment. Il n'avait rien mangé de la journée, mais il n'avait pas faim. Il avait observé ces hommes qui circulaient en silence, le visage pâle, la tête basse, et, sans regarder personne, entraient par le grand portail. On aurait cru que quelqu'un d'irremplaçable était mort, qu'à l'intérieur, la salle des séances était occupée par un immense cadavre. Les hommes passaient sans voix, d'un pas lourd, pour ne pas déranger le repos de ce mort, pour que, soudain, il ne se réveille pas en se mettant à hurler comme le vent tombé dans un gouffre.

Et il s'était senti de la pitié pour ces pauvres hommes, trop petits pour une tragédie qui les dépassait. Il était entré et était allé s'asseoir au fond, dans la partie réservée au public. Cette modeste salle de théâtre de province, avec ses loges et tout son décor resté en place, était devenue la scène où se déroulait le drame d'un peuple, le lieu où son destin s'accomplissait. Les ombres de l'ancienne vie du théâtre continuaient à le hanter et on aurait cru que les amants allaient apparaître et s'essayer dans quelque grandiose chef-d'œuvre classique en reprenant leur gesticulation maladroite et leurs discours ronflants et artificiels.

Cette impression s'était encore renforcée quand il avait vu entrer les députés avec leur air désorienté. Des gens qu'il voyait tous les jours dans la rue, des gens aux visages familiers et ordinaires comme sont ordinaires ceux des habitants d'une petite ville, des visages dépourvus du mystère que donnent l'éloignement et la renommée. Bien sûr, ils étaient tristes et sérieux. C'étaient des intellectuels modestes et honnêtes. Il n'y avait là aucune de ces fortes personnalités comme on en rencontre parfois aux heures difficiles de la vie des peuples, qui jouent le rôle de phare et montrent la voie du salut. Il aurait fallu un géant capable de rendre l'impossible possible, de transformer la défaite en victoire, de renverser le sens dans lequel tourne la roue des conditions objectives, de forger avec le sang et la mort des armes redoutables et de soumettre le destin à sa volonté. Et ce géant n'était pas là. Il n'y avait personne de tel parmi eux.

Le président entra, prit place, regarda les papiers posés devant lui et agita sa sonnette. Un lourd silence et comme des présences invisibles emplirent la salle. Un ministre prit la parole, et par sa voix, c'était toute l'Arménie qui faisait entendre sa plainte. Ivres de malheur, les montagnes tremblaient. Des frontières, l'incendie soufflait son vent de feu, les milliers de morts hurlaient de leur bouche ensanglantée.

— Messieurs, dit-il, nous avons reçu cet après-midi la nouvelle de la chute de Kars. Nous avons appris avec douleur que les Turcs étaient entrés dans la ville presque sans avoir à tirer un coup de feu. La propagande bolchevique avait complètement démoralisé la garnison. Le général Piroumian et son état-major, le ministre Babalian, environ cent cinquante officiers et quinze cents soldats ont été faits prisonniers et emmenés vers Erzeroum. Les soldats turcs se sont livrés au vol, au pillage et à l'assassinat. D'après les premières indications, plus de trois mille cinq cents personnes ont été massacrées. Le reste s'est enfui vers Alexandropol, Erevan et Tiflis. Je tiens à signaler ici un fait déchirant : l'héroïque colonel Mazmanian a tout fait pour tenter une contre-attaque avec environ cinq cents hommes, mais ses exhortations sont restées vaines et les soldats ont refusé de bouger. De désespoir, le colonel s'est donné la mort devant ses hommes.

Tous virent alors le spectre ensanglanté du colonel Mazmanian passer lentement parmi eux.

— Conscient de la situation ainsi créée, le gouvernement est résolu à consolider le front à tout prix, à maintenir le moral de la population et à insuffler à l'armée une ardeur nouvelle. En même temps, il a décidé d'ouvrir des négociations avec la Turquie en vue d'un armistice et de la paix.

On vit alors le colonel Mazmanian hocher sa tête brisée et s'effondrer comme une masse. Tous pâlirent. Le président agita sa sonnette :

— Messieurs, je vous demande toute votre attention.

Le président se faisait peur à lui-même.

12

Vu de loin, l'enseigne de vaisseau Toumanian ressemblait à un énorme paquet tombé d'une charrette de réfugiés. Il était chaussé de hautes bottes de feutre, et la veste de mouton qu'il portait en dessous gonflait sa capote et lui donnait la silhouette d'un ours. Son cou et ses oreilles disparaissaient dans un invraisemblable foulard, sa casquette était enfoncée jusqu'aux sourcils et, de son visage, on ne voyait guère que les yeux et le bout d'un nez rouge. Quand il ouvrait la bouche pour dire quelque chose, il en sortait d'abord un nuage de vapeur comme si ce gros paquet avait renfermé une chaudière. Puis on entendait le bruit de verre brisé de sa voix qu'étouffaient presque aussitôt vingt-cinq degrés de froid.

Elenovka disparaissait sous trois pieds de neige. Sur les fenêtres à peine visibles, le gel avait dessiné les fleurs du silence. Les seuls signes de vie étaient les volutes de fumée noire qui montaient des cheminées et les obus qui, de temps à autre, après un long sifflement, tombaient sur le rivage désert.

— Ils remettent ça, grogna Markar.

Toumanian observa attentivement les rochers à l'arrière de l'île, dans une zone déjà occupée à la fois par les Rouges et par les Turcs, puis, traînant ses lourdes bottes, il s'éloigna un peu de la rive, promena ses jumelles du côté des isbas pour voir si les Molokans ne faisaient pas de signaux à leurs amis bolcheviks, revint à sa place et, finalement, décida d'attendre.

— Laissez le moteur sous pression, ordonna-t-il.

— A vos ordres, dit Souren. Ça chauffe. Ça chauffe même tellement que je peux faire du thé dessus.

Les assaillants ne tiraient ni sur l'île, où se trouvaient les détenus communistes, ni sur le village peuplé en partie de Molokans. Ces tirs avaient d'ailleurs surtout pour but d'impressionner la population. Toumanian le savait, et lui aussi faisait feu pour que les Molokans se tiennent tranquilles et pour montrer que les Arméniens étaient décidés à résister.

C'est en vain que les bolcheviks avaient essayé de couler l'*Achot Yerkat*. Toumanian connaissait parfaitement tous les coins du lac et de ses rives et les utilisait avec adresse. Retranché derrière l'île, il faisait feu en changeant constamment de position. Les Rouges répliquaient par de véritables tirs de barrage, mais sur des endroits où le bateau n'était déjà plus.

Les bolcheviks savaient le nom de Toumanian et le poursuivaient d'une haine féroce. Sur ce point comme sur les faits et gestes des Molokans, il était renseigné par son amie Anastasia, fille du riche paysan Igor Martinovitch Kojoukhine. C'était une belle fille de taille moyenne, à la poitrine ronde et à la bouche avide, aux cheveux d'or et aux yeux couleur du lac. Elle avait un regard triste et inquiet, avec parfois un éclair de révolte. Après quelques années passées chez un oncle, gros marchand de cuirs et peaux installé à Bakou où elle avait fait des études secondaires que les événements avaient interrompues, elle était revenue à Elenovka. Mais elle n'aimait ni le village ni son père, qui n'était pour elle qu'un bigot fanatique et borné.

— J'étouffe ici, disait-elle à Toumanian. Tu comprends, Micha, j'étouffe !

Igor Martinitch était un petit homme sec à la voix coupante et aux yeux minuscules. Il avait une longue barbe, un front buté, des mains étranges aux pouces très écartés, et il sentait le chou, le cuir et la Bible. Pour lui, l'humanité n'était faite que de pécheurs soumis aux châtiments bien mérités infligés par un dieu impitoyable. Il ne tolérait aucune objection et, quand la colère le prenait, les murs en tremblaient, et sa femme, une pauvre créature maigre et craintive, se réfugiait en frémissant au fond de sa cuisine.

Anastasia était fille unique. Et son père la persécutait d'autant plus qu'il l'aimait vraiment. Il lui arrivait de la regarder avec tendresse. Il plissait alors ses petits yeux, sa lèvre inférieure s'affaissait, ses sourcils descendaient sur les côtés, il esquissait un sourire, approchait d'elle en s'apprêtant à lui dire quelque chose d'aimable, mais il n'avait pas ouvert la bouche qu'il changeait d'avis : l'amour humain n'est que faiblesse et vol commis au détriment du Tout-Puissant. Son expression se modifiait, il fronçait les sourcils, ses prunelles et sa voix se durcissaient :

— Qu'est-ce que c'est que ce ruban que tu as dans les cheveux ? On n'est ni samedi ni le jour du carnaval. Et puis je t'ai déjà dit cent fois que je ne voulais pas de livres chez moi. L'homme fort est l'homme d'un seul livre. Tu n'as qu'à lire ce que je lis, moi, ce que lit tout vrai croyant. C'est compris?

Et ses gros doigts fourrageant dans sa barbe, il tournait les talons.

Il est probable que la jeune fille aurait depuis longtemps fui la maison paternelle si elle n'avait rencontré Mikaël Toumanian. Debout sur la rive, elle avait observé des journées entières le jeune officier absorbé par son travail. Le persiflage des paysans l'exaspérait. Ce qu'elle avait aimé chez lui, c'était son énergie, son sérieux, sa solitude, son regard enfantin et sa pauvreté, sa capote délavée et ses chaussures fatiguées, la lumière de son regard et le frémissement de sa voix, et aussi le fait qu'en la croisant, il la saluait en baissant les yeux. Elle s'était sentie proche de lui parce qu'elle aussi était isolée et malheureuse dans ce coin perdu. Et elle avait commencé à souffrir et à passer des nuits sans sommeil. Un soir que son père s'était absenté, elle avait filé en passant derrière les maisons et était allée devant chez Toumanian.

— Bonsoir, commandant, avait-elle dit avec un sourire timide.

— Bonsoir.

— Je suis venue vous voir... Vous voulez bien que...

Tout rougissant, il l'avait invitée à entrer.

— Comme vous voyez, ma chambre est en état de guerre.

— Mais oui, c'est une chambre de soldat.

Anastasia s'était assise au pied du lit puis, sans un mot, elle s'était levée et avait fait le ménage de la petite chambre, arrangé le lit et la table tachée d'encre, puis s'était sauvée en disant très vite :

— Je reviendrai.

Deux jours plus tard, elle revenait en effet, dissimulant sous son tablier une assiette et une brosse et expliquant :

— Vous savez, Mikaël Avakimovitch, je ne peux pas vous voir comme ça. Je regarde, je regarde tous les jours et ça me serre le cœur.

Et elle s'était approchée de lui, si près que leurs souffles s'étaient mêlés. Les cheveux d'Anastasia avaient touché le visage de Micha et ses mains s'étaient jointes sur la nuque du jeune homme. Ils avaient glissé sur le lit et ce jour-là avait marqué le début d'une folle passion.

De ce jour, d'ailleurs, le travail de construction du bateau s'était accéléré de façon inattendue. Anastasia suivait des yeux chacun de ses mouvements, chacun de ses pas et le bonheur emplissait son cœur d'un immense nuage bleu.

Kojoukhine n'avait évidemment pas été sans remarquer les relations de sa fille avec Toumanian et il y avait eu des scènes épouvantables; il l'avait menacée de toutes sortes de sanctions et avait même essayé de la frapper.

— Je t'avertis, avait-elle crié, laisse-moi tranquille ! Tu es mon père, Igor Martinitch, mais tu ne peux pas commander à mes sentiments. Tu m'entends ? Je t'avertis : je m'en irai et tu ne me reverras plus !

Tremblant comme la feuille, la mère s'était jetée aux pieds d'Igor :

— Frappe-moi, batiouchka, frappe-moi si tu veux, mais ne la touche pas ! Ne laisse pas partir ma fille ! J'en mourrai, j'en mourrai !

Alors Igor s'était jeté par terre en s'arrachant les cheveux, puis il s'était enfermé dans sa chambre et, refusant de répondre même aux exhortations de ses meilleurs amis, il avait passé trois jours à dormir. Finalement, la barbe et les cheveux bien peignés, il était sorti, s'était excusé auprès de tout le monde et avait ajouté, plein d'humilité :

— Que voulez-vous, c'est la volonté du Seigneur. C'est le Tout-Puissant qui le veut.

Et on n'avait plus parlé de l'incident.

Parfois, la nuit venue, quand la tempête faisait rage et que les vagues battaient le rivage, Anastasia sortait enveloppée d'un châle et, les joues rouges, le regard brûlant, elle allait aimer Micha. Et puis elle lui parlait :

— Écoute, Michenka, tu sais qu'ils me cachent tout parce qu'ils ont peur que je vienne te raconter ce que je sais, mais ma mère ne sait pas garder sa langue et elle me dit tout. Alors voilà ; ils reçoivent des renseignements des deux côtés : de Soukhoï Fontane et de Dilidjan. Les Molokans de la région de Kars se sont alliés aux Turcs et aux Rouges, ils attaquent les Arméniens et ça va de plus en plus mal. Tu disais que les Européens allaient sûrement faire quelque chose. Tu vois bien qu'ils ne font rien. Ah ! Michenka, les Rouges vont venir, c'est sûr, ils vont venir !

— Ne dis pas de bêtises.

— Mais je ne dis pas de bêtises ! Je t'assure que chez nous, ils sont bien renseignés et pour tout te dire, ils sont en relations suivies avec les Rouges... par signaux.

— Par signaux ? Quels signaux ?

— D'après ma mère, en pendant des lampes au coin des maisons. Ils donnent des renseignements sur les troupes qui passent et sur les mouvements de ton bateau. Quand j'entends ça, Michenka, mon cœur bat, c'est terrible ! Ils peuvent te tuer, Micha, ils peuvent te tuer !

Elle tombait dans ses bras et le couvrait de baisers. Il s'efforçait de la rassurer et, le lendemain, il prenait des dispositions : le soir venu, les miliciens tiraient sur toutes les lampes pendues à l'extérieur et ordonnaient de masquer les fenêtres sous peine d'arrestation. A plusieurs reprises, Toumanian réunit les moujiks et leur expliqua qu'ils avaient tort d'avoir pris ce parti :

— Vous croyez peut-être que les Rouges vont venir vous apporter la liberté et la terre. Eh bien ! moi, je vous dis qu'ils viendront prendre tout ce que vous avez et qu'ils apporteront la mort et la terreur. Ils vous prendront vos maisons, ils prendront tout, ils vous jetteront en prison, ils vous déporteront, ils vous fusilleront. Je sais de quoi je parle, je les ai vus à l'œuvre en Russie. Et puis, je vous dirai aussi que nous savons très bien le parti que vous avez pris, nous savons très bien que vous communiquez avec eux, nous savons tout. Alors, je vous avertis : faites bien attention ou ça finira mal.

— Ah non ! protestaient les moujiks, c'est pas vrai ! Nous ? Qui a pu raconter des choses pareilles ?

Et ils s'en allaient en coulant des regards vers les falaises de la rive opposée.

Les autres continuaient à bombarder les bords du lac.

— S'il vous plaît, dit Souren en présentant le verre de thé à Toumanian. Buvons toujours ça en attendant.

— Ah ! aujourd'hui, ils n'économisent pas les munitions, les salauds !

— Vous avez entendu ce qu'on dit ? Y a un gars qui est arrivé de Nor-Bayazet. Il paraît que le gouvernement va demander un armistice aux Turcs.

Au même instant, une gerbe d'eau s'éleva près du bateau qui roula brutalement.

— A vos postes ! cria Toumanian en sautant sur le pont. Moteur en marche ! A tribord toute ! Vitesse maximum !

L'*Achot Yerkat* venait de l'échapper belle. Les obus tombaient de tous les côtés. La population était affolée. Dans l'île, les détenus se plaquaient contre les piliers du monastère. Quelques vitres tombaient avec fracas et une large fissure crevait le toit de la vieille église. Le bateau arriva près de l'île et s'abrita derrière un rocher. Il y eut un moment de silence, puis on entendit des tirs de mitrailleuse. Sur le lac, l'écho renvoyait tous les bruits d'une rive à l'autre.

— C'est sûrement les nôtres, conclut Markar avant de recharger le canon.

Toumanian cria « Paré à faire feu ! » et observa la rive nord-est à la jumelle. La fusillade s'intensifiait. Un obus tomba à quelque distance. « Feu ! » Le recul ébranla le bateau.

— Feu ! Moteur toute ! A tribord !... En arrière !... En avant toute ! Vitesse maximum... Stop... Feu !

L'*Achot Yerkat* n'arrêtait pas. Les détonations cinglaient la surface du lac et s'enflaient. Les géants des temps fabuleux descendaient de la montagne pour de nouveaux combats.

Dans l'église inférieure, devant les images éclairées par les cierges que faisaient trembler les détonations, un vardapet et un moine étaient en prière. A chaque explosion, quand on avait l'impression que la coupole allait s'effondrer, une lueur d'effroi passait sur leur visage livide, leur menton tremblait et leur cœur exhalait la supplication : « Seigneur, aie pitié ! Seigneur, aie pitié ! » Le Seigneur répondait en ébranlant la terre, les murs, les piliers et les coupoles. Il relevait la tête, ouvrait grande sa bouche céleste et hurlait, la barbe au vent, et son hurlement faisait grincer les rochers, soulevait les rives et arrachait au lac des cris de désespoir.

Réunis dans leur salle, les bolcheviks n'arrêtaient pas de fumer. L'un d'eux, un grand type à lunettes, mâchait sa cigarette en grommelant :

— Quand les nôtres seront là, il faudra donner une bonne leçon à ces bandits, et avant tout il faudra fusiller sur la place du village l'officier de la marine tsariste.

Du fond de sa cellule où il vivait reclus depuis que, douze ans auparavant, il était devenu fou, le moine Avétis faisait entendre de sourds éclats de rire. Parfois, la porte de sa cellule s'entrouvrait doucement et on voyait apparaître un être effrayant, grand diable aux pieds nus, une couverture en loques sur les épaules, les joues creuses, l'œil en feu, la barbe et les cheveux en broussaille, les lèvres sanglantes, les mains striées de veines noires. Il entrait dans le cloître, s'approchait à pas feutrés de la fenêtre des détenus, collait son front à la vitre et, toujours ricanant, regardait à l'intérieur les communistes qui détournaient la tête avec dégoût. Le fou tambourinait des doigts sur la vitre. Quand le canon grondait, il sautillait en grimaçant, puis courait vers l'église. Là, il s'arrêtait un moment devant la porte, avançait sur la pointe des pieds jusqu'à l'autel, s'allongeait par terre et faisait entendre des miaulements de chat sauvage. Effarés, le vardapet et le moine se regardaient. La coupole tremblait, un sifflement déchirait l'air, les images se balançaient. « Seigneur, aie pitié ! Seigneur, aie pitié ! »

Là-bas, à Elenovka, debout sur le toit de la maison, retenant des deux mains son châle sur sa poitrine, Anastasia suivait le bateau d'un regard anxieux.

13

Hérian allait tous les jours à l'hôpital. Varia était complètement découragée : l'état de Miranian ne cessait d'empirer. Dans la salle bondée, il promenait autour de lui un regard désespéré et ne cessait de demander à rentrer chez lui. La lourde odeur de la sueur, des blessures purulentes et des médicaments, les plaintes des blessés ne lui laissaient aucun repos. Quand le colonel amputé des deux jambes qui se trouvait dans la chambre voisine eut rendu le dernier soupir, on put, grâce à Mlle Boudaghian, y faire transporter Miranian.

On ne pouvait voir le blessé qu'aux heures de visite, généralement après les piqûres, c'est-à-dire à des moments où il se sentait un peu mieux et avait la force de parler. Il soulevait la tête, passait la langue sur ses lèvres pâles, entrouvrait les yeux en haletant :

— Varia, ma chérie, je me sens mieux... ne t'inquiète pas.

— Mais je n'ai pas de raisons de m'inquiéter. Je sais que tu vas mieux. Encore un peu de patience et tu reviendras à la maison.

Elle rentrait la tête dans les épaules en ravalant ses larmes.

— Oui, reprenait-il avec entrain, je rentrerai. Tu sais, j'ai hâte d'entendre du Bach et du Scarlatti. Quelle bêtise, tout ça... Et la vie qui est si courte !

Il s'arrêtait, le souffle lui manquait.

— Ne parle plus, ne te fatigue pas. Tu verras, on va commencer une vie nouvelle.

Il fermait les yeux, de temps à autre marmonnait des paroles sans suite puis brusquement se fâchait, lançait des ordres, délirait. Varia crispait les mains sur sa poitrine.

— Je ne comprends pas, disait-il. On dirait un feu qui me brûle à l'intérieur... Le ventre me brûle... Les bandits, ils ne me laissent pas tranquille, ils arrivent... Ils arrivent !

— Qui, Babik, chéri, qui arrive ?

Il regardait fixement le plafond sans répondre. Son esprit et sa conscience s'avançaient à tâtons vers l'incommunicable, au-delà des limites de ce monde. Sa femme le pressentait et ne répétait pas sa question. L'inéluctable approchait, mais elle se refusait encore à y croire.

Hérian sortait pour les laisser ensemble. Que dire ? Que faire ? Il attendait Varia sur le balcon sur lequel donnaient les chambres. Il n'y avait plus d'espoir. On n'avait pu extraire la balle, l'infection se généralisait, et on ne le prolongeait que grâce aux piqûres. C'est Mlle Boudaghian qui renseignait Hérian. Parfois elle entrait dans la chambre, ressortait aussitôt sur le balcon et lui demandait de rentrer :

— Mme Miranian n'a pas l'air bien. Essayez de la ramener chez elle.

Il rentrait dans la chambre et rencontrait le regard anxieux de Miranian qui lui demandait où en était sa division. Il lui répondait en inventant des nouvelles réconfortantes : les Turcs étaient repoussés sur tous les fronts, la paix n'était plus qu'une question de jours.

— Tant mieux, tant mieux ! s'exclamait le blessé avant de retomber dans l'inconscience.

Hérian faisait signe à Varia de s'en aller. Elle refusait :

— Encore un moment.

Il fallait la prendre par le bras et l'entraîner de force. A peine sortie sur le balcon, elle pressait son mouchoir sur sa bouche et sanglotait. Elle ne voulait pas quitter l'hôpital. Mlle Boudaghian intervenait pour annoncer que l'heure des visites était passée et qu'il fallait s'en aller. La présence de la jeune infirmière était bien utile, car elle était la seule à qui Varia acceptait d'obéir.

Quel être merveilleux que cette Boudaghian ! L'hôpital était comme le pays, bouleversé par des événements qui dépassaient, et de loin, les forces humaines normales. Les tables d'opération ne restaient pas vides une minute, les corbillards n'arrêtaient pas leur va-et-vient, les malades souffraient, les médicaments et les calmants manquaient. Blêmes, médecins et infirmières couraient en titubant presque. Hérian ne comprenait pas comment, dans ces conditions, une fille aussi délicate pouvait ne pas tomber d'épuisement.

Et puis, comme les premières impressions sont trompeuses ! Pendant la fameuse soirée du scandale, assis près de cette jeune et élégante personne qui rappelait un beau fruit juste à maturité, en lui seul l'instinct avait parlé. L'étalon hennissait devant la femelle. Il avait rêvé de son corps, de sa bouche, de ses seins. Et voilà que la vie avait tourné la page et que celle qui lui avait inspiré ces réactions s'était métamorphosée : son visage avait perdu l'expression de la jeune fille de bonne famille, capricieuse, prétentieuse, parée d'une vague culture qui soutenait son assurance et sa vanité. Les fumeuses nuées rapportées de Pétersbourg s'étaient envolées en même temps que les manifestations d'un esprit prétendument et artificiellement évolué dont il arrive que certaines femmes se servent comme d'un astucieux moyen de séduction. Le contact avec le sang, la souffrance et la mort avait approfondi et comme spiritualisé son existence. Il l'observait attentivement, sous le moindre prétexte l'arrêtait et l'interrogeait, et en lui parlant retrouvait une émotion et une expression enfantines. Elle baissait la tête, l'écoutait attentivement, lui répondait de façon nette et précise. Et quand elle promettait de faire quelque chose, elle le faisait aussitôt.

— Excusez-moi, mademoiselle Boudaghian...

— Oui ?

— Je voulais vous demander : est-ce qu'on n'aurait pas pu tenter une seconde opération pour extraire la balle ?

— Je vous ai déjà dit que ça ne dépendait pas de moi. Si les chirurgiens ne veulent pas tenter une autre opération, c'est que ce serait inutile et même dangereux.

— Oui, bien sûr, mais vous comprenez... cette malheureuse femme...

Elle le regardait bien en face, le front plissé et les yeux mi-clos :

— Oui, vraiment, la malheureuse femme. Mais regardez ce qui se passe autour de nous : il n'y a pas qu'elle qui soit malheureuse. Nous le sommes tous. Enfin, il faut du courage et faire ce qu'on doit faire là où on est...

Elle leva la main et tourna les talons.

Ce qu'elle avait dit lui restait dans la tête. Non seulement le sens de ses paroles mais le ton, la façon de les dire. Plus que de simples paroles, cela devenait une sorte d'intimité physique, de contact qui le bouleversait.

Et maintenant ? Kiazim Karabekir Pacha, commandant en chef des forces turques, avait mis à la conclusion d'un armistice des conditions écrasantes : occupation de la forteresse d'Alexandropol, de la gare et d'une zone de neuf verstes de rayon autour de la ville, retrait des forces arméniennes à quinze verstes de la rivière Arpatchaï.

Incroyable ! D'où sortait-il ? Péronian était là. La blancheur de la neige semblait allonger sa silhouette. Sa tenue était tout à fait inattendue : foulard rouge vif, long pardessus marron clair, galoches de caoutchouc jaune. Il avait les yeux exorbités, le nez rouge, la bouche toujours en mouvement comme s'il mâchait quelque chose.

— Oh là, Péronian ! Où étais-tu passé ?

— Peu importe où j'étais. Ce qui compte, c'est qu'ils ont accepté les conditions d'armistice. Tu comprends ? Tu entends ce que je te dis ? Ils ont accepté les conditions des Turcs ! Je savais que ça finirait comme ça, je le disais, mais qui m'écoutait ?

— Oui, c'est épouvantable. Mais, dis-moi, où as-tu trouvé ce pardessus ?

— A Tiflis, au bazar. C'est anglais. Tout le monde vend tout. Non, mais tu te rends compte où on en est ? Il faut voir ce qui se passe sur les routes. Des foules de réfugiés qui pataugent dans la boue glacée. Ils meurent de froid, ils gèlent sur place.

— Oui, mais pourquoi ces galoches jaunes ?

— Qu'est-ce que je te raconte et qu'est-ce que tu me demandes ! J'ai des galoches jaunes parce qu'il paraît que c'est la mode en France. Qu'est-ce que tu veux, moi je suis un artiste, j'aime la mode. On a beau dire ce qu'on veut , le seul moyen d'en sortir, c'est que les bolcheviks arrivent.

— Tu plaisantes ?

— Non. Je dis et je répète qu'il n'y a pas d'autre moyen d'en sortir. Qu'est-ce que tu veux ? Que les Turcs viennent liquider ce qui reste ? Qu'ils nous traitent comme ils ont traité les Arméniens de Turquie ? Après tout, les bolcheviks, ce sont des Russes, et les Russes, voilà déjà longtemps qu'on s'arrange avec. On s'arrangera encore. Je le disais bien. Enfin ! Mais non, les Américains allaient venir et on allait voir ce qu'on allait voir. Ce qu'on a vu, c'est que Kars et Alexandropol sont tombés. Mon oncle y est, à Alexandropol, avec sa famille. Je suis de là-bas, moi aussi, et je sais ce que ça veut dire. Sans Kars et sans Alexandropol, qu'est-ce qui nous reste ? Le drapeau tricolore devait paraît-il flotter sur l'Ararat, et il s'avère que l'Ararat nous échappe aussi. Tiens, regarde-le, il est là mais on ne l'a plus.

— Peut-être, mais tu le mettais sur tes billets, l'Ararat, non ?

— Je le mettais sur quoi ?

— Sur les billets que tu imprimais.

— Il y a longtemps que j'ai abandonné cette activité. Ils m'ont remplacé. Ah ! que je n'oublie pas, je suis allé à Batoum pour une affaire de coton, et là-bas, j'ai vu une Russe qui a appris, je ne sais comment, que je te connaissais et qui est venue me demander de tes nouvelles.

— Une Russe ?

— Oui, une belle blonde. Ah ! tu es terrible. Enfin, j'ai compris de quoi il s'agissait et j'ai réussi à la convaincre de ne pas venir ici. Elle voulait absolument venir.

— Je ne vois pas de qui tu veux parler.

— Bon, enfin ! Mon Dieu ! qu'est-ce qu'on va devenir ? Je te le dis, capitaine Hérian, c'est la danse sur le volcan. Le malheur, c'est que, d'une façon générale, on n'a personne. Moi qui te parle, par exemple, et qui suis acteur, qu'est-ce que je fais ? Eh bien ! j'imprime des billets ou je vends du coton. Et puis quand je pense aux miens qui sont à Alexandropol...

— Il faut faire ce qu'on doit faire là où on est...

Hérian leva les mains, comme avait fait Mlle Boudaghian et, s'en rendant compte, il resta bouche bée. Surpris, Péronian rejeta la tête en arrière et son rire résonna dans l'air glacé.

— Qu'est-ce qui te fait rire ?

— Eh bien quoi ! on ne peut plus rire ? Qu'est-ce que je disais ? Ah oui, la situation est mauvaise, très mauvaise. En réalité, tu sais ce qu'il y a ? Je suis persuadé que nous faisons peur à nos voisins. Nous sommes quelques centaines de milliers et eux des millions et des millions. Notre pays est en ruine et les leurs sont pleins de mines et de richesses. Tout le monde sait que nos soldats n'ont même pas de bottes, pas d'armes, pas de vêtements, pas de quoi manger. Et on leur fait peur quand même, aux voisins.

Pendant qu'il parlait, le foulard rouge dansait comme une flamme sur la neige qui couvrait ses épaules. Il frappait le sol du pied et ses galoches jaunes étincelaient, comme ses yeux.

— Tu dis qu'on leur fait peur ? voulut objecter Hérian.

— Dis-toi qu'ils savent très bien que le malheur, pour un peuple aussi obstiné que le nôtre, c'est un stimulant extraordinaire. A l'époque de Pierre le Grand, il n'y avait à peu près plus rien dans ce pays où les Turcs et les Persans avaient tout pillé, ravagé et incendié. La population avait été déportée. Etchmiadzine avait été saccagée et abandonnée et on n'y trouvait même plus de cierges. Les croix, les bannières, la vaisselle, les meubles, tout se retrouvait dans les maisons des khans persans. Plus d'Arméniens. Et maintenant, rien qu'ici, dans la petite Arménie d'aujourd'hui et dans le reste du Caucase, il y en a deux millions et demi. Ils sont venus, ils se sont armés comme ils ont pu, ils se sont battus, ils ont reconstruit, ils se sont multipliés. Et dans vingt ans, une Arménie indépendante exciterait encore la jalousie des voisins. Ils savent, eux, que les Arméniens tireront du blé de leurs déserts, des maisons et des statues de leurs rochers, des poèmes et des romans de leur misère, et aussi que des os de leurs innombrables martyrs, ils tireront des armes redoutables. Ils le savent, les voisins, et ça leur fait peur.

— Oui, mais à l'instant, tu disais qu'il n'y a pas de salut en dehors des bolcheviks.

— Et oui, je le disais ! Ce que je voulais dire, c'est que si on en est arrivé là, si on n'est pas assez fort pour repousser les Turcs, le mieux est encore de s'entendre avec les Russes. Et d'abord, Lénine a promis de respecter notre indépendance, et c'est le plus important. On parle d'institutions communistes, eh bien ! qu'il y ait des institutions communistes. On n'a ici ni riches, ni industrie, ni prolétariat. Alors, s'ils veulent venir partager les terres et les vignes, qu'ils viennent. Qu'est-ce qu'on a à perdre ? Qu'ils fassent partir les Turcs et qu'on ait la paix, après on verra.

— Tu es bien optimiste.

— Moi, optimiste ?

— Et comment !

— Tu ne vois pas que je suis comme l'homme en train de se noyer qui cherche encore un moyen de sauver sa peau ? Qu'on puisse souffler un peu, qu'on reprenne des forces et qu'on déblaye les ruines, qu'on panse les plaies et qu'on puisse recommencer à vivre. Voilà deux mille, trois mille ans qu'on ne fait que ça, recommencer, et on n'en finit pas, ça n'arrête jamais.

D'un geste brusque, il rejeta en arrière le bout de foulard qui tombait de son épaule. Au même moment, Hérian — comment ne les avait-il pas vues plus tôt ? — remarqua les énormes moufles en fourrure. C'était du renard roux dont la nuance s'alliait parfaitement à celle des galoches en caoutchouc et il eut tout d'un coup l'idée que si Péronian tenait debout sur ses jambes, c'était purement de circonstance et que, dès qu'il aurait fini de parler, il allait retomber à quatre pattes et redevenir moitié lion moitié ours. L'image s'imposa. Les mouvements de Péronian, son expression, son regard, ses sourcils, son gros nez grumeleux le métamorphosèrent dans l'imagination d'Hérian. Cela dut d'ailleurs se voir à son expression car l'autre écarquilla les yeux :

— Qu'est-ce que tu as à me regarder comme ça ?

— Moi ? Je te regarde comment ?

La question et la réponse avaient été prononcées à mi-voix, comme mystérieusement, et tous deux les oublièrent aussitôt.

— Donc, reprit Péronian, je dis que ça fait des milliers d'années qu'on s'accroche comme des bêtes sauvages à ces montagnes.

— Comme des bêtes sauvages ? répéta Hérian en sentant un léger frisson passer sur son visage.

— Eh oui ! On s'est battu pour chaque caillou. Le véritable peuple, celui qui défend les divinités et les traditions, attend encore aujourd'hui, dans ses masures. Il est fait de véritables seigneurs. Nos paysans sont des seigneurs, ils ne sortent que pour combattre les éléments ou les hommes. Ils manient la faux comme David de Sassoun maniait le glaive et ils manient le glaive comme la faux. Les siècles se suivent et les ennemis se succèdent. Il en arrive de partout, on dirait qu'ils sortent des montagnes, des plaines et des vallées. Tamerlan, Gengis Khan, les Arabes, les Tatars, les Turcs, les Seldjouks, les Afghans, les Persans, ça n'arrête pas. Ils arrivent, ils ravagent, ils brûlent et ils passent. Mais les Arméniens, eux, ils sont terre avec la terre, pierre avec la pierre, et ils s'accrochent. Et au jour de la Transfiguration, quand les âmes des hommes s'illumineront, quand les héros et les esprits de l'Ararat briseront leurs chaînes et se jetteront dans la plaine, quand les traditions se feront chair et sang, quand ce peuple ceindra la couronne de lumière...

De plus en plus sidéré, Hérian écoutait Péronian qui ne s'arrêta que quelques secondes et reprit :

— On se dit arménien. Ceux qui passent se disent arméniens, mais ils ne savent pas au juste ce que ça veut dire, ils ne savent pas que c'est quelque chose de compliqué et de difficile. Pour eux, c'est une simple dénomination, une situation due au hasard, et ils traînent cette qualité comme on traîne une vieille défroque. En réalité, être arménien, c'est un état impitoyable et héroïque, c'est porter un destin et un message, un message impérieux venu du fond des âges. Eh oui ! nous sommes à l'avant-garde dans le combat originel entre la lumière et les ténèbres. La responsabilité est lourde. Et voilà des gens qui arrivent avec des idées glanées à droite et à gauche, des banalités ramassées chez les autres, et qui prétendent mesurer et peser ce qui n'est ni mesurable ni pesable. Ils ne se rendent pas compte que ce qui peut fort bien être juste ailleurs ne l'est pas forcément ici. Le poignard ne sert à rien contre le rocher.

— Dis donc, fit Hérian, tu es en verve aujourd'hui.

— C'est que ça déborde. La coupe est pleine.

— Évidemment, évidemment.

Deux hommes passaient : un petit trapu aux yeux de Mongol et au teint basané, l'autre tout rond, joufflu, ventru, avec de petits bras et la nuque rouge. Ils s'arrêtèrent en voyant Péronian.

— Je te présente l'institut de linguistique, annonça celui-ci en s'adressant à Hérian.

Les deux hommes arrivaient du marché : ils portaient d'une main un panier contenant les provisions qu'ils avaient pu trouver et de l'autre quelques livres. Ils posèrent leurs paniers par terre.

— Alors, interrogea Péronian, quoi de neuf ?

Ils baissèrent les yeux sur la pointe de leurs pieds en soupirant.

— Que veux-tu qu'il y ait de neuf ? répondit le gros. Tout va mal.

Au beau midi s'est jour en noire ténèbre converti...

Il se tourna vers l'autre qui enchaîna :

— ... Or peuple de sauvage païennerie, issant à matin en grand fureur et cris...

Il regarda le premier, qui répéta :

— ... en grand fureur et cris... Moi aussi, j'ai oublié la suite. Enfin...

Ils baissèrent la tête de nouveau avec un sourire, tout fiers de leur érudition.

— Et vous nous avez cité qui ? interrogea Péronian.

— Aristakès de Lastivert *, répondirent en chœur les deux savants.

— Et voilà, c'est toujours la même histoire, fit Hérian qui n'avait pourtant pas bien compris la citation en *grabar* **. Il a fort bien parlé, ce Lousvatert.

— Las-ti-vert, corrigèrent les deux érudits avec un sourire indulgent.

— Peu importe, intervint Péronian, ce qu'il faut, c'est savoir comment en sortir.

Les savants haussèrent les épaules, les gardèrent levées un instant, ramassèrent leurs paniers, dirent au revoir et s'en allèrent.

— Des sacs à paroles et à citations, fit Péronian en les regardant s'éloigner. Ça lit, ça lit et ça pisse la copie, c'est tout. Ils arrivent, ils te récitent des psaumes et ils s'en vont. Enfin, parlons d'autre chose : tu habites toujours ton bateau ?

— Oui.

— J'irais bien y faire un tour. Ah ! pendant que j'y pense : j'ai apporté deux bouteilles d'excellente vodka. Exceptionnel. Il reste à trouver un peu de quoi manger.

— Pour ça, malheureusement...

— Oui, je sais. Attends... j'ai quelques cornichons, de la viande séchée et du lavache, mais pas de poisson, hélas ! J'avais bien rapporté quelques chamaïkas de Tiflis, mais on les a mangées en route. Ah ! quand je pense à ce qu'on a vu pendant le voyage, j'en ai les cheveux qui se dressent sur la tête. Où va-t-on ? Enfin, bon, alors, capitaine Hérian, salut et à bientôt. Je viendrai te voir, sûr.

Et il s'en alla en écartant bien ses énormes pieds jaunes. Non, il ne marchait pas à quatre pattes.

Avant de rentrer au bateau, il décida de passer à l'hôpital et de

* Chroniqueur du XIe siècle, surnommé « le Jérémie arménien ».

** Langue classique ancienne, conservée dans l'usage liturgique.

prendre rendez-vous pour le lendemain. Il avait à peine gravi quelques marches de l'escalier qu'on l'arrêta pour lui annoncer la nouvelle : Miranian était mort. Toute la journée, il avait été étonnamment détendu, presque serein : il sentait ses forces revenir et se renseignait sur la situation politique. Le trouvant mieux, Varia lui avait dit toute la vérité : les bolcheviks étaient aux portes d'Erevan, les Turcs avaient pris Alexandropol et imposé des conditions épouvantables. Miranian avait tout écouté sans la moindre trace d'émotion, puis il avait dit :

— Si les bolcheviks arrivent, je ne veux pas rester ici. Il faut absolument partir.

— Mais partir pour aller où, Babik ?

Il n'avait pas répondu, était resté un long moment silencieux, puis :

— Tu sais, ma Varia, j'ai envie de *kissel* *.

Elle avait couru chez elle pour faire du kissel et le lui avait apporté. Il l'avait mangé très vite, goulûment, comme si cela calmait un feu intérieur.

— Ah, c'était bon, très bon ! Maintenant, je me sens bien.

Il s'était allongé et avait rendu le dernier soupir.

Le jour de l'enterrement, la neige tombait à gros flocons doux, presque tièdes. Hérian, Fédor et Martin étaient épuisés. Ils s'étaient occupés de tout : il avait fallu faire creuser la tombe, fabriquer le cercueil, trouver un prêtre, des voitures. Tout cela était fort difficile. On se battait à quelques verstes d'Erevan. La ville avait l'air de somnoler dans la neige, les rues étaient vides, les boutiques fermées. Le prêtre ne voulait pas sortir de chez lui ; il fallut aller le relancer à plusieurs reprises, le prier, le supplier, tempêter.

— Mais pourquoi l'enterrer aujourd'hui ? disait-il d'une voix mourante, le menton tremblant et en gesticulant. Ça peut attendre un jour. Avec l'aide de Dieu, tout va s'arranger, alors, on pourra emmener le défunt au cimetière et l'enterrer avec tous les honneurs.

Aux diverses difficultés s'étaient ajoutés les caprices de Varia. Des scènes déchirantes avaient eu lieu à l'hôpital. Elle avait pleuré, gémi, crié en se tirant les cheveux, et finalement s'était évanouie. On l'avait emmenée chez elle et allongée sur son lit où elle était restée immobile toute la nuit. Au matin, son énergie retrouvée, elle s'était levée et avait annoncé qu'elle exigeait pour l'enterrement la présence d'une musique militaire. Une musique militaire alors qu'on se battait aux portes de la ville !

— Je ne veux pas le savoir, avait-elle répondu aux objections

* Dessert russe, sorte de gelée parfumée aux fruits rouges.

qu'on lui présentait. Mon mari était officier et il a le droit d'être enterré avec les honneurs militaires.

Dehors, la neige continuait à tomber et le canon à tonner. Dans toute cette tempête, Fédor, lui, avait quand même trouvé le moyen de s'enivrer. Il tenait à peine debout et Martin le regardait en riant bêtement.

Avec beaucoup d'acharnement et en déployant des trésors d'ingéniosité, on finit par trouver deux charrettes, mais quand elles arrivèrent devant l'hôpital, les charretiers russes, voyant le cercueil, refusèrent de s'exécuter :

— On nous avait pas dit que le cercueil était aussi lourd. Avec la neige qu'il y a, jamais les chevaux n'arriveront jusqu'au cimetière.

Et on se mit à discuter, à crier, à s'invectiver.

— A moins de vingt millions, rien à faire. Alors c'est comme vous voulez, nous on s'en va.

Le prêtre, en chasuble, brandissait sa croix d'argent et marchandait avec les charretiers pour qu'ils réduisent leurs exigences. Fédor criait de sa voix de fausset qu'il allait chercher la police. Enveloppée dans un grand châle noir, Varia pleurait. Finalement, après d'interminables discussions, quand les hommes soulevèrent le cercueil pour le placer sur la charrette, l'un d'eux glissa, lâcha tout, et l'extrémité du cercueil tomba par terre ; le couvercle se disloqua, découvrant la tête et les épaules du mort. Comme on n'arrivait pas à remettre le tout en place, il fallut se résoudre à charger le cercueil découvert et on partit comme cela, Fédor assis à côté de la bière, le prêtre, Hérian, Martin dans la deuxième charrette, avec Varia toujours prostrée dans un coin.

Chaque fois que le canon tonnait, le prêtre tremblait de tous ses membres, fermait les yeux et se mettait à marmonner une prière. Hérian et Martin durent à plusieurs reprises mettre pied à terre pour aider à pousser le corbillard improvisé : les chevaux glissaient, le véhicule oscillait dangereusement. Fédor criait que la bière n'allait pas tarder à se retrouver par terre. Finalement, il fallut faire la plus plus grande partie du chemin à pied en tenant le cercueil pour éviter un nouvel incident.

La neige qui continuait à tomber à gros flocons couvrait d'une pellicule blanche le visage blafard de Miranian dont les yeux n'étaient que mi-clos et dont le nez paraissait avoir démesurément allongé. Fédor parlait au défunt en roulant les yeux.

Arrivés au cimetière, comme la tombe n'était pas prête, on posa le cercueil à terre et on attendit. Le fossoyeur mettait le pied sur la bêche, pesait dessus de tout son poids, mais l'outil glissait sur la terre durcie et l'homme pestait sous sa grosse moustache :

— C'est pas de la terre, c'est du roc. J'y suis depuis ce matin et je n'avance pas.

— Dépêche-toi un peu, dit le prêtre, le défunt attend.

— Le défunt, il peut attendre. C'est nous autres qui pouvons pas attendre, parce que je vais vous dire, au jour d'aujourd'hui, la mort elle est pour tout le monde. Vous entendez pas comme ça part de partout ? On dirait un tremblement de terre.

De plus en plus inquiet, le prêtre regardait en l'air en avalant sa salive.

— Bon, dit-il au fossoyeur, tu n'as pas besoin de creuser trop profond, suffit que ça recouvre.

— Ah ! maintenant, bien sûr, ça ne fait rien, mais si on ne le met pas assez profond, cet été y aura plus moyen d'approcher d'ici. Un corps, c'est comme les racines d'un arbre, ça a besoin de terre.

Le prêtre se remit à marmonner en hochant la tête :

— Mes branches se sont brisées comme celles du palmier.
J'ai perdu mes fruits comme les perd l'olivier.
Aie pitié et compassion de ton serviteur mortel...

— Qu'est-ce que tu dis, père ?

— Je dis une prière.

Tout d'abord, Fédor s'était tenu tranquille à l'écart, observant le prêtre d'un air plein de respect et de déférence. Puis tout à coup il s'agita, s'approcha de lui le cou tendu en avant et lui fit part de ses considérations métaphysiques :

— Dis-moi, batiouchka, il y avait un homme et voilà qu'il n'y en a plus... Il n'est plus là, mais même s'il n'y est plus, il ne veut pas ne plus être rien du tout. Tu vois, il sort la tête de son cercueil. Même la terre ne veut pas de lui, elle ne veut pas s'ouvrir. Alors dis-moi, batiouchka, je ne comprends pas, il y avait un homme et il n'y en a plus, je ne comprends rien...

— Dieu, mon fils, Dieu, répondit le prêtre en levant un doigt et en essayant de sourire.

— Quel Dieu ? Dieu, il ne s'occupe que de lui et pas de nous. Explique-moi pourquoi il y a un homme et tout d'un coup, il n'y a rien. Ah ! tu n'en sais rien toi-même, batiouchka, et moi je ne le sais pas non plus, voilà la vérité.

Le prêtre arborait un regard coupable mais, pour rappeler la dignité de sa fonction, il roula les yeux et renifla énergiquement.

Quand, la fosse enfin creusée, on descendit le cercueil, Varia quitta la charrette sur des jambes mal assurées, s'approcha et se jeta à terre de tout son long. Hérian et Martin la prirent par les bras et la remirent debout. Quand, de sa voix rauque et mélancolique, le prêtre commença à chanter l'office des morts, elle écarta les bras et éclata en sanglots.

— Moi aussi, criait-elle, moi aussi enterrez-moi !

Fédor, qui se tenait les mains jointes, immobile et tremblant, sortit de sa poche un grand mouchoir rouge dans lequel il se moucha bruyamment à plusieurs reprises avant de tomber à genoux en poussant des gémissements de bête qu'on égorge. Du coup, le prêtre se tut brusquement, pâlit, et resta immobile, l'encensoir levé. Hérian et Martin se précipitèrent vers Fédor, mais en les voyant, celui-ci redoubla l'ardeur de ses lamentations, s'arracha les cheveux, se martela la poitrine à coups de poing :

— Je ne peux pas ! Je ne peux pas !

Au loin, le bombardement reprenait. Le prêtre accéléra sa récitation en avalant la moitié des paroles et, chancelant un peu, passa de l'autre côté de la tombe. Au même instant, un obus tomba à l'extrémité du cimetière dans un fracas épouvantable. Instinctivement, tout le monde s'éloigna dans la direction opposée. L'air égaré, bouche bée, Fédor regardait autour de lui.

— Nous, on s'en va ! crièrent les charretiers.

Sans un mot, tout le monde courut prendre place dans les voitures et les chevaux partirent au grand trot.

La neige tombait toujours à gros flocons.

14

Toute la population d'Elenovka était sortie. L'Armée rouge descendait de Dilidjan et n'allait pas tarder à arriver au Sevan avant de poursuivre son avance sur Erevan. Les miliciens étaient partis. Après avoir livré pendant quelques jours un combat inégal, les débris des unités arméniennes avaient reçu l'ordre de se replier. Peut-être allait-on les regrouper et organiser une résistance plus sérieuse à Soukhoï Fontane ?

A l'aube, les Molokans entrèrent au monastère et libérèrent les bolcheviks détenus. Certains de ceux-ci partirent aussitôt à la rencontre des soldats rouges tandis que les autres réunissaient la population et se succédaient sur un toit pour prononcer des harangues triomphales et enflammées. Le drapeau rouge flottait un peu partout.

Un beau soleil brillait dans l'air froid et vif. Après avoir écouté les discours avec intérêt et satisfaction, les moujiks attendaient en silence la suite des événements. Un peu à l'écart, les paysans arméniens attendaient eux aussi, en tapant du pied sur la neige avec leurs grosses sandales et en faisant mentalement leur signe de croix.

— J'ai pas compris ce qu'il a dit, murmura l'un d'eux à son voisin.

— Qu'est-ce que tu veux comprendre ? Les Russes arrivent, y a rien d'autre à comprendre.

— Bon, eh ben qu'ils arrivent !

— Eh oui, comme ça on va voir ce qui va encore nous tomber sur la tête.

Et ils se remettaient à taper du pied sur la neige.

La veille à minuit, l'*Achot Yerkat* avait tiré son dernier obus. Quand il n'y eut plus aucun espoir ni de résister ni de se replier, Toumanian tint conseil avec ses hommes et décida de descendre sur le rivage. Ils cherchèrent longtemps mais il ne restait plus dans les parages ni soldats ni miliciens.

— Si c'est comme ça, dirent les gars, nous aussi on n'a plus qu'à essayer de s'en sortir.

Toumanian se fâcha : on n'avait pas reçu l'ordre de se replier et on n'avait donc pas le droit d'abandonner le bateau. Les soldats et les miliciens étaient peut-être partis vers Dilidjan pour résister aux Rouges. S'en aller, abandonner le bateau, c'était contraire à tous les principes de la discipline militaire. Le mieux était d'attendre le lendemain matin, alors on trouverait bien une solution.

— Allez vous coucher et dormez, leur dit-il. Demain on verra.

Il rentra chez lui et s'assit tout habillé sur son lit. Anastasia ne s'était pas manifestée, c'était bizarre. Si elle l'avait su en danger, elle aurait fait l'impossible pour le prévenir. Peut-être allait-elle encore revenir ? Il alla près de la fenêtre, tendit l'oreille. Non, aucun bruit de pas, rien.

Un poing de fer lui serrait le cœur. Il n'avait pas sommeil et faisait les cent pas dans sa chambre. De nouveau, il s'approcha de la fenêtre. Personne. En fin de compte, c'était bon signe : Anastasia n'avait peut-être rien de nouveau à lui annoncer et il n'y avait donc pas de sujet d'inquiétude. Demain, dès l'aube, il étudierait la situation et, s'il n'avait toujours pas reçu d'ordre, il descendrait en ville pour demander des renseignements au sujet des munitions. Et puis, il verrait son père. L'émotion le submergea. Jamais il n'avait tant éprouvé le besoin de le voir. Ses yeux s'emplirent de larmes, ses lèvres se mirent à trembler. Pauvre père et pauvre fils ! Ces dernières années, tout seuls comme deux orphelins, que n'avaient-ils pas vu ! Tout s'était bouleversé sous leurs pas, ils avaient couru d'un incendie à l'autre. Et puis un jour, un espoir nouveau s'était levé, un beau rêve allait se réaliser : la patrie lointaine... On allait retrouver la terre des ancêtres, devenue havre d'amour et de consolation, on allait au-devant d'une vie nouvelle, on allait tout consacrer à la renaissance et à la reconstruction de l'Arménie.

Lui, Micha, de cette patrie, il ne savait à peu près rien. Et qu'étaient pour lui ces Arméniens ? Quelques vieux, au fond de la Bessarabie, qui passaient leur temps à se quereller à propos des affaires de l'église et de l'école paroissiale ; quelques vieilles qui mêlaient au russe d'obscurs et incompréhensibles mots arméniens, qui baisaient la grosse main velue du prêtre, le père Kérovbé, qui conservaient des habitudes séculaires et faisaient une cuisine aussi compliquée que savoureuse. Pour lui, être arménien, cela faisait en quelque sorte partie de son subconscient, c'était un sentiment vague et imprécis né avec son corps sans qu'il l'ait voulu ou choisi. Et voilà que, brusquement, la marche normale du monde s'était arrêtée et une sorte de séisme universel avait secoué la terre et les destins individuels, jetant le sien aussi dans de furieuses tempêtes. Alors, au fond de lui-même se manifestaient des liens et des amours secrets dont jusque-là il n'avait pas soupçonné l'existence.

Il se rappelait la joie de son père et de ses amis à l'annonce de l'indépendance. Devant une carte étalée sur la table, ils discutaient durant des heures et rêvaient. A l'école, à l'église, dans les clubs, c'étaient des réunions interminables, des discours prononcés par des hommes au visage illuminé, qui pointaient l'index vers un Orient de rêve. Et quand il était parti avec son père, toute la communauté les avait accompagnés à la gare :

— Baisez la terre d'Arménie et faites tout pour que nous aussi nous puissions venir bientôt.

Le voyage avait été semé d'embûches. Ils avaient passé des jours dans des wagons à bestiaux et connu des attentes interminables dans la crasse et la vermine de gares sordides.

— Ça ne fait rien, Micha, ça ne fait rien, ce sont les dernières difficultés. Bientôt, tu verras... Lynch, le célèbre voyageur anglais, décrit la plaine de l'Ararat avec enthousiasme, il raconte que...

Et, les yeux mi-clos, Avakim Martirossovitch citait les flatteuses descriptions du fameux Lynch. Bien entendu, ils ne trouvèrent pas du tout le pays qu'ils avaient rêvé. C'était le dénuement, les destructions, la misère, mais aussi c'était grandiose, mystérieux, enthousiasmant.

— Ça ne fait rien, Micha, ça ne fait rien, répétait le père. Bien sûr, il faut travailler, il faut reconstruire. Oui, c'est aride, c'est pauvre, mais enfin c'est à nous.

Et ils n'avaient pensé qu'à travailler. Et voilà où on en était !... Ah ! s'il pouvait voir son père ! Alors, papacha, maintenant, qu'est-ce qu'on fait ? Les Rouges arrivent, il vaut mieux retourner en Bessarabie, non ? Maintenant, papacha, il ne faut pas rester séparés l'un de l'autre. Voilà ce qu'il se disait, mais un mauvais pressentiment le minait. Il marchait de long en large, s'arrêtait devant la fenêtre : toujours pas d'Anastasia.

Elle ne venait pas, tout simplement parce que son père l'avait enfermée dans sa chambre. Elle avait frappé la porte à deux poings, crié, tempêté, s'était tapé la tête contre les murs en hurlant. Elle avait injurié, maudit Kojoukhine.

— Ouvre, démon ! Bandit ! Criminel ! Ouvre ou je me tue ! Je me taperai la tête contre les murs jusqu'à ce qu'elle éclate !

— Tais-toi, misérable !

— Ouvre ! Tu n'as pas le droit de m'emprisonner. Je t'avertis : ouvre ou ça finira mal. Tu entends ? Tu n'es plus mon père ! Je te maudis ! Je te maudis !

— Tais-toi. Tu veux donc nous perdre ? Tout le monde sait que tu vois cet Arménien. Tu veux donc que les Rouges nous tuent tous ? Tu veux donc qu'on nous accuse d'être des ennemis du peuple, des contre-révolutionnaires ? Tais-toi ! Je t'ordonne de te taire !

— Je ne me tairai pas. Si tu ne me laisses pas sortir d'ici, dès qu'ils seront là, je monte sur le toit et je leur crie : « Hé, écoutez-moi tous ! Hé, écoutez ! Igor Kojoukhine que vous voyez là est un bandit, un menteur et un sale hypocrite ! je vous le dis, je suis sa fille et je vous le dis, c'est un contre-révolutionnaire, un koulak et un ennemi du peuple. » Voilà ce que je leur dirai.

— Parle moins fort, misérable ! Il y a des espions partout. Tu veux donc perdre tous les nôtres ? Tu veux que tous les Molokans soient ruinés et disparaissent à cause de la fille d'Igor Kojoukhine ? Ici, tout le monde sait que tu nous espionnais, que tu allais tout raconter à l'officier tsariste. Demain, quand les Rouges seront là, ils peuvent t'arrêter et te fusiller.

— Eh bien qu'ils me fusillent ! Laisse-moi sortir ! Laisse-moi sortir ou je me mets à hurler si fort que tout le monde croira que tu es en train de m'égorger... Oh-o-o-o !

Elle se mit à hurler. Alors sa mère se précipita, mit les deux mains sur la porte en implorant :

— Anastasienka, ma petite fille, tu deviens folle ! Qu'est-ce que ça veut dire ? Tu veux nous déshonorer ? Anastasienka, je t'en supplie !

— Oh-o-o-o !... Oh-o-o-o !

— Laisse-moi entrer auprès d'elle, Igor, je vais la calmer.

Kojoukhine laissa sa femme entrer et referma la porte derrière elle. La jeune fille se jeta aux pieds de sa mère :

— Laisse-moi partir, matouchka ! Libère-moi, Irena Matvéevna, ma colombe, libère-moi !... Si je ne vais pas l'avertir, demain ils le tueront, tu comprends ? Je l'aime, maman, je l'aime, tu comprends ?

— Mais pourquoi ils le tueraient ? Personne ne le tuera.

— Mais si, je sais qu'ils le tueront. Nos moujiks veulent l'empêcher de partir d'ici et le dénoncer.

— Calme-toi, Anastasienka, calme-toi.

Anastasia se roula par terre en s'arrachant les cheveux, en se tordant les mains, en criant, en suppliant. Finalement, elle se releva, d'une main tremblante dépouilla sa robe et, montrant son ventre :

— Je suis enceinte, tu comprends ? Enceinte de lui...

Et les deux femmes se mirent à gémir ensemble.

L'angoisse dévorait Toumanian. Jamais la solitude ne lui avait tant pesé, jamais il ne s'était senti aussi malheureux. Il regardait le portrait de sa mère, se sentait abandonné, repoussé, sans défense. Un instant, il s'allongea pour essayer de se reposer un peu. Dès l'aube, il partirait. Son père devait savoir ce qui se passait. En ce moment, lui non plus ne devait pas dormir, lui aussi devait faire les cent pas dans sa chambre et se parler à lui-même. Alors, voilà, Micha, voilà... Enfin, ça ne fait rien, nous retournerons en Bessarabie, ça ne fait rien...

Il était près de quatre heures et demie du matin. Il se leva d'un bond, se passa de l'eau sur le visage et se sentit mieux. Dehors, il faisait encore nuit, mais on sentait comme les prémices de l'aube. Il faisait froid, un froid vif et piquant. Il tourna les bras comme des ailes de moulin pour se réchauffer, mit la photo de sa mère dans sa poche intérieure droite, l'en ôta pour la mettre dans la gauche, près du cœur. Il mit aussi quelques papiers et quelques autres photos dans sa poche extérieure, serra une paire de chaussettes, ses deux chemises et quelques lettres dans un foulard. Tout ce qu'il avait. Il regarda bien partout. Non, il ne restait rien. Il y avait un morceau de pain sur la table. Il pensa en manger, mais changea d'avis : il valait mieux le garder pour la route.

Il fallait faire vite, aller réveiller les gars et leur confier le bateau. Aussitôt arrivé à Erevan, il irait à l'état-major et ferait prendre les dispositions nécessaires.

Il ouvrit la porte. Le froid et l'obscurité le frappèrent au visage. Une paix profonde enveloppait le lac. Des lueurs glissaient au-dessus de l'horizon. La neige était bleu foncé. Au loin, un coq chanta, puis le silence se fit encore plus profond. Il marcha vers la maisonnette blanche qui était à côté, approcha de la porte et se retourna. Il avait la curieuse impression que ses pas continuaient à marcher derrière lui. Non, il n'y avait rien. Il frappa. Silence. Il frappa encore. La porte était ouverte ; il entra, appela. Personne. C'était clair : les gars avaient profité de la nuit pour filer.

Pourquoi ne lui avoir rien dit ? Ses yeux fouillèrent l'obscurité. Il ne s'était pas attendu à cela. Ils avaient combattu ensemble, ils avaient risqué leur vie, et voilà...

Le froid le pénétra jusqu'aux os. Il sortit, marcha vers le bateau et descendit sur la rive. Personne. Bien arrimé à la passerelle, l'*Achot Yerkat* s'allongeait sur l'eau comme une ombre, ses canons dressés. Il était orphelin, abandonné, comme lui. Il se sentit pour le bateau une tendresse paternelle. Il l'avait conçu, construit de ses mains, il lui avait donné la vie.

Il se ressaisit. Ce n'était pas le moment de se laisser aller. Il passa devant les maisons d'Elenovka. Aucune lumière, tout le monde dormait. Il s'arrêta une seconde devant chez Anastasia. Les volets étaient clos. Étonnant tout de même qu'elle ne soit pas venue et n'ait donné aucune nouvelle. Elle avait dû aller à Soukhoï Fontane chez ses amies. En passant là-bas, il s'arrêterait chez des paysans pour boire un verre de lait et demander si on l'avait vue. Et si elle n'y était pas, c'est qu'elle serait allée à Erevan. Tant mieux, ils se retrouveraient là-bas.

Déjà, le ciel et la neige pâlissaient. De larges taches blanches glissaient sur le lac. Des rayons perçaient ici et là. La lumière le rasséréna et il se sentit presque épanoui. Et comme toujours quand il se sentait revivre, il se mit à fredonner la marche des équipages de la flotte. Cela réveilla des souvenirs : il revoit les matelots rangés sur le pont, les pavillons claquent au vent, l'amiral et son état-major montent à bord et la musique joue la marche des équipages...

Il porta la main à son côté et sentit le pain. Il avait faim. Il le sortit, mordit dedans et le remit dans sa poche.

Au bout du village, là où s'amorce la descente, trois hommes immobiles le regardaient. Il continua à avancer vers eux en continuant de manger son pain et, arrivé à une dizaine de pas, reconnut l'un des trois : Kojoukhine. Le deuxième, un type à barbe blonde, était aussi un Molokan. Quant au troisième, un petit aux larges épaules, coiffé d'un papakh rond et armé d'un fusil, c'était visiblement un Arménien.

Le pain lui resta dans la bouche sans qu'il pense à l'avaler. Ils lui barrèrent le chemin.

— Où vas-tu ? lui demanda Igor Kojoukhine.

— En ville.

— Non, non, non, fit l'autre d'un air mauvais en hochant la tête.

— Comment non ?

— C'est comme ça. Tu restes ici. On n'a pas l'ordre de te laisser passer.

Cette fois, il avala son pain et regarda les trois hommes d'un air confondu :

— Mais... je ne comprends pas.

— Y a rien à comprendre, fit l'Arménien. Faut attendre que les nôtres arrivent.

— Qui ça ?

— Les soldats rouges et le comité militaire-révolutionnaire.

— Je n'ai pas à les attendre, protesta-t-il. Je vais à Erevan où j'ai affaire.

— Vous n'avez pas d'ordre pour y aller.

— Je n'ai pas d'ordre ? Quel ordre ?

Il voulut rire pour montrer que tout cela ne l'impressionnait pas mais il n'y arriva pas, et brusquement, il comprit qu'il était tombé dans le piège. Et il n'était pas armé. Il les regarda une seconde en hésitant, puis décida qu'il fallait à tout prix leur échapper.

— Suffit comme ça, s'écria-t-il, je n'ai pas de temps à perdre!

Et les poings serrés, il se lança en avant. Mais ils lui barrèrent le chemin. Il voulut les bousculer, mais le type à barbe blonde le prit d'une main par le col et de l'autre lui donna un coup de poing en pleine figure pendant que l'Arménien le frappait par-derrière sur la tête. Il chancela. Le sang coulait de sa lèvre inférieure. Ils lui braquèrent leurs revolvers sur la poitrine.

— Mais pourquoi? murmura-t-il en s'essuyant la bouche.

— Tu ferais mieux de faire ce qu'on te dit, ça ne sert à rien de résister, dit Kojoukhine sans le regarder. De toute façon, tu ne pourras pas t'échapper.

— Mais alors, qu'est-ce que vous voulez?

— Avance.

Et ils l'emmenèrent près du bateau, au bord du lac.

Les bolcheviks sortis du monastère se livraient à une activité fébrile, courant à droite et à gauche, lançant des ordres, donnant des instructions. Quelques-uns étaient venus vers Toumanian et le toisaient d'un air hargneux. Lui se sentait engourdi, comme si, après une chute de très haut, son corps était devenu insensible. Le sang coulait toujours sur son menton, sa poitrine et ses mains. Son visage était pâle et tuméfié autour de la bouche. Ne restait vivant que son regard d'enfant, stupéfait et désorienté. L'engourdissement l'avait empli aussi d'une espèce de sérénité. Seules ses mains tremblaient et sa lèvre parfois le brûlait. Et quand elle le brûlait, il reprenait un peu conscience et son cœur se serrait.

Il attendait, les yeux fixés sur la route d'Erevan, avec l'impression que quelqu'un allait arriver par là et le libérer : son père et d'autres. Ils vont arriver, c'est sûr. Mais il ne venait personne. Et quelques instants auparavant, au cours d'une réunion, les orateurs qui invectivaient l'ennemi de classe le montraient du doigt. C'était lui, Toumanian, le traître, le monstre qui buvait le sang du peuple. Tout cela était si ridicule, si incroyable, qu'il regardait autour de lui en se demandant de qui ces gens voulaient bien parler. Il n'avait exploité personne, il avait marché avec des chaussures percées, il s'était nourri de pain et de fromage, il avait eu froid, il avait souffert, il avait passé des nuits sans sommeil, il avait aimé sa patrie martyrisée et il avait voulu la défendre. Et puis, il n'avait fait que son devoir de soldat, servi son pays et son peuple accablés de maux inimaginables.

Les moujiks savaient tout cela mais ils écoutaient les discours en lui jetant de mauvais regards. Comme par bouffées, il prenait clairement conscience de la situation et il se sentait devenir fou. Il le savait, ces gens qui arrivaient étaient des sauvages, aveuglés, perdus de haine. L'envie le prenait de rugir comme une bête qu'on vient de mettre en cage. Sa lèvre gonflée pendait et il avait du mal à avaler sa salive.

Au loin, on entendait des coups de feu et des chants.

— Les voilà! les voilà!

De nombreux paysans se mirent à courir en criant, d'autres montaient sur les toits. Les fenêtres s'ouvrirent et des têtes apparurent. Toumanian tremblait de tous ses membres, ses yeux se brouillaient, il était livide. Mais tout de même, il avait instinctivement rectifié la position et s'était mis au garde-à-vous. En tête venaient des cavaliers, puis deux automobiles, puis des fantassins précédés d'une musique qui jouait *l'Internationale*. Tout cela défilait devant ses yeux comme les images d'un vieux film très usé, trouble, tremblotant, strié de traits argentés. Il entendait vaguement les cuivres, les cris, les chants.

L'armée rouge était bien mal vêtue, les vestes de cuir s'y mêlaient aux uniformes. Tout cela avançait en désordre, certains portant le fusil à la bretelle, d'autres en travers sur le dos, d'autres encore au bout du bras. Tous avaient l'air énergique et joyeux. Ils riaient, ils plaisantaient, de temps à autre ils s'arrêtaient pour allumer une cigarette ou parler avec les villageois.

— Avancez, tovarichtchi, avancez, ne vous arrêtez pas!

Les tovarichtchi n'écoutaient pas et s'arrêtaient en groupes devant les maisons où les Molokans leur donnaient du pain et des victuailles. Ils avaient faim. Se jeter sur la nourriture, mordre à belles dents et mâcher, tout cela était si naturel, si banalement humain que Toumanian se rasséréna un peu et regarda la scène avec intérêt. Des hommes qui riaient et mangeaient si simplement n'allaient pas lui faire de mal. Et puis, ils ne le regardaient même pas. Lui aussi se sentit faim.

Les unités succédaient aux unités. Et on sortait toujours des victuailles. On entendit un accordéon, puis les soldats chantèrent en chœur. Plusieurs filles du village se joignirent à eux et on forma un cercle autour d'un couple qui venait de se mettre à danser. Le chant était connu, la danse aussi. Pendant les longs voyages en mer, les dimanches et les jours de fête, les marins s'assemblaient sur le pont et chantaient et dansaient comme ceux-ci aujourd'hui. Il se rappela un jeune matelot originaire de Crimée, un gars qui s'appelait Matvéï Mikouline; on aurait dit qu'il était en caoutchouc, il bondissait comme une balle. Et parfois les officiers, quand ils faisaient un peu la fête, le faisaient appeler et lui ordonnaient de danser. Un beau jour...

— Le voilà. Il est là-bas.

Cela ramena Toumanian à la réalité. Un groupe d'hommes armés jusqu'aux dents venaient vers lui, des hommes en papakh qui avaient plutôt l'air de Turcs, teint basané et petits yeux perçants.

— Votre nom ? lui demanda un type maigre à grosse tête en le regardant bien en face.

— Mikaël Toumanian.

— Vous êtes bien ancien officier de la marine tsariste ?

— Oui.

— C'est vous qui commandiez ce bateau ?

— Oui.

— Et c'est lui qui l'a construit, intervint Kojoukhine, et c'est lui qui a mis des canons dessus.

— Emmenez-le, ordonna l'homme à grosse tête avec le geste de quelqu'un qui chasse une mouche.

— Mais je... commença Toumanian.

— Suivez ces camarades. Là-bas, vous donnerez toutes les explications que vous voudrez.

Deux minutes plus tard, une salve retentissait derrière la dernière maison d'Elenovka. Au milieu du village, on continuait à danser.

15

Péronian était arrivé à *l'Albatros* l'air triste et solennel. Il apportait de quoi boire et manger.

— Je pars demain matin à l'aube pour le front. Pour l'instant, arrêtons-nous un instant dans ce palais abstrait de tes songes, dans cette nef flottant tel un fantôme sur l'océan des malheurs et des misères, et buvons un coup !

— Quel style ! On dirait que tu arrives de Constantinople.

— Tu n'as pas remarqué, chaque fois que ça va si mal, qu'en somme il n'y a plus rien à dire, les Arméniens se mettent à faire des discours dans le style le plus pompeux possible ? Mais laissons ça. Une auto vient me chercher à quatre heures du matin. La nuit est à nous, je n'ai pas du tout l'intention de dormir, et même si je l'avais, je n'arriverais pas à fermer l'œil.

— Alors tu pars pour le front ?

— Oui. Convoi de fonds envoyés par le ministère des Finances.

— Je ne comprends pas. Je croyais qu'il y avait un armistice ?

— Au dernier moment, les Turcs ont changé d'avis et rendu les conditions encore plus inacceptables. Ils ont appris que la Société des Nations avait refusé d'admettre l'Arménie et la Géorgie comme États membres pour ne pas avoir à venir à leur secours, et du coup ils ont mis des conditions telles qu'il ne nous reste plus qu'à mourir honorablement.

— La Société des Nations ! Société de chacals, oui ! Quelle humanité ! Mais où sont les autres ?

— Ils ne vont sûrement pas tarder.

Effectivement, on vit bientôt arriver Martiros Ouranian et Stépan Bandouni. Eux aussi apportaient de quoi manger et de quoi boire. En voyant les bouteilles de vin, Fédor se hâta de se coiffer et adopta une attitude solennelle. On mit tout sur la table et on prit place. Personne n'avait faim. Comme il n'y avait plus de pétrole pour la lampe, on avait allumé une bougie et la petite cabine n'était que vaguement éclairée.

— Quelle existence ! soupira Ouranian.

C'était un garçon très brun, vif et solide. Il était médecin, mais en dépit des études qu'il avait faites et de plusieurs années passées à Pétersbourg, il était resté paysan, simple, honnête, têtu comme les villageois du Karabagh où il était né et dans les veines desquels coule le sang des anciens seigneurs de la province. En politique, il était socialiste-révolutionnaire, partisan d'un système fédératif des nationalités de l'ancien Empire russe, et était favorable aux méthodes terroristes et à la philosophie de Bakounine et de Mikhaïlovski. Quand il était seul, il lui arrivait de lire à haute voix — et avec un fort accent arménien — des pages de Korolenko, et ses yeux alors s'emplissaient de larmes.

Stépan Bandouni était un grand type à lunettes qui oscillait comme un poteau mal planté. Il avait de belles dents et des yeux de myope. En dépit de sa littérature larmoyante, il aimait la vie et en recherchait les plaisirs avec un parfait égoïsme. Il avait fait ses études au séminaire d'Etchmiadzine et, bien qu'il multipliât les propos anticléricaux, on s'étonnait, en le voyant, qu'il ne portât pas la soutane.

— Bon, les verres sont pleins et personne ne boit.

Fédor, lui, buvait. Au bout de trois verres, il s'était recroquevillé dans son coin, les épaules tombantes, pâle, le regard vide. D'ailleurs, il vieillissait à vue d'œil et commençait à inquiéter Hérian. Il ne cessait de se plaindre de sa santé et, dès qu'il était seul, il sortait de sa poche une petite icône qui ne le quittait pas, la baisait et lui tenait de longs discours.

— Écoute, Ara, envoie-le se coucher. Eh bien ! Fédor Pantéléïévitch...

— Là, docteur, là... Je ne comprends pas, ça me serre...

— Un de ces jours, je vais venir vous examiner sérieusement. Pour l'instant, allez vous reposer.

— Vous savez, quand je me couche... D'où viennent-ils, je n'en sais rien... des esprits, des foules d'esprits... Ah ! malédiction !

— Il n'y a pas que vous, Fédor Pantéléïévitch, fit Ouranian. Nous sommes tous entourés d'esprits, nous sommes tous enchaînés.

— Tu l'as dit, docteur, nous sommes tous entourés d'esprits. Des esprits mauvais, cruels. Non, vraiment, quand on y pense...

— Les esprits sont à l'intérieur, dans le corps et le cerveau. L'esprit mauvais, c'est l'esprit de médiocrité.

— On n'était pas prêts pour des événements aussi effrayants.

— Non, en effet. On était prêts pour la petite vie quotidienne, on se préparait à devenir médecin, professeur ou avocat, on se dissimulait derrière le voile médiocre de l'agitation partisane, on s'occupait des affaires de l'église et des écoles, on faisait des collectes pour les réfugiés et aussi un peu de transport d'armes, on tenait des réunions clandestines. Et puis là-dessus, le cataclysme.

— Aux chacals de la diplomatie européenne, on n'a trouvé à opposer que de pauvres instituteurs.

— Eh oui ! Au Congrès de Berlin, déjà, qui y avait-il devant le rusé Disraeli ? Le naïf et ambitieux Khrimian.

— Ce qu'il nous aurait fallu, c'est un Garibaldi.

— Il n'y a que le peuple qui soit à la hauteur. Avec une force miraculeuse et un héroïsme incroyable, il supporte les drames les plus atroces. Sous des coups aussi terribles, n'importe quel autre se serait volatilisé.

— A la santé du peuple arménien !

— A sa santé !

La nuit s'épaississait autour de *l'Albatros*. Au loin grondaient des éclatements sourds que l'écho envoyait mourir aux portes d'Erevan.

— Écoute, Péronian, je tiens absolument à venir avec toi.

— Si tu veux, à condition qu'il y ait de la place dans la voiture. Mais, et ton bateau ? Sans capitaine, il ne peut plus naviguer.

— Le bateau reste attaché à son rocher. Les flots, hélas, s'étant retirés, nous ne naviguons plus que sur une mer de ténèbres. Tu vois que j'ai du style, moi aussi. Non, sérieusement, il faut absolument que tu m'emmènes.

— Il paraît que la bataille de demain sera décisive. Ce sera l'extermination définitive ou...

— De toute façon, les Russes arrivent. Ils sont déjà au Sevan.

— Pas les Russes, les bolcheviks.

— Quelle différence ? fit Bandouni.

— Mais si, il y a une différence. Bien sûr, c'est toujours la Russie qui a besoin de s'étendre encore en se nourrissant du corps des autres. Une sorte d'appétit sauvage, que rien ne peut calmer. Il n'empêche que les mythes de la Russie d'aujourd'hui ne sont pas ceux de la Russie d'hier. Les mobiles du régime tsariste étaient, disons, métaphysiques, et reposaient sur la force brutale, la russification et l'autocratie. Les bolcheviks, c'est autre chose, ils rappellent un peu Robinson Crusoé. La Russie, en ce moment, c'est le chaos, et comme elle s'en rend compte, le chaos, elle fait tout pour l'organiser. C'est pourquoi elle est ivre d'économie politique, de terre, de matière, d'objets élémentaires. La vie passe près d'elle, file, mais elle veut l'enchaîner, elle ne voit que l'objet, la terre cultivée, le robinet d'eau chaude dans la cuisine, le morceau de savon, et pour finir, idéal suprême, le rasoir américain. J'exagère peut-être un peu, mais enfin, dans les grandes lignes, c'est ça.

— Je ne vois pas pourquoi, observa Bandouni, les Russes auraient besoin de nous pour arriver au rasoir américain.

— Ça, c'est autre chose. La tendance remonte à Pierre le Grand. Le Russe a peur de rester tout seul. C'est un peuple qui se fait, le plus plein de contradictions qui soit, une mer déchaînée qui ne trouve pas ses rivages. Et allez donc savoir pourquoi : peut-être la steppe, la monotonie d'une terre triste et infinie. Il cherche un soleil différent du sien, la montagne, une végétation abondante. Il faut remarquer aussi que le Russe a l'imagination théâtrale : il se représente les choses et il y croit. Hier, il rugissait au nom des grandes valeurs spirituelles, aujourd'hui, il casse tout au nom des valeurs matérielles. Son imagination a démesurément grandi un penseur de deuxième ordre, Marx, en a fait l'âme et le prophète d'un dogme intouchable et a jeté à la poubelle les maudits problèmes spirituels.

— Qui te dit que demain, il ne fera pas la même chose avec les questions économiques ?

— Il est hors de doute que ça arrivera. En attendant, en ce qui nous concerne, il nous reste à profiter de cette interruption historique et à panser nos plaies.

— Lénine, intervint Hérian, a dit que ce qu'il faut à l'Arménie, c'est l'irrigation, des canalisations et la culture intensive.

— Lénine parle comme Zoroastre.

— C'est vrai que toute la morale zoroastrienne est fondée sur le travail. Était sauvé celui qui plaisait à la terre, qui arrosait, irriguait, qui plantait des arbres, qui cultivait, semait, fauchait. Celui qui semait le blé semait le bien, il contribuait autant au développement de la religion mazdéenne que les efforts de cent hommes, les seins de mille femmes et dix mille prières. Ahoura Mazda avait choisi Zoroastre pour être le pasteur des pauvres.

— Intéressant.

— Aux Indes, où le pays était riche, avec une végétation luxuriante, la pensée religieuse tend à éliminer le corps, à renoncer au monde, à se libérer du désir par la connaissance métaphysique. En se transportant en Perse et en Arménie, Mithra a changé de nature. Là, la nature était pauvre, inhospitalière, avec des températures extrêmes, des terres sèches et arides. Là, l'homme était environné d'ennemis visibles et invisibles qu'il devait vaincre par la vigilance, le courage et l'ardeur au travail. Il fallait transformer les terres sèches en terres à blé, les rochers en maisons, le désert en forêts. Et c'est de là que viennent les traits caractéristiques de l'Arménie, son culte de la nature et son côté positif.

— Et nous voilà matérialistes-nés ! s'exclama Péronian.

— Je n'ai pas dit ça, contesta Ouranian. Ce qui m'étonne, c'est qu'on ait si peu étudié le développement de notre psychologie nationale. Nous ignorons l'histoire de nos divinités, de nos recherches et de nos errances spirituelles. Il n'existe pas à ma connaissance un seul livre qui traite sérieusement de la psychologie du peuple arménien autrement qu'en termes généraux, creux et abstraits. Rien qui se fonde sur une étude profonde et solide. Tu parles de matérialisme, Péronian, de culte de la nature et de positivisme. Les Grecs aussi ont été positivistes et ont pratiqué le culte de la nature, ils n'ont pas été matérialistes pour autant. Le matérialiste se soumet à la matière, il la divinise, mais nous, nous l'avons dominée et domestiquée. Nos dieux ont été bénéfiques et serviables, ils n'ont pas été des puissances suprêmes, écrasantes, autoritaires, vengeresses et cruelles. Quand ils ont cessé de nous être bénéfiques, nous les avons abandonnés pour en créer de nouveaux. Mais je me suis écarté du sujet. Qu'est-ce que je disais ?

— On parlait des bolcheviks.

— Ah oui, ce que je voulais dire, c'est qu'il faut un peu de recul pour classer les faits historiques. Il semble maintenant écrit dans le grand livre des secrets que le pays d'Arménie doit renaître et se refaire, sinon tant de souffrances et de malheurs resteraient inexplicables. Le grand drame de la recréation est divisé en actes. Le premier acte, c'est l'immense tragédie de l'Arménie turque ; le deuxième, c'est le regroupement des survivants ici et l'indiscutable réalité de cette petite république dont la création est le résultat d'une lutte héroïque ; le troisième acte, c'est le retour de Zoroastre et la reconstruction matérielle du pays ; le quatrième sa renaissance matérielle et spirituelle et l'aurore d'une nouvelle phase historique.

— Tu es bien optimiste, Martiros.

— Ce n'est pas de l'optimisme, c'est ma conviction. Je sais que quand on va passer à l'action, on a besoin de calme pour se refaire des forces. Nous devons nous retrouver, nous reconstruire. Alors, Bandouni, c'est vrai ce que je dis ?

— Non. On ne peut se reconstruire que spirituellement, en suivant des voies librement choisies et poursuivies, et pas une voie qui vous est imposée par les autres.

— Voilà bien, intervint Péronian, des paroles d'intellectuel, sans rapport avec la réalité.

— Comment ? Tu renonces au principe de liberté ? Le matérialisme historique et le Zoroastre de Martiros représentent tout simplement une arriération, ça vous fait reculer de vingt siècles.

— Il faut d'abord penser au peuple.

— Le peuple ! Qu'est-ce qu'on en sait, du peuple ?

— Moi, dit Ouranian, je suis fils de paysans, et je peux vous dire que le peuple restera bien tranquille, aussi tranquille que la montagne sous la tempête. Le peuple, c'est vrai que nous le connaissons mal : sa façon de sentir et la nôtre, son univers et le nôtre sont différents. Je sais, j'ai vécu au village. Nous avons perdu cette simplicité fondamentale, cette profondeur, ce lien avec la nature dont lui reste imprégné. Nous, nous courons derrière le temps tandis que lui, solide sur la terre, il laisse passer les heures, les jours et les ans. Nous, nous participons avec notre esprit, impatiemment et nerveusement, à tous les événements que lui laisse glisser. Il regarde les hommes et les faits d'une espèce de hauteur intérieure que nous ignorons. Il se sent réel comme sont réels les champs, les montagnes, le ciel et le soleil. Il est durable et total, lui, et c'est évidemment pour ça qu'il ne sait pas s'exprimer, qu'il bafouille et qu'il vous regarde avec des yeux ronds. Et ce regard et cette incapacité de s'exprimer sont d'une grande sagesse, mais une sagesse que nous ne saisissons pas. Dans ces conditions, qu'est-ce que ça peut lui faire que les bolcheviks soient matérialistes ? Il attendra qu'ils passent eux aussi, comme ont passé des événements considérables et des hommes gigantesques. Lui, il a été, il est et il sera.

— Eh oui ! mon bon docteur, tu parles bien, mais tu verras, ils viendront démolir et massacrer.

— Tu as l'air d'oublier que nous avons le choix entre deux ennemis et, que tu le veuilles ou non, ce sera les Turcs ou les bolcheviks.

— Les Turcs tuent le corps et les bolcheviks tuent l'âme.

— Quelle naïveté ! L'âme, rien ne peut la tuer.

— Tu parles ! Je t'apporte quand tu veux dix preuves du contraire.

— Vous parlez de quelque chose dont on ne sait rien, sinon qu'elle se développe au fond des êtres comme la sève dans l'arbre et l'élan vital au cœur de la terre. C'est un courant formidable qui traverse les mers et les montagnes, qui ouvre des chemins secrets mais dont les sources nous restent aussi inconnues et mystérieuses que les raisons d'être de la nature, du mouvement de la terre autour du soleil ou que l'origine de la vie. Non, c'est en tout cas quelque chose que rien ne peut tuer. On peut provisoirement la voiler, la faire dévier de son développement naturel, mais on ne peut pas la faire disparaître. Et s'il arrive qu'on lui oppose des obstacles, qu'on essaye de l'étouffer, elle se repliera au fond des êtres comme ces gaz qui s'amassent sous terre et qui, un beau jour, font tout sauter sous une pression formidable, elle jaillira comme un volcan et détruira ce au nom de quoi on voulait la détruire. Non, moi, vous savez, je ne crains pas les nouveaux prédicateurs. Ils séviront, ils se renieront et, en fin de compte, ils se frapperont la poitrine en disant ce que nous disons aujourd'hui.

— Enfin ! s'écria Hérian d'une voix découragée, vous parlez de tout mais vous oubliez une chose : la question des frontières. Sans Kars et Sourmalou, sans tous ces territoires perdus, comment peut-on vivre ?

— Évidemment, dit Péronian, c'est très grave, mais il faut avouer aussi que c'est en grande partie cette obsession qui a provoqué nos derniers malheurs. Tout le monde a fait pression sur le gouvernement, tout le monde voulait que l'endroit où il était né fasse partie de la République. Le gouvernement a été soumis à une pression morale qui a eu des conséquences désastreuses.

— Les gens au pouvoir se sont moins conduits en hommes d'État qu'en hommes de parti.

— Oui, c'est leur grande faiblesse.

— Absolument, approuva Ouranian, mais il faut dire qu'une des plaies de l'époque, après l'État, c'est les partis. D'abord, l'État devrait avoir un rôle non politique et purement administratif.

— Et voilà Bakounine qui reparaît, sourit Péronian.

— Il n'y a pas que Bakounine. L'élimination de l'État figure aussi dans le programme des bolcheviks, et voilà qu'on s'aperçoit que le monde n'avait jamais connu une tyrannie comme la leur.

— Vous vous égarez encore, intervint Hérian. Je vous parlais des frontières et vous voilà repartis sur Bakounine.

— Eh bien ! moi, intervint Ouranian, je crois que la question des frontières est secondaire. Le but des peuples, c'est la culture, et la culture, c'est l'approfondissement, pas l'élargissement. Aujourd'hui, les peuples les mieux organisés, les plus civilisés, ce sont ceux des pays du nord de l'Europe. Prenez la Norvège, elle n'est pas plus riche que l'Arménie : sur des terres arides, des tas de pierres, des montagnes enveloppées dans une espèce de silence éternel, un peuple contraint à toutes sortes d'inventions pour faire vivre tout ça. Et inventer, c'est se servir de son cerveau, de son âme justement, c'est faire des efforts de toutes sortes, innover, se battre. Il faut nourrir le milieu avec le corps et l'esprit, vaincre l'inertie de la nature et des hommes. Voilà ce qu'est la culture.

— Oui, approuva Péronian, il faut commencer par les choses les plus élémentaires. Il faut oublier le passé, au moins provisoirement, et tout reprendre au début.

— C'est vrai.

— Il reste encore un peu à boire.

Fédor, qui était resté tout le temps à moitié allongé, rouvrit soudain les yeux, regarda surpris de tous les côtés, se leva et annonça d'une voix suppliante :

— Messieurs, je veux m'en aller.

— Vous voulez aller où, Fédor Pantéléïévitch ?

— Je ne sais pas, je ne sais rien. Je veux partir, m'en aller. Messieurs, j'avais un fils. Il avait une petite moustache blonde, un front intelligent, des yeux bleus. Quand il était petit, il fabriquait des bateaux avec des morceaux de bois. Au gymnase, en classe de troisième, il était premier en calcul et il gagnait un peu d'argent en donnant des leçons à ses camarades. Vous voyez comme il était, mon fils ? Et maintenant...

Ses yeux s'emplirent de larmes.

— Mon fils... une petite moustache blonde. Je ne peux pas... vous comprenez... je ne peux pas... Il faut que je m'en aille...

Il se rassit.

— Laissez-le, il va se calmer.

— Nous sommes là, assis tranquillement à boire, à parler, à discuter. On discute parce qu'on a peur de penser. C'est vrai ou non ?

— C'est vrai.

— Quand on se tait, on a l'impression que quelqu'un va arriver et tout casser. Alors on parle.

— Laissons ces délicatesses.

— Quelles délicatesses ?

— Advienne que pourra. On n'y peut rien.

— Facile à dire. Nous ne sommes pas musulmans, nous n'avons pas droit au fatalisme. Pas question d'accepter ce qui est soi-disant écrit.

— Si c'est écrit, l'écriture est un peu composite. Entre l'Évangile, le Coran et Zoroastre, sans compter Marx et Lénine. Sérieusement, j'aimerais bien savoir ce que le catholicos pense à l'heure qu'il est.

— A l'heure qu'il est, le catholicos est dans son lit en train de dormir, et par conséquent il ne pense à rien.

— S'il y a en ce moment une âme qui plane tristement par ici, c'est sûrement celle de notre voisin Abovian.

— Il plane et il prépare le deuxième volume des *Plaies de l'Arménie*.

— Il en a vécu une époque, lui aussi !

— Le deuxième jour du mois d'avril 1848, à l'aube, le juge de deuxième classe Khatchatour Abovian est sorti de chez lui et on ne l'a jamais revu.

— Lui aussi, les ténèbres de ce pays l'ont absorbé.

— La nuit n'en finit pas. De toute façon, le jour n'apportera pas de raisons de se réjouir.

— Cette incertitude est insupportable. Nous sommes tous devenus des Abovian. Tu étais là et tu n'y es plus.

— On change d'acte et de décors et toi, tu files dans les coulisses. Les événements te mettent un autre masque sur la figure et tu n'es plus ce que tu croyais être.

— Si tu n'es pas ce que tu es...

— Assez avec votre philosophie débile ! L'homme ne croit pas être ceci ou cela, il est ceci ou cela. Le soi reste inaltérable.

— Le soi...

— Le monde est en train de s'écrouler et on est là à parler du moi et du soi.

— Laisse-le s'expliquer.

— Eh bien, qu'il s'explique.

— Plus rien à boire.

— Voilà qui est important. Chacun se bat pour son moi et avec son moi. Et quand il est complètement conscient de son moi, il pense être parvenu au stade ultime de l'individualité alors qu'en fait, le moi est comme un tronc d'arbre tombé à la mer, ballotté à droite et à gauche par des vents qui finissent par le pousser sur un rivage inconnu. La conscience du soi, c'est autre chose. Celui qui arrive au soi s'approfondit et s'achève avec, et à partir de là il peut regarder le moi de l'intérieur et d'une certaine hauteur. Et quelles que soient les modifications auxquelles ce moi est soumis, l'individu consolide le soi en lui et reste inaltérable et fidèle à sa propre réalité.

— Je n'ai rien compris.

— Qui t'a dit qu'il fallait que tu comprennes ?

— Moi, je sais une chose, c'est que si demain un obus m'envoie en l'air en morceaux, que j'aie été soi ou moi, je ne vois pas la différence.

— Si c'est comme ça, rien n'a plus d'intérêt ni d'importance.

— Quelle heure est-il ?

— Près de quatre heures. L'auto n'est pas encore là.

— Bon, je vais quand même me préparer.

— Attendez... je crois que j'entends quelque chose.

— Non, on n'entend rien.

— Je croyais.

— Oui, c'est la voiture.

— Fédor Pantéléïévitch, je vous confie le bateau, je compte sur vous. Et puis voilà plusieurs jours qu'on n'a pas vu le chien, qui sait où il est allé courir ? S'il revient, vous l'attachez. Et puis, je vous en prie, ne vous laissez pas aller. Du cran, que diable, du cran !

16

D'un geste impatient, il chercha sa pipe dans ses poches et ne la trouva pas. Il se remit à marcher au hasard. Au bout d'un instant, il vit, derrière une petite butte, des voitures attelées, des chevaux et des soldats qui s'affairaient autour. Peut-être pourraient-ils le renseigner? Il alla vers eux :

— Bonjour les gars.

Les soldats, qui visiblement avaient autre chose à faire, ne firent absolument pas attention à lui. Un peu plus loin, un jeune lieutenant regardait tranquillement les chevaux qui, le nez dans le sac, mangeaient en balançant la queue. Hérian s'approcha de l'officier, un jeune homme brun et trapu, mais brusquement, il ne savait plus quoi lui dire. De nouveau, il explora ses poches à la recherche de sa pipe, et se rappela qu'au dernier moment, il l'avait oubliée sur la table. Il avait une furieuse envie de fumer.

Près du lieutenant, un soldat était allongé par terre, les écouteurs du téléphone de campagne aux oreilles, un carnet et un crayon à la main.

— Oui, disait-il, oui, je suis là... Oui, le ravitaillement est là, la voiture est prête. Comment?... Oui, très bien.

Le soldat regarda l'officier et lui fit signe avec son crayon. Hérian restait comme vissé là, mais il se rendait compte que ce n'était pas du tout sa place et il ne savait pas quelle contenance prendre. Apparemment, le lieutenant se faisait les mêmes réflexions, car il le regarda à plusieurs reprises d'un air étonné, puis détourna les yeux en le négligeant complètement.

Les camarades avec lesquels il était venu étaient restés au village voisin, mais lui avait absolument voulu s'approcher du lieu des combats, non par curiosité mais parce qu'en entendant le canon, il s'était senti très agité et avait été pris d'une grande envie de faire quelque chose. Et maintenant, il était là, tout bête. Soudain, il eut une inspiration :

— Pouvez-vous me dire où sont les postes de secours?

Le lieutenant désigna le côté droit de la colline qui était devant eux :

— Les premiers doivent être par là, les autres sont derrière, au village. Pourquoi ? Vous voulez y aller ?

— Oui, je veux aller au premier.

— Vous savez, l'endroit est dangereux et si vous n'avez pas de raison particulière...

Il remercia l'officier et partit d'un pas décidé dans la direction indiquée. Maintenant, il se sentait tout à fait calme. On venait de lui rappeler le danger. Évidemment, il était à la merci du premier obus venu, mais cette idée ne l'agitait pas outre mesure ; au contraire, le drame qui se jouait autour de lui lui semblait lointain, irréel. Ce qui était bien réel, en revanche, c'était le froid. Il ne sentait plus ses pieds. Il s'arrêta, frappa le sol et battit des bras, puis se remit en route.

Il n'avait pas fait cent pas que des balles sifflèrent à ses oreilles. Instinctivement, il enfonça la tête dans les épaules. De nouveau, il tapa des pieds par terre et repartit. Quelle bêtise d'avoir oublié sa pipe ! Du côté de la colline, à environ deux cents pas, un obus éclata, dégageant une forte odeur de terre, de vinaigre et d'acétylène. Justement, il allait dans cette direction. Fallait-il continuer ? Il s'arrêta encore, regarda derrière lui : les voitures et les chevaux quittaient l'endroit où il les avait vus. A l'instant même où il avait la tête tournée, un autre obus arriva dans un hululement. Plusieurs autres suivirent. Il se jeta à terre, les mains crispées sur le derrière du crâne. Quand il redressa la tête, il vit deux chevaux qui partaient au grand galop, toujours le nez dans le sac. Il était arrivé quelque chose du côté des équipages. Il se retourna encore : quelques soldats fuyaient en courant. Mais où étaient les autres ? Il voulut se redresser, mais n'y arriva pas. Qu'est-ce qu'il y a ? Je suis blessé ? Il bougea les mains et les pieds : rien ne lui faisait mal. Encore un effort et il arriva à se mettre debout. Mais de quel côté aller ? Sans bien savoir, il se mit à marcher.

Brusquement, une violente secousse ébranla le sol, comme un tremblement de terre. C'étaient des hurlements et un grondement monstrueux. Des paquets de terre et de pierres jaillissaient du sol fumant. Il resta immobile, sans se rendre compte de ce qu'il ressentait, mais avec une idée fixe : s'aplatir par terre. Il concentra son attention sur un pauvre arbrisseau aux branches dépouillées qui tremblait à quelques pas de lui : tous deux étaient cloués au sol. Il se sentit solidaire du drame que vivait la malheureuse plante, cette solitude écrasante, cette impuissance, cette paralysie. Il ressentait la frayeur qui fascinait l'arbrisseau, le drame de ses racines, l'effroi qui devait glacer sa sève. Là-haut, le ciel était tranquille, indifférent.

Il ne se rendait pas compte du temps qui s'écoulait, mais, au bout d'un moment, il remarqua que les obus tombaient un peu plus loin, de l'autre côté de la colline, vers le nord. Du côté où il était, la terre bouleversée retombait dans sa somnolence, comme si rien ne s'était passé. La seule différence, c'était une violente odeur d'ordures. Il se sentit joyeux, pour lui et pour l'arbrisseau. Quelle bêtise d'être venu se fourrer dans ce guêpier ! Et tout cela, au fond, sans but véritable. On l'avait pourtant mis en garde. En tout cas, maintenant, il fallait trouver un moyen d'en sortir.

Il se leva et partit en courant.

L'artillerie arménienne tirait sans arrêt. Les mitrailleuses crépitaient.

— Qu'est-ce que vous faites là ? Partez ! Partez immédiatement !

— Le poste de secours ?

— Par là.

Des débris d'armes et d'uniformes, des boîtes en fer, des caissons d'artillerie aux roues brisées, des piles d'obus, des masses de douilles, des cadavres de chevaux. Son pied heurta un corps, il recula d'un pas : c'était un grand garçon couché sur le dos, bras et jambes en croix, le regard vitreux fixé au ciel. Deux soldats portant un brancard arrivaient vers lui ; il courut au-devant d'eux.

— On y va aussi, au poste de secours, c'est par là.

Derrière les murs encore debout d'une église démolie, il trouva effectivement le poste de secours de première ligne. Allongés à même le sol, les blessés attendaient leur tour. Il les regarda attentivement : il y avait les silencieux, immobiles comme des cadavres, ceux qui poussaient des gémissements affreux en se mordant les lèvres, d'autres qui se lamentaient, mais d'une voix lointaine, qui ne paraissait pas leur appartenir et semblait plutôt sortir d'un corps sans vie. Personne ne s'occupait d'eux, tout le monde semblant absorbé par d'autres tâches.

Une salle d'opération de trois tables avait été installée dans l'abside de l'église où régnait une atroce odeur de médicaments, de cadavre et de chair gangrenée. Il sentit sa tête tourner et dut faire un violent effort pour ne pas s'évanouir. D'ailleurs, on était trop occupé pour faire attention à lui : sur les trois tables, on opérait. Une intervention à peine terminée, on prenait le suivant. Tout se déroulait dans un lourd silence. Les traits tirés, les médecins tendaient leurs mains sanglantes sur lesquelles on versait de l'eau d'un seau ; on leur mettait entre les lèvres une cigarette allumée, ils tiraient quelques bouffées et se remettaient aussitôt au travail. Mais les plus occupées étaient quelques femmes en blanc qui n'arrêtaient pas de s'affairer autour des médecins, faisant bouillir les instruments, pansant les opérés, courant à droite, à gauche, aussi vives et rapides que des oiseaux cherchant leur nourriture.

Il regardait, éberlué, la scène cauchemardesque. Ces religieuses au vêtement et au regard livides célébraient le culte sanglant de quelque divinité cruelle. Dans les ruines de l'édifice séculaire, ces corps torturés pouvaient faire songer à des victimes expiatoires offertes en sacrifice. Et ces hommes et ces femmes qui s'affairaient autour d'eux en silence n'étaient-ils pas les célébrants d'un culte étrange et mystérieux ? On amenait sans cesse de nouveaux blessés et les piqûres d'iodoforme se succédaient. Au-delà des murs, les obus continuaient à tomber. Les hommes allongés par terre continuaient à souffrir. Certains ne cessaient de s'agiter. D'autres, entrouvrant leurs lèvres desséchées, réclamaient de l'eau en geignant.

Et maintenant, que fallait-il faire? Un officier passa près de lui. Il lui emboîta le pas, le rattrapa :

— Pardon. Je suis tombé ici tout à fait par hasard... Est-ce que je peux me rendre utile?

L'homme, probablement un médecin militaire, le regarda de ses yeux de myope en levant les mains :

— Le plus important, c'est de ramener les blessés. Si ça ne vous fait pas peur, allez-y avec les autres. Mais attention, ne perdez pas de temps avec les morts. Ce qu'il faut, c'est sauver ceux qu'on peut encore sauver.

— D'accord, je suis prêt.

— Avétis, appela l'officier en s'adressant à un soldat, voilà un homme qui veut travailler. Mets-le aux brancards.

— A vos ordres. Venez avec moi.

Avétis était un petit gars énergique, à la figure ronde et au poil dru. Il lui manquait deux doigts à la main gauche, ce qui lui avait valu d'être affecté au service de santé.

— Et là-bas, ça va comment? lui demanda Hérian en désignant la ligne de combat.

— Pas facile de savoir. Les nôtres tapent dur depuis ce matin et on a réussi à faire pas mal reculer les Turcs. Mais qu'est-ce qu'il y a comme morts et blessés !

— On manque de médecins, remarqua Hérian après un moment de silence.

— Oui. Et puis, il n'y a pas que notre poste. Il y en a d'autres. Mais partout, ils travaillent comme des bouchers. Ça coupe les mains, les bras, les jambes, et allez-y ! Mais ce n'est pas à moi de leur faire des remarques.

— En venant, les obus pleuvaient partout et j'ai l'impression qu'il en est tombé un sur le convoi de ravitaillement. Il doit y avoir des blessés de ce côté-là. On y va?

— Par où?

— Par là.

— Allons-y.

Arrivés à l'endroit indiqué, ils virent des voitures démolies et des cadavres de chevaux. Ils regardèrent partout. Avétis retourna un corps.

— Pas la peine. Celui-là a son compte.

C'était le téléphoniste de tout à l'heure. Il avait encore les écouteurs aux oreilles.

— Il faut regarder sous les voitures.

Sous une voiture, effectivement, gisait le jeune lieutenant, le front et les mains ensanglantés, le teint cireux, le regard fixe. Hérian s'agenouilla, lui toucha la main.

— On dirait qu'il est chaud, fit-il presque joyeux.

— Oui, il doit être vivant.

Ils le soulevèrent doucement, l'allongèrent sur le brancard. Ils avaient à peine fait quelques pas que le lieutenant entrouvrit les yeux et un bruit sourd s'échappa de sa poitrine.

Ils posèrent le brancard. Le soldat pinça légèrement le nez de l'officier, tâta le pouls, secoua un peu le corps.

— C'est fini. Ça ne sert plus à rien.

Ils déposèrent le cadavre par terre. Et voilà, se dit Hérian, il y a un instant, il était là, sérieux, maître de lui, et maintenant, on le dépose, ça ne sert plus à rien...

— Alors, on laisse les morts comme ça, sans rien, sans les couvrir? fit-il d'une voix frémissante en faisant un geste sec, comme pour couper l'air.

— Tu sais, les morts, ils peuvent attendre. Nous pas.

— Bien sûr.

— Bon, allons-y.

Ce jour-là, la terre de Sardarabad n'était plus qu'un immense hurlement. Ils sautaient dans les tranchées, ramassaient des corps aux plaies béantes, repartaient, revenaient. Hérian titubait, ses lèvres étaient sèches, ses genoux tremblaient.

Des cris, des plaintes, des râles, une odeur de sang, d'iodoforme et d'acétylène. Là-bas, l'Ararat regardait avec une superbe indifférence sous des nuages de plomb que poussait un vent léger. La bataille poursuivait ses déchirements anonymes, implacables, mécaniques. Les ordres fusaient, les hommes les exécutaient avec des gestes précis et rapides : ils bondissaient hors des tranchées, couraient, se couchaient. « Feu ! » Ils tiraient. Le crépitement des mitrailleuses, le tonnerre de l'artillerie continuaient, les gerbes de terre dure jaillissaient, retombaient en pluie. Fer, feu et fumée.

— Attention ! Pour l'assaut, préparez-vous !

Sous la mitraille, un évêque, la croix en main, passait de tranchée en tranchée et exhortait les hommes : « Vous ne laisserez pas les Turcs entrer dans la plaine de l'Ararat ! » Et on se lançait en avant. Hérian vit des compagnies entières franchir les parapets, avancer sous la grêle de balles qui tombait des hauteurs et réussir à occuper les premières positions turques. Les batteries allongèrent le tir.

Une sainte fureur soulevait ce lambeau de la terre d'Arménie. Les Turcs ne s'attendaient pas à une telle résistance.

Ses genoux tremblaient, sa bouche était de plus en plus sèche. Le jour allait s'achever et il n'avait pas eu un instant de répit. Il traînait les pieds, l'esprit ailleurs. Rien ne l'impressionnait plus. Une nouvelle réalité s'imposait comme un phénomène normal et naturel. Parfois, l'instinct de conservation le poussait à s'arrêter, à reculer ou à se coucher pour éviter les éclats d'obus. L'instant d'après, il se relevait, reprenait le brancard et repartait. Mais quand il arrivait au poste de secours, cela n'allait plus : le désordre indescriptible, les cris, les gémissements, le sang, les membres coupés... Chirurgiens et infirmières tenaient à peine debout. Dès qu'avec son coéquipier, il avait déposé un blessé, il repartait pour échapper à l'atroce spectacle auquel il préférait encore la grêle de balles et d'éclats d'obus.

— Comment ça va, mon colonel ?

— Bien, les Turcs reculent.

Les Turcs reculent ! Maintenant, pour arriver en première ligne, le chemin était plus long. Là-bas, la progression continuait. Les batteries se déplaçaient pour gagner de nouvelles positions. Les Turcs, cette fois, avaient évacué les hauteurs.

Allongés dans leurs trous, les jeunes paysans arméniens, lents et massifs, tiraient sans arrêt. Puis, à l'ordre d'attaquer, ils sortaient et avançaient en courant lourdement, gravissaient les buttes, se retranchaient derrière les rochers pour tirer encore. Toute la plaine grondait. Servis par les prêtres d'un culte païen, les canons rugissaient en reculant. Parfois, un des prêtres s'immobilisait, tournoyait sur place et tombait comme un arbre qu'on abat. Hérian se précipitait vers lui.

Parfois aussi, un obus arrivait au milieu d'un groupe, ses éclats zébraient, fauchaient, hachaient tout et les débris retombaient avec des bruits sourds. Ou encore on voyait un homme sortir du mélange de terre et de neige, courir comme un fou en gesticulant, et s'abattre au bout de dix pas. Ou bien là-bas, à l'endroit où s'accomplissait le rite du service des canons, un cratère se creusait, et après le tonnerre, un lourd silence enveloppait les tas de ferraille, les roues brisées, les corps humains et d'indescriptibles débris tombés en pluie sur la terre torturée. Peu importe, les Turcs reculent !

Les balles continuaient à siffler.

— Attends, dit tout à coup Hérian, attends !... Mon épaule...

Ils posèrent le brancard où le jeune officier exsangue, la bouche tordue, faisait entendre une sorte de ronflement.

— Oh là ! dit Avétis, tu en as attrapé une ?

— Je ne sais pas. Tout d'un coup, je n'ai plus de forces...

Il passa sa main sous sa veste, vers son épaule gauche, étouffa un cri et la retira pleine de sang.

— Oui, je suis blessé.

— Eh ben ! Qu'est-ce qu'on va faire de celui-là ? Il perd tout son sang et si on l'emmène pas tout de suite...

— Attends, je vais voir si je peux soulever avec la main droite.

Il essaya de soulever le brancard mais l'officier manqua en tomber.

— Rien à faire.

— Bon, si c'est comme ça, tu vas au poste, tu fais voir ton épaule et tu m'envoies quelqu'un tout de suite. Moi, j'attends ici. Et puis, ça ne fait rien, ajouta-t-il en regardant bien l'officier, y a plus beaucoup de chances. Enfin, j'attends ici.

— Pas grave, dit le médecin, ce n'est pas grand-chose, c'est assez superficiel. On va vous nettoyer ça provisoirement et vous pourrez aller à Vagharchapat où ils vous feront un pansement plus sérieux.

Malgré une vive douleur, Hérian souriait, mais quand on lui nettoya la plaie, il devint livide.

— Allons, allons, fit le médecin, un homme comme vous !... Vous avez de la chance, l'os n'est pas touché. Dans quinze jours, vous n'y penserez plus. Voilà, vous pouvez partir.

Il faisait nuit quand il arriva à Vagharchapat. Les cloches d'Etchmiadzine sonnaient à toute volée. Les Arméniens venaient de remporter une grande victoire.

TROISIÈME PARTIE

1

On entendait *l'Internationale* du côté de Kanaker. On repliait en hâte les drapeaux rouge-bleu-orange de la République. Des groupes de jeunes gens parcouraient les rues en poussant des cris joyeux mais, derrière les fenêtres, les habitants suivaient le spectacle d'un regard anxieux.

En haut de la rue principale, un ministre et un colonel, les traits tirés par le manque de sommeil, esquissaient un sourire amer et jetaient à droite et à gauche des regards inquiets : ils attendaient l'avant-garde de l'Armée rouge et les dirigeants communistes qu'ils étaient chargés d'accueillir. Finalement, on entendit le sabot des chevaux et les premiers apparurent. Scandée par les cuivres et les tambours, *l'Internationale* déchira l'air.

« Que chacun continue de vaquer à ses occupations. »

Les membres du comité militaire-révolutionnaire, de jeunes Arméniens, garçons simples et trapus, descendirent des automobiles, entrèrent dans une maison bourgeoise de la rue Nalbandian en secouant la poussière de leurs vêtements, frappèrent le sol du pied pour se dégourdir, prirent place autour d'une table ronde et allumèrent des cigarettes. L'un d'eux déclara la séance ouverte.

Des soldats, l'arme au pied, montaient la garde devant la maison. Des jeunes gens en veste de cuir, le revolver à la ceinture, coururent dans tous les sens, entrèrent, sortirent, puis en fin de compte disparurent. On barra la rue aux deux extrémités.

« Que chacun continue à vaquer à ses occupations. »

Pendant que les soldats défilaient dans les rues, drapeau rouge en tête, les habitants, cloîtrés chez eux, attendaient dans l'angoisse de savoir ce qui allait se passer. Comme il ne se passait rien, une nouvelle fois on s'approcha des fenêtres, on écarta doucement les rideaux, on tendit l'oreille et, constatant qu'apparemment tout était calme, on ouvrit précautionneusement les portes et on avança sur le seuil en prenant bien l'air de spectateurs neutres et tout à fait innocents. Et puis — que ce qui doit arriver arrive —, maîtrisant un léger tremblement des genoux, on s'engagea dans la rue qu'on se mit à arpenter de haut en bas. On commença même à parler à haute voix, à rire avec cette désinvolture qui sied à des gens qui n'ont rien à se reprocher et sont parfaitement étrangers à la politique.

— Ce sont des Arméniens, non ? Des Arméniens comme nous.

Oui, c'étaient des Arméniens, et on rencontrait même parmi eux de vieilles connaissances, et on se précipitait pour leur tendre la main. On se réjouissait bruyamment, comme des chiots qui retrouvent leur maître, et on voulait surtout que tout le monde soit témoin de la joie qu'on éprouvait.

— Arakel ? Mais lui et moi on est comme des frères, on a vécu ensemble des années. Ah ! mais c'est un garçon très bien !

A ces effusions, les Arakel et les Markos répondaient poliment, avec des sourires retenus. Il fallait rester réservé avec la population. Ils passaient donc leur chemin en ajustant les énormes revolvers pendus à leur ceinture.

D'autres, pour se faire bien voir du nouveau pouvoir, mêlaient à tout propos et hors de propos à leur conversation les noms de Marx, Engels et Lénine.

Les yeux baissés, l'air indifférent mais l'œil aux aguets, des jeunes gens circulaient dans la foule en tendant l'oreille.

Le soir tomba et, avec l'obscurité, vers six heures, tout le monde disparut. Il n'y avait plus rien, sauf l'hiver.

« Que chacun continue de vaquer à ses occupations. »

Il y avait l'hiver qui hurlait dans les cheminées et balayait la neige sur les toits. Le club était désert, les boutiques fermées depuis longtemps. Dans la maison de la rue Nalbandian, la réunion du comité continuait. Là-haut, sur la colline, le mât de *l'Albatros* frémissait et le vent sifflait sur sa cheminée vide.

Assis devant un reste de bougie allumée, Hérian relisait pour la dixième fois la lettre qu'il avait écrite plusieurs jours auparavant et qu'il n'avait pas eu le courage d'envoyer à Mlle Boudaghian. Demain, il retournerait à l'hôpital pour faire changer son pansement. Mais à quoi bon y aller ? Il savait d'avance comment cela se passerait. « Ah ! monsieur Hérian. Vous avez bien fait de venir. Une minute, je suis à vous tout de suite. » Elle dirait cela sans même le regarder, irait d'un bout à l'autre de la salle, replaçant des flacons de médicaments, déplaçant des paquets d'ouate, sortirait, reviendrait, l'air toujours aussi occupé. Et lui attendrait debout sans bouger, comme un gosse mis au coin, le cœur serré, découragé, prêt à rougir pour un rien. « Si vous êtes trop occupée, lui dirait-il, je peux revenir plus tard. » « Non,

non, ne vous impatientez pas. Je suis à vous tout de suite. » Il était évident qu'elle circulait et s'agitait absolument sans raison, qu'elle s'efforçait de paraître indifférente, qu'elle voulait cacher ce qu'elle éprouvait. Tous deux le savaient et ils n'y pouvaient rien. Ils avaient peur. Ils avaient peur et cela les faisait souffrir. Pourquoi ?

« Bon, faites-moi voir votre bras. » Il ôterait son veston, allongerait le bras et observerait tous ses mouvements. Elle prendrait le coton, referait prestement le pansement en pâlissant un peu et en tremblant légèrement. Il chercherait son regard qu'elle détournerait. « Et voilà, vous pouvez vous sauver. Revenez dans trois jours. » Il sortirait en se jurant de ne pas revenir.

« J'en suis venu, écrivait-il, à me trouver ridicule. Il m'était arrivé beaucoup de choses dans cette vie, mais jamais encore de rougir, d'avoir peur et de souffrir comme un écolier. Chaque fois que je viens vous voir, en franchissant la porte, je répète tout ce que je veux vous dire. Et quand je suis là et que je vois votre visage sérieux, soucieux, vos yeux qui me fuient, tout en moi se fige, les paroles qui me brûlent s'envolent et je reste confus et paralysé. »

« Non, non, murmura-t-il en pliant la lettre, ça ne va pas. Aucun talent pour écrire. » Ce qu'il ressentait était si considérable que les mots lui semblaient dérisoires et insipides. Il se prit la tête dans les mains. Dehors, le vent continuait à souffler et, à côté, Fédor continuait à ronfler.

Fédor... A peine eut-il appris l'arrivée des bolcheviks qu'il se recroquevilla frileusement dans son coin. Mais dès qu'il entendit une musique de l'Armée rouge, il se précipita dehors pour l'acclamer. Il courut le long de la colonne en agitant son chapeau et en criant comme un fou.

— Frères ! Frères ! Camarades ! Bravo ! Bravo !

Il descendit en ville et, volant d'un trottoir à l'autre derrière les drapeaux rouges, se frappant la poitrine de ses poings, il hurla jusqu'à l'extinction de voix. Puis il remonta au bateau et, tout essoufflé, murmura :

— Ils sont là, commandant, ils sont là !

— Et alors ? Ça vous fait plaisir ?

— Et pourquoi cela ne me ferait-il pas plaisir ? C'est la Russie qui est là, des soldats russes ! La guerre, la faim, la souffrance, tout ça est fini. On va enfin respirer, travailler, s'occuper du bateau.

Il sortit de sa poche un long morceau de lavache qu'il avala vivement puis s'allongea, tira son manteau sur lui et s'endormit.

Quant à Martin et à Rim, il y avait deux jours qu'ils n'avaient pas reparu.

Il mit sa casquette, releva le col de sa veste et sortit sur le pont battu par le vent. Il faisait noir. La ville avait si bien éteint toutes ses lumières qu'elle semblait s'être envolée. On n'entendait même plus les coups de feu habituels. La nuit avait englouti Erevan. Une puissance incompréhensible avait brusquement, en un instant, englouti la ville et le pays.

Les maisons étaient couchées, épuisées, tristes, comme vidées. Lui aussi se sentait vidé, triste, épuisé. Ah ! la mer ! Naviguer ! Il aspira fortement, pour absorber l'espace. Non, ce n'était pas ça. Il manquait le sel. C'était la montagne et la neige, les pierres et les feuilles mortes, cela sentait le vieux pays usé, la bouse séchée, le savon maison, la paille et l'étable.

Il tendit son visage au vent, et plus le vent cinglait, plus une tristesse muette, insondable, lancinante, l'étreignait. Impossible de réfléchir. Comment la réflexion suffirait-elle à saisir le jeu de ces forces aveugles, immenses, le choc de ces vagues déchaînées, de ces courses gigantesques ? Il était dérisoire, abandonné, impuissant, orphelin. Et son cœur dévoré d'angoisse désirait celle à qui il avait écrit cette pauvre lettre qu'il avait en poche. Jamais il n'avait été à ce point assoiffé d'amour, jamais il n'avait été aussi amoureux de l'amour.

Et en lui l'orphelin, l'enfant que chacun reste jusqu'au bout, l'être candide et sans défense qui rêve de trouver la lumière et de se réaliser, cet orphelin se mit à pleurer. Il revit comme dans un film tout son passé, tout ce qu'il avait été. Qui avait-il sur cette terre ? A qui son esprit, son cœur, son âme étaient-ils liés ? Il avait tenté de retrouver son pays, et voilà que ce pays, on le lui arrachait. Et si on allait lui prendre aussi son bateau ? La panique le saisit. Ça, jamais ! Plutôt mourir. Il serra les poings. Ce modeste bâtiment était peut-être sans importance pour les autres, pour lui, il était tout, il était sa vie, et la vie intérieure.

Sous l'effet de l'humidité, sa blessure à l'épaule lui faisait mal. Il rentra s'asseoir dans la cabine. La bougie s'était éteinte. Fédor ronflait. Quand le jour allait-il se lever ? Il attendait l'aube et en même temps la craignait. Il croisa les bras sur la table, posa sa tête dessus et ferma les yeux.

La cheminée du bateau sifflait toujours.

— Ah ! toi, maudit démon ! s'écria Fédor en rejetant son manteau.

Il se tortilla, se leva, se rassit.

— Qu'est-ce qu'il y a, commandant, vous dormez ?

Hérian releva la tête en bâillant :

— Non, je ne dors pas.

— Ah, tant mieux!

— Pourquoi?

— C'est affreux! fit Fédor en se frottant le front des deux mains, c'est affreux! Le diable l'emporte! Mais... la bougie est finie?

— Oui.

Fédor soupira bruyamment et parla dans l'obscurité:

— Je ne sais pas si c'était un rêve ou une vision. C'est fantastique! Imaginez mes propres yeux qui me suivent, qui me tourmentent... Comment expliquez-vous cela? Je vous assure, mes propres yeux, sortis de sous mes paupières, qui me suivent et qui ne me lâchent plus...

— Oh, vous savez, Fédor Pantéléïévitch, commença Hérian un peu agacé, vous avez toujours des...

Il n'eut pas la force d'achever sa phrase, bâilla, puis reprit tout de même:

— Ça doit être tout simplement le lavache que vous avez mangé. Il ne devait pas être assez cuit et vous aurez eu du mal à le digérer.

— Vous me direz ce que vous voudrez, commandant, je n'y comprends rien. C'étaient bien mes yeux, mais pas ceux d'aujourd'hui, ceux d'il y a vingt ans que je revois comme dans un miroir, des yeux que l'alcool et la vie n'avaient pas encore changés. Ils étaient pleins de soleil, avec un regard clair, droit, un peu sévère. Oui, c'étaient ces yeux-là. Comment dire? J'ai eu peur, commandant, mais pourquoi fallait-il que j'aie peur de mes propres yeux? Ils me suivaient en glissant en l'air, comme ça, et leurs pupilles me perçaient comme des épingles. Et moi, je me sauvais.

— Vous avez dû boire quelque chose hier.

— Rien, malheureusement. Et moi qui ai couru, crié, qui me suis fatigué...

— Alors c'est ça, c'est de la fatigue.

— Vous croyez?

Hérian ne répondit pas. Au bout d'un instant, il entendit une sorte de martèlement sourd.

— Qu'est-ce que vous faites? demanda-t-il.

— Rien. Je me frappe le crâne avec un doigt.

— Ah bon...

— Oui, je me frappe le crâne parce que je veux comprendre. Mes propres yeux, commandant! Et vous savez ce que je me dis? Quand nous mourrons, que tout sera fini, que nous nous éteindrons comme cette bougie, il restera les yeux avec leurs milliers de regards. Et dans ces regards, il y aura toute l'histoire de notre vie, tout ce qui s'est passé, nos sentiments, nos émotions, nos amours, nos haines. Et puis tout d'un coup, ces regards nous feront comprendre bien des choses, des choses qui étaient en nous et que nous ne comprenions pas. Alors on comprendra et on sera effrayé...

— Ouais, bougonna Hérian.

Ils restèrent silencieux. Quand fera-t-il jour? L'attente devenait insupportable.

— Moi, reprit enfin Fédor, je dis qu'après la mort, la vie ne disparaît pas, elle retourne en arrière.

— Qu'est-ce que vous dites?

— Vous ne comprenez pas? Les yeux s'en retournent en arrière. Ils marchent comme les écrevisses. Les années vécues reviennent toujours, de la mort à la naissance, jusqu'à cette nuit inconnue d'où une force inconnue a eu le grand tort de nous jeter au milieu de la lumière de ce monde. Tu es poussière et tu retourneras en poussière.

— Comme nouveauté...

— Ce n'est peut-être pas nouveau, mais c'est juste. Je ne sais pas pourquoi, mais moi qui pense tant à la mort et à toutes sortes de problèmes, ce dont j'ai envie, au fond, et c'est une envie qui me fait mal, c'est de manger du caviar pressé. Voilà bien la nature humaine: on navigue dans les ténèbres, on est plein de pressentiments sinistres, mais le corps, lui, le corps animal, aspire aux douceurs et aux délices.

Il se mit à rire.

S'il en avait eu la force, il se serait mis à rugir comme un lion. Que se passera-t-il demain?

— Qu'en pensez-vous, Fédor Pantéléïévitch, que va-t-on devenir?

— Que voulez-vous qu'on devienne? Moi, ma décision est prise.

— Et c'est quoi, votre décision?

— Moi, commandant, je me proclame bolchevik.

— Très drôle.

— Ce n'est pas drôle du tout. Moi, voyez-vous, je me suppose mort. Voilà où est la plaisanterie: je suis mort, je n'existe plus, j'ai quitté ce monde. Eh oui, imaginez que je suis tombé sans souffle, qu'on m'a ramassé et enterré. Vous croyez que tout est fini pour moi, mais il s'avère que ça n'est pas fini du tout. J'ouvre les yeux et je constate que l'autre monde est étonnamment semblable à celui-ci, avec les mêmes gens, les mêmes maisons, les mêmes rues. Alors je me réjouis et je me dis qu'après tout, la mort n'est pas une chose si terrible. Tout est pareil, avec une petite différence pourtant: le système politique et social a changé, et, dans ce monde nouveau, ce sont les Rouges qui gouvernent. Alors, qu'est-ce que je peux faire? Accepter les choses comme elles sont et les acclamer. Après tout, quand nous sommes nés, nous ne savions pas que nous entrions dans un monde gouverné par le tsar. Nous avons ouvert les yeux et crié « Vive Alexandre II ! », « Vive Nicolas II ! ». Alors, maintenant je suis né et je crie « Vive Vladimir Ilitch ! ». Eh oui, commandant, il n'y a pas de problème, je suis rouge.

Hérian se mit à rire. S'il en avait eu la force, il aurait rugi.

— Bon, essayons de dormir.

— D'accord, dormons.

Ils s'allongèrent, mais ils ne s'endormirent pas et restèrent à écouter le vent.

2

Le matin, la première personne qu'il rencontra fut Mathos, le portier de l'hôpital. Celui-ci, les yeux encore pleins de sommeil et d'effroi, les épaules tombantes sur lesquelles il ne cessait de remonter son veston, lui donna aussitôt les nouvelles en soupirant, crachotant et avalant la moitié des mots. Hérian n'en croyait pas ses oreilles et ouvrait de grands yeux :

— Qu'est-ce que tu dis ?

— C'est comme je vous le dis. Toute la nuit jusqu'au matin. Ils sont arrivés comme ça sans crier gare, à minuit et même après. Ils s'amènent, les soldats encerclent les maisons, ils entrent et ils perquisitionnent.

— Et qu'est-ce qu'ils cherchent ?

— Est-ce que je sais ? Allez donc savoir. Les enfants pleurent, les femmes sont mortes de peur, les hommes sautent du lit.

Il roula les yeux, tortilla les bouts de sa moustache et reprit en baissant la voix :

— A ce qu'on dit, ils cherchent surtout ce qu'il peut y avoir à manger et ils emportent tout ce qu'ils trouvent. Ils disent que nos frères russes n'ont pas de quoi manger et que le peuple d'ici doit les aider.

— Que les Arméniens aident les Russes ? s'exclama Hérian. Ce n'est pas vrai !

— Dieu m'est témoin que c'est ce qu'on dit.

— Ce n'est pas possible, tu auras sûrement mal compris. On nous a dit qu'ils venaient pour nous sauver et nous sortir de la misère. Mais non, Mathos, tu n'as rien compris. Le ravitaillement, c'est de Russie qu'il doit venir et pas le contraire.

Un rire nerveux le secoua. Agacé, Mathos ôta son bonnet, le secoua énergiquement et le remit sur sa tête, puis il approcha son visage tout près de celui d'Hérian :

— Bon Dieu ! puisque je vous dis qu'ils prennent tout ! Tout ce qu'ils trouvent : la farine, le lavache, le miel, la viande, la volaille, le fromage, les haricots, tout. Et en plus, ils mettent les gens en prison. Ils sont allés chez notre voisin Missak, un homme qui a six enfants. « Allez, qu'ils lui ont dit, sors-nous ce que t'as. » « Je n'ai rien, qu'il a dit, Missak. J'ai six enfants et ma femme qui est couchée là, malade. » « Allez, ça va, qu'ils ont dit, parle pas tant et montre-nous tes réserves ou ça va mal aller. » « Mais j'ai pas de réserves, qu'il a dit, je travaille comme une bête pour nourrir mes gosses ! » Alors, quand ils ont vu qu'il voulait rien donner, ils sont entrés en le traitant de fils de chien. Oui, ils l'ont traité de fils de chien ! Et puis ils sont allés à la cave et ils ont vu qu'il avait deux sacs de farine, un peu de viande salée et de la confiture de coings. Alors, ils ont commencé à tout sortir. A ce moment-là, la Mariam, la femme à Missak, en voyant que ses enfants n'allaient plus avoir rien à manger, elle s'est levée de son lit, elle s'est jetée au milieu des soldats et elle s'est mise à hurler. Comme elle ne voulait pas s'arrêter de crier, un des Russes lui a donné un coup de crosse sur la tête. La Mariam, elle est tombée par terre, les gosses ont cru que leur mère était morte et ils se sont mis aussi à crier et à pleurer. Mais la Mariam, elle est revenue à elle et elle a pris un sac de haricots rouges dans ses bras et elle s'est remise à appeler au secours et à crier que ça, elle le donnerait pas, qu'ils n'avaient qu'à l'égorger s'ils voulaient mais que le sac de haricots, elle le donnerait pas, qu'elle aimait mieux mourir... Oui, c'est comme ça qu'elle a pu sauver un sac de haricots.

Ils se regardèrent, puis finalement Hérian murmura :

— Alors, c'est comme ça ?

— C'est comme ça, conclut Mathos.

— Mlle Boudaghian est là ?

— Non.

— Comment ? Mais il est neuf heures.

— Neuf heures ou pas, elle est pas là.

Il se dandina d'un pied sur l'autre en réfléchissant.

— Alors, qu'est-ce que je fais avec mon épaule ?

— Il y a d'autres infirmières là-haut. Montez voir.

— Non, j'aime mieux attendre.

Il se mit à faire les cent pas dans le couloir et remarqua qu'il glissait un peu sur le carrelage. Et ce glissement, il ne savait pourquoi, lui rappela le bruissement des vagues sur la grève, puis celui de la faux qui passe dans l'herbe : dcheureurk, dcheureurk... Un frisson le parcourut. A ces images en succéda une autre : quand la lame fauche l'herbe, les plantes voisines doivent sentir l'approche du danger. Elles ne peuvent pas se sauver. Une vague de désespoir.

Une porte s'ouvrit à droite, dans le couloir, lâchant une bouffée d'iode chaude et laissant, pendant une seconde, avant de se refermer, voir une rangée de lits et de têtes. Dcheureurk, dcheureurk… Dans sa tête, la faux continuait…

Au même instant, la jeune Boudaghian arrivait. En la voyant, il comprit tout de suite qu'il était arrivé quelque chose. Son expression avait changé, son regard était las et deux plis amers cernaient sa bouche.

— Je suis en retard, dit-elle en haussant les sourcils.

— Mais… fit-il en la regardant bien en face, il est arrivé quelque chose ?

— Mon frère, l'officier… murmura-t-elle. Ils sont venus l'arrêter cette nuit. On n'a pas dormi de la nuit… Ma mère…

Sans dire un mot, ils continuèrent à marcher dans le couloir. Arrivée devant la salle de consultation, elle s'arrêta, hésita un instant, puis décida :

— Il faut que je rentre à la maison. Ma mère…

Elle tourna les talons et s'en alla en courant presque, sans le regarder.

Il resta un moment immobile sur les marches de l'escalier, les mains dans les poches, puis décida de descendre dans le centre.

Il marchait tranquillement en regardant à droite et à gauche. Les rues étaient à peu près désertes, la plupart des boutiques et des portes fermées. Les rares passants filaient et disparaissaient au coin des rues. Un prêtre se tenait devant l'église des Saints-Pierre-et-Paul, dans la rue Abovian. Suivi de quelques vieux, il rentra dans l'église en se caressant la barbe. Il n'y avait donc rien de changé. Mathos exagérait. Il croisa un homme en veste de cuir et en bottes, le revolver à la ceinture, qui le regarda dans les yeux, et il se sentit comme pénétré jusqu'aux entrailles par un énorme insecte, empoisonné par ce regard, couvert d'une sueur froide. Qui est-ce donc ? Il m'aura sûrement pris pour un autre. Pris pour un autre ou pas, il avait l'impression d'être pressé, écrasé, comme entre des tenailles, entravé, enchaîné. La sensation était nouvelle. Il avait l'habitude d'être libre, de faire ce qui lui plaisait et de dire ce qu'il pensait.

Il se secoua, et le sang lui monta à la tête. Il eut envie de s'arrêter au milieu de la chaussée et de se mettre à hurler. Il n'alla pas au milieu de la chaussée, il ne hurla pas et, feignant l'indifférence, continua à descendre la rue, les mains derrière le dos. Au coin de la rue Nalbandian, il rencontra quelqu'un qu'il connaissait de vue. Où l'avait-il rencontré ? C'était un grand type qui tenait la tête un peu penchée. Tout content de cette rencontre, il avança vers lui la main tendue.

Mais sa main resta dans le vide. A peine l'eut-il vu que l'autre fila sans même le regarder.

Qu'est-ce que cela signifie ? Il rougit, pâlit. Il remarqua que tout était pâle : les visages des passants, le ciel, la rue, les maisons. Au même instant, un groupe apparut au coin de la rue, précédé, entouré et suivi de soldats qui tenaient le fusil à deux mains, prêts à tirer. Les prisonniers étaient blêmes. C'étaient des députés, il se rappela les avoir vus au Parlement. Ils marchaient sans détourner les yeux. Arrêtées près d'Hérian, quelques personnes observaient tranquillement la scène. Du regard, il interrogea ses voisins. Tous détournèrent la tête.

Il se remit à marcher. Il avait à peine eu le temps de faire quelques pas qu'il vit un autre groupe qui arrivait face à lui. Cette fois, les prisonniers n'étaient pas entourés de soldats mais d'hommes revolver au poing, en bottes et vestes de cuir, comme celui qu'il avait croisé tout à l'heure. Et c'était le même regard perçant, pénétrant, le regard de la Tchéka. Ce nom entra dans son cerveau comme un serpent, et il se sentit vidé.

Il marchait machinalement, sans savoir où il allait ni pourquoi, sans rien savoir ni comprendre. Il prit une rue transversale, heureusement déserte, ce qui le soulagea un peu. Ah ! sortir de la ville sans être vu, se retrouver dans les champs et marcher sans voir personne et sans que personne ne vous voie ! Comme c'est bizarre que l'homme ait peur de l'homme, l'Arménien de l'Arménien, comme dans la jungle, l'animal a peur de l'animal ! Un petit homme arrêté devant une porte le regarda. Sans savoir ce qui le poussait, Hérian s'arrêta et lui aussi regarda l'autre. L'inconnu avait de grosses oreilles rouges et ses mains tremblaient un peu. En voyant cela, les yeux d'Hérian brillèrent. L'autre baissa les siens, recula d'un pas. Hérian toussota, l'homme releva la tête et pâlit quand il le fixa entre les deux sourcils. Hérian tourna lentement les talons, fit quelques pas et regarda par-dessus son épaule : adossé, ou plutôt écrasé contre le mur, l'inconnu le regardait, terrorisé. Il me prend pour un tchékiste. L'Arménie était pleine de fantômes.

Tout désormais lui paraissait fantomatique. Pas de doute que, du jour au lendemain, les gens avaient changé. C'étaient les mêmes et plus les mêmes. Des ombres et des lumières avaient décomposé les visages, les expressions s'étaient transformées, couvertes de masques transparents. Ils marchaient, ils bougeaient comme d'habitude, bien sûr, mais ils n'étaient plus les mêmes, ce n'était plus la même chose. Comme les montagnes, les champs et les vignes n'étaient plus les mêmes. Tenez, prenez quelqu'un qui est en train de parler et de rire.

Rien d'anormal, non ? Et pourtant, si vous faites bien attention, il y a dans la voix et dans le rire comme l'ombre de l'inquiétude et de la peur. Et cette ombre glisse au long des rues, dans les maisons, sur les montagnes et dans les vignes.

Il faut retourner au bateau et se décider. En passant près de l'hôpital, de nouveau deux yeux inquisiteurs se sont arrêtés sur lui et en particulier sur sa casquette et lui ont comme brûlé la figure. Il a fait semblant de ne rien remarquer et a pressé le pas. C'est sûr, c'est sa casquette d'officier de la marine marchande du temps du tsar qui attire l'attention et les soupçons. Il se rappelle ce qu'il a entendu dire : en Russie, des gens ont été fusillés parce qu'ils portaient une chemise propre, un faux col, une cravate. Fusillé pour une cravate...

Il monta très vite vers Kanaker.

Fédor l'attendait devant le bateau :

— Ah ! commandant, heureusement vous voilà. On est venu vous demander, je ne savais pas quoi faire.

— Qui est venu me demander ?

— C'était de la part du gouvernement. Je leur ai dit que s'ils voulaient des renseignements sur le bateau, je pouvais leur en donner, mais non, c'est vous qu'ils voulaient voir. Quand je leur ai dit que vous étiez descendu en ville, ils y sont allés.

— Vous avez bien fait de leur dire ça.

— Vous savez, je n'ai pas aimé leur façon de parler. Ça ne sentait pas bon. Je crois que je vais aller en ville.

— C'est ça, allez-y. Moi, je vais réfléchir à ce que je peux faire.

Fédor parti, il monta à bord, emplit sa valise de ce qu'il put, ferma à clé la porte de la cabine, descendit, regarda une dernière fois *l'Albatros* et s'enfonça dans la nuit.

3

Il eut d'abord l'idée de monter vers le Sevan, alla un moment dans cette direction, puis changea d'avis, descendit par les petites rues vers le Zangou, passa le pont et s'engagea sur la route de Vagharchapat, tout cela sans trop y réfléchir, presque instinctivement. Et puis il faut dire aussi qu'à cette saison, le chemin du Sevan était couvert de neige, livré à la bise glacée et aux loups affamés descendus de la montagne. Dans la brume de ses souvenirs s'éleva la silhouette de Toumanian. On lui avait raconté la fin du jeune officier. Son cœur se serra. Pourquoi avoir fusillé ce pauvre garçon ?

Les « pourquoi » n'avaient plus cours. L'ombre l'enveloppa, serra son corps et il sentit cette vieille sensation du gel, osseuse, anguleuse. Chacun, à cette heure, était rentré chez soi, réfugié derrière des murs épais, mais lui, il n'avait ni maison ni refuge. Il ne lui restait rien. Il faisait froid et noir. Pour se réchauffer, il marchait vite, mais ses pensées allaient plus vite encore. Où dirigeait-il ses pas ? Il n'en savait rien. Le ciel était plein d'étoiles vertes. La neige durcie crissait sous ses pas. Les vignes étaient entourées de murets de terre. Tout était couvert d'une épaisse couche blanche. Depuis longtemps, on avait enterré les pieds de vigne, qui conservaient ainsi leur chaleur pendant l'hiver. Le printemps venu, leur tombeau s'ouvrirait, ils colleraient leur bouche au sein du soleil et monteraient vers le ciel du renouveau en secouant leur poussière. Mais l'homme lui-même, se dit-il, combien de fois ne disparaît-il pas en lui-même, somnolant dans les plis de sa chair jusqu'à ce que le soleil d'une idée nouvelle lui fasse retrouver le printemps ? Oui, l'homme vit bien des vies. Le voilà, lui, perdu dans l'obscurité de la terre gelée, que le vent a pris par la main. Et le capitaine au long cours Ara Hérian se laisse conduire par les fantasmes du vent et de la nuit sur les chemins de la vie.

Lui, Ara Hérian, et pas complètement lui. Maintenant, il est comme un pied de vigne enfoui, enveloppé de nuit, de froid, d'étoiles et d'inconnu. Mais peu importe, ce qu'il faut, c'est ne pas se disloquer, ne pas perdre sa conscience, le regard intérieur, la flamme bleue qui éclaire les mouvements de ce corps, les événements du monde, cette flamme bleue intangible, toujours fidèle, égale à elle-même dans ces régions où la vie et la mort se mêlent sur le chemin de l'éternité.

Comme il avait bien fait de quitter la ville! Et ces lieux qu'il parcourait lui paraissaient si proches, si familiers qu'il ne se sentait plus ni seul ni abandonné. La plaine de l'Ararat et l'ombre énorme de la montagne unique, Etchmiadzine toute proche, les vignes, les paysans endormis dans leurs maisons, la nuit grandiose de froid et de silence, les étoiles, la neige, l'hiver, tout cela ne pouvait pas le trahir car il était lui-même un fragment de l'Ararat, d'Etchmiadzine, des étoiles et de la nuit. Oui, il atteignait enfin la paix du cœur et savait même où aller: Ouranian n'était-il pas à Vagharchapat? Après les derniers combats, il y était resté pour soigner les blessés. Le droit et robuste Ouranian, lui et ses idées, Ouranian qui sentait la montagne, les rochers et le mûrier. Cette évocation le réjouit. Il s'arrêta, sourit à la nuit, se frotta les mains pour les réchauffer, reprit sa valise et repartit.

En passant près d'un village, il entendit des chiens aboyer et des coups de feu, puis tout retomba dans le silence. Il sentit son regard, son cœur, tout son corps bercés, pénétrés, envahis par ce silence. Il marchait, enivré par tant de grandeur.

La nuit frémissait comme la peau d'un tambour caressé par le vent.

En fin de compte, se dit-il, on est toujours trop attaché aux choses. Nos mains, nos idées, nos sensations sont esclaves des objets. Nous ne sommes pas à nous, nous ne sommes pas nous-mêmes mais la partie d'un tout, les éléments d'un poids, d'une masse, d'une quantité.

Il avance dans un univers infini, grandiose, sans frontières et sans chaînes, dans la plénitude et l'unité. Ah! rester dans cette plénitude, pouvoir renoncer à soi-même au nom de cette unité! Maintenant, il comprend: est riche celui qui renonce à tout, s'affranchit des limites charnelles, ouvre son esprit pour y laisser pénétrer le monde comme une musique qui se réduirait au mouvement du sang et aux battements du cœur.

Quand il parvint aux abords de Vagharchapat, les étoiles s'étaient dispersées. Le soleil commençait à embraser les champs d'or et d'agate qui allaient rejoindre le ciel.

Il s'arrêta sous ce ciel incertain. La petite localité était encore enveloppée d'ombres. Personne. Il posa sa valise et tapa du pied; le froid l'avait engourdi. Bientôt, de larges taches de lumière glissèrent dans le ciel et l'incendie s'éleva du côté du levant. Là-bas, l'Ararat couronné d'or, et là, à droite de la route, l'église de Sainte-Hripsimé l'accueillaient. Il ôta sa casquette pour les saluer et s'assit sur sa valise. L'émotion le submergea. Il avait marché toute la nuit et pourtant il ne ressentait pas la moindre fatigue. Il avait l'œil frais, comme si le matin lui avait lavé le visage.

Seigneur du pays des Arméniens, murmura-t-il en regardant la montagne sacrée, tout commence et tout finit par toi. Seigneur du pays des Arméniens... Encore un coup de casquette, puis il regarda Sainte-Hripsimé et se rappela ce que Miranian avait dit le soir de son départ. Flammes mélodieuses, chant caché, harmonie, lumière, pas de doute, l'Ararat et Sainte-Hripsimé étaient les deux pôles spirituels de ce pays, deux pôles de l'histoire d'un peuple qui existait dans la mesure où eux existaient. Il comprit que cette vision renaissante dans la lumière de l'aube n'était pas un simple chef-d'œuvre architectural, une harmonieuse composition minérale et une impressionnante combinaison de lignes, que sa grandeur et sa profondeur ne venaient pas non plus de son seul caractère religieux, mais que sa profondeur, sa grandeur et sa force lui venaient d'un univers qui négligeait les phénomènes naturels, d'un univers où tout était déterminé par des règles aussi définitives et évidentes que celles qui gouvernent les astres. Et de cette dimension spirituelle participaient les montagnes immenses et la lumière qui les inondait, la plaine, les vignes, les peupliers et l'air lui-même qui vibrait comme une feuille d'acier.

Il avait lu jadis que dans les montagnes du Tibet, les moines, avant de les adorer, insufflaient la vie à des idoles faites de la main des hommes. Par un souffle spirituel, ils leur transmettaient la force de leur foi, ils les illuminaient de cette subtile et invisible lumière qui donne la vie et transfigure tout, et ils donnaient ainsi à ces objets la flamme de leur sang, les battements de leur cœur et le feu de leur regard. C'est ainsi que l'objet se déifie. Et il se passe la même chose ici, pensa-t-il. Au cours des siècles, le peuple arménien a donné à ces rochers et à ces montagnes le flux spirituel qui les a transfigurés, illuminés, les a ainsi fait naître d'une seconde création.

Oui, maintenant, il savait que Sainte-Hripsimé est faite d'esprit et pas de pierre, qu'elle est faite du ciment délicat de l'âme de ce peuple, de l'action des divinités solaires et d'une illumination suprême. Et alors que les Arméniens dispersés, défigurés, émiettés dans des lieux étrangers ont perdu leur authenticité, se sont couverts de masques et de guenilles, la sainte Église est restée debout, non pas témoin et souvenir, mais dimension intérieure et poids sans lesquels il n'est ni existence ni durée. Elle est restée elle-même pendant que passaient les peuples venus du dehors et les Arméniens conquis par l'esprit du dehors.

Il pensa à lui, à son bateau. Qu'étaient-ils devant tant de grandeur? Et pourtant, lui, tel un moine tibétain, avait donné à l'être de fer venu de la mer sa foi, sa volonté de vie et de création, son désir de durée. Et lui, il avait, au moyen du bateau, voulu s'unir à cet univers spirituel dont il était resté si longtemps éloigné. Et maintenant... Il prit sa valise et repartit.

En le voyant, Ouranian ébahi souleva sa tête de sur l'oreiller, puis sauta tout joyeux à bas du lit.

— Tu as bien fait de venir! lui dit-il en le prenant dans ses bras. Attends, je vais demander le samovar et on va boire du thé brûlant en parlant de questions brûlantes. Alors, tu as vu? Quand je vous le disais, personne ne voulait me croire. Assieds-toi, assieds-toi. Alors, tu arrives comme ça au petit matin, quand les coqs n'ont pas encore chanté. D'où sors-tu?

Il s'assit et raconta tout à Ouranian qui, immobilisé, n'ayant enfilé qu'une manche de son veston, écoutait sans en croire ses oreilles.

— Qu'est-ce que tu racontes? Mais c'est incroyable! Le gouvernement avait conclu un accord avec les bolcheviks, non? Alors, s'il y a un accord et qu'on les a laissés entrer sans résistance... Vraiment, je n'y comprends rien.

— Ils perquisitionnent partout et prennent tout ce qui se mange.

— Non mais tu plaisantes? Qu'est-ce qu'ils peuvent trouver, en pleine pénurie?

On apporta le samovar et ils prirent le thé en silence.

— Tu sais, fit Ouranian quand le petit déjeuner fut terminé, puisque tu n'as pas dormi de la nuit, couche-toi, repose-toi. Moi, je vais aller m'occuper de mes malades, et dans quelques heures, je suis de retour. On déjeunera et on parlera des affaires du monde. Allez, salut!

A peine allongé, Hérian s'endormit.

— Asseyez-vous, docteur. Soyez le bienvenu, commandant, soyez le bienvenu. Ah! il s'en passe des choses!... Ce que j'en pense? Que voulez-vous que j'en pense? Il ne faut pas oublier que notre Église a derrière elle une histoire riche en expériences et en drames de toute sorte. Si ces murs pouvaient raconter ce qu'ils ont vu, cela ferait un grand livre de feu et de sang. Nous avons accepté volontiers la vie monacale, prêts à tout supporter pour notre peuple, et nous n'avons peur de rien. Ils ont réquisitionné une partie du monastère? Eh bien! qu'ils soient les bienvenus. Ils ont pris nos terres et nos vignes? Grand bien leur fasse ! Tout ce que nous avons appartient au peuple arménien et il vaut mieux que ce soit eux qui le prennent que ces chiens qui ont tout détruit, dévasté, brûlé et massacré en Arménie turque. Ces gens qui viennent d'arriver sont des Arméniens, n'est-ce pas ? Beaucoup d'entre eux ont étudié dans nos écoles, ils ont mangé le pain du séminaire et grandi à l'ombre de l'Ararat. Sous les apparences, il y a en eux de vrais patriotes. Croyez-moi, vous avez tort de sourire. L'homme est bien étrange. Vous verrez parfois des gens qui abandonnent tout : Dieu, la religion, la foi, l'Église. Et ils abandonnent tout cela, perturbés et le cœur en peine, mais dans la colère et la révolte. Et je vous dirai que je préfère ces gens-là à ceux qui n'ont que la pratique formelle, aux tièdes qui vont à l'église tous les dimanches, allument des cierges devant les images, se signent par habitude et par routine, sans feu intérieur, sans souffrance, uniquement pour rester en bons termes, croient-ils, avec le Seigneur. Je les préfère parce que l'incroyant qui souffre est en réalité plus croyant que le tiède. Et un jour vient où un mouvement se dessine dans le cœur de l'homme, et il devient un vrai croyant, assoiffé de Dieu.

Le vardapet s'arrêta un instant, pensif, puis reprit :

— Et c'est la même chose pour le patriotisme. Selon moi, toutes ces folies des bolcheviks arméniens sont provoquées par un patriotisme déçu. Ils renient la foi, ils brisent, ils cassent, ils tempêtent, ils vocifèrent, tout simplement parce que leur patriotisme est orgueilleux, qu'il ne se satisfait pas de peu, qu'il exige de grandes impulsions et veut tout et tout de suite. Il ne faut pas se laisser prendre au piège des mots. Marx, Lénine, le matérialisme historique et tout ce que vous voudrez, ce sont des masques qui dissimulent des visages d'Arméniens fanatiques. Ils sentent, ils voient que réduits aux moyens dont nous disposons aujourd'hui, nous n'arriverons absolument à rien. Un peuple massacré, misérable et isolé est bien obligé d'avoir recours aux autres. Il faut multiplier nos faibles mains par des millions d'autres, nous organiser, renaître, nous unir aux autres pour mieux nous en distinguer. Du reste, ceux d'hier n'ont-ils pas fait la même chose ? Eux, ils attendaient l'aide des Européens, des Américains, de la Société des Nations. Les bolcheviks arméniens, eux, ont compris que l'Europe allait nous tromper, et elle nous a trompés, que les promesses de Wilson étaient d'aimables fumées, et c'étaient bien des fumées, que ce qu'on appelle la Société des Nations était un moyen d'exploitation aux mains des chacals des grandes puissances, et c'était bien le cas. Alors ils se sont tournés vers les forces révolutionnaires que nous venons de voir arriver. Nous avons besoin d'au moins vingt ans de tranquillité pour reconstruire la maison, nos forces morales et nos moyens de lutte. Bon, maintenant qu'ils sont là, attendons. Je ne peux dire qu'une chose : le jour viendra où ces gens qui, aujourd'hui, renient tout se révéleront des patriotes fanatiques, jureront par tous les Vardan Mamikonian et autres héros, par toutes les valeurs nationales. Voilà comment est ce pays : il cède et se soumet, mais sait utiliser les envahisseurs. Jadis les Mongols sont venus nous conquérir, et finalement c'est nous qui les avons conquis. Ils nous ont servis et sont devenus de bons Arméniens.

— Oui, remarqua Ouranian, mais quelles épreuves attendent l'Église !

— Oh, vous savez, ce ne sera pas la première fois. Croyez-vous qu'elle ait jamais vécu à l'abri du danger? En tant que religieux, j'estime que l'Église est faite pour le peuple et pas le peuple pour l'Église. Si demain les Arméniens estiment que leur Église ne satisfait plus leurs besoins spirituels, ce sera à eux de décider, à trouver d'autres voies, un autre culte de la divinité.

— Dans l'Antiquité aussi, intervint Ouranian, nos dieux ont été des puissances bénéfiques, ils ont servi et favorisé nos héros et pas l'inverse. Le peuple arménien est un créateur de dieux et pas un peuple créé par les dieux.

— C'est bien complexe. Moi, en tant que chrétien, je ne peux évidemment pas être d'accord avec vous. Les dogmes fondamentaux de l'Église...

— Que doit-elle faire ? interrompit Hérian. Quelle attitude doit-elle prendre ?

— En ce qui me concerne, je poursuivrai mes travaux historiques comme je les ai poursuivis jusqu'ici. Tenez, regardez ce tas de manuscrits : vous avez là trente ans de travail, et encore rien de publié. Nous avons des trésors dont ni les étrangers ni les nôtres ne soupçonnent l'existence et c'est bien là le malheur, c'est que nous ne nous connaissons pas nous-mêmes. Continuons, c'est le plus important. On raconte qu'étant au collège, un futur saint était en train de jouer à la balle quand on lui demanda ce qu'il ferait s'il apprenait que le Jugement dernier aurait lieu dans une demi-heure. Et il répondit : « Ce que je ferais ? Je continuerais à jouer à la balle. » Aujourd'hui, c'est à nous : continuons de jouer à la balle... J'ai été très heureux de vous voir, très heureux. Revenez me voir quand vous voudrez, revenez.

C'était un homme de haute taille, aux sourcils broussailleux, aux yeux calmes et souriants. Il croisa ses grosses mains velues sur sa poitrine. D'autres religieux filaient le long du couloir.

Beaucoup de logements des moines étaient fermés. D'autres étaient occupés par des laïcs venus de l'extérieur. On entendait des voix de femmes et d'enfants, du bruit, des rires. Près d'une porte, ils rencontrèrent un petit homme chauve aux yeux gris qu'apparemment Ouranian connaissait.

— Ah ça ! Mais d'où venez-vous ? Vous aussi, vous êtes logé ici ?

— Eh oui, fit l'autre en riant, que voulez-vous, on s'arrange ! Comme logement, ce n'est pas mal. Nos richards avaient bien pensé aux moines et leur avaient construit tout ce qu'il fallait. Ils se disaient qu'en construisant des monastères, ils étaient sûrs d'aller tout droit au paradis. Et sur les bâtiments, ils ont fait graver des inscriptions en grabar avec des dates arméniennes et tout, et souvenez-vous dans vos prières de ma mère Antaram et de mon père Abisoghom...

Il s'arrêta pour rire encore et reprit :

— Enfin, ils ont construit ça, alors profitons-en. Deux pièces, cuisine, eau courante, ce n'est pas si mal. Évidemment, les moines ne sont pas tellement ravis. Ils rient jaune et bougonnent en se mordillant le bout de la moustache. On leur a envoyé des étrangers, des gens de rien, des ouvriers qui sont venus envahir le saint lieu, on a transformé la résidence du catholicos en cinéma, on leur a pris leur réserve de blé, on a ouvert leurs sacs de fruits secs et on se sert. Il faut avouer d'ailleurs qu'il ne restait pas grand-chose et que les réfugiés étaient déjà passés par là comme des sauterelles. Et puis il y a pas mal de ces moines, des jeunes gens, qui ont profité de l'arrivée des bolcheviks pour jeter le froc aux orties et aller en ville s'amuser avec les filles. Il n'y a guère que les vieux qui sont restés. C'est mieux comme ça.

— Alors, fit Ouranian, vous croyez qu'il faut tout démolir ?

— Pas du tout. Au contraire, je crois que quand il y a une tempête, ce sont les plantes robustes qui survivent, celles qui ont des racines bien en terre. Vous savez, les religieux sont une chose et la religion en est une autre. Etchmiadzine a été, est et sera. Avec le temps, tout finira plus ou moins par s'arranger et tout ce qui est indispensable à la vie trouvera sa place. Vous vous souvenez, docteur, quand nous étions à Kharkov, le rêve de la patrie lointaine ? On y pensait, on s'attristait. La nostalgie, la frustration... Le dimanche, on allait à l'église, non pas pour entendre avec foi la messe du père Hovhannès, mais pour entendre le chant, la langue arménienne, la liturgie, pour voir le capuchon noir des religieux. Que voulez-vous, le *flabellum,* le balancement de l'encensoir, l'odeur de l'encens... Et puis ensuite, le pilaf qu'on allait manger chez les uns ou les autres, les croquettes, les dolmas... Le dimanche, à tous les moments de loisir, aussitôt on s'envolait en esprit vers le vieux pays. Derrière les hymnes chantés à l'église, on voyait s'élever la silhouette de l'Ararat, en entendant

Saint, saint... on voyait sa plaine s'étendre devant nous, s'illuminer.

— Oui, approuva Ouranian, en somme, en mangeant l'aile de poulet, on entendait caqueter le poulailler du pays.

— Comme vous dites, docteur, comme vous dites. Non mais, sans plaisanter, je voulais dire quelque chose, mais je ne me rappelle plus quoi... Ah oui, ce que je voulais dire, c'est que maintenant que nous sommes là, que nous devons de nouveau enfoncer nos racines dans la terre de ce pays, liquidons toutes ces vieilleries, libérons-nous des encensoirs, des illusions et, debout devant l'Ararat, sachons répondre aux exigences de la vie. Que le pays dise ce qu'il a à dire, et nous aussi, disons-lui ce que nous avons à lui dire, sans intermédiaires. Parlons de ce qu'il y a à faire comme des adultes, taillons des pierres, accumulons-les... J'ai été très heureux de vous voir. Revenez un de ces jours, on mangera un morceau de pain et on boira un verre de vin.

Le crépuscule tombait, mais les cloches ne sonnaient pas. Sainte-Gaïané et Sainte-Hripsimé restaient silencieuses. En bas, l'imprimerie travaillait sans relâche : les discours de Lénine, *le Bulletin des Komsomols, les Principes du Parti, le Poison de la religion,* chacun à vingt-cinq mille exemplaires. Du haut du balcon, un archimandrite qui ressemblait étonnamment à Marx regardait tout cela en se mordillant les lèvres.

Ils s'étaient couchés, mais ne pouvaient pas dormir.

— Qu'est-ce qu'il y a, ami ? Tu es malade ? Tu as les yeux brillants et quand tu parles, les paroles se bousculent... Tu n'aurais pas de fièvre, par hasard ? Fais-moi voir ton pouls.

— Quelle fièvre ? Pourquoi de la fièvre ? J'ai trop marché, c'est tout.

— Oui, tu avais disparu. Je te croyais reparti pour Erevan.

— J'y retournerai probablement demain. Je ne peux pas laisser mon bateau comme ça. Il faut absolument que je fasse quelque chose.

— Oui, bien sûr.

— C'est extraordinaire.

— Qu'est-ce qui est extraordinaire ?

— Eh bien, ce type qui vient des Indes... Tu ne l'as jamais vu ?

— Un type des Indes ? J'en ai rencontré un, une fois, à Kharkov. Il parlait grabar.

— Je ne sais pas si c'était du grabar, mais en tout cas, ce qu'il disait n'était pas simple.

— Alors, que le diable l'emporte ! Ces gens qui viennent des Indes sont un peu dérangés. Des commerçants extraordinaires, à ce qu'il paraît. Ils mélangent le grabar et l'anglais, saint Mesrop Machtots* et la livre sterling. Ceux qui savent bien y faire avec eux, ce sont les moines mekhitaristes.

— A cause du grabar?

— Oui. C'est étonnant à quel point un langage artificiel et fabriqué à partir de la langue ancienne peut séduire les Arméniens.

— Celui dont je parle est un type vraiment à part. C'est la troisième fois que je le vois.

— Et tu l'as vu où?

— Tu vas te moquer de moi si je te le dis.

— Je ne vois pas pourquoi.

— Je le vois, je lui parle, mais je ne suis pas sûr qu'il existe vraiment.

— Je te l'ai dit: laisse-moi te prendre le pouls.

— Oui, je sais, mais je ne délire pas.

— Écoute, mon vieux...

— Non, il vaut mieux dormir.

— Non, mais tu as commencé à raconter, alors raconte, continue. Qui as-tu vu? Et où?

— Hier soir, dans la cour du monastère. Il n'y avait personne près de la cathédrale. J'étais près des tombeaux des catholicos et je regardais. Et tout d'un coup, j'entends une voix connue, la voix de quelqu'un qui parlait à un autre, ou plutôt qui discutait, en colère. Il criait: « Vous savez, le héron qui ne peut pas courir, inutile de lui demander de voler comme un aigle. » Et puis: « Chaque peuple a son style de vie, alors, ou bien il s'en tient à ce style ou bien il ne vit pas du tout. » Et une autre voix lui répondait, une voix très grave. J'ai bien tendu l'oreille, mais je n'ai pas compris ce qu'il disait: « Gho, gho, gho », c'est tout. J'ai regardé, j'ai vu une barbe qui flottait au vent et puis j'ai entendu une porte claquer et la voix connue s'est approchée de moi. Et qui était-ce? Le type dont je te parle, Pétros Mark, que j'avais rencontré au Sevan. A dire vrai, quand j'ai vu sa figure jaune et ses yeux qui roulent, je me suis mis à trembler de la tête aux pieds. « Ah! commandant, a-t-il dit en me voyant, comme c'est agréable, ce vent froid! » Et il a tendu son visage vers le vent. Moi, j'étais sidéré, je ne savais plus quoi dire. Lui, il a recommencé à parler. « Le vent, c'est une divinité, un esprit. Avez-vous remarqué que, dans la Bible, le Tout-Puissant se manifeste presque toujours sous la forme d'une tempête? La tempête souffle devant Ariel, devant les idées, devant l'ange. Ah! commandant, j'aurais voulu que le vent

* Inventeur de l'alphabet arménien, au début du Ve siècle.

soit plus fort et soulève ces poussières. Le monde est jeune, mais l'homme est vieux. » Et là, il a pris mes mains dans les siennes et il a dit : « Ah ! je suis bien heureux, bien heureux de vous avoir revu, mon cher nautonier. »

— Nautonier ?

— Oui, c'est comme ça qu'il m'a appelé. Il était tout excité, parce que je crois qu'il était très en colère.

— Des drôles d'histoires, tout ça. Bon, et après, qu'est-ce qu'il a dit ?

— C'est que c'est difficile de se souvenir de ce qu'il a dit. C'était tellement compliqué. Il a parlé de constellation des âmes, des puissances réceptives et expressives, de je ne sais quoi encore.

— Ce ne serait pas un pasteur protestant, par hasard ?

— Non, un pasteur protestant aurait dit des choses beaucoup plus banales. Ce n'est pas un protestant, mais je ne sais pas ce que c'est. Il est arménien, il n'y a pas de doute là-dessus, mais d'une autre façon, qui vient de loin, du fond des siècles.

— Il n'a rien dit d'autre ?

— Si. Comme je t'ai dit, il était en colère. Il avait dû se disputer avec les moines, je ne sais pas. Enfin, je me rappelle ce qu'il a dit en montrant le monastère. Il a dit : « Je ne comprends pas pourquoi il faut que ce soit au bord de l'abîme que naisse la grandeur de l'homme. La vie calme et tranquille n'a jamais enfanté ni les grandes idées ni les grandes aventures spirituelles. Ces gens vivent dans un des lieux les plus providentiels qui soient, à un carrefour de courants spirituels fondamentaux, où se rencontrent les principes cachés et les bases essentielles de la vie, et ils parlent et agissent comme les habitants de n'importe quel faubourg pourri d'une ville occidentale. Ils ânonnent toujours la même chose : se libérer, ils n'ont que ce mot-là à la bouche. Mais se libérer de quoi ? Tout est extérieur et superficiel. Ce qui compte, ce n'est pas l'élan libératoire, c'est l'inconscient et la volonté de vision qui naît au fond de l'homme comme une composition chimique. Croyez-moi, commandant, m'a-t-il dit, ces gens-là sont comme les murets de terre qui entourent les vignes et que la pluie et le vent rongent petit à petit ; ils sont comme le pain qui sort du four. Le monde a toujours été un chaos dont l'équilibre n'a été maintenu que par des dieux qui n'ont jamais cessé de se renouveler. »

— Mais comment peux-tu te rappeler un discours pareil ?

— J'en suis moi-même étonné. Ça m'est entré dans la tête, comme ça.

— Et ensuite ?

— Ensuite, il s'est fâché encore plus, et après je ne me rappelle plus bien. Il a continué à parler sans faire plus attention à moi que si je n'avais pas existé. Et puis...

— Oui ?

— Tout d'un coup, il s'est mis à se plaindre parce qu'au Caucase, le cuir des chaussures est de mauvaise qualité. Il s'est lancé dans un grand discours sur les techniques de tannage du cuir et il m'a montré ses pieds : figure-toi qu'il portait des sandales de paysan. C'est probablement pour ça qu'il est parti comme un éclair. On aurait cru qu'il volait. J'ai regardé dans tous les sens : plus personne. C'est la troisième fois...

— Histoire à dormir debout...

— Pourquoi ? J'ai encore le son de sa voix dans l'oreille et je t'ai à peu près répété ce qu'il m'a dit, non ?

— Si tu veux mon avis, c'est que dans des périodes comme celle-ci, on voit circuler en liberté des gens dont la vraie place serait à l'asile.

— Vous autres, médecins, si on vous écoutait, à part les bœufs, les vaches et les veaux, tout le monde devrait être à l'hôpital. C'est une espèce de maladie aussi, ça.

— Peut-être, mais tu sais, Ara, moi, en ce qui me concerne, je suis plutôt biologiste. Alors, je vais te dire : j'avais un ami qui avait fait des études de chimie à Paris. Il était d'Akoulis et s'appelait Bostandjian. Ce n'était pas un mauvais bougre, mais il n'arrêtait pas de souffler et de postillonner, une vraie mitrailleuse. Ah ! si tu savais ce qu'il y a comme microbes dans l'air que nous respirons ! Et pourtant, mon gars d'Akoulis n'était pas un mauvais bougre...

— Ton histoire m'a donné sommeil.

— Tu dors ?

— Non, je n'y arrive pas. Je me tourne et je me retourne.

— Tu sais, j'étais en train de me dire que ton type des Indes, il y a du vrai dans ce qu'il raconte.

— Je t'avouerai qu'il m'a impressionné. C'est surtout sa voix. Tu n'as pas remarqué l'infinie variété des voix humaines ? La voix en dit souvent plus que les paroles. C'est comme en mer le bruit du vent : il te renseigne très bien sur le genre de tempête qui se prépare. Tu as des vents qui hurlent, et ça passe comme ça. A l'inverse, tu en as qui murmurent comme à mi-voix, tout délicats, et ce sont les plus traîtres, les plus mauvais. Ils ne font pas de vagues, juste des rides, mais ça se dresse, ça passe comme entre les dents d'un monstre, et ça vous cingle la surface de l'eau. Là, on sait que c'est signe de gros temps et on sait ce qu'il reste à faire. En général, on n'attache pas une grande importance à la voix des gens. On observe l'expression, le regard, parfois les mains, mais la voix, on la néglige. C'est vrai ou pas?

— Oui, mais il y a tout de même des voix de femme qui te remuent jusqu'au fond des entrailles.

— C'est vrai. Les voix restent curieusement dans ma mémoire. Je continue à les entendre. Ce Mark, par exemple, eh bien, sa voix ne me lâche pas. Je l'entends comme si elle venait de loin, de très loin. Et tu remarqueras qu'il y a beaucoup de choses qu'on peut transformer, mais pas la voix.

— Elle doit être fonction de la dimension de l'âme.

— Tu dors?

— Non, je n'y arrive pas. Si toi, médecin, tu n'arrives pas à dormir, comment veux-tu que des malheureux comme moi y arrivent? Il paraît qu'Edison dormait trois heures par nuit.

— Laisse Edison où il est. Dans les moments qu'on vit... Il y a quelques années, on était encore étudiants, dans les couloirs de l'université, dans les petits restaurants, dans les réunions clandestines, on discutait, on parlait politique, on faisait de grands programmes, on participait à de petites manifestations, mais aucun d'entre nous n'aurait imaginé que ces programmes élaborés dans des bureaux et des prisons pouvaient être appliqués. On se disait seulement que peut-être les enfants de nos enfants...

— Quand les rêves se réalisent, les hommes se sentent déconcertés et malheureux.

— C'est vrai dans une certaine mesure, approuva Ouranian. Et c'est dû au fait que les programmes sont produits par l'esprit, les idées, les rêves, alors que, par son organisme et sa psychologie, l'homme est lent et n'aime pas le changement. Ce qu'il aime, c'est sa paresse, ses réflexes, ses habitudes. Il y a, comme tu sais, des gens qui croient au paradis. Eh bien, prends-en un et transporte-le brusquement au jardin d'Éden. Je ne crois pas qu'il sera heureux. Il restera dans un coin à chercher son fauteuil, sa pipe, sa tasse de café et ses pantoufles. Le corps humain est bourgeois et casanier, et il est encore plus compliqué qu'on ne croit. Il est soumis à des facteurs déterminants: l'air, les odeurs, la boisson, la nourriture, le poison qu'on suce. Et voilà des gens qui arrivent, fanatiques, impitoyables, et vous secouent la vie comme une vieille loque. Il se passe dans notre monde des choses extraordinaires.

— Tout est question de mesure, dit Hérian. Ce qu'il y a, surtout, c'est que les événements vont plus vite que les hommes. Les hommes, c'est petit, et les événements, c'est grand. Et puis, il y a le machinisme, la science et son développement foudroyant. La vie, telle qu'elle est organisée, craque de partout, les vannes sont ouvertes et les pompes ne suffisent plus à écoper. La mer a ouvert ses abîmes et elle veut nous y engouffrer. Alors, c'est normal, les hommes sont inquiets, affolés, ils ne savent plus quoi faire pour échapper à la mort, à l'inéluctable. Parce que autrement, comment expliquer ces conflits, ces guerres et ces massacres ? Ce que les hommes cherchent, c'est à combattre la mort par la mort.

— Tout ça, dit lentement Ouranian, est très compliqué et les causes aussi diverses que nombreuses. On parle de l'influence des taches solaires sur l'organisme et la psychologie. Une piqûre de moustique aussi a de l'influence. En fait, on sait fort peu de choses et on est dans le chaos. Les causes, mieux vaut ne pas les chercher. Les faits sont là, supportons-les sans faiblir. Il y a dans l'âme humaine quelque chose d'intangible, il faut s'y accrocher et laisser passer l'orage.

— Ce sont des faits élémentaires, comme les inondations ou les feux de forêt.

— Occupe-toi de ton bateau, et moi, je m'occupe de mes malades.

— Et s'ils l'ont nationalisé, mon bateau ?

— Et avant, il n'était pas à l'État ?

— Si, évidemment.

— Alors ? Demain, quand ils décideront de le monter au Sevan, qu'ils le veuillent ou non, il faudra bien qu'ils fassent appel à toi. Des capitaines, pour l'instant, il n'y en a pas d'autres. Je te le dis, occupe-toi de ton bateau.

— Tu n'as pas à me le dire. Si je ne m'en occupe pas, je m'occuperai de quoi et de qui ? Lui et moi, c'est toute une histoire. Ce n'est pas une entreprise comme les autres, c'est une véritable aventure du cœur. Parfois, je me dis que c'est une histoire que je devrais écrire, mais les Arméniens ne comprendraient pas... Pour moi, le bateau, c'est vraiment autre chose.

— Je devine.

— Dans les anciens temps, il y a eu des hommes qu'un feu dévorait et qui ont tout laissé pour construire un temple, une église, un monument. Je ne prétends pas que ce que j'ai fait soit aussi important. Ce n'est peut-être rien, je ne sais pas. Il y a eu des acrobates qui, avant de marcher sur la corde raide, sont allés de sanctuaire en sanctuaire, ont jeûné, prié et je ne sais quoi encore. Enfin, je n'arrive pas à bien expliquer ça, mais ce qui est sûr, c'est que ce bateau signifie beaucoup de choses, beaucoup. Non, quoi qu'il en coûte, il faut que je le monte au Sevan. Pour moi, c'est une question de vie ou de mort. Il faut que je le monte au Sevan. Tu dors ?

Enveloppée dans les bras d'un vent furieux de février, la nuit s'était allongée devant la porte de l'église où était agenouillée la silhouette noire d'un moine qui tenait un discours enfiévré aux ombres du ciel et de la terre.

4

Il erra quelques jours dans la plaine de l'Ararat, s'arrêtant au monastère de Sainte-Gaïané, devant les chaumières où il discutait des heures avec les paysans, autour des ruines de Zvartnots et puis, en fin de compte, advienne que pourra, aussi impatient qu'inquiet, il reprit le chemin d'Erevan.

Il franchit le pont sur le Zangou, monta vers le haut de la ville et, arrivé devant la grande fabrique de vins et cognacs « Ararat », brusquement il s'arrêta : son bateau était toujours là-haut, sur les rochers de Kanaker. Il posa sa valise et regarda à loisir son *Albatros* qui faisait penser à un géant enchaîné : avec son mât un peu penché, sa poupe entravée, on aurait dit qu'il cherchait à s'échapper. Son cœur battit plus fort. Il souleva un peu les bras sur les côtés et étouffa un cri de protestation. Il étouffa son cri parce que, juste au même moment, trois hommes armés sortaient de la fabrique par le grand portail. Ils le regardèrent tous les trois et il les entendit se demander en russe : « qui ? », « quoi ? ». Ils passèrent, ralentirent, s'arrêtèrent, se retournèrent, puis repartirent. Il reprit aussitôt l'air du passant indifférent, attrapa sa valise et repartit lui aussi. Quand les trois hommes furent assez loin, il s'arrêta de nouveau. Que faire ? Où aller, sans logis, sans amis, sans argent ?

Il laissa sa valise au café *Ourartou,* près de la Promenade, et se rendit tout droit dans le centre. En apparence, rien n'avait changé : c'étaient les mêmes maisons, les mêmes trottoirs défoncés, et la neige et la boue. On voyait de nombreux jeunes gens armés, des soldats russes, des Turcs, quelques voitures neuves, des drapeaux rouges.

C'est tout de même extraordinaire, se dit-il, de marcher dans son propre pays en ayant peur. Il s'avançait en effet plein d'incertitude, jetant des coups d'œil furtifs à droite et à gauche, suivi par des ombres invisibles. Non, personne ne faisait particulièrement attention à lui, ce qui lui parut bien agréable. Il s'efforçait de paraître calme, de respirer lentement, de garder son air indifférent. De nouveaux visages, de nouveaux miliciens. L'air était clair et irrespirable, un peu comme est irrespirable l'air d'une pièce où quelqu'un vient de se suicider : tout est à sa place, les meubles n'ont pas bougé, la nappe rouge est toujours sur la table, les mêmes tableaux aux murs, et pourtant le cadavre qu'on vient d'emporter est toujours présent.

Au coin de la rue Nazarian, il rencontra un orphelin qu'il connaissait.

— Bonjour, commandant, lui dit joyeusement le garçon qui vendait des cigarettes, transportées dans une boîte de savon pendue à son cou.

— Bonjour. Tu as fait fortune, à ce que je vois.

— On se débrouille.

— Je suis bien content de te voir. Dis-moi, tu sais où est passé notre Martin ?

Le garçon raconta que Martin était devenu un personnage important : il avait rencontré un de ses cousins, un Vanétsi qui arrivait de Russie. Ce cousin, qui faisait le trafic de l'or, avait besoin d'un collaborateur de confiance et avait pris Martin avec lui.

— Il y a plus moyen de lui parler, à Martin.

Et puis il lui donna une autre nouvelle :

— Vous savez, votre Russe, celui qui est un peu fou, eh ben ! les tchékistes l'ont arrêté.

— Quoi ? Fédor Pantéléïévitch ? fit-il en sentant ses jambes faiblir légèrement.

— Oui, on les a vus qui l'emmenaient.

Le garçon s'en alla en annonçant sa marchandise : *« Papiros ! Papiros ! »*

Ça, c'est mauvais, se dit-il. S'ils l'ont arrêté, il n'y a aucune raison pour qu'ils ne m'arrêtent pas aussi. Il s'en alla, en retenant encore plus sa respiration. Que faire ? Où aller ? Où se cacher ? A ce moment, il croisa un homme qui le toisa de la tête aux pieds. Il avait l'impression qu'on le regardait de partout, que les fenêtres, les lampadaires, les pavés, les trottoirs le regardaient : « Ah ! vous voilà enfin, on vous cherchait... »

Il se glissa dans une petite rue déserte, sortit son canif de sa poche, ôta sa casquette et en décousit l'insigne doré tout terni. Il enleva soigneusement les fils, frotta énergiquement les traces noires laissées sur le velours, et remit sa casquette. Il ôta sa cravate et la fourra dans sa poche. Comme ça, je n'attirerai l'attention de personne. Il retourna dans la grand-rue, la remonta, la redescendit. Pas de doute, c'était bien la même ville, les mêmes gens, mais mêlés à de nouveaux venus. Des visages qu'il avait pu remarquer dans le passé, certains étaient toujours là, d'autres n'y étaient plus. Les réfugiés, bien sûr, eux, étaient là. Mais l'atmosphère avait changé. Erevan ne respirait plus que d'un poumon, d'un souffle rauque et court. Le plus étonnant, c'était que les expressions s'étaient modifiées, les démarches, la façon de parler et de regarder. Tout était pareil et tout avait changé. Tout était là, présent, mais présent avec effort, peur, épouvante. Et tout avait envie de filer mais restait là, hypnotisé comme le lapin devant le serpent. Et on restait les lèvres serrées, les yeux agrandis. Chez soi, on ne se sentait plus chez soi, on était comme en visite. Ce qui était là bien solide, bien accroché par des racines sûres, c'était l'Ararat, l'Aragats, les montagnes, les roches, les garçons dans les rues et les trafiquants d'or.

Et puis il y avait aussi le fait que personne ne vous reconnaissait. Il lui semblait que, depuis qu'il était allé à Etchmiadzine, il ne s'était pas écoulé quatre ou cinq jours mais des années, qu'il avait eu le temps d'aller au Labrador, dans le Pacifique, à Yokohama et à Tombouctou, que ses cartes postales n'étaient pas arrivées et qu'on l'avait oublié. Oui, c'était bien cela : ses cartes postales n'étaient pas arrivées.

Ah ! voilà un nouveau venu, mais qui est une vieille connaissance : le peintre Askanian. C'était un homme aux épaules étroites et à la grosse tête, avec une barbiche, un regard perpétuellement étonné et des lèvres boudeuses. Hérian avait fait sa connaissance à Batoum bien des années auparavant. Pour l'heure, il arrivait de Piatigorsk. Tout d'abord, il passa près d'Hérian sans le saluer, puis il s'arrêta, le regarda fixement et lui tendit la main avec enthousiasme en s'écriant :

— Eh bien ça ! Vous ici ? Eh bien ça !

— Eh oui ! Pourquoi pas ? Bonjour, Askanaz Artémévitch, bonjour, fit Hérian touché par cette réaction chaleureuse. Et oui, pourquoi pas ? Cela fait un moment que nous ne nous sommes pas vus, n'est-ce pas ?

Une seconde, il eut envie de tendre le bras et de lui montrer *l'Albatros,* mais il changea d'avis et ne lui montra rien du tout. Le peintre, qui d'instinct sentait et comprenait les choses, s'en rendit compte, baissa les yeux, puis articula tout bas :

— Il y a de quoi devenir fou.

— Pourquoi ? Qu'est-ce qu'il y a ? demanda Hérian en baissant la voix lui aussi.

— Qu'est-ce qu'il y a ? répéta Askanian encore plus bas en jetant des regards furtifs autour de lui. C'est bien le problème, c'est qu'il n'y a rien. Ni peinture, ni toiles, ni brosses. Alors qu'est-ce qu'on peut faire ?

Ils soupirèrent ensemble et Askanian reprit très vite, d'une voix à peine audible :

— Les prisons sont pleines, ils arrêtent tout le monde et fusillent des quantités de gens. Aujourd'hui, on va voir ce qui va se passer pour mon neveu Stépan, le fils de mon frère. Ils ont convoqué tous les anciens officiers dans la salle du Parlement, pour une communication, paraît-il. Et ni Stépan ni nous n'avons pu fermer l'œil de la nuit.

— Ils vont peut-être les faire entrer dans l'Armée rouge ?

— Il y a des gens qui disent ça, mais qui sait ?

Hérian comprenait bien qu'il n'était pas question de cela et que cette convocation générale était très mauvais signe, mais il évita de le dire et voulut au contraire remonter le moral du peintre. Il renversa la tête en arrière et dit avec un très léger roucoulement :

— Oui, il n'y a pas de doute, ils vont certainement les verser dans l'Armée rouge. Il est certain que s'ils les convoquent, c'est pour leur annoncer les mesures prises par le Komparti, le Komrevkom, le Komkommissariat et tout le reste.

Les deux mains croisées sur la poitrine, Askanian écoutait, étonné.

— Eh oui ! poursuivit Hérian, ils vont sûrement leur annoncer des mesures à propos du ravitaillement, des soldes et autres questions essentielles. Il faut bien que les gens mangent, non ?

Ce disant, il se sentit un vide énorme dans l'estomac. Il n'avait rien pris de la journée, la tête lui tournait. Il avala sa salive. Askanian comprit, regarda à droite et à gauche et dit vaguement :

— Oui, bien sûr, c'est certain.

Un silence embarrassé suivit. Le peintre mit une main dans sa poche et s'apprêta à dire quelque chose. Hérian comprit, rougit et dit à haute voix :

— Eh bien ! c'est parfait. Alors, Dieu vous garde. On verra bien, on verra bien. Il faut que je m'en aille, je suis déjà en retard. Le diable m'emporte ! Je suis invité à déjeuner et je suis en retard. Au revoir, j'ai été très heureux de vous revoir, très heureux.

Il serra fortement la main d'Askanian, fit quelques pas, s'arrêta, se retourna et appela d'un ton un peu solennel :

— Askanaz Artémévitch ! — Askanian s'arrêta et se retourna — Oui, je voulais vous dire que si je peux vous être utile à quelque chose, n'hésitez pas...

Et il repartit sans attendre la réponse.

Il erra pendant des heures. Que faire ? Il avait un moment mis son espoir en Martin, mais celui-ci avait bel et bien disparu. Que faire ? Fédor était en prison. Peut-être était-il mort, ou métamorphosé, devenu bolchevik...

Passant d'une rue à l'autre en rasant les murs, fuyant les regards, moitié ombre, il marchait en se parlant à lui-même. Et voilà, je suis à la rue. Je vais vous dire... Mais dire quoi et à qui ? Il n'y a personne. Personne. Sur un bateau, on le dirige, on regarde le compas, on fait le point. Mais regardez, malgré le compas, le point et les cartes, votre bâtiment est à la dérive et va droit sur les récifs. Stop ! Stop ! Tu mets le cap à droite, il y a du brouillard, tu le mets à gauche, c'est un grain. Les éléments vous ont assiégés, toi et ton bateau. Et toi, tu es là comme un imbécile, un homme en morceaux, un reste d'homme. Je vous en prie, capitaine Ara Hérian, donnez-vous la peine d'entrer en prison. Voilà, commandant, nous allons vous envoyer très loin, très loin, et sans avoir à calculer le cap. Eh oui ! voilà...

Il traîna du côté de Kond, sur les rives du Zangou, dans les ruelles désertes. Il faisait nuit, il faisait froid, il avait faim.

5

Des habitants de *l'Albatros,* Rim était le seul qui y venait tous les jours. Tous les jours à la même heure, vers midi. Il grimpait la pente de Kanaker et venait s'arrêter devant le bateau, à bout de souffle, la langue pendante, l'œil triste. Au début, du plus loin qu'il le voyait, il partait au galop, la tête levée, frétillant de la queue, et glapissait dans l'espoir que quelqu'un allait l'appeler du haut du pont, l'accueillir affectueusement, le caresser, lui donner à manger. Mais il avait vite compris que le bateau était désormais inhabité, et il avait concentré son attention sur la route, par laquelle quelqu'un pouvait encore revenir. Il avait attendu des jours et personne n'était revenu. Et pourtant, il continuait à venir régulièrement, un peu par fidélité, un peu aussi parce qu'il ne voulait pas abandonner tout espoir. Il regardait, inquiet, et aboyait sans grande conviction, machinalement.

Il faisait le tour de *l'Albatros,* reniflait, dressait l'oreille. Non, il n'y avait personne. Personne à part les chats. C'est qu'en raison de l'absence des hommes, le bateau était devenu le refuge des animaux sans abri. Les quadrupèdes de toutes sortes, de Kanaker et des environs, pelés, lépreux, malades, abandonnés, s'étaient donné rendez-vous là. C'était un concert de miaulements continuels auxquels répondait le croassement des corbeaux assemblés sur le mât. Le pont était couvert de détritus et de neige sale. Les parties en fer étaient rouillées, les cuivres couverts de vert-de-gris, la peinture s'écaillait. Bref, le bateau pourrissait. Et Rim regardait tout cela d'un air désolé et glapissait.

Tant que Martin était encore là, la vie pour Rim était supportable. Il suivait de loin le garçon à l'odeur, l'attendait devant les maisons où il entrait, allait avec lui au marché et, d'une façon ou d'une autre, arrivait tous les jours à se mettre quelque chose sous la dent. Martin lui rapportait des os enveloppés dans du papier et lui disait :

— Allez, mon vieux Rim, fais-nous voir un peu comment tu t'en sors. Tu sais, les temps sont durs, on ne trouve pas ce qu'on veut.

Son dernier repas, il l'avait pris à la gare.

Il faut dire qu'après les derniers bouleversements, Martin n'était plus le même. Ses odeurs avaient changé : il avait d'autres chaussures, une autre veste, il se promenait en chantonnant et mangeait des bonbons. Tout cela étonnait beaucoup le chien. Alors qu'en général, et Rim s'en rendait parfaitement compte, les visages s'étaient allongés, amincis et durcis, Martin, lui, avait les joues roses et l'air réjoui. Accompagné d'un nouveau venu, un petit brun à l'odeur acide, il était toujours en mouvement, allait à droite et à gauche, murmurait à l'oreille des uns et des autres, rencontrait plein de gens aux alentours du marché, et sur la place du même marché, plusieurs fois par jour il s'asseyait et mangeait de la viande grillée.

Et puis un beau jour, vêtu d'un long manteau et coiffé d'un papakh, il prit une calèche avec deux autres hommes habillés comme lui. Ils allèrent à la gare où passait justement un énorme et étrange animal en fer, monstre effrayant qui faisait un bruit d'enfer et crachait du feu et de la vapeur. Plein d'un noir pressentiment, Rim avait suivi la calèche. Mais quand les trois hommes s'installèrent au buffet et se mirent à manger, il oublia tout et se réjouit beaucoup. Il faisait si bon, là, c'était si agréable, avec cette délicieuse odeur de viande grillée ! Et puis Martin lui jeta des os encore bien garnis.

— Mange, Rim, mange, mon vieux !

Quelques bonnes bouchées bien grasses, des os savoureux... Et puis brusquement, la cloche sonna. Alors chacun se leva, prit sa valise et courut dehors. Martin et ses amis — des gens dont le regard ne plaisait pas du tout à Rim — eux aussi sortirent en bousculant les autres, grimpèrent un petit escalier et entrèrent dans une drôle de maison. Alors, évidemment, lui aussi voulut grimper le petit escalier et entrer, mais on le chassa. Pourquoi ? Il eut peur, resta un moment à l'écart puis, profitant de la foule qui arrivait, il essaya de retrouver Martin. Mais ce qui était étonnant, c'est que des maisons comme celle où Martin était entré, il y en avait des quantités, avec les mêmes escaliers, les mêmes portes. Dans laquelle était le garçon ? Ni ses yeux, ni ses oreilles, ni son flair ne lui permirent de le retrouver. Il courut à droite, à gauche, regarda les fenêtres, renifla tout : pas de Martin. Et comme si cela ne suffisait pas, brusquement, les maisons se mirent en mouvement dans un grand bruit de ferraille. Il se jeta hardiment en avant, fila de toutes ses forces et rattrapa le monstre de fer qui, juste à ce moment-là, se fâcha, fit entendre un sifflement terrible et pissa sur lui un jet de vapeur brûlante.

Rim s'arrêta et éternua. Les maisons s'en allaient à toute vitesse. Aussitôt, il se dit que Martin avait dû retourner en ville; il était impossible qu'il soit parti comme ça en le laissant. Pas de doute, il avait dû monter dans la calèche et retourner en ville. Alors, il sortit de la gare et suivit des voitures les unes après les autres. Non, il n'était dans aucune. Alors, où était-il? Ah oui! il était sûrement dans celle-là, là-bas, qui filait au galop. C'était celle-là, il en était sûr. Si sûr que quand un petit chien jaune sortit d'un chemin de traverse et se mit à aboyer avec toute l'inconscience de la jeunesse, Rim, incapable de réfréner sa nature facétieuse, courut le rejoindre et se mit à jouer avec lui. Pour digérer son plantureux repas, il se roula dans la neige, sauta, mordilla les pattes de l'autre, s'amusa comme un fou. Et puis, brusquement, il se dit que son absence allait peut-être fâcher Martin; il se sentait des remords. Il se précipita en ville, fit toutes les maisons et les endroits connus, toutes les rues. Pas de Martin. Ah oui! c'est sûrement qu'il était remonté au bateau. Il courut au bateau, s'arrêta devant, attendit toute la journée, eut faim et froid. Toujours personne. Et la nuit tomba, avec encore de la neige et du vent.

Il s'abrita sous l'échafaudage, se mit en boule, la tête sur les pattes de devant, pour essayer de se protéger du froid. Le vent mauvais sifflait entre les madriers. Il changea de place et de position plusieurs fois, mais rien n'y faisait. Le vent continuait à miauler de conserve avec les chats installés sur le pont. Il tremblait, son dos se raidissait. Il eut peur de bouger et, un œil fermé et l'autre ouvert, essaya de dormir. Et bien qu'épuisé, l'œil ouvert fit effort pour continuer à surveiller les madriers qu'agitaient des mouvements inquiétants. Pourvu que tout ne s'écroule pas sur sa tête!

L'œil fermé rêvait. L'œil fermé était retourné au village où il était né, dans l'étable où il couchait en compagnie des deux vaches et du bœuf. A cette époque-là, il s'appelait Alabache. Dehors, il neigeait à gros flocons sur les masures à demi enterrées. Hommes et bêtes dormaient, tout était enveloppé dans un lourd silence. Dans l'étable aux senteurs d'orge, de paille, de bouse et d'urine régnait la douce tiédeur de la félicité.

Lui, il couchait à côté de la porte, près de la grosse vache qui s'appelait Mero et qui allait bientôt vêler. Avec elle, il fallait bien faire attention parce qu'il lui arrivait, en plein sommeil, de vous allonger un bon coup de pied. Ou bien, quand elle se retournait, elle risquait tout simplement de vous écraser. Mais à part ça, c'était une brave bête avec ses taches blanches sur la tête et ses grands yeux de velours. Quand ils rentraient des champs et que lui, qui tenait à remplir consciencieusement sa tâche, courait derrière Mero en aboyant, histoire de lui faire comprendre qu'elle n'avait pas à s'arrêter pour quelques malheureux brins d'herbe et qu'il s'agissait de rentrer à la maison, elle ne baissait pas la tête pour le menacer de ses cornes comme aurait fait n'importe quelle autre; non, elle lui jetait un coup d'œil par en dessous en souriant et passait tout simplement de l'autre côté du chemin.

L'été, on partait pour la montagne. Tout le monde : les vaches, les bœufs, les moutons, les nouveau-nés, le paysan, sa famille et le chariot qui grinçait.

Et là c'était le bon air, la belle vie, la liberté. Lui, son père — qui à ce moment-là était encore de ce monde —, les chiens du voisinage, tous ensemble avaient l'impression qu'il leur poussait des ailes. Ils couraient, jouaient, se roulaient dans l'herbe fraîche. Et l'herbe était constellée d'innombrables fleurs qui embaumaient si fort qu'elles les faisaient éternuer jusqu'à ce qu'ils s'y soient habitués.

De temps à autre, les maîtres égorgeaient un mouton, creusaient un trou dans la terre, y allumaient un feu et y faisaient cuire le mouton. Et ils buvaient, mangeaient, s'amusaient et dansaient. Et lui, comme les autres chiens d'ailleurs, il se régalait avec les os, les restes de viande et, après avoir couru comme un fou, se roulait au soleil les pattes en l'air.

Un autre spectacle revient dans son rêve. Après avoir bien brouté, le troupeau est réuni au bout du pâturage et toutes les bêtes sont couchées. Et lui, pour être bien sûr que chacun est à sa place, il court à droite et à gauche, renifle, examine tout et, près de deux agneaux qui bêlent comme des niais, il s'assoit avec les autres et reste l'oreille au guet. A quelque distance, la chèvre conductrice, une bête souple et habile, est là avec sa barbiche et son regard solennel fixé sur les rochers, immobile et songeuse. Les moutons sont serrés les uns contre les autres. Les agneaux, gloutons comme ils sont, continuent, à grand renfort de coups de tête, de martyriser les mamelles de leur mère. Toute la journée, le soleil a brûlé la terre. Maintenant, il a disparu de l'autre côté de la montagne et un vent léger s'est levé. La nuit tombe vite et le ciel est plein de points brillants : ce doit être les villages qui sont là-bas au loin, les paysans auront allumé leurs lampes derrière les fenêtres. Mais il y en a tant, des lampes... Il rêve qu'il dort là-bas, près des moutons. Le vent s'est fait plus violent et siffle encore plus fort dans les madriers. Il tremble de tout son corps, cherche à se rapprocher des moutons pour profiter de leur chaleur, mais il a beau agiter ses pattes, il n'arrive pas à bouger. De son œil ouvert, il voit avec effroi que le troupeau, le pâturage, les montagnes ont disparu, et cependant, ce qu'il voit ne parvient pas à le rendre conscient qu'il est en plein rêve.

Le rêve s'assombrit. Les étoiles ont disparu et — c'est effrayant — les moutons, qui étaient si tranquillement couchés, montent tout doucement, se transforment en nuages immenses, se dispersent et foncent avec la tempête. Il est affreusement inquiet, il veut se lever, aboyer, les avertir du danger, mais il n'arrive qu'à gémir, à grogner vaguement, à se retourner à droite et à gauche et à frémir parce que le froid terrible s'est jeté sur lui comme un chien sauvage et lui broie le corps de ses crocs. Le grand chien sauvage aux yeux sanglants rugit et cherche à le prendre à la gorge. Par un effort extraordinaire, Rim arrive à se libérer et se met en position de défense en grognant. L'autre se jette encore sur lui à la vitesse de l'éclair et lui mord la queue. La douleur est atroce. Il se lève en gémissant et s'aperçoit qu'il est couché sous l'échafaudage dont un des madriers lui est tombé sur la queue. Il regarde, éperdu, le cœur serré par une détresse indicible. Il repose la tête sur ses deux pattes de devant et se met à pleurer. Le miaulement des chats et la plainte du vent lui répondent.

A l'aube, il sortit de son abri. Sûrement, quelqu'un allait venir. Personne ne vint. Il était dangereux de rester près du bateau. Toute une bande de garnements du coin s'amusaient à jeter des pierres sur *l'Albatros*. Les pierres résonnaient sur la coque, abîmant un peu plus la peinture. Les garçons célébraient cette victoire en criant et en se remettant à lancer des pierres de plus belle.

Désespéré, Rim descendit en ville et traîna dans les rues, se posta devant les maisons où Martin s'arrêtait, devant les cafés où Fédor entrait, devant des endroits où passait Hérian, mais il ne vit personne.

Cela dura des jours et des jours. On le chassait de partout. Il était tout crotté et amaigri, son poil commençait à jaunir, il penchait la tête de côté et ses yeux étaient pleins de crainte. Il n'arrivait pas à comprendre pourquoi les hommes avaient changé, étaient devenus tristes, nerveux et méchants, s'emportaient pour un rien, criaient, donnaient des coups de pied et lançaient des pierres. Dans le temps, il arrivait que devant chez un boulanger ou un boucher, on lui jette un morceau de pain ou un os. Maintenant, le jour à peine levé, hommes, femmes, enfants se mettaient en file devant les boutiques et y restaient jusqu'au soir, l'air mauvais et furieux. Pour un pauvre chien, s'approcher d'eux était une aventure très risquée. Il avait bien vu de ses yeux, deux jours auparavant, comment on avait battu un petit au poil frisé parce qu'il avait eu le malheur de ramasser un morceau de pain tombé d'un panier.

Il ne comprenait rien à tous ces bouleversements, mais son instinct lui faisait bien sentir l'inquiétude des hommes. Les bipèdes vivaient de tristes jours. Leur existence, leur démarche, leurs mouvements, tout avait changé, de même que les odeurs : maintenant, cela sentait le cuir, la graisse et encore plus la famine qu'avant. Plusieurs fois par jour, ils marchaient vite, très vite, jusqu'à la grand-place et y restaient des heures. Au balcon de la grande maison, un homme discourait, criait, gesticulait, et les autres battaient des mains et criaient aussi.

Au début, ce vacarme lui faisait peur, mais comme le phénomène se répétait plusieurs fois par jour, il avait fini par s'y habituer. Et puis il y avait plus grave : c'est qu'il ne trouvait rien à manger. Un jour, passant dans une ruelle boueuse, un garçon lui avait sans aucune raison jeté une pierre qui lui avait blessé la patte avant gauche et il s'était sauvé sur trois pattes en gémissant.

Au bout d'une rue, là où les maisons s'arrêtaient et où commençait un grand terrain vague jonché de détritus de toutes sortes, il avait rencontré une bande de congénères, des chiens inconnus sortis d'on ne sait où, de tous les genres et de toutes les races. Des chiens rares, urbains, de la classe de ceux qui généralement habitent les belles maisons, gâtés et orgueilleux, et qui se refusent même à approcher les modestes chiens de la campagne pour les flairer. Quand ils le virent, ils s'immobilisèrent en le regardant, le nez en l'air. Lui, la patte levée et la queue basse, recula, inclina la tête et, tout intimidé, les regarda par en dessous en montrant les dents et en grognant un peu. Les autres consultèrent du regard le chef de bande, un grand danois aux mâchoires et aux pattes impressionnantes. Mais le danois, sans faire aucunement attention à lui, allait de droite et de gauche d'un air soucieux, la queue basse lui aussi et le souffle court; il fit un tour, s'éloigna un peu, revint. Visiblement, il était en plein désarroi. En réalité, il était comme les autres, désespéré et affamé. Ils ne savaient plus que faire ni où aller. On n'avait jamais vu pareille misère, la faim les avait tous rendus à moitié fous.

Le grand danois fit encore un tour, finalement se décida et, d'un coup d'œil, donna le signal du départ. Craignant la solitude et rassuré par l'indifférence du chef, Rim suivit la meute. Un petit frisé, qui était doué d'un bon naturel et avait grandi sur les cuisses rebondies d'une maîtresse plantureuse, se mit à courir à côté de lui en lui exposant, avec une faconde frivole, comment se présentait la situation : les maîtres de ces malheureux étaient des gens riches qui avaient fui la ville et les avaient abandonnés. Leurs maisons s'étaient remplies d'individus inconnus et aussi peu bienveillants que possible. La situation était intolérable. On chassait les chiens de partout, on leur lançait des pierres, on leur donnait des coups de bâton, on ne leur jetait plus rien à manger. Il fallait supposer que les bipèdes non seulement consommaient toute la viande disponible, mais en plus rongeaient les os. Terrible ! Et que faire ? Ils couraient toute la journée, en bande, sans but et sans espoir. Le jour, ils n'entraient plus en ville, c'était trop dangereux, et restaient à la périphérie. Ah oui, c'était bien triste ! Et, tortillant son gros derrière, le petit chien continuait à bavarder en courant. En partie par curiosité et en partie par politesse, Rim l'écoutait et, toujours une patte en l'air, essayait de ne pas rester en arrière.

Il suivit pendant plusieurs jours la meute de chiens que la faim rendait furieux et qui attendaient en errant que la nuit tombe pour se glisser en ville et essayer de dérober quelque chose. Il y avait deux ou trois grandes cours dont les portails d'accès étaient soit entrouverts soit percés de trous. Parfois, ils y trouvaient des os dans les tas d'ordures. Mais à quoi cela servait-il ? C'étaient toujours les plus forts qui en profitaient. Le danois arrivait en grondant, prenait l'os et allait tranquillement le ronger dans son coin. Les autres restaient autour et attendaient en avalant leur salive. Mais ils attendaient quoi ?

Souvent, une bagarre éclatait, comme ça, pour rien. Ils se jetaient les uns sur les autres, écumaient, devenaient enragés. Rim, lui, chien campagnard sage et prudent, trouvait ce genre de spectacle écœurant et n'arrivait pas à se faire à cette situation. Une voix intérieure lui disait qu'il finirait bien par retrouver un des occupants du bateau. Non, vraiment, cela ne pouvait pas durer.

Un jour, prenant prétexte de la douleur à sa patte, il s'était assis et avait laissé les autres s'éloigner. Mieux valait essayer de trouver une solution par soi-même. Et il était entré en ville en rasant les murs, cherchant, reniflant tous les coins. Le soir — vous voyez ce qui peut arriver aux chiens ! — alors qu'il était couché dans une ruelle, qu'est-ce qu'il vit ? Deux hommes qui marchaient entourés de soldats. Il frémit, sauta sur ses pattes, écarquilla les yeux, dressa l'oreille et se mit à glapir. Il avait reconnu l'un des deux hommes visiblement épuisés qui marchaient en traînant la jambe. Et qui était-ce ? Fédor Pantéléïévitch... Rim voulut courir, aboyer et gambader pour manifester sa joie, mais en voyant les fusils et les longs couteaux, il eut peur et s'abstint de toute démonstration. C'est que les gens armés dégageaient des odeurs inconnues et avaient l'air très sévère. Il courut derrière eux, autour d'eux pour essayer d'attirer l'attention de Fédor, mais en vain : celui-ci marchait la tête basse, comme absent, et ne regardait rien ni personne.

Après avoir longtemps marché, ils arrivèrent devant une grande maison à petites fenêtres, gardée par d'autres hommes en armes. La grande porte s'ouvrit et le petit groupe entra. Il essaya de leur emboîter le pas, mais il avait à peine franchi le seuil qu'un des soldats lui envoya un terrible coup de pied dans le ventre. A moitié évanoui, il se traîna jusqu'à une autre porte qui donnait sur une cour. Aussitôt dans cette cour, il oublia sa douleur. Il régnait là une odeur de cuisine tellement enivrante, tellement capiteuse qu'il crut défaillir. Frétillant de la queue, il approcha de la porte d'où venaient ces odeurs enchanteresses, et que vit-il ? Une grande boîte pleine de résidus de toutes sortes : choux, os, morceaux de graisse et même de viande ! Dieu des chiens, même de la viande ! Il rongea, mangea, engloutit à tel point qu'il se sentit mal tant il avait perdu l'habitude de manger.

Sortir de cette cour et y rentrer tenait de l'exploit stratégique. Il fallait d'abord attendre des heures que le grand portail s'ouvre, ce qui arrivait quand les soldats amenaient ou emmenaient des prisonniers. Par bonheur, ce genre d'opération avait lieu plusieurs fois par jour, et Rim, rasant les murs comme une ombre et décidé à sortir, avançait en rampant, passait la petite porte puis, le grand portail à peine ouvert, passait d'un bond dans la rue. Pour entrer, c'était la même tactique, mais parfois cela ne réussissait pas : les gardes refermaient le portail trop vite ou surveillaient trop bien. Et un beau jour, il arriva qu'il ne parvint pas à se sauver et qu'il dut passer la nuit dans la cour de la prison. Quelle nuit ! De sa vie, il n'avait vu quelque chose d'aussi effrayant et cela vaut la peine d'être conté.

En cette nuit mémorable, donc, en dépit de ses prodiges d'adresse, il ne réussit pas à sortir de la cour. Et cet échec était dû à un os tout à fait quelconque, mais dur à un point inimaginable. Il s'entêtait à essayer de le casser pour en sucer la moelle, et pourtant, il savait que le portail allait fermer. Il le prenait dans ses pattes, tirait dessus avec ses crocs, le reposait, retirait dessus, essayait encore et encore. Rien à faire, l'os ne voulait rien savoir. En désespoir de cause, il allait le prendre pour l'emporter dehors quand, juste à ce moment-là, les portes se fermèrent. Alors, il s'assit dans un coin de la cour, joua un peu avec son os et, à court de ressources, resta allongé, la tête sur les pattes de devant.

La nuit était noire et froide. Les petites fenêtres carrées du grand bâtiment, toutes avec des barreaux de fer, avaient éteint leurs lumières. On n'entendait que des bruits de pas cadencés qui allaient et venaient et qui accusaient encore le silence. On aurait cru que le monde entier attendait en retenant son souffle. Il dressait l'oreille en serrant la queue contre ses jambes. De temps à autre, une voix lugubre se faisait entendre à un bout du bâtiment, et une autre voix, aussi triste, répondait à l'autre bout. Il finissait tout de même par s'adapter à la sinistre atmosphère du lieu, et tenait les yeux fermés mais tout en restant vigilant. A plusieurs reprises, il s'approcha des portes et essaya en vain de les ouvrir. Finalement, il se coucha, sommeilla d'abord vaguement puis, vaincu par la fatigue et sa pesante digestion, il s'endormit.

Brusquement, à minuit, il se leva en grognant et se mit sur la défensive. Un groupe d'hommes marchaient à l'étage supérieur et on entendait aussi le bruit de lourds objets frappant le sol. Les grandes portes s'ouvrirent bruyamment et les hommes se mirent à crier comme quand ils sont très en colère, puis les portes se refermèrent en grinçant, les hommes se remirent à marcher et, à ce moment même, quand ils se remirent à marcher, des lamentations s'élevèrent dans le sinistre bâtiment, si impressionnantes que Rim recula et se mit à aboyer. Il sentait qu'un grand malheur était arrivé. Le bruit faisait trembler les fenêtres et ébranlait les murs. On entendit des salves de coups de feu. Les cris et les lamentations redoublèrent. C'était comme au village le jour où les hommes tuaient le cochon. Le bâtiment était secoué de haut en bas par les cris, les appels, les hurlements et les plaintes.

Et lui, il avait peur, il tremblait, se collait contre le mur, la tête et sa patte blessée levées, hurlait comme quand on hurle à la lune. On sentait une odeur de sang et de cadavre.

Il trembla jusqu'à l'aube.

Le matin, le portail à peine ouvert, il se précipita dehors de toute la force de ses trois pattes comme s'il avait été poursuivi par un monstre très fort et très méchant. Après avoir pris assez de champ, il s'arrêta, tâta du museau la neige et le vent léger du matin. Il se sentait plus tranquille. La queue en l'air, il courut vers le bateau mais, arrivé à mi-chemin, il eut la surprise de croiser de nombreux villageois qui descendaient en ville chargés de toutes sortes de paquets qui dégageaient une forte odeur de fromage, de beurre et de viande séchée. Du coup, il rebroussa chemin et leur emboîta le pas. Mais eux lui lancèrent des regards méfiants et certains se mirent même à chercher des pierres par terre. Mais lui aussi était de la campagne, et aussi rusé qu'eux. Il regarda ailleurs et prit l'air détaché et indifférent.

Finalement, ils arrivèrent au marché. Il savait bien que là on chassait à coups de pierre les chiens et les gamins des rues, aussi se cacha-t-il prudemment derrière le grand panier d'une vieille en jouant le rôle du chien fidèle et bien gentil. Cela lui permit d'arriver à l'endroit où l'on vendait du poisson, de la viande et autres merveilles. Mais là, à peine eut-il tendu la patte vers un vague morceau de foie poussiéreux tombé sous une table que le boucher, un gaillard ventru, se mit à crier et à lui taper sur la tête, de sorte qu'il fut bien obligé de filer. Bien entendu, il essaya de revenir au même endroit. Cette fois, redoublant de prudence, il s'approcha de la table mais de l'autre côté, en se faisant tout petit. Le corps tendu, ramassé, il avança le museau en se préparant à attraper le morceau de foie. A peine l'eut-il pris que le boucher au gros ventre se retourna et courut sur lui, le couteau à la main. Rim lâcha le foie et battit en retraite. Il était en train de se demander à quelle nouvelle tactique il pouvait bien avoir recours pour enlever sa proie quand il entendit une voix qui lui fit dresser l'oreille. Était-ce possible ? Le foie, la viande, la faim, tout était oublié. Son regard s'alluma, mais avec une certaine inquiétude tout de même. De nouveau, la voix se fit entendre. Fou de joie, il fit un bond et se retrouva aux pieds d'Hérian.

— Rim, mon vieux, où étais-tu passé ?

Ils étaient aussi heureux l'un que l'autre.

Dans une longue rangée d'hommes et de femmes, Hérian, une chemise, un rasoir et une paire de pantoufles à la main, proposait à haute voix sa marchandise aux paysans qui passaient.

— Une chemise comme ça, cherchez-la pendant dix ans, vous ne la trouverez pas. Du vrai tissu étranger, inusable. Je la donne pour deux livres de beurre, ou trois livres de haricots ou deux livres et demie de lentilles. Regardez, camarades paysans, regardez et profitez de l'occasion pendant qu'il est temps.

Certains s'arrêtaient, prenaient le pan de la chemise, tâtaient le tissu. Lui continuait à faire l'article :

— N'hésitez pas. C'est de la marchandise de qualité. Je l'ai achetée moi-même en France, dans une ville qui s'appelle Marseille, et c'est à peine si je l'ai mise deux fois.

— Elle est vieille, ta chemise, rétorquait le paysan.

— Vieille ? Tu appelles ça vieille ? Ouvre un peu les yeux. Tu appelles ça vieille ?

Le villageois détournait ses yeux bovins, réfléchissait un peu, puis :

— Une demi-livre de beurre, je peux pas plus.

Il disait cela machinalement parce qu'il y avait déjà un moment qu'il lorgnait la marchandise offerte par les voisins et qu'il comptait acquérir pour une poignée de pois chiches.

Presque toute la bourgeoisie qui n'avait pas fui était là. Certains étaient venus vraiment poussés par la nécessité, d'autres pour bien montrer aux bolcheviks qu'ils n'avaient rien alors qu'en réalité ils avaient des pièces d'or et des bijoux cachés sous terre et dans les murs.

— Regardez, regardez, camarades paysans ! Si vous cherchez de la vraie marchandise étrangère, regardez, regardez !

— De la marchandise étrangère ? Et puis quoi ? Moi je vous offre de la vraie toile Morozov inusable !

— Une belle couverture de laine, pour dormir bien au chaud.

— Qui veut de la vraie laine en poil de chameau ? Par ici, par ici !

— Des beaux coussins... Une bourka du Daghestan...

Ces gens des bons milieux, métamorphosés en commerçants, s'efforçaient de conserver entre eux des manières affables et une courtoisie de salon :

— Ah ! Sofia Arakelovna, j'ai vu que vous avez réussi à vous procurer un bol de yaourt. Je me réjouis pour vous.

— Merci, Astvatsatour Mekitchovitch, merci beaucoup. Mais vous-même, qu'avez-vous fait ?

— Moi ? Que voulez-vous que je fasse ? Ces paysans sont si coriaces ! Enfin, j'ai réussi à me procurer un peu de lentilles.

Et ils recommençaient à vanter leur marchandise.

— Couteaux... Argenterie !

— Une belle nappe, trois archines sur cinq !

— Casserole ! Une belle casserole !

Les villageois prenaient les objets, les tournaient et les retournaient, mettaient le nez dessus, les soupesaient, les caressaient de leurs gros doigts, puis les rendaient sans dire un mot.

— Hé, grand-père ! Hé, grand-père, disait un vendeur d'une voix émue, tu n'as pas bien regardé. Regarde bien, tu verras ce que c'est comme marchandise. Deux livres de beurre et c'est à toi.

La merveille en question était une paire de petites jumelles de théâtre.

— Une supposition, insistait le vendeur, que les gosses ont emmené la vache au champ et qu'ils sont en retard. Ils ne sont pas rentrés, alors tu t'inquiètes. Et qui est-ce qui va aller se perdre dans les champs pour les retrouver ? Avec ça, pas besoin de te déranger, tu montes sur le toit, tu te mets ça devant les yeux, et tu vois la vache et les gosses comme s'ils étaient à deux pas. Deux pas, pas un de plus !

— Ouais, ouais, marmonnait le « grand-père », peut-être ben, mais moi, il me faut un pantalon.

Le propriétaire des jumelles annonçait aussitôt à son voisin le désir du grand-père :

— Sérioja, il y a notre ami, là, qui cherche un pantalon.

— Qui a un pantalon ? On cherche un pantalon par ici, transmettait le voisin à ses voisins.

— Regardez, voyez, un pantalon en vrai drap anglais. Par ici, par ici !

Sagement assis près d'Hérian, Rim regardait à droite et à gauche et s'amusait beaucoup. Il était très heureux.

Le soir même, il faisait connaissance avec son nouveau logis. Parler de logis est peut-être un peu exagéré car si la maison avait des murs, elle n'avait plus de toit, et s'il y avait des fenêtres, elles n'avaient plus de vitres. Hérian et ses compagnons orphelins occupaient une maison incendiée et à moitié effondrée.

Dans une des pièces plus ou moins épargnées, il avait pendu une sorte de hamac de fortune fait d'une vieille couverture, il avait trouvé une chaise branlante et quelques autres objets de première nécessité : un rasoir, une brosse à dents, du savon, et il s'était installé tant bien que mal. Ma cabane de Robinson, plaisantait-il. Ou bien, il imaginait qu'il avait fait naufrage et se retrouvait sur une île déserte. Encore heureux que j'aie la vie sauve et qu'on s'en sorte. Le regard sur l'horizon, j'attends le navire sauveur.

Et il riait d'un rire enfantin. Les orphelins l'aimaient bien, à cause de ce rire et aussi à cause des histoires qu'il leur racontait.

— Il faut prendre la vie comme elle vient, répétait-il, et les jours comme ils arrivent, les bons et les mauvais, et les voir avec les belles couleurs de nos rêves. Les hommes oublient que la vie est brève, que nous ne sommes venus que pour nous en aller et que d'autres mondes nous attendent avec impatience.

Le soir, ils allumaient un feu, s'asseyaient autour, et les flammes éclairaient ces jeunes visages maladifs trop tôt flétris par la souffrance. Ils serraient leurs lèvres bleuies et fixaient sur Hérian leurs yeux fiévreux :

— Dites, commandant, vous nous racontez une histoire ?

Il regardait autour de lui, simulait l'inquiétude et laissait tomber d'une voix lointaine :

— Le vent se lève encore.

Les garçons se serraient les uns contre les autres, tout yeux et tout oreilles.

— Alors nous voilà au large, sur un quatre-mâts. Le vent gonfle les voiles. On dirait qu'elles vont se déchirer. La proue se lève, on tangue et on fend les vagues. Là-bas, à l'arrière, il faut que les gars fassent bien attention. Pas de fausse manœuvre, sinon c'est la catastrophe ! Vous savez ce qui peut arriver en mer : des lames hautes comme des maisons, et à chaque instant, un gouffre qui se creuse devant vous... La proue se dresse puis elle retombe, et on dirait que tout va s'effondrer et se fracasser. Brrr ! On est trempés jusqu'aux os, frigorifiés. Je sais, je sais, voilà vingt jours qu'on a ce temps maudit et vous êtes épuisés. Mais courage, les gars ! C'est la vie du marin, il faut tenir le coup, tenir bon et être plus fort que les éléments. N'oubliez pas que toute l'Espagne a les yeux sur vous. Vous vous souvenez du jour du départ où notre gracieuse reine est venue nous saluer quand nous avons mis à la voile ? On dirait que c'était hier. Les trompettes sonnent, les hommes d'armes sont alignés dans leurs beaux habits, et tous les seigneurs, les hidalgos et les grands d'Espagne avec leurs chapeaux à plumes et leurs rubans et leurs lourdes épées qui se tiennent derrière la reine. Et elle a si noble allure dans ses beaux atours et elle est belle comme un ange... On entend le doux bruissement de sa robe de soie et d'or. Elle s'approche de nous, elle nous regarde avec ses grands yeux, elle nous sourit. Quels moments, mes enfants, quels moments ! Le peuple applaudit, les musiciens jouent, et les filles de Santander, de leurs doigts fins et délicats, nous envoient des baisers.

Ils retiennent leur souffle, restent suspendus à ses lèvres.

— Vous vous rappelez ? On croirait que c'était hier. Alors nous avons juré fidélité à la belle souveraine très-catholique de toutes les Espagnes, et nous avons juré de présenter nos voiles à l'aquilon, de vaincre vents et tempêtes, d'aborder aux rivages sud des terres que Colomb avait découvertes, de les soumettre à la pointe de l'épée et de rentrer en Espagne chargés de gloire et de richesses. Vous vous rappelez ?

C'était dit avec tant de conviction que les garçons répondirent en chœur :

— Oui, oui, on se rappelle.

— Eh bien ! mes enfants, reprit-il en redoublant d'enthousiasme, on a fait la plus grande partie du voyage. Je vois, oui, je vois cette carte imprimée à Gênes où tout est marqué : encore quelques jours et nous verrons les premiers oiseaux de mer qui viendront tourner autour des mâts pour nous annoncer que nous approchons des terres enchantées du Mexique. Et quand, du haut des collines, les rois et les seigneurs de ces contrées nous verront, ils descendront vers nous avec de riches présents, des pierres précieuses, des étoffes tissées de fil d'or, des plats d'argent, des filles belles comme le jour et d'innombrables esclaves. Et nous, avec nos armures et nos épées en acier de Tolède, nous descendrons du navire, nous arborerons le pavillon de Castille, les armes de la reine, et nous exigerons la soumission de tout le pays. S'ils résistent, nous enfourcherons nos fougueux coursiers et nous envahirons le nord et le sud. Alors, il y aura des combats de géants, on frappera à droite et on frappera à gauche. Nous prendrons les villages, les villes et les royaumes et des trésors qui iront orner les autels des églises dédiées aux saints patrons de la Castille et de l'Aragon, et nous enlèverons les plus belles filles et bien d'autres choses. Et quand nous aurons soumis tout le pays, je nommerai chacun de vous gouverneur d'une province, et vous, vous donnerez des ordres, vous serez riches et vous aurez réuni tant d'or qu'il faudra plus de dix navires pour l'emporter en Espagne.

Les garçons étaient ravis.

— Oui, je vous garantis que ce sera comme ça et pas autrement. Mais pour l'instant, il faut tenir le coup. Le sale vent est de plus en plus mauvais. Il fait froid.

— Et on n'a plus de bois.

— Eh bien, couchons-nous et dormons. Il faut reprendre des forces pour continuer notre voyage demain.

Le vent sifflait sur le toit crevé, les garçons tremblaient et se serraient de plus en plus les uns contre les autres, le feu mourait. Hérian s'allongea dans son hamac, tira la couverture sur lui et resta songeur.

Tous se taisaient, pour conserver l'illusion. Ils repliaient leurs corps, se pelotonnaient, et leurs imaginations s'en allaient vers des pays de rêve où le soleil est éternel, les rues pavées d'or, les arbres chargés de fruits merveilleux, les femmes belles comme le jour et la vie une fête continuelle.

Rim se serrait contre eux, et lui aussi était heureux.

Les premières lueurs de l'aube passaient par le toit crevé. Son paquet à la main, Hérian descendait au marché. Les garçons se dispersaient dans les différents quartiers et, embusqués dans les coins, attendaient l'occasion de chiper quelque chose. Souvent, ils rentraient battus, blessés et s'allongeaient en geignant.

Le soir, ils apportaient les nouvelles : perquisitions et arrestations continuaient. Les partisans de l'ancien gouvernement, les fonctionnaires, les ministres qui, les premiers jours, s'étaient promenés librement, maintenant tremblaient et se terraient.

La déportation des officiers de l'ancienne armée avait fait l'effet d'un coup de foudre. On les avait donc convoqués dans la salle des séances du Parlement redevenue salle de théâtre pour leur faire soi-disant une communication importante de la part du nouveau gouvernement. Les officiers — c'est ce que les garçons racontaient — avaient mis leur meilleur uniforme avec pattes d'épaules, ceinturon et fourragère, et en groupes plus ou moins importants, allant des généraux aux capitaines, s'étaient rendus en devisant gaiement, de tous les quartiers de la ville, vers la Promenade. On se saluait, on se faisait des politesses, après-vous-je-vous-en-prie, et on était entré au théâtre.

Quand tous furent entrés, des unités spéciales de la Tchéka prirent position autour du bâtiment, ce qui alarma les familles des officiers venues les accompagner et restées un peu à l'écart.

Quelques instants plus tard, des hommes du Parti, avec des porte-documents sous le bras, étaient arrivés précipitamment et avaient à leur tour pénétré dans le théâtre. Une fois à l'intérieur, qu'avaient-ils dit, personne n'en savait rien. La réunion, en tout cas, avait duré assez longtemps. Dehors, tout le monde attendait dans l'angoisse.

L'après-midi était bien avancé quand les hommes de la Tchéka avaient fait mouvement, leurs chefs courant de droite et de gauche. Et les officiers étaient sortis, cette fois sans fourragère, sans pattes d'épaules et sans armes, l'air sombre et les traits tirés, et les soldats les avaient entourés et emmenés.

Dans la rue, les femmes s'évanouissaient et les enfants pleuraient.

Parfois, la maison démolie retentissait de discussions politiques animées. Et c'était toujours Sissak qui était à l'origine des débats. C'était un grand gars long comme un arbre décharné, un peu voûté, l'œil fiévreux, les pommettes rouges. En général, il ne parlait pas, restait la tête basse et l'air absent, et il aurait été bien difficile de dire s'il réfléchissait ou s'il rêvassait. Et puis brusquement, parfois il se mettait à rire, on ne savait pas pourquoi, ou bien l'envie de parler le prenait, son regard s'allumait, il agitait les mains, se penchait en avant. Un jour, il se lança quand les gars venaient de rentrer abattus et épuisés :

— Moi, aujourd'hui, j'en ai entendu des discours ! Et ce qu'ils disaient, c'était très bien.

— Qu'est-ce qu'ils disaient ?

— Eh ben ! des choses justes, et moi je suis bien de leur avis. Et puis les gens qui parlaient, c'étaient des Arméniens, c'étaient pas des Kurdes ou des Kizilbaches. Ils disent qu'il faut plus laisser les riches exploiter les pauvres. Et puis ils disent comme ça qu'il faut plus que le pauvre travailleur se crève pour engraisser les riches. Alors, c'est pas juste ce qu'ils disent ? C'est pas vrai ? Moi, je vous dis qu'ils ont bien raison. Si y a pas de justice dans le monde où on est, faut faire la justice de force, par les armes. Les riches, faut leur couper les ailes.

— Leur couper les ailes ? C'est pas des moineaux, les riches !

— C'est pas des moineaux, c'est des charognards qui tombent sur les pauvres, leur arrachent les yeux avec le bec et leur mangent le cœur. Moi, les riches, je peux pas les voir, et les bolcheviks sont venus pour nous libérer de ces gens-là. Alors, ils ont bien fait de venir, et moi je suis pour eux.

— Mais, objectaient les autres, le malheur, c'est pas les riches, c'est les Turcs. Et les bolcheviks, c'est les amis des Turcs. Et les Turcs, ils ont martyrisé nos parents, ils les ont massacrés, ils nous ont pris notre pays et ils nous ont mis dans l'état où on est maintenant.

Ce genre d'objection n'entamait pas la conviction de Sissak.

— Oui, disait-il, oui, bien sûr, je dis pas le contraire. Et je lui ai dit ça aussi à un des bolcheviks. J'ai discuté avec lui et il m'a dit que pour l'instant, on n'a pas assez de force pour battre les Turcs, et que ceux qui ont voulu qu'on se batte, au lieu de nous protéger, ils n'ont fait que nous enfoncer un peu plus et qu'ils ont même lâché Kars où il y a une forteresse formidable. Il dit qu'il faut s'unir avec les travailleurs russes et essayer de faire faire la révolution partout en Orient et faire le bonheur des hommes, des femmes et des enfants. Eh ben ! moi, je suis d'accord avec ça.

— Alors ils te racontent n'importe quoi, et toi tu les crois ?

— Et pourquoi que je les croirais pas ? Et ces Arméniens qui sont venus, c'est peut-être des ennemis du pays et des vendus aux étrangers ? Ils sont venus parce qu'ils sont pour le peuple d'ici, parce qu'ils ont du cœur et quelque chose dans la tête, parce qu'ils veulent nous sauver. Et puis il m'a dit qu'ils veulent un pays... un pays comme on n'en a jamais vu, même du temps des rois d'Arménie. Il m'a dit qu'ils vont casser toutes les vieilles rues et faire des nouvelles routes, des belles maisons, des palais en marbre, des jardins, des théâtres, des écoles, des usines et tout. Et les réfugiés, il faut plus qu'ils couchent dans la rue, dans la boue et dans le froid, et il faut plus qu'on marche pieds nus. Il dit qu'ils vont faire des choses, des choses... que ça sera plus beau que dans les contes. Eh ben ! moi, ces gens-là, je suis pour eux. Et ils ont mis les riches à la porte de leurs maisons et ils ont mis des ouvriers à la place. Tout ce qu'ils vont faire, ça sera très bien.

— A condition qu'ils restent.

— Comment, à condition qu'ils restent ?

— Qui sait ? Il peut se passer des choses. Les gens ne sont pas tranquilles.

— Faut pas croire ça. Il y a personne d'assez fort pour les mettre dehors. Et puis les gens sont fatigués, ils en ont assez, il y a eu trop de batailles et trop de massacres. Non, ne crois pas qu'ils s'en iront. Moi, je te le dis, s'ils veulent faire toutes ces belles choses-là et faire des constructions et rendre les gens un peu plus heureux, alors pourquoi être contre eux ? Et si tout le monde doit être égal et heureux, chacun avec sa chambre, son poêle et son lit, ça vaut le coup de réfléchir, non ?

Il s'excitait et une toux sèche l'étouffait. Alors Aris, jusque-là silencieux, levait sa tête couverte de plaies et, avalant la moitié des mots, lui donnait la réplique :

— Tu dis qu'il faut plus de riches, et moi, je veux qu'il y en ait, des riches, parce que je vais te dire, moi aussi un jour je veux être riche. Et oui, je veux être riche, et je le serai. Que je trouve quelques roubles, je m'achète du cirage et vous verrez ça ! J'achète et je vends de l'or. Tiens, vous avez vu, Martin ? Et pourquoi pas moi ? Je me paierai une pelisse, un papakh en astrakan, des belles chaussures qui craquent et je mangerai du gâteau tous les jours, et tout ça avec mon travail à moi. Qui est-ce qui peut y trouver à redire ?

— Et tu seras un bourgeois.

— Eh oui ! je serai un bourgeois. Et alors ? Je mangerai du dolma, du fromage blanc et du pilaf au poulet. Je serai riche, et devant les riches, tout le monde tire son chapeau et on leur fait des salamalecs et des sourires. Et par ici, je vous en prie, et par là, s'il vous plaît... Et je vous en prie, ce morceau de viande que vous avez pris est trop sec, prenez donc celui-là qui est bien gras... Aujourd'hui, on a fait du bon ragoût, Aris agha, venez donc chez nous, je vous en prie... Mais oui, j'irai, j'irai !

Aris se levait, se mettait le ventre en avant et marchait en se dandinant. Tous s'amusaient. Ils n'avaient plus sommeil. Sissak, lui, se taisait et rêvait. Aris se lança dans une sorte de baragouin soi-disant russe.

Ils oubliaient la fatigue, la faim, le froid et retrouvaient l'innocence de leur âge. On éclatait de rire, on faisait des grimaces et toutes sortes de singeries, on imitait les personnalités connues d'Erevan.

— Moi, je suis Topal agha, disait l'un.

Il mettait les mains au dos, penchait la tête de côté, avançait en traînant le pied gauche, et un autre garçon lui disait :

— La charité, s'il vous plaît, agha djan !

Topal agha s'arrêtait, haussait les sourcils, faisait les gros yeux et tordait la bouche :

— Hé ! allez donc au diable, mauvaise graine ! Ça tombe sur le monde comme des sauterelles !

Et toutes les célébrités de la ville y passaient comme dans un film : les pères de famille nombreuse, les vieux grigous du marché qui discutaient une heure pour économiser un kopeck ; les coureurs de jupons, les instituteurs devenus ministres, les dames maniérées, les comédiens qui achetaient leurs cigarettes à crédit, les chefs de la police, le commandant de la place d'Erevan, la mère Zongoulants Herik qui courait derrière eux, une pierre à la main, en les injuriant, les beaux messieurs qui sortaient du club où ils venaient de perdre leurs derniers roubles, les commerçants vanétsis, le père Harout, ce prêtre qui faisait trembler toute la rue quand il toussait, enfin et surtout le capitaine Hérian lui-même du temps qu'il faisait avancer son bateau :

— Par tous les diables, je vous demande un peu ! Voilà une heure qu'on s'acharne et on n'a même pas avancé d'une archine... Ces bœufs n'ont rien dans les veines, qu'est-ce que ça veut dire ? Non, c'est impossible, ça ne peut pas continuer comme ça !... Allez, allez, vas-y !

C'était lui qui s'amusait le plus. On oubliait tout, le rire et les farces faisaient oublier la crasse et réchauffaient les cœurs.

Il était bien tard quand on se couchait, les uns contre les autres comme des moutons, et on s'endormait, les mains serrées sur la poitrine. Et par le toit crevé, le hululement sourd du vent apportait la voix de la nuit.

6

Une fois vendu ce qui lui restait, ce fut la misère complète. Il n'avait gardé qu'une chose : sa montre en or, souvenir précieux dont il ne voulait pas se séparer. Elle lui avait été offerte par les matelots après une tempête terrible et était couverte d'inscriptions. C'était le dernier objet qui le rattachait au passé. Plutôt souffrir de la faim que la vendre. Où étaient-ils maintenant, ses chers camarades ?

Bien qu'il n'eût plus rien à vendre, il continuait à descendre au marché, par curiosité et pour passer le temps. Il ne savait plus quoi faire de ses journées et se contentait d'observer le « spectacle du monde », un spectacle qui s'était bien renouvelé. Les gâtés et les privilégiés qui, hier encore, faisaient les fiers, n'étaient plus que des moutons sans défense. Chacun essayait de faire oublier son passé et de se transformer en ombre. Les femmes mettaient leurs vêtements les plus modestes, les hommes, sans cravate ni faux col, s'évertuaient à prendre des allures de prolétaires. La vie devenait vraiment une vaste comédie et les hommes des acteurs minables et involontaires. Il fallait voir ces mines effarées, ces regards fuyants, ces sourires amers et ces longues figures, il fallait entendre ces voix craintives et étouffées !

— Tenez, camarade paysan, je vous en prie, tenez, regardez cette belle robe de soie.

Parfois, brusquement, les voix se taisaient, les gens pâlissaient, les lèvres tremblaient, on arborait un pâle sourire : la Tchéka avait encerclé le marché et arrêtait les Vanétsis trafiquants d'or. Beaucoup avalaient des pièces ; on les amenait à la prison et on leur faisait ingurgiter une purge.

Hérian, lui, s'éloignait par les petites rues et regardait tristement son bateau, perché tout là-haut.

Un jour de désespoir, il décida d'aller demander du travail aux nouvelles autorités. Il n'y avait plus rien d'autre à faire. Toute la soirée, Sissak avait parlé des beaux projets des bolcheviks avec une telle conviction, l'œil brillant et la voix vibrante, que cela avait fini par l'influencer. Après tout, il n'était pas un homme de parti, et si on lui donnait la possibilité de continuer son travail, pourquoi pas ? Ce qui l'intéressait, lui, c'était de finir ce qu'il avait commencé, le reste, c'était l'affaire des autres.

Et puis il y avait autre chose : quelle chance y avait-il que ces gens s'en aillent ? Ils avaient des forces considérables. De l'immensité des terres, d'un horizon déchiqueté, c'est un monde nouveau qui sortait, un monde où grouillaient des millions d'êtres humains, un monde aveugle, avide d'une vie et d'un destin nouveaux. Et que pouvait opposer à ce monde un petit peuple épuisé, massacré, exsangue ? Non, vraiment, Sissak blessé, écrasé par l'existence, mais qui avait gardé une certaine ardeur intérieure, Sissak avait raison. Et pourquoi sa vision, intuitive comme celle des ermites, des humiliés et des saints, ne serait-elle pas plus près de la vérité que cette science qui faisait le vide devant elle, la science de ceux qui détenaient soi-disant la connaissance et la sagesse ? Les animaux et les hommes au cœur pur pressentent et saisissent les réalités élémentaires. Vraiment, Sissak avait raison.

C'est dans ces dispositions d'esprit qu'il alla vers le siège du Commissariat du peuple. Mais il n'avait pas le courage d'entrer. Et puis il avait passé une nuit blanche, perdu dans ses réflexions et son dialogue avec lui-même. Tout paraissait simple, compréhensible, logique, et pourtant, il y avait en lui comme une force intérieure qui résistait. Était-ce l'amour-propre blessé ? Ou la peur de s'adapter à la réalité ? Ou un remords ?

Au matin, les yeux à peine ouverts, il trouva la réponse à la question : ce qui le retenait, c'était Zvarthe. Aller trouver ces gens-là, c'était reconnaître qu'elle avait eu raison, c'était risquer de la rencontrer, baisser la tête devant elle. Sottises ! Depuis combien de temps ne l'avait-il pas vue ? Et même s'il la voyait, quelle importance ? Tout cela, c'était des souvenirs enfouis sous la cendre.

Il erra longtemps en plein désarroi, luttant contre les ombres qui le hantaient. Et pourtant, juger des événements considérables en prenant comme critères de petits sentiments personnels, quelle preuve de médiocrité ! Et puis, peut-être n'était-elle même plus à Erevan ?

D'abord, il était passé plusieurs fois devant l'immeuble, avait observé les gens qui entraient et sortaient, avait hésité. Et ce manège avait attiré bien vite l'attention des gardes qui le regardaient et se murmuraient quelque chose à l'oreille. Il avait évidemment remarqué leurs réactions et, pour dissiper leurs soupçons, avait marché droit sur eux :

— Pardon, camarades, le service des emplois, c'est où ?

— Au premier à gauche, c'est écrit sur la porte.

Il monta quatre à quatre, ouvrit la porte, et se trouva devant un bureau occupé par un jeune homme myope qui le regarda un bon moment avant de lui demander :

— Oui ? Qu'est-ce que c'est ?

Brusquement, il était frappé de mutisme et restait là, immobile et rougissant. Il avait peur de donner le nom de son bateau. Mais à part cela, quel travail demander ?

— Oui ? Qu'est-ce que vous désirez ?

Par bonheur, à ce même instant, le jeune homme fut appelé dans un autre bureau et Hérian resta seul. D'abord, il eut envie de se sauver, mais il avait les pieds cloués au sol. Au bout de quelques minutes, le jeune homme revint en compagnie de plusieurs hommes qui tenaient des papiers, et, derrière eux, un télégramme à la main, Zvarthe.

Il pâlit, recula d'un pas, mais elle, en le voyant, lui tendit la main avec un sourire aimable :

— Ah, commandant, enfin ! Voilà plusieurs jours qu'on parle de vous.

Elle le prit par le bras, l'entraîna dans un bureau voisin et dit à celui qui se trouvait là :

— Camarade Mavian, je vous présente le capitaine Hérian dont nous parlions, justement.

— Asseyez-vous, camarade, asseyez-vous, dit le camarade Mavian d'un ton très engageant. La question des communications au Sevan entre dans notre plan de reconstruction. Des décisions ont déjà été prises, et précisément, nous avons aussi parlé de vous.

Et le camarade posa avec beaucoup de sérieux des questions pratiques sur le bateau, les moyens nécessaires au transport, sa situation matérielle à lui, etc. Hérian lui parla des bœufs et de toutes ses aventures et ils en rirent tous les deux.

— Non, dit Mavian, ce n'est pas avec des moyens de ce genre qu'on peut faire quelque chose. Nous allons bientôt recevoir des automobiles, des camions et des tracteurs. Vous pourrez faire votre choix. Enfin, voilà, nous vous confions l'affaire. Choisissez les hommes, prenez les dispositions nécessaires et vous verrez que tout ira bien.

Il ajouta qu'on n'en resterait pas à ce premier bateau et qu'il en faudrait d'autres. On construirait des embarcadères et même, pourquoi pas, des centrales électriques. Bien entendu, il faudrait un peu de patience : le gouvernement venait de s'installer et pour faire tout ce qu'on voulait, il fallait du temps.

Et puis, il lui fit un certificat écrit au crayon sur un vague morceau de papier, prit les dispositions nécessaires pour son salaire et lui demanda de lui faire des rapports sur la marche du travail.

Zvarthe n'avait pas assisté à la conversation et il ne l'avait même pas vue sortir.

Il n'en revenait pas. Il était loin d'en avoir espéré tant. Ses sentiments se bousculaient et se croisaient, la tristesse se mêlait à la joie. De nouveau le bateau et de nouveau Zvarthe... Son *Albatros* abandonné, rouillé, tout sale... Ah ! tous deux allaient retrouver des ailes, de nouveau monter vers le lac. Ils allaient enfin abandonner ces rochers et repartir à la poursuite de leur rêve.

Et Zvarthe ? Comme elle avait changé, et en bien ! Simple, sérieuse, comme illuminée. Bien sûr, elle n'avait plus cette douceur, cette voix de colombe amoureuse qui faisait beaucoup de son charme, mais elle était devenue bien plus réelle, bien plus épanouie.

C'était la femme nouvelle qui naissait, une femme qui n'était plus la traditionnelle mère arménienne abreuvée de souffrance, de malheur et de larmes, mais une femme sortie des ruines et des cendres, le regard plein de sagesse et le cœur plein de force et d'audace.

De nouveau, c'était le bateau et c'était Zvarthe.

Le lendemain, il réintégrait *l'Albatros*. Sissak et un autre garçon, un nommé Vazguen, étaient d'accord pour travailler avec lui. Les autres avaient refusé, préférant aux bonnes conditions qu'on leur offrait leur vie errante, hasardeuse mais libre.

Pour commencer, on se mit au nettoyage en grand ; on chassa les chats, on lava le moindre recoin, on fit briller les cuivres. La peinture manquait mais on écrivit à Bakou pour en demander et on espérait en recevoir sans tarder.

Une des premières préoccupations d'Hérian fut d'essayer de faire libérer Fédor. Il affirma que c'était un collaborateur indispensable, courut de bureau en bureau, s'adressa même à la Tchéka qui promit de réexaminer le cas, mais ne le libéra pas. Il porta quelques colis de vivres à la prison et on les accepta. Il écrivit, mais ne reçut pas de réponse.

Une vie nouvelle commençait. On leur donna un salaire, bien sûr, mais aussi des rations de vivres et des vestes de cuir.

Rim était heureux. Debout sur la passerelle, il aboyait en regardant la ville, comme s'il craignait qu'on vînt leur prendre le bateau.

Bien entendu, l'atmosphère était loin d'être détendue. Les arrestations et les exécutions continuaient. Beaucoup de gens se terraient, les autres organisaient la société nouvelle. Les garçons apportaient toujours les nouvelles : et ils ont fait ci et ils ont fait ça, et ils ont dit ci et ils ont dit ça.

— Qu'ils fassent ce qu'ils veulent, concluait Hérian. Nous, on fait notre travail, on monte le bateau au Sevan, et puis après... Qu'est-ce qu'on peut faire d'autre ?

Ils s'y mettaient dès le lever du jour. Au lieu du tricolore, c'était maintenant un pavillon rouge qui flottait au haut du mât, un pavillon orné des deux Ararats, du marteau et de la faucille. Le drapeau rouge ! Les mécontents levaient les yeux, les plissaient et marmonnaient dans leur barbe : « Il a changé de couleur, le salaud ! » Quant au capitaine, on ne tarissait pas d'histoires à son sujet, et on multipliait les mensonges et les médisances. Les garçons, bien sûr, venaient tout lui rapporter, mais tout cela le laissait froid. Le bateau devait arriver au Sevan, le reste était parfaitement négligeable. Parfois, pourtant, il n'arrivait pas à maîtriser sa colère, en particulier quand les médisances venaient des intellectuels.

— Ces gens à demi cultivés sont un véritable fléau, disait-il. Ce ne sont que des bourgeois au cœur et à l'esprit secs, jaloux comme des vieilles filles, aigris et stupides. Pour eux, la patrie, c'est le parti, et leur parti, c'est une basse-cour pleine de grain et de fiente. Ils passent leur temps à tourner en rond comme des écureuils en cage autour d'idées usées et dérisoires, et d'ailleurs, ce qu'ils appellent leurs idées, ce n'est rien de mieux qu'une sale habitude comme celle de se ronger les ongles.

Et il se remettait au travail.

Il monta deux fois au Sevan en auto. Il avait indiqué sur une carte les endroits où des travaux devaient être exécutés. Parfois, il ne dormait pas de la nuit et restait à sa table, devant ses croquis, ses calculs et ses plans.

Il y avait mille choses à faire. En prévision de l'arrivée des camions promis, il fallait élargir une section de la route, près de Soukhoï Fontane. Il fallait des madriers et du ciment. Évidemment, maintenant que les frontières entre les républiques caucasiennes étaient pratiquement supprimées, ce matériel pouvait venir de Russie ou d'Azerbaïdjan. Malheureusement, les moyens de communication étaient encore rares et irréguliers. Et puis, la saison n'était pas favorable ; on était en février et c'était encore le vent et le froid, certaines routes étaient verglacées, les rives du Sevan disparaissaient sous la neige.

— On est déjà à la mi-février, dans deux mois ça ira mieux, disait-il en regardant la plaine. En mars, on commence les travaux d'approche, et au printemps, on démarre.

Et il arborait un large sourire.

Il vivait sur son bateau comme un moine dans son couvent. Ce qui se passait en ville ne l'intéressait guère. Il ne descendait d'ailleurs presque plus et, quand il y allait, il passait dans les rues en filant, perdu dans ses pensées.

Une ou deux fois, il rencontra Zvarthe dans les bureaux. Elle aussi avait l'air préoccupé. Une serviette bourrée de papiers sous le bras, elle courait de réunion en conférence, allait dans les villages des environs. Elle lui avait simplement dit bonjour et ajouté qu'elle avait « un travail fou », et avait filé sans même lui demander des nouvelles du bateau. Il était d'ailleurs probable qu'elle était au courant et n'avait donc pas à poser de questions.

Et leur idylle passée ? A plusieurs reprises, il avait essayé d'analyser ses sentiments, mais il n'était arrivé à rien. Quant à elle, le passé s'était en quelque sorte muré en elle, et dans son souvenir l'ancienne aventure était comme un rapide définitivement immobilisé.

Et puis il y avait eu les événements. Dans les grands bouleversements, les sentiments personnels s'estompent. Les tempêtes nous éblouissent, le cœur se tait et attend. Lui-même, Zvarthe, le bateau, tout attendait.

Un jour, en passant devant l'hôpital, il eut l'idée d'entrer et de demander des nouvelles de Mlle Boudaghian. Mais le grand bâtiment avait été affecté à l'université nouvelle et les malades transférés ailleurs. Le portier ne savait pas ce qu'elle était devenue :

— Depuis que son frère a été déporté, elle n'a pas remis les pieds ici. Qui sait ? Elle est peut-être partie ?

Et puis il rencontra aussi Varia, la veuve de Miranian. Elle était fort bien vêtue et parée, visiblement heureuse, et cela lui serra le cœur. Les femmes ont-elles la mémoire si courte ? Un peu mal à l'aise, elle crut devoir lui donner des explications. Elle avait eu la chance de rencontrer un de ses amis d'enfance que Babken aimait bien aussi, un vétéran bolchevik qui maintenant était commissaire.

— Ils m'ont pris mon mari, dit-elle, ils l'ont emmené et ils l'ont sacrifié pour rien. Et maintenant, ils n'ont que ce qu'ils méritent ! Je les hais, je les hais !

Mais elle retrouva très vite son sang-froid et son sourire :

— Il faudra venir nous voir, commandant. Nous habitons toujours au même endroit.

Il marmonna quelque chose et fila. D'ailleurs, il était beaucoup trop occupé pour faire des visites.

Un jour, il se présenta une circonstance tout à fait inattendue. Il essayait de trouver quelque chose à acheter dans une épicerie quand il remarqua quelques boîtes métalliques. Il crut d'abord que c'étaient des conserves de fruits et les regarda de plus près. Il les avait à peine regardées qu'il poussa un cri de joie : c'était de la peinture blanche naguère importée d'Allemagne. Exactement ce qu'il fallait pour le bateau. Mais le boutiquier refusa de les vendre : il en avait besoin pour peindre les portes de sa maison. La discussion finit par s'envenimer : Hérian déclara que l'administration avait besoin de cette peinture, qu'il ferait bien de la vendre de bon gré, sinon on aurait recours à d'autres moyens.

Il fit tant et si bien qu'il finit par payer et emporter ses boîtes de peinture. Arrivé en haut, il se rappela qu'il n'avait pas de pinceaux. Il posa donc ses boîtes et, sans perdre de temps, redescendit en ville, courut de boutique en boutique, finit par trouver quelques pinceaux et remonta à Kanaker.

Il y avait trois jours qu'il travaillait. Et ce n'était pas facile ; il fallait d'abord gratter l'ancienne peinture, nettoyer, boucher les trous à l'enduit, passer du minium. Ils avaient tendu des cordes sur les flancs du bateau, fabriqué des coussins pour pouvoir s'asseoir dessus, et il martelait doucement la tôle en chantant. Il se rappelait toutes ses chansons de marin, et sa vie passée lui revenait comme un rêve dont on retrouve les morceaux.

— Un marin, disait-il aux garçons, ça doit savoir tout faire, connaître tous les métiers, endurer toutes les misères, la faim, la soif et la tempête. C'est une rude école, mais ça vous fait des hommes. Ah quel dommage que le pays n'ait pas de mer ! Ils sont peut-être très bien, les Arméniens, mais ils manquent d'horizon, ils ne savent pas voir large et loin, ils sont refermés sur eux-mêmes. Par exemple, ils ont une église à eux, mais c'est une religion isolée dans ses montagnes, repliée sur elle-même, lumineuse si on veut, mais limitée, sans élan ni audace. A y bien regarder, tous les hommes qu'on a eus, tous nos mouvements nationaux, tous nos partis ont été en somme comme notre église. Les moines, les bourgeois, les maîtres d'école, tous pareils. La raison en est probablement que les gens de valeur qu'il y a eu chez nous se sont empressés d'en sortir pour aller travailler chez les autres et s'y faire un nom, une place au soleil. S'ils étaient restés, ils auraient étouffé. Je ne sais plus qui me racontait l'autre jour que, dans un meeting, les paysans d'Abaran ont adopté une motion exigeant que les puissances alliées évacuent les territoires occupés en Allemagne. Bien sûr, ça a fait rire pas mal de gens. Vous vous rendez compte : Abaran qui s'occupe des territoires allemands occupés ! Mais ceux qui rient ne se rendent pas compte que ce meeting est très important. Pas pour les Allemands, bien sûr, mais pour les paysans arméniens. La culture, c'est une vaste curiosité. Ils apprennent qu'il y a un monde de l'autre côté de leurs montagnes, et ils s'y intéressent, et ils prennent conscience qu'ils font partie de ce monde qui jusque-là ne leur disait pas grand-chose.

Sissak était ravi :

— Voilà, c'est bien ça, le bolchevisme, ça vous fait voir plus loin.

— Oui, enfin, je ne sais pas. Tout de même, la police, la tyrannie, l'oppression, c'est insupportable. Personne n'a le droit de jouer comme ça avec la vie humaine. Mais qui sait? peut-être que leur arrivée est une nécessité de l'histoire. Le peuple — et surtout le nôtre, qui a tout vu dans son histoire —, on ne peut pas le défigurer. Les idées nouvelles, si elles sont viables, donnent des ailes à ce qui est vieux, elles donnent de l'élan, elles se transforment en valeurs nouvelles, ou bien alors, elles tombent en poussière. En tout cas, quand il arrive des idées nouvelles, c'est qu'il y a des raisons. Prenons la Russie, justement: les gens vivaient, bien ou mal, mais enfin ils vivaient. Et voilà que tout est bouleversé. Ce monde du Nord est en colère, il hurle, il gesticule à la face du monde entier. Bien sûr, on vous donne dix explications: Marx, Engels et ci et ça, mais à mon avis à moi, la vraie raison du bouleversement, c'est le besoin de posséder, le besoin de grandeur et de mer. La Russie ne se contente plus de ses plaines immenses, elle veut un monde avec plus de lumière, elle veut la mer.

— Elle veut la mer? fit Sissak en écarquillant les yeux. Ça c'est bien étonnant. J'avais jamais entendu dire ça, moi.

— Elle est grande, mais elle se sent enfermée, coupée du monde. Un pays immense, avec des richesses incroyables, avec des dizaines et des dizaines de millions d'habitants, et pas d'ouvertures. Elle ne peut pas sortir en Méditerranée ni dans le Pacifique. Elle étouffe, il lui faut la mer.

— Et nous, alors?

— Eh bien! s'il lui faut la mer, nous, on est aussi sur le chemin de la mer. Les Turcs le savent, et c'est pour ça qu'ils veulent nous repousser et nous rejeter, mais qu'ils le veuillent ou non, les Russes sont obligés de nous pousser en avant. Voilà la situation... Allez, allez, assez parlé, au travail!

Les marteaux se remettaient à résonner sur la tôle.

7

Ce jour-là, le personnel des services publics avait droit à une distribution de vobla, un poisson de la Caspienne. Un panier à la main, Sissak alla chercher la ration des gens du bateau. Pendant qu'il faisait la queue, il lut le journal affiché au mur : en Crimée, l'Armée rouge avait remporté une grande victoire sur les Blancs, ce qui, pensait-il, pouvait expliquer l'émotion visible sur le visage des gens chargés de la distribution des vivres.

Le ciel était bas et gris. Tout paraissait affaissé, comme engourdi. Les rues étaient à peu près mortes. Il n'y avait même pas de file d'attente comme à l'habitude devant les boulangeries.

Après avoir touché son poisson, il descendit au marché pour essayer de trouver un peu d'huile, et il eut la surprise de constater que là non plus il n'y avait aucune animation, ni paysans ni citadins. Devant la mosquée, quelques Turcs étaient accroupis ou assis par terre, d'autres restaient debout, mais tous étaient silencieux, immobiles, image d'une passivité tout orientale.

Les maisons où logeaient les personnages du Parti étaient comme à l'habitude gardées par des sentinelles. Des hommes à l'air affairé descendaient de voiture, se précipitaient dans les maisons, en ressortaient, remontaient en voiture, repartaient. Son panier sur l'épaule et sa bouteille vide à la main, Sissak regardait, ébahi. Et puis, sans savoir pourquoi, gagné par cette atmosphère d'inquiétude, lui aussi pressa le pas. Et son inquiétude augmenta quand, près des vignes du haut de la ville, il vit des soldats des unités spéciales de la Tchéka, le fusil à la main. Comme il passait devant eux, ils lui demandèrent de montrer le contenu de son panier. Il expliqua que c'était la ration de vobla des employés du bateau et ils le laissèrent aller.

Sur la route de Kanaker, il vit plusieurs automobiles chargées de bagages et de gens qui, manifestement, quittaient la ville. Il vit aussi monter au galop un escadron de cavalerie, puis deux batteries d'artillerie. Il a dû se passer quelque chose du côté de Soukhoï Fontane ou de Dilidjan, se dit-il. Avec ces Molokans qui ne se tiennent jamais tranquilles...

Et puis il resta seul sur ces collines tourmentées. Les lourds nuages, qui se déplaçaient aussi pesamment que des éléphants, descendirent et bouchèrent l'horizon. Un vent mauvais le fouetta, il se mit à courir et arriva tout essoufflé.

En voyant la bouteille vide, Hérian se fâcha :

— C'est incroyable ! On t'enverrait à la mer que tu ne serais pas capable d'y trouver de l'eau !

Il n'avait pas fini sa phrase qu'une fusillade éclatait du côté de la ville. Rim sauta sur le pont en aboyant.

— Qu'est-ce que c'est ?

Tout pâle, Sissak raconta précipitamment et de façon tout à fait décousue ce qu'il venait de voir. La fusillade cessa.

— Si tu as lu ça dans le journal, c'est sûrement qu'ils fêtent la victoire sur les Blancs. Ils ont dû faire un défilé ou quelque chose comme ça.

Une secousse ébranla le bateau. Un coup de canon venait d'être tiré pas loin. Puis il y eut une deuxième détonation. L'artillerie entrait en action. Rim courut se blottir dans un coin de la cabine.

— Ils tirent de Kanaker sur le centre.

La fusillade reprit de plus belle. On tirait dans tous les quartiers, dans les rues, dans les jardins, sur le toit des maisons.

Hérian monta sur le pont pour essayer de voir et de comprendre ce qui se passait. Il vit nettement des groupes d'hommes armés courir, s'embusquer au coin des rues pour faire feu, repartir. De temps à autre, le tonnerre d'un coup de canon ébranlait l'air.

— C'est un soulèvement.

Il n'y avait plus de doute, en effet, c'était un soulèvement. Les cloches des églises sonnaient à toute volée. Des incendies avaient éclaté ici et là. Dans les rues, les groupes d'insurgés se multipliaient. On distinguait très bien leur progression dans la ville basse, du côté du marché et de l'église de la Sainte-Croix. A chaque coup de canon, les hommes se dispersaient dans les ruelles, se plaquaient contre les murs, se mettaient à l'abri dans les maisons. Un instant plus tard, ils reparaissaient, se regroupaient et avançaient prudemment jusqu'au prochain coup de canon. Pendant ce temps, l'armée de la misère, une foule de réfugiés, courait sur la route menant du marché à la gare.

Qu'est-ce que c'est ? se répétait Hérian. Qu'est-ce qu'ils espèrent ? Et si les Turcs en profitent pour attaquer une fois de plus ? Et si l'Armée rouge revient de Géorgie avec des renforts ?

Le tocsin continuait en même temps que le crépitement des mitrailleuses. Vue de haut, la ville étendue sous un ciel gris et bas paraissait s'être encore aplatie. On ne voyait plus ni les montagnes ni la plaine noyée dans le brouillard. Parfois, pendant quelques instants, on distinguait vaguement le sommet neigeux du grand Ararat. Une fois de plus, le poids d'un destin écrasant étouffait le pays et le bruit des cloches était comme un long sanglot.

En tout cas, il était difficile de se faire une idée nette de ce qui se passait. On ne voyait pas vraiment les combats. La canonnade et la fusillade venaient de très loin et se perdaient dans le vide. On pouvait tout de même supposer que les bolcheviks avaient prévu le danger et décidé d'évacuer sans provoquer trop de pertes dans la population, sans quoi ils auraient pu déclencher du haut des collines un bombardement en règle qui aurait fait des ravages terribles.

Durant une demi-heure de silence angoissant, on ne vit plus personne dans les rues. Les coups de canon avaient cessé, le tocsin aussi. La ville avait l'air déserte, seuls des vols de corbeaux passaient sous le ciel plombé.

— Peut-être que les Rouges sont partis ? hasarda Sissak.

C'était vraisemblable, car on vit bientôt la foule courir dans les rues du côté de l'église de la Sainte-Croix. Des hommes apparurent sur les toits. Ils regardèrent de tous les côtés, puis ils sautèrent de toit en toit en gesticulant. En quelques secondes, comme sur un signal, toute la population sortit des maisons et des cours, et la fusillade recommença, sans qu'il fût possible de savoir si c'était de peur ou de joie. Hommes, femmes, enfants, tout le monde allait et venait, on formait des groupes, on discutait, on criait, on chantait.

Hérian et Sissak étaient en train de regarder le spectacle en silence quand des balles sifflèrent à leurs oreilles.

— Couche-toi ! hurla Hérian en s'allongeant par terre.

Pas de doute : on tirait sur le bateau. Quelques balles cinglèrent ses flancs.

— Ils sont devenus fous, marmonna Hérian.

— Descends ton drapeau rouge si tu tiens à ta peau ! lança une voix.

Quelqu'un avait crié de l'autre côté du rocher. De nombreuses voix firent chorus. Hérian se leva et amena le pavillon rouge.

— On te réglera ton compte plus tard ! reprit la première voix.

Quelques injures, puis le groupe s'éloigna.

— Alors, qu'est-ce qu'on va faire ? fit Sissak d'une voix tremblante.

Il était blanc comme un linge et, les mains crispées sur la poitrine, n'arrivait pas à contrôler sa toux. « Bah ! » fit simplement Hérian en regardant au loin. Mais brusquement, le sang lui monta à la tête et la colère le prit. Debout sur le pont, il croisa les bras et hurla :

— Tu ne vois pas ? Tu ne vois pas que c'est un pays maudit qui n'est fait que pour la misère, le sang et la mort ? Mais qu'est-ce qu'il y a eu, qu'est-ce qui s'est passé sur cette terre ? On devient fous ! Des siècles et des siècles de guerres, de massacres et de famine ! Et ça finira quand ? Quand ?

Sissak ne l'avait jamais vu dans cet état. Il était blême, il tremblait, il ne se contrôlait plus, il avait le regard en feu, les poings brandis comme pour maudire la ville, la terre et le ciel.

— Pourquoi ? Pourquoi ? répétait-il. Moi, je veux m'en aller, je ne veux plus voir ce pays et ses drames imbéciles. Je veux m'échapper, je veux aller loin de cet enfer et de ces dieux qui nous en veulent ! J'en ai assez ! Assez !... Abrutis ! Race d'imbéciles !

Pendant ce temps, Erevan était en pleine allégresse. Des cris, de la musique, des coups de feu, des roulements de tambour. Les toits grouillaient d'une foule de femmes et d'enfants. Des cortèges parcouraient les rues. On tirait encore dans certains quartiers, on attaquait les maisons où les Rouges s'étaient retranchés, on les poursuivait dans les vignes et les jardins de la périphérie. On avait ouvert les portes des prisons et le drapeau rouge-bleu-orange flottait de nouveau sur le bâtiment du théâtre. Des meetings avaient lieu sur toutes les places : des hommes aux joues creuses et à la barbe de plusieurs jours, qui venaient d'être libérés, lançaient des diatribes enflammées. Là-bas, de l'autre côté de la gare, on entendait encore le bruit sourd du canon.

Le soir venu, Hérian, Sissak et Rim — Vazguen n'était pas avec eux — quittèrent le bateau et descendirent de la colline. Empruntant des chemins de traverse et longeant les murs, Hérian le revolver au poing, ils retournèrent chez les orphelins. Il n'était plus prudent de rester au bateau. En fin de journée, la fusillade avait repris du côté de Kanaker. Des insurgés avaient dit à Sissak qu'Hérian était vendu aux Rouges et qu'ils allaient le fusiller. Un comité de salut public s'était constitué, les habitants se préparaient à de nouveaux combats, on creusait des tranchées autour de la ville.

Il resta trois jours caché, dans le froid, la vermine et l'ordure. Le visage souffreteux des orphelins, cependant, n'exprimait que la plus parfaite indifférence, et ils continuaient à errer comme des ombres dans les rues. Quand ils entendaient des coups de feu, ils couraient dans la direction d'où venait le bruit dans l'espoir de détrousser quelque cadavre, espoir d'ailleurs toujours vain car, chaque fois, ils arrivaient trop tard : d'autres étaient déjà passés avant eux.

Pour Hérian, l'atmosphère était devenue absolument insupportable. Le quatrième jour, il se leva alors qu'il faisait encore nuit et sortit sans bruit de la maison. Rim lui-même ne l'entendit pas. Mais devant la porte, il s'arrêta. Où aller? De nouveau à Etchmiadzine? C'était dangereux, il y était trop connu. L'Ararat l'attira comme un aimant.

Il marcha, l'aube le prit dans ses bras. Tout était couvert de neige et de boue. Ah ! partir ! Mais pour aller où, camarade Arménie, où ? Où, camarade Ararat, où ?

Les montagnes sortaient de la matrice sanglante de l'horizon. L'Aragats étincelait. L'air, la plaine, les vignes étincelaient. Mais où aller, camarade Arménie, où ?

Il éprouva le besoin impérieux de se dire un poème, un poème qu'il sentait, qu'il se chantait sans paroles, qui voulait sortir de lui, mais dont il ignorait les paroles, des paroles à la fois proches et lointaines, connues et inconnues.

Il éprouva le besoin de se dire un poème, mais il ne dit rien. En revanche, il remarqua que sa chaussure droite était percée et prenait l'eau. Ce pays va nu-pieds, se dit-il, ses grands pieds durs et tordus, torturés et sanglants qui marchent depuis des siècles, qui ont parcouru tant d'époques, qui ont connu tant de nuits rougies par l'incendie et tant d'aubes atroces, ces pieds nus pleins de tristesse et de ténacité... Et puis l'Arménie a des quantités de pieds, autant que de monts. Et puis, elle a aussi beaucoup de têtes, des têtes qui regardent vers tous les points cardinaux. Et ces têtes innombrables font penser à ces divinités indiennes aux yeux multiples descendus du firmament et aux dizaines de bras sortis des ténèbres.

Et il vit comme une réalité vivante le monstre énorme, gigantesque, fantastique, qui écrasait les bornes des champs, dépassait le sommet des monts, tournait lentement ses têtes couronnées à droite et à gauche, roulait les boules incandescentes de ses yeux exorbités, tendait ses centaines de bras dans toutes les directions, et laissait trembler son corps maigre et osseux aux mamelles vides et flasques en frémissant comme un arbre immense battu par le vent.

Il hâta le pas. Il voulait fuir, fuir son propre regard, ses pensées et sa vision. Mais aller où, camarade Arménie, où ?

Tout là-bas, là où le chemin contournait le muret entourant une vigne, un groupe montait la côte. Il y avait un homme, deux femmes et un âne. Il pressa encore le pas et, au bout d'un instant, il les rattrapa et leur demanda où ils allaient.

— On n'en sait rien, où on va, répondit le paysan en faisant avancer l'âne du bout de son bâton. On va devant nous, c'est tout.

Ils venaient d'Igdir et avaient fui devant les Turcs en abandonnant tout : maison, terre, bêtes et vignes.

Ils marchèrent ensemble. Les femmes ne parlaient pas. L'âne regarda au loin, les naseaux au vent, s'arrêta, leva la tête, retroussa les lèvres et se mit à braire. Le paysan se fâcha :

— C'est pas le moment de braire, espèce de bourrique ! On a laissé tout ce qu'on avait aux Turcs, on tombe dans un pays perdu, et toi tu veux en faire qu'à ta tête...

Il lui donna quelques coups de bâton. L'âne se tut. L'une des deux femmes, une fille assez jeune, sourit tristement en regardant Hérian.

— C'est pas un pays, ça, grogna l'homme en regardant autour de lui. Igdir, ça c'est un pays, je vous le dis. C'est le paradis. Il y a de tout autant qu'on veut. La terre, chez nous, c'est comme les mamelles d'une vache pleine, et l'air, là-bas, il vous réveillerait un mort.

L'homme avait le menton de travers, la barbe ondulée et de petits yeux ronds comme des pièces d'un kopeck. Il traînait les pieds comme s'il avait été chargé de chaînes.

— Alors, fit Hérian, c'est comme ça, Igdir ? Je ne savais pas.

Il regarda la fille : grande, des yeux en amande et de jolis sourcils, des lèvres pleines comme des fruits mûrs, la peau brune et chaude, un teint de blé doré, avec quelque chose d'un peu solennel dans la démarche. Il sentit passer dans ses mains une espèce de courant brûlant et dit d'une voix un peu frémissante :

— Bon, mais par un temps pareil, où allez-vous vous arrêter ?

Comme l'homme le lui avait déjà dit, ils ne savaient pas où ils allaient. Beaucoup de gens d'Igdir étaient partis par là, alors ils y allaient aussi. Ils étaient chrétiens d'Arménie, comme ils disaient, donc, ils trouveraient bien un abri quelque part. Mais ils ne voulaient pas s'arrêter en ville. On s'y battait trop.

— Ça va bien comme ça, fit l'homme. Ça sert à quoi de continuer à se battre ? On en a vu de toutes les couleurs... Non, je vois pas à quoi ça sert.

Hérian regarda la fille en face. Elle baissa les yeux.

— Ils nous en ont fait des promesses ! intervint la femme plus âgée en levant le nez et en abaissant les coins de la bouche. Et nos gens d'Igdir, c'est la même chose. Ils en ont-ils fait, des discours, et du bruit et des articles qu'ils ont écrits dans les journaux ! Et nous autres, voilà où on en est, maintenant...

D'un geste de la main, l'homme montra le paysage. Hérian regarda bien en face la fille qui, cette fois, se mit à rougir.

— Ce qu'il y a, reprit le paysan, c'est qu'on est en plein dans l'hiver. On a laissé la maison avec tout : le foin pour les bêtes, le bois, le lavache, les fruits séchés...

— Et quatre sortes de confitures, compléta la femme.

— Oui, quatre sortes de confitures, de la viande séchée, du *soudjoukh* *, enfin tout, tout bien rangé dans la cave... Bah, bah, bah, bah !

Il poussa son âne en criant. Un pâle soleil apparaissait vaguement sur la droite. Le paysage était sévère, indifférent et assez lugubre. La fille ne souriait plus. Elle regarda plusieurs fois la chaussure percée d'Hérian dans laquelle l'eau gargouillait à chaque pas. Il le remarqua et se sentit humilié. Et comme il se sentait humilié, il s'éclaircit la voix et parla plus fort qu'il n'était nécessaire pour dire sans conviction des choses parfaitement inutiles et hors de propos :

— Il faut voir tout ça avec philosophie. Les circonstances peuvent changer et, comme on dit, c'est une question de dialectique. Les paysans doivent comprendre qu'il se passe des événements historiques, même si le vent qui souffle en ce moment est mauvais. Alors, je vous demande un peu à quoi sert de se plaindre continuellement, et est-ce que c'est le moment de s'occuper des confitures quand les sauvages dévastent le pays et que nos morts n'ont même pas de sépulture ?

Les trois Igdirtsis le regardèrent avec étonnement et il remarqua que la fille avait du mal à se retenir de rire, ce qui blessa encore plus son amour-propre. Il s'arrêta :

— Eh bien ! bon voyage. Moi, je vais par là. Ah oui, je voulais vous dire : si vous allez à Etchmiadzine, demandez à voir l'évêque Mesrob Magistros et dites-lui que c'est le capitaine Hérian qui vous envoie et qu'il demande qu'on fasse tout ce qu'on peut pour vous aider.

Et il partit dans une autre direction.

Imbécile ! Je ne suis qu'un imbécile ! Et tout ça à cause d'une chaussure ! Il voulut courir, les rattraper et leur expliquer. Mais au lieu de se mettre à courir, il se mit à chanter. Les deux yeux de la fille faisaient en lui comme deux lumières. Mais où aller, camarade Arménie, où ?

* Saucisson de bœuf, sec et épicé.

8

Rien ne changeait, c'était toujours des montagnes, des pierres et de la neige. Il marcha pendant des jours par les vallées, sur les pierres et dans la neige. Dans un village, il réussit à se procurer une peau de buffle avec laquelle il se confectionna une paire de grosses sandales. Une barbe sauvage mangeait son visage brûlé, buriné, ses cheveux lui tombaient dans le cou et il y avait deux trous dans sa casquette. Un jour, dans une masure de paysans, il se vit dans un morceau de miroir et recula, effaré. Était-ce bien lui ? Il ressemblait à un évadé de Sibérie ou à quelque créature mystérieuse descendue de la montagne. Il sentait le foin, la paille, l'étable et la sueur rancie, ses mains étaient épaisses et rugueuses, ses joues creuses et ses yeux phosphorescents.

En voyant ce spectacle, il se demanda s'il ne rêvait pas. Une sueur froide lui couvrit le front, il se toucha les bras, la figure, la barbe. Pas de doute, c'était bien lui, lui qui était devenu un morceau de cet univers de pierres, de neige et de vent.

A partir de ce jour, il marcha comme en se suivant docilement lui-même. Ses pieds s'allégèrent et apprirent à courir, à glisser sur la neige et à lui faire escalader les rochers comme un cabri, son ouïe s'affina, il écouta mieux les vents et comprit leur langage. Il entendit les voix qui parcouraient les rochers, le flanc des montagnes, les précipices et comprit leur sens caché.

Il progressa vers l'est dans un monde minéral de désert et de solitude, il alla vers l'ouest, vers les villages accrochés sur les pentes aux tempêtes furieuses. Il descendit jusqu'aux rives de l'Araxe, revint sur ses pas, repartit dans la plaine de l'Ararat à pas plus lents et plus pensifs, pour remonter encore vers les hauteurs.

Dans les villages, on l'accueillait avec un sourire indulgent, comme on accueille les fous, les mendiants, les achoughs et les hommes de Dieu. On l'accueillait comme on accueille le vent qui frappe à la porte, la brise folle qui annonce le printemps, le feu du soleil ou la chèvre égarée qui rentre à la maison. On le recevait, on le plaçait en bout de table, on lui emplissait son assiette et on ne lui posait pas de questions. Parfois, il restait plusieurs jours dans le même village, participant aux travaux, aux joies et aux peines. Il portait le fourrage et l'eau aux vaches et aux chevaux, nettoyait l'étable, et puis tout d'un coup, sans rien dire à personne, il disparaissait.

— C'est un saint, disaient les gens. Il a dû entendre des voix, il est parti.

— Il entend toutes les voix.

Il y avait noce ce jour-là au village de Sarserents. L'air vif avait drapé les monts d'une espèce de pureté bleue, puis le soir était vite tombé, recouvrant la terre de ses couleurs tendres. Mais le flanc de la montagne où nichait le village baignait encore dans le miroitement des derniers rayons du soleil et les cloches de l'église tintaient joyeusement. Dans la maison du paysan Hovakim, il y avait beaucoup de lampes allumées et beaucoup de monde. Du dehors, on entendait les chants et les danses. Hérian tendit l'oreille, huma l'air et frémit. Il approcha de la porte et regarda avec le plus vif intérêt. En le voyant, tout le monde l'invita à grands cris :

— Entrez, mais entrez donc !

Il essuya ses sandales, entra et resta interdit. Les futurs époux étaient assis dans un coin et la jeune femme n'était autre que la fille des Igdirtsis rencontrés en chemin, la fille qui s'était moquée de sa chaussure percée... Son cœur bondit et ses mains tremblèrent.

— Je vous souhaite de longues années de bonheur, dit-il d'une voix grave.

Et il vida d'un trait le verre qu'on lui tendait.

En le voyant, les parents de la jeune fille se regardèrent puis se chuchotèrent quelque chose à l'oreille. La mère alla parler à sa fille, et aussitôt celle-ci le regarda d'un air à la fois surpris et effrayé. Lui se mit à rire en la fixant droit dans les yeux.

En allant à l'église, pendant la cérémonie et sur le chemin du retour, elle tint la tête baissée. Et il sentit qu'elle baissait la tête parce que son regard à lui était encore en elle.

Jamais on n'avait vu Ara Hérian aussi gai et aussi étrange. Il parlait, buvait, amusait tout le monde.

— Sois prospère et heureux, lui dit la femme du paysan Hovakim, tu nous as apporté la vraie jeunesse.

— Tiens, fit Hovakim en remplissant son verre, tiens, bois.

Il but, s'avança au milieu de la salle et annonça :

— Qu'on me joue quelque chose et je danse !

La musique se déchaîna. Et lui, dont le corps semblait maintenant participer de la pesanteur des pierres, et dont la barbe et les cheveux longs spiritualisaient l'aspect, se transforma brusquement, et devint aussi léger que le vent qui couche les buissons. Il sauta, glissa, vira avec une ardeur telle qu'il semblait ne plus toucher le sol. Il virevolta, tourna à droite, à gauche, puis ses sandales frappèrent le sol comme des balles, ses bras battant l'air en roulant, et enfin ses mouvements se firent plus amples et plus harmonieux.

Tous les invités frappaient dans leurs mains en cadence en criant *tache-tachi !*

La mariée ne le quittait pas des yeux.

— La mariée ! crièrent plusieurs voix. Que la mariée danse !

Et il dansa avec la fille, la brûlant du regard et avançant et reculant face à elle en glissant à petits pas rapides. Il tourna autour d'elle, sautilla en projetant à tout petits mouvements les pieds en avant, suivit la fille en un pas glissé symbolisant la poursuite de la biche qui fuit, bondit en se tortillant. C'était le géant, l'esprit de la montagne descendu pour combattre les éléments.

La jeune mariée était pâle, le regard fixe, comme en extase. Elle passa en glissant, les bras levés, s'arrêta brusquement, pâlit encore plus et vacilla.

— Qu'est-ce qu'elle a ? cria-t-on. Elle ne se sent pas bien ?

Tout le monde s'agita, les uns courant dans un sens et les autres dans l'autre. Profitant de la confusion générale, vif comme l'éclair, Hérian la prit dans ses bras, la souleva et l'emporta dehors en courant. Ils se retrouvèrent seuls dans la nuit, la neige et les étoiles. Il courut encore quelques dizaines de pas, sauta par-dessus les buissons, descendit une pente en bondissant dans un éboulis de rochers, contourna des blocs et se réfugia dans une faille protégée par un énorme rocher en surplomb.

— Qu'est-ce que tu fais ? Qu'est-ce que tu fais ? protesta la fille d'une voix mourante.

Il la prit contre lui, écrasa sa bouche contre la sienne. « Non, non ! » Mais ils étaient déjà unis, dans les bras l'un de l'autre.

De tous les côtés, les gens du village fouillaient la nuit. On tenait des lampes à bout de bras. Les voix se faisaient de plus en plus nombreuses et plus agressives. Hommes et femmes criaient, menaçaient, injuriaient. Puis on entendit une cavalcade et des coups de feu.

— Va-t'en ! va-t'en ! supplia-t-elle. Sauve-toi vite ! Oh, mon amour, sauve-toi vite avant qu'il ne soit trop tard. S'ils te trouvent, ils vont te tuer !

— Qu'ils viennent ! Ils ne me font pas peur. Qu'ils viennent !

— Non, non, pas ça ! Sauve-toi pendant qu'il est temps, sauve-toi, mon cœur ! Ils vont te tuer !

Tout le village était sur pied, toutes les fenêtres éclairées. Les hommes, armés de bâtons, de couteaux, de fusils, avançaient en criant. Ils avaient encerclé le village et barré tous les chemins.

Rien à faire, il fallait se sauver.

— Tu as eu tout, mon cœur, tu as eu tout ! Maintenant, va-t'en ! Si tu m'aimes, va-t'en ! Je viendrai à Erevan, je te retrouverai. Je te jure que je viendrai !

Il se leva, regarda le rocher au-dessus de lui : impossible de monter par là. Il s'enfonça dans un autre éboulis, sauta par-dessus une faille énorme, atterrit sur un tas de pierres, tomba et sentit que sa tête saignait. Il se mit à ramper et arriva au haut d'une pente qu'il déboula et roula jusqu'en bas. Là, il resta blotti et attendit longtemps, jusqu'à ce que les voix se fussent tues.

Il s'éloigna rapidement, une fois encore sans savoir où il allait.

Et de nouveau, il erra dans cet univers minéral. Il se sentait de plus en plus intégré à cette neige, à ces pierres et à ces montagnes. Tout cela le pénétrait. Il devenait cette solitude aux voix mystérieuses, cette aridité dévorée d'un feu intérieur. Désormais, il n'avait plus peur de rien.

Et un beau jour, dans un village perdu, il entendit dire qu'il y avait du nouveau à Erevan, qu'on s'était encore battu, que les bolcheviks s'étaient définitivement installés en Géorgie et que, de nouveau, ils envahissaient l'Arménie. Alors il décida de descendre. Il se coupa les cheveux, se rasa et marcha vers la capitale.

En remontant les rives du Zangou, il vit son bateau, toujours au même endroit, la proue toujours fièrement levée, l'air d'un animal préhistorique guettant sa proie. Son bateau ! Une fois de plus, il se rappela l'air salé de la mer. Un embrun imaginaire le frappa au visage et le rafraîchit. Il se sentit les bras plus forts et son cœur bondit. Advienne que pourra, se dit-il, le bateau avant tout. Et il grimpa allégrement.

En passant le pont sur le Zangou, il manqua se faire renverser par une voiture pleine de gens et de bagages que les chevaux menaient ventre à terre. Il fit un bond de côté et vit passer toute une théorie de voitures qui suivaient la première, et toutes à la même allure. Tout étonné, il hâta le pas. Passèrent ensuite de nombreux cavaliers au grand galop, puis de nouveau des voitures, des charrettes transportant des familles entières.

— Qu'est-ce qu'il y a? Qu'est-ce qui se passe? demanda-t-il à quelqu'un qui se tenait au bord du chemin.

— Vous ne voyez pas qu'ils se sauvent parce que les bolcheviks arrivent?

Dans les faubourgs, le spectacle était surprenant. Des hauteurs et surtout du côté de la gare, la fusillade crépitait et le canon tonnait. De partout arrivaient des fuyards, hommes, femmes, enfants qui couraient à toutes jambes. « Ils arrivent! Ils arrivent! » Un concert assourdissant. Tout le monde criait, hurlait. La panique était complète. Des vieilles femmes et des enfants pleuraient. Des hommes furieux, blêmes, poussant et bousculant tout le monde, se précipitaient vers l'autre rive du Zangou. D'autres appelaient leurs femmes et leurs enfants perdus dans l'affolement général. Certains voulaient à toute force hisser sur leurs épaules d'énormes ballots qu'au bout de quelques pas, écrasés par le poids, ils abandonnaient au milieu du chemin.

Plus le bruit de la fusillade se rapprochait, plus la panique s'aggravait. Des rues latérales, des flots de gens arrivaient comme un torrent et se joignaient à la débandade générale. Et le torrent continuait à descendre dans un concert de cris, d'appels, de hurlements et d'imprécations. Des vieillards et des malades essayaient de courir aussi mais, épuisés au bout de quelques dizaines de pas, ils tombaient assis ou carrément à plat ventre. Les suivants les piétinaient, les bras en l'air, puis trébuchaient sur quelque pierre et roulaient dans la boue, se relevaient d'un bond et, donnant des coups de poing à droite et à gauche, avançaient encore jusqu'à ce qu'ils se heurtent à d'autres groupes de fuyards qui rugissaient comme des bêtes enragées.

Conservant son sang-froid, il essaya d'avancer à contre-courant. Impossible. Il s'arrêta et laissa le flot s'écouler. Mais l'atmosphère était à ce point chargée d'électricité, la panique était à ce point contagieuse qu'il ne put garder son calme longtemps et, cédant à une pulsion inconsciente, il se mit à courir dans le même sens que la foule des fuyards, gesticulant comme les autres et faisant tant et si bien qu'il arriva parmi les premiers. « A l'Araxe! A l'Araxe! criait-on. De là on pourra passer en Perse! »

Impossible de passer le pont sur le Zangou encombré de fuyards et de toutes sortes de paquets et d'objets hétéroclites. Il pensa un instant se déshabiller et passer la rivière à la nage, mais finalement, il décida d'attendre encore un peu; les femmes et les enfants une fois passés, il prendrait les chemins qu'il connaissait bien. La colère le prit et il invectiva quelques hommes:

— Vous n'avez pas honte de bousculer des femmes? Laissez-les passer ou gare à vous!

Tout cela dura un bon moment, et quand ce fut terminé, il ne bougea plus. Il regarda vers le haut : personne n'arrivait plus. Le bruit de la fusillade s'évanouissait.

L'Albatros était toujours là-haut sur son rocher, immobilisé dans sa pesanteur métallique, mais toujours audacieux. Face à lui s'élevaient les montagnes du pays d'Arménie dont il connaissait désormais la vie mystérieuse comme il avait connu jadis la vie de la mer.

Il mit les mains dans ses poches et monta d'un pas tranquille vers la ville.

IMPRIMERIE MAME À TOURS
DÉPÔT LÉGAL FÉVRIER 1986. Nº 9081 (12010).